HEREJES

colección andanzas

Obras de Leonardo Padura
en Tusquets Editores

HEREJES
LEONARDO PADURA

TUSQUETS
EDITORES

© 2013, Leonardo Padura

Diseño de la colección: Guillemot-Navares
Reservados todos los derechos de esta edición para:
© 2013, Tusquets Editores México, S.A. de C.V.
Avenida Presidente Masarik núm. 111, 2o. piso
Colonia Chapultepec Morales
C.P. 11570, México, D.F.
www.tusquetseditores.com

1.ª edición en Tusquets Editores España: septiembre de 2013

ISBN: 978-84-8383-491-6

1.ª edición en Tusquets Editores México: septiembre de 2013

ISBN: 978-607-421-466-6

Impreso en los talleres de Litográfica Ingramex, S.A. de C.V.
Centeno núm. 162-1, colonia Granjas Esmeralda, México, D.F.
Impreso y hecho en México – *Printed and made in Mexico*

Índice

NOTA DEL AUTOR

Muchos de los episodios narrados en este libro parten de una exhaustiva investigación histórica e, incluso, están escritos sobre documentos históricos de primera mano, como es el caso de *Javein mesoula (Le fond de l'abîme)*, de N.N. Hannover, un impresionante y vívido testimonio de los horrores de la matanza de judíos en Polonia entre 1648 y 1653, escritos con tal capacidad de conmoción que, con los necesarios cortes y retoques, decidí retomarlo en la novela, rodeándolo de personajes de ficción. Desde que leí ese texto supe que no sería capaz de describir mejor la explosión del horror y, mucho menos, de imaginar los niveles de sadismo y perversión a los que se llegaron en la realidad constatada por el cronista y descrita por él, poco después.

Pero como se trata de una novela, algunos de los acontecimientos históricos han sido sometidos a las exigencias de un desarrollo dramático, en interés de su utilización, repito, novelesca. Quizás el pasaje donde con mayor insistencia realizo ese ejercicio está alrededor de los acontecimientos ubicados en la década de 1640, que en realidad son una suma de eventos propios de ese momento, mezclados con algunos de la década posterior, tales como la condena de Baruch Spinoza, el peregrinaje del supuesto mesías Sabbatai Zeví, o el viaje de Menasseh Ben Israel a Londres, con el cual consiguió, en 1655, que Cromwell y el Parlamento inglés dieran una tácita aprobación a la presencia de judíos en Inglaterra, proceso que pronto comenzó a producirse.

En los pasajes posteriores sí está respetada la estricta cronología histórica, con alguna pequeña alteración en la biografía de algunos personajes tomados de la realidad. Porque la historia, la realidad y la novela funcionan con motores diferentes.

Otra vez para Lucía, la jefa de la tribu

Hay artistas que solo se sienten seguros cuando gozan de libertad, pero hay otros que solo pueden respirar libremente cuando se sienten seguros.

Arnold Hauser

Todo está en manos de Dios, excepto el temor a Dios.

El Talmud

Quienquiera que haya reflexionado sobre estas cuatro cosas, mejor habría hecho no viniendo al mundo: ¿qué es lo que hay arriba?, ¿qué es lo que hay abajo?, ¿qué es lo que ha habido antes?, ¿qué es lo que habrá después?

Sentencia rabínica

HEREJE. Del gr. αἱρετικός — hairetikós, adjetivo derivado del sustantivo αἵρεσις — haíresis «división, elección», proveniente del verbo αἱρεῖσθαι — haireísthai **«elegir, dividir, preferir»**, originariamente para definir a personas pertenecientes a otras escuelas de pensamiento, es decir, que tienen ciertas «preferencias» en ese ámbito. El término viene asociado por primera vez con aquellos cristianos disidentes a la temprana Iglesia en el tratado de Ireneo de Lyon «contra haereses» (finales del siglo II), especialmente contra los gnósticos. Probablemente deriva de la raíz indoeuropea *ser con significado de «coger, tomar». En hitita se encuentra la palabra *šaru* y en galés *herw*, ambas con el significado de «botín».

Según el *Diccionario de la Real Academia de la Lengua Española:* HEREJE. «(Del prov. *eretge*). 1. com. Persona que niega alguno de los dogmas establecidos por una religión. || 2. Persona que disiente o se aparta de la línea oficial de opinión seguida por una institución, una organización, una academia, etc. [...]. coloq. *Cuba.* **Dicho de una situación: [*Estar hereje*] Estar muy difícil, especialmente en el aspecto político o económico.**

Libro de Daniel

1
La Habana, 1939

Varios años le tomaría a Daniel Kaminsky llegar a aclimatarse a los ruidos exultantes de una ciudad que se levantaba sobre la más desembozada algarabía. Muy pronto había descubierto que allí todo se trataba y se resolvía a gritos, todo rechinaba por el óxido y la humedad, los autos avanzaban entre explosiones y ronquidos de motores o largos bramidos de claxon, los perros ladraban con o sin motivo y los gallos cantaban incluso a medianoche, mientras cada vendedor se anunciaba con un pito, una campana, una trompeta, un silbido, una matraca, un caramillo, una copla bien timbrada o un simple alarido. Había encallado en una ciudad en la que, para colmo, cada noche, a las nueve en punto, retumbaba un cañonazo sin que hubiese guerra declarada ni murallas para cerrar y donde siempre, siempre, en épocas de bonanza y en momentos de aprieto, alguien oía música y, además, la cantaba.

En sus primeros tiempos habaneros, muchas veces el niño trataría de evocar, tanto como le permitía su mente apenas poblada de recuerdos, los pastosos silencios del barrio de los judíos burgueses de Cracovia en donde había nacido y vivido sus primeros años. Por pura intuición de desarraigado perseguía aquel territorio magenta y frío del pasado como una tabla capaz de salvarlo del naufragio en que se había convertido su vida, pero cuando sus recuerdos, vividos o imaginados, tocaban la tierra firme de la realidad, de inmediato reaccionaba y trataba de escapar de ella, pues en la silenciosa y oscura Cracovia de su infancia un vocerío excesivo solo podía significar dos cosas: o era día de mercado callejero o se cernía algún peligro. Y en los últimos años de su estancia polaca, el peligro llegó a ser más frecuente que las vendutas. Y el miedo, una compañía constante.

Como era de esperar, cuando Daniel Kaminsky cayó en la ciudad de las estridencias, durante mucho tiempo recibiría los embates de aquel explosivo estado sonoro como una ráfaga de alarmas capaz de sobresaltarlo, hasta que con los años consiguió comprender que en ese nuevo mundo lo más peligroso solía venir precedido por el silencio. Ven-

17

cida aquella etapa, cuando al fin logró vivir entre ruidos sin escuchar los ruidos, como se respira el aire sin conciencia de cada inhalación, el joven Daniel descubrió que ya había perdido la capacidad de apreciar las benéficas cualidades del silencio. Pero se ufanaría, sobre todo, de haber conseguido reconciliarse con el estrépito de La Habana, pues, al mismo tiempo, había alcanzado el empecinado propósito de sentir que pertenecía a aquella ciudad turbulenta adonde, por suerte para él, había sido arrojado por el empuje de una maldición histórica o divina —y hasta el final de su existencia dudaría respecto a la más atinada de esas atribuciones.

El día en que Daniel Kaminsky comenzó a sufrir la peor pesadilla de su vida y, al mismo tiempo, a tener los primeros atisbos de su privilegiada fortuna, un envolvente olor a mar y un silencio intempestivo, casi sólido, se cernían sobre la madrugada habanera. Su tío Joseph lo había despertado mucho más temprano de la hora en que solía hacerlo para enviarlo al Colegio Hebreo del Centro Israelita, donde ya el niño recibía instrucción académica y religiosa, más las indispensables lecciones de lengua española que le permitirían su inserción en el mundo abigarrado y variopinto donde viviría, solo sabía el Santísimo por cuánto tiempo. Pero el día comenzó a revelarse diferente cuando, luego de darle la bendición del Shabat y la congratulación por Shavuot, el tío rompió su mesura habitual y depositó un beso en la frente del muchacho.

El tío Joseph, también Kaminsky y por supuesto polaco, para aquel entonces llamado por quienes lo trataban como Pepe Cartera —gracias a la maestría con la cual desempeñaba su oficio de fabricante de bolsos, billeteras y carteras, entre otros artículos de piel—, siempre había sido, y lo sería hasta su muerte, un estricto cumplidor de los preceptos de la fe judaica. Por ello, antes de permitirle probar el anticipado desayuno ya dispuesto sobre la mesa, le recordó al muchacho que debían hacer no solo las abluciones y los rezos habituales de una mañana muy especial, pues había querido la gracia del Santísimo, bendito sea Él, que cayera en Shabat la celebración de Shavuot, la milenaria fiesta mayor consagrada a recordar la entrega de los Diez Mandamientos al patriarca Moisés y la jubilosa aceptación de la Torá por parte de los fundadores de la nación. Porque esa madrugada, como le recordó el tío en su discurso, también debían elevar otras muchas plegarias a su Dios para que su divina intercesión los ayudara a solucionar del mejor modo lo que, de momento, parecía haberse complicado de la peor manera. Aunque tal vez las complicaciones no los alcanzaran a ellos, añadió y sonrió con picardía.

Tras casi una hora de rezos durante la cual Daniel creyó que desfallecería de hambre y sueño, Joseph Kaminsky al fin le indicó que podía servirse del abundante desayuno en el cual se sucedieron la leche tibia de cabra (que, por ser sábado, la italiana María Perupatto, apostólica y romana, y por tal condición escogida por el tío como «goy del Shabat», les había colocado sobre los carbones ardientes de su anafe), las galletas cuadradas llamadas *matzot,* confituras de frutas y hasta una buena ración de *baklavá* rebosante de miel, un banquete que le haría preguntarse al niño de dónde habría sacado el tío el dinero para tales lujos: porque de aquellos años Daniel Kaminsky recordaría, para el resto de su larga presencia en la tierra, además de los tormentos que le regalaban los ruidos del ambiente y la semana horrible que viviría desde aquel instante, el hambre insaciable e insaciada que siempre lo perseguía, como el más fiel de los perros.

Inusual y opíparamente desayunado, el muchacho había aprovechado la dilatada estancia de su estreñido tío en los baños colectivos del falansterio donde vivían para subir a la azotea del edificio. La losa todavía estaba fresca a aquellas horas previas a la salida del sol, y, desafiando las prohibiciones, se atrevió a asomarse al alero para contemplar el panorama de las calles Compostela y Acosta, donde había ido a situarse el corazón de la cada vez más crecida judería habanera. El siempre abarrotado edificio del Ministerio de Gobernación, un antiguo convento católico de tiempos coloniales, permanecía cerrado a cal y canto, como si estuviera muerto. Por la arcada contigua bajo la cual discurría la calle Acosta y formaba el llamado Arco de Belén, no transitaba nada ni nadie. El cine Ideal, la panadería de los alemanes, la ferretería de los polacos, el restaurante Moshé Pipik que el apetito del niño siempre observaba como la mayor tentación reinante en la tierra, tenían sus cortinas bajadas, las luces de los escaparates apagadas. Aunque en los alrededores vivían muchos judíos y, por tanto, la mayoría de aquellos negocios eran de judíos y en algunos casos permanecían cerrados los sábados, la quietud imperante no se debía solo a la hora o a que estuvieran en Shabat, día de Shavuot, jornada de sinagoga, sino al hecho de que en ese instante, mientras los cubanos dormían a pierna suelta el feriado pascual, la mayoría de los asquenazíes y sefardíes de la zona escogían sus mejores ropas y se preparaban para salir a la calle con las mismas intenciones que los Kaminsky.

El silencio de la madrugada, el beso del tío, el inesperado desayuno y hasta la feliz coincidencia de que Shavuot cayera en sábado, en realidad solo habían venido a ratificar la expectativa infantil de Daniel Kaminsky respecto a la previsible excepcionalidad de la jornada que se iniciaba. Porque la razón de su anticipado despertar era que, para algún momento cercano al amanecer, estaba anunciada la llegada al puerto de La Habana del transatlántico *S.S. Saint Louis,* que había zarpado de Hamburgo quince días antes y a bordo del cual viajaban novecientos treinta y siete judíos autorizados a emigrar por el gobierno nacional-socialista alemán. Y, entre los pasajeros del *Saint Louis,* estaban el médico Isaías Kaminsky, su esposa Esther Kellerstein y la pequeña hija de ambos, Judit, o sea, el padre, la madre y la hermana del pequeño Daniel Kaminsky.

Desde el instante en que abrió los ojos, incluso antes de conseguir reubicar su desvencijada conciencia, todavía húmeda de ron barato, en la circunstancia de que había pasado la noche en la casa de Tamara y de que era Tamara, como ya casi no podía dejar de ser, la mujer que dormía a su lado, Mario Conde recibió como una estocada sibilina la insidiosa sensación de derrota que lo acompañaba desde hacía ya demasiado tiempo. ¿Para qué levantarse? ¿Qué podía hacer con su día?, le volvió a preguntar la persistente sensación. Y el Conde no supo qué responderle. Agobiado por aquella incapacidad de darse alguna respuesta, abandonó la cama poniendo el mayor cuidado en no alterar el plácido sueño de la mujer, de cuya boca semiabierta escapaban un hilo de saliva plateada y un ronquido casi musical, atiplado tal vez por la secreción misma.

Ya sentado a la mesa de la cocina, luego de beber una taza del café recién hecho y de darle fuego al primero de los cigarros del día que tanto lo ayudaban a recuperar su dudosa condición de ser racional, el hombre miró a través de la puerta el patio donde comenzaban a instalarse las primeras luces del que amenazaba con ser otro caluroso día de septiembre. La ausencia de expectativas resultaba tan agresiva que decidió, en ese instante, arrostrarla del mejor modo que conocía y de la única forma que podía: de frente y luchando.

Una hora y media después, con los poros desbordados de sudor, aquel mismo Mario Conde recorría las calles del Cerro anunciando a voz en cuello, como un tratante medieval, su desesperado propósito:

—¡Compro libros viejos! ¡Arriba, a vender tus libros viejos!

Desde que dejó la policía, casi veinte años atrás, y, como tabla de salvación, entró en la muy delicada pero por entonces todavía jugosa actividad de la compra y venta de libros de segunda mano, Conde había practicado todas las modalidades en las que se podía ejecutar el negocio: desde el primitivo método del vociferante anuncio callejero de su propuesta comercial (que en una época tanto lacerara su orgullo), hasta la búsqueda específica de bibliotecas señaladas por algún informante o antiguo cliente, pasando por la de tocar a la puerta de las casas del Vedado y Miramar que, por cierto rasgo para otros imperceptible (un jardín descuidado, unas ventanas con un vidrio roto), pudieran sugerirle la posible existencia de libros y, sobre todo, de las necesidades de venderlos. Para su fortuna, cuando un tiempo después conoció a Yoyi el Palomo, aquel joven con un desaforado instinto mercantil, y comenzó a trabajar con él en la búsqueda solo de bibliografías selectas para las cuales el Yoyi siempre tenía los compradores precisos, Conde había empezado a vivir un período de prosperidad económica que había durado varios años y le había permitido ejercitar, hasta con cierto desenfreno, los eventos que más le satisfacían en la vida: leer buenos libros y comer, beber, escuchar música y filosofar (hablar mierda, en puridad) con sus más viejos y encarnizados amigos.

Pero su actividad comercial no era un pozo sin fondo. Desde hacía tres, cuatro años, poco después de que se topara con la fabulosa biblioteca de la familia Montes de Oca, protegida y cerrada durante cincuenta años por el celo de los hermanos Dionisio y Amalia Ferrero,* nunca había vuelto a encontrar una veta prodigiosa como aquella, y cada pedido realizado por los exigentes compradores de Yoyi implicaba grandes esfuerzos para poder satisfacerlo. El terreno, cada vez más esquilmado, se había llenado de grietas, como las tierras sometidas a largas sequías, y Conde había comenzado a vivir períodos en los que las bajas eran mucho más frecuentes que las altas, y lo obligaron a recuperar con más frecuencia la modalidad pobretona y sudorosa de la compra callejera.

Otra hora y media después, cuando hubo atravesado parte del Cerro y llevado sus gritos hasta el barrio vecino de Palatino, sin obtener resultado alguno, la fatiga, la desidia y el sol brutal de septiembre le obligaron a cerrar las cortinas del negocio y encaramarse en una guagua, salida nadie sabía de dónde y que milagrosamente se detuvo ante él y lo llevó hasta las inmediaciones de la casa de su socio comercial.

Yoyi el Palomo, a diferencia del Conde, era un empresario con visión y había diversificado sus actividades. Los libros raros y valiosos solo eran uno de sus hobbies, aseguraba, pues sus verdaderos intereses estaban en asuntos más productivos: compra y venta de casas, autos, joyas, objetos valiosos. Aquel joven ingeniero que jamás había tocado un tornillo ni entrado en una obra había descubierto hacía tiempo, con una clarividencia siempre capaz de asombrar al Conde, que el país donde

---

* *La neblina del ayer*, Tusquets Editores, 2005.

vivían quedaba muy lejos del paraíso dibujado por los periódicos y discursos oficiales, y había decidido sacar el provecho que los más aptos siempre extraen de la miseria. Sus habilidades e inteligencia le permitieron abrir varios frentes, en los bordes de la legalidad aunque no demasiado lejos del límite, negocios de los cuales obtenía los ingresos que le permitían vivir como un príncipe: desde gastarse ropas de marcas y joyas de oro, hasta saltar de restaurante en restaurante, siempre acompañado por mujeres bellas y moviéndose sobre aquel descapotable Chevrolet Bel Air de 1957, el auto considerado por todos los conocedores como la máquina más perfecta, duradera, elegante y confortable que alguna vez saliera de una fábrica norteamericana —y por la cual el joven había pagado una fortuna, al menos en términos cubanos—. Yoyi era, a todos los efectos, un ejemplar de catálogo del Hombre Nuevo supurado por la realidad del medio ambiente: ajeno a la política, adicto al disfrute ostentoso de la vida, portador de una moral utilitaria.

—Coño, *man*, tienes tremenda cara de mierda —dijo el joven al verlo llegar, sudoroso y con aquella faz calificada con tanta precisión semántica y escatológica.

—Gracias —se limitó a decir el recién llegado y se dejó caer en el mullido sofá desde donde Yoyi, recién duchado luego de gastar dos horas en un gimnasio privado, aprovechaba el tiempo viendo en su plasma de cincuenta y dos pulgadas un partido de beisbol de las Grandes Ligas norteamericanas.

Como solía ocurrir, Yoyi lo invitó a almorzar. La empleada que le cocinaba al joven había preparado aquel día bacalao a la vizcaína, arroz congrí, plátanos en tentación y una ensalada de muchas verduras que Conde deglutió con hambre y alevosía, ayudado por la botella de un Pesquera de reserva que Yoyi extrajo del *freezer* donde conservaba sus vinos a la temperatura exigida por los vapores del trópico.

Mientras bebían el café en la terraza, Conde volvió a sentir la punzada del agobio frustrante que lo perseguía.

—Esto no da más, Yoyi. Ya la gente no tiene ni periódicos viejos...

—Siempre aparece algo, *man*. Pero no puedes desesperarte —dijo el otro mientras, como era su costumbre, sobaba la enorme medalla de oro con la efigie de la Virgen que, colgada de una cadena gruesa y del mismo metal, caía sobre la protuberancia pectoral, como un buche de paloma, a la que debía su apodo.

—Y si no me desespero, ¿qué coño hago?

—Huelo en el ambiente que nos va a caer un encargo gordo —dijo Yoyi, y hasta olfateó el aire cálido de septiembre—. Y te vas a llenar de pesos...

Conde sabía adónde iban a dar aquellas premoniciones olfativas de Yoyi y se avergonzaba de saber que pasaba por la casa del joven para provocarlas. Pero de su viejo orgullo quedaba tan poco en pie que, cuando andaba con la soga demasiado ajustada al cuello, aterrizaba allí con sus lamentos. A sus cincuenta y cuatro años cumplidos, Conde se sabía un paradigmático integrante de la que años atrás él y sus amigos calificaran como la generación escondida, los cada vez más envejecidos y derrotados seres que, sin poder salir de su madriguera, habían evolucionado (involucionado, en realidad) para convertirse en la generación más desencantada y jodida dentro del nuevo país que se iba configurando. Sin fuerzas ni edad para reciclarse como vendedores de arte o gerentes de corporaciones extranjeras, o al menos como plomeros o dulceros, apenas les quedaba el recurso de resistir como sobrevivientes. Así, mientras unos subsistían con los dólares enviados por los hijos que se habían largado a cualquier parte del mundo, otros trataban de arreglárselas del algún modo para no caer en la inopia absoluta o en la cárcel: como profesores particulares, choferes que alquilaban sus desvencijados autos, veterinarios o masajistas por cuenta propia, lo que apareciera. Pero la opción de buscarse la vida arañando las paredes no resultaba fácil y provocaba aquel cansancio sideral, la sensación de incertidumbre constante y derrota irreversible que con frecuencia atenazaba al ex policía y lo lanzaba, a puro empujón, contra su voluntad y deseos, a patear las calles buscando libros viejos con los que ganarse, al menos, unos pesos de supervivencia.

Después de beber el café, fumarse un par de cigarros y hablar de las cosas de la vida, Yoyi lanzó un bostezo capaz de sacudir toda su estructura y le dijo a Conde que había llegado el momento de la siesta, la única actividad decente a la cual, a aquella hora y con aquel calor, podía dedicarse un habanero que se preciara de serlo.

—No te preocupes, yo me voy...

—Tú no te vas a ningún lado, *man* —dijo, poniendo el mayor énfasis en su inseparable muletilla—. Coge el catre que está en el garaje y llévalo para el cuarto. Ya hace un rato mandé a encender el aire acondicionado... La siesta es sagrada... Después tengo que salir y te llevo para tu casa.

Conde, sin nada mejor que hacer, obedeció al Palomo. Aunque era unos veinte años mayor que el joven, solía confiar en su sabiduría vital. Y lo cierto era que luego de aquel bacalao y el Pesquera bebido, la siesta se imponía como un mandato dictado por el fatalismo geográfico tropical y lo mejor de la herencia ibérica.

Tres horas después, a bordo del reluciente Chevrolet descapotable que Yoyi conducía con orgullo por las malas calles de La Habana, los dos hombres tomaron en dirección al barrio del Conde. Poco antes de llegar a la casa del ex policía, este le pidió que se detuviera.

—Déjame en la esquina, quiero resolver una cosa ahí...

Yoyi el Palomo sonrió y empezó a arrimar el auto al bordillo.

—¿Frente al Bar de los Desesperaos? —preguntó Yoyi, conocedor de las debilidades y necesidades del Conde y de su espíritu.

—Más o menos.

—¿Todavía tienes dinero?

—Más o menos. El fondo de comprar libros. —El Conde repitió la fórmula y, para despedirse, le extendió la mano al joven, quien se la apretó con fuerza—. Gracias por el almuerzo, la siesta y el empujón.

—Mira, *man*, de todas maneras coge esto para que vayas tirando. —Tras el timón del Chevrolet el joven contó varios billetes del fajo que se había sacado del bolsillo y le entregó una parte al Conde—. Un adelantiquitico del buen negocio que me estoy oliendo.

Conde miró a Yoyi y, sin pensarlo demasiado, tomó el dinero. No era la primera vez que algo similar ocurría y desde que el joven empezó a hablar de un presentido buen negocio, el otro sabía que aquel sería el colofón de la despedida. Y Conde también sabía que, aun cuando la relación entre ambos había nacido como un nexo comercial donde cada uno de ellos vertía sus habilidades, Yoyi lo apreciaba de forma sincera. Por tal razón su orgullo no se sintió más mellado de lo que estaba por recibir unos billetes capaces de darle otro respiro.

—¿Sabes una cosa, Yoyi? Tú eres el hijo de puta más buena gente de Cuba.

Yoyi sonrió mientras se acariciaba la enorme medalla de oro sobre la quilla de su esternón.

—No estés diciendo eso por ahí, *man*..., si se enteran de que también soy buena gente, pierdo prestigio. Nos vemos. —Y puso en marcha el silencioso Bel Air. El auto avanzó como si fuese el dueño de la Calzada. O del mundo.

Mario Conde contempló el desolador panorama desplegado frente a sí y percibió con nitidez cómo lo que veía empujaba a su ya lamentable estado de ánimo hacia un doloroso nivel de deterioro. Aquella esquina había sido parte del ombligo de su barrio, y ahora parecía un grano purulento. Inundado de una perversa nostalgia recordó que cuando era niño y su abuelo Rufino le enseñaba los secretos del arte de preparar gallos de lidia y trataba de dotarlo de una educación sentimental conveniente para sobrevivir en un mundo que mucho se parecía a una valla de gallos, justo desde aquel punto en donde se hallaba esa tarde se podía ver el ajetreo constante de la famosa terminal de ómnibus del barrio, en la que por años había trabajado su padre. Pero, desactivada la ruta de guaguas, la instalación se malgastaba como un destartalado parqueo de vehículos en fase de agonía. Mientras, la fonda de Conchita, la guarapera de Porfirio, los puestos de fritas de Pancho Mentira y el Albino, la quincalla de Nenita, las barberías de Wildo y de Chilo, la cafetería del paradero, la pollería de Miguel, la bodega de Nardo y Manolo, la cafetería de Izquierdo, la tienda de los chinos, la mueblería, la ferretería, los dos servicentros con sus poncheras y plantas de fregado de autos, el billar, la panadería La Ceiba, con su olor a vida..., todo aquello también había desaparecido, como devorado por un tsunami o algo todavía peor, y su imagen a duras penas sobrevivía en las memorias empecinadas de tipos como el Conde. Ahora, flanqueado por calles llenas de furnias y aceras destrozadas, el edificio de uno de los servicentros había comenzado a funcionar como una cafetería que expendía sus chatarras en CUC, la esquiva divisa cubana. En el otro servicentro no había nada. Y en el local de lo que fuera la bodega de Nardo y Manolo, muchas veces reformado para reciclar y empeorar el original, se abría hacia la Calzada una barra diminuta, protegida de posibles asaltos de corsarios y piratas por una reja de cabillas de acero corrugadas, que fungía como el centro dispensador de alcohol y nicotina bautizado por el Conde como el Bar de los Desesperaos. Era allí, y no en la cafetería que cobraba en CUC, donde los borrachos del barrio bebían a cualquier hora del día o de la noche su ron barato, sin la caricia de un hielo, de pie o sentados en el suelo pringoso, disputándoles el espacio a los abundantes perros callejeros.

Conde esquivó unos charcos de aguas oscuras y cruzó la Calzada. Se acercó a la reja carcelaria erigida sobre la barra del bar de nuevo tipo. Su sed etílica de esa tarde no era de las peores, pero necesitaba alivio. Y el cantinero Gandinga, Gandi para los habituales, estaba allí para ofrecérselo.

Dos buenos tragos y dos largas horas después, recién bañado, incluso perfumado con la colonia alemana, obsequio de Aymara, la hermana gemela de Tamara, el Conde regresó a la calle. En un pozuelo, junto a la trampilla abierta en la puerta de la cocina, había dejado su comida a *Basura II*, quien, a pesar de sus diez años cumplidos, seguía practicando su heredada afición de perro callejero a la cual nunca había renunciado su padre, el benemérito y ya difunto *Basura I*. Para él mismo, sin embargo, no había preparado nada: como casi cada noche, Josefina, la madre de su amigo Carlos, lo había invitado a comer y, en casos así, lo mejor era preservar disponible la mayor cantidad de espacio estomacal. Con las dos botellas de ron que, gracias a la generosidad de Yoyi, había podido comprar en el Bar de los Desesperaos, abordó la guagua y, a pesar del calor, la promiscuidad, la violencia auditiva y moral de un reguetón y la sensación de agobio reinante, la perspectiva de una noche más amable lo llevó a reconocer que volvía a sentirse aceptablemente sosegado, casi fuera de un mundo con el cual se encontraba tan insatisfecho y del que recibía tantas agresiones.

Gastar la noche con sus viejos amigos en casa del flaco Carlos, que desde hacía muchísimo tiempo no era flaco, constituía para Mario Conde el mejor modo de cerrar el día. El segundo mejor modo lo encontraba cuando, de común acuerdo, él y Tamara decidían pasar la noche juntos, viendo alguna de las películas preferidas del Conde —algo así como *Chinatown*, *Cinema Paradiso* o *El halcón maltés* o la siempre escuálida y conmovedora *Nos habíamos amado tanto*, de Ettore Scola, con una Stefania Sandrelli capaz de despertar instintos caníbales—, para cerrar la jornada con una sesión de un sexo cada vez menos febril, más lento (de parte y parte) pero siempre muy satisfactorio. Aquellas pequeñas realizaciones resumían lo mejor que le quedaba de una vida que, con los años y las patadas acumuladas, había perdido casi todas las expectativas que no estuvieran relacionadas con la más vulgar supervivencia. Por perder, había extraviado incluso el sueño de escribir alguna vez una novela donde contara una historia, por supuesto que también escuálida y conmovedora, como las que había escrito aquel hijo de puta de Salinger que en cualquier momento se moría, de seguro sin volver a publicar ni un miserable cuentecito.

Solo en los territorios de aquellos mundos conservados con empecinamiento al margen del tiempo real y en cuyos bordes exteriores Conde y sus amigos habían levantado las murallas más altas para protegerlos de las invasiones bárbaras, existían unos universos amables y permanentes a los cuales ninguno de ellos, a pesar de sus propios cambios físicos y mentales, quería ni pretendía renunciar: los mundos con los cuales se identificaban y donde se sentían como estatuas de cera, casi a salvo de los desastres y las perversiones del medio ambiente.

El flaco Carlos, el Conejo y Candito el Rojo ya conversaban en el portal de la casa. Desde hacía unos meses, Carlos se acomodaba en una nueva silla de ruedas de las que se movían gracias a la electricidad aportada por una batería. El artilugio había sido traído desde el Más Allá por la siempre fiel y atenta Dulcita, la más constante ex novia del Flaco, constantísima desde que un año atrás quedara viuda y duplicara las frecuencias de sus viajes desde Miami y alargara las duraciones de sus estancias en la isla, por una razón obvia aunque no revelada en público.

—¿Tú viste qué hora es, animal? —fue el saludo del Flaco, mientras ponía en marcha su silla autopropulsada para acercarse al Conde y arrebatarle la bolsa donde, bien lo sabía, venía la dosis de combustible capaz de mover la noche.

—No jodas, salvaje, son las ocho y media... ¿Qué hubo, Conejo? ¿Cómo te va, Rojo? —dijo, extendiéndoles la mano a los otros amigos.

—Jodido pero contento —respondió el Conejo.

—Igual que este —dijo Candito indicando con la barbilla al Conejo—, pero sin quejarme. Porque cuando pienso en quejarme, rezo un poco.

Conde sonrió. Desde que Candito abandonó las animadas actividades a las que se dedicó por muchos años —rector de un bar clandestino, fabricante de zapatos con materiales robados, administrador de un depósito ilegal de gasolina— y se convirtiera al cristianismo protestante —Conde nunca sabía bien en cuál de sus denominaciones—, aquel mulato de pelo antes azafranado y ahora blanqueado por las nieves del tiempo —es un decir— solía resolver sus problemas encomendándose a Dios.

—Cualquier día te pido que me bautices, Rojo —dijo Conde—. El problema es que estoy tan jodido, que después voy a tener que pasarme el día rezando.

Carlos regresó al portal con su silla autopropulsada y una bandeja sobre sus piernas inertes donde tintineaban tres vasos llenos de ron y uno con limonada. Mientras repartía las bebidas —la limonada, por supuesto, era el trago de Candito—, explicó:

—La vieja ya está terminando la comida.

—¿Y qué nos va a tirar hoy Josefina? —quiso saber el Conejo.

—Dice ella que la cosa está mala, y que de contra no estaba inspirada.

—¡Agárrense! —advirtió el Conde, imaginando lo que se avecinaba.

—Como hay tanto calor —comenzó Carlos—, va a empezar con un potaje de garbanzos, con chorizo, morcilla, unos trozos de puerco y papas... Como plato fuerte nos está preparando un pargo asado, pero no muy grande, como de diez libras. Y, claro, arroz, pero con vegetales, dice que por la digestión. Ya preparó la ensalada de aguacates, habichuelas, rábanos y tomates.

—¿Y de postre? —El Conejo salivaba como un perro con rabia.

—Lo de siempre: cascos de guayaba con queso blanco... ¿Ven que no estaba inspirada?

—Coño, Flaco, ¿esa mujer es maga? —preguntó Candito, que al parecer había sentido cómo era superada su gran capacidad de creer, incluso en lo intangible.

—¿Y tú no lo sabías? —gritó Conde y bajó medio vaso de su ron—. ¡No te me hagas, Candito, no te me hagas...!

—¿Mario Conde?

Apenas le llegó la pregunta del mastodonte con coleta, Conde comenzó a sacar sus cuentas: hacía años que no le pegaba los tarros a nadie, sus negocios de libros habían sido todo lo limpios que podían ser los negocios, nada más le debía dinero a Yoyi... y hacía demasiado tiempo que había dejado de ser policía para que alguien viniese ahora con una *vendetta*. Cuando sumó a sus prevenciones la entonación más ilusionada que agresiva de la pregunta, y le agregó la expresión de la cara del hombre, estuvo un poco más seguro de que el desconocido, al menos, no parecía traer intenciones de matarlo o caerle a palos.

—Sí, dígame...

El hombre se había levantado de uno de los sillones viejos y mal pintados que el Conde tenía en el portal de su casa y que, pese a su lamentable estado, el ex policía había encadenado entre sí y luego a una columna, para dificultar la intención de que fuesen cambiados de lugar. En la penumbra, solo quebrada por la luminaria del alumbrado público —el último bombillo colocado por Conde en su portal había sido cambiado a otra lámpara ignota una noche en que, demasiado borracho para pensar en bombillos, había olvidado recogerlo—, pudo hacer un primer retrato del desconocido. Se trataba de un hombre alto, quizás de un metro noventa, pasados los cuarenta años y también la cifra de kilogramos que le debían corresponder a su estructura. Llevaba el pelo, más bien escaso en la zona frontal, recogido en la nuca en forma de compensatoria coleta que, además, equilibraba su protuberancia nasal. Cuando Conde estuvo más próximo a él y logró distinguir la palidez rosada de la piel y la calidad de la ropa, formalmente casual, pudo estimar que se trataba de alguien procedente de allende los mares. Cualquiera de los siete mares.

—Mucho gusto, Elías Kaminsky —dijo el forastero, trató de sonreír, y extendió la mano derecha hacia el Conde.

Convencido por el calor y la suavidad de aquella manaza envolvente de que no se trataba de un posible agresor, el ex policía había puesto en marcha su chirriante computadora mental para tratar de imaginar la razón por la cual, casi a medianoche, aquel extranjero lo esperaba en el oscuro portal de su casa. ¿Tenía razón el Yoyi y allí estaba, frente a él, un buscador de libros raros? Tenía pinta, concluyó, y puso cara de desinteresado en cualquier negocio, como le había recomendado la sabiduría mercantil del Palomo.

—¿Me dijo que su nombre es...? —Conde trató de empezar a aclararse la mente, por fortuna para él no demasiado enturbiada por el alcohol gracias al shock alimenticio propiciado por la vieja Josefina.

—Elías, Elías Kaminsky... Oiga, disculpe que lo haya esperado aquí... y a esta hora... Mire... —el hombre, que se expresaba en un español muy neutro, intentó sonreír, al parecer embarazado por la situación, y decidió si lo más inteligente no resultaría poner de inmediato su mejor carta en la mesa—. Yo soy amigo de su amigo Andrés, el médico, el que vive en Miami...

Con aquellas palabras las tensiones remanentes del Conde cedieron como por ensalmo. Tenía que ser un buscador de libros viejos enviado por su amigo. ¿Yoyi sabía algo y por eso estuvo haciéndose el de los presentimientos?

—Sí, ya, claro, algo me dijo... —mintió Conde, que desde hacía dos o tres meses no tenía comunicación alguna con Andrés.

—Menos mal. Bueno, su amigo le manda recuerdos y... —hurgó en el bolsillo también casual de su camisa (de Guess, logró identificarla Conde)— y le escribió esta carta.

Conde tomó el sobre. Hacía años que no recibía una carta de Andrés y sintió impaciencia por leerla. Algún motivo extraordinario debía de haber empujado al amigo para que se hubiese sentado a escribir, pues, como tratamiento profiláctico contra las acechanzas arteras de la nostalgia, desde que se radicara en Miami el médico había decidido mantener una relación cautelosa con aquel pasado demasiado entrañable y, por tanto, pernicioso para la salud del presente. Solo dos veces al año quebraba el silencio y se revolcaba en la morriña: las noches del día del cumpleaños de Carlos y la del 31 de diciembre, cuando llamaba a la casa del Flaco, sabiendo que sus amigos estarían reunidos, tomando rones y facturando pérdidas, incluida la suya, concretada hacía ya veinte años cuando, como advertía el bolero, Andrés se fue para no volver. Aunque sí había dicho adiós.

—Su amigo Andrés trabaja en el hogar geriátrico donde estuvieron mis padres varios años, hasta que murieron —volvió a hablar el hombre cuando vio cómo Conde doblaba el sobre y lo guardaba en su pequeño bolsillo—. Tuvo una relación especial con ellos. Mi madre, que murió hace unos meses...

—Lo siento.

—Gracias... Mi madre era cubana y mi padre polaco, pero vivió en Cuba veinte años, hasta que se fueron en 1958. —Algo en la memoria más afectiva de Elías Kaminsky le provocó una leve sonrisa—. Aunque nada más vivió en Cuba esos veinte años, él decía que era judío por su origen, polaco-alemán por sus padres y su nacimiento, legalmente ciudadano norteamericano y, por todo lo demás, cubano. Porque en realidad era más cubano que otra cosa. Del partido de los comedores de frijoles negros y yuca con mojo, decía siempre...

—Entonces era mi colega... ¿Nos sentamos? —Conde indicó los sillones y, con una de sus llaves, abrió el candado que los unía como un matrimonio forzado a la convivencia, y luego procuró darles una posición más favorable para una conversación. La curiosidad por saber la razón de que aquel hombre lo buscase había borrado otra parte del desánimo que lo perseguía desde hacía semanas.

—Gracias —dijo Elías Kaminsky mientras se acomodaba—, pero no voy a molestarlo mucho, mire qué hora es...

—¿Y por qué vino a verme?

Kaminsky sacó una cajetilla de Camel y le ofreció uno a Conde, que lo rechazó con cortesía. Solo en caso de catástrofe nuclear o peligro de muerte se fumaba una de aquellas mierdas perfumadas y dulzonas. Conde, además de su filiación al Partido de los Comedores de Frijoles Negros, era un patriota nicotínico y lo demostró dándole fuego a uno de sus devastadores Criollos, negros, sin filtro.

—Supongo que Andrés le explica en la carta... Yo soy pintor, nací en Miami, y vivo ahora en Nueva York. Mis padres no soportaban el frío, y por eso tuve que dejarlos en Florida. Tenían un departamento en el hogar geriátrico donde conocieron a Andrés. A pesar del origen de ellos, es la primera vez que vengo a Cuba y..., mire, la historia es un poco larga. ¿Me aceptaría que lo invitara a desayunar mañana en mi hotel y hablamos del tema? Andrés me dijo que usted era la mejor persona posible para ayudarme a saber algo de una historia relacionada con mis padres... Ah, por supuesto, yo le pagaría por su trabajo, no faltaba más...

Mientras Elías Kaminsky hablaba, Conde sintió cómo sus luces de alarma, hasta poco antes atenuadas, se calentaban una a una. Si Andrés se atrevía a enviarle a aquel hombre, que al parecer no buscaba libros raros, alguna razón de peso debía de existir. Pero antes de tomarse un café con aquel desconocido, y mucho antes de decirle que no tenía tiempo ni ánimos para involucrarse en su historia, existían cosas que debía saber. Pero... ¿el tipo había dicho que le iba a pagar, no? ¿Cuánto? La inopia económica que lo perseguía en los últimos meses asimiló golosa la información. En cualquier caso, lo mejor, como siempre, era empezar por el principio.

—¿Me disculpa si leo la carta?

—Por supuesto. Yo estaría loco por leerla.

Conde sonrió. Abrió la puerta de su casa y lo primero que vio fue a *Basura II,* acostado en el sofá, justo en el único espacio que dejaban abierto varias pilas de libros. El perro, dormido y displicente, ni movió el rabo cuando Conde encendió la luz y rasgó el sobre.

«Miami, 2 de septiembre de 2007
»Condenado:

»Falta mucho para la llamada de fin de año, pero esto no podía esperar. Sé por Dulcita, que regresó hace unos días de Cuba, que todos ustedes están bien, con menos pelos y hasta más gordos. El portador NO es mi amigo. CASI lo fueron sus padres, dos viejos superchéveres, sobre todo él, el polaco cubano. Este señor es pintor, vende bastante bien por lo que parece y heredó algunas cosas ($) de los padres. CREO que es buena gente. No como tú o como yo, pero más o menos.

»Lo que te va a pedir es complicado, no creo que ni tú lo puedas resolver, pero haz el intento, porque hasta yo estoy intrigado con esa historia. Además, es de las que te gustan, ya vas a ver.

»Por cierto, le dije que tú cobrabas cien dólares diarios por tu trabajo, más gastos. Eso lo aprendí en una novela de Chandler que me prestaste hace dos cojones de años. En la que había un tipo que hablaba como los personajes de Hemingway, ¿ya sabes cuál es?

»Todos mis abrazos para TODOS. Sé que la semana que viene es el cumpleaños del Conejo. Felicítalo de mi parte. Elías le lleva además un regalito mío y también unas medicinas que Jose debe tomar.

»Con amor y escualidez, tu hermano de SIEMPRE,

»Andrés.

»P.S. Ah, dile a Elías que no puede dejar de contarte la historia de la foto de Orestes Miñoso...»

Conde no pudo evitar que los ojos se le humedecieran. Con los cansancios y frustraciones acumuladas, más aquel calor y la humedad del ambiente, a uno se le irritaban los ojos, se mintió sin pudor. En aquella carta, donde apenas decía nada, Andrés lo decía todo, con esos silencios y énfasis suyos, tipográficamente mayúsculos. El hecho de que se acordara del cumpleaños del Conejo varios días antes de la fecha lo delataba: si no escribía era porque no quería ni podía, pues prefería no correr el riesgo de venirse abajo. Andrés, en la distancia física, estaba todavía demasiado cercano y, al parecer, lo estaría siempre. La tribu a la cual pertenecía desde hacía muchos años era inalienable, *PER SAECULA SAECULORUM*, con mayúsculas.

Dejó la carta sobre el difunto televisor ruso que no se decidía a tirar a la basura y, sintiendo el peso de la nostalgia añadida al de sus frustraciones más desveladas y perseverantes, se dijo que lo mejor para resistir aquella inesperada conversación era sostenerla mojada en alcohol. De la botella del ron perrero que había dejado en reserva sirvió unas buenas porciones en sendos vasos. Solo entonces tuvo plena conciencia de su situación: ¿aquel hombre le pagaría cien dólares diarios por ayudarlo a saber algo? Casi sintió un vahído. En el mundo destartalado y empobrecido en que Conde vivía, cien dólares eran una fortuna. ¿Y si trabajaba cinco días? El vahído se hizo más fuerte y para controlarlo se dio un trago directamente del pico de la botella. Con los vasos en la mano y la mente desbocada de planes económicos regresó al portal.

—¿Se atreve? —le preguntó a Elías Kaminsky extendiéndole el vaso que el otro aceptó susurrando un gracias—. Es ron barato..., el que yo tomo.

—No está mal —dijo el forastero luego de probarlo con cautela—. ¿Es haitiano? —preguntó con aires de catador, y de inmediato extrajo otro Camel y le dio fuego.

Conde se dio un lingotazo largo y se hizo el que degustaba aquel mofuco devastador.

—Sí, debe ser haitiano... Bueno, si quiere hablamos mañana en su hotel y me cuenta los detalles... —comenzó Conde, tratando de ocultar su ansiedad por saber—, pero dígame ahora qué es lo que usted cree que yo puedo ayudarlo a averiguar.

—Ya le dije, es una historia larga. Tiene mucho que ver con la vida de mi padre, Daniel Kaminsky... Para empezar, digamos que busco la pista de un cuadro, según todas las informaciones, un Rembrandt.

Conde no tuvo más remedio que sonreír. ¿Un Rembrandt, en Cuba? Años ha, cuando era policía, la existencia de un Matisse lo había llevado a meterse en una dolorosa historia de pasión y odio. Y el Matisse había resultado ser más falso que el juramento de una puta... o de un policía.* Pero la mención de un posible cuadro del maestro holandés era algo demasiado magnético para la curiosidad del Conde, cada vez más acelerada, quizás por la combustión de aquel ron tan horroroso que parecía haitiano y la promesa de un pago contundente.

—Así que un Rembrandt... ¿Cómo es esa historia y qué tiene que ver con su padre? —Empujó al extraño y añadió argumentos para convencerlo—. A esta hora aquí casi no hay calor... y me queda el resto de la botella de ron.

Kaminsky vació su trago y le extendió el vaso a Conde.

—Ponga el ron en los gastos...

—Lo que voy a poner es un bombillo en la lámpara. Mejor si nos vemos bien las caras, ¿no cree?

Mientras buscaba el bombillo, una silla sobre la que encaramarse, colocaba el bulbo en el enchufe y por fin se hacía la luz, Conde estuvo pensando que, en realidad, él no tenía remedio. ¿Por qué coño alentaba a aquel hombre a contarle su relato filial si lo más probable era que no pudiera ayudarlo a encontrar nada? ¿Solo porque si aceptaba le iban a pagar? «¿A eso has llegado, Mario Conde?», se preguntó y prefirió, de momento, no hacer el intento de responderse.

Cuando volvió a su sillón, Elías Kaminsky sacó una fotografía del bolsillo prodigioso de su camisa casual y se la extendió al otro.

—La clave de todo puede ser esta foto.

Se trataba de una copia reciente de una impresión antigua. El sepia original de la fotografía se había tornado gris, y se podían observar los bordes irregulares de la cartulina primigenia. En la estampa se veía a una mujer, entre los veinte y los treinta años, ataviada con un vestido oscuro y sentada en una butaca de tela brocada y respaldo alto. Junto a la mujer, un niño, de unos cinco años, de pie, con una mano sobre el regazo de la señora, miraba hacia el objetivo. Por las ropas y los peinados Conde supuso que la imagen había sido tomada entre las décadas de 1920 y 1930. Ya advertido del tema, luego de observar a los personajes, Conde se concentró en un pequeño cuadro colgado tras ellos, por encima de una mesilla donde reposaba un jarrón con flores blancas. El cuadro tendría, tal vez, unos cuarenta por veinticinco centímetros, a juzgar por su relación con la cabeza de la mujer. Conde movió la cartulina, buscando la mejor iluminación para estudiar la figura enmarcada: se trataba del busto de un hombre, con el pelo abierto sobre el cráneo y caído hasta los hombros, y una barba rala y descuidada. Algo indefinible se transmitía desde aquella imagen, sobre todo

* *Paisaje de otoño,* Tusquets Editores, 1998.

34

desde la mirada entre perdida y melancólica de los ojos del sujeto, y Conde se preguntó si se trataba del retrato de un hombre o de una representación de la figura de Cristo, bastante cercana a alguna que debía de haber visto en uno o más libros con reproducciones de pinturas de Rembrandt... ¿Un Cristo de Rembrandt en la casa de unos judíos?

—¿Este retrato es de Rembrandt? —preguntó, sin dejar de mirar la foto.

—La mujer es mi abuela, el niño es mi padre. Están en la casa donde vivieron en Cracovia... y la pintura ha sido autentificada como un Rembrandt. Se ve mejor con una lupa...

Del bolsillo casual salió ahora la lupa, y Conde observó con ella la reproducción, mientras preguntaba:

—¿Y qué tiene que ver ese Rembrandt con Cuba?

—Estuvo en Cuba. Luego salió de aquí. Y hace cuatro meses apareció en una casa de subastas de Londres para ser vendido... Salía al mercado con un precio base de un millón doscientos mil dólares, pues más que una obra acabada parece haber sido algo así como un estudio, de los varios que hizo Rembrandt para sus grandes figuras de Cristo cuando estaba trabajando en una de sus versiones de *Los peregrinos de Emaús*, la de 1648. ¿Usted sabe algo de ese tema?

Conde terminó su ron y observó otra vez la cartulina de la foto a través de la lupa, sin poder evitar la pregunta: ¿cuántos problemas de la vida de Rembrandt —bastante jodida según había leído— se hubieran podido resolver con aquel millón de dólares?

—Conozco poco... —admitió—. He visto láminas de ese cuadro... Pero si no recuerdo mal, en los *Peregrinos* Cristo mira hacia arriba, ¿no?

—Así es... El caso es que esta cabeza de Cristo parece haber llegado a manos de la familia de mi padre en 1648. Pero mis abuelos, unos judíos que venían huyendo de los nazis, la trajeron a Cuba en 1939... Era como su seguro de vida. Y el cuadro se quedó en Cuba. Pero ellos no. Alguien se hizo con el Rembrandt... Y hace unos meses otra persona, tal vez creyendo que había llegado el momento, empezó a tratar de venderlo. Ese vendedor se comunica con la casa de subastas a través de una dirección de correos en Los Ángeles. Tiene un certificado de autenticación fechado en Berlín, en 1928, y otro de compra, autentificado por un notario, fechado aquí en La Habana, en 1940..., justo cuando mis abuelos y mi tía ya estaban en un campo de concentración en Holanda. Pero gracias a esta foto, que mi padre conservó toda la vida, yo he detenido la subasta, pues hay mucha sensibilidad con el tema de las obras de arte robadas a los judíos antes y durante la guerra.

No le miento si le digo que no me interesa recuperar el cuadro por el valor que pueda tener, aunque no es poca cosa... Lo que sí quiero saber, y por eso estoy aquí, hablando con usted, es qué pasó con ese cuadro, que era la reliquia de mi familia, y con la persona que lo tenía acá en Cuba. Dónde estuvo metido hasta ahora... No sé si a estas alturas será posible saber algo, pero quiero intentarlo... y para eso necesito su ayuda.

Conde había dejado de mirar la foto y observaba al recién llegado, atraído por sus palabras. ¿Había oído mal o decía que no le interesaban demasiado el millón y tanto que valía la obra? Su mente, ya desbocada, había comenzado a buscar rutas para acercarse a aquella historia al parecer extraordinaria que le salía al paso. Pero, en aquel instante, no se le ocurría la menor idea: solo que necesitaba saber más.

—¿Y qué le contó su padre sobre la llegada de ese cuadro a Cuba?

—Sobre eso no me contó mucho porque lo único que sabía era que sus padres lo traían en el *Saint Louis.*

—¿El barco famoso que llegó a La Habana cargado de judíos?

—Ese mismo... Sobre el cuadro, mi padre sí me habló mucho. Sobre la persona que lo tenía acá en Cuba, menos...

Conde sonrió. ¿El cansancio, el ron y su mal ánimo lo volvían más bruto o se trataba de su estado natural?

—La verdad, no entiendo muy bien... o no entiendo nada... —admitió mientras le devolvía la lupa a su interlocutor.

—Lo que quiero es que me ayude a buscar la verdad, para yo también poder entender... Mire, ahora mismo estoy agotado, y quisiera tener la mente clara para hablarle de esta historia. Pero para convencerlo de que me escuche mañana, si es que podemos vernos mañana, nada más quiero confiarle algo... Mis padres salieron de Cuba en 1958. No en el cincuenta y nueve, ni en el sesenta, cuando se fueron de aquí casi todos los judíos y la gente que tenía plata, huyendo de lo que ellos sabían que sería un gobierno comunista. Estoy seguro de que esa salida de mis padres en 1958, que fue bastante precipitada, está relacionada con este Rembrandt. Y desde que el cuadro volvió a aparecer para la subasta, más que creer, estoy convencido de que esa relación de mi padre con el cuadro y su salida de Cuba tienen una conexión que puede haber sido muy complicada...

—¿Por qué muy complicada? —preguntó Conde, ya persuadido de su anemia mental.

—Porque si pasó lo que pienso que pasó, quizás mi padre hizo algo muy grave.

Conde se sintió a punto de explotar. El tal Elías Kaminsky o era el peor contador de historias que jamás hubiese existido o era un comemierda con título y diploma. A pesar de su pintura, sus cien dólares diarios y su ropa casual.

—¿Me va a decir por fin qué fue lo que pasó y la verdad que le preocupa?

El mastodonte recuperó su vaso y bebió el fondo del ron servido por Conde. Miró a su interlocutor y al fin dijo:

—Es que no es fácil decir que uno piensa que su padre, al que siempre vio como eso, como un padre..., puede haber sido la misma persona que le cortó el cuello a un hombre.

3
Cracovia, 1648-La Habana, 1939

Dos años antes de aquella mañana dramáticamente silenciosa en que Daniel Kaminsky y su tío Joseph se disponían para acercarse al puerto de La Habana y presenciar el esperado atraque del *Saint Louis*, la cada vez más tensa situación de los judíos europeos había comenzado a complicarse a un ritmo acelerado, capaz de augurar la llegada de nuevas y grandes desgracias. Fue entonces cuando los padres de Daniel decidieron que lo mejor sería colocarse en el centro de la tormenta y aprovechar la fuerza de sus vientos para propulsarse hacia la salvación. Por eso, valiéndose del hecho de que Esther Kellerstein había nacido en Alemania y sus padres aún vivían allí, Isaías Kaminsky, su esposa y sus hijos Daniel y Judit, luego de comprar la venia de unos funcionarios, consiguieron abandonar Cracovia y viajar a Leipzig. Allí el médico esperaba hallar una salida satisfactoria, junto con los otros miembros del clan de los Kellerstein, una de las familias más prominentes de la ciudad, reconocidos fabricantes de delicados instrumentos musicales de madera y de cuerdas que habían dado alma y sonido a incontables sinfonías alemanas desde los tiempos de Bach y Händel.

Ya establecidos en Leipzig, apoyándose en los contactos y el dinero de los Kellerstein, Isaías Kaminsky había comenzado la evacuación de los suyos con la muy complicada compra de un permiso de salida y un visado de turista para su hijo varón, que acababa de cumplir los ocho años. El destino inicial del muchacho sería la remota isla de Cuba, donde debía esperar el cambio de condición de su visado para viajar a Estados Unidos y la salida de sus padres y su hermana, que confiaban en que se produjese con cierta rapidez, si era posible directo hacia Norteamérica. La elección de La Habana como ruta para Daniel se debió a lo complicado que resultaba migrar hacia Estados Unidos y a la favorable condición de que, desde hacía unos años, allí vivía Joseph, el hermano mayor de Isaías, ya convertido por el desenfado cubano en Pepe Cartera, y a su disposición para presentarse ante las autoridades de la isla como sostén económico del muchacho.

Para los otros tres miembros de la familia varados en Leipzig las cosas resultaron más complicadas: por un lado, las restricciones de las autoridades alemanas para que los judíos residentes en su territorio emigrasen a cualquier parte, a menos que tuvieran capital y entregaran hasta el último centavo de su patrimonio; por otro, la creciente dificultad que entrañaba conseguir un visado, en especial con destino a Estados Unidos, donde Isaías tenía puesta la mira, pues lo consideraba el país ideal para un hombre de su profesión, cultura y aspiraciones; y, por último, la empecinada confianza de los patriarcas de la familia Kellerstein de que siempre iban a gozar de cierta consideración y respeto gracias a su posición económica, lo cual debía facilitarles, cuando menos, conseguir una venta satisfactoria de su negocio, un trato capaz de permitirles la apertura de uno tal vez más modesto en otra parte del mundo. Sería aquella suma de sueños y deseos, unido a lo que Daniel Kaminsky luego juzgaría como un profundo espíritu de sumisión y una paralizante incapacidad de comprensión de lo que estaba ocurriendo, la que les robaría unos meses preciosos para intentar alguna de las vías de escape ya practicadas por otros judíos de Leipzig que, menos románticos e integrados que los Kellerstein, se habían convencido de que no solo sus negocios, casas y relaciones estaban en juego, sino, y sobre todo, sus vidas, por el hecho de ser judíos en un país que había enfermado del más agresivo nacionalismo.

La compacta confianza en la gentileza y urbanidad alemanas con las cuales habían convivido y progresado por generaciones, no salvó a los Kellerstein de la ruina y la muerte. Si para aquella época ya los judíos alemanes habían perdido todos sus derechos y eran parias civiles, entonces se dio otra vuelta de tuerca que convertía su condición religiosa y racial en un delito. La noche del 9 al 10 de noviembre de 1938, seis meses después de la salida de Daniel hacia Cuba, los Kellerstein prácticamente lo perdieron todo durante la jornada negra de los Cristales Rotos.

Dispuestos a buscar un visado hacia cualquier parte del mundo en donde al menos no corrieran iguales peligros, los padres y la hermana de Daniel fueron a dar a Berlín, acogidos por un médico no judío, ex compañero de Isaías Kaminsky en sus años de estudios universitarios. Allí Isaías, mientras corría de un consulado a otro, fue testigo de las grandes marchas nazis y pudo tener una noción definitiva de lo que se avecinaba para Europa. En una de las cartas que en ese tiempo le escribió a su hermano Joseph, Isaías trataba de explicar, o tal vez de explicarse a sí mismo, lo que sentía en aquellos momentos. La misiva, que años después el tío Pepe le entregaría a Daniel y, otros años después, Daniel pondría en manos de su hijo Elías, constituía una vívida constatación de cómo el miedo invade a un individuo cuando las fuerzas desatadas y manipuladas de una sociedad lo eligen como enemigo y le sustraen el recurso de apelación, en este caso solo por profesar determinadas ideas que los otros, la mayoría manipulada por un poder totalitario, han asumido como perniciosas para el bien común. El deseo de escapar de sí mismo, de perder la singularidad en la vulgaridad homogénea de la masa, se ofrecían como alternativas contra el miedo y las manifestaciones más irracionales de un odio revestido de deber patriótico y asimilado por una sociedad alterada por una creencia mesiánica en su destino. En uno de los párrafos finales de la misiva Isaías afirmaba: «Sueño con ser transparente». Aquella frase, resumen de su dramática voluntad de sumisa evasión, sería la inspiración capaz de mover muchas de las actitudes de su hijo y lo impulsaría, más que al deseo de adquirir una transparencia, a la búsqueda de convertirse en otro.

Fue en el momento más tenso de aquel trance, sintiéndose al borde de la asfixia por la presión nazi, cuando el doctor Isaías Kaminsky recibió un cablegrama enviado desde La Habana, en el cual Joseph le anunciaba la apertura de una brecha inesperada hacia la salvación: una agencia del Gobierno cubano montaría una oficina en la embajada de Berlín para realizar la venta de visados a los hebreos que quisieran viajar a la isla en condición de turistas. El mismo día que comenzó a funcionar la agencia, Isaías Kaminsky se presentó en la embajada y logró comprar los tres visados. De inmediato, con la ayuda de los Kellerstein y su colega médico, pagó la cuota exigida por el Gobierno alemán para conceder el permiso de salida a los judíos y, por fin, los billetes de primera clase para un transatlántico autorizado por la dirección de Inmigración a zarpar desde Hamburgo con destino a La Habana: el *S.S. Saint Louis,* que se hizo a la mar el 13 de mayo de 1939, previendo llegar a Cuba justo dos semanas más tarde, y depositar allí su carga humana de novecientos treinta y siete judíos alborozados por su buena fortuna.

Cuando Joseph Kaminsky y su sobrino Daniel llegaron al puerto la mañana del 27 de mayo de 1939, aún no había amanecido. Pero, gracias a los reflectores colocados en la Alameda de Paula y el muelle de Caballería, descubrieron con júbilo que el lujoso transatlántico ya estaba anclado en la bahía, pues había llegado varias horas antes de lo previsto, azuzado por la presencia de otros navíos cargados de pasajeros judíos, también en busca de un puerto americano dispuesto a aceptarlos. Lo primero en llamar la atención de Pepe Cartera fue que la nave había debido fondear lejos de los puntos por donde solían atracar los barcos de pasajeros: o el muelle de Casablanca, donde se hallaba el Departamento de Inmigración, o el de la línea Hapag, la Hamburgo-Amerikan Linen, a la cual pertenecía el *Saint Louis* y por donde desembarcaban los turistas de paso por La Habana.

En las inmediaciones del puerto ya se habían reunido cientos de personas, la mayoría judíos, pero también muchísimos curiosos, periodistas, policías. Y al borde de las seis y treinta de la mañana, cuando se encendieron las luces de cubierta y se escuchó la señal de sirena ordenada por el capitán del buque para abrir los salones del desayuno, muchos de los reunidos en el muelle saltaron de alegría, provocando una prolongada algarabía a la que se sumaron los pasajeros, pues unos y otros la asumieron como la indicación del inminente desembarco.

Con los años y gracias a la información recogida, Daniel Kaminsky llegó a comprender que aquella aventura destinada a trazar la suerte de su familia había nacido torcida de un modo macabro. En realidad, mientras el *Saint Louis* navegaba hacia La Habana, ya estaban marcados cada uno de los pasos de la tragedia en la que terminaría aquel episodio, uno de los más bochornosos y mezquinos de la política en todo el siglo XX. Porque en la suerte de los judíos embarcados en el *Saint Louis* se vinieron a cruzar, como si quisieran dar forma a las espirales de un lazo para la horca, los intereses políticos y propagandísticos de los nazis, empeñados en mostrar que ellos permitían emigrar a los judíos, y las estrictas políticas migratorias reclamadas por las distintas facciones del Gobierno de Estados Unidos, más el peso decisivo que sus presiones ejercían sobre los gobernantes cubanos. Al lastre de aquellas realidades y manejos políticos se sumaría, como colofón, el mayor mal que azotó a Cuba durante aquellos años: la corrupción.

Los imprescindibles permisos de viaje concedidos por la agencia cubana radicada en Berlín fueron una pieza clave en el juego perverso que envolvería a los padres y la hermana de Daniel y a otros muchos de los novecientos treinta y siete judíos embarcados en el transatlántico. Muy pronto se sabría que su venta formaba parte de un negocio montado por el senador y ex coronel del ejército Manuel Benítez González, que, gracias a la cercanía de su hijo con el poderoso general Batista, detentaba por ese entonces el cargo de director de Inmigración... A través de su agencia de viajes, Benítez llegó a vender unos cuatro mil permisos de entrada en Cuba, a ciento cincuenta pesos cada uno, lo que generó la fabulosa ganancia de seiscientos mil pesos de la época, una plata con la cual debió de mojarse mucha gente, quizás hasta el mismo Batista, a cuyas manos iban a dar todos los hilos que movieron al país desde su Rebelión de los Sargentos de 1933 hasta su bochornosa huida en la primera madrugada de 1959.

Por supuesto, al enterarse de aquellos movimientos, el entonces presidente cubano, Federico Laredo Bru, decidió que había llegado la hora de entrar en el juego. Movido por presiones de algunos de sus ministros, pretendió mostrar su fortaleza ante el poder de Batista, pero también, como era la usanza nacional, se dispuso a obtener una tajada en el pastel. El primer gesto presidencial fue aprobar un decreto mediante el cual cada refugiado que pretendiese llegar a Cuba debía aportar quinientos pesos para demostrar que no sería una carga pública. Y cuando ya los permisos de Benítez y los pasajes del *Saint Louis* estaban vendidos, dictó otra ley con la cual invalidaba las visas de turistas dadas con anterioridad, y a través de la cual exigía a los pasajeros el pago de casi medio millón de dólares al Gobierno cubano para permitir su ingreso en la isla en calidad de refugiados.

Los embarcados en el transatlántico, por supuesto, no podían aportar aquellas sumas. Al abandonar suelo alemán, a los presuntos turistas solo se les había permitido salir con una maleta de ropa y diez marcos, equivalentes a unos cuatro dólares. Pero, como parte de su juego, Goebbels, el jefe de la propaganda alemana y demiurgo de aquel episodio, había hecho circular el rumor de que los refugiados viajaban con dinero, diamantes, joyas que sumaban una enorme fortuna. Y el presidente cubano y sus asesores le dieron al jerarca nazi mucho más que el beneficio de la duda.

Cuando amaneció, el gentío arracimado en el puerto ya sobrepasaba las cinco, seis mil personas. El niño Daniel Kaminsky no entendía nada, pues los comentarios que circulaban eran continuos y contradictorios: unos provocaban la esperanza y otros el desconsuelo. La gente incluso corría apuestas: a que desembarcan o a que no desembarcan, y apoyaban sus decisiones con diversos argumentos. Para consuelo de los pasajeros y de sus parientes alguien informó de que los trámites del descenso solo se habían pospuesto por ser fin de semana y estar de asueto la mayoría de los funcionarios cubanos. Pero la mayor confianza en el bando de los familiares estaba depositada en la certeza de que en Cuba todo se podía comprar o vender, y por tal razón pronto llegarían a La Habana unos enviados del Comité para la Distribución de los Refugiados Judíos, dispuestos a negociar los precios fijados por el Gobierno cubano...

En realidad Joseph Kaminsky y su sobrino Daniel tenían una muy poderosa razón para estar más optimistas que el resto de los familiares de los viajeros hacinados en el puerto de La Habana. El tío Pepe Cartera ya le había confiado al muchacho, en el mayor secreto, que sus padres y su hermana tenían en las manos algo mucho más cotizado que unos visados: poseían una llave capaz de abrirles, de par en par, las puertas de la isla a los tres Kaminsky embarcados en el *Saint Louis*. Porque con ellos viajaba, de algún modo hurtada a las requisas nazis, la pequeña tela con una pintura antigua que por años había estado colgada en alguna pared de la casa familiar. Aquella obra, firmada por un famoso y muy cotizado pintor holandés, ya era capaz de alcanzar un valor que, suponía Joseph, sobrepasaría con creces las exigencias de cualquier funcionario de la policía o de la secretaría de Inmigración cubanas, cuyas bondades, aseguraba el hombre, se solían comprar por muchísimo menos dinero.

A lo largo de casi tres siglos la pintura que representaba la cara de un hombre clásicamente judío pero a la vez clásicamente parecido a la imagen iconográfica del Jesús de los cristianos, había pasado por varios estados de relación con la familia Kaminsky: un secreto, una reliquia familiar y, al final, una joya sobre la cual los últimos Kaminsky que disfrutaron de su posesión apostarían sus mayores esperanzas de salvación.

En la casa de Cracovia donde Daniel había nacido en 1930, los Kaminsky, aunque ya no tenían el desahogo económico de unas décadas atrás, vivían con las comodidades de una típica familia judía pequeñoburguesa. Algunas fotos salvadas del desastre lo demostraban. Muebles de maderas nobles, espejos alemanes, viejos jarrones de porcelana de Delft se veían en esas cartulinas teñidas de sepia. Y sobre todo lo revelaba aquella precisa foto de Daniel a los cuatro, cinco años, acompañado por su madre Esther, una instantánea tomada en el luminoso salón que hacía las veces de comedor. En aquella imagen se veía, justo detrás del niño y por encima de una mesa engalanada con un jarrón cargado de flores, el marco de ébano labrado en el cual Isaías había hecho montar, como si fuese el blasón del clan, la pintura que representaba a un hombre trascendente con trazas de judío y la mirada perdida en lo infinito.

Cuarenta años atrás el tratante de pieles Benjamín Kaminsky, padre de Joseph, del ya difunto Israel y de Isaías, había logrado amasar una generosa fortuna y, decidido a garantizar el futuro de sus hijos, había insistido en legarles algo que nadie podría arrebatarles: sus estudios. Antes de que se iniciara la guerra de 1914 había enviado a Bohemia al primogénito Joseph, para que allí desarrollara sus notables habilidades manuales entrenándose con los mejores artífices del trabajo con pieles, muy reconocidos en aquella región del mundo. De esta manera, el día que heredara el negocio familiar lo haría con una preparación capaz de garantizarle un rápido progreso. Después, Benjamín había encaminado al malogrado Israel a estudiar ingeniería en París, donde el joven muy pronto decidió establecerse, deslumbrado por la ciudad y la cultura francesa. Para su desgracia, en su proceso de afrancesamiento Israel acabaría enrolándose en el ejército francés para terminar sus días en una trinchera desbordada de barro, sangre y mierda en las inmediaciones de Verdún. Después de la Gran Guerra, aún en medio de la crisis que acabó con tantas fortunas y de la inestabilidad política en que se vivía, el peletero invirtió sus últimos activos en enviar a su propio benjamín, Isaías, a hacerse médico en la Universidad de Leipzig. Fue en esa época cuando el joven conoció a Esther Kellerstein, hija de una solvente y reputada familia de la ciudad, la bella muchacha con la que se casó y, en 1928, se estableció en Cracovia, la patria ancestral de los Kaminsky.

Muerto en la guerra el hermano Israel y confesadas las intenciones de Joseph de largarse a buscarse la vida en un nuevo mundo donde no se viviera en constante temor a un pogromo, el padre de Isaías le había dado al hijo menor la custodia de aquella pintura antigua que, por varias generaciones, siempre fuera entregada al primogénito varón de la estirpe. Por primera vez la futura propiedad de la obra, de cuyo valor ya tenían noticias más confiables, sería compartida entre dos hermanos, aunque desde el principio, Joseph, siempre frugal, con cierta vocación de ermitaño y despojado de grandes ambiciones, prefirió dejarla al cuidado de su hermano «intelectual», como solía decirle al médico, pues, además, debido a su tendencia a la ortodoxia religiosa, nunca había tenido una relación de simpatía con aquel retrato. Más bien lo contrario. Gracias a todas esas condiciones, años más tarde, cuando Joseph supo de las dificultades económicas entre las cuales Isaías trataba de obtener una vía de escape de Alemania para él y su familia, le resultó fácil tomar una determinación. Aquel hombre que solía contar los centavos y tenía al sobrino Daniel —y a sí mismo— siempre al borde de la inanición para no hacer gastos excesivos en cosas que, al final, decía, se convertían en mierda (debido a su estreñimiento crónico, vivió hasta la muerte obsesionado con la mierda y preocupado por el acto traumático de su evacuación), le había escrito a su hermano confirmándole que podía disponer con toda libertad del cuadro si llegaba el momento en que, con su venta, garantizaba su supervivencia. Tal vez ese era el destino manifiesto de aquella controvertida y herética joya rocambolescamente obtenida por la familia casi trescientos años atrás.

Nadie sabía a ciencia cierta cómo aquella pintura, un lienzo más bien pequeño, había llegado a manos de unos remotos Kaminsky, según todo parecía indicar, a mediados del siglo XVII, poco después de haber sido pintada. Aquella época precisa había sido la más terrible vivida por la comunidad judía de Polonia, aunque muy pronto sería superada en crueldad y cantidad de víctimas. A pesar del mucho tiempo transcurrido, para todos los judíos del mundo resultaba muy conocida la historia de la persecución, martirio y muerte de varios miles de hebreos por las hordas borrachas de sadismo y odio de los cosacos y los tártaros, una carnicería llevada hasta más allá de todos los extremos entre 1648 y 1653.

La crónica familiar en torno a la pintura que los Kaminsky poseían desde esos tiempos turbulentos se había montado a partir de una fabulosa, romántica y para muchos de ellos falsa historia de un rabino que, huyendo del avance de las tropas cosacas, había escapado casi por milagro del sitio de la ciudad de Nemirov, primero, y de Zamosc, después. El mítico rabino, decían, había conseguido llegar a Cracovia, donde, para su mala fortuna, lo había atrapado otro enemigo tan implacable como los cosacos: la epidemia de peste que en un verano acabó con la vida de veinte mil judíos solo en aquella ciudad. De generación en generación los miembros del clan se contarían que el médico Moshé Kaminsky había atendido al rabino en sus últimos trances, y cómo aquel sabio (cuya familia había sido masacrada por los cosacos del célebre Chemiel el Perseguidor, un asesino para los judíos y héroe justiciero para los ucranianos), al comprender cuál sería el desenlace, había entregado unas cartas y tres pequeños lienzos al médico. Las pinturas eran aquella cabeza de un hombre, a todas luces judío, que de una manera muy naturalista pretendía ser una representación del Jesús cristiano, aunque con la evidente intención de resultar más humano y terrenal que la figura establecida por la iconografía católica de la época; un pequeño paisaje de la campiña holandesa; y el retrato de una joven, vestida a la usanza holandesa de aquellos tiempos. Las cartas nadie supo lo que decían, pues estaban escritas en un idioma incomprensible para los judíos del Este y los polacos, y en algún momento tomaron un rumbo desconocido, al menos para los descendientes del médico que conservaron y transmitieron la historia del rabino y las pinturas.

Según aquella leyenda familiar, el rabino le había contado al doctor Moshé Kaminsky que había recibido las telas y cartas de manos de un sefardí que decía ser pintor. El sefardí le había asegurado que el retrato de la joven era obra suya, que el paisaje lo había pintado un amigo suyo, mientras la cabeza de Jesús, o de un joven judío parecido al Jesús de los cristianos, en realidad era un retrato de él mismo, el joven sefardí, y había salido de las manos de su maestro, el más grande pintor de retratos de todo el mundo conocido... Un holandés llamado Rembrandt van Rijn, cuyas iniciales se podían leer en el borde inferior de la tela, junto a la fecha de ejecución: 1647.

Desde entonces la familia Kaminsky, también por puro prodigio escapada de las matanzas y las enfermedades de aquellos años tenebrosos, había conservado los lienzos y el relato bastante inverosímil que, según sabían, el remoto doctor había escuchado de labios del delirante rabino que había sobrevivido a varios asaltos cosacos. ¿Qué integrante de la comunidad judía polaca de la mitad del siglo XVII, desangrada y horrorizada por la violencia genocida que la diezmaba, podía creerse aquella historia de un judío sefardí, por más señas pintor, perdido por esos lares? ¿Cuál de aquellos hijos de Israel, por aquel tiempo fanatizados hasta la desesperación con las andanzas por Palestina de un tal Sabbatai Zeví que se había proclamado el verdadero Mesías capaz de redimirlos, cuál de aquellos judíos iba a creer que por los campos de la Pequeña Rusia pudiese andar un sefardí, venido a Ámsterdam, quien, para colmo de despropósito, se reconocía pintor? Porque ¿dónde se había visto alguna vez a un judío pintor? ¿Y cómo ese increíble judío pintor podría y se atrevería a andar por aquellos territorios con tres óleos, entre ellos un retrato suyo demasiado parecido al de Cristo? ¿No era más posible que en alguno de los ataques de cosacos y tártaros el supuesto rabino se hubiera apropiado, por sabe Dios qué mañas, de aquellas pinturas? ¿O que el ladrón fuese el propio doctor Moshé Kaminsky, creador de la torpe fábula del sefardí pintor y el rabino muerto para ocultar tras esos personajes algún acto oscuro realizado durante los años de la peste y la matanza? Fuera o no verdadera la historia, lo cierto fue que el médico entró en posesión de las obras y las guardó hasta el final de su vida sin mostrárselas a nadie, por temor a ser considerado un adorador de imágenes idolátricas. Por desgracia, decían los descendientes que por siglos fueron transmitiendo la crónica y la herencia, el pequeño paisaje de la campiña holandesa había llegado muy deteriorado a las manos de Moshé Kaminsky, mientras, con los años, la pintura que reproducía el rostro de la muchacha judía, tal vez por la mala calidad de los pigmentos o de la tela, se fue desvaneciendo y agrietando, hasta esfumarse, escama a escama. Pero el retrato del joven judío, no. Como cabía esperar, varias generaciones de Kaminsky mantuvieron aquella pieza, quizás hasta valiosa, oculta de las miradas públicas, muy en especial de las miradas de otros judíos polacos, cada vez más ortodoxos y radicales, pues el acto de exhibirla podía ser considerado una enorme violación de la Ley sagrada, ya que no solo se trataba de una imagen humana, sino de la imagen de un judío que encarnaba al pretendido mesías.

Fue el padre de Benjamín y bisabuelo de Daniel Kaminsky el primero del clan que se atrevió a colocar en un lugar visible de su casa aquella pintura. Para algo era medio ateo, como buen socialista, y hasta llegó a ser un líder obrero más o menos importante en la Cracovia de la mitad del siglo XIX. Desde entonces la crónica familiar sobre el cuadro adquirió nuevos ribetes dramáticos, pues uno de aquellos socialistas judíos, compañero de luchas del bisabuelo de Daniel Kaminsky, resultó ser un sindicalista francés y, según decía él mismo, íntimo amigo de Camille Pisarro, ese sí judío y pintor, y mucho se ufanaba de sus conocimientos de la pintura europea. Desde el primer día que el francés vio en la casa el retrato de la cabeza del joven judío, le aseguró a su camarada Kaminsky que tenía en una pared nada más y nada menos que una pieza del holandés Rembrandt, uno de los artistas más admirados por los pintores parisinos de aquella época, incluido su amigo Pisarro.

Pero fue Benjamín Kaminsky, el abuelo de Daniel, que no era socialista y sí un hombre muy interesado en hacer dinero por cualquier vía, el que un día cargó con el cuadro y lo llevó al mejor especialista de Varsovia. El técnico le certificó que se trataba, en efecto, de una pintura holandesa del siglo XVII, pero no pudo garantizar si se trataba de una obra de Rembrandt, aunque tuviera muchos elementos de su estilo. El principal problema para su autenticación se debía a que en el estudio de Rembrandt se habían pintado varias cabezas como aquella, más o menos acabadas, y existía entre los catalogadores una gran confusión respecto a cuáles eran obras del maestro y cuáles de sus alumnos, a los que muchas veces hacía pintar piezas con él o a partir de las suyas. En ocasiones, si le satisfacía el resultado, el maestro incluso las firmaba y luego las vendía como suyas... Por eso el especialista polaco, ateniéndose a ciertas soluciones demasiado fáciles, como de obra inacabada, se inclinaba a pensar que se trataba de una obra pintada por un discípulo de Rembrandt, en el taller de Rembrandt, y mencionó varios posibles autores. No obstante, dijo el hombre, se trataba de una tela sin duda importante (aunque no demasiado valiosa en términos económicos por no ser obra de Rembrandt), pero advertía que su juicio no debía ser tomado como definitivo. Tal vez los especialistas holandeses o los puntillosos catalogadores alemanes...

El hecho de estar un poco decepcionado por la más que posible pertenencia del cuadro a un alumno y no al cada vez más valorado maestro holandés, hizo que Benjamín Kaminsky no le diera a la pintura otro destino que un modesto marco colocado en la sala de la casa familiar. Porque, de haber tenido la certeza de su valor, lo más seguro es que hubiera convertido la reliquia en dinero, un dinero que, también lo más seguro, se habría hecho agua y sal durante cualquiera de las crisis de aquellos años terribles, anteriores y posteriores a la guerra mundial.

Sería el propio doctor Isaías Kaminsky quien por fin decidió someter al cuadro a un análisis riguroso. Hombre más curioso y espiritual que su progenitor, quiso salir de dudas y se lo llevó consigo a Berlín cuando viajó a Alemania para casarse con la bella Esther Kellerstein en 1928. Entonces se citó con dos especialistas de la ciudad, profundos conocedores de la pintura holandesa del período clásico, y les presentó el retrato del joven judío semejante al Jesús de la iconografía cristiana y... ambos certificaron que, aunque más bien parecía un estudio que una obra terminada, sin duda se trataba de una tela de la serie de los *tronies* (como les llamaban los holandeses a los retratos de bustos) pintados en la década de 1640 en el taller de Rembrandt, con la imagen de un Cristo muy humano. Pero, agregaron, aquella en específico, casi con toda seguridad, había sido pintada... ¡por Rembrandt!

Cuando tuvo la certeza del origen y valor de la obra, Isaías Kaminsky encargó su limpieza y restauración, al tiempo que le escribía una larga carta a su hermano Joseph, ya radicado en La Habana y en proceso de convertirse en Pepe Cartera, narrándole los detalles de la fabulosa confirmación. Gracias al juicio de los especialistas, Isaías pensaba ahora que debía de haber mucho de verdad en lo que, *supuestamente,* había dicho aquel mítico judío sefardí holandés, *supuestamente* pintor, cuando *supuestamente* entregó la tela al rabino —¿por qué?, ¿por qué dársela a alguien si ya por aquella época debía de ser muy valiosa?— que, luego de escapar tantas veces de las espadas y los caballos de los cosacos, terminó atrapado por la peste negra que asolaba la ciudad de Cracovia y fue a agonizar en los brazos del doctor Moshé Kaminsky. El generoso rabino que, antes de morir, *supuestamente* le había regalado al médico tres pinturas al óleo, un puñado de cartas y aquel extraordinario relato sobre la existencia de un sefardí holandés apasionado por la pintura, perdido en las inmensas praderas de la Pequeña Rusia. Una historia en la cual, comprobado el origen del cuadro, ahora los Kaminsky tenían más motivos para creer.

La zona del puerto pronto se convertiría en una especie de carnaval grotesco. Desde la misma mañana del sábado 27 de mayo, el día del arribo del *Saint Louis*, los miles de judíos radicados en La Habana, tuvieran o no familiares en el barco, habían acampado en los muelles, rodeados por una infinidad de curiosos, periodistas, las prostitutas y marinos de siempre y unos policías deseosos de ejercer como policías y reprimir a alguien. En las aceras, portales, comercios se habían montado puestos de ventas de comida y refrescos, sombrillas y prismáticos, sombreros y sillas de tijera, oraciones católicas y atributos afrocubanos, abanicos y chancletas, remedios para la insolación y periódicos con las penúltimas noticias sobre las transacciones que determinarían si los pasajeros se quedaban o se iban con su música a otra parte, como dijera uno de los voceadores. El más lucrativo de los negocios, sin duda, era el alquiler de botes a bordo de los cuales las personas con familiares en el transatlántico se aproximaban al buque todo cuanto les permitía el cordón formado por las lanchas de la policía y la marina, para desde allí ver a sus parientes y, si sus voces llegaban, transmitirles algún mensaje de aliento.

Durante aquellos días Daniel Kaminsky advirtió muy pronto cómo sus sentidos se embotaban con tal acumulación de experiencias y descubrimientos que le resultaban alucinantes. Si los meses ya vividos en la ciudad le habían permitido admirarse por su vitalidad y desenfado, el hecho de haber pasado una buena parte de su tiempo entre judíos como él y su incapacidad para entender la jerga veloz hablada por los cubanos apenas le había ofrecido la posibilidad de asomarse a la superficie del país. Pero aquel torbellino humano desatado por el barco cargado de refugiados a los que la gente insistía en llamar «polacos» resultaría ser una tormenta de pasiones e intereses que de alguna manera implicaba a un pobre inmigrante como él y al presidente de la República. Para Daniel, el dramático episodio funcionaría como un empujón hacia las entrañas de un mundo efervescente que ya le resultaba magnético: aquella capacidad cubana de vivir cada situación como si se tratase de una fiesta le parecía, incluso desde la perspectiva de su ignorancia y desesperación, un modo mucho más amable de pasar por la tierra y obtener de ese tránsito efímero lo mejor que pudiera ofrecer. Allí todo el mundo reía, fumaba, bebía cerveza, incluso en los velatorios; las mujeres, casadas, solteras o viudas, blancas y negras, caminaban con una cadencia perversa y se detenían en plena calle a conversar con conocidos o desconocidos; los negros gesticulaban como si bailaran y los blancos se vestían como proxenetas. Las personas, hombres y mujeres, se miraban a los ojos. Y aun cuando la gente se moviera con frenesí, en realidad nadie parecía apurarse por nada. Con los años y el aumento de su capacidad de comprensión, Daniel llegó a entender que no todas sus impresiones de aquellos tiempos resultaban fundadas, pues los cubanos afrontaban también sus propios dramas, sus miserias y sus dolores, aunque a la vez descubriría que lo hacían con una levedad y un pragmatismo del cual se enamoraría por el resto de su existencia con la misma intensidad con que sostendría su romance con los potajes de frijoles negros.

La tensa semana que el barco estuvo fondeado en La Habana fue un tiempo enloquecido en el que de día en día, e incluso dentro de un mismo día y a veces con el intervalo de minutos, se vivieron momentos de euforia sucedidos por otros de desencanto y frustración, aliviados por la llegada de una esperanza que luego se esfumaba y aumentaba las cuotas de sufrimientos acumulados por los familiares de los refugiados.

Las ilusiones de los primeros instantes siempre se sostuvieron en la posibilidad de alguna negociación económica con el Gobierno cubano y, sobre todo, en las presiones que los judíos establecidos en Norteamérica hacían o trataban de hacer sobre el presidente Roosevelt para que de manera excepcional alterase la cuota de refugiados admisibles en la Unión. Pero el paso de los días sin que se concretaran acuerdos en La Habana ni cambios de política en Washington se encargó de ir desinflando sueños.

Lo que más afectó a Daniel fue presenciar cómo, en aquella misma Cuba leve y festiva, la propaganda antisemita se había disparado hasta niveles insospechados en un país por lo general tan abierto. Alentada por los falangistas españoles, por los editoriales antiinmigrantes y antisemitas del *Diario de la Marina,* por los vociferantes miembros del Partido Nazi Cubano, por el dinero y las presiones de los agentes alemanes asentados en la isla, aquella expresión de odio invadió demasiadas conciencias. El niño Daniel Kaminsky, que tuvo ocasión de ver una marcha de resonancias berlinesas que reunió a cuarenta mil personas dedicadas a gritar improperios contra los judíos y, en general, contra los extranjeros, llegó a sentir en aquel momento que, de tanto imaginar un regreso a su mundo perdido, aquel mundo había venido a buscarlo en la distante, musical y colorida capital de la isla de Cuba.

La campaña contra el posible desembarco de los refugiados fue una explosión de oportunismos y mezquindades. Los pocos pero muy vociferantes nazis cubanos se oponían a cualquier inmigración que no fuese blanca y católica, y no solo exigían que se impidiera ingresar a los peregrinos del momento, sino hasta la expulsión de los otros judíos ya radicados en la isla y, de paso, de los braceros jamaicanos y haitianos, pues había que blanquear la nación. Los comunistas, por su lado, se vieron con las manos atadas por su lucha en favor de que no se dieran puestos de trabajo a los extranjeros, y admitir a los recién llegados podía ir contra esa política. Mientras, varios líderes de la comunidad de los más ricos comerciantes españoles, hombres casi todos de tendencia falangista, volcaron en los judíos su rechazo hacia sus compatriotas republicanos en desbandada, muchos de los cuales también pretendían asentarse en Cuba. Lo más doloroso, sin embargo, fue ver cómo la gente común, siempre tan abierta, muchas veces repetía cuanto le habían inculcado: los judíos son sucios, criminales, tramposos, avaros, comunistas, decían... Lo que Daniel Kaminsky, abrumado con tantos descubrimientos, nunca llegaría a entender del todo era que eso ocurriese en un país donde, antes y después, los judíos se integraron con toda tranquilidad, sin sufrir especiales discriminaciones y ninguna violencia. Resultaba evidente, era evidente, como después llegaría a entenderlo, que la propaganda y el dinero nazi habían conseguido su objetivo, con la colaboración por ellos prevista del Gobierno de Estados Unidos y su política de cuotas de emigrantes. Y, al mismo tiempo, que el juego político cubano había tomado como rehenes a los refugiados o que la cifra disponible por las organizaciones judías para comprar el desembarco de los peregrinos no resultaría suficiente para las desbocadas ambiciones de los políticos. También aprendió, para siempre, que el proceso de manipular a la masa y sacarle a la luz sus peores instintos resulta más fácil de explotar de lo que suele creerse. Incluso entre los cultos y gentiles alemanes. Incluso entre los abiertos y alegres cubanos.

Muy pronto la gente en la isla sabría que el presidente Bru, presionado por el Departamento de Estado norteamericano, no parecía dispuesto a arriesgarse a sufrir la ira del vecino poderoso por los doscientos cincuenta mil dólares a los cuales, en sus negociaciones con los enviados del Comité para la Distribución de los Refugiados, se había logrado levantar el monto que se pretendía pagar por el desembarco de los pasajeros del *Saint Louis*. Bru, esperanzado en salir de aquel mal paso al menos con los bolsillos bien llenos, insistió en fijar en medio millón la cifra exigida. Pero, al no conseguir esa suma y vencido por la presión norteamericana, terminaría por tomar la opción menos conveniente para él y para los pasajeros: cerraría las conversaciones con los abogados del Comité con la orden de que el 1 de junio, al sexto día de llegado el *Saint Louis* a La Habana, debía producirse su salida de las aguas jurisdiccionales cubanas.

Fue justo el día anterior cuando Pepe Cartera, vencido por los muchos ruegos de su sobrino y empujado por los alarmantes comentarios en circulación, accedió a pagar los dos pesos a los que, desde los veinticinco centavos per cápita del primer día, había subido la tarifa del paseo en bote hasta el transatlántico. Frente al llamado muelle de Caballería, Joseph y Daniel abordaron la pequeña lancha y, cuando estuvieron a la menor distancia permitida, el tío comenzó a gritar en yídish, hasta que unos minutos después Isaías, Esther y Judit, entre empellones, pudieron asomarse a la baranda de la cubierta inferior. Daniel siempre recordaría, sin perdonárselo jamás, cómo en ese instante fue incapaz de decirles nada a sus padres y su hermana: un llanto asfixiante le cortó la voz. Pero, en lo esencial, el viaje había valido para ellos mucho más que el exorbitante precio pagado, pues el tío Joseph pudo recibir el encriptado pero definitivo mensaje de su hermano: «Solo la cuchara sabe lo que hay dentro de la olla». En otras palabras, ya estaba pactada la venta de la herencia del sefardí...

A lo largo de aquellos cinco días, mientras se negociaba el destino de los pasajeros, apenas habían podido bajar del barco un par de docenas de judíos cuyos permisos de turistas habían sido cambiados por los de refugiados antes de salir de Hamburgo. Luego, otros pocos, que por alguna razón consiguieron semejante permuta, habían generado una ola de esperanzas. Las malas lenguas cubanas comentaron que un viejo matrimonio favorecido con el permiso de estancia eran los padres de una matrona de burdel especializada en aliviar vapores de los potentados locales, a los cuales, parecía evidente, tenía agarrados por los huevos... Por eso, la confirmada noticia de que Isaías utilizaba el cuadro para comprar el cambio de estatus de turista a refugiado se derramó como un bálsamo que durante las próximas cuarenta y ocho horas aliviaría la tensión de Joseph y Daniel Kaminsky.

Apenas regresaron a tierra, el tío y el sobrino se dieron la caminata hasta la sinagoga Adath Israel, en la calle Jesús María, pues la más cercana al muelle, la Chevet Ahim, de la calle del Inquisidor, era territorio sefardí y Pepe Cartera no transigía con determinadas cosas de la fe ni en casos de extrema urgencia. Una vez en el templo, frente al rollo de la Torá y el *menorah* que desde el sábado anterior permanecía con todas sus velas encendidas, hicieron lo que mejor podían hacer:

pedirle a Dios por la salvación de los suyos, incluso rogar su divina intercesión para tentar la ambición de un funcionario cubano, poniendo en sus plegarias toda la fe de sus corazones e inteligencias.

Al salir de la sinagoga, el tío Pepe Cartera casi se había dado de bruces con su patrón de entonces y de muchos años después, el muy rico judío norteamericano Jacob Brandon, dueño, entre otros negocios, del taller de peletería donde trabajaba el polaco, y además presidente en Cuba del Comité para la Distribución de los Refugiados. En aquel instante Joseph Kaminsky puso en práctica la esencia de la sabiduría hebrea y, de paso, le entregó una importante enseñanza al sobrino: cuando alguien sufre una desgracia, debe orar como si la ayuda solo pudiera venir de la providencia; pero al mismo tiempo debe actuar como si solo él pudiera hallar la solución a la desgracia. Por eso el tío, tratando a su patrón con el mayor respeto, le había explicado que entre los pasajeros del *Saint Louis* estaban tres de sus parientes, y cualquier interés del señor Brandon sería bien recibido. Jacob Brandon, que ya se había colocado la kipá, dispuesto a entrar en la sinagoga, sacó una pequeña libreta del bolsillo de su fino saco de hilo y, sin decir palabra, hizo unas anotaciones y se despidió de Joseph tocándolo en el hombro y del joven Daniel revolviéndole los encrespados cabellos.

Con ánimos renovados, los Kaminsky volvieron al muelle. La misión de ambos fue, desde ese instante, observar a cada uno de los funcionarios de Inmigración y policías que, con frecuencia, embarcaban en alguna de las lanchas oficiales y subían a bordo del transatlántico. ¿Cuál de ellos sería el que llevaría los permisos de residencia de Isaías, Esther y Judit? El tío Joseph apostaba por todos y cada uno, aunque prefería a los que iban con traje de civil y sombrero de pajilla. Aquellos funcionarios, agentes directos del Gobierno, habían sido escogidos entre los más alejados del ahora defenestrado director de Inmigración, Manuel Benítez, al cual incluso se le había prohibido acercarse a los muelles. Pero, como todos los otros, esos también tendrían su precio y si alguien, entre los más de novecientos pasajeros del *Saint Louis,* podía pagarlo con abundancia, ese era Isaías Kaminsky, gracias a la herencia dejada por el supuesto pintor sefardí aparecido sabía Dios por qué razón en las llanuras de la Pequeña Rusia con un retrato del Jesús cristiano en sus alforjas.

Fue justo aquella noche del 31 de mayo al 1 de junio cuando se hizo pública la decisión presidencial de que no habría tratos con el Comité para la Distribución de los Refugiados y que el transatlántico debía abandonar las aguas cubanas en las próximas veinticuatro horas. La fuente de la información debía de resultar demasiado confiable, pues la transmitió a los familiares el mismísimo Louis Clasing, el representante en La Habana de la línea Hapag a la cual pertenecía el *S.S. Saint Louis* y, según todas las lenguas, socio de Manuel Benítez en la venta de los visados derogados y buen amigo del general Batista.

No obstante, Daniel y Joseph Kaminsky, todavía sostenidos por la esperanza que significaba el poder de convencimiento del viejo cuadro holandés y la posible influencia del señor Brandon, decidieron permanecer en las inmediaciones del puerto. Su ansiedad había llegado al punto más alto y cada vez que una embarcación atravesaba el cordón de lanchas policiales corrían hacia el embarcadero y, a codazos, se abrían paso entre el gentío que, con iguales propósitos y esperanzas, se aglomeraba para ver quiénes viajaban hasta la tierra salvadora aunque nunca prometida por nadie. La mente de Daniel jamás pudo librarse del recuerdo de aquel espectáculo tenso y deprimente: las lanchas policiales que rodeaban al transatlántico habían sido cargadas con reflectores destinados a impedir fugas desesperadas de pasajeros o intentos de suicidio, y su halo de advertencia creaba una oscuridad más tétrica en el resto de la bahía, por lo que, hasta el arribo a la orilla, resultaba imposible saber quiénes desembarcarían, con lo cual aumentaban los desasosiegos de unas gentes alteradas por la dilatada espera y la inminencia de la partida ordenada por el Gobierno.

En una de aquellas lanchas había regresado del *Saint Louis* un periodista portador de dos anuncios espeluznantes: el primero, que la policía había debido intervenir en un motín de mujeres quienes, al saber la decisión presidencial, habían anunciado su disposición a lanzarse por la borda si no se les daba una solución satisfactoria a su demanda de asilo; la segunda novedad era que un médico había tratado de suicidarse, junto con su familia, mediante la ingestión de unas píldoras. Al escuchar la última noticia, el tío Pepe Cartera sintió un vahído que casi lo desmadeja. Por fortuna, Daniel no alcanzó a entender al periodista, pues todavía era incapaz de seguir el discurso de un cubano vociferante y apresurado. Pero cuando, reclamado por los que estaban más próximos a él, el periodista buscó en sus notas y leyó el apellido del suicida, Joseph Kaminsky sintió cómo el alma le volvía al cuerpo y fue otra de las contadísimas ocasiones en su vida que tuvo un gesto explícito de afecto con su sobrino: lo atrajo hacia sí y lo abrazó con tal fuerza que Daniel sintió en su mejilla el ritmo acelerado del corazón de su pariente.

A pesar del calor que todos aquellos días había asediado a los congregados en el puerto, el tío Joseph siempre fue al muelle vestido con el saco que solo usaba para las grandes festividades, y esa noche, cuando se decidió a permanecer en vigilia, lo utilizó para que el sobrino se acomodara en el portal de un negocio ubicado del otro lado de la Alameda de Paula. Apenas se arrebujó, la fatiga venció al muchacho. Esa noche, que terminaría siendo demasiado breve, Daniel soñó con lo único que su mente le reclamaba soñar: vio a sus padres y a su hermana bajar de una lancha en el muelle de la Hapag. Cuando Daniel despertó, alarmado por un vocerío y todavía en plena madrugada, demoró unos instantes en recuperar la conciencia de su situación y fue su corazón el que en ese momento se desbocó: estaba tirado en el suelo y junto a él roncaba o agonizaba un hombre. Sin nociones de dónde estaba, sin idea de dónde podría estar el tío y de quién era el personaje hediente a vómitos y alcoholes, el muchacho sintió deseos de gritar y de llorar. Justo en esos instantes, un lapso mínimo en lo que sería el tiempo de su vida, Daniel Kaminsky aprendió en toda su dimensión el significado de la palabra miedo. Sus anteriores experiencias habían sido demasiado vagas, más provocadas por los temores sentidos y revelados por otros que por uno sufrido en carne propia, nacido desde sus propias y conscientes entrañas. Por fortuna, aquel ramalazo de terror resultó paralizante y por eso permaneció acurrucado contra un escalón del soportal, cubierto con el saco del tío y unos periódicos del día anterior, observando las hormigas que trasladaban los restos del vómito adheridos a la boca del hombre caído. Unos minutos después respiró aliviado al ver a su tutor, que regresaba además con una noticia alentadora: seis judíos acababan de bajar a tierra gracias a unos visados concedidos por el consulado cubano en Nueva York. Como siempre, el dinero seguía siendo capaz de resolver muchas cosas, incluso las de más difícil apariencia. Abrazado al tío, perdido el control, Daniel había comenzado a llorar: por su miedo y por su alegría.

Hacia el mediodía del 1 de junio comenzaron a correr las últimas dieciocho horas que, por reclamo del capitán del transatlántico, el presidente Bru había prorrogado la estancia del *Saint Louis* en el puerto, un plazo concedido con el fin de que se pudiera reabastecer la nave en función de un viaje a Europa. Para todos los judíos confinados en el barco y para los atrincherados en tierra se hizo evidente que ya no habría más dilaciones. Como reafirmación de la terrible evidencia, pudieron observar la llegada de nuevas lanchas militares provenientes de los puertos de Matanzas, Mariel y Bahía Honda, dispuestas a evitar intentos de fuga de los pasajeros y a forzar la salida del barco si el capitán no cumplía lo ordenado. Esa misma tarde otra vez Louis Clasing, el hombre de la Hapag, había hecho circular el comunicado donde se informaba de que, ante la negativa de acogida a los refugiados por parte de Cuba y Estados Unidos, la embarcación regresaría a Hamburgo. Y al atardecer llegó el bombazo: los representantes del Comité para la Distribución de los Refugiados Judíos se marchaban de la isla con el rabo entre las piernas.

Las macabras manifestaciones de júbilo soltadas por los muchísimos partidarios de la expulsión de los aspirantes a refugiados tapiaron en cada ocasión los gritos de protesta, los llantos, alaridos y rezos de los miles de judíos que, con familiares o no a bordo de la embarcación, habían esperado un desenlace feliz de aquella trama tenebrosa, casi increíble por sus cuotas de crueldad. Ni para los que se creían vencedores ni para los que se sentían vencidos escapaba lo que en realidad podía significar para los pasajeros del *Saint Louis* aquella vuelta en redondo. Daniel Kaminsky, aunque demasiado joven para entender en toda su dimensión la gravedad del problema, sintió en ese momento unos incontrolables deseos de lanzarse al mar y nadar hasta el barco donde se hallaban sus seres queridos y abordar la nave para unirse a ellos y compartir el mismo destino. Pero en ese instante también se preguntó por qué sus padres y otros cientos de judíos no hacían lo contrario, y se lanzaban al mar a jugarse una última carta con su acción. ¿Por miedo a morir? No, no era miedo a la muerte, pues todos decían que era la muerte lo que casi con toda seguridad los esperaba en Hamburgo con los brazos abiertos. ¿Qué los detenía entonces? ¿Cuál improbable esperanza? El muchacho no tendría una respuesta satisfactoria hasta varios años después, pero tal vez fue ese día preciso, con apenas nueve años de edad, cuando Daniel Kaminsky dejó de ser un niño: mucho le faltaba para ser un hombre, para adquirir la capacidad de discernimiento y de decisión que dan los años, pero ese día le habían robado la ingenuidad y la disposición de creer sin la cual el ser humano pierde la inocencia de la infancia. Y, en su caso, también la candidez de la fe.

A las once de la mañana del 2 de junio las máquinas pusieron en movimiento la mole flotante del transatlántico. Silencioso, derrotado, avanzó con lentitud hacia la estrecha desembocadura de la bahía, siempre vigilado desde las viejas fortalezas coloniales y rodeado de todas aquellas lanchas del ejército y la policía. Desde las bordas, los pasajeros gritaban, movían pañuelos, decían un adiós patético. Detrás de las lanchas oficiales, varios botes con familiares seguían la estela del crucero, para estar lo más cerca posible de los suyos hasta el último momento, como si fuese el último momento. En el muelle y a lo largo de toda la avenida del puerto quedaban los familiares, los amigos, los curiosos y los partidarios de la expulsión. Más de cincuenta mil personas. El cuadro era de unas proporciones dramáticas tan gigantescas que incluso quienes habían exigido el rechazo del barco y su carga se apartaron y mantuvieron un embarazoso silencio.

Daniel y su tío, macerados por la fatiga de una semana de vigilia, incertidumbre y desasosiego, ni siquiera se lanzaron en la carrera de los impotentes a la cual se dieron otros judíos, a través de la avenida del puerto. Sentados en uno de los bancos de la Alameda de Paula —el viejo paseo habanero que Daniel Kaminsky nunca volvería a pisar en los años que viviría en Cuba—, dejaron que la derrota los aplastara hasta la última célula de sus cuerpos. El niño lloraba en silencio y el hombre se rascaba la barba crecida en aquellos días, como si quisiera arrancarse la piel de la mejilla. Cuando el *Saint Louis* tomó la boca de la bahía, torció al norte y se perdió tras las rocas y murallas del castillo de El Morro, Daniel y Joseph Kaminsky se pusieron de pie y, tomados de la mano, fueron a buscar el nacimiento de la calle Acosta, para regresar al falansterio donde vivían. En el camino pasaron muy cerca de la sinagoga, pero ni el sobrino ni el tío mostraron intenciones de acercarse a ella.

Ninguno de los dos Kaminsky varados en Cuba, a salvo tal vez de las amenazas de los nazis, albergaba ya ilusión alguna en posibles soluciones futuras. Los días siguientes les darían la razón. El 4 de junio Estados Unidos lanzó su ultimátum: no aceptaría a los refugiados que imploraban por una orden de desembarco frente a las costas de Miami. Al día siguiente, Canadá, la última ilusión, también anunciaba su negativa. Y entonces el *Saint Louis* pondría proa a la Europa de donde había partido, cargado de judíos y de confianza, justo tres semanas antes.

Cuando supieron aquellas noticias, que caían como la ratificación de una condena a muerte anunciada, Daniel Kaminsky, revolcándose en las brumas de su dolor, tomó la drástica decisión de que él, por voluntad propia y desde el fondo de su corazón, desde ese instante renegaría de su condición de judío.

4
La Habana, 2007

Lo acompañaban una opresión física en el pecho y una extraña incomodidad en el alma. De modo mecánico, el Conde hurgó en el paquete de cigarros para comprobar que se los había fumado todos. Con un gesto señaló la cajetilla de Camel que reposaba en la mesita ubicada entre él y Elías Kaminsky, quien le hizo un gesto de aprobación. Necesitaba tanto aquel cigarro como para ser capaz de renunciar a uno de los principios más sagrados de su fe nicotínica. Aquella historia del barco cargado de judíos, de la cual apenas se había preocupado por conocer sus rasgos más generales, pero que ahora había visto desde dentro, lo había conmovido hasta la última fibra y espantado cualquier vestigio de sueño. Se sentía devastado, pero por obra de una fatiga más dañina que el agotamiento físico e incluso mental: se trataba de un desvanecimiento vergonzoso, visceral, nacido en lo más recóndito de su ser. Como la decisión de Daniel Kaminsky de apartarse de su tribu. Porque en aquel instante Mario Conde se avergonzaba de su condición de cubano. Y aunque él nada tuvo ni tenía que ver con lo ocurrido durante aquellas jornadas ominosas, el hecho de que unos compatriotas suyos se hubieran prestado por intereses políticos o económicos para de alguna manera facilitar a los nazis la comisión de una parte de sus crímenes, mínima, pero parte al fin, le dejaba aquel sentimiento de asco, agotamiento y un definido sabor a mierda en la boca, aquella sensación que el Camel, con sus fibras amarillentas, solo vino a potenciar.

—Le advertí que era una historia larga —dijo Elías Kaminsky, frotándose las manos con vehemencia, como si quisiera desprender una sustancia abrasiva—. Larga y terrible.

—Lo siento. —Conde soltó la disculpa pues, de veras, lo sentía. No se imaginaba si el forastero siquiera podría colegir la razón de su malestar.

—Y ese es solo el principio. Digamos que el prólogo... Mire, ya es muy tarde para que desayunemos dentro de un rato... Yo necesito dormir unas cuantas horas, los preparativos, el viaje..., este cuento. Estoy agotado. Pero podríamos almorzar. ¿Lo espero a la una en mi hotel y buscamos un lugar donde comer?

Conde observó que por la puerta de la casa salía en ese instante su perro. *Basura II*, con su andar de chulo de barrio, caminaba y aprovechaba cada paso para estirarse y desperezarse, dispuesto quizás a emprender su ronda nocturna de callejero empedernido. Conde recordó que había traído una bolsa de sobras de la casa del flaco Carlos pero que aún no le había dado de comer al animal y se sintió culpable.

—No te vayas, tú —le dijo a *Basura II* y lo palmeó en el lomo. Luego devolvió su interés al visitante—. Está bien, nos vemos a la una. Tenía cosas que hacer pero...

—No quisiera interrumpirlo...

—¿Puedes dejar de tratarme de usted?

—Puedo.

—Mejor así para los dos... ¿Y cómo te vas a estas horas? Son casi las tres de la madrugada.

—Tengo el carro que alquilé parqueado en la esquina. O, al menos, eso espero...

—Y yo tengo mil preguntas que hacerte. La verdad, no sé si voy a poder dormir —dijo y se puso de pie—. Pero antes de que te vayas necesito decirte algo... Lo que hicieron unos cubanos con esas novecientas personas me da vergüenza y...

—Mi padre entendió lo que había pasado y supo hacer algo que lo ayudó a vivir: no se llenó de resentimiento. Al contrario, ya te lo dije. Prefirió ser cubano y olvidarse de esas mezquindades que pueden aparecer en cualquier parte. Hubo muchas presiones políticas, de los americanos, de Batista. Yo mismo creo que quizás hasta pesaron más que el tema del dinero y la corrupción, no sé...

—Me alegro por él... —dijo Conde, pues en realidad lo sentía así—. Pero hay otra cosa que...

Elías Kaminsky sonrió.

—¿Quieres saber qué pasó con el Rembrandt?

—Anjá —aceptó Conde—. Estoy desesperado por saber cómo llegó a esa casa de subastas de Londres —añadió y se preparó para escuchar cualquier historia, por disparatada o lamentable que fuese.

—Pues no lo sé. También por eso me ves aquí. Todavía a esta historia le falta mucha tela. Pero si mi padre hizo lo que pienso que hizo, no puedo entender por qué no se llevó el cuadro. Hasta que apareció en Londres, yo no supe dónde había ido a parar. De lo que ahora estoy casi seguro es de que ese Rembrandt nunca volvió a las manos de mi padre...

—A ver, no entiendo nada... ¿Me estás diciendo que tu padre intentó recuperarlo?

—¿Esperas un poco? Si no te hago la historia completa no vas a poder ayudarme... ¿A la una de la tarde?

—A la una —aceptó el Conde al comprender que no tenía otra alternativa, y estrechó la manaza extendida de Elías Kaminsky.

Desde su perspectiva, *Basura II* los miraba como si entendiera lo que implicaba para él aquella despedida.

Casi todas las trazas de unas reminiscencias fabricadas con palabras se habían pervertido hasta mostrar sus entrañas más viles. Para acentuar las pérdidas y ausencias, algo parecía haber recibido la misión de salvarse dando un salto hacia el lado para dejar paso al desastre. Pero la mayoría de las referencias se habían esfumado, algunas sin dejar el menor indicio capaz de evocarlas, como si la vieja judería y la zona donde se había establecido hubiesen sido trituradas sin piedad en la máquina de moler accionada por un tiempo universal catalizado por la historia y la desidia nacionales. Por fortuna allí permanecía, retador, como una salvación de las malas memorias, el inaudito Arco de Belén, taladrado en los cimientos muy reales del convento por el discurrir de la calle Acosta que se arrastraba, sucia y agonizante, bajo la vieja arcada; estaban las ruinas irreconocibles de lo que fuera la dulcería La Flor de Berlín y los residuos de la ferretería de los polacos Weiss. Pero, sobre todo, allí seguía anclado aquel ruido que tanto había alterado a Daniel Kaminsky. Reconocible, intacto, pendenciero, exultante, habanero, el ruido corría por las calles como si desde siempre hubiera estado esperando la imprevisible llegada de un tal Elías Kaminsky para entregarle en el acto la clave capaz de abrir las compuertas del tiempo hacia la adolescencia y la juventud de su padre y, con ella, la posibilidad de encontrar el camino hacia la comprensión que el forastero perseguía.

Como un ciego necesitado de medir con exactitud y cautela cada paso, el sudoroso mastodonte con coleta comenzó el ascenso de la sórdida escalera de la casona decimonónica de la calle Compostela, antigua propiedad de unos condes apócrifos, donde había puesto cama, mesa, máquina de coser y chavetas el recién llegado Joseph Kaminsky y donde vivió, por casi catorce años, su sobrino Daniel. El palacete, abandonado a principios del siglo XX por los descendientes de sus pro-

pietarios originales y muy pronto reciclado como cuartería multifami-
liar con cocina y baños colectivos, mostraba las marcas de la ascendente desidia y los efectos del uso excesivo y por un espacio de tiempo
demasiado dilatado. En la segunda planta, donde había vivido la mulata Caridad Sotolongo, la mujer dulce que, andando el tiempo, se
convertiría en la eterna y final amante de Joseph Kaminsky, la vida
parecía haberse detenido en una perseverante y dolorosa pobreza de
hacinados sin esperanzas. En cambio, la tercera planta, en su momento la más noble de la edificación, donde estuvieran las habitaciones de
los primeros moradores y luego el cuarto de los polacos y los de otras
seis familias de blancos y negros cubanos, además de la de unos catalanes republicanos, había perdido el techo y parte de los balcones, y
advertía del destino irreversible que le esperaba al resto del inmueble.
Realizando el más supremo de los esfuerzos, el forastero trató de imaginarse al niño judío ascendiendo aquellos tramos de escalera que él
acababa de vencer, se impuso verlo asomado al ya inexistente muro del
techo del tercer piso para desde allí presenciar, en el patio interior de
aquella colmena, frente a la cocina colectiva, un asalto más de la mítica pelea entre la negra Petronila Pinilla y la siciliana María Perupatto, en
la cual siempre había la golosa expectativa de poder ver una teta, dos,
incluso cuatro los días de más encarnizados enfrentamientos, y luego
se empeñó en verlo subir a la azotea con los gemelos Pedro y Pablo,
negros como tizones, y la marimacho Eloína, rubia pecosa, para empinar papalotes o simples chiringas hechas con hojas de periódicos viejos. O para otros menesteres. Pero no lo consiguió.

Elías Kaminsky, secundado por el Conde, preguntó a varios vecinos
si recordaban al polaco Pepe Cartera, a la mulata Caridad y a su hijo Ricardito, el que tenía el don de improvisar versos, pero el recuerdo de
la prolongada estancia en el edificio de aquellos inquilinos también parecía haberse esfumado, como el piso superior del inmueble.

Bajaron a la acera para comprobar que el cine alguna vez en funciones del otro lado de la calle, donde Daniel Kaminsky había adquirido su incurable afición por los *westerns* y las historias de gángsters, ya
no era cine, ni era nada. Y el celebrado Moshé Pipik, el más espléndido
y visitado restaurante *kosher* de la ciudad, parecía cualquier cosa menos
un palacio de sabores y aromas ancestrales: se había degradado a un
casco de ladrillos oscurecidos por el moho, el orín y la mierda, donde
cuatro hombres jóvenes con caras carcelarias y olfatos sin duda atro-
fiados jugaban sin pasión al dominó, mientras bebían de sus botellas
de ron, esperando tal vez que el derrumbe inevitable pusiera fin a todo,
incluso a la interminable partida en curso. Allí, en aquel sitio, anima-

do y bien iluminado en el recuerdo, fue donde, luego de una comida para ella extravagante y para él soñada desde su llegada a la isla, Marta Arnáez y Daniel Kaminsky, los futuros padres de Elías, habían comenzado un noviazgo que, en puridad, solo terminaría la tarde de abril de 2006, cuando ella, con una mano temblorosa y arrugada, le cerró los ojos a Daniel.

—Se conocieron en el Instituto de Segunda Enseñanza de La Habana, cuando mi padre tenía diecisiete años y mi madre, hija de gallegos pero cubana, recién había cumplido los dieciséis. Para él no fue fácil decidirse a enfrentar las reticencias de su tío, que, por supuesto, esperaba que se casara con alguna joven judía para preservar la sangre y la tradición. Y mucho menos atreverse a desafiar la oposición de mis abuelos gallegos, a los que les iba bastante bien y, por supuesto, nos les hacía la menor gracia que su hija estuviese interesada en un judío polaco muerto de hambre. Pero cuando ella se enamoró de él, no hubo solución. Marta Arnáez era la dulzura hecha persona, pero también podía ser capaz de resistir cualquier cosa cuando se imponía una meta, tenía un deseo o guardaba un secreto. Casi gallega al fin y al cabo, ¿no?

A partir del instante en que el *Saint Louis* zarpó de La Habana, Daniel Kaminsky tardaría diecinueve años en volver a tener noticias de aquel retrato de un joven judío realizado por el más grande maestro holandés, la obra en la cual sus padres habían cifrado sus esperanzas de salvación. Para ese entonces ya apenas se acordaba de la existencia del cuadro y, sobre todo, de la presunta existencia de un dios.

En cada ocasión que Daniel recordaba el cuadro al parecer valioso y que al final no reportó ningún beneficio a la familia Kaminsky, sentía cómo lo invadía la frustración y trataba de imaginar en qué momento podía haber cambiado de manos o, mejor, pensaba, había sido destruido por sus padres, una drástica y terrible solución capaz de resultarle más justa para su adolorida memoria.

Según pudo ir conociendo, el *Saint Louis,* rechazado por los gobiernos de Cuba, Estados Unidos y Canadá, había recibido autorización para fondear en Amberes, Bélgica. Varios gobiernos europeos, menos mezquinos, decidieron repartirse a los refugiados: unos irían a Francia, otros a Inglaterra, unos más permanecerían en Bélgica y el resto, alrededor de ciento noventa, fueron enviados a Holanda. Años más tarde Daniel Kaminsky sabría que su familia había estado en ese último grupo. La mayoría de ellos habían sido confinados al campo de refugiados de Westerbrock, un pantano rodeado de alambres de púas y vigilado por perros guardianes, donde los sorprendió la expedita ocupación alemana de los Países Bajos. De inmediato los invasores comenzaron a limpiar el territorio de judíos y la solución fue enviarlos a los campos de trabajo y exterminio de los territorios del Este. Al parecer, los Kaminsky, luego de casi dos años pasados en un campo en Checoslovaquia (¿la niña Judit sobreviviría al hambre, las enfermedades, el horror?), fueron despachados en 1941 o 1942 a Auschwitz, en las afueras de la ciudad de Cracovia, justo de donde habían partido unos años antes buscando la salvación del terror que se cernía. Era un salto al principio de todo, el lazo macabro de un viaje a través del infierno de una familia y del retrato de un judío sin nombre, la vuelta en redondo que conduciría a algunos de los Kaminsky hacia los crematorios donde se convertirían en cenizas dispersadas por el viento. Y Daniel se preguntaría muchas veces si aquel retrato de un judío demasiado parecido a la más popular imagen de Cristo difundida en el Occidente católico había terminado en las manos de un *Standartenführer* o cualquier otro alto cargo de las SS, o si sus padres, ante aquel posible destino, lo habían destruido, como la tela inútil en que se había convertido.

Aquella infortunada historia, que vivió su momento más dramático en el puerto de La Habana apenas tres meses antes de la invasión fascista de Polonia, sumada a las sucesivas noticias de los acontecimientos relacionados con la comunidad judía europea que a partir de entonces llegarían de Alemania y de los países ocupados por sus tropas, impulsaron al adolescente Daniel Kaminsky a recorrer el camino que lo convertiría en un escéptico descreído. Si desde niño le habían parecido excesivas ciertas historias de la relación de Dios con su pueblo elegido (en especial la del sacrificio de su hijo Isaac exigido por Yahvé a su favorito Abraham), a partir de ese momento también se atrevió a preguntarse, de modo obsesivo, por qué el hecho de creer en un Dios y seguir sus mandamientos de no matar, no robar, no envidiar podía provocar que la historia de los judíos fuese una cadena de martirios. El colmo de aquella condena había sido, sin duda, el sufrimiento del más horripilante de los holocaustos, en el cual, aun sin tener la certeza alcanzada más tarde, estaba seguro de que habían perecido sus padres y su dulce hermana Judit, de quienes no habían vuelto a tener noticias.

Por ese camino el joven Daniel, con todos los nortes extraviados, empezó a cuestionarse incluso su identidad y el peso avasallante que representaba. ¿Qué tenía que ver él, Daniel Kaminsky, con todo aquello que se decía de los nacidos hebreos? ¿Por llevar el prepucio cortado, comer unas comidas y no otras, rezar a Dios en una lengua ancestral se merecían *también él,* también su hermana Judit, aquel destino? ¿Cómo era posible que algún pensador judío hubiera llegado a decir que todo aquel sufrimiento constituía una prueba más impuesta al pueblo de Dios por su condición y misión terrena en tanto rebaño escogido por el Santísimo? Como las respuestas se le escapaban pero las preguntas no desaparecían, Daniel Kaminsky decidiría (mucho antes de que su tío Joseph lo presentase en la sinagoga para realizarle la ceremonia iniciática del Bar Mitzvá y se convirtiese en un ser adulto y responsable) que, por decenas de lecciones históricas y razones prácticas, y aunque para los demás siguiera siéndolo, él no quería vivir como judío. Sobre todo, no quería asumir aquella pertenencia cultural porque había perdido la fe en el Dios que la marcaba. Y en todos los dioses. Por encima de los hombres solo flotaban nubes, aire, astros, había concluido el joven: porque en ningún plan cósmico y divino podía aparecer escrita u ordenada la perseverancia de tanta agonía y dolor como pago por el necesario tránsito por una amarga vida terrenal, plagada además de prohibiciones, una vida en pena cuya reparación no se produciría hasta que llegase el Mesías. No, no podía ser. Él no podía creer en la existencia de un dios capaz de permitir tales desmanes. Y si alguna vez había existido, resultaba evidente que era un dios demasiado cruel. O, más aún, que ese Dios no existía o había muerto... Y, se preguntó muchas veces el joven: sin la opresión de ese Dios y sin su tiranía, ¿qué cosa era ser judío?

Aquellos fueron años duros y a la vez llenos de revelaciones para Daniel Kaminsky. Al hambre que siempre estaba tocando a su puerta y a los ruidos citadinos empeñados en asediarlo, vino a sumarse el ubicuo y punzante sentimiento de la incertidumbre. Cuando el *Saint Louis* regresó a Europa y se supo que los refugiados iban a ser acogidos por Gran Bretaña, Francia, Holanda y Bélgica, la esperanza renació en su corazón y en el de su tío Joseph. Pero con el inicio de la guerra comenzaron a vivir en aquella zozobra empeñada en amargarles la vida a todos los judíos que tenían familias en Europa, y también a los que no la tenían, pues nadie sabía adónde podría ir a parar la avalancha de odio que se movía y crecía como una tenebrosa bola de nieve que nadie parecía capaz de detener.

Todo el tiempo andaban a la caza de noticias, siempre confusas, cada vez más terribles, leyendo cuanto informe caía en sus manos con el temor de encontrar el apellido Kaminsky en alguna lista de retenidos, trasladados o víctimas, con la ansiedad lacerante de no saber, más perversa incluso que la certeza de saber. El primer golpe demoledor había llegado con la noticia de la fácil ocupación nazi de Holanda y el confinamiento y traslado de los judíos allí radicados. Luego, cuando se comenzaron a conocer las primeras noticias de los fusilamientos colectivos de pueblos y comunidades enteras en Polonia, Ucrania, Turquía y los Balcanes, los detalles del para muchos increíble horror de los campos de exterminio, con los inverosímiles añadidos de aquellos trenes cargados de hombres, mujeres y niños famélicos y de los camiones diseñados para utilizar sus propios escapes como gas para asfixiar a los prisioneros, ocurrió en aquella pequeña familia un fenómeno curioso y explicable: mientras Joseph Kaminsky se fanatizaba, acudía con más frecuencia a la sinagoga, dedicaba más horas a las plegarias y clamaba por la llegada del Mesías y el fin de los tiempos, Daniel, cada vez en mejores condiciones de analizar y entender cuanto sucedía y lo que había sido y podría ser su vida, se volvía más escéptico, descreído, irreverente, rebelde ante un presunto plan divino tan rebosante de crueldad. Y, a la vez, se hacía más cubano y menos judío.

Daniel sabía que, para proclamar su liberación y lograr cualquier propósito, necesitaba tiempo y apoyo: y la única persona en el mundo capaz de brindárselos era su tío Joseph. Por eso, a los diez, doce años, el muchacho aprendió el arte de vivir con dos caras que tan útil le sería a lo largo de su vida. El rostro utilizado en la casa y en todo lo relacionado con el tío resultaba una caricatura dibujada con los rasgos imprescindibles para satisfacer (o al menos no irritar) a Pepe Cartera. En cambio, la faz que empezó a desarrollar en las calles de La Habana era pragmática, mundana, esencialmente callejera y cubana. Escudándose en las dificultades económicas en que vivían, había logrado convencer al tío de que lo pusiera en un colegio público cubano y dejaran el aprendizaje religioso para las lecciones del servicio de enseñanza gratuita de la Torá Vaddat de la sinagoga Adath Israel. La opción lo liberó de la escuela del Centro Israelita, le permitió relacionarse de manera más estrecha con los cubanos y empezar a hacer amistades entre los muchachos de su edad, como los mellizos Pedro y Pablo y la marimacho Eloína, e incluso con algunos que no vivían en el solar. Los que llegarían a ser sus dos mejores amigos de esos tiempos fueron compañeros de aula en la escuela pública: un mulato «lavado», como se les decía a los que parecían blancos sin serlo, llamado Antonio Rico, dueño de unos ojos de asombro de los que se enamoraban todas las muchachitas, y un pelirrojo hiperquinético, el más indisciplinado e inteligente de la clase, nombrado José Manuel Bermúdez, apodado «Calandraca», como la lombriz, por su color rojizo e intranquilidad permanente.

Con los gemelos Pedro y Pablo, Daniel aprendió a los once años el placer de frotarse el pito. El sitio de la iniciación y de las más numerosas masturbaciones fue un palomar construido por los mellizos en la azotea del solar. Desde aquella altura, mientras se derretían bajo el sol, era posible contemplar a través de una ventana abierta las nalgas rosadas, las tetas prodigiosas y la lacia pelambre púbica de la rusa Katerina, que, siempre agobiada por el calor, paseaba impávida la desnudez rotunda de sus treinta y cinco años por el cuarto donde vivía, del otro lado de la calle Acosta. Poco después, Pedro, Pablo y Daniel ascenderían un escalón en sus descubrimientos sexuales cuando la marimacho Eloína, a la que casi de un día para otro le habían brotado en el pecho unas tetas puntiagudas y excitantes, les demostró que, aun cuando era mejor que muchos varones jugando a la pelota, tenía muy definidas sus inclinaciones sexuales femeninas. Gracias a eso, como si apenas fuese otra expedición para empinar papalotes, en el mejor espíritu camaraderil la ex marimacho los inició (y se inició ella misma) en el sexo compartido, aunque con la condición de que las penetraciones solo se produjeran por la retaguardia, pues su Diamante Rojo (así le llamaba a su chochito pecoso con rizos azafranados) debía llegar sin ninguna fisura al matrimonio al cual aspiraba, pues, decía de sí misma, ella era «pobre, pero honrada».

Gracias a aquellos callejeros empedernidos Daniel también aprendió a hablar en habanero (le decía «negüe» a los amigos, «guaguas» a los autobuses, «jama» a la comida y «singar» al acto sexual), a escupir por un ángulo de la boca, a bailar danzón y luego mambo y chachachá, a soltarles piropos a las muchachas y, como una liberación disfrutada con profundidad y alevosía, a comer chicharrones de cerdo, pan con fritas y cuanta cosa calmara el hambre, sin mirar si era *kosher* o *trefa*, solo que fuese sabroso, abundante y barato.

Antonio y Calandraca, por su lado, le facilitaron las más grandes y definitorias revelaciones de La Habana, las que siempre permanecerían en su memoria como descubrimientos trascendentales, capaces de marcarlo por el resto de sus días. Con ellos, ambos miembros del *team* de la escuela, aprendió los infinitos secretos del increíble deporte llamado por los cubanos pelota, y adquirió el virus incurable de la pasión por aquel juego cuando se hizo fanático del club Marianao, de la liga profesional cubana, quizás motivado por el hecho de que aquel club era un eterno perdedor. Con esos amigos aprendió a pescar y a nadar en las aguas tibias de la bahía. Con ellos traspasó muchas noches la imaginaria frontera sur del barrio, marcada por las calles del Ejido y Montserrate —la vía por donde había corrido la muralla que envolvió a la vieja ciudad—, para asomarse a los largos portalones rebosantes de luces, anuncios, música y transeúntes del Paseo del Prado, donde la ciudad explotaba, se desbordaba, se hacía rica y prepotente, y donde era posible disfrutar desde cualquier esquina de las actuaciones de las orquestas femeninas encargadas de animar los cafés y restaurantes de la céntrica avenida, sitios que nunca cerraban sus puertas, si es que estas existían. (En voz siempre más baja, Daniel le confesaría después a su hijo que de aquellos espectáculos musicales protagonizados por mujeres había adquirido para siempre la magnética atracción que le provocaba ver a una hembra soplando una flauta o un saxo, tocando un contrabajo o unos timbales. Atracción febril si era una mulata.) Y con aquellos amigos se refugió cientos de veces en el cine Ideal, construido con las columnas propias del palacio de los sueños que en realidad era, para consumir sus películas preferidas, casi siempre gracias a la congénita generosidad de Calandraca, cuyo padre, chofer de la ruta 4, ganaba un salario fijo: Calandraca solía pagar la entrada de Daniel y Antonio, a cinco centavos por cabeza, para disfrutar el banquete de dos películas, un documental, un animado y un noticiero.

Mientras abría las puertas de una ciudad bulliciosa en la que no existían las tétricas oscuridades físicas y mentales que recordaba de Cracovia y Berlín, Daniel Kaminsky sentía como si saliera de sí mismo y habitara en otro Daniel Kaminsky que vivía sin pensar en rezos, prohibiciones, ordenanzas milenarias, pero sobre todo sin sentir el miedo pernicioso que había aprendido de sus padres (aunque siempre le tuvo un terror muy concreto al mulato Lazarito, el clásico guapo de barrio, dueño de una mítica navaja de resorte con la cual, decían, había cortado muchos culos). El muchacho disfrutaba su instante y era capaz de soltar unos cojones en el terreno de beisbol, nadar como un delfín entre los arrecifes del Malecón, simpatizar con los héroes de Hollywood y vivir enamorado de las nalgas de una mulata flautista de labios prometedores mientras se masturbaba observando los pelos lacios que pendían del pubis de la rusa: la combinación perfecta.

Si aquella hubiera sido toda su vida, si ese hubiese sido Daniel Kaminsky completo, quizás habría podido decir, años después, que, en medio de la pobreza, la mala alimentación y la ausencia de sus padres entre las cuales atravesó aquellos años, había tenido una adolescencia feliz, casi plena. Pero su otra mitad, donde estaba la zozobra por la guerra y la ansiedad por saber algo de sus padres y su hermana, transcurría dentro de una mentira que lo hacía sentir como si se asfixiara. Su meta, por ese entonces, era alcanzar la edad suficiente para proclamar su independencia, aunque sabía que debería hacerlo de un modo con el cual no hiriese la sensibilidad del tío Joseph, a quien tanto le debía y a quien, sin expresarlo física o verbalmente, quería como a un padre. Compraría su libertad con tiempo y con dinero.

Daniel el Polaco, como le llamaban sus compañeros de estudios y vagabundeos habaneros, pudo matricularse en el Instituto de Segunda Enseñanza de La Habana con apenas un año de retraso respecto a los alumnos más jóvenes, como su futura novia Marta Arnáez y su cófrade de andanzas callejeras José Manuel «Calandraca». Ya para entonces había pasado por la ceremonia del Bar Mitzvá, había terminado la guerra y sufrido el doloroso y liberador trance de haber leído en una de las listas de víctimas del Holocausto gestionadas por el Centro Israelita de Cuba los nombres de su padre y su madre entre los judíos que, a lo largo de aquellos años infames, habían sido enviados a campos y crematorios, cuyos horrores al fin habían sido plenamente conocidos y malamente condenados en los juicios de Nürnberg. El nombre de su hermana Judit, en cambio, nunca apareció, como si la niña jamás hubiera existido, y Daniel albergó durante muchos años la tímida pero persistente esperanza de que Judit, por algún milagro, hubiese conservado la vida: tal vez adoptada por algún oficial soviético, quizás rescatada por unos partisanos, a lo mejor escondida en un bosque y acogida por unos campesinos..., pero viva. En sus imaginaciones Daniel había llegado a identificar a su hermana con la heroína a la cual debía el nombre y que, según uno de los libros considerados apócrifos por los compiladores bíblicos, había cortado el cuello del general Holofernes, enviado por el poderoso Nabucodonosor para someter a los díscolos israelitas. Gracias al recuerdo de uno de los muchos libros que existían en la casa de sus abuelos Kellerstein, Daniel podía ver a su hermana Judit transmutada en aquella bella y rebelde mujer, pintada por Artemisia Gentileschi, daga en mano, en el acto de la decapitación de un general babilonio, que en su mente aparecía como un oficial de las terribles SS hitlerianas de cuyas garras escapaba...

Si el fin de la niñez de Daniel podía estar marcado la mañana en que había visto zarpar el *Saint Louis* del puerto de La Habana, el inicio total de su adultez se produjo en octubre de 1945, a sus quince años, cuando sintió cómo caía sobre sus hombros la sensación de soledad sideral provocada por la confirmación de que sus padres habían sido masacrados por el odio más racional e intelectualizado. Y su primera decisión de adulto llegaría unos días después, cuando se había negado a complacer a su buen tío Pepe Cartera en el propósito de que continuase sus estudios medios en el Instituto Yavne, reconocido por su tendencia ortodoxa.

Daniel Kaminsky siempre recordaría aquella coyuntura como una de las más complicadas de su existencia, tan pletórica de complicaciones, pasadas y venideras. A lo largo de aquellos seis años tétricos de la guerra, el tío Joseph le había demostrado con creces su infinita bondad al acogerlo, protegerlo, alimentarlo (más o menos) y sostenerlo como estudiante, algo que resultaba un lujo para la mayoría de los jóvenes cubanos, muchos de los cuales apenas terminaban los estudios primarios, como le había ocurrido a su amigo Antonio Rico. Aunque en la vida cotidiana de los Kaminsky las cosas no habían cambiado demasiado, la economía de Pepe Cartera tenía que ser (supondría Daniel, y lo comprobaría con gratitud unos años después) mucho más desahogada desde que resultó ascendido a cortador principal y se convirtió en el alma del cada vez más próspero taller de confecciones de artículos de piel del magnate Jacob Brandon. Los negocios de aquel judío norteamericano se habían disparado en los años de guerra y escasez gracias a las mejoras que había introducido en todos ellos, incluido la talabartería, con la reinversión de las ganancias obtenidas con el muy productivo contrabando de manteca. La decisión del tío de enviarlo al instituto judío, sin embargo, venía asumida como una inversión, y constituía la práctica común incluso entre los hebreos más pobres de la comunidad, conscientes de que solo con una instrucción elevada se podrían abrir las muchas puertas de un país donde, desde la entrada de los Estados Unidos en la guerra como enemigo de Alemania, la relación con los judíos había vuelto a recuperar la afabilidad.

Conociendo la evidente incapacidad para mantenerse por sí mismo, el joven trató de ser lo más delicado posible cuando le comunicó al tutor su decisión de seguir estudiando como un cubano más y de limitar sus relaciones con la religión familiar al mínimo posible, pues no podía vivir más tiempo fingiendo lo que no sentía, y menos tratándose de una cuestión tan seria para los judíos.

La reacción de Joseph Kaminsky resultó violenta y visceral, previsible: acudiendo al yídish para poder expresar su decepción, lo calificó de hereje, de ingrato, de insensible y lo conminó a abandonar la casa. Con un pequeño zurrón en donde cabían todas sus pertenencias —unas pocas ropas, dos o tres libros y las fotos de sus padres que lo habían acompañado desde su salida de Cracovia—, Daniel salió a la calle Compostela para avanzar por Acosta y atravesar el Arco de Belén que, sin él quererlo, se le presentó en la mente como una puerta de salida de un bullanguero paraíso judío levantado en la parte más vetusta de La Habana. Pero paraíso al fin y al cabo.

Deshechos los sueños de poder continuar con normalidad sus estudios, Daniel tuvo la suerte de que su amigo Calandraca obtuviera autorización de sus padres para que, por unos días, le permitieran dormir sobre unas mantas tiradas en el piso de la diminuta sala del apartamento de la calle Ejido donde vivía la familia. Un enorme interrogante se abría ante el joven, sin oficio ni beneficio, pues sabía que incluso si conseguía conchabarse en cualquier faena, nunca ganaría lo suficiente para encontrar albergue y pagarse una comida diaria.

Una semana después apareció un paliativo, al menos para su sostenimiento alimentario y en parte físico, cuando el judío Sozna, dueño de la dulcería y panadería La Flor de Berlín, le ofreció de manera provisional la posibilidad del arduo turno de limpieza de la noche. El judío alemán lo responsabilizó con la higiene a fondo de los salones de trabajo y venta, el fregado de bandejas y utensilios, y hasta el acarreo de toneles de manteca vegetal y sacas de harina y azúcar, para dejar todo en la pulcritud, el orden preciso en que debían encontrarlo el maestro panadero y sus ayudantes al iniciar el primer turno de labor, a la una de la madrugada. Gracias a aquel trabajo de esclavo que realizaba con todo su esmero (en ocasiones con la ayuda de Calandraca, Antonio Rico y el gemelo Pedro, ya que Pablo, convicto de varios hurtos, había sido internado en Torrens, un famoso y tétrico reformatorio de menores), no solo recibía veinticinco centavos diarios, sino que podía comerse toda la recortería y piezas defectuosas con las que no hubiesen arramblado los operarios (y hasta el propietario mismo, no por gusto judío), raspar los fondos de las ollas de las jaleas y, ajeno a los ruidos propios del taller, dormir unas horas sobre las montañas de sacas de harina de Castilla. Aunque cada mañana se esforzaba por vencer sus cansancios y asistir a clases en el Instituto de Segunda Enseñanza de La Habana, lo peor de su situación era la oscuridad absoluta en que había caído su futuro, pues aunque todavía no sabía hacia dónde tiraría, nunca se había visto a sí mismo como ayudante de dulceros.

La mañana en que al salir de La Flor de Berlín se encontró con el tío Joseph sentado en el bordillo de la acera de enfrente, junto a una caja de cartón, supo de inmediato que la luz volvía. No, el tío no podía traer malas noticias porque la cuota de ese género se había agotado hasta la última molécula. Y no se equivocó... Pepe Cartera venía a buscarlo para que volviera a vivir con él en la habitación del solar de la calle Compostela y pudiera asistir como un estudiante normal al colegio escogido por Daniel. El hombre lo había pensado mucho y tomado la decisión de readmitir al sobrino, pues creía entender las razones de su decisión: él mismo, le confesó entonces, los ojos húmedos de miedo trascendente o de dolor por las pérdidas sufridas, más de una vez había sentido, como el muchacho, unos incontrolables deseos de mandarlo todo a la mierda, aburrido de cargar con un estigma ancestral por cuya persistencia él no había hecho nada, en ningún sentido. El precio pagado por aquella familia ya era demasiado grande para aumentarlo con divisiones y castigos, dijo, y Daniel tenía suficiente edad para poner en práctica el albedrío que el Sagrado le había dado con la existencia. Además, agregó el tío: la verdad era que lo echaba de menos y se sentía muy solo. Tan solo que había cometido un exceso, dijo el hombre señalando la caja de cartón, para luego pedirle a Daniel que la abriera. Entonces el joven estuvo a punto de caer fulminado de asombro en plena calle: ¡el tío se había vuelto loco y comprado una radio!

La providencial reconsideración del tutor y la liberación del peso de una doble vida convirtieron al joven Daniel Kaminsky, a sus dieciséis años, en un hombre pleno, que disfrutó entonces los mejores años de su vida, potenciados por el disfrute de los programas musicales, las narraciones de los partidos de pelota y las aventuras del detective chino Chan Li Po, que ahora podía disfrutar a su antojo en aquel brillante aparato de radio. La paz y concordia que se vivían en Cuba, donde ser judío o dejar de serlo no parecía importarle demasiado a nadie, donde habían venido a confluir polacos, alemanes, chinos, italianos, gallegos, libaneses, catalanes, haitianos, gentes de todos los confines, le entregó una plenitud que ni en sueños había imaginado ningún judío desde los tiempos remotos en que los sefardíes habían sido admitidos en Ámsterdam. Entre los judíos de Cuba, además, los había religiosos y escépticos, comunistas y sionistas, ricos y pobres, asquenazíes y sefardíes, unos días en guerra entre sí, otros en armonía, pero dispuestos casi todos y casi todo el tiempo a conseguir en aquel territorio propicio dos añoradas aspiraciones: tranquilidad y dinero. Lo que más enervaba a Daniel en los afanes de aquella comunidad a la cual cada vez pertenecía menos, de cuyas ortodoxias cada día se alejaba más, era su pretensión de aislarse y encerrarse, justo donde se les acogía y abrían puertas. El espíritu de gueto había calado en sus almas por siglos de experiencia y se empeñaba en perseguirlos incluso en la libertad. Para Daniel resultaba un absurdo la sostenida intención de vivir y progresar en cercanía endogámica, con negocios entre judíos, matrimonios entre judíos, ceremonias entre judíos, comidas para judíos (aunque siempre diferenciando a sefardíes de asquenazíes, a ricos de pobres), algo que su espíritu liberal y abierto rechazaba, a pesar de saber que su actitud era considerada integracionista por los rabinos y por cualquier creyente en el destino trascendental escogido por el plan divino como misión de los hijos de Israel. Por suerte para Daniel y para su alegría, a pesar de aquel empecinamiento, resultaban ser cada vez más los judíos asentados en Cuba que pensaban como él y, más aún, vivían de acuerdo con sus voluntades.

Cierto era que la prosperidad del país y su democracia republicana, que permitían el progreso de los hebreos, debía convivir por esos años con el repunte de una de las peores lacras sociales: la corrupción. Tan visceral resultaba el afán de enriquecerse en el menor tiempo posible que dominaba a políticos, comerciantes, inversores, jefes militares y a policías y figuras más o menos públicas, que hasta se producían con cierta frecuencia violentas guerras de facciones, como las escenificadas por unos llamados «gángsters» cubanos. Pero, tratándose de un estudiante muerto de hambre como Daniel, aquellos manejos apenas lo tocaban, o al menos eso creía él, en su inocencia de entonces, mientras disfrutaba de la amable sensación de vivir sin miedo (sin ningún miedo desde que a Lazarito lo confinaran en la cárcel del Castillo del Príncipe por su uso excesivo de la navaja con resorte). Con los años y las experiencias acumuladas en su vida cubana y como cubano, el joven judío rectificaría incluso muchas de sus impresiones iniciales sobre el carácter, la jovialidad y la levedad cubanas. Aprendería que, como parte de la condición humana, en aquella isla bendecida por el sol, con todos los beneficios físicos para generar riqueza, donde se mezclaban culturas y razas, y todo el mundo cantaba o bailaba, también podían germinar el odio y la crueldad, incluso la más sádica, brotar el arribismo y las siempre sórdidas diferencias sociales y raciales y, sobre todo, manifestarse un mal que parecía haberse metido en el corazón de mucha gente del país: la envidia. ¿Era la envidia permanente y mezquina una cualidad heredada o, por el contrario, un resultado patentable y propio como todas aquellas mixturas que conformaban al cubano? Muchos años después, un amigo le ofrecería una respuesta plausible...

No obstante su mejorada situación, Daniel Kaminsky decidió simultanear sus estudios en el instituto con su trabajo como mozo de limpieza en La Flor de Berlín para así poder manejar algún dinero con el cual satisfacer sus necesidades crecientes de ropa, materiales escolares, el lujo de una merienda o la posibilidad de gastar una tarde en el Gran Stadium de La Habana cuando jugaba su *team* favorito, los Tigres de Marianao. Durante el segundo curso y luego de varias semanas de ahorro, aquel salario le alcanzó incluso para invitar un día a almorzar en Moshé Pipik a la galleguita Marta Arnáez, de la que se había enamorado como un perro. En el restaurante de sus sueños, además de impresionar a la joven que no acababa de aceptarlo pero siempre le oía sus declaraciones amorosas, Daniel quería matar el persistente y viejo deseo de sentarse en una de las mesas cubiertas con manteles de tela a cuadros blancos y rojos, en cuyo centro reinaba el sifón azul con agua de Seltz, y degustar aquellas comidas que, de no haber estado embelesado observando a su casi novia (según pensaba él), quizás lo hubieran trasladado a su niñez polaca por los recurridos caminos que van de las papilas a la llamada memoria afectiva. Sobre todo si ese sendero es recorrido tras un plato de *kneidlach* en el que las bolas de huevo y harina flotan sobre el caldo de gallina y, al llevarlas a la boca, se deshacen con su amable suavidad, inundándolo todo con su sabor a gloria.

A Daniel Kaminsky le llevó un año de persecución, iniciada con miradas, sonrisas y quiebres de cabeza, y continuada con declaraciones amorosas, verbales y por escrito, obtener el sí de Marta Arnáez. Y no fue porque a la joven no le gustara, desde el principio, aquel polaco de crespos ingobernables, ojos más atónitos que grandes, flaco como vara de tumbar gatos aunque con todos los músculos definidos. Como muchas veces le contó a su hijo Elías, sentada bajo un enramado de buganvilias, en el patio de la casa de Miami Beach, o ya en un banco pintado de blanco a la sombra de las frondosas acacias de la exclusiva residencia de ancianos de Coral Gables, desde el principio ella sintió simpatía y, muy pronto, una definida atracción por Daniel. Pero se suponía obligada a responder a sus reclamos amorosos con una frase con la cual no lo rechazaba, pero tampoco lo aceptaba: «Tengo que pensarlo», le repetiría por meses a su empecinado pretendiente. «Eran los tiempos», le explicaría, años después y siempre sonriendo, a su hijo Elías Kaminsky.

Se hicieron novios a finales de la primavera de 1947, cuando terminaban el segundo curso del bachillerato, y, desde entonces, comenzaron a andar por la ciudad cogidos de la mano, al menos hasta llegar a las inmediaciones de la casa de la muchacha, en la esquina de Virtudes y San Nicolás, muy cerca de la populosa Galiano. Entonces se separaban, sin siquiera besarse en las mejillas, y ella seguía hacia su casa sin volver la vista y él regresaba ufano a la Habana Vieja con la esperanza de que la rusa Katerina, ayudada por el vodka, el ron o la ginebra, tuviera uno de sus días más calurosos y, como venía ocurriendo desde hacía un año, le hiciera la seña con el dedo que implicaba la invitación a subir a su apartamento, donde le ofrecería al joven otra lección de su curso práctico y gratuito de desenfreno eslavo.

Unas semanas después llegaron las vacaciones de verano y Marta, con sus padres, fue a pasarlas al remoto y decían que floreciente pueblo de Antilla, en el norte oriental de la isla, donde vivía y trabajaba un hermano de la madre. Aunque el gallego Arnáez regresó a la semana para volver a ponerse al frente de su bodega de ultramarinos, especializada en víveres y licores, la madre y la joven permanecieron la barbaridad de ocho semanas por aquellos lares: las ocho semanas más largas de la vida de Daniel Kaminsky, quien se sintió a punto de enloquecer mientras contaba los días y, a veces, hasta las horas que lo separaban del reencuentro, a imaginar cómo se iba hasta Antilla y raptaba a su amada para llevarla a cualquier otro punto remoto de la isla. Tanta era su desesperación que ni siquiera volvió a procurar una invitación de la rusa y, por pura falta de alternativas, regresó incluso a la sinagoga para aturdirse con los rezos y la lectura de los pasajes de la Torá. Dedicó también más horas al trabajo en la panadería del alemán Sozna con el propósito de reunir la suma necesaria para comprarse el traje con el cual, en algún momento, debería presentarse ante los futuros suegros para formalizar la relación amorosa con la petición de la mano de la novia.

Aunque ninguno de los dos jóvenes lo sabía, la prolongada estancia oriental de las mujeres formaba parte de una estrategia encaminada a provocar la separación y a alentar el olvido, pues ni para Manolo Arnáez ni para Adela Martínez el descubrimiento de que su hija noviaba con un judío polaco zarrapastroso había resultado una noticia agradable. Pero ambos padres, ya conocedores de los puntos que calzaba la joven, prefirieron utilizar tramas sutiles antes que un enfrentamiento frontal del cual, lo presentían, saldrían derrotados. Porque Martica era más terca que una mula, según su propio progenitor, experto productor de burradas en el mejor estilo gallego.

El remedio buscado por los padres surtió un efecto contrario al esperado. Al regresar a La Habana e incorporarse a sus estudios, Marta Arnáez, ya cumplidos los diecisiete, decidió permitir que su novio adelantara un paso más en el acercamiento y al fin se besaron por primera vez. Aunque a ambos la pasión les salía por los poros, desde entonces tuvieron suficiente comedimiento para mantener en el nivel de los besos y las caricias leves aquellos deseos que les llenaban las cabezas de malísimos pensamientos. «Claro, siempre los tiempos», le diría alguna vez Marta a su hijo. «Y para sus desahogos, el cabrón de tu padre tenía a Katerina, gratis y reputísima, pero yo..., nada más que besitos.»

De mala gana los padres de la joven aceptaron la formalización del noviazgo cuando los muchachos iban a terminar el tercer curso de sus estudios en el instituto. Daniel se había presentado con el traje barato de falsa muselina a cuadros comprado a los libaneses de la calle Monte y la corbata de franjas azules, obsequio del dueño de La Flor de Berlín. Sentado por primera vez en la sala de la casa de la calle Virtudes, luego de expresarles a los presuntos suegros sus muy serias intenciones, Manolo y Adela le pidieron que regresara al día siguiente para entregarle un veredicto. Ya a solas con Marta, sus padres le preguntaron a la muchacha qué pensaba de aquel reclamo: y ella les respondió con la frase que marcaría su vida y con una entonación tal que les hizo evidente a los progenitores que lo mejor era dejar libre aquella vía: «Daniel es el hombre de mi vida», fue la sentencia de la muchacha, y la cumplió hasta el final.

Justo mientras pretendía y al fin conseguía formalizar su noviazgo, Daniel Kaminsky tuvo una profunda crisis de identidad capaz de poner a temblar todas las convicciones que creía ya asentadas. A finales de aquel año 1947, en las tierras de Palestina había nacido el nuevo Estado de Israel, y el alumbramiento había sido caótico y doloroso, pero pletórico de esperanzas. Como casi todos los hebreos dispersos por el mundo, los judíos habaneros saludaron con júbilo el acontecimiento, aun cuando, como solía suceder en cada caso trascendente o intrascendente, lo asumieron a partir de la perspectiva de las diversas facciones, que corrían desde el sionismo militante hasta el desinterés expreso por aquella historia ya tan lejana de sus vidas actuales. Pero entre uno y otro extremo había numerosas posiciones, alentadas por comunistas, sionistas, socialistas, ortodoxos, reformistas, moderados, liberales, militaristas, pacifistas, sefardíes, asquenazíes, ateos o creyentes de impulsos mesiánicos, y cuanta mezcla de posiciones o sutileza identificativa pudiera imaginarse.

Daniel, que se creía tan ajeno a esos debates, sintió entonces el ingobernable llamado de la tradición, más profundo y dramático de lo que hubiera podido imaginar. Tras varios años de perseguido y benéfico distanciamiento respecto al judaísmo, ahora el destino de Eretz Israel y sus eternos problemas terrenos y celestiales habían regresado para conmoverlo. El tan ansiado como necesario nacimiento del Estado hebreo llegaba con la convicción de que solo teniendo su propio país, justo en las tierras que su Dios les había prometido, los israelitas podrían evitar el horror de otro Holocausto como el que acababan de sufrir y de cuyas dimensiones cada día tenían nuevas y más terribles revelaciones. Para obtener aquel refugio los judíos desplegaron todas sus pasiones, artimañas pacíficas y violentas y su capacidad de presión, económica y moral. Llegaron a contar con el apoyo de los mismos norteamericanos que nueve años antes impidieron el desembarco del *Saint Louis* y hasta de la poderosa Unión Soviética, interesada en una estratégica amistad con el Estado hebreo. Aunque el reconocimiento de Israel fue rechazado por el Gobierno cubano, todo aquel proceso que concentró el interés internacional tocó a Daniel Kaminsky de manera sibilina, como para recordarle que, al fin y al cabo, algo más que un prepucio cortado lo identificaba con aquellas gentes. También estaba ligado a ellos por la sangre y, más aún, por la muerte. Tanto lo asedió ese sentimiento de cercanía, que unos meses después, cuando la suerte del recién nacido Estado fue puesta en peligro por la respuesta militar de varios ejércitos árabes, llegó a pensar si, como otros jóvenes de la comunidad, en su mayoría hijos de sefardíes turcos, aguerridos y proletarios, no debía ofrecerse él también para ir a defender el resucitado país de los israelitas, perdido tantos siglos atrás.

La mañana de sábado en que, luego de una larga ausencia, asistió con el tío Joseph a la sinagoga Adath Israel para ponerse al día de los graves sucesos que ocurrían al otro lado del mundo, las palabras del rabino tocaron unas fibras remotas de su conciencia que Daniel Kaminsky creía desaparecidas. «Dios dio a cada nación su lugar, y a los judíos les dio Palestina», dijo el oficiante, de pie junto a los rollos de la Torá. «El *Galut*, el exilio en que hemos vivido por tantos siglos, significaba que nosotros los judíos habíamos perdido nuestro sitio natural. Y todo lo que deja su lugar natural pierde su apoyo hasta que regresa. Y bien lo sabemos nosotros. Ya que los judíos manifestamos desde los remotos tiempos de los patriarcas una unidad nacional incluso en un sentido más elevado que otras naciones, pues fue una voluntad del Santísimo, bendito sea Él, es necesario que los judíos regresemos a nuestro estado de unidad real, que solo podemos conseguir en el contacto con la tierra sagrada de Eretz Israel, allí donde todo comenzó, una tierra cuya propiedad está confirmada por el libro sagrado y la palabra divina.»

Quizás fue la perspectiva vital que le ofreció la formalización de sus relaciones amorosas lo que más influyó en su decisión final de alejarse de la tentación que lo rondaba y en la cual habían caído algunos de sus vecinos y ex condiscípulos del Centro Israelita y muchos de los jóvenes matriculados en el Instituto Yavne. O, al menos, eso fue lo que le dijo a su tío Joseph cuando hablaron el tema. Porque, en realidad, luego de la primera conmoción de sus instintos ancestrales, Daniel Kaminsky sintió que se hallaba demasiado lejos de aquel mundo de judíos en busca de una patria para arriesgar su vida en una contienda militar de proporciones impredecibles. Más que egoísmo, diría, lo que funcionó en su caso sería una falta absoluta de fe, de compromiso con una causa revestida de mesianismo y de rebeldía contra viejos y limitantes preceptos religiosos rescatados por el recién nacido país. Todo ello apoyado en un empecinamiento muy racional: su propósito dramático y casi infantil, en un principio, de dejar de ser judío, y su decisión, ahora más firme, de compartir su vida con una cubana que —Daniel se horrorizó al saberlo— nunca podría ser su esposa legal en un país que antes de nacer había proclamado la exclusión de los gentiles y, en nombre de las leyes de Dios, prohibido los matrimonios llamados mixtos. Sin que él advirtiera la profundidad del proceso, aquel sentimiento defensivo, de lejanía cultural y definitivamente insumiso había crecido más de lo que él mismo creía y dejado un espacio generoso a su decisión de no ser otra cosa que cubano, vivir y pensar como cubano, un deseo convertido en obsesión capaz de dominarlo consciente y hasta inconscientemente, tanto que no parecía haber dejado demasiados márgenes para que los entusiasmos hebraicos adquirieran otras proporciones.

Muchos años más tarde, Daniel Kaminsky retomaría el dilema de aquella decisión definitoria de lo que sería su vida en una carta enviada a su hijo Elías, ya asentado en Nueva York, donde el joven trataba de iniciar su carrera como pintor. Ocurrió a finales de la década de 1980, unos meses después de que Daniel fuera operado con éxito de cáncer de próstata. Empujado por aquella advertencia mortal, apenas se sintió recuperado sorprendió a la familia con la decisión de volver a la ciudad de Cracovia, adonde nunca había querido regresar. Además, contra toda previsión, Daniel Kaminsky optó por realizar aquel viaje a las raíces, como lo llamaban los judíos asquenazíes de todo el mundo, solo, sin su mujer ni su hijo. Al regresar de Polonia, donde pasó veinte días, el hombre, por lo general locuaz, apenas comentó algunas generalidades muy superficiales del periplo a su lugar de nacimiento: la belleza de la plaza medieval de la ciudad y la impactante memoria viva del horror sintetizada en Auschwitz-Birkenau, la visita al gueto donde habían sido confinados los judíos y la imposibilidad de encontrar la que pudo haber sido su casa en el barrio Kasimir, la visita a la Nueva Sinagoga, con sus candelabros sin velas, tétrica en la soledad de un país todavía despoblado de judíos y enfermo de antisemitismo. Pero la conmoción del reencuentro con aquel ombligo de su pasado que por años había intentado tapiar, del cual parecía incluso que se había logrado liberar desde hacía mucho tiempo, había tocado los rincones más oscuros de la conciencia de Daniel Kaminsky. Y varios meses después realizó al fin aquella imprevista confesión.

En la carta le decía a su hijo que, desde su regreso, no había podido dejar de pensar en la certeza de cómo, en toda la historia judía, el punto más lamentable, con el cual jamás podría ponerse de acuerdo, estaba relacionado con lo que él consideraba un profundo sentido de la obediencia, que muchas veces había derivado en la aceptación de la sumisión como estrategia de supervivencia. Hablaba, por supuesto, de su siempre polémica relación con el Dios de Abraham, pero, sobre todo, de aquellos episodios ocurridos durante el Holocausto, en los que tantos judíos asumieron como inapelable su suerte por considerarla una maldición divina o una decisión celestial. No podía concebir que, ya decretado su destino, muchos de ellos incluso colaboraran con sus verdugos, o se prepararan casi con parsimonia para recibir el castigo; que fueran por sus propios pies, sin intentar el menor gesto de rebeldía, hacia los fosos donde serían ejecutados; que abordaran los trenes en donde morirían de hambre y disentería, se organizaran para vivir en los campos en los cuales resultarían gaseados. Y hablaba del modo en que la esperanza de sobrevivir contribuía a la sumisión. La combinación de los poderes totalitarios de un Dios y de un Estado habían aplastado la voluntad de miles de personas, potenciado su sumisión y apagado, incluso, el ansia de libertad, que era, para él, la condición esencial del ser humano. Muchas personas, millones, habían aceptado su suerte como un mandato divino para que al fin, entre unos pocos miles de ellos, hubiera explosiones de rebeldía, partisanos en guerrillas antifascistas y rebeliones en guetos como el de Varsovia. «Aunque», decía en un punto de su carta, «también se debe tener en cuenta que tantísimos de esos hombres y mujeres sumisos llegaron a considerar la muerte casi como una alegría, en comparación con la vida de dolor y miedo que vivían. Si te colocas en ese plano, tal vez puedes ver las actitudes de muchos de ellos desde otra perspectiva. Incluso, me cago en Dios, incluso puedes justificar la sumisión, y yo me niego a justificarla... ¿O es mentira lo que nos repetían en las clases del Centro Israelita, lo que proclamaban los rabinos, los sionistas, los independentistas cuando nos decían que los judíos de hoy éramos los descendientes de Josué el Conquistador y sus indomables campesinos hebreos, del rey David, general victorioso, de los aguerridos príncipes asmoneos...? ¿Cómo fue posible que al final nos dominara la sumisión?» Tal vez aquella convicción, que en 1948 solo era una sombra sin forma precisa en su conciencia, fue la que con su peso oscuro lo había apartado de la idea de montarse en un barco e irse con algunos de sus amigos a Israel para participar en la guerra de independencia, le confesaba a su hijo. La marca de aquella conducta resignada, de la cual participaron sus abuelos y tíos Kellerstein y tal vez hasta sus padres, lo había lacerado tanto que había perdido no solo la fe en la política y en Dios, sino incluso en el espíritu de los hombres, y por ello prefirió permanecer al margen de aquella tardía rebelión, metido en su cada vez más cálida piel de cubano. Viviendo por elección y a gusto al margen de la tribu, aquel rincón donde había hallado la libertad.

Como era de esperar, por aquella época los amigos más entrañables del polaco Daniel eran todos cubanos, católicos a la heterodoxa manera practicada en la isla. Muy cercano a él seguía su viejo camarada José Manuel Bermúdez, a quien ya nadie le llamaba Calandraca, sino Pepe Manuel. El muchacho había crecido y se había fortalecido, mientras del color azafranado de su pelo sólo quedaban algunos reflejos, pues hasta las pecas habían desaparecido. Su inteligencia natural, cada vez mejor encausada, lo había convertido en uno de los estudiantes más destacados del Instituto de Segunda Enseñanza y, por su carácter expansivo y su desprendimiento de siempre, en uno de los líderes estudiantiles. Otro de sus amigos se llamaba Roberto Fariñas y era la oveja negra de una familia burguesa de La Habana, copropietarios de una pequeña fábrica de rones y de apartamentos en barrios de la periferia. Roberto se había negado a estudiar en un colegio privado y, mucho menos, de curas, a los que detestaba, por lo cual se había matriculado en el colegio público adonde acudían los menos favorecidos. Gracias a su desahogada economía, Roberto solía ser el amigo que con más frecuencia invitaba a helados, batidos, sándwiches y fritas en las cafeterías de la zona, sobre todo en la muy sofisticada recién abierta en los bajos del nuevo edificio del cine Payret. Las novias de Pepe Manuel —Rita María Alcántara— y de Roberto —Isabel Kindelán— también se habían hecho amigas de Marta Arnáez y los seis jóvenes habían formado una especie de cofradía, a pesar de sus disímiles orígenes, posibilidades económicas y relaciones familiares. Porque los unían cosas más importantes: la pasión por el baile, la afición al beisbol, el amor al mar y la comodidad de no guardarse demasiados secretos, esa agua clara en la que flota la verdadera amistad. Y más adelante, los intereses o al menos (en el caso de Daniel), las simpatías políticas.

Cuando Roberto Fariñas cumplió los dieciocho años y al fin pudo obtener la licencia de conducción, uno de sus hermanos mayores puso a su disposición un Studebaker de 1944 que se convirtió en el carro de guerra de los amigos. Con la venia de las familias de las muchachas pudieron comenzar a ir hasta la playa de Guanabo e, incluso, viajaron por primera vez a Varadero para conocer las finísimas arenas de aquel remanso prácticamente deshabitado. De las tres parejas, solo la de Roberto e Isabel había cruzado la complicada frontera de llegar a sostener relaciones sexuales prematrimoniales. Pepe Manuel, tan revolucionario en todo, resultó ser un conservador en aquel territorio específico, mientras Daniel, aunque se moría de deseos de pasar a mayores (incrementados por la decisión de Katerina de irse a vivir al remoto barrio de La Lisa, como concubina de un negro camionero), no se atrevió a pedírselo a Marta, quien años después le confesó que, de habérselo propuesto, ella habría aceptado, pues se moría de envidia al saber lo que hacían Roberto e Isabel. «Cinco años de noviazgo sin sexo, qué disparate», le diría alguna vez Marta a su hijo Elías.

Viviendo en aquel universo amable de novias, amigos, estudios, paseos, trabajo para ganarse algo propio, Daniel Kaminsky siguió su navegación por la vida, alejándose de sus ancestros y sus preocupaciones, hasta el punto de que se apartó tanto de la costa de la cual había partido, que un día incluso creyó haber olvidado la existencia de aquella referencia. Fue entonces cuando le salió al paso la cabeza de un joven judío pintada por Rembrandt, dispuesta a complicarle la vida y a advertirle que existen renuncias imposibles.

¿Qué había ocurrido con sus padres, a bordo del *Saint Louis,* durante los seis días que el transatlántico había estado fondeado en la bahía de La Habana? ¿Cuánto habían soñado con bajar a tierra gracias a las negociaciones montadas sobre aquellos escasos centímetros de lienzo manchados de óleo trescientos años atrás? ¿Cómo y a quién le habían entregado la pintura? A partir del instante en que volvió a tener la inesperada y conmovedora certeza de que la reliquia familiar se había quedado en la isla desde aquella amarga semana de mayo de 1939, esas y otras preguntas golpearon tanto y con tanta fuerza su mente que Daniel Kaminsky se sintió al borde del desvarío.

Cuando Daniel terminó sus estudios en el Instituto de Segunda Enseñanza de La Habana sus opciones de futuro ya estaban decididas. Mientras sus suegros accedían a sostener a Marta en su empeño de estudiar magisterio en la Escuela Normalista de La Habana, él se buscaría un trabajo más apropiado y mejor remunerado que el de mozo de limpieza de una dulcería y, a la vez, matricularía en los cursos de la Escuela de Comercio para hacerse contador. El plan incluía la celebración del matrimonio, fijada para un año más tarde, con la aceptación por parte del gallego Arnáez de acogerlos en su casa hasta que Daniel se graduase y la pareja estuviera en condiciones de proclamar su independencia. Todo aquel proyecto se fraguaba en un país donde, otra vez, se vivía entre agudas tensiones desde que, en marzo de ese año de 1952, el general Fulgencio Batista sacara a los militares a la calle y se hiciera con el poder político para impedir la celebración de unas elecciones en las que, con toda seguridad y a pesar de la muerte de su líder, Eddy Chibás, habrían triunfado los cada vez más numerosos militantes y simpatizantes del Partido Ortodoxo del Pueblo de Cuba, bajo su lema y programa de «Vergüenza contra dinero».

El golpe militar había polarizado a la sociedad cubana y una mayoría importante de los jóvenes estudiantes, incluidos Pepe Manuel Bermúdez y Roberto Fariñas, militantes ortodoxos desde hacía varios años, y el propio Daniel, simpatizante del partido por influencia de los amigos y por la carismática atracción de su creador, el ya difunto Eduardo Chibás, acariciaban la ilusión de una renovación política del país. Los tres amigos, como muchísimos cubanos, sintieron la acción de Batista como una agresión contra una democracia defectuosa, pero democracia al fin y al cabo, que los ortodoxos hubieran podido mejorar con importantes cambios sociales y la lucha frontal contra la corrupción que había abanderado el malogrado Chibás con su prometedor programa de limpieza cívica y política.

Mientras Pepe Manuel y Roberto se metían más en el movimiento de oposición al general, Daniel, como era su tendencia vital, se concentró en su proyecto individual. Durante el primero de los dos años de estudios para hacerse contador, justo el plazo fijado para la celebración de su matrimonio, su vida entró en otra etapa. Gracias a la amistad del tío Pepe Cartera con el cada vez más poderoso Jacob Brandon, ahora codueño de los nacientes y revolucionarios supermercados bautizados como Minimax, el joven había conseguido un trabajo a tiempo parcial como dependiente del moderno establecimiento inaugurado en El Vedado, donde además llevaba la contabilidad diaria y se encargaba de gestionar pedidos a los suministradores. Daniel ya ganaba treinta pesos a la semana, una cantidad más que digna en un país donde una libra de carne costaba apenas diez centavos.

Aquella gestión salvadora del tío Joseph Kaminsky, en condiciones de obtener favores de uno de los judíos más ricos de Cuba, no dejaba de ser un misterio para Daniel. El joven no entendería los intersticios de la relación entre el peletero y el magnate hasta unos años después cuando, en una circunstancia muy delicada, el tío lo volviera a salvar con un sorpresivo regalo. Pepe Cartera, que hasta su intervención revolucionaria en 1960 fungió como cortador y maestro principal del taller de peletería de Brandon, se había convertido, además, en el fabricante de los zapatos especiales que los enormes juanetes del comerciante exigían, en el artífice de los cinturones que, como cinchas de caballo, rodeaban su vientre, y en cosedor de sus finísimas carteras, maletas, petacas para puros y hasta guantes para viajes a Nueva York y París, siempre trabajados con las mejores y más adecuadas pieles para cada destino y el más exquisito arte en el corte y la costura, aprendidos por Joseph años atrás con los artífices de Bohemia.

Sin duda Joseph Kaminsky debía de ganar unos salarios con los cuales cualquier otro hombre hubiera dejado la cada vez más tétrica cuartería de Compostela y Acosta y emigrado hacia un apartamento o incluso una pequeña casita independiente de algún barrio habanero, pensaba y diría su sobrino. Pero Pepe Cartera seguía rodeado de judíos, atrincherado en el promiscuo falansterio y viviendo con la rigidez económica de siempre. Daniel creyó detectar una razón de mayor peso para la insistencia del tío en permanecer en el solar cuando descubrió, con muchísima alegría, que aquel polaco cincuentón y conservador había encontrado un drenaje a su soledad gracias a la mulata Caridad Sotolongo, que un tiempo atrás se había hecho inquilina del ruinoso edificio. Treintona, viuda concubina, muy bien formada, Caridad era además madre de Ricardo, un mulatico bastante jodedor, por el que el tío Joseph siempre manifestó una especial debilidad, quizás nacida de la innata capacidad del muchacho para improvisar versos y recitarlos como si fuese una ametralladora.

La historia de Caridad pronto fue conocida por todos los vecinos. Su amante, un hombre blanco, padre nunca legalmente reconocido de Ricardito, había sido uno de los revolucionarios de la década de 1930 que, frustrado y decepcionado por la poca ganancia política y económica obtenida de sus luchas, muchas veces violentas, derivó con otros de sus camaradas hacia las bandas de gángsters que, cada vez con menos barniz político, buscaban a punta de pistola una recompensa política y económica que decían merecer. Aquel hombre había muerto en 1947 durante un enfrentamiento entre bandas de gángsters y policías no menos gángsters, y, de inmediato, la vida hasta cierto punto desahogada de Caridad se había esfumado, pues nunca había sido más que la amante del pistolero. Ella, de treinta y seis años, casi analfabeta pero todavía muy bella, y Ricardo, de siete años en ese instante, debieron abandonar la casita de Palatino cuyo alquiler no podían pagar y fueron a dar al solar de Compostela y Acosta, para dedicarse ella al muy mal retribuido oficio de lavar y planchar para la calle.

A diferencia de la mayoría de los hacinados en la cuartería, Caridad era discreta y silenciosa, por lo que muy pronto la catalogaron de mulata creída, orgullosa y luego de «capirra» —como les llaman los habaneros a los negros y mulatos que prefieren casarse con blancos—. En algún momento, gracias a algunos favores cruzados, se estableció cierta amistad entre la mujer y Joseph Kaminsky, por entonces recién entrado en sus cincuenta. Daniel tuvo un relámpago de intuición de lo que se cocinaba en otros fogones el día en que Caridad les llevó una olla de loza mediada de unos frijoles negros, espesos, dormidos como le llamaban en Cuba, olorosos a comino y laurel, aquellos granos que en su vida polaca nunca había visto Joseph Kaminsky pero que en su estadía cubana se habían convertido en su plato favorito... y en la perdición de su sobrino Daniel. La mirada cruzada en ese instante entre el polaco y la mulata fue más reveladora que un millón de palabras. Las palabras que el tío Pepe no le diría a su sobrino hasta unos años más tarde. Las palabras provocadas por la existencia de Caridad y los sentimientos que la mujer había despertado en el peletero y que mucho influyeron en la suerte de Daniel Kaminsky.

Gracias a su salario en el mercado de Brandon y compañía, Daniel se lanzó a los preparativos de la boda, que se celebró en el verano de 1953 y al final resultó mucho más fastuosa de lo que el joven hubiera podido costear y hasta hubiera deseado por su natural discreción. Pero los padres de Marta, reconciliados, primero, y encariñados, después, con el joven polaco en ascenso social y económico, y satisfechos por la felicidad exultante de su única y queridísima hija, lanzaron la casa por la ventana. La exigencia más difícil para Daniel había llegado en el momento de discutir el tipo de ceremonia a efectuar. Para los padres de su prometida constituía casi una cuestión de honor que, luego de formalizarse ante notario, el trámite se llevase frente a Dios y fuese santificado en un templo católico. Daniel invirtió semanas en discutir con Marta las opciones, partiendo de una posición que a él le parecía justa y clara: como él mismo sería incapaz de pedirle a ella que se casaran ante un rabino, ella no debía exigirle a él hacerlo ante un cura. Y su razón era simple: él no creía ni en el rabino de sus ancestros ni en el párroco de los católicos. Convencer a Marta no resultó tan difícil, pues la joven podía prescindir de la ceremonia religiosa, aunque no negaba que su alharaca le parecía atractiva, y contaba entre sus argumentos el hecho de que hasta el mismo Pepe Manuel Bermúdez, cada vez más rojo según todos comentaban, había accedido a casarse con Rita María en la muy falsamente gótica iglesia de la calle Reina, al ritmo de la marcha nupcial compuesta por un judío alemán... Ella entendía las razones de su novio. Quienes no las iban a entender serían Manolo Arnáez y Adela Martínez, sin cuyo apoyo el matrimonio no se podría realizar o se realizaría de otra manera, le dijo ella.

Daniel Kaminsky pensó mucho en sus posibilidades. La más fácil y a la vez complicada sería irse con Marta, casarse ante un notario, y olvidarse de los Arnáez. Para alguien que había vivido tantos años en una cuartería de la Habana Vieja, sin poder saciar del todo su apetito y con un par de camisas baratas, aquella parafernalia de trajes largos y fiestas concurridas le resultaba tan accesoria como innecesaria. Pero le parecía cruel con la muchacha, incluso con sus padres, sustraerles una ilusión con la cual coronaban un punto climático en el éxito social de sus vidas. La más difícil aunque a la vez menos turbulenta de sus posibilidades era aceptar la formalidad del bautismo católico exigido y la boda oficiada por un cura, pues ninguno de los dos actos tenían para él ningún significado. Muchos judíos creyentes y practicantes, a lo largo de los siglos, habían debido aceptar los sacramentos católicos en diversas circunstancias de sus vidas, aun sabiendo que nunca se salvarían luego de tal claudicación, pues lo ordenado por su Dios era incluso morir venerando Su nombre. ¿Por qué siempre había sido tan complicado ser judío?, se había preguntado muchas veces, antes de sentarse a conversar sobre aquel conflicto lacerante con su tío Pepe Cartera. Por aquellos días, como si fuese una anticipación de lo que poco después ocurriría, Daniel pensó en varias ocasiones en el retrato del joven judío parecido a la imagen católica de Cristo bajo cuya mirada había vivido sus primeros años, sin que significase —para él o para sus padres— nada más que eso: un bello retrato de un joven judío con la vista perdida en un ángulo del cuadro.

Según lo recordaría siempre, Daniel dilató por semanas el momento de sostener aquel diálogo que imaginaba el más espinoso de su vida, pues no implicaba solo una ruptura con sus orígenes y la religión de sus ancestros, sino conseguir el entendimiento o provocar el más desgarrador disgusto del hombre bueno que, sin expresar con un gesto o una palabra su cariño, le había permitido tener una vida digna en su pobreza, un apoyo estable del cual, pronto, Daniel Kaminsky obtendría los beneficios del ascenso económico y hasta de la respetabilidad social. Desde hacía varios años, siempre que podía, el tío Pepe solía hablarle, como de pasada, de alguna de las jóvenes judías del barrio, tratando de impulsar con todas las intenciones aunque con la mayor discreción el interés del muchacho por una mujer de su origen, para perpetuar con una unión de ese tipo lo que ellos eran y sus hijos deberían ser, por muchos más siglos.

«Usted sabe que yo soy ateo, tío Joseph», comenzó la conversación. Daniel había preferido sostener el diálogo en español, pues ya no confiaba en la profundidad de su polaco ni de su yídish para asuntos de mayor sutileza. Como la tarde primaveral era fresca, gracias a un compacto techo de nubes, había optado por hablar con el tío en la paz de la azotea del desvencijado palacete donde había vivido desde el día de 1938 en que recalara en La Habana y se sintiera alarmado con una algarabía en la cual hacía tiempo no reparaba. «No entiendo que alguien pueda ser ateo, pero si tú lo dices... Dios es más grande que tu desconfianza.» «Pues yo hace mucho dejé de creer. Usted sabe por qué. Lo importante es que soy incapaz de creer.» «No eres el primero que piensa algo así. Ya se te pasará...» «Tal vez, tío. Aunque no lo creo.» Daniel había hecho una pausa tras aquella afirmación con la cual, lo sabía, agredía algunos de los principios a los que se había aferrado el tío Joseph en su soledad de emigrante, hombre pobre y sin otra familia carnal en todo el mundo más que el propio Daniel. «Y debo tomar una decisión que para mí no es importante, pero sí para otras personas. Una decisión muy relacionada con su fe. Con la de usted y con la de ellos», agregó Daniel para ser más explícito.

Pepe Cartera, mirándolo a los ojos, se había permitido una ligerísima sonrisa. Más triste que feliz, en realidad. El polaco peletero, que había atravesado tantos momentos difíciles y conocido el horror más inconmensurable, difícilmente habría podido sentirse sorprendido o superado por nada. O al menos eso creía, según solía decirle a su sobrino. «Me imagino por dónde vas... Y voy a hacértelo todo más fácil. Solo te diré que cada hombre debe resolver él mismo sus cuestiones con Dios. Para los problemas mundanos, una ayuda es siempre bienvenida. Los del alma no son transferibles. Conmigo no tienes ningún compromiso en ese sentido. Yo te he dado lo que he podido darte. ¿Sabes por qué Sozna te dio trabajo y albergue en La Flor de Berlín? Yo no podía dejar que te murieras de hambre por ahí... Cuidar de ti era mi obligación moral, incluso, una obligación con mi fe y mi tradición. Y el resultado no ha sido del todo malo: eres un hombre honrado y tienes un buen trabajo, unos estudios que pueden ayudarte mucho, una vida buena, que va a ser mejor. Quizás algún día hasta seas un hombre rico... Por supuesto, lamento tu lejanía de Dios y de nuestras costumbres, pero incluso soy capaz de entenderlas. No serás el primer judío que renuncie a su fe... Hijo mío, haz lo que tienes que hacer y no te preocupes por mí, ni por nadie. Al fin y al cabo todos somos libres por voluntad divina, incluso para no creer en esa voluntad.»

Mientras lo escuchaba, Daniel había ido sintiendo cómo lo invadía una sensación indefinible, en la que se mezclaban la gratitud por la comprensión del tío, entregada como una verdadera liberación, y una punzante impresión de su debilidad, capaz de precipitarlo a una conveniente aceptación de algo rechazado por su espíritu. Como nunca en su vida, en ese instante se sintió miserable y mezquino, despojado de alma, identidad, de voluntad de luchar. Si el tío Joseph hubiese vociferado y reclamado su condenación, como el día en que el muchacho se negó a matricularse en la escuela para judíos, tal vez todo habría resultado menos humillante, pues él también podría haber gritado argumentos, haberse empecinado y optado por mostrarse incluso rebelde y ofendido. Pero al revelarle que incluso en su rebeldía lo había estado protegiendo y al sustraerle la posibilidad del enfrentamiento, Joseph lo había sorprendido, dejándolo a solas con su alma, con aquel vacío que la vida y su propio empeño habían creado en el sitio donde otros hombres, como su tío o su futuro suegro, llevan alojado el consuelo de sentirse acompañados por un Dios, su Dios, cualquier Dios. ¿El mismo Dios?, le preguntaría alguna vez al hijo nacido de aquel doloroso conflicto.

«Le agradezco su comprensión, tío. Para mí es lo más importante», apenas pudo decir Daniel. Joseph Kaminsky se quitó las gafas de aro redondo que usaba desde hacía unos años y las limpió con el faldón de su camisa. «Agradéceselo a Cuba. Aquí he trabajado, pasado penurias, sufrido decepciones, pero he conocido otra vida y de muchas maneras eso lo cambia a uno... Ya no soy el mismo polaco asustadizo y fanático que llegó hace más de veinte años. Aquí he vivido sin miedo al próximo pogromo, lo cual ya es bastante, y a nadie le ha importado mucho en qué idioma hago mis rezos. Por mucho que hayas oído, tú no puedes tener idea de lo que eso significa, porque no lo has vivido... Querer ser invisible, como llegó a pensar tu padre...» «¿Entonces no está molesto conmigo?» Pepe Cartera lo miró a los ojos, sin responder, como si su mente estuviera en otro sitio. «Por cierto», dijo al fin, «¿sabes por qué no me he casado con Caridad?» A Daniel le sorprendió la abrupta caída en un tema hasta ese momento nunca tocado por el tío, al menos con él, y al cual Daniel, por respeto, jamás se había referido. «Porque ella tiene unas creencias y yo tengo otras. Y no soy capaz de pedirle que renuncie a ellas. No tengo derecho, no sería justo, porque esa fe es una de las pocas cosas que le pertenecen de verdad y que más la han ayudado a vivir. Y yo no voy a renunciar a las mías. Ella es inculta, pero es una mujer buena e inteligente, y me ha entendido. Para los dos lo importante ahora es que nos sentimos bien cuando estamos juntos y eso nos ayuda a vivir. Sobre todo, ya no nos sentimos solos. Y eso es un regalo de Dios. No sé si el de ella o del mío, pero un don divino... En fin, haz lo que quieras. Tienes mi bendición. Bueno, es un decir, tú no crees en bendiciones...»

El cielo, asaltado por unas nubes tétricas, llegadas del mar del sur, se abrió entonces en un torrente de agua cruzado por los destellos de unas descargas eléctricas que, según el polaco Pepe Cartera, nunca solían ser tan retumbantes en su lejano país. Cuando los hombres volvieron al cuarto del solar, Joseph Kaminsky fue en busca del pequeño cofre de madera que lo había acompañado desde los días de su salida de Cracovia y en donde guardaba su ya obsoleto pasaporte, unas pocas fotos, y el *talit* que le había regalado su padre para su Bar Mitzvá, celebrado en la gran sinagoga de la ciudad. Lo abrió con la llave que siempre llevaba en el cuello y del interior tomó un sobre que le entregó a su sobrino. «¿Qué es esto, tío?» «Mi regalo de bodas.» «No hace falta...» «Sí hace falta. La dignidad hace mucha falta. Si tus suegros van a ayudarlos, tú tienes que contribuir. Esa contribución te hará más libre.» Daniel, sin entender muy bien por dónde iban las intenciones de su pariente, abrió el sobre y encontró el cheque. Leyó. No se lo creyó. Volvió a leer. Su tío lo hacía propietario de cuatro mil pesos. «Pero tío...» «Son casi todos mis ahorros de estos años. A ti te hace mucha más falta ahora que a mí... Sobre todo para eso hace falta el dinero: para comprar libertad.» Daniel negaba con la cabeza. «Pero con esto se puede mudar de aquí, vivir con Caridad, ayudar a Ricardito en la escuela...» «A partir de este momento ya no dependes económicamente de mí, y espero que de nadie. Con lo que gano, creo que Caridad y yo podremos mudarnos pronto. Y ya separé una cantidad para las necesidades de Ricardito. Tú sabes, con un plato de arroz, unos frijoles negros y unas albóndigas *kosher* yo tengo más de lo que necesito. Y ahora soy mejor peletero que nunca, así que no te preocupes, trabajo no me va a faltar, gracias al Sagrado.»

Daniel Kaminsky no podía apartar sus ojos de un papel que valía mucho más que la fortuna de cuatro mil pesos. Aquel dinero era el fruto de infinitas renuncias, privaciones y pobrezas entre las cuales el tío y él mismo habían vivido por años. Representaba también el pasaporte válido con el cual Pepe Cartera podría alegrar su vida. Y, Daniel lo sabía, había sido ahorrado para congratular al sobrino el día en que, en la sinagoga y ante el rabino, sellara su matrimonio según la Ley judía.

Invadido por el reflujo invasivo de su herejía, Daniel Kaminsky había comenzado a llorar: mientras el tío Joseph le entregaba comprensión y dinero, él le robaba la ilusión de verlo quebrar a pisotones las copas de cristal, para recordar con aquel acto la destrucción del Templo y el inicio de la interminable diáspora de los israelíes, y la necesidad de mantenerse unidos en la tradición y la Ley escritas en el Libro como única forma de supervivencia de una nación sin tierra. Sin poder contener el llanto, esa tarde, por primera vez en muchos años, Daniel se abrazó al tío y besó varias veces sus mejillas, siempre necesitadas de una afeitada más radical.

Tal vez por la liberadora actitud de Joseph Kaminsky, dos meses después, cuando Daniel asistió a la pequeña iglesia del Espíritu Santo para recibir el bautismo y el acta donde se certificaba su conversión y se le permitía pronunciar los votos matrimoniales ante un cura, el joven no pudo dejar de sentir que realizaba una impúdica renuncia, para la cual, a pesar de todas sus convicciones y rechazos, en realidad no estaba preparado. Acompañado por su prometida, sus futuros suegros y sus padrinos para la ocasión, Antonio Rico y Eloína la Pecosa, el todavía judío entró por primera vez en su vida en un templo católico con la intención de hacer algo más que curiosear. Aunque ya sabía lo que allí encontraría —imágenes pueriles de mártires y supuestos santos, cruces de diversos tamaños, incluida la imprescindible con el Cristo sangrante clavado a la madera, toda aquella imaginería exultante—, no pudo evitar la conmoción y el deseo visceral, más que racional, de salir corriendo. Ese no era su mundo. Pero aquella huida, de producirse, sería una fuga del paraíso terrenal al cual quería entrar, se merecía entrar. Después pensaría que lo que más le ayudó a contener sus impulsos fue el descubrimiento inesperado de la figura de Caridad Sotolongo, sentada con humildad en uno de los últimos bancos del pequeño templo, ataviada con un vestido blanco, sin duda el mejor de su ropero, y con un pañuelo cubriendo su cabeza.

Ya ante el párroco encargado de oficiar la ceremonia destinada a cambiarlo de fe, Daniel Kaminsky consiguió evadirse de su lamentable realidad concentrándose en la evocación de la fábula que muchas veces, de niño, le había contado su padre, en los días todavía apacibles de Cracovia y, luego, en los tensos de Leipzig y en los desesperados de

Berlín. El joven pudo recordar cómo justo la noche anterior a su partida hacia La Habana, mientras gastaban la última ocasión en que el médico Isaías Kaminsky lo arroparía antes de dormir, su padre le había vuelto a narrar aquella historia mítica del tal Judá Abravanel, destacado descendiente del tronco predestinado de la casa del rey David, la estirpe cargada con la responsabilidad de engendrar al verdadero y todavía esperado Mesías... Según contaba su padre, y como luego Daniel le contaría a su hijo Elías en las noches vaporosas de Miami Beach, el real o ficticio personaje de Judá Abravanel, ya expulsado de España como todos los sefardíes que no aceptaron el bautismo católico, se había refugiado en Portugal donde, poco después, volvió a verse en la coyuntura terrible de enfrentarse a la elección entre el bautismo y la muerte de sus hijos, su mujer, sus cofrades de fe y destino, y la suya propia. En aquella catedral de Lisboa en donde un rey malvado había confinado a los judíos y los había colocado ante la disyuntiva de Cristo o la hoguera, el sabio sefardí, médico, filósofo, poeta, genio de las finanzas, había decidido dar el ejemplo y aceptar la conversión, condenadora de su alma pero preservadora no ya de su vida, sino de la vida de muchos de los suyos y, sobre todo, de los frutos de su estirpe predestinada a traer la salvación de su pueblo. Quizás Judá Abravanel —solía decir Isaías Kaminsky—, en el instante de sentir el agua bendita caer sobre su cabeza, había pensado que se sumergía en el Jordán para purificar su cuerpo antes de dirigirse al resurrecto Templo de Salomón para postrarse ante el Arca de la Alianza. Ahora, mientras el agua vertida por un cura caía en su cabeza, Daniel Kaminsky se refugiaba en la evocación de su padre. En ese desvarío protector lo sorprendió otra vez la visión de una familiar imagen del rostro de un joven judío demasiado parecido a Jesús de Nazaret y, lo pensaba por primera vez, también al Judá Abravanel de su imaginación. El abrazo y el beso de Marta, desbordada de felicidad por el regalo que le acababa de hacer el hombre de su vida, sacó al hereje de su laberinto interior y lo devolvió a la realidad del templo católico, que ni siquiera después de la conversión concretada dejó de parecerle una escenografía para niños fanáticos.

Daniel, todavía aturdido pero sintiéndose liberado, aceptó sin reparos la invitación de su suegro para ir todos a almorzar en el cercano restaurante Puerto de Sagua, donde, decían, se servía el mejor y más fresco pescado que se comía en La Habana. Solo cuando buscó la salida del templo, Daniel descubrió que Caridad Sotolongo había desaparecido. ¿Había estado allí o lo había imaginado?, se preguntó. ¿Cuánto había influido aquella mujer, devota de unos dioses negros y bullangueros, para que aquel acto recién finalizado no se hubiese convertido en un drama capaz de alejarlo para siempre del tío Joseph, el apacible y ahorrativo peletero que, mal que bien, lo había hecho el hombre que era? Daniel nunca se atrevería a preguntarlo, pero, anticipándose a la respuesta presentida, le profesó a la mujer una gratitud que se mantuvo inalterada a través de los años y las distancias. Hasta la muerte.

6
La Habana, 2007

Como del añorado Moshé Pipik solo sobrevivían unas ruinas malolientes incapaces de evocarle a alguien que allí había brillado el restaurante *kosher* empeñado por años en cuquear el hambre de Daniel Kaminsky, Elías le propuso a Conde probar suerte en el Puerto de Sagua, donde, decía su padre, el pescado siempre solía ser excelente.

—Solía ser, en este caso, puede ser estrictamente *solía* —le advirtió el Conde—: tiempo pasado, imperfecto, pero pasado. Como la época de Moshé Pipik y otras cosas que has querido ver... Por cierto, ¿dijiste *cuqueado?*

—Sí —Elías Kaminsky afirmó, con las cejas arrugadas—. ¿Está mal dicho?

—No, que yo sepa no...

—Esa palabra la usaba mi madre. Desde hace años vivo hablando en inglés, pero cuando lo hago en español, sin pensarlo me conecto con la forma en que ella hablaba. Son como joyas viejas. Las limpias un poco y se vuelven brillantes. ¿Qué me dices, a ver, de la palabra zarrapastroso? Mi padre era un judío flaco y zarrapastroso... A lo mejor ya nadie dice eso.

—Era lo que se dice un habitante. Un habitantón... —remachó Conde.

Elías sonrió.

—¡Coñó! Hacía mil años que no oía eso. Mi padre también lo decía cuando hablaba con los cubanos de allá. ¡No seas habitante, Papito!, le decía a un cubano del que se hizo amigo en Miami...

Mientras recorrían los sitios de la vida, la memoria y las palabras extraviadas del polaco Daniel Kaminsky y su mujer, Mario Conde había tenido la agradable sensación de estar asomándose a un mundo cercano pero a la vez distante, difuminado desde que él tuviera uso de razón. La vida de aquellos judíos en La Habana era un episodio vencido, del cual apenas quedaban rastros y muy poca intención de evocarlos. La estampida masiva de los hebreos, tanto asquenazíes como sefardíes (por una vez puestos de acuerdo), se había producido con la sospecha, primero, y la confirmación, poco después, de que la revolución de los rebeldes optaría por el sistema socialista. El cambio había empujado al ochenta por ciento de la comunidad a un nuevo éxodo, al cual muchos se verían obligados a partir igual que como llegaron: apenas con una maleta de ropas. Por lo que aquellos hombres sabían del destino de los judíos en los inconmensurables territorios soviéticos, pocas de sus costumbres, creencias y negocios saldrían indemnes del encontronazo, y a pesar de la experiencia entrañable vivida en la isla, los judíos se fueron con su maleta, sus plegarias, comidas y música a otra parte. Y para la mayoría, incluidos el converso Daniel Kaminsky y su mujer Marta Arnáez, adelantados unos meses en aquella opción, fue Miami Beach, donde ya vivían otros judíos asentados en los Estados Unidos, el sitio en el cual tomaron la pendiente de construir una nueva vida y, con la experiencia milenaria acumulada, establecieron una comunidad otra vez cercana a la pegajosa cultura del gueto. La inquietante diferencia de fechas que alentaba las dudas del pintor radicaba en el hecho de que mientras el grueso de la comunidad abandonó la isla entre 1959 y 1961, Daniel Kaminsky y su mujer habían partido en abril de 1958, con una antelación y prisa empeñadas en delatar otras urgencias.

Encontraron casi vacío el espacioso salón del restaurante. Cuando Conde leyó los precios del menú, se reafirmó en las razones de aquella desolación. Un plato de langosta costaba lo que un cubano común y corriente ganaba en un mes. Aquel sitio era otro gueto: para extranjeros como Elías Kaminsky, para tigres criollos como Yoyi el Palomo y, por aquellos días, para un afortunado como él, contratado y con los gastos pagados al parecer solo para oír la novela de la vida de un judío empecinado en dejar de ser judío y que, en algún momento, hasta donde sabía Conde, al parecer había matado a un hombre.

La atmósfera refrigerada del restaurante olía a cerveza y a mar. Las luces atenuadas resultaron un alivio para las pupilas de los recién llegados, alteradas por el sol de septiembre. Los camareros, un verdadero escuadrón, aprovechaban el sosiego del salón para conversar recostados a la larga barra de madera pulida, quizás la misma en la que, cincuenta y cinco años antes, se habían acodado el recién convertido Daniel, su novia, amigos y parientes, para brindar por el ya expedito matrimonio católico.

Elías optó por el enchilado de langosta. Conde se decantó por un sopón de pez perro. Para beber, reclamaron las cervezas más frías que hubiera en el local.

—Mi padre nunca hubiera podido ser un lobo solitario. Él necesitaba pertenecer, ser parte de algo. Por eso los amigos fueron tan importantes para su vida. Cuando perdió a los más cercanos, fue como si se quedara sin brújula... También por eso volvió a hacerse judío. Aunque no pudiera creer en Dios. —Elías sonrió.

—Ahora que lo dices, hay una cosa que no te he preguntado... —Ante el asombro del pintor, Conde encendió su cigarro, cagándose olímpica y cubanamente en la supuesta prohibición anunciada por el cartel del círculo rojo—. ¿Tú practicas el judaísmo?

Elías Kaminsky levantó los hombros e imitó a Conde, dándole fuego a su Camel, luego de beber de un golpe más de la mitad de su alta copa de cerveza Bucanero.

—En puridad la condición de judío se transmite por la madre, y la mía no lo era de sangre. Pero desde que mis padres llegaron a Miami las cosas cogieron otros rumbos y como parte de esos rumbos, mi madre terminó convirtiéndose y resultó que automáticamente a mí me hicieron judío. Aunque soy de los que solo asisto a la sinagoga el día de Yom Kipur, porque es una fiesta hermosa, y como costillas de puerco a la barbacoa. Pero digamos que sí, lo soy.

—¿Y eso qué significa para ti?

—Es complicado, bastante... Mi padre tenía razón cuando decía que ser judío es algo escabroso. Por ejemplo, la condición de judío fue un problema hasta para los alemanes que mataron a seis millones de nosotros, incluidos mis abuelos y mi tía... Hace poco leí un libro que lo explica de una manera que me impresionó mucho. Decía el escritor cómo la decisión de aniquilar judíos era sobre todo una forma de autoaniquilación necesaria de los propios alemanes, o por lo menos de una parte de su propia imagen de la que se querían desprender para ser la raza superior... Aunque no lo reconocieran, y de hecho no lo reconocieron nunca, lo que los alemanes pretendieron con la eliminación de las actitudes de los judíos que ellos llamaron avaricia, cobardía y ambición, en realidad fue el intento de borrar unas cualidades propias de ellos, de los alemanes. Lo jodido de la historia es que cuando los judíos las practicaban al modo alemán, era porque soñaron con parecerse a los alemanes, porque muchos quisieron ser más alemanes que los propios alemanes, pues consideraron a esos hombres entre los que vivían como la imagen perfecta de cuanto hay de hermoso y bueno en el mundo de la burguesía ilustrada, de la cultura, la urbanidad a la cual muchos de ellos aspiraban a pertenecer para dejar de ser diferentes y para ser mejores... Ya algo así había pasado en Grecia cuando muchos judíos se helenizaron, y después en la Holanda del siglo XVII...

O también es posible que los judíos quisieran parecerse a los alemanes para dejar atrás la imagen del comerciante barrigón, ahorrativo, mezquino, que cuenta cada moneda, y de ese modo ser aceptados por los alemanes... No es casual que muchos judíos alemanes se asimilaran totalmente, o casi, y algunos hasta abominaran del judaísmo, como Marx, un judío que incluso odiaba a los judíos... Lo terrible, dice este hombre con esos juicios tan inquietantes, es que, sin embargo, el sueño de los alemanes era justo lo inverso: parecerse a lo esencial de los judíos, o sea, ser puros de sangre y espíritu como decían ser los judíos, sentirse superiores, como los judíos, por su condición de pueblo de Dios, ser fieles a una Ley milenaria, ser un pueblo, un *Volk*, como decían los nacionalsocialistas, y gracias a todas esas posesiones maravillosas resultar indestructibles, como los judíos, quienes a pesar de no tener patria y de haber sido amenazados mil veces con la destrucción, siempre habían sobrevivido. En pocas palabras: ser diferentes, únicos, especiales, gracias al amparo de Dios.

—No entiendo bien —admitió el Conde—, pero suena lógico. Con una lógica perversa por todo lo que ocurrió en Alemania y en Europa...

—Pero hay más... Lo que llevó al desastre y el Holocausto fue que todos se equivocaron: los judíos queriendo ser alemanes sin dejar de ser judíos, y los alemanes aspirando a tomar el ejemplo de predestinación y singularidad de los judíos. Ya algo así, aunque por suerte no terminó en tragedia, había pasado en Ámsterdam cuando los holandeses calvinistas y puritanos hallaron en el libro judío el fundamento para mitificar su singularidad nacional, para explicar la historia de su mística nacional de pueblo elegido y próspero. Encontraron en los judíos un paralelo glorioso para sus éxodos y la fundación de una patria..., incluso la justificación para hacerse ricos sin prejuicios morales ni religiosos. Por eso aceptaron a los sefardíes expulsados de España y Portugal y hasta les permitieron practicar su religión y construir algo tan majestuoso e impresionante como la Sinagoga Portuguesa, que es una variación futurista del Templo de Salomón, encajada en el centro de Ámsterdam. ¿O por qué crees que Rembrandt y los demás pintores de esa época preferían las escenas del Antiguo Testamento para buscarse a sí mismos...? Mira, si algo ha conseguido significar el hecho de ser judío, es precisamente ser otro, una forma de ser otro que, a pesar de no haber funcionado muchas veces para los judíos, ha sobrevivido a tres milenios de asedio. Y eso era lo que más querían los nacionalsocialistas alemanes: ser otros y eternos, tener un sentimiento de pertenencia tan fuerte como el de los judíos... Y para lograrlo tenían que hacerlos desaparecer de la faz de la tierra.

—La cosa se pone siniestra.

—Puede que lo sea, de hecho lo es —admitió Elías Kaminsky—. Todo lo que te he dicho puede encajar bastante bien si uno se detiene a pensarlo un rato..., ¿no? Mira, mi ventaja está en que soy un judío de la periferia, en todos los sentidos, y aunque pertenezco, no pertenezco, aunque conozco la Ley, no la practico, y eso me da una distancia y una perspectiva para ver ciertas cosas. Lo que hicieron los alemanes con seis millones de judíos, incluidos los que debieron haber sido mis abuelos, mis bisabuelos, mi tía, no tiene perdón. Aunque a la vez necesita tener una explicación, y el odio de razas y la muerte de Jesús en la cruz no puede abarcarlo todo en un proceso que resultó tan profundo y radical y que envolvió a todo un continente. Por eso me gusta esa explicación, casi me convence...

Los platos pusieron una pausa en aquella conversación que había derivado por caminos demasiado enrevesados para la fatiga mental de Mario Conde. Según Elías el enchilado era excelente; para Conde la salsa de perro resultó un remedo mediocre de la que alguna vez probara en una modesta fonda de Caibarién o la que preparaba Josefina con la sencillez rotunda implícita en una improvisada pero a la vez fabulosa combinación de ingredientes elementales al alcance de unos pobres pescadores que han puesto una olla con agua al fuego mientras limpian de escamas a un pez perro. Para mejorarla, el ex policía la había rociado con un chorro de picante que lo puso a sudar, a pesar del ambiente gélido del restaurante.

—Cuando te hablé del *Saint Louis* —Elías vertió una nueva cerveza en su vaso—, y me dijiste que te daba vergüenza oír esa historia... Bueno, hace unos años los Estados Unidos le dieron unas disculpas a los judíos, pero Cuba no.

—Normal —dijo Conde y pensó un instante el resto de su comentario—. Somos demasiado orgullosos como para pedir disculpas. Además, el pasado es cosa del pasado y a nadie ahora se le ocurriría disculparse por algo que otros hicieron, aunque también fueran cubanos... A mí me da vergüenza esa historia porque soy un comemierda con dos doctorados.

Elías Kaminsky sonrió, restándole dramatismo al momento.

—Por cierto, algo que no puedo dejar de hacer es visitar el cementerio donde está enterrado el tío Joseph —dijo Elías.

—Debe ser uno de los de Guanabacoa. Porque hay dos.

—Sí, uno para los asquenazíes y otro para los sefardíes.

—Nunca los he visitado —admitió Conde.

—¿Te embullas? —preguntó Elías Kaminsky acudiendo otra vez al léxico de su madre.

—Me embullo —dijo Conde—. Pero después del postre y el café. Eso también va en los gastos de trabajo —dijo y levantó el brazo para conseguir la difícil posibilidad de que alguno de los displicentes camareros se dignara prestarles atención.

Mal informados por un transeúnte para quien todos los judíos y todos los muertos eran la misma cosa, Conde y Elías Kaminsky fueron a dar primero al cementerio de los sefardíes. Lo que encontraron no resultaba para nada alentador. Lozas polvorientas, quebradas algunas, hierbajos por todas partes, un muro caído, sepulcros canibaleados por buscadores de huesos de judíos para completar los atributos de las cazuelas rituales de los paleros cubanos. Porque, eso sí lo sabía muy bien el Conde desde sus tiempos de policía, un hueso de un chino o de un judío potenciaba el poder de la «prenda» religiosa de los paleros, más si se quería para hacer el mal. Pero no se lo comentó a Elías Kaminsky.

Por fortuna, el cementerio asquenazí estaba a unas pocas cuadras, y como prefirieron cubrir el trayecto a pie, Conde aprovechó la caminata para seguir saciando su desvelada curiosidad.

—Tus padres se fueron, pero el tío Pepe se quedó. ¿Cómo fue eso?

—Después de la boda, mi padre se mudó para la casa de mis abuelos, hasta que compraron la casita de Santos Suárez. Pero el tío se quedó en el solar tres o cuatro años más. Hasta que se casó ante notario y se fue a vivir con Caridad y Ricardito a un barrio que se llama..., ahora no me acuerdo. Cuando mi padre se estableció en Miami, le preguntó al tío Joseph si él, Caridad y su hijo querían ir a vivir con ellos. Pero él le dijo que, a su edad, ya no tenía fuerzas para empezar de nuevo. Él no quería irse a ningún sitio, y menos a un país donde una negra no podía vivir como una persona normal... Él se quedaba en Luyanó. ¿Puede ser Luyanó?

—Anjá, sí, Luyanó.

—Bueno, pues alquiló una casita de dos habitaciones, una para él y Caridad, y la otra para Ricardito. En una caseta que había en el fondo de la casa puso su máquina de coser y sus herramientas, pero ya casi solo trabajaba en el taller de Brandon, hasta que llegó el comunismo, desapareció el taller, Brandon y casi todos los judíos... El tío murió aquí, en 1965, sin llegar a los setenta años. Al final se ganaba la vida remendando zapatos...

—¿Y Caridad?

—Mis padres mantuvieron correspondencia con ella hasta que murió, como en 1980, más o menos. Siempre que podía, mi padre le mandaba algún paquete con ropas, medicinas, algo de comer. En aquel tiempo era muy complicado.

—¿Y Ricardito?

—Hasta donde sé, se hizo médico. Pudo terminar el bachillerato antes de 1959 gracias al tío Joseph. Luego fue más fácil para él y entró en la universidad. Pero desde que mi padre salió de aquí, nunca tuvo contacto directo con Ricardito, solo sabían de él por Caridad. Ella le explicó a mi padre que para Ricardito, más siendo médico, no era conveniente tener relaciones con gentes que vivían en Miami.

—Conozco bien esa historia —apuntaló Conde la afirmación del otro.

—Yo también. Tu amigo Andrés me habló de eso. Estuvo años sin saber de su padre porque él vivía en Cuba y el padre en Estados Unidos. Eso los hacía casi enemigos... ¡Qué disparate!

—El hombre nuevo solo podía tener relaciones fraternales con los de su misma ideología. Un padre en Estados Unidos era una contaminación infecciosa. Había que matar la memoria del padre, de la madre y del hermano si no estaban en Cuba. Fue mucho más que un disparate... ¿Y qué sabes de Ricardito?

—Nada... Supongo que sigue aquí, ¿no?

Al llegar al cementerio de los asquenazíes el portero-sepulturero se disponía a cerrar las rejas, pero un billete de cinco dólares les abrió la cancela y les garantizó el servicio de guía y, si lo hubieran pedido y el hombre hubiera podido, hasta unos rezos funerarios en hebreo clásico o en arameo. Apenas traspusieron el umbral —¡Oh, los que entráis, dejad toda esperanza!—, Conde constató que entre uno y otro camposanto mediaba una distancia impuesta no por diferencias doctrinales, sino por abismos económicos. Aunque el estado de abandono era similar al imperante en el cementerio sefardí, los túmulos, mármoles y los atributos mortuorios sobrevivientes advertían de que estos muertos asquenazíes habían sido vivos llegados al último trance con mucho más dinero que sus correligionarios sefardíes.

Del mismo modo que en la otra necrópolis, algunas tumbas estaban coronadas con pequeñas piedras puestas allí por algún pariente o amigo. Pero los efectos del tiempo y el abandono lo habían corroído casi todo. Aquellas moradas finales expresaban mejor que cualquier otro testimonio el destino último de una comunidad que, en sus tiempos, había sido activa y pujante. Hasta sus sepulcros estaban muertos.

Conde notó las diferencias de apellidos existentes entre uno y otro cementerio, huellas de los caminos paralelos que por siglos habían seguido aquellos judíos, unos en España, la próspera Sefarad, y otros en el éxodo y la dispersión por las vastas regiones de la Europa oriental, los territorios donde cada una de las ramas del pueblo elegido había llegado incluso a forjar sus propias lenguas y a perfilar los apellidos capaces de advertir sobre su pertenencia a las dos culturas unidas por el Libro. Pero la prosperidad de los asquenazíes venidos a Cuba desde Polonia, Austria y Alemania contrastaba con la modestia de los sefardíes turcos, incluso después de la muerte.

El guía-sepulturero los condujo a la tumba de Joseph Kaminsky, cubierta con una losa de granito barato sobre la cual, con dificultad, se podía leer: CRACOVIA 1898-LA HABANA 1965, y unas enrevesadas letras hebreas que, era lo más posible, el propio tío había ordenado grabar como mensaje a la posteridad para que, si alguien aún se interesaba, se supiera quién había sido en vida. El eficiente sepulturero frotó con su pañuelo húmedo por el sudor la placa de granito, hasta que Elías logró leer: JOSEPH KAMINSKY. CREYÓ EN EL SAGRADO. VIOLÓ LA LEY. MURIÓ SIN SENTIR REMORDIMIENTOS.

7
La Habana 1953-1957

Fue en la temporada de beisbol invernal de 1953-1954 cuando el gran Orestes Miñoso, «el Cometa Cubano», alma del *team* Marianao de la liga profesional de la isla y, por esa época, también de los White Sox de Chicago en las Grandes Ligas norteamericanas, conectó el batazo más largo que hasta entonces se diera en el Gran Stadium de La Habana, construido unos años atrás. El *pitcher* contrario era el yanqui Glenn Elliott, esa temporada al servicio del poderoso club Almendares, y lo que le soltó Miñoso fue un lineazo descomunal que pasó muy por encima de las cercas del jardín central, un toletazo inhumano en el que aquel negro de cinco pies y diez pulgadas de músculos compactos había descargado toda su fuerza y su increíble talento para darle a la pelota, con la belleza y perfección de sus aterradores *swings*. Cuando los comisarios de la liga intentaron medir las dimensiones de la conexión, se aburrieron de contar al sobrepasar los quinientos pies de distancia respecto al plato. Como recordación de aquella hazaña, por el sitio sobre el cual había volado la pelota, fue colocado un cartel con la advertencia: POR AQUÍ PASÓ MIÑOSO. A partir de la temporada siguiente, cuando la estrella del Marianao se acercaba al cajón de bateo, por la megafonía del mayor santuario de la pelota cubana se escuchaban los acordes del chachachá grabado en su honor por la Orquesta América y cuyo estribillo más popular decía: «Cuando Miñoso batea de verdad, la bola baila el chachachá».

Aquel día histórico, del que se hablaría por años y años entre los aficionados a la pelota, el polaco Daniel Kaminsky y sus amigos Pepe Manuel y Roberto eran tres de los dieciocho mil doscientos treinta y seis aficionados que ocupaban las gradas del Gran Stadium para disfrutar del partido entre los demoledores Alacranes del Almendares y los modestos pero aguerridos Tigres de Marianao. Y, como casi todos esos afortunados fanáticos, Daniel y sus amigos recordarían por el resto de sus días —muchos días para unos; pocos, en verdad, para otro— el batazo de aquel ángel negro matancero, descendiente de esclavos traídos desde el Calabar nigeriano.

Daniel había adquirido por contagio callejero el virus incurable de la pasión por el beisbol que dominaba a los cubanos. Y, por esa lógica absurda que a veces tienen los amores, desde el principio decantó su preferencia por el modesto *team* de Marianao, un equipo que en cincuenta años de historia apenas se alzó en cuatro ocasiones con la corona de campeones de la Liga de Invierno. Dos años antes de que Daniel llegara a Cuba, los Tigres habían alcanzado por segunda vez la gloria. Y no volverían a lograrlo hasta las fabulosas temporadas de 1956-1957 y de 1957-1958, cuando, guiados por el bate implacable de Miñoso y la alegría con que aquel hombre salía al terreno de juego, lo harían de manera aplastante. Daniel Kaminsky siempre pensaría que su opción de amor por un equipo perdedor formaba parte de un complicado plan de compensaciones, pues luego de un larguísimo período de frustraciones, fue justo en los dos últimos años que él viviría en Cuba, envuelto ya en las tensiones definitivas destinadas a cambiarle la vida, cuando el Marianao se hizo con aquellos campeonatos y Orestes Miñoso, el héroe más querido de toda su vida, alcanzaría una de las cúspides de su gloria, demostrando, como nunca, que «Cuando Miñoso batea de verdad, la bola baila el chachachá».

A pesar de que el Marianao perdiera temporada tras temporada durante casi toda la estancia cubana de Daniel Kaminsky, el joven que aquella tarde de 1953 había asistido al Stadium de La Habana tenía otras muchas razones para considerarse un hombre feliz. «¿Qué es la felicidad?», le preguntó en una ocasión a su hijo Elías, muchos años después, cuando ya era huésped del exclusivo hogar geriátrico de Coral Gables y, en su mesa de noche, seguía ocupando el lugar más visible aquella enorme foto en la que el judío polaco y el negro pelotero cubano se estrechaban las manos, sonrientes, aunque ya calvo el judío y punteado de canas el cubano. El pintor pensó la respuesta posible, acumuló evidencias, pero prefirió permanecer en silencio: en realidad le interesaba más el concepto de su padre que el suyo propio. «Dime tú.» «La felicidad es un estado frágil, a veces instantáneo, un chispazo», había comenzado a decirle Daniel a su vástago, mientras dirigía su mirada hacia la foto donde aparecía junto al gran Miñoso y, luego, al rostro de Marta Arnáez, cubierto de arrugas y ya muy lejos de la belleza que había exhibido durante años. «Pero si tienes suerte puede ser duradero. Yo tuve esa suerte. En la época en que se hacen los amigos de toda la vida, encontré a esos amigos. Y desde que conocí a tu madre fui, en los asuntos principales de la vida, un hombre feliz. Pero cuando me recuerdo de cosas como el privilegio de haber sido uno de los dieciocho mil habitantes de la tierra que estaba esa tarde en el estadio y pude gozar el jonronazo de Miñoso, sé que por momentos fui muy feliz... Por años, incluso, conseguí enterrar mis dolores del pasado y vivir mirando hacia delante, solo hacia delante. Lo jodido es que cuando menos lo esperas, hasta esos dolores que creías vencidos salen un día de sus fosas y te tocan en el hombro. Entonces todo se puede ir a la mierda, incluida la felicidad, y recuperarla después no es nada fácil.»

La casa de Santos Suárez que el joven matrimonio había logrado comprar en 1954 con la suma de los ahorros propios y de las generosas aportaciones de los suegros gallegos y el tío judío, era modesta y confortable. Tenía dos habitaciones, sala, comedor, cocina y, por supuesto, baño propio con todas sus piezas, un recinto brillante cubierto de azulejos negros donde podías cagar privadamente cuanto y cuando quisieras. Además, la casa contaba con un pequeño patio y el lujo de un portal por donde corría la brisa, incluso en los días más fogosos del verano. Había sido construida en la década de 1940 por los dueños de la más ostentosa, moderna y amplia casa vecina, cuyo cabeza de familia había tenido un rápido ascenso económico desde que su amigo Fulgencio Batista llegara al poder y lo convirtiera en uno de los jefes de la policía habanera y se pudiera permitir, gracias a las muchas coimas que recibía por su cargo policial, la inmediata fabricación de aquella mansión que hacía lucir diminuta la casa de los Kaminsky.

Una vez graduado y ya convertido en contador del lujoso Minimax de Brandon y Hyman, el salario de Daniel había ascendido a los doscientos pesos mensuales, más rentables por los descuentos con que podía adquirir los magníficos productos del mercado. Marta, por su parte, aun cuando no lo necesitaran para vivir, había insistido en ejercer su profesión y, siempre gracias al empuje de Brandon, obtenido una plaza en el recién abierto Instituto Edison, del vecino barrio de La Víbora. Para 1955, el matrimonio pudo darse el lujo de adquirir un Chevrolet del año y, para la Navidad, pasar las vacaciones en la Ciudad de México, donde vieron actuar a la orquesta de Dámaso Pérez Prado y bailar a María Antonieta Pons, justo en los días de furor mundial del mambo y las rumberas cubanas. La vida les sonreía y ellos le sonreían a la vida. Para coronar la perfección soñada, solo les faltaba que la naturaleza los premiara con la llegada del hijo o la hija que ambos deseaban, y para cuya gestación trabajaban con ahínco, frecuencia y amor.

El tío Pepe Cartera también había introducido cambios capaces de mejorar su cotidianidad. Sin dejar de ser el mismo de siempre, había optado por trasladarse a una muy modesta casita de la calle Zapotes, en Luyanó, un sitio independiente, con baño y cocina propias, donde como regalo por la mudada lo esperaba el lujo blanco brillante de un refrigerador Frigidaire comprado por Daniel y Marta... Desde mucho antes de que se concretara el matrimonio y la mudada, el peletero había permitido que se hiciese público su amorío con la mulata Caridad Sotolongo, aunque por razones de espacio cada uno había seguido ocupando su cuarto en el solar de Acosta y Compostela. El polaco cincuentón había asumido con gallardía el peso de los profundos prejuicios raciales existentes en Cuba y por eso, desde que hizo manifiesta su relación con Caridad, nunca se había dejado avasallar por las miradas indiscretas y hasta desdeñosas que los colocaban bajo el prisma del desprecio cuando, tomados del brazo, el judío cetrino y la mulata carnosa asistían al cine, al teatro Martí o, para sorpresa de todos los que conocían al polaco y su relación con el dinero, a los restaurantes *kosher* del antiguo barrio de Pepe Cartera.

El mayor motivo de preocupación que merodeaba la existencia de Daniel Kaminsky estaba vinculado con sus amigos Pepe Manuel Bermúdez y Roberto Fariñas. Pepe Manuel se había matriculado en la Universidad de La Habana, donde estudiaba Leyes —qué otra cosa podía haber estudiado, siempre decía Daniel— y había continuado su vocación de líder estudiantil. Ya para 1955, desde las filas del Directorio Universitario, participaba de modo activo en la oposición a Batista que crecía por días en el país. Roberto, por su lado, quien había decidido regresar al redil y trabajaba en los negocios familiares, militaba en un grupo clandestino de partidarios ortodoxos, radicalizados luego de los sucesos del cuartel Moncada y dispuestos a sacar del poder, incluso por la vía de las armas, al general y su pandilla de desaforados compinches. No obstante, las militancias de Pepe Manuel y Roberto nunca se enfrentaron al apoliticismo pragmático y permanente de Daniel, y la complicidad entre los amigos y sus parejas (Pepe Manuel había sorprendido a los otros con la noticia de que se separaba de Rita María, mientras procuraba incorporar a la cofradía a su nueva novia, Olguita Salgado, que llegaba al grupo con fama de ser comunista) siguió siendo tan compacta como en los tiempos del instituto, y cada uno de ellos disfrutaba de la compañía de los otros, los viajes a la playa, los bailes en los clubs sociales con las muchas y muy buenas orquestas de la época y las jornadas vespertinas o nocturnas en el Gran Stadium de La Habana.

Por lo que conversaba con sus amigos y lo que conseguía oír en la calle, Daniel fue sintiendo cómo la sombra mezquina del miedo, cada día más tangible y dañina, alteraba con una rapidez macabra aquel estado de gracia del que tanto disfrutaba. A ojos vista, la vida política del país se había ido tensando y eran cada vez más las fuerzas que, por una u otra vía, con respuestas pacíficas o belicosas, se oponían al Go-

103

bierno de facto del general Batista. Pero aquel hombre que en los días turbios de 1933 había dado el salto de sargento a general y regido desde las tribunas públicas o desde la oscuridad, e incluso desde la distancia, los destinos de Cuba, pretendía conservar a cualquier precio aquella jugosa posición. Aunque para ello debiera acudir a extremos métodos de represión y violencia: como todos los hombres adictos al poder y sus muchos beneficios, financieros o espirituales. Batista, por supuesto, había amasado una prodigiosa fortuna y creado a la vez una red de compromisos económicos a la cual se había sumado un grupo de jefes mafiosos norteamericanos, entre ellos el judío polaco Meyer Lansky, convertido en una presencia habitual en La Habana aunque, como decía el tío Joseph, por suerte aquella vergüenza para los judíos pasaba su tiempo en casinos, cabarets y conciliábulos con Batista y sus amanuenses, y no en la sinagoga.

Por primera vez desde que llegara a Cuba, Daniel Kaminsky sentía demasiados silencios. Y no solo porque se hubiera mudado de la proletaria y bullanguera Habana Vieja al más burgués y residencial Santos Suárez. Era quizás cierta capacidad innata, según le explicaría alguna vez a su hijo, una disposición genética, una experiencia histórica acumulada durante siglos por los de su estirpe para poder olfatear el peligro y el terror gracias a las más insólitas o imperceptibles señales. En este caso el silencio. Por ello, aunque su vida se desenvolviera del mejor de los modos posibles y él se mantuviera distanciado de la política todo cuanto resulta factible mantenerse al margen de algo tan ubicuo, tuvo la percepción de que la atmósfera se iba cargando de una manera muy peligrosa. Y los hechos, aislados primero, cotidianos después, le darían la razón. Aquella explosión del miedo ocurriría justo por la época en que, gracias a Miñoso, los Tigres de Marianao tuvieron su mayor momento de gloria. De un modo no del todo imprevisible, su onda expansiva llegó hasta la vida de Daniel, conducida por las acciones y necesidades de su amigo Pepe Manuel y de la mano de su también amigo Roberto Fariñas. La treta perfecta del azar fue que aquellos complicados y peligrosos juegos políticos serían los encargados de colocar otra vez a Daniel Kaminsky ante el retrato del joven judío demasiado parecido a la imagen del Jesús de la iconografía cristiana, el mismo retrato estampado en la apacible foto familiar que había cruzado el Atlántico con él, casi veinte años atrás.

Luego de ducharse para arrancarse de la piel la molesta sensación de la cercanía con la muerte que le provocaban los cementerios, Conde había decidido que, con los últimos pesos arrinconados en sus bolsillos, debía comprar al menos una media botella de ron en el Bar de los Desesperaos para pasar por la casa del flaco Carlos antes de dirigirse a la de Tamara. Pero ni siquiera la perspectiva de tomarse con el mayor sosiego posible un par de tragos, conversar con el amigo y reunirse luego con la mujer que lo soportaba desde hacía tantos años, lograron hacer que desapareciera la zozobra anímica que había empezado a adueñarse del ex policía con los últimos avances de la historia entregada con tanto esmero en los detalles y dosificación informativa por el hijo de Daniel Kaminsky. Esa tarde, al salir del camposanto asquenazí, cuando Conde había sentido que el relato empezaba a enrumbarse hacia una comprensión posible, en donde al fin aparecería la coyuntura oculta en el tiempo para cuyo pretendido develamiento lo habían contratado, el pintor había decidido regresar a su hotel pretextando que quizás la langosta del almuerzo no le había caído del todo bien. Conde tuvo entonces la certeza de que la visita a la necrópolis había tenido en el forastero un efecto mucho más profundo que el simple rechazo a la muerte y sus ritos que él mismo padecía. Y la sensación de zozobra lo había invadido.

Como era su hábito desde los tiempos prehistóricos en que fuese policía, al llegar a la casa de Carlos, servidos los primeros tragos del mofuco hirsuto como haitiano, Conde le contó al amigo inválido los detalles conocidos de la historia en que, a cien dólares por día, Andrés lo había enrollado. Toda la exasperación que se sentía incapaz de expresarle a Elías Kaminsky por la dilatada entrada en materia a la cual lo había sometido salió a flote en ese diálogo a través del cual perseguía un necesario desahogo.

—No sé qué coño puede haber sido... Pero algo pasó cuando el hombre leyó la lápida del tío de su padre.

—¿Cómo me dijiste que decía? —preguntó Carlos, metido de lleno en la historia.

—«Joseph Kaminsky. Creyó en el Sagrado. Violó la Ley. Murió sin sentir remordimientos.» Sí, era eso...

—¿Qué ley violó? ¿La de los judíos o la de los tribunales?

Conde meditó unos segundos antes de responder.

—Los judíos son tan complicados que han formado un rollo con eso y muchas veces esas dos leyes coinciden. Acuérdate: no matarás, no robarás... La religión como ética y como ley, ¿no? Pero te juro por Yahvé que no sé qué carajo fue lo que pudo hacer ese hombre y qué ley violó. ¿Fue porque dejó que el sobrino se convirtiera y se casara con una no judía? Tampoco sé muy bien todavía lo que hizo el padre de Elías, si por fin le cortó el cuello a un tipo, si es una sospecha o qué... Y menos sé para qué coño me quiere Elías. ¿Para que le oiga su cuento...?

El otro meditó unos instantes.

—Sí, está cabrón el tema... Pero cógelo con filosofía, salvaje. Ponte judío y saca cuentas: si al pintor le gusta hacerse el interesante y contarte la historia poco a poco, pero mientras te va pagando cien fulas..., negocio redondo... Con lo cabrón que está el panorama... Pero seguro quiere algo más. Nadie anda por ahí regalando dinero... y menos un judío... Para mí lo que está averiguando tiene que ver con algo que le va a servir para recuperar ese cuadro que vale como dos millones... ¡Cojones! —el Flaco se oprimió las sienes—: no me imagino cómo puede ser un millón, ni medio, ni un cuarto... ¡Dime tú dos!

Conde asintió: sí, en el fondo de todo estaba el cuadro, su destino en Cuba y, por supuesto, su recuperación, así que, como le proponía Carlos, debía asumir aquello con «filosofía». ¿Con cuál? ¿Marxista? Daba lo mismo. Al fin y al cabo, no tenía nada mejor que hacer, pues no se sentía con fuerzas ni deseos de volver a ponerse a patear la ciudad persiguiendo unos cuantos libros viejos con los que sacar, en el mejor de los casos, doscientos o trescientos pesos cubanos. Y con aquel calor de septiembre no resultaba rentable gastar horas y zapatos en unas búsquedas azarosas. Definitivamente debía empezar a considerar un cambio de actividad laboral. Pero ¿cómo coño podía ganarse la vida de una forma más o menos decente un inútil como él, negado por demás a buscar un trabajo en el cual tuviera que invertir ocho horas de cada día para a fin de mes ganar los cuatrocientos o quinientos pesos insuficientes para sostenerse? El panorama individual de Conde resultaba tan sombrío como el colectivo del país y cada vez se sentía más preocupado. El forastero enviado por Andrés, con su oferta de empleo bien retribuida, le había caído cuando estaba a punto de comenzar a pedir agua por señas. Nada, a coger todo aquello con la más materialista de las filosofías. ¿Así que Marx el judío le tenía roña a los judíos?

—El problema va a empezar cuando me diga todo y me exija que le encuentre una respuesta para algo que lo tiene obsesionado hace años. Algo relacionado con el cuadro, con su padre, o con los dos. Y ahora creo que también con el tío que violó la Ley y así y todo se murió más tranquilo que estate quieto. Y, la verdad, no estoy seguro de que eso que quiere saber el pintor tenga que ver con recuperar el cuadro de dos millones. Creo que es otra cosa...

—Tú siempre has sido un creyente... y un poco comemierda... ¡Son dos millones!

—Hay otra cosa además del dinero. Estoy seguro...

—Pues nada, tú sigue oyéndolo y cuando llegue lo que va a llegar, que llegue y a cagar... Date un trago y dale palante...

Conde negó con la cabeza. Había descubierto que en realidad ni siquiera tenía verdaderos deseos de anestesiarse a lingotazos. Tan extraño se sentía. Ante la tibieza etílica de Conde, Carlos se apropió de los restos del ron, los sirvió en su vaso y los bajó de un golpe.

—Conde, estás insoportable... Oye, lleva al judío a donde quiera ir, dile cuatro cosas que quiera oír y agarra el dinero. Total, a él parece que le sobra y a ti...

—Cojones, Flaco, deja la cantaleta. Las cosas no son así, salvaje... Ese hombre necesita saber algo que lo tiene jodido... Mira, mejor me voy pal carajo, ayer no fui a casa de Tamara y esa sí debe estar encendida.

Para relajarse, Conde decidió no pensar más en los Kaminsky mientras cubría a pie el trayecto de ocho cuadras hasta la casa de Tamara. Al llegar descubrió a la mujer en la sala de la televisión, en apariencia tranquila, concentrada en el disfrute de uno de aquellos episodios del *Doctor House,* abominables y repulsivos para el Conde. En su criterio, el tal doctor era el tipo más comemierda, petulante, imbécil e hijo de la grandísima puta que hubiera podido salir de la cabeza de un guionista, y nada más de oírle la voz, su ánimo se volvió a alterar.

Al verlo llegar, la mujer detuvo la proyección y, luego de recibir el beso más cariñoso que Conde guardaba en su repertorio de besos culpables, se quedó en silencio, observándolo.

—No jodas, Tamara —protestó el Conde—. Tú sacas muelas, yo compro y vendo libros o busco historias perdidas. Ahora ando en una ahí... Bueno, no importa, tú sabes que estaba trabajando.

—Está bien, está bien, no te pongas así, no he dicho nada —dijo ella como si se disculpara, aunque Conde pudo sentir cómo sus palabras chorreaban la más pastosa de las ironías—. ¿Pero el detective cubano con sabor a ron en la boca no podía ni siquiera llamar por teléfono?

—Ayer el detective cubano llegó a su casa hecho mierda y con la cabeza echando humo. Hoy, antes de venir para acá, pasé a ver al Flaco. Y tú sabes cómo yo soy...

—A veces sí, a veces no... A ver, ¿hoy te quedas a dormir aquí?

Descarada y velozmente Conde respondió:

—Claro que sí.

El rostro de la mujer se relajó. Recuperó el mando a distancia y apagó el reproductor y el televisor. Conde empezó a sentirse mejor cuando desapareció de la pantalla el rostro de House.

—¿Ya comiste?

—Almorcé tarde y Josefina me dio unas malangas con aceite y ajo que me había guardado. Estoy completo —dijo, tocándose el estómago—. Nada más me hace falta lavarme los dientes para empezar a comerme cualquier otra cosa. Pero que sepa rico y no suba el colesterol...

Media hora después Conde y Tamara ejecutaban su banquete sexual. Con aquella medicina, justo la que más necesitaba, durmió como un niño. Antes de que amaneciera, como un cazador furtivo, el hombre abandonó la cama. Coló café y dejó la casa, no sin antes redactar una nota de despedida. Tenía cacería programada para esa mañana.

A pesar de su profesado ateísmo de entonces y (aunque otra vez enmascarado) del resto de su vida, la suma de imprevisibles acontecimientos que llevaron a Daniel Kaminsky al reencuentro con la tela pintada por el maestro holandés siempre le pareció al hombre una verdadera manifestación de un plan cósmico.

Quizás todo aquel camino había comenzado a trazarse justo el día 13 de marzo de 1957, apenas un mes después de la grandiosa victoria del *team* Marianao. Ese había sido el día marcado por un grupo de compañeros de militancia política de Pepe Manuel, agrupados en el Directorio Universitario, para tomar por asalto el Palacio Presidencial y resolver los problemas políticos cubanos ejecutando revolucionariamente, como ellos mismos proclamaron, al dictador Fulgencio

Batista. El fracaso de la acción, casi por pura mala suerte (o buena suerte del tirano), desencadenó una verdadera cacería que se convirtió en masacre. Pepe Manuel, convaleciente de una operación de apendicitis realizada de urgencia por un estrangulamiento de la tripa inútil, no participó de manera directa en la acción. Pero el joven conocía el plan y a sus gestores. Después Daniel y Roberto sabrían incluso que, de no haber sido por su condición física, Pepe Manuel habría participado de modo activo en los asaltos al Palacio y a la emisora Radio Reloj desde donde los estudiantes leyeron su proclama al pueblo. Y, pensaron, era muy posible que también hubiera terminado masacrado por la policía, como muchos de los miembros del Directorio Estudiantil enrolados en el intento de tiranicidio.

La persecución que desde ese instante se produjo de todas las figuras conocidas del grupo político universitario fue sistemática, brutal, encarnizada. Por fortuna, Pepe Manuel había logrado escapar de su casa y esconderse en un sitio desconocido incluso para los más allegados y confiables: una pequeña finca en la zona de Las Guásimas, en las afueras de La Habana, donde fue acogido por su padrino, un canario criador de gallos de lidia llamado Pedro Pérez. La única opción, en los primeros meses, fue que Pepe Manuel permaneciera oculto, y por ese tiempo nadie, ni siquiera su novia Olguita Salgado y sus dos mejores amigos, Daniel y Roberto, supieran su paradero. Aquella ignorancia era, y ellos lo sabían, la garantía de que Pepe Manuel no fuese descubierto. Pero constituía a la vez el mayor peligro para Olguita, Daniel, pero sobre todo para Roberto, pues su cercanía política con el prófugo resultaba pública y, si la policía decidía interrogarlos, serían ellos quienes con toda seguridad sufrirían las peores consecuencias, más incluso por no tener siquiera la terrible posibilidad de la delación. Por eso, desde ese día Daniel Kaminsky vivió con miedo: su propio y tangible miedo, dormido por años, y que ahora se hacía insoportable ciertas noches cuando, revolcándose en sus insomnios, escuchaba el sonido del silencio y su corazón saltaba cuando creía sentir unos pasos en el portal de la casita de Santos Suárez y el sudor lo bañaba mientras esperaba oír los golpes y el reclamo fatídico: «¡Policía! ¡Abran la puerta!».

Nueve meses después del fracasado asalto a Palacio, cuando el tiempo transcurrido sin que la policía lo reclamase había ayudado a Daniel a domesticar su miedo, Roberto Fariñas lo invitó a ver un partido de beisbol de la recién abierta temporada, y pasó por la casa de Santos Suárez a recogerlo. Como era ya habitual, en la esquina donde ahora se levantaba la lujosa mansión de los antiguos dueños de la casa de

Daniel, una patrulla de uniformados montaba su guardia permanente para la protección del jefe policial. Al pasar junto a la patrulla Roberto les hizo, como siempre, un gesto de saludo e indicó la casa vecina, donde detuvo el auto para recoger a su amigo. Pero, en lugar de dirigirse hacia el Stadium, los hombres tomaron el rumbo del Vedado y se acomodaron a una mesa del restaurante-cafetería Potin, sitio frecuentado por los jóvenes de las familias burguesas. Roberto y Daniel consideraban que aquel era el sitio más seguro y alejado de sospechas para mantener una delicada conversación en la cual no debían participar sus mujeres.

Roberto le explicó al polaco la situación de Pepe Manuel y le reveló incluso su paradero. Luego de la masacre de los asaltantes al Palacio Presidencial sorprendidos en el apartamento de la calle Humboldt, para el amigo prófugo había en esos instantes dos alternativas: o irse a las montañas para unirse a alguna de las guerrillas en acción o, teniendo en cuenta su inexistente capacidad militar, salir del país hacia Estados Unidos, México o Venezuela, donde se habían refugiado otros opositores perseguidos, dedicados a recabar apoyos morales y económicos para los combatientes o a la espera de un desembarco en Cuba del que muchos hablaban. Entonces Daniel le preguntó por qué le contaba todo aquello y Roberto le respondió: «Porque yo creo que lo mejor es que Pepe se vaya de Cuba y para eso hace falta dinero».

Un amigo del hermano mayor de Roberto era el hijo de un tal Román Mejías, un alto funcionario de Inmigración que, desde hacía muchos años, sentía una fuerte animadversión hacia Batista. Y, con suficiente dinero, con toda seguridad aquel funcionario podría hacer una documentación lo más cercana posible a lo legal que, por supuesto, le permitiría a Pepe Manuel abordar con la mayor tranquilidad el *ferry* hacia Miami. ¿El precio? Como estaban las cosas, según el hermano de Roberto, nunca menos de la barbaridad de diez mil pesos. ¿Ponían cinco cada uno?, le preguntó entonces Roberto, y sin pensarlo un instante Daniel dijo que sí. Al fin y al cabo, se diría después, aunque aquella sangría lo dejaba en la inopia, él le debía a Pepe Manuel todas las entradas que, al precio de cinco centavos, le había regalado en los tiempos remotos en que iban juntos al palacio de los sueños del cine Ideal para darse un banquete de películas, documentales, noticiarios y hasta un par de dibujos animados.

El Conde no quería sonreír pero tuvo que hacerlo. Otra vez comprobaba cómo la historia y la vida eran una maraña de hilos en la cual nunca se sabía dónde se cruzaban y hasta se anudaban determinadas hebras, para darle forma a los destinos de las personas y hasta a las historias de los países. Cuando Elías Kaminsky le mencionó el nombre de Pedro Pérez, el gallero canario de Las Guásimas, la imagen del hombre a quien todos conocían como Perico Pérez cobró corporeidad en su memoria. Aquel personaje, ahora aparecido como figura de una historia tan lejana para él, había sido uno de los mejores amigos de su abuelo Rufino, gracias a la compartida afición por los gallos de pelea. El Conde recordaba con nitidez la finca de Perico Pérez, al final de un callejón sin asfaltar a la entrada del pueblo. El acceso a la propiedad era una simple talanquera de alambres, y el camino hacia la casa estaba flanqueado por oscurísimos y rugosos troncos de los tamarindos más dulces que Conde hubiera probado en su vida. Más allá de la casa, de paredes de ladrillos y techo de tejas criollas, estaban los establos de las vacas, la modesta caballeriza, y un largo cobertizo en forma de pasillo, techado con guano, bajo el cual corrían las hileras de las jaulas donde estaban los magníficos animales por los que el gallero solía cobrar pequeñas fortunas a los criadores y aficionados a las peleas, entre ellos, como bien sabía el Conde, el mismísimo Ernest Hemingway. Al fondo de la propiedad, más allá del pozo con su bomba de agua mecánica, se alzaba la valla donde el canario entrenaba sus gallos y, hacia la derecha, antes de los sembrados de malanga, yuca y maíz, un varaentierra, la resistente construcción de troncos clavados a la tierra en un ángulo de cuarenta y cinco grados, atados entre sí en el extremo superior y cubiertos con hojas de palma que hacían a la vez la función de paredes y techo: el varaentierra que muy bien recordaba el Conde y donde José Manuel Bermúdez había estado escondido durante once meses, hasta que sus amigos Daniel Kaminsky y Roberto Fariñas le consiguieron el pasaporte con el propósito de sacarlo de Cuba y, de momento, salvarle la vida.

Cuando Conde le contó a Elías Kaminsky aquella extraordinaria coincidencia, el otro la asumió como un favorable presagio.

—Si ya has descubierto dónde estuvo escondido Pepe Manuel, vas a descubrir qué fue lo que pasó con mi padre y con el cuadro de Rembrandt.

—¿Eres supersticioso?

—No, es una premonición —dijo Elías.

—El de las premoniciones aquí soy yo —protestó el Conde—. Y todavía no tengo ninguna de las buenas, de las que duelen aquí. —Y se tocó la tetilla izquierda.

Conde había esperado a Elías Kaminsky en el portal de la casa, con la cafetera ya preparada sobre el fogón. Sentados en los sillones de hierro, habían bebido el café recién colado, mientras disfrutaban del fresco de la mañana de septiembre, que muy pronto sería solo un recuerdo.

—Lo que sí tengo es un montón de preguntas.

—Me lo imagino —dijo el pintor, y Conde descubrió cómo Elías, siempre que buscaba una evasiva o se sentía agobiado, hacía el gesto de tirar con suavidad aunque con persistencia de la coleta recogida sobre el cuello—. Pero prefiero que me dejes terminar con toda la historia, tratar de entenderla mejor yo mismo, y que tú la tengas lo más completa posible.

—Llevamos tres días en esto... Por ahora, respóndeme una sola pregunta.

—Primero la haces y después decido —dijo el pintor, empecinado en su estrategia.

—¿Por qué te afectó tanto leer la lápida de Joseph Kaminsky? ¿A qué ley se refiere ese epitafio? ¿De qué remordimientos habla?

Elías sonrió.

—Pareces una ametralladora. Debes de estar desesperado.

—Estoy, sí.

—Voy a intentar responderte... Vamos a ver, lo más fácil. Siendo como era Pepe Cartera, lo más seguro es que hablara de la Ley judía. Lo de los remordimientos no sé qué significa, al menos todavía, aunque sospecho algo. Y me afectó porque de pronto sentí la soledad en la que debió de vivir aquel hombre que, hasta donde sé, fue alguien bueno y decente. Por suerte tuvo a Caridad con él hasta el final... Pero en todo lo demás estaba solo, y yo sé muy bien qué cosa es el desamparo del desarraigo. Yo mismo a veces siento que no pertenezco a ningún sitio, o pertenezco a varios, soy como un rompecabezas que siempre se puede desarmar. Supongo que soy norteamericano, hijo de un judío polaco que aquí se impuso ser cubano entre otras cosas para no sufrir de esos desarraigos y de otros dolores, y de una cubana católica, hija de gallegos, que en los momentos decisivos asumió el pragmatismo de su marido cuando él decidió que lo mejor era volver a ser judío y ella también se convirtió. Nací en Miami cuando Miami no era nada: porque, si acaso, a lo que más se parecía era a una mala réplica de una Cuba que había dejado de existir. Pero yo no me crié entre esos cubanos-cubanos, sino entre judíos cubanos y de otras mil partes del mundo, una comunidad donde todos éramos judíos, pero no iguales —e hizo la seña de dinero con los dedos— y ni siquiera nos sentíamos iguales.

Al menos mis padres siempre se sintieron cubanos. Así que sé muy bien de lo que te estoy hablando. El tío Joseph, a diferencia de mi padre, quiso seguir siendo siempre lo que una vez había sido, pero todo a su alrededor había cambiado: el país donde vivía, la familia que alguna vez había tenido, la manera de practicar su religión... Al final, en Cuba no quedó ni un rabino, casi no quedaron judíos. Bueno, hasta escasearon los frijoles negros... Y él tiene que haberse sentido como un náufrago. No como el navegante que imaginaba mi padre cuando en sus sueños regresaba a Cracovia..., sino como un náufrago de verdad, sin brújula ni esperanzas de tocar alguna tierra, porque esa tierra se había esfumado, en realidad se había esfumado hacía muchos siglos, como bien lo saben todos los judíos. ¿Te imaginas lo que es vivir así, para siempre, hasta el final? Mi padre no solo no pudo estar con él cuando se murió: se enteró cuando llevaba un mes enterrado. Bueno, por suerte estaba Caridad...

—Me imagino esa sensación de que hablas y casi la entiendo —dijo Conde, con cierto reflujo de remordimiento por haber obligado a Elías Kaminsky a soltar aquella disquisición—. ¿Y aun así quieres ver la casa donde tu padre alguna vez creyó que era feliz?

El pintor le dio fuego a otro de sus Camel y se perdió en un largo silencio.

—Tengo que hacerlo —dijo al fin—. Vine a Cuba para entender algo, como mi padre volvió por una vez a Cracovia para encontrarse consigo mismo y, al final, descubrir lo peor de sí mismo... Y aunque sea lo peor, yo también lo necesito saber, tengo que saber.

Siguiendo las instrucciones del Conde, el auto conducido por Elías abandonó la siempre hostil Calzada del 10 de Octubre para penetrar las entrañas de Santos Suárez por la más amable Avenida de Santa Catalina. Mientras avanzaban por la calle flanqueada de viejos flamboyanes todavía florecidos, Conde le explicaba al forastero que aquella zona era uno de los territorios de su vida y sus nostalgias. Muy cerca vivían varios de sus viejos y mejores amigos (también amigos de Andrés: antes de irse, Elías debía conocerlos, le dijo) y la mujer que desde hacía casi veinte años era algo así como su novia.

Al llegar a la calle Mayía Rodríguez, Conde le indicó a Elías que torciera a la derecha y, dos cuadras más abajo, tomara a la izquierda y se detuviera ante la que, según la dirección anotada, debía de ser la casa donde vivieron Daniel y Marta Kaminsky hasta abril de 1958. Conde, que se había relajado hablando de amigos y amores, sintió en ese instante cómo algo recóndito comenzaba a chirriar en aquella búsqueda.

—¿Esa era la casa de mis padres? —preguntó entre atónito y abrumado Elías Kaminsky, pero Conde le respondió con una pregunta.

—¿Quién tú dices que vivía en la casa grande de la esquina?

—Un jefe de la policía de Batista.

—¿Pero quién?

—No me acuerdo del nombre —dijo el pintor, casi disculpándose, sin entender el interés del Conde por el dato.

—Es que... ¡Arrima el carro ahí y préstame tu teléfono! —dijo el Conde.

Cuando movió el auto y lo acercó al bordillo, bajo el manto refrescante de un ocuje de tronco maltratado, el pintor le extendió el celular a Conde. Sin dar más explicaciones, el ex policía marcó varias teclas hasta armar un número y oprimió el botón verde, confiado en que ese fuera el trámite necesario para hacer funcionar aquel aparato con el cual no tenía ni pretendía tener la menor familiaridad.

—¿Conejo? —preguntó y se enrumbó—. Sí, soy yo... Está bien, pero ahora cállate y dime una cosa... ¿De quién era la casa bonita de la esquina de Mayía y Buenavista que a ti te gusta tanto...? El dueño de antes... —Conde escuchó unos segundos—. Anjá, Tomás Sanabria... ¿Y era qué? —Volvió a escuchar—. Anjá, anjá... ¿Y antes? —Hizo otra pausa y casi gritó—: Yo lo sabía, claro que lo sabía. Nada, luego te llamo para explicarte —dijo y, como pudo, cortó la comunicación y le devolvió el teléfono a Elías, quien, detrás del volante, no había dejado de mirar con los ojos casi desorbitados, pretendiendo entender lo inteligible.

—¿Pero qué fue lo que pasó?

—El que vivía ahí al lado era Tomás Sanabria, el segundo jefe de la policía de La Habana. Ese era el vecino de tus padres que siempre tenía una patrulla en la calle para que lo protegieran.

Elías Kaminsky escuchaba y trataba de asimilar la información. Pero parecía incapaz de seguir el razonamiento de Conde.

—Ese hombre, Tomás Sanabria, era un hijo de puta asesino y sádico... ¿Tú sabes si tuvo algo que ver con tu padre o con el cuadro de tu padre?

El pintor encendió un cigarro. Pensaba.

—No, que yo sepa. Me habló del policía que vivía al lado de ellos, pero ahora mismo ni siquiera creo que me haya dicho su nombre.

—Ese Sanabria era íntimo del hijo de Manuel Benítez, que se llamaba como su padre, Manuel Benítez, y según algunos era el mejor amigo de Batista... Ya sabes, el viejo Benítez fue el que les vendió las visas falsas a los pasajeros del *Saint Louis*.

El asombro de Elías Kaminsky era patente, rotundo.

—¿Puede ser todo una casualidad? —preguntó Conde, en voz alta, pero hablando consigo mismo—. ¿Un jefe de la policía amigo del hijo de Benítez viviendo al lado del hijo de unos judíos que Benítez estafó con unas visas falsas? ¿Toda esa gente, o por lo menos alguno de ellos, no habrán estado relacionados con esa pintura de Rembrandt?

—Pues no lo sé —dijo Elías y parecía sincero, además de aturdido.

Ni aquella respuesta logró detener el crecimiento acelerado de la premonición que se iba adueñando de toda la anatomía y la conciencia de Mario Conde. Más de un camino podían estar cruzados en el fondo de aquella historia.

El palacete que se había construido Tomás Sanabria, ahora en manos de alguien con suficiente poder político o económico para haber accedido a él, había atravesado triunfal y bien maquillado el paso de las décadas. En cambio, la más modesta edificación vecina, donde vivieron cuatro años de su vida Daniel Kaminsky y su mujer Marta Arnáez, no había corrido igual suerte. No se debía, a primera vista, a problemas con la calidad de la construcción, pues columnas, arquitrabes y techos lucían todavía sólidos, a pesar de los años que cargaban. Se trataba de los efectos de la plaga: porque puertas y ventanas habían sufrido múltiples vejaciones, las paredes parecían haber sido mordidas por hormigas gigantes y pintadas por última vez cuando el club Marianao todavía existía como equipo de la socialistamente fumigada liga profesional cubana, varias de las losas del portal habían sido quebradas, mientras el muro bajo que la separaba de la calle había perdido todo el repello, parte de las rejas y hasta algunos ladrillos. Lo que fuera un jardín, por su parte, había involucionado hacia el estadio de simple matorral con serias aspiraciones a convertirse en basurero. Hasta el tronco del ocuje del parterre parecía carcomido con odio y alevosía...

—¿Estás seguro de que esta fue la casa de mis padres? —tuvo que preguntar Elías Kaminsky, recostado en el turismo para no caer de espaldas mientras contrastaba la amarga realidad del presente con la imagen mental de algunas fotos y de las evocaciones paternas de un pasado feliz, repentinamente enturbiado.

—Tiene que ser. —A Conde no le quedó más remedio que lastimar la herida.

—Yo quería entrar... —comenzó a decir Elías Kaminsky, y Conde aprovechó la pausa.

—Mejor ni lo intentes. Lo que buscas ya no está ahí. Esa ruina ya no es la casa de tus padres.

—Menos mal que nunca volvieron —se consoló el hombre.

—Hubiera sido igual que el regreso a Cracovia después de la guerra mundial, digo yo... No, no puede ser casualidad que ahí al lado viviera Tomás Sanabria.

El pintor no parecía muy interesado en el propietario original de la casa vecina, conmocionado por la que se relacionaba con su pasado, en realidad, el pasado de sus padres.

—¿Qué pasó cuando ellos se fueron en 1958? —Conde trató de enrumbar la conversación por el sendero que le interesaba.

—Mis abuelos gallegos lograron vender esta casa un poco después. Mi padre, que se había quedado corto de plata luego de dar los cinco mil pesos para comprar el pasaporte de Pepe Manuel, usó ese dinero para pagar la entrada de la casita que se compraron en Miami Beach y para dejarle algo de plata al tío Joseph. La universidad estaba cerrada, pero el tío Pepe estaba guardando dinero para los estudios de su entenado, el hijo de Caridad... Así era él. Como guardaba el dinero debajo del colchón, después lo perdió casi todo cuando aquí decretaron el cambio de moneda y nada más aceptaron cambiarle doscientos pesos a cada persona...

Conde asintió, conocía la historia. Un hito en el proceso de la pobreza generalizada.

—Por lo que me dices, tus padres no tuvieron tiempo ni para vender la casa. ¿Puedo pensar que por el problema de José Manuel Bermúdez ellos también tuvieron que salir huyendo?

—No, no fue por Pepe Manuel. Aunque tuvo mucho que ver con esa historia. Como te dije, tratando de resolver la salida de su amigo, mi padre volvió a toparse con el cuadro de Rembrandt.

—¿Cómo es que volvió a encontrarse con el cuadro?

—Porque estaba en casa de ese funcionario de Inmigración, el tal Mejías, al que Roberto y mi padre fueron a ver para comprarle el pasaporte a Pepe Manuel.

—¿Y Mejías no tenía nada que ver con Sanabria?

—No que yo sepa... O hasta donde me contó mi padre...

116

El Conde sintió en ese momento cómo el cruce de mundos hasta entonces paralelos, al menos desconocidos uno para el otro, habitados por galleros que resultaban ser uno solo, jefes de policía y revolucionarios perseguidos por esos policías, sumados a judíos renegados y no, formaban una tromba que colisionaba en su mente para generar una chispa. La misma o al menos muy parecida a las que, en sus tiempos de policía investigador, tanto lo habían ayudado a salir de atolladeros.

—Dime algo antes de seguir en esta historia interminable y para que yo pueda entender algo... —Empezó a hablarle a Elías con toda su amabilidad, pero no pudo evitar el salto hacia la más dura exigencia—. ¿Lo que tú quieres averiguar te va a servir para recuperar el cuadro de Rembrandt?

Elías se tiró un poco de la coleta. Pensaba.

—Tal vez, pero no especialmente. Creo.

—Estamos hablando de más de un millón de dólares... ¿Entonces qué carajo es lo que tú quieres que yo te ayude a averiguar? ¿Es lo que me estoy imaginando?

Elías Kaminsky no había perdido la calma. Ahora, sin apenas pensar, respondió con evidente conocimiento previo de la respuesta.

—Sí, creo que ya puedes imaginártelo. Aunque sea duro saberlo, quiero estar seguro de si fue mi padre quien mató a Román Mejías. El hombre apareció muerto en marzo de 1958, asesinado de una manera bastante horrible, y mis padres se largaron apenas un mes después... Pero sobre todo quiero saber por qué mi padre no recuperó el cuadro que le pertenecía, y más si hizo lo que parece haber hecho. Y dónde coño estuvo metido ese cuadro todos estos años...

9
La Habana, 1958

Daniel Kaminsky pudo sentir cómo el mundo dejaba de girar, con un espectacular frenazo planetario capaz de expulsar todo de su sitio y ponerlo a rodar, a volar por los aires, sacando cada cosa del rincón donde se había acomodado o refugiado. Pero, una vez vencida la inercia, el globo había comenzado a moverse, aunque el joven tuvo la vertiginosa percepción de que lo hacía en sentido contrario, desandando su movimiento de los últimos diecinueve años, como si buscara aquella precisa semana del pasado, olvidada para muchos, dolorosamente vivida por él, allá por los días finales de mayo de 1939, cuando lo obligaron a adquirir la enconada convicción de que había dejado de ser un niño. El destino de aquel retorno era el momento genésico en que aquella tela, en donde se veía el rostro de un joven judío demasiado parecido a la imagen de la iconografía cristiana de Jesús, la misma tela que por tres siglos había acompañado a la familia Kaminsky, se había separado de la custodia de sus padres para, con aquel gesto desesperado, pretender propiciar el acto supremo de darles la vida a tres refugiados judíos: los tres mismos judíos que, rechazados por los gobiernos cubano y norteamericano, poco después serían devorados por el Holocausto, pero siempre, siempre, siempre después de que la pintura hubiera salido de su propicia madriguera y pasara a unas manos que, de algún modo, la habían llevado hasta el lugar de donde ahora pendía, con la mayor impunidad y orgullo.

Roberto Fariñas no pudo dejar de advertir cómo algo más profundo que los resquemores y hasta el miedo con los que habían llegado hasta aquel sitio estaba sacudiendo a su amigo. En voz baja le preguntó si le pasaba algo, pero Daniel Kaminsky apenas movió la cabeza, negando, incapaz de hablar, de pensar, de saber.

La sirvienta de la casa, una lujosa construcción de la Séptima Avenida de Miramar, les había ofrecido asiento en los mullidos sofás forrados de terciopelo azul, ajustados con armonía a la fastuosa decoración del salón, que alcanzaba su punto más refinado gracias a los cuadros colgados de las paredes, que reproducían obras famosas del período de oro del arte holandés. Entre los cuadros, colocado en la mejor pared de la sala como para resaltar el protagonismo que le daba su segura autenticidad y su avasallante belleza, aquella cabeza de un joven judío, firmada con las iniciales de Rembrandt van Rijn, le gritaba su presencia a un pasmado Daniel Kaminsky. La obsesiva contemplación de la pieza a la que se había entregado el joven llamó la atención de Roberto. «Tiene algo extraño ese cuadro, ¿no? ¿Es un retrato de un hombre o una imagen de Jesucristo?» Daniel no respondió.

Román Mejías se presentó unos minutos después. Era un hombre de unos sesenta años y vestía un reluciente traje de dril cien, como si se dispusiera a salir de la casa. Daniel hizo sus cálculos: aquel hombre tendría unos cuarenta años cuando el episodio del *Saint Louis,* así que bien podía haber sido uno de los que subía y bajaba del barco por su condición de funcionario de Inmigración.

El polaco apenas escuchó el diálogo sostenido entre Mejías y Roberto. Trataba de mirar, sin que su interés pareciera demasiado evidente, la pequeña tela pintada y solo regresó a la realidad cuando su amigo le pidió el sobre con el dinero que Daniel cargaba en el bolsillo interior de su saco. Le entregó el envoltorio a Mejías, como parte inicial del trato: cinco mil pesos para comenzar, otros tantos al recibir el pasaporte. Mejías guardó el envoltorio sin contar el dinero mientras les explicaba que a partir del instante de entrega del documento falso, el beneficiario debía salir de Cuba en una semana como máximo. Él se comprometía a tenerlo listo en diez días. Roberto le alcanzó las fotos de Pepe Manuel, ahora con bigote y gafas de miope, y Mejías preguntó si tenían preferencia por algún nombre. Roberto miró a Daniel, y de algún rincón de la memoria del polaco salió el apelativo: «Antonio Rico Mangual», dijo, pues hacía unos meses había recibido la noticia de que su viejo camarada Antonio, el mulato lavado y de ojos bellos que lo acompañó en sus aventuras iniciáticas en la Habana Vieja, había muerto de tuberculosis en un sanatorio de las afueras de la ciudad. Pero una luz en su mente le hizo añadir, para asombro de Roberto: «Ese es mi nombre. Yo no tengo pasaporte y además no pienso viajar, así que puede usarlo sin problemas». «Me parece bien. Yo me encargo de obtener la inscripción de nacimiento», dijo el hombre y concluyó: «Trato hecho». Mejías extendió la mano hacia sus visitantes. Roberto se la estrechó, pero Daniel se hizo el desentendido para evitar el contacto. «Nos vemos aquí en diez días», añadió el hombre. «Y en la discreción va la vida de su amigo, la de ustedes y la mía. Batista juró matar a todos estos muchachos. Y no va a parar hasta lograrlo.» Cuando Daniel y Roberto se disponían a salir, una fuerza superior a todas sus prevenciones empujó al ex judío. «Señor Mejías, ese cuadro de ahí», señaló la cabeza pintada sobre el lienzo, «¿es de un pintor conocido?» Mejías se volvió a contemplar la pieza, como un padre orgulloso de la belleza de su hija. «Los otros, claro, son reproducciones. Pero ese, aunque no lo crean», dijo, «es una pintura auténtica de Rembrandt, un pintor famoso, más que conocido.»

La vida de Daniel Kaminsky, ya herida por el miedo que se respiraba en el ambiente y sus propias tensiones, cayó desde ese instante en un laberinto oscuro. Sin hablar siquiera con Marta o con su tío Joseph sobre el terrible descubrimiento, dedicó varios días a pensar cuáles eran sus alternativas. En su mente, sin embargo, se había clavado una convicción: aquel hombre, o alguien relacionado con él, había estafado a sus padres. Mejías o quien fuese la persona que le había dado o vendido el cuadro tenía mucha responsabilidad en la muerte de su familia. Y, en cualquier caso, él tenía la obligación de recuperar la pintura, propiedad de los Kaminsky desde los días remotos en que el rabino moribundo se la había entregado al médico Moshé Kaminsky, en una lejana Cracovia asolada por la violencia y la peste.

Con toda la discreción requerida por el caso, Daniel comenzó a investigar la vida de Román Mejías. Todas las precauciones serían pocas, pensó, y así se lo contaría a su hijo Elías: aunque no se tratase de un hombre cercano al círculo de favoritos y amigos de Batista, era un funcionario del Gobierno y, por tanto, un hombre del régimen, y como toda aquella gente, Mejías vivía en estado de permanente alerta. Además, el hombre estaba empeñado en la confección del pasaporte para Pepe Manuel, y esa era la prioridad del momento.

Utilizando argumentos triviales para hacer alguna pregunta, leyendo periódicos viejos, Daniel pudo ir construyendo la existencia del personaje. El dato esencial era que Mejías había sido, en efecto, uno de los funcionarios escogidos por el secretario de Gobernación del presidente Laredo Bru para sustituir a los acólitos del coronel Manuel Benítez en la Dirección de Inmigración, luego de la pelea por los visados vendidos en Berlín. La eventualidad de que fuese uno de los que manejó el caso del *Saint Louis* resultaba mucho más que posible y se lo demostró un ejemplar de *El País* del 31 de mayo de 1939, en el cual se publicaba una foto en donde aparecía Mejías, veinte años más joven. En la imagen estaba acompañado por otros dos funcionarios, en el momento en que, recién desembarcados luego de una estancia en el transatlántico, se negaban a dar información a la prensa sobre el comentario de que el Gobierno pedía el doble del dinero ofrecido por el Comité para la Distribución de los Refugiados Judíos. Pero ¿no podía haber sido otro de sus colegas quien se hiciera con el cuadro y, por algún motivo, pasara luego a manos de Mejías? Aunque remota, existía esa contingencia que, tal vez incluso, exculparía a Mejías.

A la primera persona que Daniel debió darle una explicación fue a Roberto Fariñas. Cuatro días después de abrir el trato con Mejías, cuando volvieron a verse, Roberto le preguntó por aquella historia de que se llamaba Antonio Rico Mangual, y por la extraña actitud mantenida durante todo el tiempo que duró la negociación con el personaje y su interés por aquel cuadro que él, ni a palos, se creía que fuese de verdad una obra de Rembrandt, como tampoco las otras colgadas en aquella sala eran de Vermeer o Ruysdael. Por lo que él conocía de pintura, no mucho pero algo, abundó Roberto, a aquella estampa le faltaba algo de la maestría que transmitían todos los Rembrandts, los mayores, los menores, hasta los prescindibles, concluyó. Entonces Daniel Kaminsky, que ya sentía como si se asfixiara por el peso de la revelación y la sospecha con las que cargaba, optó por liberar lastre y contarle la historia a su amigo y su decisión de recuperar lo que le pertenecía. Porque aquella pintura, a pesar del juicio de Roberto, a pesar de ser solo un estudio, sí era un verdadero Rembrandt, con todas sus letras y colores: y él bien lo sabía, dijo, y le mostró al otro la foto del salón familiar de Cracovia. Mientras lo escuchaba, Roberto casi no daba crédito al relato y hasta tuvo la pueril idea de que, apenas obtuvieran el pasaporte, alguien, quizás el mismo tío Joseph Kaminsky con el apoyo del poderoso Brandon, denunciara al funcionario corrupto. De inmediato el joven comprendió el improbable éxito de su idea, pues en la práctica los tipos como Mejías siempre conseguían hurtar el cuerpo a la justicia de un país convertido en una gigantesca componenda de intereses. Pero, como era de esperar, se puso a disposición de su amigo para lo que fuese necesario hacer: lo que fuese, enfatizó. Así había sido y sería siempre Roberto Fariñas, le diría Daniel Kaminsky a su hijo Elías. Así fue, incluso en los tiempos en que la política se había encargado de abrir todas las distancias imaginables entre los antiguos compinches y llenar de resquemores todas las diferencias. En ese instante Daniel solo le pidió a Roberto la mayor discreción, al menos hasta que pudieran sacar de Cuba a Pepe Manuel. Después, ya verían.

121

Una idea luminosa vino entonces en su ayuda. La tarde anterior al día pactado para la entrega del pasaporte, Daniel salió del mercado, abordó su Chevrolet y se dirigió a su antiguo barrio, en la judería habanera. En la calle Bernaza, entre Obispo y Obrapía, funcionaba desde la década de 1920 uno de los estudios fotográficos más renombrados de la ciudad, el Fotografía Rembrandt. Su propietario original, ya anciano pero todavía lúcido, era el judío Aladar Hajdú, cuyo fanatismo por la obra del maestro holandés era tan notoria que sus conocidos y parroquianos lo llamaban «Rembrandt». No era para nada casual que hubiese escogido el nombre del artista a la hora de bautizar su próspero negocio, en el cual no solo se exhibían fotos de clientes famosos, sino algunas obras de pintores cubanos y varias reproducciones de Rembrandt, encabezada por la que recogía *El festín de Baltasar* ubicada de tal manera que el personaje bíblico, con el dramático gesto que lo distinguía en toda la abultada historia del arte, indicaba hacia la habitación interior donde se montaba el *set* para las fotos de estudio.

Daniel pidió ver a Hajdú y se presentó. El anciano, por suerte, conocía a Pepe Cartera y hasta sabía de su estrecha relación con el potentado Brandon. No fue difícil para Daniel que el viejo judío, en cuyos labios siempre había un cigarrillo humeante, le aceptara una invitación a tomar una cerveza en el bar de la esquina, pues necesitaba hablar algo con él. Ya sentados a una mesa, rodeados de todos los ruidos posibles que se generaban en aquel centro neurálgico y apabullante de la ciudad, Daniel le pidió que la conversación que iban a sostener se mantuviese en secreto, por razones que quizás alguna vez podría explicarle. Hajdú, entre curioso y alarmado, no prometería nada hasta haberse enterado de qué se trataba, dijo. «Necesito saber algo, tal vez muy fácil de conocer para alguien como usted», comenzó Daniel, poniéndolo todo en riesgo. «¿Alguien en Cuba tiene un cuadro de Rembrandt?» Hajdú sonrió, y soltó humo, como si se estuviera quemando por dentro. «¿Por qué quieres saberlo?» «Eso soy yo quien no se lo puedo decir. Solo le puedo asegurar que yo he visto uno.» El viejo judío picó el anzuelo. «Román Mejías. Hace años ese hombre vino a verme para saber si una cabeza de Cristo que él tenía era un Rembrandt auténtico. Y hasta donde yo puedo saber, me pareció que sí lo era. Una de las varias cabezas de Cristo que pintó Rembrandt.» «¿Y cuándo le hizo esa consulta?» «Uf, hace como veinte años», dijo Hajdú mientras encendía un nuevo cigarrillo y añadió: «Me dijo que era una herencia familiar. Entonces me mostró unos certificados de autenticación de la obra, pero estaban escritos en alemán y yo no conozco el alemán. Lo que sí recuerdo es que estaban fechados en Berlín, en 1928». Aquella era la confirmación buscada por Daniel: esos eran los documentos obtenidos por su padre, y el cuadro que tenía Mejías era el de su familia. «¿Y ahora puede mantener en secreto esta conversación?» Hajdú lo miró, con una intensidad que a Daniel le pareció capaz de desnudarlo. «Sí..., pero con una advertencia que te doy gratis, muchacho: Román Mejías es un tipo peligroso... Ten cuidado, sea lo que sea lo que te traes entre manos. Por cierto, yo no te conozco y nunca he hablado contigo. Gracias por la cerveza», dijo, soltó humo y se puso de pie para tomar el rumbo de su estudio fotográfico.

Esa misma tarde el joven manejó hasta el barrio de Luyanó, pues había llegado el momento de conversar con el tío Joseph, a quien aquella historia también le pertenecía. Caridad lo recibió con la afabilidad de siempre, le brindó asiento y le dijo que el tío hacía una media hora andaba por el baño. «Tú sabes haciendo qué. Debe de estar al salir.» Daniel resistió como pudo la para él intrascendente conversación de la mujer, muy preocupada por el futuro de su hijo ante el cierre indefinido de la universidad a la que pretendía ingresar. Cuando el tío abandonó el baño con la cara de disgusto con que siempre terminaba sus difíciles deposiciones, Caridad se fue a hacer el café y Daniel le pidió a Joseph salir un momento de la casa. Se dirigieron hacia el cercano parque de la calle Reyes, y en el trayecto el sobrino empezó a contarle el dramático descubrimiento hecho unos días antes. Ya sentados en un banco, beneficiados por la luz de la farola recién encendida, Daniel concluyó la historia. Durante toda la exposición el tío Joseph se había mantenido en silencio, sin hacer siquiera una pregunta, pero pareció como si despertara de un sueño cuando el joven le reveló la indudable relación de Mejías con el cuadro desde los días de la llegada del *Saint Louis,* confirmada por la aportación de Hajdú respecto a los certificados fechados en Berlín.

«¿Qué vas a hacer?», fue la primera pregunta de Pepe Cartera. «De momento, sacar a Pepe Manuel de Cuba. Después, no lo sé.» «Ese tipo es un hijo de puta», dijo el hombre y agregó, con una determinación capaz de convencer a Daniel de todo lo que había despertado en el tío Joseph aquel doloroso descubrimiento, «y como el hijo de puta que es, tiene que pagar por lo que hizo.»

En la mañana del décimo día, fin del plazo pedido por Román Mejías, Daniel fue hasta el atracadero de los *ferrys* que cubrían la ruta

Miami-Habana-Miami y compró un pasaje para el que zarpaba dos días más tarde, en la mañana. Como el muelle quedaba cerca de donde había estado el atracadero de la Hapag por el cual debieron haber desembarcado los pasajeros del *Saint Louis*, por primera vez en dieciocho años Daniel Kaminsky se atrevió a regresar al sitio donde, junto con su tío Joseph, se había metido entre el gentío para ver quiénes venían a bordo de las lanchas que regresaban del transatlántico. Recordó cómo el tío había apostado a que un funcionario protegido por un sombrero sería el escogido por el destino para realizar el trato con su hermano Isaías. La salvadora herencia sefardí, *la cuchara que conocía los secretos ocultos en la olla...* Daniel trató de recuperar la intensidad de aquellos momentos, de rescatar del fondo de su memoria infantil los rostros de los hombres que, en medio de aquel desasosiego, identificaba como la parte visible de los poderes capaces de decretar la salvación de su familia. Pero la faz actual de Román Mejías insistió en ocupar el espacio de las figuras evocadas o creadas por su imaginación.

En la noche, Daniel y Roberto se presentaron en la casa de Mejías y entraron a concluir el negocio. Esta vez el funcionario los esperaba en la sala, donde también estaba una mujer de unos cincuenta años, sentada en una silla de ruedas, que se deslizó discretamente cuando llegaron los visitantes. «Mi hermana, es de confianza», aclaró Mejías, apenas cruzados los saludos. Fue hasta un pequeño aparador de donde sacó el pasaporte y se lo entregó a Roberto. El joven lo revisó y le pareció auténtico. «Es auténtico», confirmó Mejías, «bueno, todo lo auténtico que ustedes lo necesitan.» Daniel permanecía en silencio, tratando de concentrarse en el estudio del lugar, las entradas y salidas posibles, lo que se veía a través de las ventanas. Cuando Roberto lo tocó con el codo, extrajo el sobre y se lo entregó al hombre, quien lo recibió con una sonrisa. Cuando fue a meter el dinero en el bolsillo interior del saco, Daniel pudo ver, contra el fajín, el arma que cargaba. «En el paquete anterior faltaban veinte pesos», dijo Mejías, «pero no se preocupen.» Daniel, sin hablar, metió la mano en el bolsillo y sacó dos billetes de veinte y se los extendió al hombre. «Por lo que faltaba en la primera entrega y por si otra vez volvimos a equivocarnos», dijo. Mejías sonrió y tomó los billetes. En ese instante, Daniel Kaminsky tuvo la absoluta certeza de que aquel miserable y no otro había sido el funcionario que había estafado a sus padres y los había puesto en el camino de la más espantosa de las muertes. Román Mejías merecía un castigo.

Los preparativos para la salida de Pepe Manuel fueron rápidos y concretos. A la mañana siguiente Roberto y Daniel se trasladaron con

Olguita hasta Las Guásimas. El reencuentro, luego de casi un año, resultó todo lo alegre y lleno de esperanzas que entre aquellos seres alterados, y en la situación del momento, cabía esperar. Pero también fue breve. Roberto y Daniel quedaron en regresar al día siguiente a las seis de la mañana, pues Pepe Manuel debía abordar el *ferry* de las nueve, y dejaron a Olguita, con una maleta de ropas para el viajero. La pareja tenía un día de tiempo y el espacio de un rústico varaentierra para la despedida.

A la mañana siguiente, mientras viajaban hacia el centro de la ciudad en el Chevrolet de Daniel, la luz del amanecer llegó a La Habana. En el trayecto Pepe Manuel exigió que, para evitar mayores riesgos, lo dejaran en las inmediaciones del Parque Central, donde abordaría un taxi hasta el muelle del *ferry*. Una y otra vez Roberto y Daniel le repetían al amigo que tomara todas las precauciones, aun a sabiendas de que Pepe Manuel, desde que había dejado de ser el Calandraca inquieto de los viejos tiempos, era un hombre con un profundo sentido de la responsabilidad. Daniel conducía con la tensión aferrada a sus hombros, por la situación compartida, pero, sobre todo, por la excitación de la demanda que necesitaba hacerle al amigo antes de la separación. Daniel debió agradecerle a Pepe Manuel que fuese él quien procurase relajar un poco la pesada ansiedad, cuando felicitó al polaco por la nueva victoria recién alcanzada por los Tigres de Marianao, campeones de la Liga Profesional cubana por segundo año consecutivo. «Y eso que Miñoso estuvo a media máquina», siempre recordaría haberle dicho al amigo, aquellas mismas palabras que, justo treinta años después, le diría a su hijo Elías cuando asistieron a la gala de homenaje al Cometa Cubano celebrada en Miami, y el judío al fin pudo lograr uno de los sueños de su vida: estrecharle la mano a aquel negro mítico, responsable de algunos de sus mejores recuerdos, y llevarse consigo una pelota firmada por el inconmensurable Miñoso, aunque dedicada «Al amigo Jose Manuel Bermudez», así, sin los acentos.

Poco antes de llegar al destino previsto, Daniel, desde el volante, miró a su viejo y querido amigo a través del retrovisor. «Pepe Manuel», le dijo al fin, sobreponiéndose a todos sus temores, «necesito tu revólver.» Las palabras del joven retumbaron en el interior del automóvil y se robaron la atención de los otros tres, olvidados por ese instante del resto de las preocupaciones. Daniel insistió: «¿Lo tienes contigo?». «Claro que no, Polaco, ni que estuviera loco.» «¿A quién se lo diste?» Pepe Manuel miró a Roberto y Daniel no necesitó respuesta.

Daniel detuvo el auto en Prado y Neptuno, la esquina más agitada de La Habana, y donde todos suponían que un hombre se esfumaría con facilidad en la multitud. Dentro del auto, por encima del asiento, Pepe Manuel abrazó a sus amigos y volvió a darles las gracias por su fidelidad. Luego se volteó, para besar los labios de Olguita, quizás con demasiado pudor por la presencia de los otros. Entonces se colocó las gafas translúcidas de marco de carey, apretó el hombro de Daniel y le dijo: «No hagas locuras, Polaco».

Ataviado con un traje gris claro, llevando un pequeño maletín en la mano, el hombre con bigote y gafas en que se había convertido el colorado Calandraca bajó del auto y, sin volverse, cruzó Prado hacia la piquera de taxis del Parque Central. Desde el Chevrolet, Olguita, Roberto y Daniel lo vieron abordar uno de aquellos autos negro-naranjas, que de inmediato partió Prado abajo, en busca del mar. Aunque los tres sabían todo lo incierta que resultaba aquella aventura, confiaban en la calidad del pasaporte y en la sangre fría de Pepe Manuel como pilares para el éxito del trance. Por eso, a pesar de los riesgos existentes, ninguno de ellos fue capaz de imaginar en ese instante que estaban viendo por última vez a Pepe Manuel Bermúdez, el mejor de los hombres que, en sus largas existencias, conocieron y conocerían el creyente Roberto Fariñas y el descreído Daniel Kaminsky.

Desde aquel día del mes de febrero de 1958 en que se despidió de José Manuel Bermúdez, Daniel Kaminsky comenzó a vivir otra de las etapas de su vida que hubiera querido borrar de su persistente memoria. Pero aquel no era, tampoco, de los recuerdos que se deshacen con facilidad. Para atenuarlo no conocía ni conocería más remedio que el proporcionado por el paso del tiempo y la llegada de nuevas preocupaciones que, de momento, restaban protagonismo a la evocación y procuraban su aplacamiento, nunca su cura definitiva. Si en otro momento la drástica y complicada decisión de arrancarse del alma su condición de judío le ofreció una estratagema para alejarse de una historia demasiado lacerante y, a la vez, le permitió sentir cómo alcanzaba una extraña pero patente sensación de libertad que le facilitaba el acto de respirar y de mirar al cielo y ver nubes y estrellas como nubes y estrellas, seguro de que más allá solo había el infinito, a partir del momento en que se despidió del amigo, Daniel Kaminsky se desposó con algo que jamás pensó poseer y terminaría siendo como una mancha indeleble. La nueva determinación no partía de las acciones de otro, o de muchos otros, sino de su propia y soberana voluntad. Porque en ese instante se ratificó a sí mismo su decisión de matar al hombre que lo había despojado de lo más entrañable de su vida. Tenía que matar, no, en realidad *quería* matar a ese hombre.

A sus veintisiete años, aquel joven nacido polaco y judío, convertido al catolicismo, esencial y legalmente cubano, ya tenía una traumática conexión con la muerte. Pero los rostros concretos que se relacionaban con esa herida eran solo los más amables: los de sus padres y su hermana, los de abuelos y tíos Kellerstein, el de *monsieur* Sarusky, su primer profesor de piano, allá en Cracovia, y el de la bellísima esposa del maestro, *madame* Ruth, de quien Daniel se enamoró hasta sentir cómo su corazón de niño se desbocaba. Todos ellos devorados por el Holocausto. Los victimarios, en cambio, solían ser sombras difusas, espectros demoníacos, a los cuales ni siquiera valía la pena el intento de poner la faz de uno de los jerarcas nazis, culpables en primera instancia de sus pérdidas. Porque, en las imágenes remitidas por su conciencia, y a veces hasta su subconsciencia, le resultaba imposible conectar las facciones conocidas de los grandes responsables de la masacre con la cara del hombre concreto dedicado a amenazar, golpear, escupir, mancillar a los judíos, gozando de su gran poder para provocar pavor: el hombre sin facciones precisas que, demasiadas veces en sus evocaciones, apretaba el gatillo de una pistola puesta en la nuca. Pero ahora, para alimentar su abominación y sus dolores, había recibido una cara real, una mirada viva, la sonrisa mezquina de un individuo mientras tomaba dos billetes de veinte pesos, luego de embolsarse diez mil. También tenía, además y sobre todo, la imagen de su propio rostro mientras le disparaba dos, tres balas, en el pecho, en la cabeza. ¿No decían los gángsters de las películas que en el estómago los plomos provocaban una muerte más lenta y dolorosa? Aquello representaba un nuevo e inesperado nexo con la violencia, la venganza justiciera y la muerte para la cual nunca se había preparado, para la cual, creía, no había nacido. Constituía una drástica aplicación de la bárbara ley del talión dictada por aquel mismo Dios despiadado que, en los tiempos del Éxodo, le exigió a Abraham el atroz sacrificio de su hijo. «Pagará vida por vida, ojo por ojo, diente por diente, mano por mano, quemadura por quemadura, herida por herida, golpe por golpe», había decretado la voz del cielo. «Vida por vida», repetía Daniel.

Esa noche, cuando se presentó en la casa de Roberto Fariñas, el amigo trató de ponerle los pies en la tierra. Roberto conocía desde hacía años algunos jirones de la historia de la herencia sefardí y, luego de haber sido testigo del hallazgo del cuadro de Rembrandt en la casa de Mejías, le resultó fácil realizar las conexiones mentales que le permitían imaginar el propósito de Daniel Kaminsky. Para empezar, argumentó Fariñas, el solo hecho de andar por las calles de La Habana con una pistola encima podía garantizarle al polaco un pasaje a las mazmorras de una estación de policía. Y si eso sucedía, el hecho de que fuese vecino de Tomás Sanabria lo pondría en la picota: si pensaban —y lo pensarían— que estaba armado porque iba a intentar algo contra aquel jerarca de la dictadura, y si lo relacionaban con José Manuel Bermúdez —y lo relacionarían—, no saldría con vida del trance. Pero incluso si no hacían ninguno de esos enlaces, habida cuenta de los tiempos que corrían, de seguro sufriría las violentas y hasta cobardes reacciones de unos policías que se hacían cada vez más sanguinarios, tal vez porque ya presentían la proximidad del fin de su reinado de terror y la posible revancha que le seguiría. Para terminar, Roberto no conocía a nadie peor preparado que Daniel Kaminsky para enfrentar a un tiburón como Román Mejías y, además, cobrarle lo que le debía (Roberto prefirió utilizar el eufemismo). Pero el polaco estaba decidido. Se trataba de un mandato más fuerte que su propia capacidad de raciocinio, dijo, de un llamado profundo de la justicia primaria que había venido a buscarlo y lo había encontrado cuando él menos lo esperaba, para colocarlo ante la evidencia de que alguna vez los culpables, con o sin rostro, deben pagar, había dicho esa noche, según le dijo a Elías, años después. Porque, pensaba Daniel, y así también se lo diría a su hijo, en aquel momento solo era capaz de sentir cómo en su alma profunda se movían los mecanismos de un tapiado origen primitivo, los del judío irredento que se rebelaba ante la sumisión, el nómada del desierto, vengativo, ajeno a la contención y menos aún al reclamo absurdo de colocar la otra mejilla, un principio que no conocían los de su estirpe milenaria. No, por algo así, no: Daniel se sentía más cerca de la judía Judit, daga en mano, segando sin piedad la garganta de Holofernes. Y Román Mejías se había convertido en su Holofernes.

Daniel Kaminsky tuvo una idea precisa del desafío al cual se enfrentaba cuando esa misma noche regresó a su casa de Santos Suárez con el Smith Wesson calibre 45 de Pepe Manuel oculto bajo el asiento del conductor de su Chevrolet. Al acercarse al ángulo por donde debía torcer hacia su casa, vio dos patrullas, en lugar del solitario aunque habitual carro oficial detenido frente a la mansión del jefe policial, y Daniel estuvo a punto de perder el control de su vehículo. El miedo le había engarrotado los músculos y solo lo salvó de una ráfaga de ametralladora el hecho de que el sargento ese día al mando del grupo de custodios reconoció su auto y lo identificó como el vecino de Tomás Sanabria y detuvo la intención del soldado. «Cuidado con el Bacardí», le gritó el sargento y, desde el volante, Daniel hizo un gesto que intentaba parecer de disculpa.

El miedo que lo invadió fue algo tan mezquino y visceral que, apenas entró en su casa, Daniel debió correr hacia el baño para soltar una prolongada diarrea. Mientras se recuperaba y se secaba el sudor que lo había bañado, pensó en cuál sería el mejor momento para contarle a su mujer la decisión tomada y no encontró ninguno que se le antojara propicio. Aquel era su problema y debía resolverlo a solas. ¿Y las consecuencias? ¿No podrían derivar sus actos en una tragedia que incluso llegase hasta Marta? Entendió que no tenía derecho a enfrentar a su mujer a esa posibilidad sin entregarle siquiera el más mínimo argumento y al fin creyó hallar la solución.

Mientras bebía el café con leche de la mañana, en el cual fue mojando las tiras de pan crujiente untado con mantequilla, se atrevió a decirle a su mujer lo que pensó debía decirle. Marta Arnáez conocía la historia del cuadro y lo que aquella pintura había significado como sueño para la salvación de los padres y la hermana de su marido, durante la estancia del *Saint Louis* en La Habana. Por eso a Daniel le resultó más fácil contarle solo que había descubierto que el cuadro no había vuelto a Europa con sus padres, pues había estado desde entonces en La Habana. Y ahora sabía quién lo tenía en sus manos. En verdad él pensaba que resultaría complicado, le dijo, pero iba a hacer lo posible por recuperarlo, pues le pertenecía a su familia masacrada por el odio más perverso. Marta, asombrada con la noticia, hizo las preguntas que no podía dejar de hacer, pero él apenas le respondió pidiéndole que no se preocupara. Aunque iba a ser complicado, como ya le había dicho, no sería nada peligroso, mintió. Mucho se cuidó, por supuesto, de mencionar dónde había visto el cuadro y menos aún el nombre de la persona que lo tenía. No obstante, la mujer insistió, movida por un presentimiento y por el conocimiento del ambiente cubano: «Daniel, ten cuidado, por Dios. Nosotros vivimos bien, cada vez vamos a vivir mejor... No nos hace falta ese cuadro para ser más felices... ¿Por qué no te olvidas de esa dichosa pintura?». «No es por el dinero que pueda darnos el cuadro, Marta. Si yo lo tuviera, jamás podría venderlo, pues más que a mí, le pertenece a mi tío Joseph. Es por justicia, solo por justicia», dijo, y la mujer no necesitó oír más: desde ese instante supo lo que pensaba hacer su marido. Y rezó a su Dios para que con su poder lo disuadiera. O al menos lo protegiera.

Daniel trató de preparar un plan. ¿Es lo habitual, no?, le preguntaría varias veces a su hijo cuando hablara del huracán en trance de cambiarles la vida.

Desde que su padre lo hiciera partícipe de aquella historia, Elías Kaminsky se preguntaría muchas veces si en realidad sus destinos hubieran sido o no muy diferentes de no haber salido al reencuentro de su padre aquella pintura con el rostro del joven sefardí holandés. Porque el hecho concreto de que Marta y Daniel partieran hacia los Estados Unidos en abril de 1958 quizás fue apenas una anticipación de lo que de cualquier manera iba a suceder. Por una u otra vía, ese era un camino marcado para su familia: porque, o bien como ocho de cada diez de los judíos recalados en Cuba habrían dejado la isla en 1959 o 1960, o, como su suegro gallego y muchos integrantes de la clase media, lo habría hecho en 1961, cuando se convencieron de que sus intereses y forma de vida estaban, no ya en peligro, sino condenados a muerte. ¿O Daniel el descreído se habría quedado en La Habana como su tío Joseph Kaminsky, creyente en su Dios y a la vez simpatizante de los conceptos de los socialistas judíos? ¿O, como su amigo Roberto, se habría entregado al trabajo revolucionario con el empeño de construir la nueva sociedad con la cual soñaban desde los días en que escuchaban las arengas radiofónicas y públicas del avasallante Eddy Chibás...? Teniendo en cuenta la aspiración de su padre al éxito económico, aquellas posibilidades le parecían a Elías las menos factibles.

Después de la torpe, sobresaltada y breve vigilancia a la cual sometió a Román Mejías, Daniel Kaminsky decidió que la mejor ocasión para realizar su propósito era esperarlo muy temprano en la mañana frente a su casa y acercarse a él en el momento en que abandonara el inmueble para abordar su auto, siempre acomodado en el *carport*, pues en el garaje cerrado solía dormir el brillante Aston Martin de su mujer, quizás adquirido a golpe de pasaportes falsos. En la casa vivían, además de Mejías y su mujer, sus dos hijas, todavía solteras, y la criada. La hermana, que había quedado inválida en un accidente de tránsito en el cual su marido resultó muerto, vivía en El Vedado con sus tres hijos —dos hembras y un varón—, y aunque lo visitaba con frecuencia, nunca pernoctaba en la casa de Mejías.

El joven se sintió listo para actuar cuando consiguió ver sus acciones como si estuviera ante la pantalla de un cine. Mejías, con su cara de cínico redomado, el maletín en una mano y las llaves del carro en la otra, abría la puerta. Las bombillas de las farolas de la calle recién se habrían apagado, pero el sol de marzo aún estaría por salir. Salvo la criada y el propio Mejías, el resto de los moradores de la casa seguirían durmiendo. Daniel, luego de haber detenido su auto en la cuadra del fondo, estaría esperando la coyuntura tras un flamboyán plantado en el parterre de la acera de enfrente. Entonces cruzaría la avenida protegido por la media luz justo cuando viera, tras el cristal nevado de la puerta, la figura del hombre, enfundado en su traje oscuro, ya dispuesto a salir. Segundos más tarde Mejías estaría fuera de la casa, con la puerta todavía sin cerrar, y él abriría la reja, a seis, siete metros del hombre. Sin hablar se acercaría a Mejías, quien, al verlo y, con toda probabilidad, reconocerlo, lo esperaría junto a la puerta, pensando que volvía a buscarlo para un nuevo negocio. Daniel avanzaría hacia él y, cuando lo separaran solo un par de metros, sacaría el revólver y tal vez le diría el motivo de su visita. En ese instante haría fuego (todavía dudaba dónde le dispararía, quería hacerlo sufrir y a la vez ser eficiente en su propósito, sin dejar ninguna posibilidad a la sabandija), y colocándose el pañuelo que llevaba atado al cuello sobre la cara, entraría en la casa pasando sobre el cadáver, tomaría la pintura y saldría corriendo, sin riesgo de ser reconocido por la criada si es que esta se presentaba en la sala, alarmada por las detonaciones. A esa hora temprana de la mañana —6:45—, en aquel barrio residencial y poco poblado no habría nadie en las calles. En cualquier caso, para evitar posibles reconocimientos, al abandonar la casa se bajaría el pañuelo pero se encasquetaría hasta las cejas la gorra de pelotero del Marianao. Si era preciso correr, correría, abordaría su auto y escaparía de inmediato. Por si las cosas se complicaban demasiado, llevaría consigo su pasaporte, pues siempre podría desmontar la tela y ocultarla. Compraría un billete de avión y saldría en el primer vuelo hacia cualquier destino: Miami, Caracas, México, Madrid, Panamá... El final previsible de aquella película montada con prisa y con poca pericia lo hacía verse en el asiento del avión, en el instante en que, ya en vuelo, abandonaba la isla de Cuba y comenzaba a flotar sobre el mar hacia la libertad y la paz de su espíritu.

Ocho días después de haber recibido el revólver de su amigo Pepe Manuel, Daniel Kaminsky abandonó la cama a las cuatro y seis minutos de la madrugada y desconectó la alarma del reloj, programado para sonar una hora más tarde. Era el 16 de marzo de 1958. Como ya lo imaginaba, apenas había podido dormir, presionado por la tensión, la ansiedad y el miedo. Dejó la cama procurando no despertar a Marta y fue a la cocina a hacerse un café. La madrugada era fresca, aunque no fría, y salió al pequeño patio de la casa para beber la infusión y esperar.

Cuarenta minutos después, anticipándose a la hora prevista, comenzó a vestirse, tratando de no olvidar ningún detalle. Había comprado un overol de mezclilla azul, con peto y tirantes, y una camisa del mismo tejido y color. Detrás del peto colocó el revólver y otra vez comprobó si lo podía sacar con suficiente facilidad. Con aquella ropa pretendía parecer un pintor o un mecánico, solo que con una muda de estreno. Volvió a colar café y retornó al patio, donde cerró los ojos para ver por enésima ocasión la película montada en su mente, y no sintió que debiera hacerle ninguna corrección, solo cambiar el final: no podía escaparse en un avión, salvar su vida, y dejar atrás a Marta a expensas de cualquier represalia. Debía afrontar, en todas sus consecuencias, el acto que iba a realizar y, si era necesario y posible, escapar, pero llevando consigo a su mujer.

A las seis en punto, tal como había planificado, se asomó en el cuarto, observó unos minutos a la joven todavía durmiente. A pesar de sus propósitos, ni un solo instante pensó en la posibilidad de que tal vez la estuviera viendo por última vez. Tampoco meditó en lo que podría ser su vida a partir de la ejecución del infame Mejías. Tomó la bolsa de papel donde guardaba un traje, una corbata y una camisa blanca, su ropa de faena en Minimax, y salió a la calle para abordar el Chevrolet.

Manejó con cuidado, respetando todas las luces y señales. A las seis y treinta y dos cerró el auto, que había parqueado en la casi desierta Quinta D, a unos ciento cincuenta metros de la casa de Mejías. Tenía ocho minutos para llegar hasta la Séptima Avenida y ocupar su puesto detrás del flamboyán. Luego todo debía ocurrir en apenas diez minutos. En aquel instante, hurtándose la parte más complicada de sus acciones, no pensaba en otra cosa más que en volver al auto con el cuadro. A partir de ahí el guión tenía diversas variantes que en muchos casos no dependían de él. Pero siempre que llegara al Chevrolet con la pintura de Rembrandt en las manos, después de haber ajusticiado al hijo de puta que había estafado a su familia y los había condenado a regresar a Europa y morir, de cualquiera de los modos terribles en que debieron morir: famélicos, con miedo, la cabeza plagada de piojos, los ojos nublados de legañas y las piernas chorreadas de mierda. «Pagará vida por vida», se repitió a sí mismo para darse más argumentos y, por primera vez en muchos años, invocó al Sagrado: «No me quites la fuerza, oh, Señor», dijo, en voz baja.

La idea de que era mejor no dejar el auto cerrado con llave lo hizo regresar. Accionó el cierre y respiró varias veces para liberar la tensión.

Comprobó otra vez que llevaba la gorra negra en el bolsillo y que podía subir con facilidad el pañuelo atado al cuello y cubrirse la cara. Al fin avanzó por la acera, a paso rápido, y cuando dobló la esquina para dirigirse a la casa de Román Mejías, el reflejo de unas luces rojas y azules provenientes de la Séptima Avenida lo congelaron. Aquellos flashazos circulares no podían emanar de otro sitio que no fueran los reflectores de un auto patrullero. Daniel Kaminsky sintió entonces el miedo más profundo y doloroso que lo abrazaría en su vida: un miedo paralizador, mezquino, total. No supo ni pudo hacer otra cosa que regresar al Chevrolet y, luego de esconder el revólver bajo el asiento, logró ponerlo en movimiento y hacerlo avanzar a trompicones, hasta que consiguió estabilizar la marcha y seguir por la calle Quinta D para salir a la Avenida 70 y alejarse del lugar.

La mezcla de miedo y frustración le empañó la vista. Por primera vez desde la tarde del 31 de mayo de 1939 en que a bordo de una lancha vio por última vez a sus padres y a su hermana Judit, asomados a la borda del *Saint Louis,* Daniel Kaminsky no había vuelto a llorar. Aquel día terrible era todavía un niño y el llanto le impidió decirles algo a sus padres, a su pequeña hermana, pero desde entonces cargaba aquella incapacidad verbal como una culpa. Ahora lloraba porque su miedo era en realidad más fuerte que todos sus deseos de justicia y porque se sentía aliviado, pues ese día había ocurrido algún hecho que le había impedido matar al hombre con rostro que había propiciado la muerte de sus seres queridos. Alejarse del peligro y llorar era lo único que Daniel Kaminsky podía hacer en ese instante.

Elías Kaminsky también lloró. Un par de lagrimones incontenibles corrieron por sus mejillas antes de que el mastodonte de la coleta tuviera tiempo de cortarles el paso y evitar que otros les siguieran. Para ayudarse en aquel propósito, se sometió a una respiración profunda de humo cargado de nicotina.

Mario Conde supo contener sus ansias y guardó un conveniente silencio. Aquel Parque de Santos Suárez, a medio camino entre la casa de Tamara y la que ocuparan por unos años Marta Arnáez y Daniel Kaminsky, estaba milagrosamente bien iluminado, tratándose de la ciudad de los parques tenebrosos y las calles en tinieblas. Conde había escogido ese parque como sitio propicio para la conversación pues, frente a uno de sus ángulos, se hallaba el edificio del colegio en el cual Marta Arnáez había hecho sus prácticas docentes mientras estudiaba para obtener su título de maestra normalista. Pero también porque le gustaba el lugar y le evocaba muchas historias amables del pasado, un tiempo remoto en el cual, a veces hasta sentado en ese mismo banco de aquel mismo parque, atravesó unos años marcados por amores y desamores, fiestas y juegos de pelota, ilusiones de escribir y desengaños traumáticos, siempre en compañía de sus viejos colegas, incluido el ausente Andrés que desde el más allá geográfico le había enviado al hombre que intentaba no llorar mientras evocaba los momentos más escabrosos de la vida cubana de su padre, el ex judío polaco Daniel Kaminsky, compulsado a matar a un hombre.

Cuando Elías pareció recuperar la compostura, Conde no esperó más y se lanzó al ataque.

—Te imaginarás que no entiendo un carajo... Por fin, ¿lo mató o no lo mató?

Ahora Elías trató incluso de sonreír.

—Disculpa, es que soy muy llorón... Y esta historia de mierda... Bueno, por eso estoy aquí.

—No hay nada que disculpar.

El pintor trató de recuperar el aliento. Cuando lo creyó posible, habló.

—Me dijo que no, que él no lo había matado. Cuando escapó de allí, sin saber todavía lo que había pasado, tenía tanto miedo que tiró la pistola de Pepe Manuel en un río... Claro, el Almendares, como el equipo de pelota. Ya él sabía que nunca podría matar a aquel tipo, me dijo. Se odiaba a sí mismo por sentirse un cobarde...

—¿Pero qué pasó con Mejías?

Elías miró directamente a Conde, pero se mantuvo en silencio por unos dilatados segundos.

—Esa mañana lo mataron... —dijo al fin—. Las luces que mi padre vio eran de verdad de un auto de patrullas, porque una hora antes la criada había descubierto el cadáver de Román Mejías en la sala de la casa...

Conde movió la cabeza, negando algo recóndito pero evidente que necesitó refrendar con palabras.

—No, no puede ser...

—Lo mismo pienso yo... Pensé —se rectificó Elías—. Lo mismo pensaba Roberto Fariñas. Y mi madre... ¿Quién se va a creer que el día en que él había decidido matar a ese hijo de puta viniera alguien, se le adelantara una hora, matara a Mejías y se robara el cuadro de Rembrandt? Difícil de tragar, ¿no?

—Sí, está duro eso...

—Hay algo que no encaja y siempre me hace dudar —empezó Elías—. Lo del revólver de Pepe Manuel es cierto. Mi madre lo vio. Él lo tenía... Si tienes una pistola o un revólver, ¿no es más fácil matar a un tipo de un par de tiros que enredarte con él, inmovilizarlo y luego cortarle la garganta con un cuchillo? ¿Un tipo que además podía estar armado?

Las preguntas golpearon a Conde, que se había acomodado en la lógica de la historia, luego de haber visto él mismo la película proyectada desde la mente de Daniel Kaminsky a través de las palabras de su hijo.

—¿Lo degollaron?

—Así fue como lo mataron. Lo degollaron de una manera que casi le arrancaron la cabeza... Había sangre por todas partes...

—¿Como Judit a Holofernes?

Elías miró hacia un lado antes de responder.

—Sí, como mi padre se imaginaba la rebeldía hebrea de Judit, como en su imaginación veía salvarse a su hermana, también Judit...

Conde negó con vehemencia.

—Ahora no entiendo dos carajos... o tres. —El Conde agregó uno más para completar su incapacidad de discernimiento. Entendía, por supuesto, que un hijo levantara los valladares más ilógicos para no permitirse creer que su padre hubiera asesinado a un hombre, incluso por los motivos más justificados. Lo que de ningún modo encajaba era que ese mismo hijo viniese desde el fin del mundo, por su propia voluntad, a revolver la mierda ante un desconocido solo para buscar un apoyo que, a todas luces, no necesitaba, pues le creía o quería creerle a su padre. Y que por ese apoyo innecesario hasta le pagara. No, la lista y el billete no jugaban en aquella partida en la cual, para más ardor, se ponían en el teatro de la realidad escenas de los mitos bíblicos y la pintura barroca, más el supuesto desinterés por los dos millones de dólares que podía implicar la recuperación del cuadro de la discordia—. A ver, explícame bien qué pasó... Se me debe de estar endureciendo el cerebro...

—A Mejías le amarraron las manos a la espalda, le metieron un pañuelo en la boca y lo desnudaron. Luego lo mataron de un tajo tremendo en el cuello. Pero antes lo habían cortado por varias partes, los brazos, el estómago, más abajo... Parece que fue algo terrible, con mucho ensañamiento... Al principio se habló de que habían sido unos revolucionarios, porque Mejías era un funcionario del Gobierno. Pero esa forma de matar... Más parecía de un ladrón al que habían sorprendido en la casa y que lo amarró primero, lo torturó para saber algo, dónde guardaba el dinero, y al final lo mató para poder huir o por miedo a que Mejías lo reconociera. Muchos ladrones no tienen intención de matar a nadie, y solo lo hacen si no les queda otra alternativa. Aunque lo de Mejías era demasiado..., hasta el pene... Claro, al Gobierno y a la policía les resultaba más rentable que pareciera una venganza política, eso demostraba lo que podían hacer aquellos revolucionarios en su desesperación y con su falta de escrúpulos. Y como por alguna razón casi no se habló del cuadro robado, esa fue la teoría que más se difundió...

—Tengo que preguntarle al Conejo si él conocía esta historia. Yo no la había oído nunca...

—Si mi padre no fue quien mató a Mejías —siguió Elías—, al menos él sí sabía bien que aquello no debía tener relación con los luchadores clandestinos que estaban en la ciudad. Si iban a matar gentes, tenían a muchos otros para matar antes que a Mejías, que incluso los había servido en casos como el de Pepe Manuel. A menos que hubiera engañado a alguno, ¿no? El caso es que no encontraron huellas ni otras pistas y nunca se supo quién había matado a Mejías. Mi padre me dijo que, para él, el asesino había sido un ladrón sorprendido por Mejías...

—Sí, todo eso está muy bien. Pero, por ahora, yo no me lo creo, la verdad.

—Parece que Roberto Fariñas tampoco se lo creyó nunca. Ya te dije, él también sabía que no habían sido los revolucionarios. Porque él era uno de ellos, ¿no? Dos meses después entraría en una célula de luchadores clandestinos, de los que hacían «acción y sabotaje», como decían ellos.

—Sí, ya sé... ¿Y tu madre?

—¿Qué iba a decir ella? Decía que estaba convencida de que habían sido unos ladrones. Tenía que parecer convencida..., aunque en el fondo no lo estuviera.

—¿Y tú qué crees? Por favor, dime la verdad... —Conde necesitaba tocar fondo, procurarse un punto de apoyo para luego continuar braceando.

—Yo no tengo la claridad que hace falta para discernir en este asunto. Yo nada más sé esta historia, la que él me contó... Desde que era un muchacho empecé a olerme que había algo oscuro en el pasado de mi padre, aquí en Cuba, pero no tenía idea de lo que podía ser. Hasta que un día, hace como veinte años, él por fin me contó esta historia. Y me la contó porque quiso. O porque se asustó por lo del cáncer de próstata... Aunque siempre hubo algo raro en todo ese cuento de la salida de mis padres de Cuba en el cincuenta y ocho, la verdad es que a mí ni se me hubiera pasado por la cabeza venir aquí y preguntarle a Roberto Fariñas si él sabía algo del pasado de mi padre que..., por años pensé que se había ido de Cuba por algo relacionado con Pepe Manuel.

—¿Y qué pasó con Pepe Manuel?

El pintor miró a Conde, como si quisiera prepararlo para la respuesta:

—El mismo día que mataron a Mejías, Pepe Manuel se mató en Miami...

Conde sintió cómo su mente daba dos pasos atrás para asimilar el mazazo.

—¿Se mató? ¿Se suicidó?

—No, no, fue un accidente cargando un revólver. O eso se supone que haya sido. Se dio un balazo en el cuello.

—¿El mismo día...?

—El mismo día —ratificó Elías Kaminsky—. Al amanecer..., casi a la misma hora.

Conde, que se había olvidado de fumar, encendió uno de sus cigarros. La acumulación de coincidencias, incongruencias, de soluciones fortuitas o forzadas de aquel relato lo estaba desbordando. Casi sentía, incluso, cómo corría el jugo de sus elucubraciones por los bordes de su pobre cerebro aguado y envejecido.

—¿Y el dichoso cuadro? —preguntó Conde con sus últimos destellos de lucidez.

—Pues no sé, y ese es el mayor misterio de todo este lío. Vamos a ver: si mi padre hubiera matado a Mejías y se hubiera llevado el cuadro... ¿Dónde coño estuvo metido hasta ahora? ¿Cómo es que otras gentes lo llevaron a Londres para venderlo? ¿Cómo es que esas personas tenían los certificados que pidió mi abuelo en Berlín en 1928 y que debieron de venir con él en el *Saint Louis*?

—¿Tú dices que no se habló del robo del cuadro? ¿Para que pareciera una venganza política?

—Mi padre me dijo que casi no se habló del robo. Quizás para alimentar la teoría de la venganza política. Yo revisé los periódicos de 1958 donde salió lo del asesinato de Mejías y es verdad: el primer día se habla de un cuadro perdido, pero no se dice que fuera de Rembrandt. Y un Rembrandt robado siempre ha sido algo muy serio...

—¿Entonces no se sabe si el que lo mató se robó o no el cuadro?

—Yo diría que no... Que no se robó el Rembrandt.

Conde sonrió, vencido por el tumulto de contradicciones.

—Elías, este es el momento en que nos montamos en tu carro, me dejas en mi casa y te vas, para yo poder pensar. ¿Te das cuenta de lo enredada que está esa historia de tu padre? ¿De que como me la cuentas nada tiene pies ni cabeza?

—Acuérdate de que, mal que bien, soy judío... No te voy a regalar cien dólares todos los días para que me oigas hablar tonterías. Por lo enredada que está necesito tu ayuda.

—Claro... Pero, vuelvo a preguntarte, ¿qué es exactamente lo que tú quieres saber? Y discúlpame si insisto en esto: ¿lo que quieres saber te va a ayudar a recuperar ese cuadro que ahora vale más de un millón doscientos mil dólares?

Elías Kaminsky miró hacia los confines del parque, a través de los troncos rugosos de las casuarinas y los follajes de los falsos laureles. Aun en aquel sitio el calor de septiembre se sentía como un vapor envolvente y Conde descubrió la frente del pintor húmeda por el sudor.

—Quiero saber si mi padre me engañó y me dijo que no mató a ese hombre y en realidad lo hizo, algo que yo entendería. Ya sé que no es fácil confesar que uno mató a alguien, aunque fuera un hijo de puta como ese tal Mejías. Pero sé que mi madre se murió pensando que sí, que él había matado a ese hombre. Al final ella misma me lo dijo, en el funeral de mi padre... Y según sé, su amigo Roberto Fariñas pensaba igual. Pero yo quiero dudar. No, mejor dicho, quiero creerle. Sobre todo desde que el cuadro de Rembrandt apareció en Londres. Porque si mi padre mató a ese hombre, con todas sus razones para hacerlo, él tenía que haberse llevado la pintura. No podía dejar de hacerlo... Era la memoria de su familia, ¿no? Era hacer justicia... Pero alguien que no fue él se quedó con el cuadro y ahora mismo no creo que el asesino de Mejías, sea quien haya sido, se hubiera llevado ese día el original de Rembrandt... Aunque después de pensarlo mucho estoy por creer que la pintura que estaba en la sala sí se la llevaron...

—¿Se la llevaron o no se la llevaron? —gritó Conde, para lamentar de inmediato el exabrupto.

—Quiero decir que creo que sí, se la llevaron, pero no era el original, como sospechaba Roberto. Todas las pinturas que estaban en la sala de Mejías eran muy buenas copias y el que se llevó la cabeza del judío pensó que era un original. Pero la auténtica debió de quedarse en la casa de Mejías, escondida. ¿Me entiendes ahora? Si esto fue lo que pasó, para la familia de Mejías era mejor ni hablar del robo, no mencionar a Rembrandt y dejar que la policía insistiera en el asesinato político. Además, eso explicaría lo que tal vez pasó con el Rembrandt auténtico: que una de las hijas de Mejías, o no sé quién cercano a la familia, lo sacó de Cuba en algún momento, con los documentos de autenticación de mi abuelo. Luego, la persona que sacó el cuadro de Cuba se lo vendió a alguien, quizás el mismo vendedor que ahora pretendía subastarlo en Londres. ¿Es mucha casualidad que saliera a subasta después de que murieran mis padres...? Hace dos meses, cuando fui a Londres, yo vi las copias de aquel certificado. No hay dudas de que es el que obtuvo mi abuelo Isaías en Berlín en 1928, el mismo papel que Mejías le enseñó al judío Hajdú, el de la Fotografía Rembrandt... En fin, Conde, lo que yo quiero saber es la verdad sobre mi padre, sea cual sea esa verdad. Quiero saber quién se quedó con el cuadro que pudo haber salvado a mi familia y medró o pretende medrar con él. Y si es posible, también quiero hacer justicia y recuperar esa pintura que por trescientos años les perteneció a los Kaminsky. Y no tengo dudas de que es aquí en Cuba donde están las claves de esta historia. Y nada más cuento contigo para poder conseguirlo... Como ves, lo que quiero saber no me va a ayudar a recuperar el Rembrandt.

Pero puede ayudarme a recuperar la memoria de mi padre, quizás a hacer justicia...

Conde aplastó en la losa de cemento la colilla de su cigarro. Respiró hondo y dirigió la vista hacia los confines del parque, donde se extendía la oscuridad más impenetrable. Tuvo en ese instante la sensación de que, en realidad, miraba dentro de su mente y solo veía un caos de fragmentos inconexos bailando en las tinieblas.

—¿Por qué no habías venido nunca a Cuba si eres un poco cubano?

Elías sonrió por primera vez en mucho rato.

—Precisamente por eso... Soy un poco demasiadas cosas para alimentarlas todas. Como viajar a Cuba siempre ha sido complicado, fue lo más fácil de posponer —dijo. Ya sin sonreír agregó—: Y porque hasta ahora preferí no menear la historia que me contó mi padre. Pero lo de la subasta...

—Eso lo entiendo —dijo Conde—. Ahora ayúdame a ver si entiendo otras cosas. Aceptemos que tu padre no mató a Mejías... ¿Está bien...? Bueno, ¿y por qué entonces salió huyendo de Cuba un mes después?

—Por miedo... El mismo miedo que le hizo botar el revólver. Me dijo que cuando supo lo de la muerte de Mejías se puso como loco. De miedo. Se sintió un cobarde... Entonces empezó a pensar lo que no había pensado. Por ejemplo, que el viejo Hajdú dijera algo de sus averiguaciones sobre el cuadro. O que su amigo Roberto, sabiendo lo que sabía, lo delatara... Eran cosas tan absurdas que mi madre llegó a creer que habían huido porque de verdad él había matado a ese hombre.

—Yo hubiera pensado lo mismo...

—¿Y por qué no se llevó el cuadro?

Conde vio una luz y disparó hacia ella.

—¿Y si mató a Mejías, se llevó el cuadro falso y lo botó cuando se dio cuenta del engaño?

—También he pensado mucho en esa posibilidad... ¿Y por qué no usaría el revólver y lo mataría con un cuchillo?

—Ojo por ojo, ¿no? Para hacerlo sufrir... Para hacerlo como lo hizo Judit... —Conde barajó posibilidades.

—¿Y por qué me contaría una historia que no tenía por qué contarme, solo para decirme una mentira? No, no estaba obligado a contarme nada.

Aunque estuviera de espaldas a las cuerdas, Elías Kaminsky no se daba por vencido. Conde optó por sonarle la campana.

—Elías, ¿tú quieres que alguien escarbe un poco y te diga, para tu tranquilidad espiritual, que tu padre no mutiló y mató a un hombre?

El pintor negó enfáticamente con la cabeza.

—No, Conde, te equivocas. Yo creo, estoy seguro, de que él no mató a Mejías. Pero quisiera tener una certeza definitiva y también saber qué pasó con el cuadro de Rembrandt. Yo no puedo quedarme con los brazos cruzados mientras alguien se hace millonario con lo que les costó la vida a tres familiares míos... Y si buscando esa verdad aparece que mi padre cometió un crimen, pues también eso me sirve para mi tranquilidad de espíritu, como tú le dices. Porque entendería lo que él hizo. Y por eso que pudo haber hecho, yo siempre lo voy a perdonar, con todo lo terrible que fue. Lo que no le perdonaría es que nos hubiera engañado, a mi madre y a mí.

Conde suspiró.

—Tú mismo me has dicho que hay cosas que es mejor no menearlas...

—O que debemos menearlas. Si no se caen, mejor. Y si se caen, pues a joderse... Lo que quiero, necesito, es la verdad. Por todo lo que te he dicho.

—¿La verdad? Pues la verdad es que ahora mismo yo no sé cómo ayudarte... Pero si llegamos a saber algo y con ese algo puedes recuperar el Rembrandt, ¿qué vas a hacer con ese cuadro?

Elías Kaminsky miró a su interlocutor.

—Si recupero la pintura, creo que la voy a donar a algún museo, no sé a cuál, quizás a uno que hay en Berlín sobre el Holocausto. Por la memoria de mis abuelos y mi tía. O a la casa de Rembrandt, o mejor al museo judío de Ámsterdam, por la memoria de ese sefardí que llevó la pintura a Polonia y nadie sabe quién fue ni qué carajo hacía metido en medio de aquellas matanzas de judíos... Todavía no sé qué haría, porque es bastante improbable que la recupere. Pero eso es lo que haría. No quiero ese cuadro para mí, por muy Rembrandt que sea, y menos el dinero que se le puede sacar, por tentador que sea...

—Suena bien —dijo Conde, tan dado a las soluciones románticas e inútiles, luego de sopesar unos instantes los sueños del pintor y de calibrar los posibles destinos propuestos para aquel retrato de un joven judío demasiado parecido a la imagen cristiana del Mesías—. Vamos a ver qué se puede hacer...

—¿Entonces vas a ayudarme?

—¿Quieres saber la verdad?

—¿Sobre mi padre?

—Sí, claro, está la verdad sobre tu padre... Pero ahora yo hablaba de mi verdad.

—Si me la dices...

—Pues la mitad de mi verdad —comenzó Conde— es que no tengo nada mejor en que perder mi tiempo y tratar de encontrar las razones de historias como esta es algo que me gusta hacer. La otra mitad es que me vas a pagar mucho por hacerlo y, tal como estamos este país y yo, mira, no se puede despreciar un dinero así. Y la tercera mitad de la verdad es que tú me caes bien. Con todas esas mitades se arma una verdad bastante grande y buena. Y se mejora incluso con el presentimiento de que vamos a llegar a algún lado... Aunque antes tengamos que caminar bastante, ¿no? Por cierto, ya que vamos a seguir en esto..., ¿podrías adelantarme algo de mi paga? Es que estoy en la fuácata.

—¿Fuácata?

—Inopia, pobreza, penuria... Sí, en la fuácata. Como Rembrandt cuando le quitaron su casa con todo lo que tenía dentro...

La mañana del 14 de junio de 1642, Ámsterdam disfrutó de uno de los días más espléndidos de sus breves y apenas templados veranos. Aquella luz de plata, siempre perseguida por sus pintores, matizada por los reflejos del sol en el mar y los canales que atraviesan y envuelven la ciudad, se regocijaba en su encuentro con los jardines, canteros y tiestos donde, alentados por el calor y la luminosidad, se desplegaban orgullosos los muy cotizados tulipanes que, desde su arribo a la urbe más rica del mundo, competían por alcanzar los más insólitos tonos de la escala cromática.

Pero aquel día Rembrandt van Rijn, natural de Leiden, pintor y miembro reconocido por la Guilda de San Lucas de Ámsterdam desde 1634, no tuvo ojos para apreciar aquel espectáculo prodigioso de luz y color. Ataviado con un traje negro, botas altas y sombrero también oscuro, había hecho el trayecto desde su casa, en el número 4 de la Jodenbreestraat, la Calle Ancha de los Judíos, hasta la gótica Oude Kerk, más allá de la plazoleta y el mercado de De Waag. Rembrandt seguía el paso fúnebre de la modesta carroza en la cual viajaban los restos de quien había sido su esposa y musa más recurrida, Saskia van Uylenburgh. Junto al pintor, como si aquellas compañías revelaran la esencia de su carácter heterodoxo, abrían el desfile tres de sus mejores amigos: uno era Cornelius Anslo, predicador calvinista de la secta de los menonitas; otro, Menasseh Ben Israel, ex rabino judío y experto cabalista; y el tercero, el católico Philips Vingboons, el más solicitado y exitoso arquitecto de la ciudad.

Luego de dichas las oraciones fúnebres, mientras los enterradores depositaban el cadáver de Saskia van Uylenburgh en el osario de la Oude Kerk, Rembrandt van Rijn lloró con todo su desconsuelo. La enfermedad de la joven había sido dilatada, devastadora, y aunque Rembrandt sabía que el estado de su tisis era irreversible, por largos meses había confiado en que se produjera algo similar a un milagro: tal vez entre Dios y la juventud de Saskia podrían conseguir la inopinada recuperación. Pero dos días atrás todo había terminado, incluso los sueños y la fe en los milagros, y el hombre no podía hacer otra cosa más que llorar.

Esa misma tarde, mientras en la soledad de su estudio observaba el gigantesco e insólito retrato de grupo de *La compañía del capitán Cocq*, que solo esperaba por unos retoques para salir hacia los lujosos salones del Kloveniersdoelen, sede de la exclusiva sociedad de arcabuceros, el pintor se juró que nunca más lloraría. Por ningún motivo. Porque solo había una razón capaz de volver a provocarle el llanto: la muerte de Titus, el único de sus cuatro hijos con Saskia que había sobrevivido. Y Titus no moriría, al menos antes que él, como lo exigía la ley de la vida. Y si la vida lo obligaba a ver morir a Titus, en lugar de llorar, maldeciría a Dios.

Aquel hombre tocado por el genio, premiado con el espíritu de la inconformidad perenne, perseguidor incansable de la libertad humana y artística, aunque golpeado por más fracasos y frustraciones de las que se merecía su paso por el mundo, pudo mantener por años su promesa, hasta que la vida volvió a sacudirlo, con una fuerza mezquinamente empeñada en derribarlo. Entonces Rembrandt van Rijn, tan agotado, no tuvo fuerzas para cumplir el juramento que se hiciera a sí mismo. Antes de morir, Rembrandt tendría que llorar otras cuatro veces.

Porque Rembrandt lloró la tarde de 1656 en que, vencido por las presiones de sus acreedores, debió declararse en bancarrota y abandonar su querida casa del número 4 de la Jodenbreestraat, mientras los miembros del Tribunal de Insolvencias Patrimoniales hacían el inventario de todas sus pertenencias, obras, objetos, recuerdos acumulados durante años, para ser rematados en subasta pública y entregar los beneficios a los deudores.

Volvería a llorar la noche de 1661, cuando los jerarcas del ayuntamiento de Ámsterdam, sin pagar un centavo por el trabajo solicitado, rechazaron, por considerarla inapropiada, áspera, incluso inacabada, su pieza *La conjura de los bátavos bajo Claudius Civilis,* aquella obra maestra dedicada a celebrar el mítico nacimiento del país en tiempos del Imperio Romano y capaz, por sí sola, de revolucionar y adelantar dos siglos la pintura del XVII. Tal era la sequía de encargos a que lo habían condenado por considerarlo un artista fuera de moda y tosco en sus realizaciones, que los últimos cinco años apenas había recibido un par de encargos: *La lección de anatomía del doctor Deyman* (un mal remedo de la dedicada al doctor Tulp) y *Los síndicos de los pañeros.* Por ello, urgido a sacar algún dinero a la obra rechazada, el pintor tomó la terrible decisión de cortar el lienzo maravilloso para tratar de vender al menos el fragmento en donde aparecen tras una copa de vidrio tres personajes fantasmagóricos, de cuencas oculares oscuras, como vacías: la única parte de la pieza que sobreviviría y que habría bastado para inmortalizar al pintor. A cualquier pintor.

El hombre volvería a llorar el 24 de julio de 1663, cuando puso en una tumba de la Westerkerk al cadáver de Hendrickje Stoffels, la mujer que lo había acompañado por casi veinte años, le había dado amor, una hija, un modelo para algunos de sus cuadros más hermosos y atrevidos y, sobre todo, había obrado el milagro de hacer que volviera a reír, y tantas veces como él nunca pensó que habría sido posible.

Y, ya cuando no le restaban fuerzas ni para maldecir a Dios, tendría que llorar el 7 de septiembre de 1667, cuando, contra natura, vio morir a su hijo Titus, a quien le faltaron quince días para llegar a los veintisiete años de edad. Tanto lloró aquella muerte que, apenas un año después, él también moriría, lamentando el macabro retraso del Creador. Pues si la justicia divina existía, debió habérselo llevado a él unos años antes para evitarle, al menos, las dos últimas razones que tuvieron sus lágrimas.

Si los más devastadores eventos que le provocarían el llanto luego de haberse hecho aquella promesa en 1642 fueron la muerte de la amable Hendrickje y de su amado Titus, el más dramático debió haber sido la mutilación de la que parece haber sido la más explosiva y atrevida de sus creaciones, más, mucho más incluso que *La compañía del capitán Cocq,* que se convertiría en una de las obras más célebres de la historia del arte mundial con el nombre impropio de *La ronda nocturna.* Porque aquel día Rembrandt había llorado también por la muerte de la libertad.

En cambio, el más vulgar, mezquino, agresivo y lamentable de sus motivos de llanto fue el de la expulsión de su casa por falta de pagos y la amputación de su memoria por la pérdida de los pequeños y múltiples tesoros de los cuales se había hecho acompañar en su vida: objetos exóticos venidos de todos los rincones del mundo conocido, piedras, caracolas, mapas y recuerdos de los cuales él solo sabía la razón por la cual habían llegado a su casa y permanecido allí. También debió entregar al remate la colección de grabados y aguafuertes de Andrea Mantegna, los Carracci, Guido Reni y José de Ribera, grabados y xilografías de Martin Schongauer, Lucas Cranach «el Viejo», Alberto Durero, Lucas van Leyden, Hendrick Goltzius, Maerten van Heemskerck y flamencos y coetáneos como Rubens, Anton van Dyck y Jacob Jordaens; perdió las xilografías realizadas a partir de Tiziano y tres libros impresos de Rafael, así como diversos álbumes estampados por los grabadores nórdicos más conocidos. Rembrandt tuvo que entregar a los buitres del Tribunal de Insolvencias, incluso, sus propios *tafelet*, aquellos cuadernos de apuntes pictóricos que tan populares y recurridos se habían hecho entre los artistas del país.

—Dicen sus biógrafos que Rembrandt, usando una capucha para no ser reconocido, asistió al primero de los remates públicos de sus pertenencias. Aseguran que desde un rincón del salón principal del hotel Keizerskroon, en la Kalverstraat, mientras observaba la desanimada puja por los objetos que formaban parte de su vida, aunque tuvo sobrados motivos para llorar, esa vez Rembrandt logró contenerse... El pobre hombre estaba en la inopia, en la fuácata... Lo jodido es que solamente con el precio que hoy tiene su *tafelet*, hubiera podido comprarse cinco casas como la que había perdido. —Elías Kaminsky tiró un par de veces de su coleta y al fin puso en marcha su turismo, que avanzó por las calles oscuras de La Habana, la ciudad en la que su padre había sido más feliz y más desdichado.

La última vez que se habían sentado a beber whisky en el antiguo despacho del doctor Valdemira habían tocado, entre otros, el fondo de una botella de un Ballantine's de reserva que, sin saberlo aún, les había dejado en herencia el ya difunto Rafael Morín, hasta ese instante creído vivo y, por ende, aún marido oficial de Tamara. Aquellos tragos olorosos a madera y de un dorado intenso los habían ayudado a derribar las últimas inhibiciones de ella y prevenciones policiales de él, a impulsar sus enquistadas ansiedades humanas y sus deseos más animales. Con el gusto del Ballantine's en la boca se habían ido a la cama, para que él cumpliera su más viejo y persistente sueño erótico y ella la liquidación de una pesada dependencia marital en trance de asfixiarla. Ambos habían sentido cómo el acto de acoplamiento, demasiado nervioso a pesar del alcohol, implicaba mucho más que una resolución física. Entrañaba, entrañó, toda una liberación espiritual que la revelación de la muerte de su marido terminó de sellar.*

Desde entonces sus vidas habían comenzado a cambiar, en muchos sentidos: una liberación fue conduciendo a otra y, mientras ella al fin se encontraba a sí misma y se convertía en un ser individual, con capacidad de ejercitar su albedrío sin la persecución de la sombra opresiva de Rafael Morín, él había comenzado a alejarse de lo que había sido durante demasiados años y, justo nueve meses después, renacería, cuando abandonó la policía y todo cuanto aquella pertenencia implicaba.

También desde aquella época el país donde vivían había cambiado, y mucho. La ilusión de estabilidad y futuro se hundió tras la caída de muros y hasta de Estados amigos y hermanos, y de inmediato llegaron aquellos años oscuros y sórdidos de principios de la década de 1990, cuando las aspiraciones se redujeron a lograr la más vulgar subsistencia. La inopia colectiva, la fuácata nacional... Con la escabrosa recuperación posterior, el país no pudo volver a ser el que había pretendido ser. Del mismo modo en que ellos ya no podrían serlo. El país fue más real y más duro, y ellos se tornaron más desencantados y cínicos. Y también se hicieron más viejos, se sintieron más cansados. Pero, sobre todo, se habían alterado dos percepciones: la que el país tenía de ellos, y la que ellos tenían del país. Supieron de muchas maneras que el cielo protector en el cual les habían hecho creer, por el que habían trabajado y sufrido carencias y prohibiciones en aras de un futuro mejor, se había desarbolado tanto que ya ni siquiera podía protegerlos del modo en que se lo habían prometido, y entonces ellos miraron con distancia hacia un territorio desgajado e impropio y se dedicaron a cuidar (es un decir) de sus propias vidas y suertes, y de las de sus seres más entrañables. Aquel proceso, a primera vista traumático y doloroso, fue, en realidad y en esencia, liberador, de parte y parte. Por el lado de ellos se introdujo la certeza de saber que al fin y al cabo estaban mucho más solos, pero también el beneficio de sentir a la vez que eran más libres y dueños de sí mismos. Y de sus inopias. Y de sus faltas de expectativas por un futuro que, para hacerlo todo más sombrío, sabían peor.

La lucha por sobrevivir en la cual se habían empeñado a lo largo y ancho de esos años, casi veinte, había sido tan visceral que en mu-

* *Pasado perfecto,* Tusquets Editores, 2000.

chas ocasiones solo aspiraron a deslizarse del mejor modo posible sobre la turbia espuma de sus días. Y llegar al siguiente. Y empezar de nuevo, siempre de cero. En aquella guerra a vida o muerte se endurecieron y debieron olvidarse de códigos, gentilezas, rituales. No hubo tiempo, espacio ni posibilidades para las exquisiteces de la nostalgia, solo para capear la Crisis, que Conde siempre evocaba así, con mayúsculas. Pero cuando el olvido se creyó vencedor, muchas veces la memoria, con su inconcebible capacidad de resistencia, había salido a flote moviendo su pañuelo blanco.

Antes de llegar a la casa de Tamara, Conde había hecho una importante escala, ya con el propósito muy acariciado de festejar la capacidad de resistencia de la memoria y de repetir un rito fundador. Con los dineros ganados había comprado una botella de whisky, cuadrada, de etiqueta sobria y negra. Con aquella botella en una mano, la bandeja con los mejores vasos y el hielo en la otra, Conde había abierto la marcha hacia el antiguo despacho del padre de Tamara, donde ya funcionaba a todo motor el aire acondicionado, con su ronroneo apacible, satisfecho de su victoria sobre el calor de la noche de septiembre.

Sentados en los envolventes sillones de cuero gastado por los usos, junto a una chimenea que jamás había visto arder un fuego, Mario Conde y Tamara Valdemira probaron sus tragos como si no hubieran transcurrido veinte años desde la última vez que lo hicieran en aquel sitio y con whisky, pero conscientes de que había pasado ese tiempo dilatadísimo desde aquella noche liberadora. Y se reconocieron dichosos, pues, a pesar de todos los pesares, ellos seguían allí, y en compañía.

Afuera comenzó a caer una lluvia cruzada de relámpagos. Ellos, a salvo de toda inclemencia exterior, bebieron en silencio, como si no tuvieran nada que decirse, aunque, en realidad, no necesitaban hablar pues ya se lo habían dicho todo. Los años y los golpes los habían enseñado a disfrutar a plenitud los instantes en que el goce era posible, para, avariciosos, dejar caer después esa efímera sensación de vida disfrutada en la alcancía de las ganancias indelebles, un recipiente translúcido como la memoria y que siempre se podía quebrar si se avecinaban tiempos peores, en los cuales incluso habría más razones para llorar. Y ellos también sabían que esa era una posibilidad en permanente acecho. Pero ahora estaban allí, tenaces y bebedores, encerrados por propia voluntad entre las murallas levantadas para proteger lo mejor de sus vidas, sus únicas pertenencias inalienables.

Agotado el segundo trago se miraron con intensidad a los ojos, como si quisieran ver algo agazapado más allá de las pupilas del otro, en algún pliegue remoto de sus conciencias. Como si todo lo que representaban uno para el otro estuviera en los ojos. Dejando a un lado las montañas de las frustraciones, los mares de los desengaños, los desiertos de los abandonos, Conde encontró detrás de aquellos ojos el oasis amable y protector de un amor que se le había ofrecido sin exigencias de compromisos. Tamara, tal vez, se topó con la gratitud del hombre, con su asombro invencible ante la certeza de que algo invaluable le pertenecía y lo completaba.

Tomados de la mano, como diecinueve años atrás, subieron las escaleras, entraron en la habitación y, con menos prisas y con más pausas que antes, se refugiaron en la seguridad del amor.

Afuera el mundo se deshacía en la lluvia y las descargas eléctricas, el caos y la incertidumbre que siempre augura la llegada del Apocalipsis. O tal vez de un mesías.

Daniel Kaminsky debió esperar hasta el mes de abril de 1988 para convertir en una realidad, inmortalizada en una foto, el sueño más permanente y acariciado de su vida.

En puridad, Daniel nunca había sido el tipo de hombre que pudiera considerarse un soñador. Su propio hijo, Elías, siempre lo consideró lo contrario: un pragmático esencial dispuesto a tomar las decisiones concretas que cada momento le exigía, dueño de una proverbial capacidad de adaptación al medio, una habilidad que le sirvió para vivir en Cuba como un cubano común y corriente, y para recuperar en Miami su condición de judío, sin renunciar nunca a la de cubano, y salvar así del naufragio del desarraigo las dos mitades de su alma, siempre en litigio, aunque desde entonces sumida en un insuperable lamento por el mundo bullicioso que había extraviado.

Sin embargo, ese mismo hombre capaz de programarse con dosis similares de frialdad y de pasión había vivido durante casi cuarenta años con aquel sueño romántico alojado en la mente, y lo sostuvo palpitante durante todo ese tiempo, dándole matices, colores, palabras, muy convencido, además, de que el sueño se materializaría antes de recibir el llamado de la muerte, o de la pelona, como decía cuando le hablaba en cubano a su hijo Elías y le contaba, antes y después de tomada la foto, y siempre como si fuera la primera vez, los avatares de una vieja ilusión conservada en el mejor rincón del baúl de las esperanzas. Por eso, la tarde de abril de 1988 en que al fin podría celebrar la concreción del anhelo, Daniel Kaminsky se había preparado con el esmero que le confería la experiencia de haberlo practicado infinitas veces en sus imaginaciones. Sobre la cabeza se acomodó la vieja gorra negra, ya bastante descolorida, con la M amarilla deshilachada, la misma que había comprado en 1949 en un estanquillo del entonces recién estrenado Gran Stadium de La Habana. En el bolsillo superior de la guayabera blanca depositó la postal impresa conservada en un estuche de nailon. Y, por último, luego de acariciar por un instante la pelota con el cuero veteado por la erosión del tiempo, la colocó en el bolsillo derecho del ancho pantalón de muselina a rayas, de donde tenía la habilidad de sacarla con la misma rapidez y destreza con que, en las películas vistas en el palacio de las ilusiones que fue para él el cine Ideal, de la Habana Vieja, los *cowboys* extraían sus Colt 45 en las polvorientas praderas del Viejo Oeste.

Era tal su excitación que varias veces les dio prisas a su hijo Elías y a su mujer, Marta. Veinte minutos antes de la hora prevista para la partida, él ya estaba dispuesto, sentado incluso en el sitio del copiloto del Ford de 1986 que dos años antes le había regalado a su hijo cuando terminó sus estudios de diseño gráfico en la Florida International University. Desde su posición en el auto, parqueado en un costado del jardín, observó la casa de dos plantas, portal con arcos españoles y cenefas *art déco* siempre destacadas en blanco sobre un fondo más oscuro, una construcción dotada de cierto aire de familia con la edificación del barrio habanero de Santos Suárez donde había vivido los que siempre consideró como los mejores años de su vida. En aquella misma casa de la 14 Street y West Avenue, Daniel Kaminsky había vivido desde que en mayo de 1958 saliera de Cuba y decidiera establecerse en Miami Beach, conducido por su olfato premonitorio y su sensibilidad tras las huellas de los viejos judíos venidos, sobre todo, de los estados del norte de la Unión en busca del sol de la Florida y precios más bajos para el alquiler o la compra. Aquella era la casa donde en 1963 había nacido su hijo y el sitio en el cual había sufrido todos los desasosiegos que lo acompañaron en el proceso de reconstrucción de su vida, intempestivamente sacada de su órbita. Desde aquella casa había salido muchas veces a caminar por la costanera de la cercana y por entonces casi despoblada West Avenue, arrastrando la certeza de su soledad y sintiéndose desguarnecido como nunca, para meditar los modos posibles de ubicarse a sí mismo en una ciudad que parecía un campamento de paso, y donde su espíritu gregario no tendría, durante meses, el consuelo de contar siquiera con un amigo. Y nunca más con el calor y la complicidad de amigos como los que tuviera en Cuba. También había sido dentro de aquella casa, sentado frente a Marta Arnáez, donde había barajado sus escasas posibilidades y tomado la tercera decisión más trascendente de su vida: la de regresar al redil y volver a vivir como judío, procurando con aquel retorno a la pertenencia a la que veinte años atrás había renunciado encontrar una manera de hallar solución no ya a los conflictos de su alma, sino a las apremiantes exigencias de su cuerpo. Daniel Kaminsky necesitaba garantizarle a su familia y a sí mismo un techo para cobijarse, una cama donde reposar y dos comidas al día para poder seguir adelante. Y la cercanía a su tribu se le presentó como la más artera pero natural y mejor de las alternativas.

Por supuesto, también había sido en aquella casa, construida en 1950 con muchos de los atributos del estilo del cual se había apropiado la arquitectura de la playa de Miami, el sitio donde más veces se había arropado con el invencible sueño, nacido en Cuba, más de treinta años antes, y que esa tarde se convertiría al fin en realidad: estrecharle la mano al gran Orestes «Minnie» Miñoso y pedirle que le firmara una postal con su foto, impresa por los Chicago White Sox para la que sería la fabulosa temporada de 1957 del Cometa Cubano (veintiún jonrones, ochenta y ocho carreras impulsadas), y la pelota que cuando era joven y tenía la piel tersa y brillante había sido sacada fuera de los límites del Gran Stadium de La Habana por uno de los batazos del pelotero, durante un juego del club Marianao contra los Leones de La Habana, en el invierno de 1958: la pelota que ese mismo día Daniel había tenido la fortuna de poder comprársela por dos pesos al muchacho que con más encono la había perseguido y logrado hacerse con ella.

El joven Elías Kaminsky, que ya se había decidido a probar suerte como alumno en una academia de arte en Nueva York donde terminaría su formación técnica e intelectual, se sintió recompensado por la pirueta del destino que le permitiría ser testigo del acontecimiento memorable. Desde que había tenido noticias del homenaje que se le rendiría en la ciudad a Orestes Miñoso, quien anunciaba el fin de su dilatadísima carrera deportiva, iniciada con todo su brillo en Cuba, continuada en Estados Unidos y cerrada a una edad más que exagerada en terrenos mexicanos, el joven había decidido que esa sería la mejor ocasión para que su padre cumpliera el sueño del cual tantas veces le había hablado. De inmediato, Elías había comprado los tres cubiertos que les garantizaban un sitio en el banquete de homenaje y había corrido a darle la buena nueva a su padre.

Cuando los Kaminsky llegaron al salón-restaurante del club Big Five, sitio preferido por los cada vez más acaudalados cubanos de Miami para sus actos sociales, todavía el mítico Miñoso no había hecho acto de presencia. «Mejor», musitó Daniel, y se apostó junto a la puerta, luego de comprobar por enésima vez que tenía bien puesta la gorra negra del Marianao, la postal en el bolsillo de la guayabera y la valiosa pelota en el del pantalón.

Para contribuir al perseguido aunque manifiesto ambiente de nostalgias, por el audio del salón se dejaba escuchar una prodigiosa selección de chachachás, mambos, sones, boleros y danzones famosos en la Cuba de la década de 1950. Periódicamente ocupaba el espacio el chachachá de Miñoso («Cuando Miñoso batea de verdad, la bola baila el chachachá»), interpretado desde la eternidad por la Orquesta América, pero cada nueva pieza que se oía resultaba de inmediato identificada por la añoranza agresiva de Daniel Kaminsky, quien le susurraba a su hijo el nombre de su ejecutante: Benny Moré y su banda, Pérez Prado, Arcaño y sus Maravillas, el Conjunto de Arsenio, Barbarito Díez, la Aragón, La Sonora Matancera de antes, la de verdad, con Daniel Santos o Celia Cruz al micrófono...

Quince minutos más tarde de la hora anunciada para el inicio del acto, el interminable Impala negro de 1959 donde viajaba el pelotero se detuvo ante el local repleto de viejos cubanos y desbordado de reminiscencias amables y feroces de una vida extraviada que (a pesar del éxito económico de muchos de los emigrados) a todos les parecía mejor y nunca había dejado de alborotarles las añoranzas o de alimentarles el rencor. Sin pensarlo dos veces, Daniel Kaminsky se acomodó una vez más la gorra negra, sacó con una mano la postal, con la otra la pelota y, según le pareció después, con una tercera mano extrajo la pluma Paper Mate de plata y le salió al paso a la realización de su sueño...

Días después, apenas fue impresa en una cartulina de 20 × 35 centímetros, la foto tomada por la Minolta de Elías Kaminsky había sido enmarcada. La imagen escogida recogía el instante en que Orestes Miñoso, mostrando en una sonrisa sus dientes blanquísimos heredados de sus ancestros africanos, le estrechaba una mano al judío polaco, casi calvo, bastante barrigón y con nariz de pico de cuervo, mientras este le juraba ser su más antiguo y ferviente admirador. Al igual que la postal firmada y la pelota que Daniel le había pedido que le dedicara «Al amigo José Manuel Bermúdez», conservadas ambas en unas pequeñas urnas de cristal fabricadas para ellas, la foto estaría desde entonces en la mesa de noche de Daniel Kaminsky. Primero junto a la cama de su casa de Miami Beach, luego en la del apartamento de la residencia geriátrica de Coral Gables, siempre acompañándolo, haciéndole más llevaderas sus nostalgias y culpas, su temor a la muerte, hasta el día de la primavera de 2006 en que el anciano se fue de este mundo, sin escalas hacia el infierno. Pues, él bien lo sabía, y así se lo diría varias veces a su hijo: aunque no había realizado la ejecución del hombre al que había estado dispuesto a matar, para su alma de hereje no habría siquiera el consuelo de pasar una temporada en el *sheol* adonde, decían, iban los espíritus de los judíos piadosos, siempre observadores de la Ley.

No podía haber sido de otro modo: al llegar a Miami, luego de instalarse en un modesto hotelito de la playa, la primera visita que harían Daniel Kaminsky y Marta, todavía Arnáez, sería al cementerio católico de Flagler y la 53 Street, donde apenas un mes antes había sido enterrado el cadáver de su amigo José Manuel Bermúdez.

En el trayecto hacia el North West, Marta le había pedido al taxista venezolano que los transportaba hacer una escala en alguna florería, donde había comprado un gran ramo de rosas rojas. Ya en el camposanto, los recién llegados encontraron que tras sus muros solo había lápidas de mármol y granito colocadas directamente sobre las fosas cavadas en la tierra e identificadas con un nombre, algunas de las veces con una cruz. Cuando hallaron la parcela donde descansaba el amigo, se les hizo evidente que los escasos fondos de los compañeros de lucha de Pepe Manuel, encargados de pagar el terreno donde había sido enterrado el joven, solo debieron haber alcanzado para comprar el espacio y una pequeña, casi vulgar losa de granito fundido, con los nombres y las fechas de nacimiento y muerte y una cruz cristiana grabadas con pintura negra. La tumba de un olvidado enterrado en tierra extraña. Marta, sin poder contener el llanto, depositó las rosas rojas sobre la lápida y se alejó unos metros, como si huyera del absurdo perverso de aquella muerte inconcebible. Daniel Kaminsky, solo ante la tierra arenosa que aún conservaba las trazas de su reciente movimiento, recibió entonces la más avasallante sensación de desvalimiento que hubiese sufrido en su complicada existencia. El vacío que dejaba la muerte de aquel hombre bueno había caído sobre el estado de desorientación y la pesada tristeza que ya lo acompañaban, y le reveló la medida exacta de todas las pérdidas que acumulaba en aquel instante y lugar, y también del esfuerzo que le exigiría rediseñar su vida. Con José Manuel Bermúdez, o Pepe Manuel, o Calandraca, el polaco reexiliado había perdido no solo a un amigo: aquella muerte prematura funcionaba como una lobotomía de lo mejor de su memoria, pues se le esfumaba el testigo y comentarista de miles de recuerdos compartidos, jirones de reminiscencias comunes que se desvanecerían. O, en el mejor de los casos, ya nunca volverían a ser las mismas memorias si al evocarlas no podía preguntarle a Pepe Manuel si se acordaba de algún detalle para, con la respuesta siempre afirmativa, entrar una vez más en la amable morada de la complicidad y de unas vidas compartidas. Por ello, sin saber cómo ni cuándo podría hacerlo, en ese momento le prometió a la imagen revivida del amigo muerto la compra de una lápida decente, bajo la cual esperar la resurrección de los justos que, sin duda, aquel hombre cabal sí se merecía.

En los primeros días gastados en el hotelito de Miami Beach donde habían tomado habitación, Marta y Daniel repasaron muchas veces sus perspectivas. El dinero con que contaban, casi todo facilitado por el gallego Arnáez, les alcanzaría para pagar unos meses de alquiler y sostenerse mientras encontraban trabajo, o hasta que fuese vendida la casita de Santos Suárez y el Chevrolet. El mayor problema, sin embargo, radicaba en los posibles modos de orientarse en aquel mundo para ellos desconocido, y por eso comenzaron a tantear a partir de los más cercanos puntos de apoyo visibles en su horizonte: los cubanos y, por una predisposición genética de Daniel, los numerosos judíos asentados en Miami.

Muy pronto descubrirían, para su decepción, que ninguno de esos caminos ofrecía expectativas halagüeñas. La pequeña colonia de cubanos que había recalado en la joven y desparramada ciudad estaba integrada, en su mayoría, por gentes que habían preferido o se habían visto obligadas a salir de la isla empujadas por la represión policial desatada por Batista y sus testaferros. Muchos de aquellos parias vivían en una precaria transitoriedad, apenas esperando a que se produjese la caída del régimen que, desde el exilio, ellos apoyaban y anhelaban. La comunidad judía, por su lado, constituía una especie de asilo de ancianos jubilados en excursión playera. Venidos de los estados del norte, atraídos por el calor y los bajos precios de la propiedad en la remota ciudad, se habían disfrazado con camisas de colores tropicales y sombreros de fibra vegetal, pues apenas aspiraban a pasar en paz, sin frío y sin muchos gastos, los últimos años de sus vidas. No obstante, para otear mejor el ambiente, Daniel y Marta comenzaron a frecuentar los sitios sociales en donde se reunían cubanos y judíos, a pesar de las escasas esperanzas que aquellas gentes les ofrecían con sus preocupaciones regidas solo por la política o por el estado de las cuentas bancarias.

En contra de una rápida y satisfactoria reubicación estaba, además de la precariedad económica y la falta de conexiones útiles, el conocimiento limitado que ambos tenían del idioma inglés, sin el cual les resultaba imposible hallar un empleo en sus respectivas profesiones de contador y profesora. Pero Daniel Kaminsky era un luchador empecinado y conocía todas las estrategias de la supervivencia. Y la primera de ellas radicaba en la capacidad y disposición de adaptarse al medio, conocerlo y luego penetrarlo. Por ello, pasadas las semanas del estupor inicial, decidió que ambos se matricularían en un curso para profundizar y perfeccionar su dominio del inglés. Al mismo tiempo, recibido el dinero de la venta del Chevrolet, dejaron el hotel y alquilaron la casa de 14 Street y West Avenue, propiedad de un judío neoyorquino que, les dijo, estaba dispuesto incluso a vender el inmueble si pagaban de entrada un cincuenta por ciento del precio fijado.

Fue durante un acto de recordación a las víctimas del Holocausto y gracias a la oportuna invocación del apellido Brandon, mencionado al viejo judío ucraniano Bronstein, dueño del mayor *grocery store* de la playa, cuando Daniel conseguiría los primeros empleos que ambos tendrían en la ciudad: Marta como empaquetadora de las mercancías vendidas en el negocio y él como auxiliar de almacenero. Si para Daniel aquella labor, casi la misma que veinte años atrás hiciera en la dulcería habanera de Sozna, significaba un retroceso dramático, para Marta Arnáez, nacida en cuna de plata gracias al trabajo casi esclavo de su padre gallego, aquella opción constituía una dolorosa degradación a la cual se enfrentó con decisión de resistir, pero con su dignidad mellada. Lo peor no resultó el hecho de verse obligados a recurrir a unos empleos simples y mal pagados para ganarse la vida. Ellos estaban convencidos de que ese primer escalón resultaría transitorio y en algún momento lo superarían, más en aquel país en expansión y lleno de posibilidades. El drama, sobre todo para Marta, fue asimilar que se había convertido, de un día para otro, en ciudadana de segunda o tercera, por su patente y nunca antes imaginada condición de inmigrante, latina, proletaria pobre y católica, y por verse obligada a sentirse servidora, mandada, condenada a pasar muchas de sus horas al servicio de judíos burgueses que disfrutaban poniendo de manifiesto las inferioridades sociales y económicas de la hermosa cubana. Para Daniel, en cambio, la principal dificultad fue intentar encontrarse a sí mismo en un territorio agreste, en el cual le resultaba imposible poner en armonía su espíritu gregario, conformado y alimentado por el ambiente habanero. En aquella ciudad la gente vivía encerrada en sus casas, todo el mundo se trasladaba en autos, solo se pensaba en el trabajo o en el césped del jardín y no había un estadio como el de La Habana donde ir a disfrutar y gritar, no existía una calle desbordada de luces, gentes, música y lujuria como el Paseo del Prado, ni siquiera pasaban guaguas por las calles. Y lo más doloroso, allí no tenía un solo amigo. Era, además, una ciudad donde imperaba un silencio vacío de connotaciones y donde el miedo provenía de la circunstancia terrible de no tener dinero para pagar los *bills*.

Aquella profunda alteración de sus vidas provocaría en Daniel un punzante sentimiento de culpa. El solo hecho de ver a Marta llegar a la casa al filo de la medianoche, agotada por un día de trabajo y varias horas dedicadas al estudio del inglés, lo obligaba a recordar los imprevisibles encuentros y decisiones que los habían llevado hasta aquella agobiante circunstancia. Entonces, según pensaría después su hijo Elías, con toda seguridad Daniel Kaminsky habría sentido que su drama resultaba mucho más lamentable por el absurdo que lo sustentaba: huía de lo que había pretendido hacer, ni siquiera de lo que había hecho.

En las largas jornadas de trabajo en el almacén, mientras trasladaba sacas que tanto le recordaban los talegos de harina que había estibado en La Flor de Berlín, Daniel Kaminsky se dedicó por días y semanas a pensar en los caminos por los cuales podría llegar a la construcción de una nueva vida. Mucho le costó acostumbrarse a la idea de tener que vivir en una ciudad y un país que se le revelaban mucho más distantes y ajenos de lo que siempre había sido la cálida Habana de sus dramáticos años de recién llegado, cuando sintió cómo caía sobre su espalda la soledad sideral en la que lo dejaba la ausencia, quizás permanente, de su familia. Si los golpes recibidos y el ambiente propicio de La Habana lo habían impulsado en aquel momento a tomar la decisión de dejar de ser judío y liberarse del peso de su condición y leyes, ahora, mientras pesaba y equilibraba sus arduas posibilidades de ascenso y pertenencia, había comenzado a meditar con mucha seriedad en la antes inimaginable eventualidad de volver al redil: igual que en sus tiempos lo había hecho el mítico Judá Abravanel, quien, luego de bautizarse para salvar su vida y la de los suyos, había reasumido la Ley mosaica cuando lo creyó seguro y conveniente. Al fin y al cabo él, Daniel Kaminsky, había renunciado por propia voluntad a su religión: ahora, otra vez gracias a esa voluntad, optaría por el regreso. Para eso servía el libre albedrío del hombre.

En enero de 1959, apenas derrotado y puesto en fuga el general Batista por los revolucionarios que lo combatían en las montañas y las ciudades de la isla, la pequeña comunidad cubana de Miami sufrió una drástica transformación que complicó más aún la adaptación de los Kaminsky. Mientras los exiliados políticos allí asentados regresaban al país, llegaban a la ciudad del sur de la Florida los personajes más nefastos de la cúpula batistiana, ligados casi todos a actos de corrupción, represión, tortura y muerte. Daniel y Marta, que antes habían tenido una relación cordial aunque no demasiado estrecha con los exiliados cubanos, no hicieron el menor intento por acercarse a los nuevos refugiados. Por el contrario, decidieron mantenerse alejados de ellos, confiados incluso en que el Gobierno del país expulsaría a algunos de aquellos asesinos que, decían, venían a Miami por una temporada, pues antes de fin de año sacarían a los rebeldes del poder y volverían a la isla.

El empujón que le faltaba a Daniel Kaminsky para acelerar su acercamiento a los judíos de la ciudad vino a dárselo la coyuntura que había cambiado de modo radical el carácter del exilio cubano. En julio de 1959, ante el rabino que desde Tampa viajaba para oficiar en un salón de Miami Beach improvisado como sinagoga, Daniel Kaminsky recuperó su kipá, su *talit* y, al menos formal y públicamente, los principios de su religión. Y también, como él mismo lo había hecho en un momento decisivo de su vida en que aceptó el bautismo cristiano, convenció a la católica Marta Arnáez, ahora Kaminsky, de que se convirtiera al judaísmo. La tarde de noviembre de 1960 en que Daniel y Marta aplastaron juntos, a taconazos, las copas de vidrio ante un rollo de la Torá, el reconvertido pensó en cuánto le habría gustado al tío Joseph Kaminsky asistir a aquella ceremonia. ¿Le habría importado demasiado que Marta fuese una gentil y no una de las jóvenes judías de sangre pura con la que, de haberse casado, habría conservado íntegra, en cuerpo y alma, la condición de sus posibles vástagos? ¿O ya todo le daría igual al viejo y entrañable Pepe Cartera, unido por vínculo legal a una negra cubana y padre también legal de un mulatico habanero improvisador de versos? ¿Eran, todos ellos, unos herejes insalvables?

Para Daniel, e incluso para Marta Kaminsky, fue un soplo de aliento la tumultuosa llegada a Miami Beach de decenas, cientos y muy pronto miles de judíos salidos de Cuba empujados por el temor al régimen comunista que el olfato entrenado de aquellos hombres percibió con nitidez en el aire de La Habana. Si en la segunda mitad de 1959 habían empezado a asomar la cabeza algunos de los miembros más ricos de la comunidad judía habanera (Brandon, como iba en grande, se trasladó directo a Nueva York, donde ya tenía negocios), entre 1960 y 1961 llegaron todos los demás, la mayoría de ellos pobres o de repente empobrecidos por las pérdidas sufridas al salir de la isla. Aunque judíos, más o menos practicantes, casi ninguno demasiado ortodoxo, los recién llegados eran sobre todo cubanos, por fortuna de una especie diferente de los personajes cercanos a Batista de los primeros tiempos, esos tipos oscuros que, para alivio de los Kaminsky, habían sentado sus reales en el South West y Coral Gables.

Aunque la idea de regresar a Cuba comenzó a ser acariciada por la pareja, los temores crecientes del gallego Arnáez por un futuro todavía no aclarado y el silencio de Roberto Fariñas —alguna que otra vez, en aquellos primeros tiempos, justificó su distanciamiento con los infinitos trabajos y responsabilidades asumidas en el proceso de reconstrucción de las estructuras del país— los decantaron por la cautela. Al fin y al cabo, para regresar siempre habría tiempo, pensaban.

Ya para los finales de 1958 los Kaminsky habían comenzado a pagar la compra de la casita de la 14 Street y West Avenue con los dineros obtenidos del remate de su propiedad de Santos Suárez y un nuevo préstamo del gallego Arnáez. Al mismo tiempo Daniel se había convertido en el encargado de negociar con los suministradores del *grocery*, para pasar muy pronto a ser el contador del establecimiento y hombre de confianza de Bronstein. Y fue entonces cuando la fortuna vino en su ayuda. A mediados de 1959 el viejo ucraniano murió de un ataque cardiaco, y su único hijo, que trabajaba para el Partido Demócrata en Washington y había pensado en la posibilidad de vender el negocio, estuvo de acuerdo con Daniel en realizar un experimento del cual el heredero solo podría obtener ganancias sin el menor esfuerzo: ante el arribo continuado de judíos del norte, y la llegada masiva de judíos cubanos que multiplicaban la población de Miami Beach, aquel parecía el mejor momento para convertir el modesto *grocery store* de la Washington Avenue en un mercado al estilo de los Minimax de La Habana, cuyo funcionamiento tan bien conocía el antiguo contador. Para ganar espacio rentaron el local vecino, asomado a la más ventajosa y visible esquina de la Lincoln Road y, como variación respecto al original habanero, destinarían un espacio notable del mercado a los alimentos *kosher* reclamados por los judíos. Gracias al dinero remanente de la venta de la casa de Santos Suárez, Daniel entraría en el negocio con el veinte por ciento del capital (que se emplearía en la modernización del local) y Bronstein Jr. pondría el resto solo invirtiendo lo heredado de su padre. Mientras, el judío cubano se encargaría de la administración del establecimiento, por lo cual recibiría un quince por ciento adicional de las ganancias.

Por su lado, Marta, que había hecho grandes progresos en su perfeccionamiento del inglés, fue contratada como profesora de lengua española e inglesa en la recién fundada academia judeo-cubana de la playa, de la que apenas dos años después llegaría a ser subdirectora y accionista.

Mientras las puertas del bienestar económico se iban abriendo, la política cubana se iba radicalizando y la hostilidad norteamericana hacia la isla se tornaba patente, la idea del retorno se fue desvaneciendo, a pesar de que ni Marta ni Daniel habían recuperado —ni recuperarían nunca— la sensación de pérdida que les llamaba desde su pasado habanero. Entonces, la llegada del gallego Arnáez y su mujer fue un alivio para sus desarraigos, al tiempo que la negativa del tío Joseph Kaminsky de irse a ningún lado fue asumida como una reacción natural de aquel empecinado que, en cualquier caso, seguía y seguiría viviendo en Cuba los mejores tiempos de su vida, que para su mala fortuna resultaron demasiado breves.

En su recuperado papel de judío, Daniel decidió entonces dar varios pasos hacia delante en busca de una solidez de sus posiciones y, como le diría muchas veces a su hijo, de una pertenencia que le permitiera sosegar su extravío espiritual. Por ello, presintiendo que de ese modo apuntalaba mucho mejor su cada vez más próspero negocio, asentado justo en el sitio que se estaba convirtiendo en el corazón de la localidad, se vinculó con un grupo de judíos llegados de Cuba que andaban empeñados en la materialización de un sueño: crear una comunidad o sociedad cubano-hebrea en Miami con la cual enfrentar el futuro y preservar la identidad alcanzada en el pasado. En realidad, aquella aspiración de los que se hacían llamar judíos cubanos —nacidos muchos de ellos en Polonia, Alemania, Austria o Turquía, pero cubanizados hasta el tuétano— era una respuesta al muro invisible pero bastante impenetrable levantado por los judíos norteamericanos —originarios, muchos de ellos, o sus padres, de los mismos sitios de donde provenían los hebreos cubanos—, más ricos, con propiedades y pretendidos derechos de antigüedad, y con una actitud a veces cercana al desprecio respecto a los advenedizos recién llegados con dos maletas, que no hablaban inglés y en sus fiestas en el Flamingo Park, en pleno Miami Beach, bailaban al ritmo de la música interpretada por orquestas cubanas, con una sorprendente capacidad de poner en sus cinturas y sus hombros cadencias africanas, como cualquier mulato habanero.

Daniel fue uno de los trece judíos que el 22 de septiembre de 1961 dio origen a la Asociación Cubano-Hebrea de Miami en un local del hotel Lucerne. Bajo las banderas de Israel, Estados Unidos y Cuba, los adelantados discutieron un primer proyecto de reglamento para la naciente sociedad. Daniel Kaminsky, que prefirió mantenerse en silencio ante la verborrea de los otros fundadores, especialistas casi todos en la creación de cofradías y más familiarizados con los modos de pensar y con las exigencias religiosas de sus congéneres, pensó entonces en cómo los caminos de la vida pueden llevar a los hombres a circunstancias jamás imaginadas siquiera en los peores desvaríos. Pero, se dijo, y después le diría a su hijo, si el precio del éxito económico y la necesidad de sentirse parte de algo pasaban por aquel salón de hotel, allí estaba él para comprar uno y atrapar a la otra. Aunque su corazón siguiera siendo el del mismo renegado que, veintitrés años atrás, rechazara a un Dios demasiado cruel en sus designios. Lo verdaderamente sagrado era la vida, y allí estaba él luchando por ella, por hacerla mejor. Porque, a sus treinta años, Daniel Kaminsky podía considerarse un especialista en pérdidas: había perdido no uno, sino dos países, el de nacimiento y el de adopción; una familia; la lengua polaca y el yídish; un Dios y, con él, una fe y la militancia en una tradición sostenida sobre esa fe y su Ley; había perdido una vida que le gustaba y una cultura adquirida; había extraviado a sus mejores y hasta sus peores amigos, algunos en la tierra, otros, como Pepe Manuel y Antonio Rico, ya instalados en el cielo; incluso había fracasado en la posibilidad de hacer su justicia aunque pagaba el precio que le hubiera tocado de haberlo hecho, sin obtener siquiera el alivio del descargo o la satisfacción de haber ejecutado el castigo merecido. Daniel Kaminsky estaba harto de pérdidas y, por el único camino a su alcance, se disponía ahora a obtener ganancias. Siempre y cuando su conciencia siguiera siendo libre.

Daniel Kaminsky conservaría por muchos años la costumbre de vagar a solas por la costanera de la West Avenue, menos favorecida y concurrida que el paseo de Ocean Drive, la costa donde se extendía la playa. Gracias a aquellas caminatas por la llamada intercosta, que en ciertas temporadas, reclamado por las muchas obligaciones de su trabajo, solo podía hacer los sábados después de terminados los servicios en la sinagoga, Daniel pudo ser testigo a lo largo de los años de las transformaciones de aquel sector de Miami Beach y de los cayos ubicados al otro lado del canal, como la llamada Star Island, donde se fueron levantando mansiones que, en la década de 1980, cuando la droga inundó la ciudad, se hicieron más numerosas, fastuosas, casi irreales en su competencia por el lujo y el brillo al que conduce el dinero fácil. A Daniel, que iba camino de convertirse en un hombre rico y que llegaría a serlo, todo aquel derroche le parecía grotesco, pues seguía viviendo en la misma casita *art déco* de dos plantas con dos dormitorios donde se instalara desde un primer momento y ni siquiera las lenguas maldicientes que lo acusaban de ser muy judío lo harían cambiar de opinión solo para satisfacer las expectativas ajenas a través de la ostentación.

A Daniel le gustaba sentarse en el pequeño atracadero de la 16 Street, desde donde se divisaban los viejos puentes que unían la playa con la tierra firme, el islote con el obelisco erigido a la memoria de Joseph Flagler y, a la distancia, el puerto de Miami frente al cual, no podía dejar de pensarlo, el *Saint Louis* había esperado durante cuarenta y ocho horas por la última negativa. Cuando no estaba de buen ánimo, se lanzaba a caminar en solitario por la intercosta para sentir que se buscaba a sí mismo y no perderse del todo, pues empezaba a presumir que se alejaba demasiado de lo que había sido. Desde que decidiera retornar al redil del judaísmo, aquel hombre siempre sentiría que estaba gastando una vida apócrifa, con su alma y conciencia sometidas a un estado de clandestinaje. En los primeros años habaneros, cuando optó por alejarse de creencias y tradiciones ancestrales, el adolescente Daniel se había visto obligado a andar por el mundo con dos rostros: uno para complacer a su tío y otro para satisfacerse a sí mismo y confundirse en la muchedumbre. Aquella dolorosa dicotomía, a la cual lo obligaba su dependencia económica y emocional de Joseph Kaminsky, la tuvo que asumir como el único camino hacia la opción liberadora escogida.

Pero su reconversión, que volvía a transfigurarlo en un enmascarado, se le presentaba, en cambio, como una pérdida de muchas de las ganancias de una libertad de la cual tanto había disfrutado en su vida cubana. Aunque la comunidad en la cual se había insertado resultaba mucho menos restrictiva que la de su país de origen o que la facción de los ortodoxos neoyorquinos, en donde la Ley y la palabra del rabino eran opresivas y poderosas, una patente compulsión social obligaba a los hebreos de Miami a ser respetuosos con los preceptos más sociales si querían ser aceptados. A diferencia de la distendida religiosidad con que vivían muchos judíos en Cuba, en Miami la necesidad de reafirmación social caía como un peso añadido a su vida cotidiana. Daniel sabía que entre ellos había muchos que, como él, apenas si conservaban vestigios de fe religiosa. Sin embargo, casi todos acataban en público las regulaciones para conservar la pertenencia y no aparecer como demasiado diferentes, pues el riesgo mayor era la exclusión, la marginación. Incluso, ser considerado algo así como revolucionario, una mala palabra con la cual se resumía el estatus previo al de hereje.

Cuando vagaba a solas, respirando la brisa amable del canal, el hombre soltaba las amarras de su nostalgia por el mundo perdido. Miraba hacia su pasado y veía a un Daniel pleno y satisfecho, libre como solo lo puede ser un hombre que actúa, vive y piensa de acuerdo con su conciencia. La hipócrita sumisión ahora acatada le resultaba entonces más mezquina y cobarde, aunque bien sabía que necesaria para conseguir el respeto y hasta la impunidad que da el poder. Y en su caso poder era dinero.

¿Qué haría con aquel dinero con el cual no pretendía comprarse un palacete ni un auto ostentoso, ni joyas que jamás había lucido, ni siquiera un bote de paseo, pues, para colmo, lo mareaba el movimiento del mar? Daniel Kaminsky sonreía, satisfecho de sus alternativas: compraría libertad. Primero, la más valiosa: la libertad de su hijo Elías; luego, si aún tenía fuerzas y deseos, la suya.

Con aquellas perspectivas en mente Daniel estaba educando a su hijo con una moderación en ocasiones hasta demasiado exagerada para los criterios de madre cubana de su mujer y de abuelo gallego reblandecido por los años del viejo Arnáez. Pero él estaba convencido de que el muchacho debía aprender cómo en la vida todo tiene un precio y cuando uno lo paga por sí mismo y por su propio esfuerzo, estima mucho más el valor de lo obtenido. No obstante, a diferencia de lo que le había ocurrido a él, su hijo jugaría con ventaja en el desafío de la vida, pues podría estudiar y apropiarse de la riqueza de los conocimientos, que son intransferibles y constituyen riqueza patente, como habría dicho su abuelo polaco. Y, con la posesión de aquellas ventajas, Elías podría escoger. Él le garantizaría la suprema libertad de elección, y para ello lo preparaba desde la continencia.

Daniel, que en su estancia norteamericana había descubierto la literatura tradicional judía y se había acercado a los pensadores más racionalistas, intentaba dotar a su hijo de los instrumentos que le permitirían realizar las mejores elecciones. De sus lecturas había traído a los consejos paternos la noción de que las decisiones humanas son el resultado del equilibrio (o de la falta de equilibrio) entre la conciencia y la arrogancia, una relación en la cual la conciencia debía ser la conductora hacia los mejores resultados y determinaciones. Y acompañaba aquella noción con las extraordinarias aseveraciones de aquel erudito sefardí que tanto lo había deslumbrado, Menasseh Ben Israel, un heterodoxo soñador, autor de muchos libros pero sobre todo de un opúsculo titulado *De Termino Vitae,* un texto curioso en donde el sabio judío holandés aunque nacido en Portugal (por cierto, todos aseguraban que amigo de Rembrandt) reflexionaba sobre algo tan trascendente como la importancia de saber vivir la vida y de aprender a asumir la muerte. El pintor Elías Kaminsky, que años después leería también a Ben Israel y, a través de él, a Maimónides y hasta al arduo Spinoza, siempre recordaría a su padre citándole al filósofo sefardí en sus concepciones sobre la muerte como un proceso de pérdida de las expectativas y anhelos sufridos por los hombres a lo largo de la vida. La muerte, solía decirle su padre, es solo el agotamiento en vida de nuestros anhelos, esperanzas, aspiraciones, deseos de libertad. Y de la otra muerte, la física, solo se puede retornar si se llega a ella con una vida bien cumplida, empleada a cabalidad, con la plenitud, la conciencia y la dignidad que les hayamos entregado a nuestras vidas, en apariencia tan pequeñas, pero en realidad tan trascendentes y únicas como..., como un plato de frijoles negros, decía el hombre.

Dos meses después del glorioso encuentro con Orestes Miñoso, concretado en la primavera de 1988, a Daniel Kaminsky le fue detectado un cáncer de próstata. Tenía cincuenta y ocho años, era un hombre sólido, quizás algo pasado de peso, accionista principal de tres mercados, ubicados en Miami Beach, el South West y Hialeah, padre de un hijo con carrera universitaria y ya definidas aspiraciones artísticas, y, a pesar de sus públicas heterodoxias, considerado uno de los pilares de la comunidad hebreo-cubana del sur de la Florida. Un triunfador al que ahora lo acechaba la peor derrota, la irreversible, pero contra la cual lucharía, como siempre en su vida.

La revelación de la enfermedad, la operación a la cual fue sometido, los tratamientos anticancerígenos posteriores y la asimilación de un dispositivo nuclear en la zona afectada (al cual siempre se refirió como una ojiva atómica metida en el culo) lo indujo a ver la vida de otras maneras. Durante todos sus años de estancia norteamericana el polaco hebreo-cubano había cargado en silencio y con pesar con el fardo de una culpa ajena del cual no había podido desprenderse. Pero ante la perspectiva más que posible de la muerte, decidió al fin compartirla con su hijo.

Según le contaría a Elías, Daniel Kaminsky estaba seguro de que su buen tío Joseph, muerto más de veinte años atrás en su casita habanera del barrio de Luyanó, se había ido del mundo convencido de que su sobrino había matado al hombre que estafara a sus padres y los devolviera al infierno europeo de 1939. Sabía que su antiguo amigo Roberto

Fariñas se había distanciado de él, más que por inexistentes diferencias políticas o por la lejanía sideral abierta por la geopolítica sobre el estrecho de la Florida, por la convicción de que era un asesino despiadado. Incluso su querida Marta, aunque había decidido, aceptado, querido creerle, en el fondo de su corazón nunca le había creído. Y por eso, ante el diagnóstico de los oncólogos, se había lanzado a confesarse ante su hijo, para aliviarse él mismo de ese lastre y, de paso, sustraerle al joven la posibilidad, improbable pero no descartable, de tener que recibir aquel fardo, algún día, por un conducto menos propicio.

—En el hospital, mientras se recuperaba de la operación, me contó toda esta historia... Mi madre pasaba el día con él. Yo, las noches. Como no se podía sentar, yacía de lado, con la cara muy cerca de mí, que me sentaba en un butacón. Habló cinco, seis noches, no me acuerdo bien. Hablaba hasta rendirse. Empezó desde el principio, disfrutando con aquella descarga, y me acuerdo de cómo se me fue construyendo en la cabeza una imagen de la vida de mi padre que hasta ese momento no tenía. Como un cuadro al que se le van dando colores y los contornos se van perfilando hasta tomar formas... Antes de esas conversaciones, a veces por falta de tiempo, otras por mi desinterés o por sus miedos, o por unos años de mucha incomunicación entre nosotros, en realidad yo no conocía los detalles de su vida y no me interesaba demasiado saber nada de Cuba. Creo que como la mayoría de los hijos, ¿no? Él empezó contándome lo que había sido la vida de la familia en Cracovia y en Berlín, antes de la guerra, en la época de los pogromos y el miedo metido en la sangre... Su obsesión con el tema de la obediencia y la sumisión, las opciones del albedrío. Luego cayó en el descubrimiento de La Habana y su vida miserable en el solar de Acosta y Compostela, los amigos que fue ganando, la fe que fue perdiendo. Todo eso para mí era una mancha oscura, a veces páginas de algún libro de historia, y de pronto se me convirtió en una vida muy cercana a la mía. La historia del *Saint Louis* y los primeros años de mi padre en Cuba, que iban de la tragedia y el dolor a la alegría y los descubrimientos. Las razones de su renuncia al judaísmo y hasta a la condición de judío... Su descubrimiento del sexo y la obsesión erótica por las mulatas saxofonistas de los cafés de El Prado... Todo aquello me lo fue entregando. Y al final me contó la historia del plan y de lo que ocurrió el día que iba a matar a Román Mejías. Todo lo que yo te he contado en estos días —dijo Elías Kaminsky, sin dejar de tirar suave pero repetidamente de su coleta, como siempre que entraba en temas escabrosos. El pintor dejó por un momento su pelo y encendió uno de sus Camel, de los cuales parecía haber traído una abundante provisión, y

164

añadió—: Tú tienes el derecho a no creerle. Incluso tienes razones, igual que las ha tenido Roberto Fariñas, como las tuvo mi madre, como pudo tenerlas el tío Joseph. Pero yo tengo una razón mayor para aceptar lo que me dijo: si era posible que el cáncer lo pudiera matar y si por su voluntad me había contado lo bueno y lo malo de su vida, sus miedos y sus decisiones de negar todo lo que había sido y liberar su alma de algo que lo oprimía y la decisión bastante hipócrita de volver al redil sin entregar su conciencia..., ¿por qué coño me iba a mentir en lo de Mejías si, por lo que ese hijo de puta le hizo a su familia y sabe Dios a cuántas otras gentes, se merecía que lo mataran mil veces?

12
La Habana, 2007

Desde aquella altura de vértigo la vista se adueñaba de una porción exagerada de un mar tentador, cruzado de franjas increíblemente precisas de colores y matices falseados por el azote despiadado del sol veraniego. La serpiente gris del Malecón, tendida bajo los pies de los improvisados vigías, marcaba, en dramático contraste, un arco preciso, opresivo, como si cumpliera con júbilo la misión de servir de barda entre lo circunscrito y lo abierto, entre lo conocido y lo posible, entre lo abarrotado y lo desierto. En toda aquella generosa porción de océano entregada por el montículo de acero y cemento, no se veía una sola embarcación, lo que potenciaba la sensación desoladora de estar asomado a un paraje prohibido u hostil. Del lado del mar vio unos arrecifes sumergidos, con toda probabilidad intervenidos por el hombre, pues formaban unas cruces oscuras, definitivamente tétricas; de la parte de la ciudad contempló azoteas, antenas, palomares destartalados, vehículos renqueantes atrapados entre nubes de escapes mortales, árboles carcomidos por el salitre y personas lentas, disminuidas en virtud de una distancia capaz de borrar, incluso, las alegrías y tragedias que los impulsaban. Vidas aplastadas por la perspectiva y tal vez por otras razones más dolorosas y permanentes que el Conde no se atrevía siquiera a colegir. Gentes como él, pensó.

Los había recibido una mujer de unos treinta años, dueña de carnes precisas y en su mejor estado de esplendor, ojos rasgados con asiática perversión y olorosa a Chanel número 5 rociado con generosidad. Luego de decirles que Papi —así lo llamó— se estaba dando un bañito ahí pero vendría a mil, había dejado al Conde y a Elías Kaminsky con su perfume, los ecos de su indigencia lexical y el magnetismo de su espectro en la sala abierta a la terraza abocada al mar, a la que se asomaron. El ex policía, acostumbrado por sus años de mal oficio a sospechar siempre, se preguntaría qué clase de Papi de aquella mujer comestible sería Roberto Fariñas: ¿el padre biológico o el *papi* afortunado de posesiones más recónditas y penetrables?

Aunque se había mentalizado para asimilar todas las conmociones, frente al paisaje exultante entregado por la terraza y la supervivencia de la imagen de la mujer, Mario Conde comprendió lo vanidoso de su aspiración: una visión fugaz del deseo y la contemplación de lo insondable que los aguardaba en el apartamento de Roberto Fariñas lo habían sacudido, hasta el punto de que sintiera superadas sus pretendidas capacidades de develador de verdades, mientras veía cómo se desbordaba su inventario de asombros.

Conde se había preparado psicológicamente, pues sabía que, con toda seguridad, asistiría a la provocación de un salto mortal hacia el pasado, quizás adornado con piruetas imprevisibles. Y suponía que, con los efectos de la caída, podrían salir a flote las más inesperadas revelaciones imbricadas a varias vidas, revelaciones capaces de llenar el paréntesis oscuro de una o más existencias. Espacios que, a veces, mejor dejar vacíos.

El *penthouse* espectacular donde vivía Roberto Fariñas estaba ubicado en el décimo piso de un edificio de la calle Línea, a escasos ochenta metros del Malecón. En su preparación para aquel encuentro que sin mayores contratiempos el Conde había pactado y del cual Elías Kaminsky había insistido en hacerlo partícipe, el antiguo policía había logrado saber, con la indispensable ayuda del Conejo, que la propiedad del piso se remitía al año 1958, cuando fuera construido el edificio y el padre de Fariñas se lo obsequiara a su díscolo y revoltoso vástago como anzuelo de oro con el cual poder sacarlo del mar turbulento de las conspiraciones políticas. Pero, mientras con una mano recibía las llaves del futurista *penthouse,* con la otra el joven seguiría apretando el gatillo en sus acciones de combatiente clandestino. ¿Había sido Fariñas uno de los participantes en los atentados de aquellos tiempos? Ese era otro vacío histórico, cerrado con cuatro candados.

Luego del triunfo revolucionario, mientras toda su familia se iba al exilio, Roberto Fariñas se entregó a su fidelidad política y comenzó a trabajar en distintas áreas, rediseñando el país que pronto derivaría hacia otro sistema social. Sus méritos en los años duros de la lucha lo mantuvieron cerca de las esferas de decisión, sobre todo en los sectores económicos y productivos, pero después de la debacle de la zafra de 1970 en la cual se empeñó al país en pleno con la pretensión de lograr una cosecha de diez millones de toneladas de azúcar (las toneladas capaces, por sí solas, de promover el gran salto económico de la isla), la estrella del hombre, quizás por alguna colisión cósmica relacionada con aquel fiasco y conservada en secreto incluso para las pesquisas del Conejo y sus contactos especializados en la chismografía histórica, había comenzado a declinar, hasta extinguirse de obsolescencia tras el buró de un ministerio cualquiera, donde se había acogido a la jubilación varios años antes. Desde entonces Roberto Fariñas era invitado, alguna que otra vez, a un acto de recordación de heroicos martirologios, y nada más.

Mientras desde la terraza observaban la engañosa placidez del mar, Conde extrajo una pregunta pospuesta por varias jornadas.

—¿Fue Fariñas el amigo que le habló a tu padre de la envidia como rasgo de los cubanos?

Elías sonrió, mientras daba fuego a un Camel.

—No, no. Fue un personaje que conoció en Miami Beach. Quizás el único amigo que hizo allá, aunque nunca fue igual que con los de acá. En Miami ni siquiera fue igual con Olguita, la que había sido novia de Pepe Manuel...

—¿La comunista?

—Eso le preguntaba mi padre cada vez que la veía. Oye, Olguita..., ¿y tú no eras comunista...? Bueno, ese personaje era un cubano que se hacía llamar Papito. Leopoldo Rosado Arruebarruena. El clásico cubanazo, con cadena de oro y zapatos de dos tonos hasta que se murió de viejo, hace como tres años. Papito salió de aquí en 1961, decía que por la ley que cerraba los burdeles en La Habana... Un país sin putas era como un perro sin pulgas: lo más aburrido del mundo, decía... Un tipo simpático, desbordado de palabras, vivía de lo que aparecía y no le importaba la política... A mi padre le encantaba hablar con él y a cada rato lo invitaba a la casa, a él y a la mujer que tuviera en ese momento, a comer arroz con pollo... Papito fue el que le habló de la envidia como marca nacional cubana.

—¿Qué le dijo?

—Papito pensaba que los cubanos resisten cualquier cosa, hasta el hambre, pero no el éxito de otro cubano. Que como todos se creían lo mejor del mundo, y estoy diciendo lo que él decía, los más bárbaros, inteligentes, los más listos y los mejores bailadores, cada uno de los cubanos lleva dentro un triunfador, un ser superior. Pero como no todos triunfan, la compensación que tienen es la envidia. Según Papito, si el que tiene éxito es un americano, un francés o un alemán, no hay problemas, los cubanos se mueren de admiración. Pero si es alguien como ellos, un latinoamericano, un chino, un español, les parece que el tipo es un comemierda con suerte y no le hacen mucho caso... Ahora, si es otro cubano, les entra una carcomilla, sí, carcomilla decía Papito, una picazón en el culo que no pueden resistir..., y la envidia se les sale hasta por las orejas, y empiezan a echarle mierda al que triunfó. No sé si es verdad pero...

—Es verdad —le ratificó el Conde, que en los días de su vida había visto muchas explosiones de envidia cubana hacia otros cubanos.

—Yo me lo imaginaba... Papito lo decía con una gracia que...

—Todo es culpa de vivir con la maldita circunstancia del agua por todas partes —los interrumpió la voz, citando al poeta, y obligando a los hombres, prendados del panorama y perdidos en la disquisición sobre el ser nacional, a voltearse hacia el recién llegado anfitrión, que sonrió observando a Elías—. Pero, cojones, muchacho, eres la viva estampa de tu abuelo gallego.

Con más rapidez de la que Elías podía asimilar, el hombre lo apretó en un abrazo. A sus setenta y ocho años Roberto Fariñas exhibía una apariencia demasiado juvenil, pero muy bien llevada. Los músculos de sus brazos se veían compactos y trabajados, su pecho sólido y su rostro, afeitado con esmero, tan desprovisto de arrugas que Conde se atrevió a valorar dos posibles tratos: o con el diablo o con el bisturí.

El anfitrión le dio un fuerte apretón de manos a Conde, como si quisiera demostrar su potencia física (quizás para patentizar su capacidad de ser el papi de la dama de Chanel), y con una sonrisa gozó de la reacción de sorpresa y dolor provocadas en el visitante. De regreso al salón de amplios paños de vidrio resistente a los huracanes, se encontraron la mesa servida con tazas de café, vasos de agua, una cubeta de hielo y una botella de un Jameson irlandés, ultrañejo.

—Tienen que probar ese whisky. Es lo mejor de lo mejor... ¿Saben cuánto me costó esa botella? No, me da pena decirlo...

A pesar de la propaganda, Elías Kaminsky optó solo por el café. Conde, haciendo un esfuerzo supremo, también aceptó el café pero rechazó el trago, sobre todo ante la perspectiva de que solo le brindarían una vez y, para quedarse con las ganas, mejor ni empezar.

—Ustedes se lo pierden —advirtió el anfitrión—. No sabes el gusto que me da verte... Pero es que eres cagao a tu abuelo...

Roberto Fariñas se concentró en Elías Kaminsky y por varios minutos se desentendió olímpicamente de Conde, que aceptó casi gustoso su papel de convidado de piedra en aquel encuentro entre dos desconocidos que, sin embargo, se conocían desde mucho antes de que uno de ellos llegara al mundo. Por eso, sin dejar de escuchar, pudo dedicarse a observar la concentración de objetos valiosos dispuestos en el salón: un televisor de pantalla plana de cuarenta y ocho pulgadas (calculó) con todo el sistema de *home-cinema*, juego de sala forrado de piel auténtica, un bar con más botellas de etiquetas brillantes, además de candelabros, jarrones y otros objetos de refinada prosapia. ¿De dónde el jubilado Fariñas sacaba dinero para mantener todo aquello?

—No sé por qué, pero siempre estuve seguro de que un día pasaría esto —comenzó Fariñas, dirigiéndose a Elías—. Como mismo supe a partir de un momento que nunca volvería a ver a tu padre, sí sabía que a ti te vería alguna vez... Y hasta sabía por qué te vería...

La luz se encendió en ese instante en el cerebro del Conde. Ahora entendía de golpe la razón por la cual Elías Kaminsky había contratado sus servicios y exigido su presencia en aquel encuentro: por miedo. El pintor, pensó Conde, en realidad no lo habría necesitado para llegar hasta aquel pináculo habanero donde con toda seguridad estaban algunas de las respuestas a sus preguntas, tal vez las respuestas más definitivas. Una llamada telefónica habría bastado para depositarlo allí, frente al hombre que le había ratificado a su padre que podía contar con él para lo que fuese, con plena conciencia de lo que aquel ofrecimiento podría significar. Pero el temor de Elías a escuchar la revelación que no deseaba escuchar, aunque a la vez necesitaba conocer, lo había obligado a buscar una ayuda neutral, una presencia en la cual apoyarse si todo se venía abajo. El precio de varios cientos de dólares que para Conde representaban una fortuna, para Elías, heredero de tres supermercados oportunamente vendidos a grandes cadenas norteamericanas, pintor de cierto éxito y presunto heredero de un Rembrandt, sería apenas una inversión mínima empeñada en obtener lo que él consideraba una ganancia enorme: no enfrentarse solo a la verdad, cualquiera que esta fuese.

—Mi padre hablaba mucho de usted y de Pepe Manuel. Nunca volvió a tener amigos como ustedes. ¿Cómo es posible que en más de cuarenta años nunca volvieran a hablar, no se escribieran ni una carta?

—Porque la vida es una barca... Como bien lo dijo Calderón de la Mierda —soltó el viejo joven y rió de su chiste, tan arcaico como él, pero más gastado por el uso. Al parecer era aficionado a demoler las citas literarias—. Aunque yo estaba al tanto de la vida de ustedes. Siempre lo estuve.

—¿Cómo podía, si no hablaban?

—Con tu padre, no. Pero con Marta, sí... Cuando nos dijeron que tener relaciones, cualquier contacto con los que vivían fuera del país era casi un delito de traición a la patria, nosotros descubrimos un sistema para comunicarnos. Mi madrina, que se quedó en Cuba y le daba lo mismo lo que dijeran de ella, le escribía a Marta las cartas que yo le dictaba y las enviaba con su nombre. Y tu madre le respondía a ella. Así supe que tú habías nacido, por ejemplo. Así tuve la foto de la lápida de mármol con incrustaciones de bronce que tu padre le compró a Pepe Manuel en ese cementerio tan horroroso de Miami. También me enteré de lo del cáncer, la operación, y la ojiva atómica que le metieron en el culo al polaco. Y ella se enteraba de mis cosas. Que enviudé en 1974. Marta e Isabel, mi mujer, se quisieron mucho... Bueno, fue una relación íntima a espaldas de tu padre y de los talibanes políticos de acá.

Elías intentó sonreír y miró a Conde. Las revelaciones comenzaban a llegar, con su carga de sorpresas. ¿Dónde había metido su madre aquellas cartas? ¿Cómo las había recibido para evitar que su padre conociera de aquella sostenida y amable infidelidad? ¿O estuvo Daniel al tanto de aquel nexo y se lo había ocultado a él?

—La última carta me la escribió cuando murió el polaco. Por el silencio que vino después, pude adivinar lo que había pasado con ella hasta que un amigo me lo ratificó. Las otras cartas no te las voy a dar, pero esa última te la quiero regalar. Es una de las mejores cartas de amor que se hayan escrito. Cuando la leí sabía que a Marta se le había acabado la vida. Porque su vida era Daniel Kaminsky. A ti mismo, y perdona que te lo diga, te quería más por ser la consecuencia de su amor al polaco que por haberte parido...

Ahora el pintor no sonrió. Mientras tiraba de la coleta, las lágrimas potenciales le humedecían las pupilas. Las palabras de Roberto no le revelaban nada: él sabía lo que había significado aquella relación para sus padres, las luchas sostenidas para concretarla, los sacrificios y renuncias a los cuales se sometieron para santificarla y preservarla, los silencios que mantuvieron para no mancharla. Pero presentada por el testigo sobreviviente de los tiempos en que todo había comenzado como un enamoramiento juvenil, le agregaba las connotaciones demoledoras que aportaban sesenta años de persistencia, un tiempo que había cambiado tantísimas cosas, pero no la decisión que más había incidido en las vidas del polaco zarrapastroso Daniel Kaminsky y la galleguita casi rica Marta Arnáez. Y en la suya.

De la mochila que lo acompañaba, Elías extrajo entonces una pequeña caja de madera. La abrió y de su interior sacó, como un mago en funciones, un cubo de vidrio en cuyo interior reposaba una pelota de beisbol, amarillenta por la edad, cruzada con unas letras azules.

—Aunque no sabía si iba a verte o no —dijo Elías—, traje esto, porque es más tuyo que mío. ¿Ves? Está dedicada a Pepe Manuel, firmada por Miñoso...

El forastero extendió el cubo de vidrio que Roberto Fariñas tomó con delicadeza, como si temiera destrozarlo.

—Coño, muchacho —musitó, conmovido—. ¡Qué tiempos, cojones! Cómo vivíamos, a qué velocidad, las cosas que hacíamos y cómo lo disfrutábamos... Y de pronto todo cambió. Tu padre fuera, Pepe Manuel muerto de la manera más absurda, yo de dirigente socialista sin haber querido nunca ser socialista ni comunista... Nunca más fue igual... Hace un tiempo leí una novela de un gallego, que no escribe mal, por cierto, donde un personaje cita a Stendhal con unas palabras que son una verdad como un templo. Dice el gallego que Stendhal escribió: «nadie que no haya vivido antes de la revolución puede decir que ha vivido»... ¡Oíste eso! Pues ponle el cuño a esa frase. Te lo digo yo, que soy un superviviente... —dijo y se concentró en sus recuerdos, quizás los más felices, mientras observaba la pelota colocada en la urna de cristal—. Yo estaba con Daniel el día que Miñoso botó esta pelota...

—Esa historia sí la sé. Hay otras que no...

—A veces no hace falta saberlo todo.

—Pero es que mi padre vivió hasta el final con una pena —comenzó Elías, pero Roberto, luego de colocar el cubo de cristal sobre la mesa de centro, se apresuró a detenerlo con una señal de su mano.

—¿De verdad quieres que te hable de tu padre? ¿Que te diga a ti las cosas que desde hace cincuenta años hubiera querido decirle a él?

Elías se atrevió a pensarlo. Aunque no tenía alternativas. Conde notó que el pintor deseaba mirarlo, pero no se atrevía.

—Sí, como si yo fuera él.

—Pues debo empezar por el principio... Tu padre vivió con esa pena que tú dices porque era un reverendo comemierda. Un polaco cabezón que se salvó de no volver a encontrarse conmigo, porque lo hubiera reventado a patadas por el culo... No por lo que hizo o no hizo, eso no importa, sino por no haber confiado en mí. Eso nunca se lo perdoné.

Con estoicismo, Elías recibió aquella andanada de improperios sin dejar de tirarse de la coleta, tanto, que Conde temió que en algún momento se podría desprender de su coronilla. Desde la barra de los testigos, Conde percibió que los insultos y amenazas de Roberto Fariñas llegaban envueltos en un manto de cariño resistente a todas las intemperies, los años pre y postrevolucionarios, las incomprensiones y las distancias obligatorias y buscadas. Aquello le sonaba a bocadillos aprendidos, quizás hasta ensayados.

—Uno de sus problemas era que yo pudiera pensar que él había matado al hijo de puta que estafó a..., sí, tus abuelos y tu tía. Pero desde que supe cómo habían matado a Mejías, también me di cuenta de que no lo había hecho tu padre. Y era fácil de saber por qué no lo había matado él: Daniel nunca hubiera matado así a un hombre. Ni siquiera a ese hijo de la gran puta... Lo que lo complicó todo fue que

172

cuando supieron que Pepe Manuel se les había escapado, me metieron preso casi tres semanas, me interrogaban dos veces todos los días y me daban unos cuantos bofetones, a pesar de mi apellido y las conexiones de mi padre... Y como estaba preso no pude volver a hablar con el polaco. Cuando me soltaron, él ya se había ido. Por suerte para él, pues podía ser el próximo al que metieran preso.

Roberto Fariñas, tan exultante desde un principio, fue perdiendo vehemencia en su discurso. Conde conocía esos procesos y se preparó para la verdadera revelación.

—El otro problema —se encarriló después de una pausa durante la cual acarició con ansiedad el elegantísimo reloj de oro aferrado a su muñeca—, el verdadero problema, es que él pensaba que mientras yo estuviera preso podía delatarlo como posible asesino de Mejías... Por eso se largó de Cuba, no por miedo a la historia de Pepe Manuel. Y también por eso nunca me escribió después. La vergüenza no lo dejaba. Había pensado de mí lo que no tenía derecho a pensar... Esa fue la verdadera carga que ese comemierda arrastró hasta el final y, como nunca se iba a poder librar de ella, la echó con su cuerpo en la tumba.

Elías se mantuvo en silencio, atrapado por la vergüenza que le llegaba por vía genética, pero a la vez aliviado por la convicción de Roberto Fariñas de que su padre no había matado a Mejías. Conde, en su papel de testigo silente, se movió incómodo, aguijoneado por las preguntas que lo martirizaban y a las que, en su condición de escucha, debía mantener bajo control. Cada vez más tenía la sensación de que algo no encajaba en el relato de Fariñas.

—Yo entiendo que Daniel haya pensado así —siguió Roberto su monólogo—. En esa época mucha gente que se creía capaz de aguantarlo todo se quebró. El miedo y la tortura han sobrevivido siglos porque han demostrado su efectividad. Y él tuvo derecho a tener miedo, incluso miedo de mi resistencia... Porque a veces, cuando lo único que quieres es dejar de sentir dolor, tener una esperanza de sobrevivir, eres capaz de decir cualquier cosa por detener el sufrimiento. Pero si tengo un orgullo en mi vida fue que esa vez resistí. Tuve miedo, mucho. Por suerte no me torturaron a fondo... Me dieron unos cuantos golpes, pero enseguida me di cuenta de que lo hacían con el freno puesto. Los hijos de puta trataban de no dejarme marcas. Y saqué la cuenta de que si nada más me dejaban de pie o sentado por horas, sin permitirme dormir, me iba a derrumbar físicamente, pero podía resistir psicológicamente. Y no les dije una palabra: ni de cómo Daniel y yo habíamos sacado a Pepe Manuel, y mucho menos, por supuesto, de lo que tu padre había pensado hacer y yo sabía que no había hecho.

—De veras lo siento. —Elías al fin logró expresar su disculpa e hizo el intento de torcer el rumbo del diálogo—. Y si no fue mi padre, ¿quién pudo haber matado a Mejías?

—Cualquiera —soltó su conclusión Roberto Fariñas—. Mejías llevaba veinte años jodiendo y estafando a la gente. Incluso pudo haberlo matado alguien de Batista si se habían enterado de lo que estaba haciendo con los pasaportes y los revolucionarios.

—¿Pero no tiene una idea?

—La tengo, pero es solo una sospecha. De lo que estoy seguro es de que tu padre no lo hizo.

Conde sintió cómo sus engranajes mentales cobraban velocidad, y supuso que lo mismo ocurriría en el cerebro de Elías Kaminsky. Una «sospecha», como la calificara Fariñas, por lógica tendría un nombre. El de una persona que, con casi toda certeza, ya debía de estar muerta, como casi todos los involucrados en aquella trama. ¿Por qué Fariñas no le regalaba aquel alivio a Elías?

En el fondo de las cavernas de su intuición policial, empolvada aunque todavía viva, Conde sintió cómo otra luz se había encendido, con mayor luminosidad. Lo que no cuadraba en el discurso de Fariñas, pensó, tenía que ser la mentira sobre la cual había puesto en exhibición las verdades: el hombre decía sospechar, pero a la vez no querer hablar, lo cual era o mezquino o una mentira.

—¿Usted sabe que el cuadro de Rembrandt que estaba en la casa de Mejías salió a subasta en Londres? —le preguntó Elías.

Roberto Fariñas reaccionó con auténtico asombro.

—El cuadro de la discordia... —musitó, como decepcionado—. No, no lo sabía...

—Y por lo que sé, mi padre no lo sacó de Cuba. Nunca lo recuperó porque él no mató a Mejías, como usted mismo dice, y, por supuesto, nunca volvió a entrar en la casa de ese hombre. La familia de Mejías casi toda se fue de Cuba en 1959... ¿Lo sacaron ellos de aquí?

—Cuando mataron a Mejías hubo un cuadro robado. Desde el principio yo pensé que el cuadro que vimos en casa de Mejías podía ser falso, y me convencí de que lo era cuando vi que no se habló mucho del robo. La gente de Mejías, la mujer y creo que dos o tres hijas, se fueron muy al principio de la revolución, así que pudiera ser que se llevaran el cuadro auténtico, el que trajeron tus abuelos. —Fariñas trataba de encontrar variantes, y Conde, desde su mudez obligatoria, se convenció de que algo chirriaba cada vez con más fuerza. Pero seguía sin poder vislumbrar qué engarce de la trama provocaba aquella fricción, hasta que la implosión de su mente comenzó a resultar más fuerte que su pactada política de no intervención. La clave estaba en desgajar las verdades del tronco de una mentira. Iba a justificar su salario.

—Para esa gente no era fácil sacar ese cuadro de Cuba —intervino de pronto el Conde, tratando de contener su vehemencia—. Usted lo sabe. Los registraban de pies a cabeza... ¿No se lo habrán dejado a alguien? ¿No lo habrá confiscado y después robado alguien de aquí?

Roberto Fariñas escuchaba a Conde, pero miraba a Elías.

—¿Tenías que darle vela en este entierro? —le preguntó a Kaminsky señalando al ex policía como si fuera un insecto repelente.

—Me está ayudando...

—Aquí en Cuba, por ganarse unos dólares, te venden los clavos de la cruz y dos cuadros de Rembrandt... ¿Ayudando a qué, muchacho?

Aun cuando sabía que violaba sus límites, Conde decidió responder al ataque, pues presentía que podía conducirlo a un camino por el cual llegar a la verdad y porque se sentía herido en su dignidad. Lo pensó un instante: sabía que Fariñas resultaría difícil de quebrar, pero él tenía que lograrlo.

—Usted era de los que sabía que ese cuadro, el de verdad, valía mucho dinero, ¿no?

—Sí, claro... Pero ¿qué cojones estás insinuando?

—No insinúo nada. Afirmo algo. Usted lo sabía... ¿Y quién más?

—¡Qué sé yo! Mejías era un charlatán, cualquiera podía saberlo. Él se pavoneaba de que tenía un Rembrandt auténtico y el cuadro estaba en la sala de su casa, a la vista de todo el mundo...

—No, hasta donde suponemos. Lo que estaba allí debía de ser una copia, como usted mismo dice. Igual que las otras pinturas. Porque es verdad que Mejías era un charlatán, pero no un comemierda. Y el misterio de que no se hablara del cuadro robado se explica porque no era el auténtico y a la familia no le interesaba que se hablara de ese cuadro, ni del falso ni del verdadero, porque ellos tenían el bueno...

Fariñas meditó un instante.

—Sí, está bien, ¿y qué?

—¿Cómo que y qué? —Conde volvió a pensarlo. ¿Tendría derecho a seguir adelante? Y se dijo que sí: el derecho que otorga la necesidad de obtener la verdad—. Que usted hace veinte años está jubilado. Que lo sacaron del poder hace mucho. Pero mantener esta casa, comprar toda esa mierda que usted tiene, ser el papi de esa mujer que puede ser su nieta... ¿Con qué dinero, Fariñas...? Pero, además, ¿qué conexiones tenía su familia para que usted saliera vivito y coleando de donde los demás revolucionarios salían sin ojos, sin uñas... o muertos? ¿De verdad Mejías era amigo de un hermano suyo? ¿O no sería compinche suyo en cosas como la venta de pasaportes y otras cosas así? Y ahora, y ahora mismo..., ¿qué conexiones tiene para poder comprarse todas estas cosas?

El dueño del espectacular apartamento y beneficiario de las bondades de la contundente chica Chanel parecía haber perdido el habla ante aquel ametrallamiento impío. Conde aprovechó el mutismo permutado al otro para lanzarse a la mezquina demolición. Elías Kaminsky, por su lado, parecía una versión contemporánea de la jodida mujer de Lot.

—Daniel tenía razones para tenerle miedo a usted. Sabía que podía delatarlo. Por eso se fue y nunca volvió a escribirle. Por eso Daniel nunca regresó a Cuba, ni siquiera cuando se fueron Batista y sus gentes. Si nunca le contó sus sospechas a Elías, es porque prefirió culparse a sí mismo antes que revelar las dudas que tenía de usted y de su amistad. Por eso no me extrañaría que el original de ese cuadro y usted tuvieran alguna relación...

Roberto Fariñas consiguió tomar un segundo aire, solo para protestar.

—¿Pero de qué pinga está hablando este mamarracho? —dijo, refiriéndose a Conde pero dirigiéndose a Elías.

Conde miró los bíceps de setenta y ocho años de Fariñas, varios centímetros más musculosos que los suyos, y decidió correr el riesgo.

—Estoy hablando de que usted tiene alguna relación con el cuadro de Rembrandt, tal vez con que ese cuadro haya aparecido en Londres para una subasta justo después que se murieron Daniel y Marta, y de que, a lo mejor, también tiene alguna relación con la muerte de Mejías... Porque ni siquiera Marta sabía qué día Daniel iría a matarlo, y ella siempre sospechó que él pudo haberlo matado. Pero usted sí sabía todo, tanto, que está convencido de que no fue Daniel el que mató a Mejías... Y al mismo tiempo dejó que Marta viviera hasta el final con la duda... ¿Y lo de la fecha de la muerte de José Manuel? ¿De verdad se mató por accidente el mismo día que mataron a Mejías o lo de la fecha fue un montaje de todos ustedes? ¿No fue José Manuel el que se adelantó y mató a Mejías y después cogió el *ferry*? ¿O fue usted, que sí andaba por ahí con un revólver, y estaba interesado en el cuadro de Rembrandt y sí tenía los cojones para cortarle el cuello y la pinga a un tipo, o meterle dos tiros, como casi seguro hizo dos o tres veces en 1958? Además, ¿usted mismo no le dijo a Daniel que usted estaba dispuesto a hacer lo que hubiera que hacer?

Fariñas había ido enrojeciendo mientras se elevaban los niveles de su presión arterial. Conde, tirando golpes en todas direcciones, había

176

logrado llevarlo al extremo del *ring* donde lo necesitaba. Si algo le quedaba a Roberto Fariñas era su amor por su propia imagen, física y moral. Y ahora no podía hacer otra cosa que defenderla delante del hombre que era el hijo de uno de sus mejores amigos, el testigo por transferencia de su pasado.

—¡Está bueno ya, coño! —coleteó—. ¡Yo no sé ni cojones de ese cuadro de mierda! Lo que tengo aquí, incluida la mujer que está allá dentro, lo tengo y lo mantengo con las joyas que dejó mi familia y que estoy vendiendo desde hace años. Yo no fui de los comemierdas que entregaron sus joyas al Gobierno porque decían que era revolucionario hacerlo. Ya había entregado bastante, me jugué el pellejo, sí, con una pistola en la mano, y maté a un par de hijoeputas torturadores y puse bombas en las narices de los policías... Y estoy vendiendo esas joyas porque antes de morirme me lo voy a gastar todo en comer bien y singar bien, hasta que la Viagra me haga explotar como un ciquitraque... Toda esa mierda que tú estás hablando de Pepe Manuel es eso, mierda, mierda, mierda. —El disco de Fariñas pareció atascarse en la mierda y para sacarlo de allí miró a Elías, dejando a Conde fuera de su interés, más o menos en la mierda—. Muchacho, yo nunca hubiera delatado a tu padre. Y él lo sabía. Se fue de Cuba porque cogió miedo, por eso. Pero no cogió miedo por él, sino que cogió miedo de sí mismo... —Roberto Fariñas hizo una pausa y abrió el diapasón de su mirada para beneficiar a Conde, que se preparó para escuchar al fin la verdad escondida por cincuenta años y que podría darle el alivio final a Elías Kaminsky—. Su miedo era que de alguna manera lo relacionaran con Mejías, lo metieran preso y lo obligaran a confesar. Porque él sí sabía quién había matado a ese hombre. Y por supuesto, sabía que no había sido Pepe Manuel, como dice el imbécil este, porque él mismo lo ayudó a irse unos días antes y hasta se quedó con su pistola... Yo mismo se la di. Y también sabía que yo no había sido, porque cuando salió de la casa de Mejías fue a buscarme y me encontró todavía durmiendo...

Ahora fue el rostro rollizo de Elías Kaminsky el que enrojeció. Había dejado en paz su coleta. La claridad de una siempre postergada sospecha había comenzado a cobrar forma, a tomar temperatura. El mastodonte necesitó carraspear para preguntarle a Fariñas:

—¿Mi padre me mintió?

—No lo sé..., pero seguro no te dijo toda la verdad.

—¿Él le dijo que sabía quién había matado a Mejías?

—Él me lo dijo —confirmó Fariñas—. Unos días antes de que me metieran preso habló conmigo. Se sentía requetejodido, se culpaba por no haber sido él quien liquidara al hijo de puta ese. Y tenía miedo de que si lo relacionaban con ese hombre y lo metían preso, no pudiera resistir. Era una época terrible... y tu padre era muy cobarde... Entonces yo mismo le di una idea: que si algo así pasaba, le íbamos a echar la culpa a Pepe Manuel, que ya se les había escapado... para siempre.

Conde escuchaba y se iba reafirmando en una simple convicción: a veces no hay que exhumar las viejas verdades enterradas. El epitafio leído tres días antes al fin cobraba sentido en su mente: «Joseph Kaminsky. Creyó en el Sagrado. Violó la Ley. Murió sin sentir remordimientos».

—La única vez que le escribí a tu padre —Roberto Fariñas volvió a concentrarse en Elías Kaminsky— fue para decirle que el viejo Pepe Cartera se había muerto. Y él me pidió el favor de que le mandara a hacer una lápida. Me dijo lo que debía ponerle... Lo escribió en hebreo... Te puedo enseñar esa carta...

—¿Y por qué mi padre me hizo toda esa historia y no me dijo que él sabía que el tío Joseph había matado a Mejías? ¿Por qué no se lo dijo nunca a mi madre?

—Eso sí no lo sé, Elías. Creo que por salvar la memoria de su tío aunque se jodiera la suya... O porque creía que era él quien debía haber matado a Mejías. No sé, tu padre siempre fue un tipo complicado. Como todos los judíos, ¿no?

Elías Kaminsky le confesó que no sabía si se sentía mejor o peor, aliviado o cargado de una mala conciencia por lo que había llegado a pensar de su padre y por los secretos y miedos que el hombre nunca le confesó, para proteger a otros y para protegerse él mismo de sí mismo y sus sentimientos de culpa. Lo que sí sabía, le dijo a Conde, era que deseaba terminar con aquella zambullida en el pasado, incluso olvidarse del cuadro que, al menos a Daniel Kaminsky, no le había reportado una sola satisfacción y apenas había servido para torcerle la vida, una y otra vez. Y al carajo si otros se hacían ricos con él.

—¿Entonces no te importa que los herederos de la culpa de lo que les pasó a tus abuelos se queden con el cuadro o con el dinero del cuadro...? A tu padre sí le importaba. A tu tío le importó...

—Pues a mí no me importa —dijo, como si izara una bandera blanca.

—¿Y tampoco te interesa ver a tu casi primo Ricardo Kaminsky?

Cuando salieron de la casa de Roberto Fariñas, Conde había invitado a Elías a beber unas cervezas en el bar rústico desde donde se veía el Malecón. El pintor necesitaba una pausa para deglutir lo revelado y la primera reacción había sido aquel rechazo total. Pero Conde, sintiéndose involucrado, ansioso por conocer las últimas verdades, lo llevaba a la esquina del *ring*, lo dejaba tomar aire y ya lo empujaba a continuar. Al oír aquella pregunta, Elías había reaccionado.

—¿Qué puede saber ese muchacho, Conde?

—Pues no lo sé. Pero estoy seguro de que algo sabe. Desde que oí a Fariñas lo siento aquí, aquí mismo... —se tocó debajo de la tetilla derecha—, me duele una premonición: él sabe algo importante de toda esta historia.

—¿Qué sabe?

—Pues no lo sé. Pero lo podemos ver ahora por la tarde... Y no es un muchacho. Acuérdate de que es mayor que tú.

La noche anterior, después de pactar la cita con Roberto Fariñas, Conde había conseguido localizar el teléfono de Ricardo Kaminsky del modo más elemental: buscando en la guía. En el listado había una sola persona con aquel nombre, vivía en la calle Zapotes, en Luyanó, y, por supuesto, no podía ser otro que el vástago de la mulata Caridad que, de entenado de Joseph Kaminsky, había pasado a ser legalmente su hijo, con apellido de judío polaco incluido. Desde la casa del flaco Carlos, Conde lo había llamado, le había explicado que el hijo del sobrino de su padre adoptivo, sí, el hijo de Daniel Kaminsky, Elías, estaba en Cuba y le interesaba verlo. El doctor Ricardo Kaminsky, vencida la sorpresa, había accedido al encuentro para él tan inesperado.

—¿Tú hiciste una cita? —El mastodonte parecía entre alarmado y molesto. Conde lo achacó a la conversación con Fariñas.

—Sí, claro. Para eso me estás pagando, ¿no?

—¿Y por qué pensaste que yo quería hablar con él?

—Antes, porque conoció a tu padre aquí en Cuba y porque fue una de las últimas personas que debió haber visto vivo a tu tío Joseph. Ahora, porque estoy convencido de que puede decirte cosas que te interesan... A menos que de verdad quieras mandarlo todo a la mierda y montarte en el primer avión que te saque de aquí sin saber todo lo que pretendías saber.

Elías bebió un sorbo largo de la cerveza y buscó el pañuelo para limpiarse los labios y, de paso, el sudor de la frente. Incluso en aquel tinglado abierto, a cien metros del mar, el calor deshidrataba los cuerpos. Elías movió la cabeza, negando algo cuyo carácter solo él conocía. De momento.

—¿Te dije que tengo dos hijos?

—No. Todo el tiempo has estado mirando para atrás...

Ahora Elías asintió.

—Un varón de catorce y una hembra de once. Ahora no los veo tanto como quisiera. Me divorcié de su madre hace tres años y se fueron a vivir a Oregón. Ella consiguió un puesto en la Universidad de Eugene. No te asombres: mi ex se hizo especialista en pintura barroca de Europa del Norte. Rembrandt incluido... Pero lo que te quería decir es... A principios del año pasado, cuando mi padre empezó a empeorar, llevé a mis hijos a Miami. Vivimos tres meses allí, hasta que el viejo murió. Lo curioso es que no fueron unos meses de duelo. Más bien de conocimiento, de simpatía. Mi padre se mantuvo con conciencia hasta el final. Los últimos días se negó incluso a que lo drogaran, no se quejaba, pedía que le sirvieran frijoles negros... Tu amigo Andrés lo ayudó mucho. El caso es que mis hijos nada más conocían a los abuelos por las vacaciones de verano que pasábamos en Miami. Mi hijo varón tenía trece años, y era un niño de Nueva York, lo cual quiere decir mucho y no quiere decir nada. Nadie es de Nueva York, o todo el mundo puede ser de Nueva York, no sé. Mi padre le contó entonces, cada vez que podía, muchas cosas de su vida. Le hizo conocer la Cracovia de los judíos antes de la guerra mundial, el Berlín de los nazis, la persecución del miedo, la historia de sus bisabuelos y el *Saint Louis*... Algunas de esas cosas eran para él argumentos de películas, cosas de Indiana Jones, y gracias a mi padre pudo entender que lo macabro era la realidad... Pero sobre todo le habló de su vida en Cuba, y de cómo y por qué aquí había decidido dejar de practicar el judaísmo y hasta pretender dejar de ser judío. Y le habló mucho de la libertad. Del derecho del hombre a escoger con independencia. Si creer o no creer en Dios; si ser judío o cualquier otra cosa; si ser honesto o un cabrón. Le repitió la historia de Judá Abravanel, que para mí es un cuento judío... Creo que le hablaba de las cosas que eres y no puedes dejar de ser, y de cómo nunca puedes liberarte de ellas... ¿Pero sabes de lo que más le habló?

Conde pensó. Tiró una piedra.

—¿Del cuadro de Rembrandt?

—No... Bueno, habló del cuadro porque sin esa pintura no se entendían algunas cosas importantes de las vidas de todos nosotros. Pero de lo que más le habló fue de su relación con el tío Joseph. Le decía a mi hijo lo importante que había sido para él ese hombre que parecía tan tacaño y arisco y que en los momentos más jodidos de su vida había estado a su lado y le había garantizado esa posibilidad de escoger sus opciones con libertad... Y le dijo a Sammy, bueno, mi hijo se llama Samuel, le dijo algo que jamás me había dicho a mí: que él nunca podría haberle pagado a su tío Joseph la deuda de gratitud que le debía, no porque lo hubiese acogido o por el dinero que le hubiera dado, sino porque el tío había sido capaz de empeñar hasta la paz de su alma para salvarlo a él, a su sobrino. La vez que lo oí decirle eso a Sammy, yo pensé que el viejo se refería a cosas de la religión, cosas de judíos complicados, como dice Roberto. Pero ahora sé que estaba hablando de problemas más importantes. Hablaba de la condena y la salvación. De la vida y la muerte. Mi padre se refería a su propia vida y a la muerte de un hombre.

Ricardo Kaminsky podía presentarse como el más imprevisible y a la vez fiel heredero de una tradición que se remontaba al doctor Moshé Kaminsky, judío de Cracovia. Como el remoto asquenazí polaco cuya sangre no tenía pero cuyo apellido le habían entregado, el mulato habanero ejercía la medicina y exhibía las categorías de especialista de segundo grado en nefrología y profesor titular de su especialidad. Pero, para asombro insoluble de Elías Kaminsky, aquel otro Kaminsky, cubano, de sesenta y seis años y pelo blanco, a pesar de sus méritos científicos y docentes aún vivía en la más que modesta casita del barrio de Luyanó, construida en la década de 1930, y que heredara de sus padres, la mulata Caridad y el polaco Pepe Cartera.

A bordo del turismo, mientras se aproximaban a la dirección que Conde le iba indicando a Elías Kaminsky, la sordidez eterna y el deterioro indetenible de aquel viejo barrio habanero se fue haciendo patente, más aún, insultante. Las casas, en su mayoría sin el beneficio de un portal, tenían sus puertas sucias sobre las aceras mugrosas. Las calles, llenas de furnias de históricas prosapias, en donde se encharcaban todas las aguas posibles, parecían salidas de un esmerado bombardeo. Las construcciones, hechas muchas de ellas con materiales poco nobles, habían sobrecumplido el ciclo vital para el que fueran programadas y exhalaban sin gracia sus últimos suspiros. Mientras, los inmuebles que pretendieron imponer una distancia de categoría y tamaño con sus vecinos más pobres, en muchos casos habían corrido la suerte de la fragmentación: desde hacía muchas décadas habían sido convertidas en solares, donde se apretujaban las familias en pequeños espacios y, todavía en pleno siglo XXI, con aquellos baños colectivos que en sus días martirizaron a Pepe Cartera. En las calles, las aceras, las esquinas, una humanidad sin expectativas y al margen del tiempo o, peor aún, desgajada de él, veía pasar el Audi brillante con miradas que iban de la indiferencia a la indignación: indiferencia por una vida posible que nunca, ni en sueños (pues ya no soñaban), sería la suya, e indignación (el último recurso) por reflujo visceral ante lo que les había sido negado por generaciones, a pesar de muchísimas promesas y discursos. Eran seres para los que, a pesar de obediencias y sacrificios, la existencia había funcionado como un tránsito entre una nada y un vacío, entre el olvido y la frustración.

—Mira —dijo el Conde—, ese es el Parque de Reyes. Ahí estuvieron hablando tu padre y tu tío cuando Daniel descubrió el cuadro de Rembrandt en la casa de Mejías.

Lo que Conde llamaba «parque» era un territorio indefinible. Varios tanques desbordados de basuras; acumulaciones de escombros jóvenes, adultos y ancianos; restos de los que, con mucha imaginación, pudiera calcularse que alguna vez fueran bancos y aparatos para juegos infantiles; árboles lacerados, con patentes deseos de morirse. Un compendio del desastre.

—¿Y el tío Joseph salió del solar de Compostela para vivir aquí? —Elías Kaminsky no entendía.

—Era un barrio de proletarios. Pero quítale de arriba cincuenta años de desidia y maltrato y diez millones de toneladas de mierda... Y al menos era una casita independiente y tenía un baño propio para darle tiempo a su estreñimiento, ¿no?

—Le regalaba una fortuna a mi padre y él seguía viviendo en la mierda —fue la dolorosa y admirada conclusión del forastero espantado.

Conde dio las indicaciones finales para que Elías tomara la calle Zapotes. Siguieron la numeración descendente hasta dar con el número 61. Para alivio de ambos, la placa numerada, en lugar de pender sobre la acera, estaba adherida a la pared de la única casa con portal de la cuadra. Un pequeño portal, pero portal. Frente a la casa estaba parqueado un agonizante automóvil, el auto soviético que, pronto lo sabrían los recién llegados, al médico Ricardo Kaminsky le habían permitido comprar, gracias a su condición profesional, casi veinticinco años atrás.

Desde el turismo vieron al doctor. El hombre los esperaba en el portal, vestido como para una ocasión: pantalón crema y camisa con los filos de la plancha bien visibles. La expectación del que una vez fuera Ricardito, el mulatico blanconazo capaz de improvisar versos y que, de la mano de su madre, se robara el corazón de Joseph Kaminsky, resultaba patente. Cuando los recién llegados bajaron del brillante automóvil que resaltaba con alevosía la decrepitud del carro del especialista y profesor de nefrología, los ojos del hombre descartaron de inmediato la figura de Conde, tan secundaria en aquella pesquisa, y se concentraron en el mastodonte con coleta. Aquella cara le hablaba de su propio pasado. Y lo hacía a gritos, como pronto comprobarían Conde y Elías.

Luego de los saludos y primeras presentaciones, el médico, algo nervioso, insistió en presentarle a su familia al hijo de Daniel Kaminsky, aquel pintor salido sin previo aviso de la bruma y el pasado. La esposa, las dos hijas, los respectivos yernos y los tres nietos —dos varones, una hembra— brotaron del interior de la casa donde parecían haber estado agazapados aquellos seres de los más diversos colores de piel, a la espera de ser convocados. La última figura en asomarse provocó la curiosidad de Mario Conde, pero no la de Elías, seguramente acostumbrado a aquellas estampas: la que resultó ser la nieta mayor del médico, una joven recién vencida la adolescencia y más blanca que el resto de los parientes, vestía un atuendo estrafalario, lleno de remaches y piezas metálicas, llevaba los labios, las uñas y los bordes de los ojos pintados de negro, una especie de tubo de tela de rayas le cubría un brazo, mientras un anillo plateado le brillaba en la nariz y una colección de ellos en la única oreja que dejaba ver el mechón de pelo que, tendido como un manto oscuro, le cubría la mitad de la cara. La muchacha desentonaba en aquel ambiente como un perro en medio de una manada de gatos.

La presentación fue un acto que Ricardo Kaminsky asumió con una formalidad demodé, como si colocara a los integrantes del clan frente a un chamán o alguien de similares niveles de trascendencia. Las mujeres, incluida la joven gótica, besaron en la mejilla a Elías y los hombres le estrecharon la mano, repitiendo todos la misma frase: «Mucho gusto, es un placer conocerlo». Por eso, luego de dichos los nombres y parentescos de cada uno de sus familiares y expresado el gusto, se dirigió a ellos, señalando a Elías.

—Como ya saben, este señor es el sobrino nieto de Pipo Pepe. El hijo de mi primo Daniel. Este señor, si él me permite decirlo, es mi familia, mi primo, el único que tengo, y según sé, yo soy el único primo Kaminsky que él tiene, pues su familia paterna fue asesinada por los nazis. Pero lo más importante, y ustedes todos lo saben: si abuela

Caridad fue una mujer feliz y si yo soy el hombre que soy y ustedes las personas que son, es por aquel polaco, el tío abuelo de este señor, mi papá, que nos dio a mi mamá y a mí las tres cosas más importantes que puede recibir un ser humano: amor, respeto y dignidad.

¿Joseph Kaminsky era Pipo Pepe? ¿Daniel Kaminsky, Primo Daniel? ¿Kaminskys cubanos, blancos, negros, mulatos, orgullosos de aquel apellido estrafalario que los había sacado de la mierda? Elías Kaminsky había sido atacado otra vez por sorpresa y por la espalda. Perdió la voz, y las lágrimas le corrieron mejillas abajo, indetenibles. Había venido buscando una verdad y, en recompensa, le llovían descubrimientos capaces de aflojarle los grifos de los lagrimales.

—Si ustedes son tan amables —siguió el doctor Kaminsky, dirigiéndose ahora a los visitantes—, nosotros quisiéramos invitarlos a comer aquí en la casa. No es nada del otro mundo, acuérdense de que nada más soy médico, pero sería para nosotros un honor, quiero decir, una alegría inmensa que aceptaran la invitación. Como no sé si usted practica el judaísmo —siguió, dirigiéndose a Elías—, hemos preparado nada más platos *kosher,* nada es *trefa...* Yo mismo los cociné, como los preparaba mi mamá para Pipo Pepe...

Los palos de afecto no dejaban hablar a Elías Kaminsky, quien se limitó a asentir.

—Qué bien..., pero siéntense, por favor. Aquí en el portal hay más fresco. Mirtica... —Ricardo se dirigió a una de las hijas—, la limonada, por favor.

La familia del médico pidió permiso para retirarse y regresó hacia su refugio secreto. Elías y Conde se acomodaron en los sillones, y Ricardo al fin ocupó el suyo. Un minuto después la muchacha gótica (¿Yadine, Yamile, Yadira?, Conde trató de recordar el nombre que empezaba con «Ya») y su tía, de piel más clara que su hermana pero dueña de una grupa africana que el Conde no pudo dejar de admirar, les servían de una jarra empañada por el líquido frío, en unos vasos largos de vidrio muy fino.

—¿Saben una cosa? Estos vasos se los regaló el señor Brandon a Pipo Pepe y a mi mamá cuando se casaron. Nada más los sacamos en ocasiones muy especiales.

Por dilatados minutos los dos Kaminsky hablaron de sus respectivas vidas para ubicarse mutuamente mejor. Elías le contó de su profesión, su familia, el destino final de sus padres. Ricardo, de su trabajo como especialista en nefrología en un hospital, de la alegría que le proporcionaba aquel encuentro inesperado, también de su familia, que vivía con él.

184

—¿Todos viven juntos? —preguntó el visitante, quizás teniendo en cuenta la información previa de que la casa de Luyanó solo disponía de dos habitaciones.

—Sí, todos juntos, qué remedio... Y gracias que heredamos esta casa. Ahora mi hija Mirtica, que es maestra, vive con su marido y sus dos hijos en el primer cuarto. Mi hija Adelaida, que estudió economía, con su marido y su hija Yadine, en el segundo. Mi mujer y yo armamos una cama por la noche en la sala... El problema es la cola para el baño. Sobre todo cuando Yadine entra a disfrazarse... —dijo y sonrió.

—¿Y no pueden hacer algo...? —El pintor seguía sin entender.

—No. La casa que te toca es la que te dejó tu familia, la que pudiste construir si tenías mucho dinero, o la que, por una u otra vía, te dio el Gobierno. Yo me dediqué a hacer mi trabajo y nada más gané un salario..., y no me dieron nada... —Ricardo Kaminsky pensó un instante si continuar o no, y decidió que sí—. El problema es que yo soy católico. Como lo oye: ni judío ni santero. Católico. Y cuando iban a repartir algo en el hospital, siempre me dejaban de lado, porque era religioso y algo así estaba muy mal visto... De milagro me vendieron ese Moskovich. Es simpático: ahora que no dan nada, no importa en lo que creas. Cuando daban, sí. Pero lo que no podía hacer era ocultar mis creencias. Y pagué el precio, sin remordimientos. Después de todo, me encanta tener a mi familia cerca...

Mientras escuchaba la historia para él bien conocida, por común y corriente, de la promiscuidad habitacional del nefrólogo Ricardo Kaminsky, Conde pensó en la inconmensurable distancia existente entre el mundo del médico y el de Roberto Fariñas. Era la misma, más insultante tal vez, que Daniel Kaminsky había encontrado entre sus pobrezas y las posibilidades de los judíos ricos de La Habana de 1940 y en el Miami de 1958. Y calculó que, ni con cinco años de estudios universitarios, el pintor Elías Kaminsky iba a entender los vericuetos de aquel panorama que necesitaba haber sido vivido para ser entendido —más o menos—. Las existencias de aquellos dos hombres, primos legales, habían discurrido por caminos tan diversos que parecían las de habitantes de dos galaxias diferentes. Pero, con fatalidad matemática, Conde comprobaría que en un rincón remoto del infinito, incluso las líneas más paralelas también encuentran su punto de coincidencia.

—Nunca se me va olvidar, no se me puede olvidar, que tu padre fue la persona que me llevó por primera vez a ver un juego de pelota en el estadio del Cerro. Yo tendría como ocho, nueve años, y era un fanático absoluto del Almendares, y me pasaba la vida jugando pelota en cualquier plazoleta de la Habana Vieja. Daniel todavía no se había casado ni se había mudado, pero ya era novio de Martica, y un sábado por la mañana, cuando yo bajaba por las escaleras del solar para irme a jugar pelota, él me llamó y me preguntó si alguna vez había visto jugar al Almendares. Yo le dije que no, claro. Y me dijo que esa tarde los iba a ver: que fuera a darme un baño y le dijera a mi madre que me preparara para irnos a las dos para el estadio... Aunque el Marianao de Daniel le ganó al Almendares, creo que esa fue la tarde más feliz de toda mi niñez. Y se la debo a un Kaminsky. Tú no te imaginas lo orgulloso que yo vine del estadio con aquella gorra azul del Almendares que Daniel me compró...

»Mi mamá y yo tuvimos mucha suerte de encontrarnos en el solar con tu tío y tu padre. Sobre todo, claro, con tu tío, que empezó una relación con mi madre en la que él le dio algo que ella nunca había conocido: le dio respeto. Y a mí me ofreció algo que, según él, me haría rico: la posibilidad de estudiar. Con los años, incluso mi madre y Joseph se casaron, y yo dejé de llamarme Ricardo Sotolongo, de ser lo que en esa época se llamaba un hijo natural, para tener dos apellidos, como debía ser: Kaminsky Sotolongo. Pero desde antes que él se hiciera mi padre legal, ya yo le decía Pipo Pepe. Y tu padre, cuando me veía, siempre me decía Primo. Ellos hicieron que me sintiera parte de una familia, algo que yo nunca había tenido...

»Cuando Daniel se fue de Cuba, Pipo Pepe se negó a irse por nosotros. Tampoco se quiso ir en 1960 cuando Brandon le ofreció abrirle un taller en Nueva York en calidad de socios. Él sabía lo jodida que podía ser la vida para unos negros en los Estados Unidos, y por eso se quedó aquí con nosotros. Aunque también se quedó porque no tenía fuerzas para empezar de nuevo. Cuando se enfermó y se murió, en 1965, mi mamá y yo sentimos que habíamos perdido a la persona más importante de nuestras vidas. Entonces tu padre, Daniel, le dijo a mi mamá que, si nosotros queríamos, él nos podía reclamar como viuda e hijo de un judío polaco y llevarnos a vivir con él y con Martica. Pero yo estaba terminando la universidad, aquí las cosas estaban difíciles pero todavía se vivía con muchas esperanzas de que todo iba a ser mejor, y ni ella ni yo queríamos irnos a ningún sitio. De todas formas le agradecimos a Daniel que se acordara de nosotros, como si nosotros fuéramos su familia... Por eso siempre me he reprochado tanto no haber tenido más comunicación con tu padre y con Martica, haber sido tan estúpido de aceptar lo que nos dijeron, aquello de que quienes se iban eran enemigos con los cuales no había que tener relaciones... En fin, las cosas que lo obligan a hacer a uno. Y que uno acepta... hasta que se sacude y decide no aceptar más, aun a riesgo de que te aparten de la tribu.

»Unos cuantos años después fue mi mamá la que se enfermó. A ella, que nunca había tomado ni una cerveza, se le declaró una cirrosis hepática fulminante. Una noche, casi al final, ella presentía el final, me dijo que debía contarme una historia que, me recalcó, yo debía saber... Y por lo que me has dicho, ahora pienso que tú también te mereces saber... Porque es una historia que descubre la clase de persona que fue Joseph Kaminsky y lo que significó para él su sobrino Daniel.

El médico respiró con fuerza mientras se frotaba las palmas de las manos en las perneras del pantalón crema, como si necesitara limpiarlas. Conde observó que tenía los ojos más húmedos y brillantes, como si lo atenazara un gran dolor. Elías Kaminsky, por su lado, movía la boca, ansioso y adolorido.

—Pipo Pepe mató a ese hombre, Román Mejías. Lo hizo para que tu padre, su sobrino, no lo hiciera, no tuviera que hacerlo. Lo mató con su chaveta de cortar pieles... Corrió el riesgo de que lo fusilaran, de pudrirse en la cárcel, de que Mejías lo matara a él, de que los batistianos lo hicieran pedazos. Pero sobre todo lo mató para salvar a Daniel de todos esos peligros. El viejo sabía muy bien lo que estaba haciendo, me dijo mi madre, porque no solo estaba tentando la justicia y la furia de los hombres, sino también estaba perdiendo el perdón de su Dios, que a pesar de haber divinizado la venganza, puso por encima un mandamiento inviolable: no matarás. Yo, que lo conocí, y supe de su bondad, no me imagino cómo pudo entrar en la casa de ese hombre, darle varios chavetazos por todo el cuerpo y luego cortarle el cuello, casi degollarlo. Pero sí puedo entender sus razones. Más que el odio que pudiera haber sentido hacia ese hombre que estafó a su familia y los mandó de vuelta a Europa y al suplicio y a la muerte, lo empujó el amor por su sobrino. Nada más un hombre muy, pero muy cabal es capaz de hacer ese sacrificio, y perder lo más sagrado de su vida espiritual, cuando esa vida le importa, y mucho. Por eso, creo, a pesar de todo él vivió en paz hasta el final. Sabía que su alma no tendría salvación, pero murió satisfecho de haber cumplido con la palabra que un día le había dado a su hermano, el padre de Daniel: cuidar de su hijo en todas las circunstancias, como si fuera su propio hijo. Y así lo hizo.

Elías Kaminsky había escuchado al médico con la vista clavada en las losas del portal, carcomidas por la lluvia y el sol. La definitiva confirmación de la inocencia de su padre venía acompañada con el clamor de aquella epifanía que revelaba la capacidad de sacrificio de un hombre que, por amor y deber, se convertía en un asesino despiadado y se autocondenaba con total conciencia y por voluntad propia. Mario Conde, observando la actitud de aquellos dos seres de orígenes diferentes, emparentados a través de la bondad bien llamada infinita de Pepe Cartera, decidió arriesgarse a la impertinencia de intentar llegar al último recodo de una historia ejemplar.

—Doctor —dijo, hizo una pausa y se lanzó—, ¿su mamá, Caridad, le habló algo del cuadro que Mejías le había estafado al hermano de Joseph?

Ricardo Kaminsky asintió, pero se mantuvo en silencio unos segundos.

—Pipo Pepe se lo llevó de la casa de Mejías. Estaba en un marco, y con la misma chaveta con que había matado al hombre, cortó la tela y se la metió dentro de la camisa. Como en aquel momento él era el propietario de esa obra, y como esa obra era lo único que podía relacionar a los Kaminsky con Mejías, decidió que él no la quería y la quemó en el lavadero del patio. No le interesó que aquella pintura pudiera valer mucho dinero. Él ya no quería un dinero que, cuando pudo hacerlo, no había servido para salvar a su familia... Mi madre no se atrevió a decirle que quemar algo tan valioso era una locura, y no se lo dijo porque se trataba de su propiedad y su decisión, y ella creyó que debía respetarla. Ella sabía que con aquel acto Pipo Pepe le daba un poco de paz a su alma...

Mientras Ricardo Kaminsky explicaba las razones y acciones extremas de su padre adoptivo, Elías había ido levantando la cabeza y, tirando compulsivamente de su coleta, vuelto su mirada hacia el Conde. El ex policía, por su parte, sintió cómo el corazón se le agitaba con aquella revelación del médico.

—¿Entonces él quemó la pintura de Rembrandt?

—Sí, eso me dijo mi madre.

—¿Pensando que era de Rembrandt y valía muchísimo?

—Era de Rembrandt y valía mucho —ratificó el médico, incapaz de entender las entretelas de aquellas preguntas o pensando que su interrogador del momento sufría de endurecimiento de la corteza cerebral provocada por grave infección urinaria.

—¿Cómo él lo sabía? —insistió Conde.

—¡Lo sabía porque lo sabía, digo yo...! Era un retrato de un judío que se parecía a Cristo. Él lo había visto muchas veces en su casa, en Cracovia.

—¿Y por supuesto antes de quemarlo no se lo enseñó a ningún especialista?

Ricardo Kaminsky sintió los efectos de la alarma que dominaba a Conde.

—Claro que no, no sé... ¿Cómo iba a...? ¿Pero qué es lo que pasa?

Conde miró a Elías Kaminsky y el pintor entendió que las explicaciones le correspondían a él.

—Es que el original de ese cuadro de Rembrandt está ahora en Londres y lo quieren vender. Comprobado y autentificado, por supuesto... El tío Joseph creyó que se había llevado el original y lo había quemado, pero era una copia.

Ricardo negaba con la cabeza, desbordada su capacidad de entendimiento y asombro.

—Lo terrible —siguió Elías— es que el tío creyó que destruía un original, un cuadro que valía mucho dinero, y no le importó perderlo. Solo quería proteger a su familia.

Las cervezas y el vino aportados por Elías Kaminsky habían contribuido en mucho a atenuar la formalidad de sus parientes cubanos, apretujados en la mesa que ocupaba todo el comedor de la casita de Luyanó. Para sorpresa del pintor, los platos servidos eran recreaciones cubanizadas de viejas recetas judías y polacas, aunque incluía los imprescindibles frijoles negros que todos los Kaminsky allí reunidos, de sangre o de apellido, consideraban su plato preferido.

En una esquina del comedor, sólido aunque ya opaco, todavía ronroneaba el viejo Frigidaire que en 1955 Daniel y Marta le habían regalado a Joseph Kaminsky cuando alquiló la casa. Junto al aparato estaba la vitrina donde se guardaban los platos y los vasos de fino cristal de Bohemia regalados por el potentado Brandon. Sobre el mueble, Elías se encontró un crucifijo de madera y el *januquiá*, el candelabro de ocho brazos, traído desde Cracovia por Joseph Kaminsky, y con el cual, según su padre, cada año el tío celebraba la festividad de Janucá, encendiendo una vela por día, en memoria de la gran gesta de los macabeos para reconquistar el Templo. A propósito de aquel candelabro y del crucifijo, Conde supo que a raíz de sus conversaciones con su abuelo Daniel, el hijo de Elías, Samuel, le había pedido a su padre hacerse judío con la ceremonia de su circuncisión ritual y la celebración de su Bar Mitzvá en una sinagoga neoyorquina. Un retorno al redil ejecutado por voluntad propia por el nieto de un hombre que, convencido a golpes, nunca había vuelto a creer en la existencia de Dios. De ningún dios.

—¿Y qué hay que hacer para hacerse judío? —quiso saber Yadine (se llamaba Yadine), al parecer adicta a las rarezas.

—Eso es muy complicado, deja eso —intervino el abuelo.

—¿Y para ser detective privado en Cuba? —siguió preguntando la joven gótica, mientras miraba a Conde.

—Eso es más difícil que hacerse judío —respondió el aludido y los otros, a excepción de Yadine, rieron con la respuesta, por lo que Conde se sintió obligado a aclarar—: Yo no soy detective. Fui policía... Y ahora no soy nada.

La despedida, al filo de la medianoche, luego de todas aquellas horas de una cada vez más desinhibida compañía, había sido alegre y emotiva, con juramentos de mantener el contacto e, incluso, con la promesa de Elías de regresar a la isla con sus hijos Samuel y Esther para que conocieran a sus parientes cubanos y asistir todos juntos a disfrutar de un juego de pelota en el estadio de La Habana donde muchos años atrás había brillado Orestes Miñoso.

En el auto rentado por el pintor, mientras viajaban hacia la casa de Tamara, Elías Kaminsky le comunicó a Conde su decisión de regresar a Estados Unidos al día siguiente.

—Voy a contratar a unos abogados para que hagan lo necesario y recuperen el cuadro de Rembrandt. Ahora sí estoy decidido: no puedo dejar que otras gentes se hagan ricos con esa pintura. Unas gentes que le jodieron la vida a mi familia...

—Y si lo recuperas, ¿lo vas a donar al museo judío o a cualquiera de los otros que me dijiste?

—Por supuesto. Ahora más que nunca —dijo Elías, enfático, al parecer algo achispado por lo bebido.

—Me parece muy bonito..., incluso glorioso y digno de tu estirpe. Pero ¿me dejas decirte algo?

Elías extrajo con una mano un Camel de la cajetilla que llevaba en el bolsillo de su camisa casual de Guess. ¿Cuántas cajas de cigarros cabían en aquel cabrón bolsillo? ¿Era la misma camisa del primer día o tenía varias iguales? Luego buscó el encendedor y le dio fuego. El humo salió por la ventanilla abierta al vapor de la noche.

—A ver, dime —dijo al fin.

—¿Quién era el que decía que cuando alguien sufre una desgracia, debe orar, como si la ayuda solo pudiera venir de la providencia; pero al mismo tiempo debe actuar, como si solo él pudiera hallar la solución a la desgracia?

—El tío Joseph se lo decía a mi padre...

—¡El tío Joseph, el más judío de todos ustedes, era un cabrón pragmático...! A ver, Elías, ¿no te parece que ese acto glorioso y tan simbólico de donar el cuadro es lo que en Cuba le decimos una gran comedera de mierda? En ese museo estaría muy bien, recordaría la memoria de los muertos, de una familia judía masacrada en el Holocausto. Pero, coño, chico, ¿y los vivos? ¿Tú te imaginas lo que puede ser la vida de estas gentes con las que acabamos de estar con una partecita de ese dinero? Sí, te lo imaginas... Pero... ¿puedo seguir?

—Sigue, sigue —dijo el otro, mientras guiaba con la vista fija en el pavimento.

—Ese cuadro le pertenece a Ricardo Kaminsky tanto como a ti. Legalmente él es el hijo de Joseph Kaminsky. Es más, creo que le pertenece más que a ti, aunque jamás se le ocurriría reclamarte nada porque es un hombre decente y porque la gratitud que siente por ustedes no se lo permitiría... ¿Pero crees que por ser Kaminsky de sangre tú eres el único que puede decidir? Después de lo que has oído hoy, ¿tendrías cojones de ser tan egoísta?

Elías lanzó el cigarro a medio fumar hacia la calle. Movió la cabeza, negando.

—¿Todo el mundo en este país tiene que caerme a palos?

—A lo mejor ese era tu destino... Volver y salir apaleado, pero más completo.

—Sí... Y el destino de Ricardito es ser más comemierda, como tú dices, que el tío Joseph. ¿Tú crees que va a aceptar dinero del cuadro si no quiso coger los doscientos dólares que le ofrecí?

—Es que entre la caridad y el derecho hay un tramo muy largo. Lo único que tiene Ricardo Kaminsky es su dignidad y su orgullo.

—¿Tú crees entonces...?

—Ya te dije lo que yo creo. El resto, y lo que de verdad importa, es lo que crees tú.

En la terraza del hotel pidieron los cafés y los añejos de la despedida. Mario Conde, tantos días metido en aquellas historias enrevesadas, llenas de culpas y expiaciones de una familia judía, ya iba sintiendo cómo hallar la verdad apenas le servía para tener seiscientos dólares en el bolsillo y una sensación de vacío en el alma.

—Traje esta carta —le dijo a Elías Kaminsky y le extendió el sobre—. Es para Andrés.

—¿Y tú no le escribes por email?

—¿Qué cosa es eso? —preguntó Conde. Elías le sonrió la supuesta broma que, en realidad, no lo era. Definitivamente, Elías Kaminsky seguía siendo un forastero.

—Yo se la llevo en cuanto llegue... Tengo además que darle las gracias por su ayuda, por tu ayuda.

—Yo no hice nada. Si acaso oírte y aclararte la mente. Por cierto, sé casi todo de ti, pero no lo más importante.

—¿Lo más importante?

—Sí..., no me has hablado de tu pintura. ¿Qué coño es lo que tú pintas? No me digas que como Rembrandt...

Elías Kaminsky sonrió.

—No..., pinto paisajes urbanos. Edificios, calles, paredes, escaleras, rincones... Siempre sin figuras humanas. Son como ciudades después de un holocausto total.

—¿No pintas personas porque está prohibido para los judíos?

—No, no, ya eso no le importa mucho a nadie... Es que quiero representar la soledad del mundo contemporáneo. En realidad en esos paisajes hay personas, pero son invisibles, se han hecho invisibles. La misma ciudad se los ha tragado, les ha quitado su individualidad y hasta su corporeidad. La ciudad es la cárcel del individuo moderno, ¿no?

Conde asentía mientras probaba su añejo.

—¿Y dónde los invisibles encuentran la libertad?

—Dentro de sí mismos. En ese lugar que no se ve, pero existe. En el alma de cada uno.

—Interesante... —dijo Conde, intrigado pero no demasiado convencido. Arrastrado por aquella conversación, una preocupación pospuesta vino entonces a su mente—. Y el judío sefardí que andaba por Polonia diciendo que era pintor. ¿Sabes qué cosa pintaba? ¿Qué coño hacía en Polonia cuando allí estaban matando judíos?

—Ni idea..., ni siquiera se sabe el nombre. Pero... ¿tú lees francés?

—Leía mucho cuando estuve en París. Desayunaba siempre en el Café de Flore, compraba *Le Figaro*, me bañaba en el Sena y andaba para arriba y para abajo con Sartre y con Camus, uno debajo de cada brazo...

—Vete al carajo —dijo Elías cuando cayó en la cuenta del disparate que iba armando el otro—. Bueno, hay un libro escrito en hebreo pero ya traducido al francés que se llama *Le fond de l'abîme*. Son las memorias de un rabino, un tal Hannover, que fue testigo de las matanzas de judíos en Polonia entre 1648 y 1653... Descojonante, como dicen ustedes. Si lo lees, puedes calcular cómo terminó ese judío sefardí perdido en Polonia. Te voy a mandar el libro...

—¿Y lo que pintaba el sefardí?

—Si de verdad había estudiado con Rembrandt y le dejó a Moshé Kaminsky un retrato de una muchacha judía, sí, me puedo imaginar lo que pintaba y cómo lo pintaba.

—A ver...

—Rembrandt era magnético —comenzó Elías—. Y un poco dictador con sus discípulos. Los obligaba a pintar según sus ideas, que a veces parecen bastante claras, pero otras son como tanteos, según lo que se ve en su trabajo. Rembrandt era un buscador, se pasó la vida buscando, hasta el final, cuando estaba en la fuácata y se atrevió a pintar los hombres sin ojos de *La conjura de los bátavos*... Lo que sí tenía muy claro era la relación entre el ser humano y su representación en un cuadro. Lo veía como un diálogo entre el artista, la figura que representaba y el modelo. Y también como la captación de un instante que se fugaba hacia el pasado y exigía una fijación en el presente. Todo el poder de sus retratos está en los ojos, en las miradas. Pero a veces iba más allá... y hasta llegó a pintarlos sin ojos, y eso le dio más fuerza al cuadro. Pero la mirada es lo que hace notable ese estudio de retrato de un joven judío, que quizás fue su discípulo. Ese pedacito de tela es una obra maestra. Más que los ojos, en ese retrato, igual que en el de su amigo Jan Six y en algunos autorretratos, Rembrandt buscaba el alma del hombre, lo permanente, y lo encontró... Quizás eso fue lo que ese judío hereje aprendió de su maestro y trató de hacer con su pintura... Digo yo.

—¿Por pintar era un hereje? —quiso aclararse Conde.

—Sí, ese hombre violó una ley muy rígida en esa época... Aunque quizás, como mi tío, murió sin sentir remordimientos... Nadie te puede obligar a pintar. Y si él lo hizo está claro que había ejecutado su libre albedrío. Y lo había hecho nada más y nada menos que al lado de Rembrandt. O eso me imagino...

Conde asintió, bebió su café y encendió su cigarro.

—Aquel judío pudo ser condenado por pintar personas. Y a ti, que casi no eres judío y te cagas en las condenas, no te interesa pintar personas. Está cabrón eso...

—Uno no sabe por qué es pintor o por qué no lo es. Y tampoco por qué termina pintando de una forma y no de otra, por más explicaciones que le des a la cuestión... A mi madre le gustaba mi pintura. A mi padre, no. Para él la gente siempre era lo más importante.

—Tu padre sigue siendo de los míos. Gentes, bulla, amigos, pelota, frijoles negros, mujeres con una flauta o un saxofón...

—¿No serás judío? —Elías sonrió.

—A lo mejor..., y con mi espíritu judío te pregunto: ¿por fin qué vas a hacer si recuperas el cuadro?

Elías Kaminsky miró a los ojos del vendedor de libros viejos. Levantó su trago y lo vació de un golpe.

—Para llegar a eso, todavía falta mucho camino. Pero te prometo algo: haga lo que haga, tú vas a ser el primero en saberlo.

—Bien —dijo el Conde—. Ojalá no se te ocurra hacer una comemierdá...

La idea había rondado varios días al flaco Carlos, que solo esperaba la ocasión propicia para empeñarse en ponerla en práctica. Al enterarse de que Conde había terminado su faena judía, deseoso de que lo pusiera al día de las últimas peripecias de la pesquisa, soltó sus dotes de organizador y, a las cinco de la tarde, los amigos llegaban a la playa de Santa María del Mar a bordo del espacioso Chevrolet Bel Air de Yoyi el Palomo y del auto rentado por Dulcita, la antiquísima ex novia del Flaco, recién llegada de Miami.

Para Carlos, el acto de gastar las últimas horas de la tarde frente al mar de aquella playa, desde donde se podía asistir a unas espectaculares zambullidas del sol en el horizonte marino, significaba mucho más que un capricho o un deseo: representaba una manera de comunicarse con el joven que una vez había sido, el hombre con dos piernas útiles, como la mayoría de los hombres, capaz de jugar al *squash* en las canchas cercanas, de correr por la arena, de nadar en el mar. Por eso todos los amigos aceptaron la propuesta y se lanzaron a la tarde playera, luego de hacer el imprescindible acopio de los bebestibles necesarios.

El sol de septiembre todavía azotaba cuando llegaron. Entre Conde, Conejo, Candito y Yoyi cargaron al Flaco, que ahora pesaba muchísimo, y lo trasladaron sobre su obligatorio trono hasta la orilla del mar, adonde llegaron desfallecidos y sudados. Tamara y Dulcita se encargaron de transportar las bebidas colocadas en un termo plástico y luego extendieron unas lonas sobre la arena.

Mientras Conde relataba los avatares de su pesquisa, el sol comenzaba la fase final de su descenso diario y las pocas personas que aún se encontraban en la playa concretaron la retirada, regalándoles el usufructo exclusivo del territorio. En la soledad del paraje y atrapados por una historia de muerte y amor, otra vez la sensación de tiempo detenido, incluso invertido, fue dominando el espíritu de la tribu. Aquellos concilios de practicantes fundamentalistas de la amistad, la nostalgia y las complicidades tenían el efecto benéfico de borrar los dolores, las pérdidas, las frustraciones del presente y arrojarlos en el territorio inexpugnable de sus memorias más afectivas, por amadas.

El alcohol cumplía su misión de catalizar el proceso. Para su frustración, ni Dulcita, con su conciencia de chofer norteamericano; ni Yoyi, por saberse poseedor de una joya rodante; ni Candito, por sus tratos con el más allá; ni Tamara, que no estaba para enfrentarse a aquellos rones casi haitianos, se dejaron arrastrar por la tentación etílica, a la que Conde, el Flaco y el Conejo se habían entregado con desafuero, hasta alcanzar el estado perfecto: el de gozar hablando mierda. Como no podía dejar de ocurrir aquella tarde, el tema cayó en las posibilidades que les pudiera abrir la posesión y venta de un cuadro de Rembrandt. ¿En cuánto? ¿Dos millones?

—Si se vende en cinco está bien, pero siete estaría mejor —dijo Carlos.

—¿Siete? ¿Para qué tanto dinero? —preguntó el Conejo.

—Nunca es tanto, *man*, nunca —intervino Yoyi, el más economicista del grupo.

—Siete, porque así nos toca un millón a cada uno, ¿no?

—Siete, OK, siete millones —concedió Conde—. Pero ni un kilo más, coño. Estos ricos son insaciables...

—Conde —quiso saber Candito—, ¿y de verdad le dijiste al pintor que era una comemierdá su idea de donar el cuadro al museo del Holocausto judío?

—Claro que se lo dije, Rojo. ¡Cómo coño no iba a decírselo! Después de todo lo que había pasado su familia por ese cuadro, y lo que sigue pasando, alguien debe sacar algo bueno de él, ¿no?

—A mí me parece bien que le dé un buen dinero al médico y la familia —terció Tamara, con espíritu gremial.

—¡Millonarios cubanos! Con la mitad de ese dinero se compran Luyanó completo —dijo Yoyi, pero se rectificó—. No, mejor no comprar mierda...

—Lo que no acabo de entender —comentó Dulcita— es dónde estuvo metido ese cuadro todos estos años...

—Alguno de los Mejías... —supuso el Conde.

—Sería bueno saberlo —opinó Tamara.

—Todo eso está muy bien, pero..., volviendo al dinero. Yo, lo que soy yo, no repartiría nada —dijo el Conejo sacudiéndose la arena de las manos—. Me quedaría con todo, me compraría una isla, haría un castillo, compraría un yate y... me los llevaría a todos ustedes para allá... y a la familia del médico. Con el doctor Kaminsky y con Tamara habría salud pública gratuita; con la hija maestra, la universidad popular y Conde sería el bibliotecario; con la Kaminsky economista, planificación centralizada, y a Yoyi lo ponemos de administrador... El Flaco sería el príncipe de la isla, Dulcita la princesa, Candito el obispo y yo el rey... Y al que se porte mal, lo boto pal carajo.

—Donde quiera nace un tirano —sentenció Dulcita—. Pero me gusta mi trabajo en la isla del tesoro.

—¿Y tú, Conde? ¿Qué harías con siete millones? —quiso saber Tamara.

Conde la miró con intensidad. Se puso de pie y trastabilló. Todo lo teatralmente que pudo paseó la vista sobre el público cautivo.

—¿Cómo coño ustedes quieren que yo sepa eso? Miren... —metió la mano en el bolsillo y sacó los seiscientos dólares cobrados por la faena—, si no sé qué voy a hacer con esto.

Y de inmediato fue entregando un billete de cien a cada uno de los amigos.

—Un regalito de fin de año... —dijo.

—¿En septiembre? —Dulcita intentó poner lógica al disparate.

—Bueno, por el cumpleaños del Conejo que es en unos días...

—Olvídate, muchacha, este está loco pal carajo —dijo Yoyi.

—No, lo que pasa es que es más comemierda que el pintor —lo rectificó Carlos que, en medio de su bruma etílica, con un billete de cien dólares en la mano, tuvo un destello de lucidez—. Coño, miren para allá, se va el sol.

En el horizonte, el sol estaba a punto de tocar la superficie bruñida del mar.

—Oye, maricón —le gritó el Conde al sol—. ¿Vinimos a verte y te ibas sin avisar?

Utilizando uno y otro pie, Conde logró descalzarse y, en equilibrio más que precario, apoyando las nalgas en el cuerpo de Carlos, se quitó las medias. Luego se desabotonó la camisa y la dejó caer en la arena. Los demás lo veían hacer, intrigados. La sabiduría de Candito, sin embargo, les advirtió de las intenciones de Conde.

—Oye, Conde, ya tú estás un poco viejo para esas... —comenzó

Candito, pero el otro, mientras se bajaba el pantalón y exhibía sus calzoncillos, siguió haciendo, sin prestarle atención a Candito, y se deshizo del reloj, que fue a caer junto a la camisa. Dio unos pasos hacia la costa y comenzó a bajarse los calzoncillos, mostrando al público unas nalgas flacas, apenas más claras que el resto del cuerpo.

—¡Qué culo más feo! —dijo el Conejo.

—Pérate ahí —gritó entonces el Conde, en dirección al sol, y después de soltar la última prenda reemprendió la marcha hacia la estela dorada que, desde la última curvatura visible del planeta, se extendía sobre el océano para venir a morir en la orilla de la playa de los sueños, los recuerdos y las nostalgias. Desde el vórtice de la tormenta etílica que asolaba su mente habían llegado, justo en ese instante y por caminos mentales imprevisibles, las palabras de un moribundo del futuro: «Yo vi cosas que los humanos no creerán. Vi naves de ataque incendiadas en Orán. Vi rayos cósmicos brillar cerca de la Puerta de Tannhäuser. Pero todo eso se perderá en el tiempo, como lágrimas en la lluvia».

El hombre desnudo entró en el mar, sin dejar de mirar al sol, dispuesto a atajar su descenso, el fin del día, la llegada de las tinieblas. Empeñado en detener el tiempo y en impedir que lo asolaran todas las pérdidas.

Libro de Elías

1
Nueva Jerusalén,
año 5403 de la creación del mundo,
1643 de la era común

Elías Ambrosius Montalbo de Ávila resistía las navajas de aire húmedo que, en busca del mar del Norte, corrían desbocadas sobre el Zwanenburgwal y le cortaban la piel de las mejillas y los labios, las únicas partes de su anatomía expuestas a la agresiva intemperie de la ciudad. Con la nieve alcanzándole los tobillos, sufriendo el calambre que le atería los dedos, el joven sostenía por quinta mañana consecutiva su empecinada vigilia, mientras procuraba algún alivio dedicándose a rememorar la dramática historia y las enseñanzas recibidas de su abuelo Benjamín y las lecciones aprendidas de su turbulento profesor, el *jajám* Ben Israel. Porque, como nunca en su vida, Elías Ambrosius necesitaba de aquellos apoyos para atreverse a dar el salto que lo obsesionaba y, con él, emprender la lucha por la vida que deseaba vivir, dispuesto a asumir las consecuencias de un imperioso ejercicio de su albedrío. Un ejercicio que, de realizarse, con toda seguridad le cambiaría la vida y, quizás, hasta la misma muerte.

Tantas veces había escuchado el relato de la huida del abuelo Benjamín y del júbilo de su llegada a Ámsterdam, que el muchacho se creía capaz de imaginar cada detalle de la aventura vivida junto a la abuela Sara (a quien habían disfrazado de hombre, a pesar de andar embarazada de seis meses de la que sería la tía Ana) y a su padre, Abraham, entonces de siete años (le había tocado ser enfardelado como si fuese una mercancía). La fuga se había producido cuarenta años atrás, en la bodega cochambrosa de un barco inglés («Hedía a brea y pescado salado, a sudor, mierda y dolor de africanos convertidos en esclavos»), recalado en el estuario de Lisboa, en tránsito hacia una Nueva Jerusalén donde los tránsfugas pretendían recuperar la fe ancestral de sus mayores. Aquel episodio, ocurrido en un tiempo en que el anciano Benjamín Montalbo ni siquiera soñaba aún con ser el abuelo de nadie, constituía el hito de la creación del destino de una familia que, en el mundo de acá, sabía obtener lo que se proponía, sobreponiéndose a las adversidades, entendiendo que Dios ayuda con más regocijo al luchador que al inerte.

Pero a Benjamín Montalbo de Ávila debía el joven, sobre todo, el que consideraba el más valioso principio de la vida. El anciano, persona docta a pesar de su existencia errabunda, hombre proclive a pronunciar sentencias, le había repetido muchas veces que el ser humano puede ser la herramienta mejor forjada y resistente de la Creación si tiene suficiente fe en el Santísimo, pero, sobre todo, sostenida confianza en sí mismo y la necesaria ambición para alcanzar los fines más arduos o elevados. Porque, solía rematar el abuelo en los largos monólogos a los cuales le placía entregarse cada noche de viernes, en familiar y jubilosa espera de su majestad el Shabat —«Shabat Shalom!»—, poco puede el hombre sin su Dios y nada puede el Creador, en cuestiones terrenas, sin la voluntad y el raciocinio de su engendro más indómito... Gracias a aquel convencimiento, sostenía el curtido Benjamín, tres generaciones de la estirpe de los Montalbo de Ávila habían podido resistir las humillaciones perpetradas por los más avasallantes poderes terrenos, empeñados en despojarlos de su fe y hasta de su propio ser («Pero primero de nuestras riquezas, no lo olvides, hijo mío, y luego, solo luego, de nuestras creencias»). Únicamente por el empuje de su propia perseverancia, remarcaba, fue que él, nacido y bautizado cristiano como Joao Monte, que él, y se tocaba el pecho para evitar ambigüedades, había logrado saltar las altísimas barreras levantadas por la intolerancia y lanzarse un día en busca de la libertad y, con ella, de su Dios y de la existencia que, en comunión con el Santísimo, deseaba vivir. Entonces, a sus treinta y tres años, había renacido como el Benjamín Montalbo de Ávila que siempre debió haber sido.

En cambio, gracias a su preceptor, el *jajám* Menasseh Ben Israel, el más sabio de los muchos judíos entonces asentados en Ámsterdam, Elías Ambrosius asumió la noción de que cada acto de la vida de un individuo tiene connotaciones cósmicas. «¿Comerse un pan, *jajám*?», una vez, siendo aún muy niño, osó preguntarle Elías, al oírlo hablar en sus clases sobre aquel tema. «Sí, también comerse un pan... Solo piensa en la infinidad de causas y consecuencias que hay antes y después de ese acto: para ti y para el pan», había respondido el erudito. Pero además había adquirido del *jajám* la amable convicción de que los días de la vida eran como un regalo extraordinario, el cual precisaba disfrutarse gota a gota, pues la muerte de la sustancia física, como solía afirmar desde su púlpito, sólo significa la extinción de las expectativas que ya murieron en vida. «La muerte no equivale al fin», decía el profesor. «Lo que conduce a la muerte es el agotamiento de nuestros anhelos y desasosiegos. Y esa muerte sí resulta definitiva, pues quien muere así no puede aspirar al retorno el día del Juicio... La vida posterior se construye en el mundo de acá. Entre un estado y otro solo existe una conexión: la plenitud, la conciencia y la dignidad con que hayamos vivido nuestras vidas, en apariencia tan pequeñas, aunque en realidad tan trascendentes y únicas como..., como un pan.»

Pero no solo por olvidarse del frío o por darse ánimos Elías Ambrosius se había entregado en esos días a pensar una y otra vez en las convicciones de su abuelo paterno y en las enseñanzas de su siempre heterodoxo profesor: en realidad lo hacía porque, a pesar de su convencimiento, Elías Ambrosius sentía miedo.

Procurando el abrigo ofrecido por los aleros y las paredes de la caseta del guardaesclusa, soportando la fetidez arrancada por la brisa a las aguas oscuras del canal, el joven empeñado en el ejercicio de acumular argumentos que lo sostuvieran, ni un instante dejaba de mirar la casa que se alzaba al otro lado de la calle, centrado en la puerta de madera coloreada de verde y en los movimientos apenas visibles tras las ventanas de vidrios emplomados, velados por la diferencia térmica. Elías observaba y calculaba que si el Maestro no había abandonado la morada en los últimos cinco días, entonces debería salir esa mañana, o la siguiente. O la siguiente. De ser cierto que otra vez trabajaba («Cumple unos encargos y también pinta otro retrato de su difunta esposa»), según le comentara el *jájám* Ben Israel, las provisiones de aceite y pigmentos que usaba en grandes cantidades se le agotarían y, como era su costumbre, acudiría a sus proveedores de la vecina Meijerplein y de las inmediaciones del mercado de De Waag en busca de suministros. En alguna de aquellas paradas, si la situación le parecía propicia, Elías Ambrosius por fin lo abordaría y, con un discurso ya memorizado, le expondría unos deseos y sueños que, sin alternativas, pasaban por las manos del Maestro.

Ya eran varios los meses que el joven dedicaba a practicar aquellas persecuciones secretas a las cuales había sometido al dueño de la casa de la puerta verde. Al principio fue como el juego de un niño deslumbrado que cumple la curiosidad de acechar a un ídolo o un misterio magnético. Pero, con las semanas y los meses, los seguimientos llegaron a convertirse en práctica frecuente y, en los últimos tiempos, cotidiana, pues incluía hasta las horas libres del sábado, el día sagrado. Su creciente obsesión había sido premiada, de sobra, con la amable coincidencia de haber sido testigo de la salida de la enorme tela (protegida por viejos lienzos manchados, operación dirigida por el propio Maestro, con gritos e insultos a los discípulos escogidos como estibadores), aquella obra destinada a remover al joven, como un terremoto, la tarde en que, por fin, la había podido contemplar en la sala principal de la sociedad de arcabuceros, ballesteros y arqueros de la Kloveniersburgwal. Pero las vigilias también lo habían retribuido con la luctuosa coyuntura de convertirlo en espectador (esta vez entre un grupo de curiosos, atraídos por el espectáculo de la muerte) de la puesta en marcha del cortejo que condujo hacia la Oude Kerk los restos de la todavía joven esposa del Maestro. Desde la pequeña plazoleta que hacía la Sint Anthonisbreestraat al cruzar el puente con esclusa donde el canal se ramificaba en busca del mar, justo en el punto donde la calle había cambiado su nombre desde que empezara a ser llamada por todos Jodenbreestraat, la Calle Ancha de los Judíos, Elías había seguido el paso de la carroza sobre la cual reposaba el cadáver, apenas cubierto con un simple sudario, como ordenaba el precepto de humildad de Calvino. Tras la difunta había visto pasar a su *jajám*, el ex rabino Ben Israel, al predicador Cornelius Anslo, al famoso arquitecto Vingboons, al acaudalado Isaac Pinto y, por supuesto, al Maestro, vestido para la ocasión de luto riguroso. Y había descubierto —o al menos eso creía— una humedad de llanto en las pupilas de aquel hombre, tan amado por el éxito y la fortuna como frecuentado por la muerte, que ya le había arrancado a tres de sus hijos.

También gracias a aquellas custodias, ciertos días afortunados convertidos en caminatas, el joven había recibido las que en su indigencia intelectual consideraba unas valiosas lecciones, pues había conocido de la obstinación del Maestro en no delegar en los discípulos la compra de las telas montadas. Había aprendido de su preferencia por los lienzos ya tratados con una primera imprimación de color muerto, capaz de concederles un preciso y maleable tono de marrón mate sobre el cual se continuaría el trabajo de preparación o, incluso, aplicaría directamente la pintura. Ya sabía, además, que para sus grabados y aguafuertes el Maestro solía comprar los delicados papeles importados desde el remoto país de los japoneses, e, incluso, que no le confiaba a nadie la puntillosa selección (con regateo de precios incluida) de los polvos, piedras y emulsiones necesarios para conseguir las mezclas capaces de alcanzar los colores y tonos que su imaginación le reclamaba en cada instante. Escuchando de manera furtiva sus conversaciones con el señor Daniel Rulandts, dueño de la más solicitada tienda de artículos para pintores de la ciudad; con el tudesco llegado unos meses antes y dedicado a la importación de potentes pigmentos minerales traídos desde las minas germanas, sajonas y magiares, y con el frisio pelirrojo, vendedor de los más disímiles tesoros del Oriente (entre ellos el codiciado aceite negro conocido como betún de Judea, el papel de Japón y los apreciados mechones de pelo de camello que los discípulos convertirían en pinceles de distintos calibres), Elías había empezado incluso a penetrar los intersticios de la práctica de aquel arte, prohibido por el segundo mandamiento de la Ley sagrada a los de su raza y religión, aquel universo de imágenes, colores, texturas y sentidos por el cual el joven sufría la galopante e irresistible atracción del predestinado. La razón por la cual ahora se atería, de miedo y frío, sobre el Zwanenburgwal.

Desde sus días de escolar, mientras seguía los cursos en el sótano de la sinagoga abierta por los miembros de la Naçao, aneja a la casa donde por esa época vivían los Montalbo de Ávila, Elías había sentido aquella empatía, primero difusa y luego cada vez más perentoria, finalmente avasallante. Quizás la atracción había nacido del manoseo de los libros ilustrados e iluminados que, como única pertenencia material, habían viajado con el abuelo Benjamín, su mujer preñada y el mayor de sus vástagos desde las tierras de idolatría hacia la tierra de libertad. O tal vez la seducción había sido forjada por las muy gráficas historias de peregrinaciones y viajes a mundos distantes emprendidos por sus más remotos antepasados, los relatos que solía contar a sus alumnos el locuaz *jajám* Ben Israel, peripecias capaces de enfebrecer la imaginación y alimentar el espíritu. Muchas tardes, durante muchos años, en lugar de irse con sus compañeros de estudio y con su hermano Amós a jugar en los descampados o entre los postes de madera sobre los que se erigirían las portentosas edificaciones que se iban levantando a un ritmo frenético en las orillas de los nuevos canales, Elías había gastado su tiempo recorriendo los muchos mercados de una urbe plagada de ellos —la Plaza del Dam, el Mercado de las Flores, la plazoleta Spui, la explanada de De Waag y el Mercado Nuevo, el Botermarkt—, donde, entre tenderetes, básculas y fardos de mercancías recién desembarcados, aromas de especias orientales y tabaco de las Indias, hedores de arenques, bacalaos nórdicos y barriles de aceite de ballenas, entre costosísimas pieles de la Moscovia, delicadas piezas de cerámica de la cercana Delft o de la remota China, y aquellas peludas cebollas, crisálidas de futuros tulipanes de imprevisibles colores, siempre había un espacio para la venta de obras de los incontables pintores asentados en la ciudad y reunidos en el gremio de San Lucas. La noche solía sorprenderlo en alguna de aquellas explanadas con el voceo de remates de aguafuertes y dibujos, la recogida de lienzos y el desmontaje de caballetes de exhibición, luego de haberse perdido por horas en la contemplación de paisajes siempre adornados por un molino o por una corriente de agua, de naturalezas muertas que se prestaban unas a otras sus figuraciones y abundancias, de típicas escenas callejeras y hogareñas, de oscuras recreaciones bíblicas emparentadas por el cálido aliento italiano de moda en todo el mundo, imágenes dibujadas o estampadas sobre telas, maderas y cartulinas por unos hombres dotados de la maravillosa capacidad de captar sobre un espacio en blanco un pedazo de la vida real o de la imaginada. Y de detenerlos para siempre por medio del acto consciente de crear belleza.

A hurtadillas, con carboncillos y papel tomado de los desperdicios de la imprenta donde su padre laboraba y el propio Elías se adiestraba en el oficio desde que cumplió los diez años, el joven se había dado a la práctica de su afición prohibida. Había dibujado (como suponía lo hacían los pintores que vendían sus obras en el mercado) a sus gatos y sus perros, o a la vela ardiente cuya luz silueteaba a su capricho los contornos de la manzana que luego se comería, o al abuelo, observado por la juntura mínima de una puerta, cada día más gastado, meditabundo y bíblico. Intentaba reproducir la delicadeza de los tulipanes de un balcón vecino, el panorama del canal con y sin barcazas, la calle vista desde los cristales de la buhardilla de la casa familiar de la Bethanienstraat. Incluso había dado figura, rostro y escenario a imaginaciones fraguadas por las historias de su profesor y por las crónicas de conquistas de mundos fabulosos donde se afirmaba la existencia del Edén y El Dorado, relacionadas en los volúmenes que en los últimos años el abuelo se hacía traer desde España. Por supuesto, también lo habían alentado las lecturas de la Torá, el libro sagrado en el cual, de manera precisa e inconfundible, se anatemizaba justo aquella práctica de representar hombres, animales y objetos del cielo, del mar o de la tierra, por el hecho de que el Máximo Creador de Todas las Formas, según el mensaje transmitido por Moisés a las tribus reunidas en el desierto, la había considerado impropia de su pueblo elegido, por ser fuente propicia de idolatrías. A causa de aquella bíblica razón, Elías Ambrosius Montalbo, nieto de Benjamín Montalbo de Ávila, el criptojudío llegado a las tierras de la libertad en 1606 clamando ser circuncidado y devuelto a la fe de sus ancestros, se veía obligado a ejercitar su pasión a escondidas, incluso de su hermano Amós, y antes de tenderse en su catre, dedicarse a la minuciosa y acongojante destrucción de los pliegos grabados con su carbón.

Quizás por el peso mismo de aquellos impedimentos, la afición de Elías por los colores y las formas resultó ser cada vez más ferviente: era la fuente de donde manaba la energía que le permitiría resistir, como un condenado, y todo el tiempo sustraíble a sus obligaciones, las vigilancias montadas en la plazoleta sobre el canal de la Sint Anthonisbreestraat. La tremenda elección, violadora de una *mitzvah*, que de hacerse pública podía costarle una *nidoy*, incluso la condena mayor de una *jerem* del cada vez más férreo consejo rabínico (un castigo capaz de excluirlo de la familia, y de la comunidad y sus beneficios mediante una excomunión), se había convertido en una decisión irrevocable de una manera brutal aunque previsible la tarde del otoño anterior, cuando, apenas pasadas las celebraciones de Sucot y reiniciadas las labores en la imprenta, su padre, afectado por unos dolores de cintura que lo obligaban a moverse como si hubiera dado de cuerpo en los calzones, le había transferido la responsabilidad de entregar unas resmas de volantes, todavía olorosos a tinta, en el Kloveniersdoelen, la nueva e imponente sede de la sociedad de las milicias de la ciudad.

Nada más oír el carácter de la encomienda, mientras disfrutaba una explosión de júbilo a duras penas contenida, Elías Ambrosius pensó en lo inescrutables que suelen ser los caminos de la vida trazados por el Creador: aquellos volantes serían el salvoconducto que le permitiría entrar a él, el más pobre de los judíos de la ciudad, en el edificio más exclusivo y elegante de Ámsterdam, y, del modo que fuese, poder observar la obra del Maestro destinada a engalanar el gran salón de reuniones, la pieza gigantesca que unos meses atrás había visto salir de la casa de la Calle Ancha de los Judíos, cubierta con unos lienzos sucios y de la cual hablaban (bien o mal, pero hablaban) todos los que, en la ciudad del mundo donde más pintores vivían y donde más cuadros se pintaban y se vendían, tenían alguna relación, interés, afición o vocación por aquel arte.

Cargado con el pesado bulto, el joven había volado sobre las calles que lo conducían a la sede de la compañía de arcabuceros. No tenía ojos ni oídos para registrar lo que le rodeaba, imaginando solo cómo sería en realidad la pintura que tanta conversación y debate había provocado, al punto de que se hablara de ella en iglesias, tabernas y plazas, y casi tanto como de negocios, dineros, mercancías. El custodio del edificio, advertido de la entrega de los volantes, le indicó el acceso al piso superior, luego de darle un grito al bedel encargado de recibir los impresos y de conducir al muchacho ante el tesorero responsable de pagarlos. Elías Ambrosius devoró los pasos de mármol de Carrara de la imponente escalera y encontró abiertas ante sí las puertas del *groote sael*, el gran salón donde se realizaban las reuniones y festejos más importantes de la urbe. Entonces, favorecido por la luz de las altas ventanas asomadas a los diques del río Ámstel, vio el lienzo, brillante por el barniz, recostado aún contra la pared donde en algún momento debía de ser colgado. Elías Ambrosius, ya capaz de identificar con una sola mirada las obras de los más importantes artistas de la ciudad, pero sobre todo las piezas salidas del pincel del Maestro (aunque más de una vez, debía reconocerlo, se había confundido con el trabajo de algún discípulo aventajado, como el ya famoso Ferdinand Bol), no necesitó preguntar para saber si aquella tela descomunal, de más de cuatro metros de largo y casi dos de altura, era la obra que tenía conmocionada a la ciudad.

Frente al joven, más de veinte figuras, encabezadas por el muy conocido y más que opulento Frans Banning Cocq, señor de Purmerland y capitán de la compañía de arcabuceros de la ciudad, y su alférez, el señor de Vaardingen, se ponían en marcha para ejecutar su ronda matinal hacia una inmortalidad que parecía iba a comenzar justo en ese instante, cuando el señor Cocq terminara el paso iniciado y posara su pie izquierdo encima de las lozas ajedrezadas del *groote sael* sobre las que aún reposaba el cuadro y, sin demasiados miramientos, le pidiera a Elías Ambrosius que se apartara del camino... Sacado del trance inmovilizador por la voz del bedel, el joven había realizado la entrega de los volantes y cobrado, de manos del tesorero, los dos florines y diez placas acordados por el trabajo. Sin siquiera preocuparse por contar el dinero delante del pagador, como le indicara su padre, le había pedido al tesorero autorización para volver a mirar el cuadro, sin entender de momento la reacción de desdén que su petición provocara en el hombre.

Otra vez frente al enorme retrato colectivo, todavía fragante a linaza y barniz, mientras percibía las proporciones tremendas de la emoción que lo embargaba, Elías Ambrosius se había deleitado en la observación de los detalles. Se empeñó en la búsqueda de las imprecisas pero fulgurantes fuentes de luz y siguió la vertiginosa sensación de movimiento que se desprendía de la pintura gracias a gestos como el del capitán Cocq, en primerísimo plano, cuyo brazo a medio alzar y su boca levemente abierta indicaban que su orden de marcha era la chispa destinada a dinamizar la acción. El aviso del capitán parecía sorprender al portaestandarte en el acto de tomar el asta, y alertaba a otras figuras, varias de ellas en plena conversación. Uno de los retratados (¿no era el señor Van der Velt, contratista de obras y también cliente de la imprenta?) levantaba el brazo en dirección al rumbo marcado por el capitán y, con el gesto, cubría más de la mitad del rostro de un personaje que Elías consiguió identificar como el tesorero con quien acababa de cerrar el trato, y con facilidad pudo entender la reacción del hombre cuando él solicitara permiso para ver la obra. A mano izquierda, hacia donde el señor Frans Banning Cocq proponía la marcha de la milicia, la acción se aceleraba con la carrera de un muchacho (¿o era uno de aquellos bufones enanos?) cargado con una cuerna de pólvora y cubierto con una celada demasiado grande para su estatura; pero, andando en sentido opuesto, como una explosión de luz, una niña de oro (¿que hacía allí con una gallina atada del cinturón de la falda?) gozaba de un espacio privilegiado y, con inconfundible socarronería de adulta, miraba la escena o quizás al espectador, como si con su atrevida presencia se burlara de la pantomima montada a su alrededor. Mientras, en el centro del espacio, detrás de la pluma blanca del sombrero del alférez a quien iba dirigida la orden del capitán, se escapaba de un arcabuz un fogonazo luminoso, instantáneo, más que atrevido. El alférez, sobre cuyo uniforme de un refulgente amarillo de Nápoles se proyectaba la sombra de la mano alzada del capitán, sin embargo, aún no había transmitido al resto de los hombres la orden del señor Banning Cocq: Elías entendió entonces que toda la representación constituía el principio de algo, vivo y retumbante como el fogonazo escapado, un misterio hacia un porvenir que estaba más allá del puente de piedra sobre el cual los comandantes se disponían ya a marchar, una movilidad caótica preparada para romper inercias. Algo que explotaba en varias direcciones, pero apuntando siempre al futuro.

Alarmado por la potencia viva de esa imagen de fuerzas desatadas, empeñadas en desafiar todas las lógicas y los más elementales preceptos ya aprendidos (¿cómo era posible que el capitán Cocq, vestido de negro, aunque cruzado el pecho con una exultante banda rojo-anaranjada, ofreciera la impresión de encimarse al espectador por delante del alférez, ataviado de amarillo brillante, cuando todos sabían que los colores claros avanzaban y los oscuros daban impresión de profundidad?), Elías Ambrosius apenas tuvo ojos para ver los restantes seis cuadros encargados de engalanar el *groote sael*, todos colocados ya en sus espacios. Las otras piezas eran retratos de grupo (¿lo era el cuadro del Maestro?), respetuosas de las leyes establecidas, perfectas a su modo. Pero en la vecindad de aquel torbellino espectacular, lleno de efectos ópticos inverosímiles que, sin embargo, conseguían una patente sensación de realidad y vida, el joven sintió que las otras obras parecían naipes de una baraja: unas figuras a las cuales, en su pretendida y perfecta uniformidad, la pintura del Maestro hacía lucir rígidas, elementales, vacías de aliento...

La voz del bedel, recordándole la necesidad de cerrar el salón, apenas pudo sacarlo del embrujo en el cual Elías Ambrosius había caído, la tormenta de desasosiegos dentro de la cual viviría desde aquel día en que se tornó irreversible su decisión de hacerse pintor y, con su soberana o inevitable elección (solo Dios sabría cuál era el adjetivo preciso), colocó su destino en el vórtice de la tormenta de la cual derivarían los mayores placeres y las definitivas desgracias que marcarían los días de su vida.

No sucedió aquella mañana. Ni tampoco en las dos siguientes. Solo cuando el joven comenzaba a pensar en posponer por un tiempo su aterida vigilia, en espera de temperaturas menos agrestes, sus expectativas resultaron recompensadas con el ruido de cerrojos de la puerta verde que se abrió para dar paso al encapotado Maestro. Apenas verlo, Elías Ambrosius sintió cómo lo abrazaba una ola de satisfacción, capaz de hacerlo olvidar el frío, sus miedos y hasta las tenazas del hambre.

Una hora antes, algo más temprano de lo habitual, Elías había visto entrar en el edificio al joven Samuel von Hoogstraten y, poco después, a su vecino de la Bethanienstraat, el danés Bernhard Keil, acompañado por los hermanos Fabritius, todos afortunados discípulos del Maestro, y se congratuló, pues tuvo la esperanza de que esa mañana llegaban con anticipación porque con seguridad saldrían de compras y él, por fin, rompería la helada monotonía de sus esperas.

Por el propio danés Keil, alojado en una buhardilla cercana a su casa y dueño de una exacerbada locuacidad que se multiplicaba con una invitación a cerveza, Elías Ambrosius había conocido (además de las rutinas de la casa y del estudio) las desalentadoras exigencias del Maestro a la hora de aceptar nuevos discípulos y ayudantes. Aunque los aprendices le garantizaban una notable fuente de ingresos (solo la matrícula alcanzaba el centenar de florines, sin contar con las otras utilidades prácticas y mercantiles que le reportaban), el Maestro reclamaba a los candidatos que llegaran a su taller con una preparación previa y algo más que entusiasmo o conocimientos elementales del arte de la pintura. Él, repetía, no se dedicaba a enseñarlos a pintar, sino a obligarlos a pintar bien. («Mi estudio no es una academia, es un taller», decía el danés, citando al Maestro, y hasta hacía el intento de robarle la expresión hosca del rostro que, al hablar del asunto, debía de poner el pintor.) Aquella demanda, por sí sola, le cerraba a Elías la puerta verde que daba acceso a sus pretensiones: primero por su propia condición de judío y, en consecuencia, haberse visto imposibilitado de poner a sus padres al tanto de sus inquietudes y de que hubiesen considerado siquiera la eventualidad de quebrar las convenciones implícitas en el hecho de enviarlo a entrenarse con algún maestro de aquel arte. Y en segundo, pero no menos importante término, porque en ese momento, debido a su delgadísima economía, le resultaba casi imposible encontrar otro instructor, por demás discreto, barato y hábil, capaz de ayudarle a dar rudimentos a sus pretensiones, para luego aspirar a un sitio en el taller de sus sueños. Pero la propicia afinidad del Maestro con sus vecinos de la judería y el conocimiento de sus métodos tan personales (desde hacía meses Elías tenía bien aprendidas todas las piezas del Maestro colocadas en algunos sitios públicos y hasta en varios lugares privados de la ciudad) resultaban un polo magnético hacia el cual se orientaban todas las expectativas del joven, multiplicadas y grabadas con fuego la tarde en que había contemplado la marcha de la compañía del capitán Cocq. Si arriesgaba tanto por su afición, si vivía y debería vivir parte de su vida en una especie de clandestinaje, lo haría del mejor modo posible. Y para Elías Ambrosius el camino hacia aquella obsesión tenía un único nombre y una sola forma de entender el arte de la figuración: los del Maestro. O no tendría ninguno. Lo cual, bien lo sabía el joven, resultaba en verdad lo más probable...

Por todas aquellas insalvables razones, en espera de una solución para sus aspiraciones, el joven se había debido conformar con escuchar las disquisiciones del abuelo Benjamín sobre la importancia de una relación directa entre el hombre y su Creador, y con soñar con obras salidas de sus manos mientras, en las noches, dibujaba sobre sus modestos papeles. Pero también se había empeñado en disfrutar la discreta cercanía física con el Maestro conseguida en las persecuciones por calles y mercados, mientras procuraba captar al vuelo algunas de sus palabras, realizando el aprendizaje, pensaba que útil en algún momento, de las preferencias del pintor en materia de pigmentos, aceites, cartulinas y lienzos, de su obsesivo disfrute por la compra de objetos ordinarios o extraordinarios (desde una caracola hasta lanzas africanas), y de las extáticas contemplaciones de edificios, calles, hombres y mujeres vulgares o singulares de la abigarrada ciudad en donde habían confluido todas las razas y culturas del mundo, a las que se entregaba el hombre en algunas ocasiones.

Aunque a Elías le extrañó comprobar que salía solo, ajustándose los guantes de piel de becerro, más le sorprendió verlo cruzar la calle, como si se dirigiera justo hacia donde él estaba apostado. El corazón le dio un vuelco y empezó a imaginar posibles respuestas a cualquier requerimiento del hombre por su insistente presencia ante la morada, y en un instante se decidió por una: la verdad. El Maestro, sin embargo, rodeó una acumulación de nieve y una charca de cieno, procurando no mancillar su atuendo, y, sin prestar la menor atención al imberbe, se encaminó hacia la casa de Isaías Montalto, el muy enriquecido sefardí al que, como todos los que tenían motivos para esa clase de orgullos, tanto le gustaba pregonar el linaje hidalgo y español de su familia, coronado por su padre, el doctor Josué Montalto, médico de la corte de María de Médicis, reina madre de Francia. Aquel Isaías Montalto, que había adquirido la primera y una de las más lujosas casas de la llamada, por gentes como él, Calle Ancha de los Judíos, había hecho una fortuna tan considerable desde su llegada a Ámsterdam que ya había mandado a construir una morada más amplia en la zona de los nuevos canales, donde la yarda de tierra robada a los pantanos alcanzaba precios de vértigo. Como todos sabían, el judío mantenía desde hacía varios años una relación estrecha con el hombre que, después de tirar de la campanilla, pasó al interior de la morada, de la cual salió apenas cinco minutos más tarde, llevando en el cuello una de las bolsitas de olor, cargada de hierbas aromáticas y hechas de lino color verde, especialmente diseñadas para Isaías Montalto, y en las manos otra bolsa, pero de papel marrón, en la cual se envolvía el penúltimo capricho que se gastaba la ciudad: las hojas de tabaco llegadas del Nuevo Mundo, de las cuales abastecía a Montalto el converso Federico Ginebra, quien las hacía traer de las vegas del Cibao, en la remota isla de La Hispaniola.

En lugar de juntarse con sus discípulos y dirigirse hacia la Meijerplein, por donde solía comenzar sus rondas de compras, el Maestro tomó el sentido contrario, pasó casi frente a Elías (cuyo olfato recibió un fugaz efluvio de lavanda y enebro emanado de la bolsita de olor), cruzó el puente de la esclusa y, luego de escupir un caramelo de azúcar sobre la barandilla, avanzó por la Sint Anthonisbreestraat, como si se dirigiera hacia el centro de la ciudad. Dejó atrás la lujosa casa de su amigo Isaac Pinto y el almacén donde tenía su morada y comercio de arte el marchante Hendrick Uylenburg, pariente de la fallecida esposa del Maestro, el sitio donde éste había residido al radicarse en la ciudad. Pero, al llegar junto al arco decorado con dos calaveras que se abría hacia la explanada de la Zuiderkerk, el hombre se detuvo y se descubrió, a pesar del frío. Elías sabía que en el atrio de la vieja iglesia descansaban los restos de sus tres primeros hijos, muertos todos a las pocas semanas de su nacimiento, y solo en ese instante se preguntó por qué razón el hombre había decidido enterrar a la madre de los niños en la Oude Kerk y no en aquel sitio, ya marcado por su dolor.

El Maestro reanudó la marcha y, luego de pasar frente a la casa donde viviera por años su instructor, el ya difunto Pieter Lastman (el mejor profesor de Ámsterdam en su momento, el maestro que lo convirtió en el Maestro), penetró en el Mercado Nuevo abierto en la siempre ruidosa explanada de De Waag, donde apenas siglo y medio antes estaba la Sint Anthonispoort, la puerta que delimitaba por el oeste la ahora desbordada metrópoli. A la frenética actividad de los comerciantes e importadores que certificaban allí los pesos de sus mercancías en la báscula municipal, a los gritos de los subastadores y compradores de productos existentes y por existir, remitidos de todos los confines del universo, se unía en aquel instante el ruido metálico de las palas con que la cuadrilla de menesterosos contratados por el ayuntamiento recogía la nieve para depositarla sobre los carromatos que la conducirían para ser vertida en el canal más cercano. La limpieza se debía, tal vez, a que antes del mediodía podría haber programada en la plaza alguna de las ejecuciones con tanta frecuencia allí cumplidas, sentencia que, como era usual, se efectuaría con la mayor rapidez para no perder preciosos minutos de mercadeo. Al pasar por el rincón donde se mostraban algunas pinturas en venta, hechas a la medida del gusto más común, el Maestro apenas pasó la vista sobre ellas, y Elías pensó que las descalificaba. Y casi todas se lo merecían, se dijo el joven, asumiendo los supuestos criterios del otro.

Por la Monnikenstraat el Maestro cruzó sobre el canal Archerburg y Elías pensó si sus pasos no estarían dirigidos hacia la ya cercana Oude Kerk, el templo erigido por los cristianos, reconvertido unas décadas atrás por los calvinistas. Pero al alcanzar el Oudezijds Voorburgwal, torció a la izquierda, alejándose del edificio de torres góticas donde unos meses antes enterrara a su esposa, y entró en la primera taberna de las varias que ocupaban aquella orilla del canal. El joven, aunque conocedor de la afición del Maestro por la bebida fermentada, se extrañó por la hora tan temprana en que la procuraba.

Aumentando las precauciones, Elías se acercó al local, de seguro repleto de soldados mercenarios llegados de Inglaterra, Francia y hasta de los reinados del Este para pelear contra España por los buenos sueldos que les pagaba la República. A la puerta del local, en la moda de los últimos tiempos, le habían colocado un enorme vidrio translúcido, a través del cual el joven miró hacia el interior. No necesitó buscar demasiado, pero sí debió retirar su rostro con toda prisa: el Maestro, de espaldas a la calle, ya se acomodaba a la mesa que, en el lado opuesto, era ocupada por el antiguo profesor de Elías Ambrosius, el *jajám* Menasseh Ben Israel. En ese instante el ex rabino, siempre goloso de placeres terrenales, metía su nariz en la bolsa de papel marrón cargada de la aromática hoja americana para respirar su cálido perfume de tierras lejanas.

Durante meses había rondado la cabeza de Elías Ambrosius la temeraria idea de acercarse a su viejo profesor y confesarle sus pretensiones. Solo aquel día, mientras lo veía beber, fumar y palmear en varias ocasiones el hombro al Maestro, tomó la decisión. Al sopesar sus posibilidades concluyó que aquel hombre era la peor y la mejor opción para sus propósitos, pero, a todas luces, la única a su alcance.

El *jajám* Ben Israel vivía en una casa de madera, más destartalada que modesta, en Nieuwe Houtmarkt, en la llamada isla Vlooienburg, a las orillas del Binnen Ámstel, muy cerca de donde unos años antes habían vivido el Maestro y su ahora difunta esposa. Con más frecuencia de la que pudiera ser provocada por la simple nostalgia de sus días escolares, Elías visitaba la morada de su instructor de religión, retórica y lengua hebrea quizás porque allí se respiraba la atmósfera más genuina de la judería de Ámsterdam: una mezcla de mesianismo con realidad, de predestinación divina con comportamientos mundanos, de cultura abierta al mundo y las ideas renovadoras, con el milenario pragmatismo hebraico. Y también porque en aquella casa podía entrar en contacto con el espíritu del Maestro.

Las condiciones físicas de la morada del *jajám* contrastaban de manera evidente con la circunstancia de que su esposa, madre de sus tres hijos, fuese miembro de la familia Abravanel, otrora rica y poderosa en España y Portugal, y ahora otra vez rica y poderosa en Venecia, Alejandría y ya también en Ámsterdam. Los Abravanel habían llegado a la ciudad incluso después de su abuelo Montalbo, pero, a diferencia de este, como pasajeros de un mercante, cargados con bolsas de monedas de oro, cofrecillos con diamantes y con contactos políticos, sociales, familiares y mercantiles que valían otros muchos miles de florines. Estirpe de consejeros, banqueros y funcionarios reales de las coronas ibéricas antes del infausto año de 1492, semillero de comerciantes, médicos y hasta poetas de reconocida fama en todo el Occidente, los Abravanel parecían nacer predestinados para la riqueza, el poder y la inteligencia. Pero la casa del *jajám* nada tenía que ver con las dos primeras de aquellas virtudes; por el contrario, el sitio advertía que la capacidad mercantil de su morador no era su fuerte (fundador de varias empresas, entre ellas la primera imprenta judía de la ciudad, pronto derrotada por la competencia y vendida a otro sefardí), pero, sobre todo, la precariedad del edificio de maderas roídas ponía en evidencia que sus relaciones con los acaudalados Abravanel no debían de ser demasiado cordiales. No obstante, quizás la mejor prueba de la distancia existente entre el sabio y sus parientes fue la que truncó el destino de Ben Israel como rabino, pues de haber tenido el apoyo del poderoso clan no hubiese sido derrotado en la porfía para esa codiciada condición.

Aquella agria disputa se había producido unos años atrás, cuando los sefardíes, cada vez más numerosos y prósperos, decidieron dar vida al Talmud-Torá, la asamblea religiosa y comunitaria en donde se fundieron las tres congregaciones existentes en la ciudad y, como parte de la fusión, se decidió prescindir de algunos rabinos, cuyos salarios eran pagados por la comunidad. Y entre los descartados había caído el incómodo Menasseh Ben Israel. A pesar de su fama como escritor, cabalista y difusor del pensamiento hebreo, el erudito debió conformarse desde entonces con la no muy bien retribuida condición de *jajám*, profesor de retórica y religión, aunque le permitieron conservar una silla en el consejo rabínico de la ciudad. A pesar de aquel fiasco, el estudioso se enorgullecía en público de su nexo sanguíneo con la famosa estirpe, pues, como varios miembros de la familia y también él mismo se habían encargado de pregonar, existían pruebas fehacientes de que los Abravanel descendían en línea directa de la casa del rey David y, en consecuencia, el Mesías por venir (cuya llegada, según los versados cabalistas del oeste y los místicos del este, parecía cada vez más cercana) sería un portador de aquel apellido..., por lo cual el Esperado bien podría ser uno de los hijos del ex rabino, engendrados en un vientre Abravanel.

A pesar de que debía vivir contando los céntimos espolvoreados en sus bolsillos, de la escandalosa degradación rabínica y su portuguesa y sostenida afición al vino, Menasseh Ben Israel seguía siendo uno de los hombres más influyentes de la comunidad y, no por gusto, desde hacía tres años ocupaba la dirección de Nossa Academia, la escuela fundada por los también poderosos Abraham y Moshé Pereira. En su juventud, para poder estampar y hacer circular sus escritos, había fundado aquella primera imprenta judía de Ámsterdam, que si en tanto negocio resultó un fiasco, como plataforma para sus ideas y para el conocimiento de muchos clásicos de la literatura hebrea fue una decisión iluminada. Sus propios libros, escritos en español, hebreo, latín, portugués e inglés (podía, además, expresarse en otras cinco lenguas, incluido, por supuesto, el neerlandés), se movieron por medio mundo y tuvieron lectores no solo entre los judíos del oeste y del este (su *Nishmat Hayim* era considerado ya uno de los más enjundiosos comentarios cabalísticos), sino también entre católicos y cristianos. Estos últimos habían encontrado en obras suyas como *El conciliador*, una curiosa mirada hebrea sobre las Sagradas Escrituras, una perspectiva incluyente donde se marcaban las coincidencias entre la lectura católica y cristiana del texto y la que por tres mil años habían hecho los hijos de Israel. Pero, de todas sus obras —*todas* leídas por Elías Ambrosius, inducido por su abuelo—, su antiguo discípulo seguía prefiriendo el cuadernillo *De Termino Vitae* (cuyo original, pronto convertido en un éxito de escándalo, le tocó componer en la imprenta), pues le comunicaba al joven aquella noción de la vida y sus exigencias, de la muerte y sus anticipaciones que tanto lo complacía como concepción de la existencia humana, aquí y ahora.

Quizás por ser un heterodoxo tan peculiar, encajado en medio de una comunidad recién nacida y turbulenta que, para fortalecerse, debía acudir a la ortodoxia más férrea, la carrera de Ben Israel había estado tan adornada de éxitos y tropiezos. Pero, sin duda, por ser un iconoclasta capaz de propalar las ideas más aventuradas (por novedosas o conservadoras) y vivir una vida pública al límite de lo aceptado por los preceptos judaicos, sus vínculos con el resto de la sociedad protestante de Ámsterdam llegaron a ser más fluidos y estrechos. Y si hacía falta alguna muestra visible de hasta dónde había llegado aquella comunicación, en el pequeño salón de su modestísima morada estaba ese testimonio: allí, desafiante, colgaba el retrato que, unos años antes, le había hecho el Maestro, cuando ya era el Maestro y el más conocido y solicitado pintor de la ciudad. Aquel dibujo, donde el entonces rabino exhibía un sombrero de ala ancha, una barba recortada y bigotes, al estilo de los burgueses de la villa, destilaba vida gracias a un impresionante trabajo con los ojos, de los cuales brotaba la mirada de buitre inteligente que caracterizaba el modelo y muy bien había sabido reflejar el Maestro. La obra funcionaba como un imán que, en cada visita a la casa, Elías Ambrosius Montalbo de Ávila contemplaba hasta gastarla, y resultó otro de los motivos que generó en el joven el creciente anhelo de acercarse al Maestro e imitarlo.

La relación de amistad y confidencias entre un pintor crítico del calvinismo dogmático, afiliado a la secta menonita de su amigo Cornelius Anslo, y un polémico erudito hebreo, tal vez se hizo fuerte porque ninguno de los dos profesaba la exclusión de los otros y menos aún se conformaban con las posibilidades intelectuales ofrecidas por su tiempo. Derrotados ambos en sus aspiraciones de ascenso social, habían terminado por revelarse incapaces de aceptar muchos de los que se consideraban los buenos modos (para un exitoso pintor holandés y para un judío preeminente), aquellos cánones y preferencias establecidos a veces por tradiciones ancestrales o sostenidas por las conveniencias de los dueños del dinero y el poder, esos hombres de cuyos capitales, mal que les pesara, debían vivir el pintor y el estudioso de los textos sagrados.

Por su antiguo preceptor, Elías conocía las largas charlas sostenidas en el estudio del artista, en la casa del *jajám* o en las cervecerías de Ámsterdam en donde a los dos hombres les encantaba encontrarse y darse a libaciones, diálogos en los cuales aquellos espíritus contradictorios y en comunicación solían referirse a sus inconformidades y conceptos. Sus modos muchas veces insolentes de comportarse en público habían contribuido también a granjearles la atención de una comunidad bullente para la cual el disfrute de la libertad de ideas y credos se había establecido como el bien más preciado al cual tenían derecho todos quienes allí vivían, incluidos los hijos de Israel: no por gusto los judíos no solo la consideraban una Nueva Jerusalén, sino también la llamaban *Makom*, «el buen lugar» donde habían hallado la aceptación de sus costumbres y fe y, con ella, la paz para vivir su vida, perdida en casi todos los otros sitios del mundo conocido.

Aquella mañana, cuando Raquel Abravanel, mal encarada y peor peinada (como siempre) recibió a Elías, le espetó de inmediato que su marido aún dormía los excesos etílicos de la noche anterior y le cerró la puerta en la cara. Sentado en la escalerilla de acceso a la morada, con una nalga sobre la *mezuzá*, el cilindro con fragmentos de la Torá dedicada a recordar a quienes entraban o salían de la morada que Dios está en todas partes, el joven decidió esperar la recuperación del profesor, pues estaba determinado a tener el difícil diálogo con el hombre más capaz de ayudarlo o de hundirlo. Una hora después, demasiado poco abrigado para el frío de la mañana, vestido con las bombachas sucias y el capote raído con los cuales solía pasearse por la ciudad para hacer más patente su inexistente interés por los bienes materiales y las opiniones de sus vecinos, el anfitrión se acomodó en el mismo escalón del joven y le ofreció un tazón de un vino aguado y tibio, endulzado con miel y condimentado con canela, similar al que él mismo bebía.

Elías le preguntó cómo se sentía. «Vivo», fue la respuesta del *jajám*, que, cosa extraña, no parecía tener deseos de divagar. ¿Para qué quería verlo? ¿Por qué tanta prisa? ¿No tenía frío? ¿Y qué era de la vida del ingrato Amós? El joven decidió empezar por donde le resultaba más fácil, aun cuando en realidad no lo fuera, porque su hermano Amós, también antiguo alumno de Ben Israel, había tenido una crisis mística y se había convertido en uno de los seguidores del rabino polaco Breslau, el más recalcitrante defensor local de la pureza religiosa del judaísmo y, como era de esperar, enemigo público de Ben Israel y de sus modos de pensar. Por ello dio la respuesta más política y a la vez explícita que se le ocurrió: «Amós debe de estar leyendo la Torá en la sinagoga tudesca», dijo, se dio un trago del vino ya frío y, sin pensarlo más, se lanzó hacia donde en realidad le interesaba: «Mi amado *jajám*, quiero que su amigo el Maestro me acepte en su taller. Quiero aprender a pintar. Pero quiero aprender con él». El profesor siguió bebiendo de su tazón, como si las palabras de su ex alumno fuesen un comentario intrascendente sobre el estado del tiempo o el precio del trigo. Elías sabía, no obstante, que la mente del erudito debía de estar deglutiendo aquellas palabras cargadas de complicaciones y colocándolas en la balanza equilibrada con los contrapesos de lo lógico, lo posible, lo admisible y lo intolerable.

Pocos hombres en Ámsterdam sabían más que Menasseh sobre qué cosa es vivir guardando un secreto y representando un personaje: en su niñez lusitana, cuando aún se llamaba Manoel Dias Soeiros, había sido arrancado de su hogar y recluido en un convento donde por varios años unos frailes franciscanos, no demasiado misericordiosos, lo habían educado como cristiano, enseñándole (varilla en mano) las razones por las cuales debía despreciar y reprimir a los practicantes de la religión de sus ancestros, responsables directos de la muerte de Cristo, practicantes de sacrificios rituales de niños, hedientes a azufre y avaros por naturaleza, entre otros muchos pecados y estigmas. Su estómago, obligado a digerir carne de cerdo, morcillas de sangre y cuanto alimento *trefa* se les ocurriera servir a los curas, se debilitó hasta provocarle una enfermedad crónica que aún lo acompañaba y le producía dolorosas vomitonas. Pero también había aprendido a sobrevivir en un medio adverso, a guardar silencio y a saber ocultarse en la masa para no ser oído ni visto y, sobre todas las cosas, a tomar de ese medio hostil las enseñanzas que podían ser útiles en las más diversas circunstancias. Había asimilado, gracias a sus represores teológicos, que el ser humano es una criatura demasiado compleja para que alguien («Fuera de Dios, por supuesto», les decía a sus alumnos, como siempre recordaba Elías) pudiera creerse capaz de conocerlo y juzgarlo, mientras la libertad de elección debía ser el primer derecho del hombre, pues le había sido otorgada por el Creador: desde el origen del mundo, para su salvación o perdición, mas siempre para su uso.

Cuando les hablaba de este tema a sus discípulos, Ben Israel solía repetirles su versículo predilecto del Deuteronomio, «Yo, Dios, te he dado vida y muerte; bendición y maldición: *escoge* vida», recalcando la posibilidad de elección más que la elección final misma, y muchas veces, como colofón, solía narrarles la extraordinaria historia de uno de sus parientes políticos, don Judá Abravanel, el hombre que, por la salvación de su vida y la de su estirpe, había optado por la entrega pública de su fe y la renegación de todas sus convicciones. Según el relato (Elías siempre lo creyó una ficción del *jajám* para cargar más aún el destino mesiánico de la familia) aquel hombre era hijo del poderoso Isaac Abravanel que tanto apoyó y tanto dinero dio para que el genovés Colón pudiera zarpar con sus naves y regalar poder y gloria a la Corona de España. No obstante, él también debió huir del país donde por muchos siglos vivieron y prosperaron sus ancestros para buscar refugio en Lisboa, como otros muchos judíos perseguidos por los obispos de aquella misma Corona española (la cual, antes de expulsarlos, había confiscado sus muy considerables bienes, como siempre recordaba el abuelo Benjamín al hablar de esas y otras persecuciones). Pero, según el relato del maestro, fue en el año de 1497 cuando Judá Abravanel vivió el momento más tremendo de su existencia: él, su mujer y sus hijos, junto con otras decenas de familias sefardíes, terminaron confinados en una catedral de Lisboa y, por real decreto, colocados frente a la terrible elección a la cual los cristianos reducían las opciones de los practicantes de la Ley mosaica. O aceptaban el bautismo católico o eran llevados al tormento y la muerte en la hoguera. (En este punto —bien lo recordaba Elías— el *jajám* Ben Israel solía hacer una pausa dramática, destinada a alimentar el sobrecogimiento de sus pupilos, aunque el mejor silencio lo reservaba para más adelante.) Muchos de los hebreos atrapados en la catedral, cientos de ellos, decididos a morir por su fe santificando el nombre de Dios y por no verse humillados con el acto del bautismo, optaron por el sacrificio, como lo ordenaban las Escrituras, y comenzaron a matar a sus hijos y mujeres, para luego matarse a sí mismos: si tenían armas, los degollaban, les cortaban las venas, los herían en el corazón, y si no estaban armados, pues los estrangulaban con sus cinturones y hasta con sus propias manos, para luego inmolarse ellos mismos golpeándose el cráneo contra las columnas del templo, de las cuales, se decía, todavía goteaba la mucha sangre absorbida por sus piedras. Pero Judá Abravanel no, decía en aquel punto del relato el *jajám*. Aquella negación caía como un manto de alivio sobre los adolescentes, aterrorizados con aquella historia del sufrimiento al cual habían sido sometidos otros judíos, un episodio al cual ellos, afortunados habitantes de Ámsterdam, la Nueva Jerusalén donde se les habían abierto las puertas a los hijos de Israel, no se imaginaban que pudiera ser conducido ningún ser humano.

Judá Abravanel, cuya estirpe —como bien se sabía— se remontaba hasta la mismísima casa del rey David, era médico de profesión y sería el poeta que con el nombre de León Hebreo escribiría los famosos *Dialoghi d'amore,* varias veces leídos por Ben Israel a sus discípulos. Hombre culto, piadoso y rico, había sido atrapado por la más dolorosa circunstancia y hecho su elección: don Judá había tomado a su mujer y a sus hijos de la mano y, chapoteando en la sangre judía derramada en el templo cristiano, había avanzado hacia el altar clamando por el bautismo (y aquí el *jajám* hacía su más largo silencio). Optando por la vida. Aun cuando su corazón lloraba, consciente de que su decisión quebraba uno de los preceptos inviolables («¿Saben cuáles son esos preceptos?»), don Judá Abravanel caminó dispuesto a lanzarlo todo al fuego, a perder la salvación de su alma, pero consciente de lo que su vida y la vida de sus hijos significaban o podían significar para la historia del mundo según las cósmicas proporciones de un riguroso plan divino: eran una vía abierta en el camino del Mesías... Además, con el ejemplo dado por aquel hombre, considerado un puntal de la comunidad, don Judá salvó la vida de muchos de los judíos encerrados en la iglesia, que, conocedores de su prestigio, influidos por su ascendencia, decidieron imitarlo...

Gracias a aquel acto, por cierto, solía decir el *jajám,* ya más distendido, quizás incluso con un dejo de ironía, Judá Abravanel tuvo vida suficiente para huir de Portugal con los suyos, asentarse en Italia y, en una coyuntura más favorable, volver a enriquecerse y regresar a la fe en la cual él había nacido y a la que se debía. En todo caso, don Judá, tal vez hasta perdonado por la infinita comprensión del Santísimo, bendito sea Él, había legado una conmovedora enseñanza (y aquí solía caer el último silencio del mañoso narrador): en cada momento el hombre sabio debe actuar del mejor modo que su inteligencia le reclame, pues para algo el Creador le había dado al humano aquella capacidad. El Santísimo había enseñado a los suyos que ningún poder, ninguna humillación, ni siquiera la más enconada represión o cofradía de dolor y miedo pueden apagar la llama del deseo de libertad ardiente en el corazón de un hombre presto a luchar por ella, dispuesto incluso a humillarse para llegar a esa libertad, y luego de cumplida la vida, confiarse al Juicio Final. Porque el deseo de libertad es indisociable de la condición singular del hombre, esa intrincada creación divina.

Tan dramático como aquellos silencios de sus relatos fue el silencio que el *jajám* abrió esa mañana, luego de escuchar la confesión de Elías Ambrosius. Y tan largo resultó que el joven pensó si no iba a morir de desesperación y frío. Ben Israel, demasiado absorto, había sacado la galleta de cebada escondida en el bolsillo de su blusón para humedecerla en el resto del vino y masticar sin prisas antes de, por fin, decidirse a hablar. «No voy a preguntarte si entiendes lo que me pides, pues asumo que debes entenderlo. También asumo que sabes cuál se supone que es mi deber, ahora mismo.» «Sí, señor, tratar de convencerme de que es una locura. O denunciarme al Mahamad. No intente lo primero: estoy decidido. Lo segundo es determinación suya, como miembro de ese consejo.» Ben Israel dejó el tazón ya vacío junto a la *mezuzá*, se limpió la boca y se frotó las manos para desprender las últimas migajas y, de paso, devolverle calor a sus dedos. «Llevo treinta años viviendo aquí y todavía añoro el sol de Portugal... No me extraña que haya judíos negados a salir de allí y otros aquí desesperados por volver.»

Sin dar explicaciones, el profesor entró en la casa y salió con una manta sobre los hombros. Recuperó su sitio, se sorbió sonoramente los mocos y miró al joven: «¿Por qué me pides ayuda en algo tan grave? ¿Por qué vienes a mí?». «Porque usted, *jajám*, es el único que puede ayudarme... Y porque sé que incluso sería capaz de hacerlo.» El hombre sonrió, quizás orgulloso por la opinión de Elías. «Me estás pidiendo apoyo para violar una *mitzvah,* nada menos que el segundo mandamiento escrito en las tablas.» «Una *mitzvah* que los hebreos estamos violando hace dos mil años. ¿O no fueron hebreos, según aprendí en sus clases, quienes pintaron los paneles con escenas bíblicas en una sinagoga a orillas del Éufrates? Y los mosaicos con imágenes humanas y de animales de la sinagoga de Tiberíades, en el lago Galilea, usted dice que no cayeron del cielo. ¿Y las Sagradas Escrituras ilustradas? ¿Y los túmulos funerarios en el cementerio de Beth Haim, aquí mismo, en Ámsterdam, acaso no tienen imágenes de animales...? ¿Y los ángeles del Arca de la Alianza? ¿Y la fuente del rey Salomón alzada sobre cuatro elefantes esculpidos...?, perdóneme, *jajám*, pero lo que le voy a decir es pertinente..., ¿y tener imágenes en las paredes de la casa no es una violación de la Ley?» «Sí, hay malos precedentes y otros...», el sabio sonrió de nuevo, herido por la estocada de su antiguo pupilo que le recordaba el retrato desde hacía varios años exhibido por Ben Israel, como un desafío, allí mismo, en su casa, «... hay otros que confunden. Los querubines que adornaron el Arca fueron una petición del propio Creador, es cierto. Aunque él jamás indujo a que los adoraran... Los túmulos del cementerio se los han encargado a artesanos gentiles... Y yo no soy el único judío que ha sido pintado por el señor Van Rijn. También tiene un excelente retrato suyo el notable doctor Bueno... Lo que quiero decir es que nada de eso te exime de la obediencia y menos del peligro del castigo...»

Entonces Elías Ambrosius sacó la carta con la cual pensaba asegurar su triunfo: «La Torá nos prohíbe adorar falsos ídolos, ese incluso es uno de los tres preceptos inviolables, y por eso condena el acto de representar imágenes de hombres y animales, o de adorarlas en los templos o en las casas... Pero no habla del hecho de aprender a hacerlo: y yo solo quiero que usted me ayude a aprender con el Maestro. Lo que haga después es mi responsabilidad consciente... ¿Me va a ayudar o me va a delatar?». Ben Israel al fin rió abiertamente. «Cada vez que debía lidiar con su gente, Moisés se preguntaba por qué el Santísimo, bendito sea Él, había elegido a los hebreos para cumplir sus mandatos en la Tierra y propiciar la llegada de un mesías. Somos la raza más díscola de la creación. Y eso nos ha costado un precio, tú lo sabes... Lo peor no es que nos cuestionemos todo, sino que racionalicemos esos cuestionamientos. Tienes razón..., nadie te impide estudiar. ¿Pero sabes algo? Me siento culpable de que hayas aprendido a pensar así... Además, la Ley es clara en cuanto a la representación de figuras que pueden ser idolatradas. La prohibición se refiere sobre todo a la construcción de falsos ídolos o pretendidas imágenes del Santísimo..., aunque, digo yo, deja un espacio al acto de crear si ese empeño no conduce a la idolatría... Y cada nueva generación, bien lo sabes, está obligada a respetar la Torá y sus leyes, pero también está obligada a estudiarla, porque los textos requieren ser interpretados en el espíritu de los tiempos, que son cambiantes... Ahora, con independencia de cómo interpretemos la Ley, te pregunto: ¿serás capaz de detenerte al borde de la línea? ¿Estudiar y solo aprender, como me dices, por el disfrute de hacerlo?» Hizo una de sus pausas, otra vez tan larga que Elías llegó a pensar si no habría terminado su discurso, cuando por fin se puso de pie y agregó: «Ven, quiero mostrarte algo».

El *jajám* recogió su tazón y ascendió los dos escalones que daban acceso a la casa. El joven lo imitó, intrigado por lo que podría mostrarle el otro. Atravesaron el desordenado salón, desierto en ese momento, y penetraron en el cubículo donde solía leer y escribir el erudito. Montañas de libros y papeles, colocados al parecer de cualquier modo, rodeaban la pequeña mesa donde descansaban varias hojas escritas en hebreo, las plumas de ganso y el frasco de la tinta. También la garrafa de vino, el lujo al cual no podía renunciar el profesor. Ben Israel se volvió y miró a los ojos de su antiguo discípulo: «La discreción es una virtud. Confío en ti como tú confías en mí», y, sin esperar comentarios del otro, se inclinó sobre la mesa y de un cajón extrajo una cartulina enrollada que le entregó al joven. «Ábrela.»

Apenas sintió la textura del papel, Elías Ambrosius supo que se trataba de una cartulina para grabados de las vendidas por el señor Daniel Rulandts y, con todo cuidado, comenzó a desplegar el rollo hasta abrirlo ante sus ojos. En efecto, la superficie estaba grabada con un aguafuerte, y la imagen representada era el busto del propio Ben Israel, vestido con rebuscada elegancia, la barba y bigotes bien recortados, la cabeza cubierta con su kipá judía. Lo primero que se le ocurrió decir al joven se convirtió en palabras en sus labios: «Pero esto no es obra del Maestro». «Veo cuán bien lo conoces», admitió el *jajám*, «eso es lo interesante de este grabado...» «¿Y entonces quién es...? ¿Salom Italia?», leyó en el borde inferior, donde también estaba grabada la fecha de ejecución en números romanos: MDCXLII, 1642. «¿Quién es Salom Italia...? No me dirá que un judío.» Ben Israel dejó que una pequeña sonrisa aflorara a sus labios. «Elías, confórmate con saber esto, que ya es mucho: sí, es un judío, como tú, como yo.» «¿Un judío? ¿Y usted sabía que hacía esto? Quien sea este Salom Italia no es un aprendiz..., es un artista.» «Vas por buen camino...» Ben Israel tiró unos libros al suelo y se acomodó en su silla. «No es un aprendiz, aunque casi no recibió lecciones de ningún maestro. Pero tiene un don. Y no pudo evitar desarrollarlo... Ah, por supuesto, Salom Italia no es su verdadero nombre...» «¿Y qué va a hacer usted, *jajám*? ¿Va a denunciarlo?» «¿Después de posar para él?...» Elías Ambrosius comprendió que estaba ante algo demasiado grave, definitivo, capaz de impulsarlo en sus pretensiones pero a la vez de llenarlo de temores. «¿Qué va a hacer usted entonces?» «Con este grabado, guardarlo. Con el secreto de Salom Italia y su aguafuerte, lo mismo. Contigo, ayudarte... Después de todo es tu opción y conoces los riesgos... como los conocía Salom Italia. Además, en esta ciudad los secretos se multiplican: hay varios de ellos ocultos por cada judío visible... Sí, tengo una idea..., y espero que el Santísimo, bendito sea Él, me entienda y me perdone con su infinita gracia.»

Menasseh Ben Israel se puso de pie y volvió a frotarse las manos: «Otra vez necesitamos leña y estoy en la ruina... ¿Viste que no tengo ni para comprar leche? ¿Cuándo se acabará este maldito invierno...? Vete ahora, tengo que orar..., aunque ya es un poco tarde, ¿no? ¿Tú hiciste los rezos de la mañana...? Y después voy a pensar. En ti y en mí».

Cuando al fin estuvo frente a la puerta verde del número 4 de la Jodenbreestraat, Elías Ambrosius sintió deseos de echar a correr. No es lo mismo tomar una decisión que ejecutar un acto; y si transponía el umbral custodiado por él durante meses, siempre soñando con aquel instante, estaría dando un paso irreversible. Sin quererlo, sin pensarlo, volvió a revisar su vestimenta, la más presentable a su alcance, pero se reconfortó al observar el aspecto descuidado de su guía: el erudito Ben Israel casi parecía uno de aquellos judíos toscos y malolientes que en los últimos años habían migrado del Este hacia la Nueva Jerusalén y vivían de la caridad o de los magros salarios municipales devengados por labores como sacar mugre y cadáveres de animales de los canales, recoger nieve en el invierno y barrer el polvo de las calles el resto del año.

La señora Geertje Dircx les abrió la puerta y, con el mutismo que (ya Elías lo sabía) le era propio, los hizo pasar a la sala recibidor. Aquella viuda de un militar, casi militar ella misma, era la encargada del cuidado de Titus, el pequeño hijo del Maestro, incluso desde antes de la muerte de su madre, y tras el deceso de la dueña de la casa se había convertido en una especie de ama de llaves con todos los poderes. Apenas aguardaron unos minutos y de la escalera que conducía a la cocina salió el Maestro, aún masticando un último bocado y ataviado con un blusón que le cubría hasta los tobillos, manchado de todos los colores existentes y ajustado a la cintura con un cáñamo más apropiado para atar barcazas que para la función ahora encomendada.

«Buen día, amigo mío», lo saludó el *jajám*, y el Maestro le correspondió con las mismas palabras y un apretón de manos. Elías, a quien el anfitrión ni siquiera había mirado, sentía cómo todo su cuerpo temblaba, sacudido por la presencia cercana de aquel hombre de nariz de porrón y mirada de águila, de aspecto tan vulgar que, aun sabiendo quién era, resultaba difícil aceptar que fuese, y nadie lo dudaba, el más grande maestro de una ciudad donde pululaban los pintores. Ben Israel le mencionó el motivo de su visita y solo entonces el hombre pareció recordarlo y miró de soslayo a Elías. «Ah, tu joven discípulo... Vamos al estudio», dijo, y luego de ordenarle a la señora Dircx que subiera una botella de vino y dos copas, emprendió la ascensión por la sinuosa escalera de espiral.

Mientras subían, el joven, sin perder su angustia, trataba de encajar cuanto iba viendo en las imágenes de aquel sitio que había fabricado con descripciones del *jajám,* el danés Keil y el comerciante Salvador Rodrigues, vecino del pintor y amigo del padre de Elías. Sin apenas atreverse a dar un vistazo a las obras colgadas en la sala, entre las cuales reconoció un paisaje de Adriaen Brouwer y una cabeza de Virgen, sin duda venida de Italia, además de un par de trabajos del anfitrión, los siguió hacia la planta donde el Maestro tenía su estudio y, a través de la puerta semicerrada del anexo de la antesala, consiguió ver la prensa en donde el pintor imprimía las copias de sus codiciados aguafuertes. Al llegar al descanso del tercer nivel pudo atisbar en la habitación del fondo, a su derecha, el almacén de los objetos exóticos que tanto le gustaba adquirir al Maestro en las subastas y mercadillos de la ciudad y, a la izquierda, la puerta que ya se abría y daba acceso al taller. Fue en ese instante, mientras el Maestro le cedía paso al rabino, cuando el hombre le dirigió por primera vez la palabra a Elías Ambrosius. «Espera aquí. Si quieres, puedes ver mi colección. Pero no vayas a robarte nada», y, sin más palabras, cerró tras de sí la puerta del estudio.

Elías, obediente, entró en el cubículo donde, en un orden que más bien parecía un caos, se acumulaban las más inconcebibles rarezas. Aunque su estado de ánimo no era propicio para concentrarse en las observaciones, paseó la vista por aquel muestrario de maravillas en donde convivían los *artificialia* con los *naturalia,* en una variedad y disposición alucinante o alucinada. Ubicado en un ángulo desde el cual podía observar la puerta del estudio, el joven recorrió con la mirada la serie de bustos de mármol y yeso (¿Augusto?, ¿Marco Aurelio?, ¿Homero?), las cajas de caracolas, las lanzas asiáticas y africanas arracimadas en un rincón, los libros (todos en neerlandés) colocados en una estantería, los animales exóticos disecados, los cascos militares de hierro, la colección de minerales y de monedas, los tazones importados del Lejano Oriente, dos globos terráqueos, varios instrumentos musicales de cuya existencia y sonoridad el judío no tenía idea. Sobre una mesa reposaban tres enormes carpetas que, ya lo sabía el joven, guardaban grabados, aguafuertes y dibujos de Miguel Ángel, Rafael, Tiziano, Rubens, Holbein, Lucas van Leiden, ¡Mantegna!, ¡Cranach el Viejo!, ¡Durero!... Concentrado en la observación de los álbumes, rozando con las yemas de los dedos las rugosidades de las impresiones, perdida la noción del tiempo y alejado sin quererlo de sus ansiedades, el quejido de la puerta que se abría lo sorprendió. «Ven, hijo», lo reclamó el *jajám* y los temblores regresaron al cuerpo del joven.

El taller del Maestro ocupaba toda la parte frontal de la planta. Las dos ventanas tantas veces observadas desde la plazoleta de la Sint Anthonisbreestraat, a la orilla de la esclusa del Zwanenburgwal, tenían bajadas las cortinas de tela dispuestas para atenuar la luz, pero el joven pudo ver en el caballete preparado a las espaldas del Maestro, muy cerca de una estufa de hierro labrado, una tabla de mediano formato con la mitad superior oscurecida en una profundidad casi cavernosa en donde, sin embargo, resultaba posible descubrir una enorme columna, algo semejante a un altar cargado de filigranas de oro, y una cortina que bajaba desde las tinieblas por la izquierda de la superficie. En la mitad inferior de la tabla, donde la luz se concentraba alrededor de una mujer arrodillada, vestida de blanco, se agrupaban varias figuras más, todavía abocetadas sobre un fondo gris.

El *jajám* ocupó la otra banqueta libre y dejó a Elías de pie, en el centro de la estancia, en una embarazosa posición, pues podía ver su reflejo de frente y de perfil en los dos grandes espejos recostados contra la pared frontal y lateral del taller. El joven no sabía qué hacer con sus manos ni adónde dirigir la mirada, ávida de captar cada detalle del sanctasanctórum aunque incapaz de convertir en pensamientos las imágenes asimiladas.

«¿Qué edad tienes, muchacho?» Elías fue sorprendido por aquella pregunta. «Diecisiete años, señor. Recién cumplidos.» «Pareces más joven.» Elías asintió. «Es que todavía no me sale barba.» El Maestro casi sonrió y continuó. «Mi amigo Menasseh me ha hablado de tus pretensiones. Y como yo admiro la osadía, voy a hacer algo por ti.» Elías sintió que podía flotar de alegría, pero se limitó a asentir, la vista fija en las manos del Maestro, dedicadas a enfatizar sus palabras. «Como por la salud de mi amigo, y por la tuya, debemos ser discretos, y como tengo entendido que eres un muerto de hambre ambicioso y tozudo, mi única propuesta posible es que, para todos, vengas a trabajar en el taller como mozo de limpieza, por lo que te voy a reducir la matrícula a cincuenta florines. Por supuesto, por ese precio y para que los demás crean que limpias, de verdad vas a limpiar, claro está... Primero vas a aprender mirando lo que hacen los demás discípulos y lo que hago yo. Puedes preguntar, pero no demasiado y a mí nunca me dirijas la palabra cuando esté trabajando... Nunca... Cuando sepas todo lo que se debe saber sobre cómo disponer y mezclar los colores, moler las piedras con el alfil, preparar los lienzos y las tablas, fabricar pinceles y tengas una idea de cómo se pinta un cuadro y por qué se pinta de una forma y no de otra, entonces te volveré a preguntar tu disposición. Y si aún insistes, te daré un pincel. Si tomas en tus manos ese pincel y si ese acto llega a ser más o menos público, ya solo depende de ti, y las consecuencias las asumes tú. Tengo demasiados amigos judíos que no están tan locos como este amigo nuestro», señaló con la barbilla a Ben Israel, «para enturbiar mi relación con ellos por un soñador que pretende pintar y a lo mejor no sirve ni para darle cal a las paredes... ¿Te conviene?»

Elías, abrumado por el discurso, al fin miró al rostro del Maestro, que había quedado a la expectativa de una respuesta, y luego al de su antiguo preceptor, quien, con una hermosísima copa mediada de vino en la mano, parecía achispado y divertido con la situación. «Sí, acepto, señor..., pero solo puedo pagarle treinta florines.» El Maestro lo miró como si no hubiera entendido bien y, con los ojos, interrogó a Ben Israel. «Por favor, señor, treinta florines es más de lo que tengo», añadió entonces el joven, mientras sentía cómo el mundo se desmoronaba bajo sus pies al observar que el Maestro negaba una y otra vez con la cabeza. Elías, como todos los que conocían algo de la vida de aquel hombre, sabía que la fama no le bastaba para darle alcance a las presiones económicas a las cuales lo conducían sus excentricidades. Además, sus finanzas debían de haber empeorado mucho desde el año anterior, cuando varios de los miembros de la sociedad de arcabuceros propalaron el comentario de que la obra encargada había resultado ser una estafa, un cuadro impertinente y de mal gusto, pues en nada se parecía a los retratos de grupo entonces de moda. Algunos hasta comentaron que el pintor era caprichoso, voluntarioso y terco («Mejor se lo hubiéramos encargado a Frans Hals», habían dicho algunos de los retratados, cada uno de los cuales había abonado la considerable cifra de cien florines), y, casi como si fuera un decreto municipal, el Maestro había dejado de recibir aquella clase de encargos, los más rentables en el mercado de pinturas de Ámsterdam. Por ello, la respuesta del pintor sorprendió a los dos judíos: «No tendrás barbas, pero tienes agallas... Pues allí está la escoba. Empieza a barrer la escalera. Quiero verla brillar. Cuando termines pregúntale a la señora Dircx qué otras cosas debes hacer... Creo que necesitamos turba para las estufas... Sal ahora, quiero hablar algo más con mi amigo. Y vístete como lo que eres, un sirviente. Arriba, sal y cierra la puerta».

Se sabía un privilegiado, vislumbraba que asistiría a sucesos maravillosos, y quería tener la alternativa de recordarlos por el resto de los días de su vida y, tal vez, en un futuro imprevisible, transmitirlos a otros. Por ello, un par de semanas después de que comenzara a frecuentar la casa y el taller del Maestro, Elías Ambrosius decidió llevar una especie de libro de impresiones donde iría escribiendo sus conmociones, descubrimientos, elucubraciones y adquisiciones a la sombra y luz del Maestro. Y también sus temores y dudas. Mucho debió pensar dónde esconder el cuaderno, pues, de caer en manos de alguien —y pensó ante todo en su hermano Amós, cada día más intransigente en cuestiones religiosas, empeñado incluso en hablar con la escabrosa jerga de los rústicos judíos del Este—, haría innecesarias todas las precauciones y encubrimientos, imposible el mínimo intento de defensa. Al final se decidió por una trampilla abierta en el suelo de tablas de la buhardilla, resguardada de la vista por un viejo cofre de madera y cuero.

En la primera página del cuaderno, ensamblado y empastado por él mismo en la imprenta, según el modelo de los *tafelet* en los cuales los pintores solían hacer sus bocetos, escribió en ladino, con letras grandes, poniendo empeño en la belleza de la caligrafía gótica: *Nueva Jerusalén, año 5403 de la creación del mundo, 1643 de la era común.* Y para empezar se dedicó a relatar lo que significaba para él la posibilidad de compartir el mundo del Maestro y luego, en varias entradas, cargadas de adjetivos y admiraciones, trató de expresar la sensación de epifanía que le había provocado convertirse en testigo del acto milagroso a través del cual aquel hombre tocado por el genio sacaba las figuras de la base de color muerto imprimada en el tablero de roble, cómo las vestía, les daba rostros y expresiones con retoques de pincel. Trató de explicarse cómo conseguía iluminarlas con un fabuloso, casi mágico juego de colores ocres, mientras las ubicaba en un semicírculo alrededor de la mujer arrodillada y vestida de blanco, para darle forma definitiva al drama cristiano de Jesús otorgando el perdón a la mujer adúltera, condenada a morir apedreada. El trabajo había resultado un proceso de pura creación *ex-nihilo,* en el que día a día el joven había podido contemplar una convocatoria de trazos y colores que aparecían y tomaban cuerpo para ser devorados muchas veces por otros trazos, otros colores capaces de perfilar mejor las siluetas, los ornamentos, los decorados, las formas y las luces (¿cómo lograba aquella controversia de oscuridades y luces?, se preguntaba una y otra vez) hasta, después de muchas horas de esfuerzo, alcanzar la más retumbante de las perfecciones.

Según habían acordado el día de la primera visita, Elías, una vez concluida su labor cotidiana en la imprenta, trabajaba en la casa del Maestro todas las tardes y noches, del lunes al jueves, y hasta un par de horas antes de la caída del sol la tarde del viernes. («Cuando termina el viernes, tú debes cumplir con tus compromisos como judío. El domingo a veces voy a mi iglesia y, si puedo evitarlo, no me gusta tener a nadie en casa», le dijo el Maestro.) Escoba y bayeta en mano, siguiendo las instrucciones de la señora Dircx, el joven comenzaba a recorrer el inmueble donde, en una época, la alegría, la fiesta y la charla habían llenado los días y las noches, pero en la que ahora se respiraba la atmósfera lóbrega forjada por la presencia de la muerte, que tanto había rondado por allí. Solo traían señales de vida y normalidad al ambiente las carreras, risas y llantos del pequeño Titus, el hijo sobreviviente, y la presencia de los discípulos, algunos incluso más jóvenes que Elías, quienes muchas veces no podían evitar el estallido de una risa capaz de alterar por unos momentos la atmósfera lúgubre encerrada entre aquellas paredes.

Elías siempre realizaba sus faenas deprisa, aunque a conciencia, deseando subir cuanto antes al ático donde los alumnos trabajaban en sus cubículos. Incluso, si era posible, intentaba acceder al estudio del Maestro antes de la caída de la tarde, pues a pesar de su preferencia por las escenas nocturnas, descubriría que muy pocas veces el hombre continuaba su labor sobre un cuadro utilizando la luz de las velas o una fogata preparada por los ayudantes en una gran caldera de cobre diseñada para aquel fin. Pero cuando llegó la primavera y se retrasó la desaparición del sol, Elías pudo disponer de más tiempo para vagar, siempre en silencio, escoba y balde en mano, por el estudio del pintor; y cuando este no trabajaba o cuando sí lo hacía pero pasaba el cerrojo, en ocasiones permanecía en los salones de la primera planta, contemplando las obras recientes del Maestro (un delicadísimo retrato de su difunta esposa, adornada como una reina y mostrando su última sonrisa; una magnífica estampa de David y Jonatán rezumante de ternura, en la que el Maestro había utilizado su propio rostro para crear al segundo de los personajes); las pinturas de sus amigos y discípulos más aventajados (Jan Lievens, Gerrit Dou, Ferdinand Bol, Govaert Flinck) y piezas que había adquirido, algunas para conservarlas, otras para venderlas con alguna ganancia. Entre aquellas joyas Elías encontró una *Samaritana* de Giorgone, una recreación de *Hero y Leonardo* del exuberante flamenco Rubens, y aquella cabeza de Virgen vista el día de su primera visita a la casa, que resultó ser obra del gran Rafael. Las más de las veces, por supuesto, se dirigía a los cubículos de la buhardilla, delimitados por paneles móviles, donde laboraban los aprendices, en unas ocasiones guiados por el Maestro, otras trabajando sus propias obras, según las capacidades ya adquiridas. Con el danés Keil, con Samuel von Hoogstraten, el aniñado Aert de Gelder y, sobre todo, con el muy dotado Carel Fabritius (no por gusto convocado con frecuencia por el Maestro para que lo ayudara a adelantar algunos de sus trabajos), comenzó su verdadero aprendizaje de los misterios de las composiciones, las luces y las formas, aunque con todos se cuidó de revelarles sus verdaderas intenciones, aun cuando asumía que a ninguno de los discípulos y aprendices les sería difícil adivinarlas, mas también que muy poco les podría interesar a aquellos vástagos de comerciantes y burócratas acaudalados las posibles pretensiones de un insignificante criado judío.

Durante las primeras semanas el Maestro apenas volvió a dirigirle la palabra, salvo cuando le ordenaba que limpiara un sitio o le alcanzara un determinado objeto. Aquel tratamiento, muy cercano al desdén, motivado tal vez por lo poco rentable que resultaba su presencia, hería el orgullo del joven, pero no lo vencía: al fin y al cabo estaba donde él quería estar y aprendía lo que tanto había deseado aprender. Y ser invisible era su mejor escudo, tanto dentro como fuera de aquella casa.

Elías solía estar particularmente atento a las labores ordenadas a los discípulos, pues bien sabía que se trataba de las reglas básicas del oficio. Alguna vez, con suerte, él también recibiría aquellos mandatos. Siguió con especial atención el proceso encargado a los aprendices de dar segundas y terceras capas de imprimación a los lienzos, sobre los cuales muchas veces aplicaban una mezcla gruesa, casi rugosa, de cuarzo gris coloreado con un poco de marrón ocre, más o menos rebajado con blanco, diluido todo en aceite secante, para conseguir la máxima rugosidad de la textura y el color muerto exigido por el Maestro; observó con detenimiento el arte de preparar los colores, luego de pasar por el molinillo y pulverizar en el mortero las piedras de pigmentos, para luego mezclarlas con cantidades precisas de aceite de linaza procurando que aglutinara lo suficiente, sin estar demasiado pastoso; estudió la forma de disponer la paleta del Maestro (asombrosamente reducida en colores) según la fase en que se hallara la obra o de acuerdo con el sector de ella donde trabajaría en ese momento. Todas aquellas labores se desarrollaban con mandatos precisos, y solo en ocasiones derivaban hacia la explicación más o menos didáctica de las intenciones del artista. Elías descubrió, además, que el pintor, como si nada más confiara en su habilidad para lograr el tono preciso exigido por su mente, era por lo general quien preparaba los colores amarillos, oros, cobres, tierras y sienas, que utilizaba con profusión. Sin embargo, fue mientras conversaba con el amable Aert de Gelder, el discípulo que con mayor facilidad podía reproducir obras del Maestro, como si tuviera dentro de sí al propio Maestro, cuando Elías Ambrosius tuvo las primeras nociones de cómo debían combinarse los colores para lograr aquellos impresionantes efectos de luz y cómo aplicarlos para alcanzar las más tenebrosas sombras que tanto dramatismo interior daban a las piezas salidas del taller.

Una tarde del mes de abril —apenas pasado Pésaj, la Pascua judía que, por los rituales estipulados, espació las estancias de Elías en la casa—, el joven tuvo dos grandes satisfacciones. La primera fue cuando, al entrar en el estudio, vio al Maestro sentado ante un lienzo que había ordenado preparar unos días antes a Carel Fabritius. Durante las jornadas en que el discípulo estuvo trabajando en la tela de seis cuartos de alto por un *ell* de ancho, Elías había asistido al origen más remoto de una obra que en ese instante solo estaba en la mente del Maestro, palpitando como un deseo. Mientras Fabritius preparaba la tela, el Maestro se dedicaba a dibujar sobre una tablilla y observaba de reojo el trabajo de imprimación del lienzo. En dos ocasiones pidió «más», y Fabritius había debido agregar a la pasta oscura polvo de tierra de Kasel, para concederle un tono aún más profundo a la superficie. Al fin, sobre aquel plano casi negro, matizado con un destello marrón, el Maestro había marcado después unos trazos de blanco plomo, refulgentes, que Elías identificó con la forma de una cabeza, cubierta tal vez con un bonete... como el que en ese instante llevaba el pintor. La disposición de los espejos, colocados más allá del caballete de modo tal que el artista pudiera verse a sí mismo de frente y de tres cuartos y en un ángulo en el cual la luz del sol, filtrada por las ventanas, destacara solo una de las mejillas del modelo, le reveló el asunto de la obra.

Apenas Fabritius abandonó el estudio, Elías Ambrosius, moviéndose con el mayor sigilo, metió dentro del balde una decena larga de pinceles sucios recogidos del suelo y recuperó a su compañera la escoba para salir del recinto: la primera ley que había aprendido al llegar al taller era que cuando el Maestro trabajaba en un autorretrato siempre debía estar solo, a menos que solicitara la presencia de alguien —bien para usarlo como modelo de la ropa o como retocador de ciertas zonas de la pieza—. Por eso se asombró al escuchar la voz del Maestro cuando le habló a la imagen de Elías reflejada en el espejo: «Quédate».

Elías recostó la escoba y bajó el balde, pero no se movió. El Maestro recuperó su mutismo y clavó la mirada en su propio rostro, visto en el cristal reflectante. Aquel rostro había sido, sin duda, el más socorrido objeto de representación sobre el cual había trabajado el Maestro. Varias decenas de sus autorretratos, pintados, dibujados, grabados, habían salido de sus manos y hasta encontrado compradores en el mercado y espacios en las paredes de las casas burguesas de Ámsterdam, adonde habían llegado casi siempre no por ser bellas representaciones, sino apenas por haber sido consideradas por algunos compradores osados como un valor seguro: lo mismo que el oro o los diamantes, igual que todo lo salido de las manos de aquel hombre antes de que su prestigio se viera afectado por la pieza del gran salón de Kloveniers. La búsqueda de expresiones, sentimientos, estados de ánimo fingidos o reales, tal vez habían hecho que el Maestro se tomase como modelo ideal y, por supuesto, siempre disponible. Quizás la búsqueda de soluciones visuales útiles para ser aplicadas en los otros muchos retratos que había realizado (con reconocida habilidad) constituía otra causa de aquella insistencia. Pero, sobre todo, pensaba Elías luego de oír comentarios al respecto de los discípulos y aprendices, y de conversar sobre aquella obsesión con su profesor Ben Israel, al parecer el Maestro encontraba en sus rasgos, no demasiado nobles, por cierto (su nariz roma, los rizos rebeldes y libres —*cadenettes,* como le llamaban los holandeses, utilizando el vocablo de los franceses—, la boca expresiva aunque dura, con los dientes cada vez más oscurecidos por las caries, y la profundidad siempre alerta de su mirada), un reflejo de una vida bien conocida, de cuyas ganancias y pérdidas, felicidades y desastres quería o pretendía dejar testimonio vivo, con la certeza (como alguna vez, tiempo después, le dijera a Elías Ambrosius) de que *un* hombre es *un* momento en el tiempo; y la vida de un humano, la consecuencia de muchos momentos a lo largo del tiempo, más o menos dilatado, que le tocaría vivir. Un rostro no como representación, sino como resultado: el hombre que *es* como emanación del hombre que *ha sido.*

Por todos era conocida aquella habilidad tan singular del Maestro, su capacidad para leer conciencias y reflejarlas en la densidad de una mirada, que luego rodeaba con unos pocos atributos significativos. En la ciudad se contaba cómo varios años atrás, apenas llegado a la metrópoli desde su natal y más conservadora Leiden, las aptitudes del joven recibieron una prueba escandalosamente definitoria: el muy rico comerciante Nicolaes Ruts, el rey del negocio de pieles, vendedor casi exclusivo de las martas siberianas —más caras que el oro, más incluso que los bulbos de tulipanes de cinco colores—, quería un retrato hecho por aquel «muchacho» de quien tanto se hablaba y al cual hasta se consideraba como la nueva promesa de la pintura del norte. Ese debut en el círculo de los poderosos, que Dios y el ya visible talento del joven pintor pusieron en su camino, resultó tan espectacular como para dejar boquiabiertos a los comerciantes de arte y entendidos de la ciudad. Porque el retrato de Ruts constituía, a pesar de los pocos medios utilizados, la mejor representación posible del hombre de negocios, poderoso, seguro de sí mismo, pero ajeno por ideología y fe a los cantos de la ostentación. Si el Nicolaes Ruts retratado se cubría con una piel de marta dibujada pelo a pelo, como jamás había sido dibujada una piel de marta, en una apropiación capaz de realizar el acto mágico de transmitir a través de la contemplación la suavidad y el calor que la pelliza ofrecería al tacto, era porque no había nadie mejor que Nicolaes Ruts para llevar una de aquellas piezas. De ahí la mirada segura y tranquila con la cual el comerciante, abrigado por la codiciada piel, miraba a los espectadores que, alguna vez, habían tenido la fortuna de ver el lienzo. Y quienes lo habían visto fueron los otros ricos de Ámsterdam que se codeaban con Ruts y vestían sus costosos capotes, aquellos opulentos que se encargarían de convertir el retrato en una leyenda y en la obra capaz de propiciar que durante diez años esos mismos ricos de Ámsterdam solicitaran el arte del joven Maestro para hacerse inmortalizar del modo que en la ciudad se estableció como el mejor de los posibles.

Unos minutos después de recibida la orden de quedarse en el estudio, Elías Ambrosius tuvo el privilegio de poder observar cómo el Maestro, luego de una detenida contemplación, tomaba un pincel fino y, sin dejar de mirarse en uno de los espejos, comenzaba a trabajar en lo que serían los ojos. «Si eres capaz de pintarte a ti mismo y poner en tus ojos la expresión que deseas, eres pintor», habló al fin, sin dejar de mover el pincel, sin desviar la mirada de la labor. «El resto es teatro..., manchas de colores, una al lado de la otra... Pero la pintura es mucho más, muchacho... O debe serlo... La más reveladora de todas las historias humanas es la que está descrita en el rostro de un hombre... Dime, ¿qué estoy viendo?», preguntó, y ante el mutismo del pretendiente a aprendiz, se respondió a sí mismo. «Un hombre que envejece, que ha sufrido demasiadas pérdidas y aspira a una libertad que una y otra vez se le escapa de las manos, aunque no va a rendirse sin dar pelea...» Solo entonces el Maestro se movió, para acomodar mejor sus nalgas. «Mira bien. Aquí, junto a la cara, hacia el lado del espectador, es donde debes poner el punto luminoso. De esa manera evitas un contorno demasiado nítido de la otra mejilla. Con ello logras romper la atención de la cara como una unidad. Lo que importan son las facciones, en especial los ojos, donde debes encontrar el espíritu y el carácter. A partir de...»

El Maestro interrumpió su monólogo, como si hubiese olvidado que hablaba, porque trabajaba ahora con gris y siena buscando la forma del párpado, más bien grueso, quizás un poco caído. Demasiado caído, pareció decidir, y volvió a intentarlo, luego de pasar un dedo sobre la tela. «Los ojos se definen por la sombra, no por la luz...», retomó el discurso y por primera vez se volteó para mirar al joven judío. «El retrato es un acontecimiento temporal, un recuerdo del presente que visualizamos y eternizamos. Quiero saber mañana cómo soy, o cómo era hoy, y por eso me estoy retratando... Cuando retratas a otro resulta más complicado. Ya no es un diálogo entre dos, sino entre tres: el pintor, el cliente y la imagen de sí que reclama ese cliente, cargada con todas las convenciones sociales que el retratado pretende satisfacer... Pero cuando te pintas a ti mismo, nadie más que tú le habla al espectador. Es como desnudarse en público: eso que está ante ti es lo que tienes...»

El Maestro había vuelto a darle las espaldas a Elías Ambrosius y se dedicó a mirarse en el espejo que lo reflejaba de perfil. «Y tú, ¿qué buscas en la pintura?», preguntó, y apoyó la mano cargada con el pincel sobre el muslo, mientras cambiaba la mirada para buscar en el espejo el reflejo del joven judío, como si esta vez exigiera una respuesta. «No lo sé», confesó Elías, dispuesto a decir la verdad y por eso agregó: «Solo sé que me gusta». «Eso ya lo sé: un hombre que está dispuesto a ser humillado, maltratado y hasta marginado por lograr algo; que paga treinta florines por barrer una casa, hacer los recados y tirar mierda en el canal, porque espera aprender algo; que se arriesga a sufrir la furia doctrinaria de otros hombres, que es, por cierto, la peor furia del mundo..., solo puede hacerlo por algo que le gusta mucho. Pero eso del gusto está bien para un amante, o un comerciante, para un político incluso. No para un ministro de una Iglesia, como mi amigo Anslo, o para un fanático del mesianismo, como mi también amigo Menasseh... Tampoco es suficiente para un pintor, no. ¿Qué más? ¿Gloria? ¿Fama? ¿Dinero?» Elías Ambrosius pensó que todas aquellas cosas eran apetecibles y, por supuesto, él las deseaba: pero también sabía que no le correspondían y nunca las alcanzaría con un pincel en la mano. Si un maestro como Steen debía mantener una taberna donde vendía cerveza, si Van Goyen casi mendigaba, si Pieter Lastman había muerto olvidado, ¿a qué podía aspirar él? «Quiero ser un buen judío», dijo al fin, «no me interesa molestar a los míos, ni darles motivos para enfurecerlos o para que me condenen. Creo que quiero pintar solo porque me gusta. No sé si tengo un don, pero si acaso Dios me lo dio, fue por algo. El resto es mi voluntad, que también es un don de Dios, el Santísimo que me entregó una Ley, pero también una inteligencia y la opción de escoger.» «Piensa menos en Dios y más en ti y en esa voluntad», el Maestro pareció interesarse en el tema. Dejó el pincel sobre la paleta y se volteó para mirar al joven: «Aquí en Ámsterdam todos hablan de Dios, pero muy pocos cuentan con Él para hacer su vida. Y creo que eso es lo mejor que nos puede pasar. Los hombres debemos resolver nosotros mismos nuestros problemas de hombres... Calvino, que leyó demasiado la Biblia de ustedes los judíos, también pensaba que hacer esto que hago es un pecado. Pero si peco o no, ese es mi problema, no el de los demás calvinistas. Pues al fin y al cabo deberé resolverlo a solas con Dios, y al final no me van a ayudar ni los predicadores ni los curas ni los rabinos... Para un artista todos los compromisos son un lastre: con su Iglesia, con un grupo político, hasta con su país. Reducen tu espacio de libertad y sin libertad no hay arte...». Elías escuchaba y aunque tenía sus juicios sobre aquella opinión, prefirió permanecer en silencio: él estaba allí para oír, para ver, si acaso para preguntar y solo para responder si se lo exigían. «Sírveme una copa de vino», pidió el Maestro y, cuando la recibió, bebió un sorbo sonoro. «Tu gente ha sufrido mucho desde hace demasiado tiempo y todo es por culpa de un mismo Dios que unos hombres ven de una forma y otros de una manera diferente... Si aquí en Ámsterdam la gente admite que cada cual crea en su Dios, e interprete de formas diferentes las mismas palabras sagradas, tú debes aprovechar esa oportunidad, que es única en la historia del hombre y, por cierto, no creo que vaya a durar demasiado o que vuelva a repetirse en mucho tiempo, porque no es lo normal: siempre habrá unos iluminados dispuesto a apropiarse de la verdad y a tratar de imponerle esa verdad a los demás... No te conmino a que hagas nada, solo a que pienses: la libertad es el mayor bien del hombre, y no practicarla, cuando resulta posible practicarla, es algo que Dios no nos puede pedir. Renunciar a la libertad sí constituye un terrible pecado, casi una ofensa a Dios. Pero ya tú debes saber que todo tiene su precio. Y el de la libertad suele ser muy alto. Por aspirar a ella, incluso donde hay libertad, o donde se dice que hay libertad, que resulta lo más común, el hombre puede sufrir mucho, porque siempre hay otros hombres que, como mismo ocurre con las ideas sobre Dios, entienden la libertad de otros modos, y llegan al extremo de pensar que su modo es el único correcto y con su poder deciden que los demás tienen que practicarla de esa manera... Y ese resulta ser el fin de la libertad: porque nadie puede decirte cómo debes disfrutarla...» «Los rabinos dicen que somos afortunados porque estamos en las tierras de la libertad.» «Y tienen razón. Pero yo creo que la palabra libertad está muy desacreditada... Esos mismos rabinos son los que te obligan a cumplir las leyes de Dios, pero también las leyes que ellos mismos han dictado, asumiendo que son los intérpretes de la voluntad divina. Son ellos, mientras ponderan la libertad, quienes te castigarían sin piedad si supieran por qué estás aquí... Aunque solo sea porque te gusta pintar y no porque pretendas ser un idólatra...» Dejó la copa sobre la mesa auxiliar donde colocaba los potes de pintura. «Piensa, muchacho, tiene que haber algo más que un deseo para atreverte a hacer lo que estás pretendiendo hacer... Óyeme bien: si no hay ese fin supremo, mejor ahórrate los treinta florines... O gástatelos con una de esas putas indonesias que no por gusto están tan bien cotizadas.» El Maestro miró hacia un lado y, como si se sorprendiera, reparó en su figura en el espejo. «A tu edad es lo más recomendable. Ahora vete», y recuperó el pincel, se volteó y estudió los trazos grabados en el lienzo, «quiero seguir con los ojos. Recuerda lo que te dije: todo está en los ojos.» «Gracias, Maestro», susurró el joven y salió del estudio.

Todo está en los ojos, se dijo y los observó en la superficie del espejo que había comprado y subido hasta la buhardilla. En el improvisado caballete, donde tenía clavado el pliego de papel, la superficie blanca se mantenía impoluta. ¿Por qué iba a intentarlo? El Maestro tenía razón: debía de haber un motivo, un fundamento profundo y elusivo, tan difícil de fijar como una mirada convincente sobre una superficie virgen. Aunque la razón estaba muy cerca de allí, de aquella cacería de lo inaprensible para la mayoría de los hombres, en lo que era posible solo para los elegidos. Elías Ambrosius, mirándose a los ojos a través de la superficie pulida del espejo barato, se hacía preguntas pues sabía que, justo en ese instante, se colocaba al borde de la línea y, si la cruzaba, debía hacerlo con una respuesta en la conciencia. Hasta ese momento sus ejercicios con el carboncillo sobre restos de papel habían sido parte de un juego juvenil, la manifestación de un capricho inocente, el cauce del arroyuelo apacible de una afición sin consecuencias. Ahora no: en su mano estaba latiendo una posibilidad razonada, intencionada, que, al fin y al cabo, no interesaba demasiado si se hacía pública o no. En realidad solo importaba si se concretaba ante los ojos de El que Todo lo Ve. Solo trascendería si ejercía aquel acto que implicaba su albedrío y, con él, el destino de su alma inmortal: la opción de la obediencia o del desacato, de la sumisión a la letra antigua de una ley o la elección de una libertad de escoger con la cual ese mismo Creador lo había dotado. La sumisión podía resultar confortable y segura, aunque amarga, y su pueblo bien lo sabía; la libertad arriesgada y dolorosa, más dulce; la paz de su alma, una bendición pero también una cárcel. ¿Por qué quería hacerlo si sabía todo lo que colocaría en la balanza? Aquel tal Salom Italia que había grabado sobre una plancha de metal la imagen del *jajám* Ben Israel, ¿había tenido las mismas dudas? Y ¿qué respuestas se había dado para atreverse a penetrar la virginidad de la plancha y convertirla en el soporte de la imagen de un torso, un rostro, unos ojos humanos? ¿Habría sentido, como él, las acechanzas del miedo y tantas, tantas dudas?

A Elías siempre lo maravillaba pensar en la concatenación de sucesos y decisiones que lo habían llevado hasta aquella buhardilla de una ciudad considerada por los expulsados de Sefarad como la Nueva Jerusalén, y donde los de su raza estaban disfrutando de una tolerancia inusitada que les permitía orar en paz cada sábado, reunirse a la luz múltiple del *menorah,* leer los rollos de la Torá en sus festividades ancestrales y practicar sin mayores temores el rito de la Brit Milá, la circuncisión, o el Bar Mitzvá de iniciación en la adultez y, al mismo tiempo, enriquecer sus bolsillos y sus mentes y ser respetados por esas riquezas de oro e ideas, pues ideas y oro, a la vez, daban lustre a la ciudad acogedora. El buen lugar, *Makom.* Ámsterdam, una urbe que crecía por horas, en donde siempre se escuchaba la fricción de un serrote, el golpe de un martillo, el roce de unas palas, la misma ciudad que apenas dos siglos atrás era poco más que un pantano poblado de juncos y mosquitos y ahora se ufanaba de ser la capital mundial del dinero y el comercio y en donde, por ende, hacer dinero era una virtud, nunca un pecado... Para que ello ocurriera y Elías se hiciera sus preguntas lacerantes, tuvo que ocurrir una guerra todavía en marcha entre católicos y cristianos divorciados del pontífice de Roma, entre monárquicos y republicanos, entre españoles y ciudadanos de las Provincias Unidas antes de que se abriera en Ámsterdam aquella inesperada puerta a la tolerancia y a unos judíos a quienes, en nombre de Dios, unos monarcas habían expulsado de la que ya consideraban su tierra. También tuvo que explotar el sufrimiento y la humillación, y correr la sangre de muchos hijos de Israel. Tuvo que producirse el rechazo a su fe de otros muchos judíos, la negación de sus costumbres, la pérdida de su cultura con la conversión a la adoración de Jesús o de Alá por salvar sus vidas (y haciendas), para que un hombre como él estuviese en aquel sitio disfrutando de la libertad de preguntarse si debía o no realizar el acto de cruzar una línea a la cual solo su espíritu, su voluntad y aquella razón esquiva, todavía imprecisa, lo abocaban. Debió existir su abuelo, Benjamín Montalbo de Ávila, capaz de devolver la familia a su fe, y debió existir la experiencia desgarradora de aquel hombre piadoso de pasar muchos años como cristiano sin serlo, atenazado por un secreto que cada viernes, al brillar el primer lucero de la noche, su padre le susurraba en el oído «Shabat Shalom!», de vivir enmascarado en un medio hostil... Todo para que a Elías Ambrosius le llegara, casi por vía sanguínea, la convicción de que más esencial que las muestras sociales de una pertenencia, la asistencia a una sinagoga o la obediencia a los preceptos de los rabinos, era la identificación interior del hombre con su Dios: o sea, consigo mismo y con sus ideas...

Pero, sobre todo, para que él estuviera allí, debió existir el miedo. Ese miedo permanente, opresivo, infinito, también recibido por herencia, un miedo que incluso Elías, nacido en Ámsterdam, muy bien conocía. Era aquel temor invencible a que lo propicio se terminase en cualquier momento, a que llegasen de nuevo la represión exterior o interior. O a que se produjese la expulsión y, cualquier mañana, funcionase otra vez el garrote o crepitase la hoguera, como tantas veces había sucedido a través de los siglos. Debió existir ese miedo mezquino y muy real para que él también tuviese miedo de los extremos a los cuales podían llegar los hombres que, desde el poder, se autoproclaman puros y pastores de destinos colectivos, allí, en Ámsterdam, donde todos se ufanaban de la existencia de tanta libertad.

Elías Ambrosius continuó mirándose en el espejo, observando sus ojos (luz y sombra, vida y misterio), y se dijo que no podía dejarse vencer por el miedo. Si estaba allí, si de verdad era libre, si lo acompañaban todas las fuerzas de sus diecisiete años, debía aprovechar aquel extraordinario privilegio que era haber nacido y todavía vivir en una ciudad donde un judío respiraba con una libertad por siglos inimaginable para los de su estirpe, y que en su caso incluía la gracia de la cercanía de un hombre inconforme, pintor ya predestinado a ser uno de los grandes maestros, gigante en el altar de Apeles. Sabía que, de llegar a conocer sus propósitos, el abuelo Benjamín no lo festejaría, pero tampoco lo condenaría: el anciano había padecido en carne propia todas las vejaciones imaginables por creer en algo y, a pesar de ser un judío devoto, era también un defensor decidido de la libertad y del respeto por las opciones de los otros que ella exigía. Igual presentía que su padre, Abraham Montalbo, sufriría, se lamentaría, pero no lo repudiaría, pues su mirada abierta, gracias a los libros que leía (con mucha discreción, él y el abuelo se hacían traer de España y Portugal la literatura que más disfrutaban), a los libros que imprimía y distribuía por medio mundo, le permitía tener una relación tolerante con los demás, pues él mismo era un tolerado y algo sabía de la intolerancia. Al mismo tiempo, estaba convencido de que su hermano Amós, salvado por las decisiones y riesgos de sus mayores de haber sufrido represiones o violentos desprecios, y que tal vez por esa circunstancia se había contagiado con las ideas más ortodoxas, podía ser la fuente de sus infortunios. Como aquellos loros venidos de Surinam, Amós solía repetir las palabras de los hombres propugnadores de que solo el cumplimiento estricto de la Ley sagrada y la obediencia plena de los iluminados preceptos talmúdicos podían salvar a los hijos de Israel en un mundo todavía dominado por los gentiles: las palabras de aquellos mismos hombres capaces de condenar con una *nidoy* a un hijo porque mantenía relaciones con un padre que vivía en Portugal o en España —otra vez las temidas tierras de la idolatría con las cuales, a pesar de todo, tantos judíos aún soñaban, con las que muchos de esos mismos supuestos ortodoxos, capaces de condenar a otros, comerciaban y se enriquecían—. Elías lo sabía: su propio hermano sí podía llegar a acusarlo ante el consejo del Mahamad, convertirse en su perseguidor, quizás hasta en su fiscal, seguro de que con su acción cumplía una responsabilidad como buen representante de su pueblo.

En la mente de toda la comunidad judía de Ámsterdam —y, cada día, retumbando como un tambor en la de Elías Ambrosius— todavía flotaban los ecos del proceso de expulsión de Uriel da Costa, condenado por el consejo rabínico (¡incluido el *jajám* Ben Israel!) a una *jerem* de por vida que implicaba la incomunicación con todos los miembros de la comunidad, una verdadera muerte civil. Da Costa había sido sentenciado por el pecado de proclamar en público que los preceptos de los rabinos recogidos en el Talmud y la Mishná, en tanto consideraciones de los hombres, no eran las verdades supremas que ellos proclamaban, pues aquel privilegio solo pertenecía a Dios. Da Costa había reclamado una separación de los mandamientos religiosos de los civiles y jurídicos, y hasta se había atrevido a proponer una relación individual entre el creyente y su Dios (la misma propugnada en el seno de su familia por el abuelo Benjamín), una comunicación en la cual las autoridades religiosas solo tuvieran un papel de facilitadores y no de reguladores. Y por ello había sido acusado de descalificar la Halajá, la antigua ley religiosa, en tanto código dedicado a regir no ya la conducta religiosa, sino también la privada y ciudadana.

Entonces aquel hombre tan osado había llegado al extremo de su ingenuidad al proclamar, durante el sumario de excomunión que le siguió, su esperanza de que sus hermanos, los mismos rabinos cuyo poder ancestral él agredía, tuvieran «un corazón comprensivo» y fueran capaces de «sesionar sabiamente con juicios firmes», como seres pensantes, hijos de un tiempo muy distinto al de los primitivos patriarcas y profetas, criaturas brotadas de la oscuridad de los orígenes de la civilización, nómadas adoradores de ídolos y vagantes por los desiertos. El dramático proceso, durante el cual se acusó a Da Costa de ser un agente del poder Vaticano, en el que un tribunal rabínico le humilló y vilipendió, había terminado con el pronunciamiento de aquella *jerem* de por vida, leída por el rabí Montera, que entre otros horrores declaraba que «Con el juicio de los ángeles y la sentencia de los santos, anatemizamos, execramos, maldecimos y expulsamos a Uriel da Costa, pronunciando contra él el anatema con que Josué condenó Jericó, la maldición de Elías y todas las maldiciones escritas en el libro de la Ley. Sea maldito de día y maldito de noche; maldito al acostarse, al levantarse, al salir y al entrar. ¡Que el Señor jamás lo perdone o reconozca! Que la cólera y el disgusto del Señor ardan contra este hombre de aquí en adelante y descarguen sobre él todas las maldiciones escritas en el libro de la Ley y borren su nombre bajo el cielo... Por lo tanto, se advierte a todos que nadie debe dirigirse a él de palabra o comunicarse por escrito, que nadie debe prestarle ningún servicio, morar bajo el mismo techo que él, ni acercársele a menos de cuatro codos de distancia...».

Elías bien podía recordar cómo, mientras el rabino Montera leía la excomunión inquisitorial, la sinagoga donde se apretujaban los miembros de la Naçao había sido inundada por el gemido prolongado de un gran cuerno que se dejaba escuchar de tanto en tanto, cada vez más sordo y apagado. Con aquellos ojos que ahora se miraba en el espejo, el adolescente Elías Ambrosius, aferrado a la mano de su abuelo y temblando de miedo, había visto cómo las luces de los candelabros rituales, intensas al comienzo de la ceremonia, se habían ido extinguiendo a medida que avanzaba la lectura de la *jerem,* hasta apagarse la última cuando el cuerno enmudeció: con el silencio y la agonía de la luz se extinguía también la vida espiritual del hereje condenado.

El retumbante proceso, dirigido contra Uriel da Costa, pero de muchas maneras contra todos los díscolos y heterodoxos de Ámsterdam, había pretendido sembrar una nueva semilla de miedo en quienes pudieran tener la osadía de pensar de un modo que no fuese el decretado por los poderosos líderes de la comunidad, proclamados por la tradición como propietarios de las únicas interpretaciones admitidas de la Ley. Era aquel miedo pernicioso y ubicuo a sufrir una suerte similar, por supuesto, el que en ese instante palpitaba en la mano del joven

Elías Ambrosius, armada con un carboncillo, mientras observaba sus ojos en un espejo y contemplaba el desafiante papel en blanco tendido en un rústico caballete. ¿Solo porque le gustaba pintar asumiría aquel riesgo? El Maestro lo sabía y ahora también lo sabía Elías Ambrosius: sí, debía existir algo más, *tenía que haber* algo más. ¿El *jajám* Ben Israel sabría qué podía ser? ¿Salom Italia, que había atravesado el espejo, habría descubierto qué cosa era ese algo más? Elías Ambrosius tuvo un vislumbre de aquel misterio cuando su mano, obedeciendo un mandato que parecía provenir de una fuente ubicada mucho más allá de su conciencia y de sus miedos, grabó sobre la superficie impoluta el primer trazo de lo que sería el ojo. Porque todo está en los ojos. Los ojos de un hombre que llora.

El misterio, lo supo en ese instante, se llamaba poder: el poder de la Creación, el impulso de la trascendencia, la fuerza de la belleza que ninguna potestad podría vencer.

2
Nueva Jerusalén,
año 5405 de la creación del mundo,
1645 de la era común

El tiempo corría y, contra lo imaginado o previsto, Elías Ambrosius estaba muy lejos de sentirse feliz. A veces la sensación de desdicha lo rozaba de manera sibilina, como un ramalazo de mala conciencia, y el joven volvía a preguntarse: ¿vale la pena? Otras, lo hacía con encono, obligándolo a echar cuentas en términos prácticos: dinero, tiempo, resultados, satisfacciones, riesgos, miedos acumulados, contaba con los dedos, aunque muchas veces trataba de excluir el dinero, para que nadie, ni él mismo, pudiera acusarlo de estar reaccionando desde una perspectiva demasiado judía, aunque, comprobado estaba, en Ámsterdam no solo los judíos vivían obsesionados con el dinero. Muy bien lo había dicho un escritor francés acogido en aquella ciudad, un tal René Descartes, también considerado un hereje por los de su fe, a quien se atribuía la frase de que, excepto él, todos en la urbe se dedicaban solo a hacer dinero...

Algunos días calamitosos, plenos de esa tristeza, mientras sumaba sus dudas y convencimientos, el joven incluso llegaba a tomar la decisión: por muy Maestro que fuera el Maestro, por más reclamado que hubiera sido unos años antes, y a pesar de que él, Elías Ambrosius, lo creyera el pintor más grande de la ciudad y hasta del mundo conocido, dos años lustrando suelos, recogiendo mierdas y cargando turba, recibiendo más órdenes y regaños de la malencarada señora Dircx que consejos del Maestro (con el nada despreciable desembolso de treinta florines, pues sí, resultaba pertinente incluir el dinero, reclamado con firmeza cuando se retrasaba en un pago), a cambio de unas pocas conversaciones que cuando estaba de buen ánimo el pintor le podía regalar a cualquier visitante o comprador, sumaban razones sobradas para considerar la posibilidad de terminar con aquella aventura peligrosa.

Elías Ambrosius no podía negar que la cercanía del Maestro y su ambiente, aquel mundo donde todo se pensaba y expresaba, con recurrencia casi enfermiza, en términos de pintura (técnica, física, filosófica y hasta económicamente), ya habían hecho de él otro hombre y, aunque fuera para vivir revolcado en su desdicha, nunca volvería a ser el que antes había sido: conocía la grandeza, había recibido la luz y el calor de un genio y, sobre todo, había aprendido que grandeza y genio, cuando se mezclan con la propensión al desafío y la voluntad de ejercitar la libertad de criterios, pueden (¿o suelen?, dudaba) conducir al desastre y la frustración.

Pero ¿de qué le servía ese conocimiento? El joven judío meditaba en su situación y sopesaba su drástica providencia con más determinación aquellas noches en que, ante un pedazo de tela o de papel manchado con torpeza, se convencía de que, por más esfuerzos dedicados a absorber cuanto veía o escuchaba, y a pesar de su entusiasmo y tesón, aún faltaba entre su cerebro y aquella superficie retadora algo de indudable emanación de la gracia divina que él, le parecía evidente, jamás poseería: un verdadero talento. Y si toda su vida iba a ser un mediocre, no valían la pena los gastos, las humillaciones y el peso de un secreto que no podía confiar ni a sus mejores amigos. Para un pintor mediocre, se decía, ya eran suficientes los desplantes y miedos por él acumulados.

Aquella tarde fría en que su vida sufriría una imprevisible y alentadora sacudida, la recurrente idea de la renuncia lo había acompañado como un perro pertinaz mientras, hundiendo los pasos en la nieve recién caída, se dirigía a la casa del Maestro. Pero una excitación imprecisa, tan intangible como una premonición, le impedía dar el paso que, como otros dados en su corta vida, sabía que tendría un carácter definitivo.

La nueva criada de la casa, la joven Emely Kerk, fue quien le abrió la puerta y Elías Ambrosius se acercó a la estufa del salón contiguo para tratar de sacarse el frío acumulado en la caminata. De manera casi automática pensó, viendo el crepitar del fuego y el depósito metálico de la turba casi vacío, que esa tarde le ordenarían ir hasta el Nieuwemarkt a avisar al proveedor de que se le requería en el número 4 de la Jodenbreestraat. Elías Ambrosius se disponía ya a bajar a la cocina para cambiar la ropa de abrigo por la vieja camisola de faena y cargar con sus armas de todos los días, el balde y la escoba, cuando el Maestro salió de su habitación y, luego de acomodar en un carrillo de la boca uno de aquellos bastones de azúcar fundida que tantos dolores de dientes le habían causado y le causarían (aquellos bastoncitos a los cuales, aseguraba, no podía renunciar), lo miró y le dijo: «No te cambies la ropa, hoy *tú* vienes conmigo». Y en ese instante, sin poder colegir aún qué le esperaba, Elías Ambrosius tuvo la certeza de que —fuese por la contingencia que fuese— aquellas palabras mágicas colocaban de un solo golpe su relación con el Maestro en otro nivel de cercanía. Y de inmediato se olvidó de la decisión manoseada, como si nunca hubiese existido.

De todos era sabida la preferencia del Maestro de las mañanas para salir a hacer sus gestiones de compras. Siempre alrededor de las diez, escogía uno o dos discípulos, según las intenciones previstas, y emprendía un recorrido por las tiendas donde mejor solían satisfacer sus muy peculiares exigencias. La aventura terminaba sobre las doce y treinta, por lo general en el puesto de comidas que un matrimonio indonesio cargado de hijos había montado en el puerto, y donde, junto a negros estibadores, marineros ingleses y noruegos, mercenarios magiares y alemanes y otros personajes estrafalarios (indios de Surinam vendedores de loros u oscuros judíos de Etiopía ataviados con ropajes precristianos), observaba rostros, vestimentas y gestos, mientras devoraba con fruición los platos de carnes con verduras de la temporada, cargados de sabores y aromas evocadores de misteriosos mundos remotos, manjares preparados por aquellos dos seres de pieles cenizas y cuerpos flexibles como juncos de pantano. Según por dónde estuviese el humor del Maestro, los discípulos que lo acompañaban —desde que el favorito Carel Fabritius dejara el taller para probar su suerte artística, casi siempre escogía a su hermano Barent, malo para pintar, bueno para cargar, y unas veces llevaba también al danés Keil, otras a Samuel van Hoogstraten o al recién llegado Constantijn Renesse— seguían con él hasta las mesas de madera sin pulir de los indonesios o les ordenaba regresar con los materiales adquiridos. En cualquier caso, participar de aquellas excursiones era considerado un privilegio entre los aprendices, quienes, al volver, mostraban a los otros las nuevas provisiones y narraban —si habían existido— las charlas del Maestro con sus proveedores o con el vulgo portuario.

Sin dejar de tener en cuenta la diferencia de su situación con la de los otros discípulos admitidos como tales (los más antiguos de los cuales, vencidos ciertos prejuicios, ya lo consideraban *casi* un igual), Elías Ambrosius, al mismo tiempo que se revolcaba en sus dudas y miedos, había clamado a su Dios durante casi dos años para escuchar un día (¡solo un día!) aquella orden que lo individualizaba, al menos como ser humano. La razón de que el pintor no hubiese salido en la mañana, fácil resultaba colegirlo, se debía a que, desde el amanecer hasta el mediodía, había estado cayendo una nieve pertinaz. Aunque, también lo sabía el joven, el Maestro, al mismo tiempo en que había recuperado la sonrisa, había espaciado sus salidas matinales a la calle desde que, unos meses atrás, empezara a revolotear por la casa la joven figura de

Emely Kerk, contratada a media jornada como niñera-institutriz de Titus, una responsabilidad imposible para la señora Dircx en razón de sus escasas relaciones con las letras. Pero lo importante no era el motivo, sino la elección, pues con toda seguridad en los cubículos de la buhardilla aún estarían trabajando algunos de los discípulos que pagaban los cien florines requeridos: como otras veces, la orden del Maestro pudo haber sido que el propio Elías subiera hacia el piso alto y avisara a alguno o algunos de los aprendices que ya estaba listo, casi en marcha. Pero esa tarde lo había escogido a *él*.

Cuando su ánimo cambiaba (y a veces lo hacía con facilidad, gracias a una charla que le dedicara el Maestro, o por el descubrimiento de su nueva capacidad de pintar algo que hasta entonces le había resultado esquivo o por la perspectiva de un encuentro con Mariam Roca, la muchacha que desde hacía unos meses lo atraía casi tanto como la pintura), el joven colocaba en su balanza el hecho de que a lo largo de aquellos dos años, llenos, es verdad, de sobresaltos, temores y desengaños, había conocido también, por un precio más que módico, las alegrías del aprendizaje en el más prestigioso taller de Ámsterdam y de la República. Elías Ambrosius reconocía en ese trance que había recorrido el trecho pedregoso del desconocimiento sideral al del conocimiento de cuánto debía de aprender si pretendía convertir sus obsesiones en obras y comprobar, con los instrumentos necesarios, las cualidades de su posible talento (de súbito crecido en su autoestima cuando afloraban aquellas coyunturas, en virtud de las olas de la euforia impulsadas por su espíritu más que por una obra concreta). Conversaciones del Maestro con los discípulos de las cuales había sido testigo, la sigilosa curiosidad con la cual Elías se acercaba a estos para interrogarlos sin que lo pareciera y la abierta voracidad con la que deglutía las ocasiones en las cuales el pintor le dirigía la palabra, así como el hecho de haber sido testigo del nacimiento, crecimiento y conclusión de varias obras de aquel genio (le había fascinado el retrato de Emely Kerk, a la que había puesto a posar como si estuviera asomada a una ventana; y en dos ocasiones Elías hasta le había preparado la paleta para el cuadro que desde hacía meses pintaba, una muy mundana y doméstica representación de la Sagrada Familia cristiana en el instante de ser visitada por unos ángeles), cada coyuntura propicia le fue permitiendo penetrar en los vestíbulos de un mundo mucho más fabuloso de lo que había imaginado y, para él, definitivamente magnético, a pesar de todos sus pesares... Por ello, de los papeles con carboncillos de antaño ya había pasado a experimentar sobre cartulinas con aguadas, dibujando con los grandes y simples trazos característicos del Maestro y, hacía unos meses, a la pintura sobre telas, las más baratas, compradas en ocasiones como recortería, a las cuales se aplicaba en un cuartón abandonado, descubierto más allá del Prinsengracht, el remoto canal del Príncipe, pues temía que el inconfundible efluvio del aceite de linaza lo delatara si trabajaba con él en la buhardilla.

Varias veces había tenido que mentir cuando un amigo o alguien de la casa le había preguntado por su labor en el taller del Maestro: el pretexto de que trabajaba como mozo de limpieza cumpliendo una petición de su antiguo *jajám* Ben Israel, gran amigo del pintor, fue suficiente para informar al abuelo (todo cuanto venía de Ben Israel le parecía correcto), tranquilizar al padre (aunque no entendía por qué su hijo, con dos ocupaciones, andaba siempre corto de dinero) y, por el momento, embaucar a Amós y a sus propios amigos o, al menos, para pretender hacerlo.

Aquella tarde jubilosa, cuando salieron, la Jodenbreestraat le pareció un manto blanco tendido para recibirlos. Los recogedores de nieve aún no habían comenzado su faena y el camino apenas aparecía marcado por las huellas de algún transeúnte. Al bajar a la calle el Maestro tomó a la derecha, para subir hacia la Meijerplein y, de inmediato, Elías supo que algo había ocurrido, un suceso capaz de tener de buen ánimo al pintor: solo así se explicaba la locuacidad con que lo sorprendió el hombre en las primeras yardas de recorrido. Mientras avanzaban, hundiéndose hasta el tobillo de las botas en la nieve todavía blanda, el Maestro se dedicó a contarle a Elías cómo había conocido a cada uno de sus vecinos judíos —Salvador Rodrigues, los hermanos Pereira, Benito Osorio, Isaac Pinto y, por supuesto, Isaías Montalto, todos favorecidos por la opulencia—, de quienes admiraba la capacidad para sostener su fe en medio de las mayores adversidades y, por supuesto, para multiplicar florines. Sin transición pasó a revelarle su teoría, muchas veces discutida con Ben Israel y algunos de esos vecinos sefardíes, de por qué los ciudadanos de Ámsterdam sostenían aquella relación de cercanía, más que de tolerancia, con los miembros de la Naçao sefardí: «No es porque vosotros y nosotros seamos enemigos de España, ni porque nos ayudéis a hacernos más ricos. Enemigos son los que le sobran a España y a nosotros no nos faltan socios comerciales. Tampoco porque seamos más comprensivos y tolerantes, ni soñarlo: es porque los holandeses somos tan pragmáticos como vosotros y nos hemos identificado con la historia de los hebreos para mejorar y adornar la nuestra, para darle una dimensión mística, como bien dice nuestro amigo Ben Israel. En dos palabras: pragmatismo protestante».

Elías Ambrosius conocía que el Maestro tenía una relación difícil con los creadores de mitos sobre la historia de las Provincias Unidas y con los predicadores calvinistas más activos y radicales. El fiasco en que, unos años atrás, había terminado el encargo de una pintura dedicada a celebrar la unión de la República (aún envuelta en su infinita guerra contra España) había perjudicado la relación del pintor con las autoridades del país. La obra, que debería haberse exhibido en el palacio real de La Haya, nunca fue terminada, pues los promotores del pedido, advertidos por los bocetos, consideraron que la interpretación del Maestro no cumplía con sus exigencias ni con la realidad histórica tal como ellos la entendían y, mucho menos, con el espíritu patriótico que debía exaltar. Por otro lado, también eran públicas su amistad con el polémico predicador Cornelius Anslo, así como su militancia en la secta de los menonitas, propugnadores de un retorno a las formas simplificadoras y naturales avaladas por las Escrituras. Muy conocida resultaba ahora su nueva y caprichosa simpatía por los disidentes arminianos, defensores de una adhesión al espíritu original de la Reforma Protestante y mucho más liberales que los calvinistas puros. Como si aquella caterva de actitudes heterodoxas u ortodoxas no bastasen, el Maestro se ufanaba de su cercanía vital y espiritual con los judíos y hasta con los católicos: era amigo del pintor Steen, quien profesaba esa fe; también del arquitecto Philips Vingboons, el más solicitado de la ciudad, por demás visita frecuente en la casa de la Jodenbreestraat. Todos aquellos desafíos habían hecho de él un hombre en el límite de lo tolerable por los rectores ideológicos de su sociedad, quienes miraban con aprehensión a un artista siempre en pugna con lo establecido, demasiado transgresor de lo aceptado.

Al llegar a la Meijerplein, Elías Ambrosius sabría dónde se realizaría la primera parada del recorrido y, muy pronto, la razón de la euforia del Maestro. En un ángulo de la plaza, frente al terreno adquirido por los judíos españoles y portugueses para cumplir el sueño de levantar una sinagoga, al fin concebida como tal y proyectada como una desafiante versión moderna del Templo de Salomón, estaba la tienda de Herman Doomer, un alemán especializado en la fabricación de duros marcos de ébano, quien también ofrecía soportes de otras maderas menos nobles y hasta de barbas de ballena ennegrecidas, un sucedáneo más económico. La relación entre el comerciante y el pintor era muy estrecha desde que, unos años atrás, Doomer fuera retratado por el Maestro, mientras su hijo, Lambert, pasaba una temporada como aprendiz en el taller —al parecer sin demasiado éxito—. Por tal cercanía, el alemán siempre le daba los mejores precios y las más bellas maderas de sus existencias.

El recibimiento de un amigo y cliente tan dilecto fue todo lo caluroso que se podía esperar de un alemán luterano hasta el tuétano e incluyó no una corriente invitación a cerveza o vino, sino a beber un vaso de la infusión que empezaba a ponerse de moda en las Provincias Unidas: el café venido de Etiopía, un lujo que pocos aún podían darse. De pie, a una distancia prudencial, saboreando su vaso de líquido negro endulzado con melaza, Elías Ambrosius siguió el diálogo de los dos hombres y comprendió al fin las razones de la euforia del Maestro: el estatúder Frederik Hendrik de Nassau, magistrado supremo de la República, le había encargado dos nuevas obras al pintor y, por supuesto, para tal encomienda los marcos debían ser de la mayor calidad (sin importar el precio que, al fin y al cabo, se le cargaría al poderoso cliente).

Como todos los enterados de los intersticios del mundo de la pintura en el país, el joven judío conocía los rumores que pretendían explicar el fin, al parecer turbulento, de la relación comercial y de simpatía entre el señor de La Haya y el maestro de Ámsterdam. Seis años atrás, luego de concluir una *Resurrección*, el tercero de los cuadros encargados por el estatúder en los cuales se representaba la Pasión de Cristo (antes había entregado una *Ascensión* y, casi junto con el último, un *Entierro),* el Maestro le había escrito al príncipe sugiriéndole con humildad pero en términos muy claros que, en lugar de los seiscientos florines pactados, le pagara mil por cada una de las dos últimas pinturas —habida cuenta, según pensaba el Maestro, que sus precios en el mercado habían ascendido en los últimos dos, tres años, y la complejidad y calidad de las obras—. La respuesta del estatúder vino con una letra de cambio por la cifra pactada y un regaño por todo el tiempo, excesivo a su juicio, que había debido esperar por las obras..., y fue acuñada con un silencio pernicioso como única refutación a las nuevas cartas enviadas por el Maestro. Con aquel *affaire* y con el rechazo inmediato de su proyectado cuadro sobre la unión de la República, el artista había visto cómo se desmoronaban sus sueños de llegar a ser, como aquel Rubens al que tanto envidiaba, amaba y odiaba, un celebrado pintor de corte, dueño de haciendas y colecciones de arte.

Desde la muerte de su esposa, que tanto lo afectó en el ánimo, y de la confusión y alarma que creó entre potenciales clientes la obra del Maestro para el *groote sael* de Kloveniersburgwal, pero sobre todo a partir de la escandalosa disputa judicial a la cual lo sometió el tan rico como necio Andries de Graeff por considerar que el retrato encargado al pintor, por el cual había pagado la enormidad de quinientos florines, estaba muy lejos de parecer terminado y hasta de ofrecer un parecido aceptable con su persona, los niveles de demanda del Maestro habían decaído de forma visible. Ya los potentados de Ámsterdam no hacían cola para ser inmortalizados por aquel pintor siempre problemático y voluntarioso, y sus encargos iban ahora a manos de artistas más dóciles, de una pintura más pulida y luminosa, de los que había decenas para escoger en la ciudad. Tras aquellos contratiempos, el impulso del Maestro había decaído y, para cualquier conocedor, podía resultar evidente que sus más recientes encargos (en los cuales había acudido más de lo usual a la ayuda de Carel Fabritius y del joven Aert de Gelder) eran trabajos elegantes, bien resueltos, pero poco individualizados y apenas dignos de su genio. Aunque también era cierto, como podía atestiguarlo Elías Ambrosius, que su obra menos comprometida con el gusto en ascenso, menos entregada a complacer, se había ido tornando más profunda, libre y personal. Y ahí estaba otro retrato para demostrarlo: el de Emely Kerk, joven, llana y terrenal, asomada a una ventana desde la cual ofrecía una palpable sensación de *verdad*. Con la frustración del sueño de llegar a la corte, el Maestro se había librado al fin del fardo más difícil arrastrado por varios años: el del ejemplo mundano, la teatralidad pictórica desbocada y la imaginería avasallante aunque siempre complaciente con el gusto de sus patrones del flamenco Rubens. Se había hecho más libre.

Elías Ambrosius tembló al oír el precio que alcanzarían los marcos de ébano, de casi seis cuartos de alto por un *ell* de ancho, pero cuando escuchó que las obras serían vendidas por mil doscientos florines cada una, tuvo la exacta dimensión de que el dinero para pagar los marcos más lujosos no iba a ser un problema para aquel noble cliente y de que el Maestro, siempre capaz de dilapidar en sus antojos más de lo que ganaba con su trabajo, le daría un respiro a sus turbulentas finanzas, por las cuales tanto discutía sobre gastos con la señora Dircx.

Cuando volvieron a la calle, la penumbra apresurada del invierno había caído sobre la blanca plazoleta, pero el entusiasmo del Maestro seguía inalterado, o quizás potenciado por las dos tazas de la oscura y vivificante infusión ofrecidas por el señor Doomer. El hombre miró hacia los lados, como si solo en ese instante pensara sus próximos pasos, y pareció tomar una decisión: «Vamos a beber un vaso de cerveza aquí al doblar... Luego le haremos la visita a Isaac Pinto. Pero antes quiero terminar de explicarte lo que te venía diciendo».

Tras el Maestro, Elías, casi pavoneándose, penetró en la taberna de Meijerplein, para su disgusto mucho menos concurrida que las siempre abarrotadas de De Waag, el Dam o la zona del puerto: «¿No me ven, señores?, bebo cerveza oscura con el gran Maestro», pensó, observando a los parroquianos, demasiado ebrios la mayoría de ellos a aquellas alturas de la jornada para reparar en los recién llegados. Con la cerveza servida en jarras de latón martillado y mientras devoraba una tira de arenque salado, el Maestro buscó el hilo de su discurso anterior sobre la construcción de un destino místico de su país, y le explicó a su casi discípulo:

«Como te decía...», tragó el arenque, bebió media jarra de cerveza y se enrumbó. «Es cierto que tenemos a nuestras espaldas un siglo de éxodos desde el sur católico hacia el norte calvinista y de guerras con la mayor potencia imperial que jamás haya existido. También la relación con una tierra pobre que hemos hecho florecer y, por ser un país pequeño aunque ambicioso, un sentimiento muy fuerte de predestinación. No es extraño entonces que nos consideremos un pueblo elegido..., quizás por Dios o por la Historia, quizás por nosotros mismos, pero por alguien. Si no, ¿cómo se explica que esta Nueva Jerusalén, como la llaman ustedes, haya podido convertirse en la ciudad más rica, más cosmopolita, más poderosa del mundo...?» Bebió de un trago el resto de la cerveza y levantó la jarra para ordenar otra. «Desde que rompimos con Roma, nuestra mentalidad calvinista prefirió entender la predestinación mesiánica de nuestra historia a través de la crónica de ustedes, los judíos, una nación por medio de la cual el Todopoderoso había trabajado su voluntad en la tierra y en la Historia..., según el libro escrito por ustedes mismos... Convertimos nuestro éxodo en lo mismo que fue para los judíos bíblicos: la legitimación de una gran ruptura histórica, un corte con el pasado que ha hecho posible la construcción retrospectiva de una nación. Toda una lección de pragmatismo... Pero la verdad, la verdad», insistió el Maestro, «es que esta República constituye el resultado de una combinación de incompetencia y brutalidad de la Corona española con pragmatismo calvinista, pero sobre todo obra de buenos negocios. Y una vez construida la República que tanto nos gusta y tanto nos enriquece, estas condiciones, las verdaderas, las hemos tapiado bajo la mitología patriótica según la cual en la existencia de estas provincias se cumplía una voluntad divina... como se cumplirá en Jerusalén...»

Con más calma atacó el segundo vaso, mientras Elías bebía el suyo a pequeños sorbos. «¿Sabes por qué te hablo de toda esta historia de equívocos bien manipulados...? Pues para decirte cuál es el tema de los cuadros que me ha encargado el estatúder... Como ya te imaginarás, son dos escenas muy relacionadas con ustedes y también con nosotros, que nos identifican y comunican: una adoración del Mesías por los pastores, que vista desde la historia solo puede imaginarse como una estampa judía, y una circuncisión de Cristo, que al fin y al cabo, ¿no?, era tan judío y estaba tan circuncidado como tú...»

El Maestro hurgó en sus bolsillos y colocó sobre la mesa las tres placas con las que pagaba lo bebido, y miró a su acompañante: «Ahora vamos a la casa de mi amigo Isaac Pinto. Después de lo que te he dicho, lo que vas a ver allí puede ayudarte mucho». «¿Ayudarme? ¿A qué, Maestro?», quiso saber el joven y se encontró con la sonrisa del otro, irónica y manchada de tabaco y caries. «A encontrarte a ti mismo, tal vez. O a entender por qué el pueblo judío ha sobrevivido más de tres mil años. Andando.»

En sus diecinueve años de vida nunca había pisado, y nunca volvería a pisar en los pocos que le restaban por vivir, una casa con tanto brillo, tanto lujo, tal exhibición de plata y madera reluciente multiplicada por espejos bruñidos con una perfección que solo podían haber sido fabricados en Venecia o Nürnberg, con suelos pulidos como solo lo llegan a estar los mármoles blancos venidos de Carrara, los amarillos extraídos de Nápoles y los negros fileteados en verde de la vecina Flandes. Todo refulgía entre aquellas cortinas arropadoras, sin duda nacidas de manos y lana persas, como si la morada gozara de un incendio de prosperidad y fortuna. De no haber sido por los cuadros propios y ajenos que colgaban en las paredes y le daban su propio lustre, la casa del Maestro, comparada con aquella de Isaac Pinto, habría parecido un campamento militar (aunque bastante de esto tenía).

Aquel judío llegado a Ámsterdam más o menos a la edad que tenía su padre Abraham Montalbo cuando desembarcó en la ciudad, y más o menos con la misma pobreza, era la constatación viva del éxito del genio mercantil sefardí que había propiciado la Nueva Jerusalén. A pesar de las limitaciones impuestas por las autoridades de la ciudad para que los israelitas se dedicaran a actividades tradicionales de la región e ingresaran en sus gremios más cotizados, la inventiva hebrea había encontrado espacios inexplorados y, casi con furia, explotado rubros como la producción de chocolate, la talla de diamantes y lentes, la muy próspera industria de la refinación de las mieles americanas. Pronto algunos de ellos, gracias a su milenaria sabiduría comercial y su íntima y eficiente relación con el dinero, habían comenzado a amasar fortunas. La de Isaac Pinto, sin embargo, había tenido un origen más previsible: el comercio con el pasado. Ya con contactos y marchantes en cuatro continentes —Europa, África, Asia y el Nuevo Mundo—, en realidad su gran centro de operaciones eran, sobre todo, las tierras de idolatría —España y Portugal—, donde no solo negociaba con parientes y amigos de su familia convertidos al cristianismo y muy bien ubicados en las escalas sociales de aquellos territorios, sino incluso con muy católicos agentes de las coronas ibéricas, sin que los otros rectores de la comunidad de Ámsterdam, también muchos de ellos socios o beneficiados de empresas similares, se atrevieran a anatematizarlo o siquiera a criticarlo. Como requerimiento de su estatus social, Isaac Pinto se vestía, calzaba, cortaba el pelo y el bigote como los patricios de Ámsterdam con quienes se codeaba en condición de igual. Y, como ellos, también adornaba su casa con las imprescindibles pinturas de los artistas holandeses, entre los que Elías Ambrosius distinguió un paisaje con vacas de Albert Cuyp, un molino que gritaba su pertenencia a Ruysdael, una naturaleza muerta con faisanes de Gerrit Dou, antiguo discípulo del Maestro, y un delicado dibujo del propio Maestro, de lo que parecía más un paisaje de sueños que de una campiña de la pantanosa Holanda real. Al fin y al cabo el éxito de Isaac Pinto —como el de los Pereira, o el de Isaías Montalto— resultaba el mejor ejemplo de lo que podía lograr el pragmatismo hebreo en condiciones medianamente favorables. O el peor, aunque nadie, ni el rabino Montera, ni el recalcitrante polaco Breslau se habrían atrevido a decirlo así tratándose del poderoso Isaac Pinto.

Conmocionado por aquel panorama de fasto y atraído por la sonriente estampa del dueño de tanta riqueza, que, mientras le daba la bienvenida en ladino, se atrevía incluso a abrazar al pintor famoso, por lo general tan hosco, Elías Ambrosius Montalbo de Ávila entendió mejor el discurso que poco antes le regalara el Maestro y, a la vez, se explicó por qué Isaac Pinto ya se sentía estrecho en la llamada Calle Ancha de los Judíos. Como comentaban en sus corrillos todos los miembros de la Naçao, el comerciante se estaba construyendo un palacio burgués, diseñado ni más ni menos que por el muy solicitado Philips Vingboons, en la zona de los nuevos y aristocráticos canales hacia donde estaban emigrando, sin que importaran sus particulares relaciones con lo divino, los protestantes y judíos dueños de las rutas comerciales del mundo.

Cuando el Maestro le presentó a su joven acompañante, Isaac Pinto sonrió y cambió al neerlandés. «¿Cómo está el señor Benjamín? Hace siglos que no lo veo», dijo y estrechó la mano de Elías, que apenas comenzaba a agradecerle el interés por su abuelo cuando ya Pinto se volvía hacia el Maestro y lo interrogaba: «¿No es él, cierto?». «Sí, es él», dijo el pintor.

Elías Ambrosius percibió la reacción de incomodidad de Pinto al saber que *él* era *él*. ¿Asombro, contrariedad? ¿Por qué dudaba *él*, el poderoso Isaac Pinto? Con el descubrimiento de aquella actitud fue el joven quien percibió cómo lo recorría una sensación de temor, aun cuando, pensó, el Maestro no sería capaz de colocarlo en una situación de peligro luego de haberlo cubierto por casi dos años. Ni siquiera lo tranquilizó del todo el hecho de saber que aquel hombre y sus muchos agentes comerciales en España eran quienes se dedicaban, a espaldas de los rabinos, a surtir de literatura sospechosa, impresa en las tierras de la idolatría, a gentes como su propio abuelo Benjamín Montalbo.

«Tienes mi garantía personal, Isaac», dijo entonces el Maestro y, sin que la pequeña mueca de contrariedad abandonara el rostro del potentado, éste admitió: «Si tú lo dices, pues así será», e hizo un gesto, invitándolos a acomodarse en las butacas tapizadas con lustrosa seda china.

Elías Ambrosius sabía que su papel era guardar silencio y esperar, y trató de cumplirlo a cabalidad, a pesar del estado de ansiedad que lo embargaba. En ese instante entró en el deslumbrante salón una criada —judía tudesca, a todas luces— con una bandeja también deslumbrante por su plata de ley, sobre la cual equilibraba una botella de vidrio verde y tres copas transparentes. Dejó la bandeja sobre la mesa con cubierta de mármol oscuro y patas de ébano, y se retiró. «Tienes que probar esto», dijo Isaac Pinto al Maestro. «¿Español?» «No, de Bordeaux. Una cosecha excepcional», aclaró el judío y sirvió la muy cotizada bebida en las tres copas. Cuando el anfitrión le fue a entregar la suya, Elías Ambrosius se limpió las palmas en las perneras, como si sus manos no estuvieran aptas para recibir la copa veneciana. «Salud», dijo el Maestro, y los dos hombres bebieron mientras el joven se dedicaba a respirar el perfume delicadísimo, afrutado pero firme, de aquella bebida que hizo exclamar al Maestro: «No soy buen catador de vinos, pero esto es lo mejor que he bebido en años». «Pues tengo reservada una garrafa para ti.»

Vaciadas las copas, Isaac Pinto se puso de pie y miró a Elías Ambrosius, que se sintió disminuido en la profundidad muelle de su butaca. «Hijo mío, ya sé tu secreto...», Pinto señaló al Maestro. «Mi querido amigo me lo contó para convencerme de que hiciéramos lo que vamos a hacer ahora. Pero escúchame bien, hijo... En esta Ámsterdam tan libre, todos vivimos guardando uno o varios secretos. El tuyo es nada en comparación con lo que voy a enseñarte. Por lo tanto, tu silencio es una condición que no puedes violar. Si comentas algo, quizás eso podría obligarme a dar algunas explicaciones, pero para ti sería el fin de todo. Y cuando digo todo, es todo. Vamos. El Bendito nos acompaña.»

Elías Ambrosius sintió el ascenso vertical de sus temores ante aquella presunta prueba de confianza que le llegaba adornada con una clara amenaza. Ya de pie siguió a Pinto y al Maestro hacia la escalera y ascendieron hasta la segunda planta, donde un oscuro portón de madera adornaba la pared del salón. Pinto hurgó en sus bolsillos en busca de la llave capaz de franquear la entrada de una habitación que, supuso Elías, era su despacho, el sitio desde donde dirigía sus incontables y portentosos negocios. El joven no se había equivocado: una mesa con gavetas, estanterías con algunos libros, armarios para guardar papelería, todo obra de los mejores ebanistas y barnizadores de la ciudad, ocupaban el espacio donde penetraron. Desde el principio la mirada de Elías descubrió sobre la mesa un arca de madera labrada con esmero, bastante similar a uno de los Arón Kadesh, los cajones para guardar el rollo de la Torá, pero más lujoso incluso que el más lujoso de la sinagoga. El Maestro miró a Elías y entonces le dijo: «Lo que vas a ver te hará sentir mejor... o peor, no lo sé a ciencia cierta, pero desde que lo vi, pensé que tú también debías verlo». Mientras el Maestro hablaba, Isaac Pinto, con otra llave, se aplicaba a abrir aquella especie de arca ritual que había llamado la atención del joven. Para su primera sorpresa, Elías vio que contenía, como esperaba, un rollo de pergamino recogido del modo en que se guardaba la Torá, aunque menos voluminoso. La mente de Elías Ambrosius se convirtió en un torbellino de especulaciones: si todo aquel misterio estaba relacionado con un rollo escrito con los pasajes bíblicos, sin duda era porque su texto contenía alguna revelación tal vez devastadora; pero el pergamino, como todo en aquella mansión, parecía de primera calidad, brillante, lo que eliminaba una posible antigüedad cargada de muy turbadores secretos. Conmocionado por las expectativas, el joven observó cómo Isaac Pinto sacaba el rollo con mucho cuidado para colocarlo sobre la mesa. «Ven, ábrelo tú mismo», le dijo a Elías, quien, de manera casi mecánica, obedeció la orden. Cuando tocó el pergamino comprobó la alta calidad del material. Tomó el mango de madera sobre el cual se enrollaba el Libro y, apenas descubierta una parte de su superficie, supo al fin que estaba ante algo más asombroso y retumbante de lo que pudiera haber especulado: sobre la imagen de un paisaje típico holandés, dibujado al modo holandés, pudo leer, en hebreo, que se trataba del libro de la reina Ester. ¿Un episodio bíblico, diseñado como los rollos de la Torá pero ilustrado como una Biblia católica? Siguió tirando del mango y descubriendo el pergamino, sobre el cual había dibujados animales, flores, frutos, paisajes, ángeles, en una profusión y con una calidad en las líneas, las perspectivas, las semejanzas, que le cortaron la respiración. Al fin levantó los ojos hacia los dos hombres. El Maestro sonreía y comentó: «Una maravilla, ¿no crees?». Isaac Pinto, con una seriedad orgullosa, dijo en cambio: «¿Ves por qué exigí tu discreción? ¿No es más de lo que podías imaginar? ¿No es más de lo que nuestros rabinos quisieran admitir...? Una maravillosa herejía».

Mientras afirmaba en silencio, Elías Ambrosius estudió varias de las estampas que ilustraban el pasaje bíblico y de pronto sintió con fuerza algo parecido a una nueva revelación. «¿Puedo saber quién lo dibujó?» «No», fue la respuesta de Isaac Pinto. «¿No lo firmó?» «No», repitió el anfitrión. «Porque es un judío, ¿cierto?» «Tal vez. Es más, digamos que sí», admitió Pinto, y Elías escuchó la carcajada del Maestro, que al fin intervino: «Qué complicados son, mierda». Elías asintió: tenía razón el Maestro. Y entonces el joven dijo: «Yo sé cómo se hace llamar este hombre», y tocó el pergamino para decir: «Salom Italia».

Frente al mar, respirando las fetideces de las aguas oscuras aportadas por los desagües y los olores noruegos de las maderas laboradas en el astillero (abetos de penetrantes aromas para los mástiles, robles y hayas de delicados perfumes para los cascos), Elías Ambrosius Montalbo de Ávila parecía estudiar el vuelo de las gaviotas, empeñadas en sacar algún alimento de las manchas de caparazones de gambas y langostinos y las cabezas de los arenques devorados por la ciudad y arrastrados por las corrientes de los canales hasta aquel banco de podredumbre. Pero la mente del joven, en realidad, se afanaba en el pertinaz examen de las estrategias posibles (y hasta imposibles) para poder conocer la verdadera identidad de aquel Salom Italia, empeñado en revolverle la existencia.

Aun cuando sabía que violaba la promesa hecha, el primero de sus pasos lo había conducido, varias semanas atrás, a la casa del *jajám* Ben Israel, con la débil esperanza de sacarle alguna información capaz de colocarlo en el camino del desvelamiento de aquel ubicuo y esquivo personaje que firmaba sus obras como Salom Italia. Para sorpresa de Elías, la primera reacción del profesor fue la de sentirse ofendido al saber que el pintor andaba en tratos con los miembros más acaudalados de la comunidad sefardí, sin dignarse siquiera a darle una oportunidad de compra de la pieza descrita con tanto asombro y admiración por su antiguo alumno: seguro, dijo, el ingrato Italia lo había considerado incapaz de alcanzar sus precios. Sin embargo, ni un instante pareció preocuparle el hecho de que aquel judío dibujara un rollo, para más ardor como ilustración de un libro tan querido de la historia sagrada, sino solo la operación mercantil realizada a sus espaldas, como si el objeto en discordia fuese la obra de uno más de los muchos pintores de Ámsterdam. Pero aun así mantuvo su mutismo y reiteró lo que ya le había dicho a Elías: Salom Italia era un *nom de plume* (¿o de pincel en su caso?) de un judío de quien, por cierto, no quería volver a saber nada, nunca más..., y dio por terminado el diálogo.

Sostenido por una tenue esperanza, Elías abrió otro frente y dedicó muchos días a recorrer los mercados de la ciudad donde se vendían obras de arte, en procura de alguna pieza que encajara en los modos de representar del pintor judío. Varias tardes realizó aquellos peregrinajes en compañía de la joven Mariam Roca, con la cual avanzaba paso a paso en el sendero de sus aspiraciones amorosas, pero, pensaba él, con movimientos necesarios y seguros. Como no se atrevía a confesarle a la bellísima joven sus verdaderas intenciones, durante aquellos recorridos Elías fingía que su insistencia en visitar los mercados de arte se debía a que, en lugar de simples paseos de enamorados, sus caminatas por aquellos lugares les servían también para disfrutar de la exposición de pinturas, dibujos y grabados más grande del mundo. Pero, por más paisajes y retratos que estudió (deslumbró a Mariam con sus conocimientos, fruto de una afición heredada de su reconvertido abuelo por las bellas representaciones y por la literatura de los gentiles, le dijo), fue incapaz de asegurar si alguno de los calzados por firmas desconocidas pudiera ser, o no, obra del tal Salom Italia. Pero ¿y si vendía sus trabajos con otro nombre, o bajo el nombre de algún maestro a quien estuviera vinculado, como era usual en los talleres del país? Tratándose de una persona que se comportaba con tanto desparpajo, cualquier alternativa parecía posible, incluso la muy extendida de vivir con dos nombres: uno para los judíos (Luis Mercado, Miguel de los Ríos) y otro (Louis van der Markt, Michel van der Riveren) para la sociedad holandesa en donde se había insertado.

Mirando el mar de plata oscura, Elías Ambrosius pensaba que, a pesar de los fracasos sufridos, en realidad había avanzado un recorrido considerable en el acecho del esquivo personaje. A su segura condición de judío podía sumar el hecho irrebatible de que se trataba de un sefardí, nunca de un asquenazí alemán o polaco, tan fanáticos y retrógrados, pues resultaba más factible que alguien de origen español o portugués pudiera haber tenido el acceso al conocimiento cultural y al entrenamiento técnico que exhibía aquel artista, sin duda alguna exquisito. Debía de ser, por supuesto, un hombre de cultura y finanzas saludables, con vínculos muy bien aceitados para conseguir moverse en esferas tan complicadas y a la vez distantes (religiosa, social, económicamente) como las representadas por Isaac Pinto y Menasseh Ben Israel. Pero aquel sefardí refinado, tal vez acaudalado y sin duda bien conectado, dejaba con su trabajo y su nombre otras huellas visibles aunque a la vez confusas: ante todo, la casi absoluta certeza de que no podía ser uno de los judíos pobres —la mayoría de la comunidad, asentados muchos de ellos en los alrededores de Nieuwe Houtmarkt, en la isla Vlooienburg, donde vivía el *jajám*—, pues sus dotes, fácil resultaba advertirlo, habían sido adiestradas por un maestro y alimentadas por el consumo de arte italiano y por el conocimiento de las escuelas holandesas. Tal condición reduciría la cifra de posibles candidatos. Siguiendo aquella lógica, el pintor bien era un sefardí italiano o había hecho su aprendizaje en Italia, pues no por cualquier razón había escogido aquel peculiar seudónimo (¿o la elección era parte del ocultamiento?) tan apropiado para un artista de su estilo, y vivía o había vivido por años en Ámsterdam o en alguna ciudad vecina. Aunque, pensándolo más, también podía tratarse de un marrano, adiestrado en la pintura durante su vida pasada como presunto converso en España o Portugal. O, incluso, podía tratarse de un verdadero converso, de los muchos que, llegados a Ámsterdam en busca de un ambiente menos peligroso, se reconocían judíos, ya sin necesidad de ocultar su origen hebreo pero, no obstante, optaban por mantenerse al margen del judaísmo y sus pesadas restricciones sociales y privadas, unas ataduras a las que no deseaban regresar... Tenía que ser, además, un hombre con un gran valor personal y una enorme convicción en sus razonamientos para ser capaz no solo de realizar aquellas obras rebosantes de herejía, sino para hacerlo con visible maestría y de un modo casi público para luego dedicarse a regalarlas y venderlas por las casas más ricas de la Ámsterdam judía y calvinista. ¿Cuántos hombres como aquel podía haber en la ciudad? Elías Ambrosius comprendió que, con un poco de empeño e inteligencia, quizás conseguiría llegar a conocerlo, porque, resultaba obvio, no podía haber muchos hombres como ese fantasma en la ciudad, ni siquiera en el mundo.

Camino ya de la casa del Maestro, donde lo esperaban la escoba y el balde, Elías Ambrosius atravesó la Plaza del Dam, donde los vendedores de pescado se disputaban el espacio con los bloques de piedra, las montañas de arena y las maderas destinadas a dar forma a los andamios que se emplearían para concederle el lustre que, decían y admitían todos, merecía el corazón de la ciudad más rica del mundo. Luego del incendio de la Nieuwe Kerk, unos meses antes, los calvinistas habían decidido reconstruir el templo concediéndole ahora unas proporciones aplastantes, y el proyecto incluía la erección de la torre campanario más alta de la ciudad, la cual debía alzarse por encima de la ostentosa cúpula del Stadhuis, pues el poder religioso debía imponerse al civil, al menos en proporciones arquitectónicas. Elías Ambrosius, siempre curioso por saber de aquellos acontecimientos citadinos, esta vez apenas le prestó atención al movimiento de los maestros constructores de catedrales, venidos de Lutecia, y dueños celosos de los secretos de su profesión (más secretos para aquella ciudad), pues su mente seguía empecinada en hallar posibles caminos hacia aquel individuo en forma de enigma. Porque la gran pregunta, había concluido, no era la identidad del hombre, sino su individualidad, una preocupación que de una u otra forma obsesionaba a todos los judíos. ¿A qué acuerdos había llegado con su alma el tal Salom Italia para decidir lanzarse por aquel camino? ¿Pensaba, como el propio Elías, que su libertad de elección era sagrada por ser, sobre todo, un don concedido por el Santísimo? ¿A pesar de ello, asistiría, como asistía él, a la sinagoga, haría los rezos correspondientes y respetaría el sábado, como él, y acataría todas las leyes, excepto una, como él? Aquel individuo ya debía de haberse hecho, respecto a la ley y su obediencia, las preguntas que todavía se repetía el joven Elías y, resultaba obvio, había hallado sus propias respuestas. Porque si bien se escondía tras un alias y trabajaba en la clandestinidad, su decisión de dar a conocer su trabajo era un desafío abierto a milenarios preceptos y una patente opción por su libertad de pensamiento y acción.

La tarde en que Isaac Pinto le mostrara los maravillosos rollos ilustrados del libro de la reina Ester, aquel hombre al cual su fortuna y sus aportaciones a la comunidad le daban el privilegio de mostrarse tan liberal, le había recordado al joven Elías que el origen de las decisiones del hombre estaba centrado en la relación entre su conciencia y su arrogancia, ambas esencias inalienables del individuo: «Mientras más sigas la conciencia», había dicho Pinto, «mejores resultados obtendrás. Pero si te dejas guiar por la arrogancia, los resultados no serán buenos. Seguir solo la arrogancia», ejemplificó entonces, «es lo mismo que el peligro latente de caer en un hueco cuando caminas en la oscuridad, pues te falta la luz de la conciencia, la que ilumina el sendero». ¿No eran aquellas palabras una variación de la relación entre la plenitud, la conciencia y la dignidad con las cuales debemos vivir nuestras vidas, acerca de la que escribiera el *jajám* Ben Israel al referirse a la muerte y el intangible más allá? ¿Aquellos hombres, tan hábiles para hacer dinero o para especular con las ideas, estaban impulsando a Elías en sus pretensiones como creador de imágenes?

Las palabras de Isaac Pinto, relacionadas sin duda con la práctica artística de Salom Italia y con la del propio Elías Ambrosius Montalbo de Ávila, debían de apuntar hacia una concepción del albedrío que se había convertido en foco de discusión entre los judíos sabios de la ciudad. El hecho de que en el ambiente permisivo de Ámsterdam cada vez más hebreos empezaran a distinguir, o a pretender distinguir, entre los terrenos de la religión y los de la vida privada resultaba —al decir de los ortodoxos— un gigantesco pecado teñido con los colores de la herejía: sí, el judaísmo era una religión, aunque también una moral y una regla, y debía por tanto regir cada acto del hombre, por mínimo que fuese y por alejado de los preceptos religiosos que en apariencia estuviese, pues todos esos actos, de un modo u otro, estaban reglamentados por la Ley. Y dijese lo que dijese un hereje confeso como Uriel da Costa y otros de su cosecha, los actos humanos, de un modo u otro, tenían una significación cósmica, pues se integraban en el universo de lo creado, daban forma a la Historia, y cargaban el peso de servir para anticipar o retardar la salvadora llegada del Mesías, tanto tiempo aguardada por el pueblo de Israel.

Elías Ambrosius solía preguntarse entonces si en realidad era posible que un ser insignificante como él, al violar de manera individual y privada la interpretación más férrea de una ley que en su instante remoto respondió a la necesidad de disciplinar a unas tribus perdidas en un desierto, sin patria ni mandamientos, estaba desequilibrando al universo con su decisión y retrasando incluso el advenimiento del Ungido. El joven pensaba que no era justo hacerlo cargar con ese peso: ya debía tener más que suficiente con la responsabilidad de estarse jugando el destino de su alma para que también lo hicieran pensar en la suerte de todos los judíos, incluso en la suerte del universo creado. ¿Por qué asociaban su propia libertad de decidir los rumbos de su vida individual y sus preferencias personales con el destino colectivo de toda una raza, de una nación? ¿Qué se había respondido Salom Italia ante aquellas disyuntivas? Elías Ambrosius no lo sabía; quizás nunca lo sabría. Pero conocía un hecho: Salom Italia, fuese quien fuese, había seguido pintando. En clandestinidad, enmascarado, pero pintando... ¿Por qué no iba a hacerlo él? ¿Qué movía a Elías hacia su decisión: la conciencia o la arrogancia? ¿O la opción bíblica de escoger vida? ¿Por qué, oh,

Señor, por qué para un miembro del pueblo por ti elegido todo tenía que ser tan difícil?

La noticia cayó como un rayo en el corazón de la Ámsterdam judía: Antonio Montesinos, apenas desembarcado del bergantín que lo había traído del Nuevo Mundo, se presentó en la sinagoga y, luego de pedir que convocasen a todos los miembros de la comunidad, hizo el demoledor anuncio. Él, Antonio Montesinos, dijo ante los congregados en asamblea, tenía pruebas fehacientes, irrebatibles, comprobadas con sus propios ojos, de que los indígenas de las tierras americanas eran los descendientes, al fin hallados, de las diez tribus perdidas. El comerciante narró entonces sus peripecias por tierras de Brasil, Surinam y la Nueva Ámsterdam del norte, mostró bocetos por él hechos, palabras transcritas, y, afirmó, había podido comprobar que los mal llamados *indios*, en virtud de la confusión provocada por Colón, tenían que ser los hermanos extraviados desde los días remotos del Exilio a Babilonia. El hecho de que hubieran cruzado la Mar Océana por una ruta desconocida durante siglos (columbrada por los griegos, quienes mucho antes hablaron de una tierra de atlantes más allá de las Columnas de Hércules) explicaba su desaparición. Su físico, elegante y fornido, confirmaba un origen semita. Su lenguaje, decía y leía de sus apuntes palabras aisladas, incomprensibles para todos, era una corrupción del arameo antiguo. ¿Qué otra prueba se necesitaba? Lo más importante, clamaba el autor del colosal hallazgo, resultaba que la presencia de aquellos hermanos en los confines de la Tierra advertía de la más importante condición necesaria para que se produjese la esperada llegada del Mesías: la existencia de hebreos asentados en todos los puntos del universo, como lo predijeron los profetas, quienes consideraron su dispersión planetaria una de las exigencias inalienables para el Advenimiento.

Los días sagrados de la Pascua de aquel año se dedicaron a discutir el hallazgo, calificado por algunos de revelación, casi tan maravillosa como la recibida por Moisés en el Sinaí. Siempre dividida en muchas facciones, la comunidad esta vez se polarizó en dos bandos: los mesiánicos, en realidad menos numerosos, que se adhirieron a la convicción de Montesinos, y los escépticos, capitaneados por el *jajám* Ben Israel, quienes consideraban el presunto descubrimiento del viajero una lamentable y hasta peligrosa falacia. El consejo rabínico, varias veces reunido luego del anuncio, debatió los argumentos de Montesinos, pero sin llegar a una definición.

Para Elías Ambrosius la conmoción y guerra de facciones, tan propia del carácter judío, se convirtió, sobre todo, en el desvelamiento de una delicada realidad: los extremos a los que había llegado el fanatismo religioso de su hermano Amós, quien de inmediato se había adherido al bando de los mesiánicos más apocalípticos, presidido por su guía espiritual, el rabino polaco Breslau.

Para sorpresa del abuelo Benjamín y de su padre, Abraham Montalbo, más que escépticos, divertidos con lo que consideraban un desvarío del tal Montesinos, el joven Amós se presentó un día en la casa anunciando su alistamiento en la partida que, decían, iría al encuentro de los hermanos extraviados para ayudarlos a volver a la fe, las costumbres y la obediencia de la Ley. Elías, que escuchó conmovido la decisión del hermano, no se sorprendió cuando sus mayores intentaron disuadir a Amós, pero sí se alarmó, y mucho, cuando escuchó la respuesta de su hermano, negado a discutir la decisión tomada, mientras lamentaba que su padre y su abuelo sostuvieran aquella actitud herética ante tan gran acontecimiento, preludio de la revelación del Mesías.

Elías, una vez más advertido de que vivía bajo el mismo techo que un hombre fanatizado hasta el extremo de atreverse a amenazar a sus mayores con condenas divinas, se convenció de las razones por las cuales, incluso en una tierra de libertad, muchos judíos preferían vivir enmascarados entre secretos, antes que limpios entre verdades expuestas. Entendió, por supuesto, la actitud de un hombre como Salom Italia, y la decisión de mantener sus aficiones en la sombra. Y, más aún, obtuvo la evidencia de por qué él mismo debía tapiar su secreto del modo más hermético posible si no quería correr un gravísimo riesgo.

Esa misma noche, aprovechando la ausencia de su hermano, Elías Ambrosius, como si practicase un robo, sacó de su casa con el mayor sigilo la libreta de apuntes, la carpeta de dibujos y las pequeñas telas manchadas con sus titubeos y búsquedas de aprendiz de pintor. Entre los sitios posibles para tenerlos a buen resguardo, escogió en ese momento la buhardilla del danés Keil, en quien, según creía, podía confiar. Y aunque le resultó doloroso, debió aceptar que se sentía más protegido por un hombre de otra fe que por muchos de los de la suya. Más abrigado por un extraño tolerante que por un hermano de sangre contaminado de fanatismo, de intransigencia y, no podía calificarlo de otro modo, repleto de odio.

La primavera se entregaba como un regalo del Creador a la ciudad de Ámsterdam. Todo revivía, sacudiéndose de encima la modorra del hielo y los agresivos vientos invernales que, por meses, asolaban la villa y oprimían a sus habitantes, sus animales, sus flores. Mientras las temperaturas subían sin darse demasiadas prisas y la lluvia se presentaba con frecuencia, los colores se desperezaban, despojando de su protagonismo casi absoluto al blanco de la nieve en los tejados y al pardo de los lodazales en que se habían convertido las calles por donde aún no habían pasado las legiones de colectores municipales. Con los tonos recuperados también renacían los ruidos y se avivaban los olores. A los mercados regresaban los vendedores de perros, con sus jaurías de lebreles, pastores y galgos vociferantes; salían a la intemperie los bulliciosos tratantes de especias y hierbas aromáticas (orégano, mirto, canela, clavo, nuez moscada), tan delicadas al tacto y al olfato como incapaces de resistir las temperaturas invernales sin perder la perfumada calidez de sus almas; las tabernas abrían sus puertas, regalando el olor fermentado de la cerveza de malta y las risas de los clientes; y retornaban a la ciudad los proveedores de bulbos de tulipanes, con la promesa de una floración de colores anunciada a gritos para luego decir en voz baja los precios desbocados, como si les avergonzara —solo como si les avergonzara— explotar la moda y pedir cifras exageradas por una cebolla peluda que apenas encerraba la promesa de su futura belleza. Las voces de los mercaderes, carretoneros, conductores de barcazas y borrachos arracimados en cualquier esquina (incontables en una ciudad donde casi no se bebía agua, dizque para evitar una segura disentería), sumados a los ruidos penetrantes de los talleres de fabricantes de armas o de tambores y la monótona canción de los aserraderos, formaban una algarabía compacta que muchas veces al día resultaba tapiada por el repique atropellado de las infinitas campanas de la ciudad que, desentumecidas, parecían tañer con más vehemencia, en su misión de anunciar cualquier acontecimiento. Campanas solitarias, campanarios de múltiples bronces y musicales carillones traídos de Berna advertían de horas, medias y cuartos, de aperturas y cierres de negocios, de llegadas o zarpas de barcos y celebraciones de misas o entierros, de bautizos y matrimonios retardados por el invierno, y de alguna ejecución por ahorcamiento, a las cuales eran tan adictos los holandeses, siempre como si el tañido de la metálica notificación convirtiera en realidad el hecho que la provocaba. En la Sint Anthonisbreestraat, camino de la casa del Maestro, frente al edificio donde vivía Isaac Pinto, Elías

Ambrosius Montalbo de Ávila se detuvo ese mediodía y compartió su buen ánimo primaveral con el sonido (ese sí, armónico) de las treinta y cinco campanas, alineadas como pájaros sobre una valla, colgadas de lo alto de la torre de Hendrick de Keyser, sobre la cruz de la Zuiderkerk.

El buen humor del joven mucho tenía que ver con la estación y el sesgo prometedor tomado por sus encuentros con Mariam Roca, que habían evolucionado de los paseos sin rumbo preciso por calles y mercados o de las conversaciones cada vez más cargadas de terceras intenciones, a caricias de manos y susurros en los oídos, capaces de provocarle una fogosidad tal que le solía exigir el alivio de la autofrotación y el consiguiente reclamo de comprensión y perdón al Santísimo. Pero, más que con la primavera y los pálpitos del amor y el sexo, el estado de entusiasmo en el cual vivía Elías Ambrosius estaba relacionado con la función tremendamente especial que, desde hacía una semana, cumplía en el taller del Maestro: servir de modelo para el muy judío *mohel* en el instante en que se disponía a realizar la circuncisión ritual del niño Jesús, la Brit Milá ordenada por Yavhé para distinguir a todos los varones del pueblo elegido.

Desde la tarde en que lo llevó consigo para visitar a Isaac Pinto, las relaciones entre el pintor y el aprendiz habían tomado cierta calidez —casi toda la calidez capaz de generar el carácter hosco del Maestro con quienes no eran sus más íntimos amigos—, y Elías Ambrosius, sin haberse liberado del balde y la escoba, no solo había sido ascendido en las funciones prácticas del taller, triturando con el pesado alfil las piedras de pigmentos y preparando colores con las proporciones precisas del aceite de linaza, sino que el Maestro le había dedicado varias conversaciones, más bien monólogos, en los cuales, según sus humores, a veces se enredaba como si perdiera la noción del tiempo. Unos días hablaba solo de temas artísticos, como (según los apuntes de Elías Ambrosius, siempre empeñado en anotar los aprendizajes para luego releerlos y asimilarlos) sus ideas sobre la necesidad de quebrar la relación establecida entre la belleza clásica y el desnudo femenino, que, a su juicio, no debía ser perfecto para ser femenino y bello, pues el Maestro gustaba de plasmar pieles plegadas, pies agrietados, muslos flácidos, en busca de un patente sentido de verosimilitud al cual no se acercaban los demás artistas de la ciudad. Otros días se lanzaba a fundamentar su peculiar entendimiento de la armonía y la elegancia como cualidades en función de la obra y no como valores en sí mismos, que era el modo en el cual lo habían entendido los cultores de la pintura clásica, incluido el flamenco Rubens. No, no: ese sentido más profundo de la armonía por él perseguido resultaba la gran enseñanza que, según el Maestro, había dejado al mundo el pintor Caravaggio; no el dominio de las oscuridades cavernosas en las cuales se habían empeñado sus seguidores, aseguraba, incapaces de ver más allá de lo aparente, sino la revelación de que la verdad y la sinceridad deben estar por encima de la belleza canonizada, la simetría pretendida o la idealización del mundo. «Cristo, con los pies sucios, llagados por la arena del desierto, predicó entre pobres, hambrientos y tristes. La pobreza, el hambre, las lágrimas no son bellas, pero son humanas», concluía: «no hay por qué huir de la fealdad», e ilustraba aquellas disquisiciones con el estudio de una «Predicación de Cristo», dibujada sobre papel en la que el orador, cosa curiosa, carecía de un rostro definido.

Días hubo, en cambio, en que el Maestro prefirió recorrer los derroteros de asuntos mundanos, como su desinterés por la cosa pública y, sobre todo, por la política, la cual consideraba una peligrosa tentación para el artista deseoso de mostrarse participativo. Y días en que se enredaba en una de sus obsesiones de hombre siempre urgido de dinero, hablando de la importancia y a la vez del lastre que había significado para los pintores de las Provincias Unidas haberse convertido en los primeros artistas en la historia que no trabajaban ni para la corte ni para la Iglesia, sino para un tipo de cliente por completo diferente en sus exigencias, gustos y necesidades: los hombres ricos nacidos de los beneficios del comercio, la especulación, la manufactura a gran escala. Entonces aseguraba que aquellos individuos, muchas veces de origen plebeyo, siempre pragmáticos y visionarios, cada vez estaban menos interesados en la historia o en la mística. Sus ansias se expresaban en el deseo de ver cuadros en los cuales fuesen representadas sus propias creaciones materiales: su país, sus riquezas, sus costumbres, ellos mismos, con sus joyas y ropas, satisfechos al fin de una fortuna de la que cada día se sentían más orgullosos. Aquel reflejo debía materializarse en lienzos de dimensiones razonables, concebidos para *adornar* la pared de una acogedora morada familiar, en lugar de una aplastante iglesia o un palacio real. Y para *adornar* exigían lo que ellos consideraban bello, lo que ellos estimaban propio.

«Hemos creado una relación distinta para el arte», le había dicho una de esas tardes en que, luego de ordenarle posponer la limpieza del estudio, se había mostrado más locuaz con Elías Ambrosius, quien lo escuchaba casi hipnotizado por la facilidad con que el Maestro perfilaba los trazos, los volúmenes, las ubicaciones espaciales, las zonas de sombras de lo que sería la escena de la adoración de los pastores del niño Jesús solicitada por el estatúder Frederik Hendrik de Nassau. «En la ciudad donde todos comercian, nosotros estamos inventando algo: el comercio de la pintura. Trabajamos para venderles a clientes nuevos con gustos nuevos. ¿Sabes quién es el mejor comprador de los cuadros de Vermeer de Delft? Pues un panadero enriquecido. ¡Un mecenas que vende pasteles, no un obispo ni un conde...! Y tras el dinero de esos que se hacen llamar burgueses, sean panaderos, banqueros, armadores de barcos o comerciantes de tulipanes, se ha tenido que mover la pintura, y ha debido complacer los gustos de hombres que jamás han pisado una universidad. Por eso ha aparecido la especialización: quienes pintan escenas campestres y las venden bien, pues a pintar escenas campestres; igual los que pintan batallas, marinas, naturalezas muertas o retratos... Hemos inventado la estampa comercial: cada uno debe tener la suya y cultivarla para recoger sus frutos en el mercado, como cualquier comerciante. Mi problema, como sabrás, es que no tengo ese tipo de marca, ni me importa que mi pintura sea brillante y armónica, como quieren ahora... Me interesa interpretar la naturaleza, incluida la del hombre, incluida la de Dios, y no los cánones; me importa pintar lo que siento y cómo lo siento. Siempre que puedo... Porque también hay que vivir.» Y señaló con el cabo del pincel hacia el lienzo donde ya se perfilaban la Sagrada Familia y los pastores solicitada por el señor de La Haya. «Sé que ya no estoy de moda, que los ricos no me ruegan que los retrate, porque la moda la crean ellos y estos ricos de hoy no tienen el concepto de sus padres calvinistas: ahora se quiere exhibir la riqueza, la belleza, el poder..., pues para eso han obtenido esas riquezas. Se construyen palacios en los nuevos canales y nos pagan por nuestras obras, ya que, por fortuna, estiman que somos un medio de invertir esa riqueza y, a la vez, un buen modo de adornar esos palacios y mostrar lo refinados que son.»

Sin embargo, el Maestro no había sido en absoluto comunicativo la tarde en que, sin haberle revelado aún su propósito de utilizarlo como modelo, le había ordenado a Elías Ambrosius dejar a un lado los aperos de limpieza y subir al estudio, sitio al cual, en las dos últimas semanas, se había establecido la orden de que solo podían entrar el Maestro, su discípulo Aert de Gelder y la joven Emely Kerk. Al penetrar en la sala de trabajo, Elías Ambrosius recibió una sorpresa que le explicó la razón de la clausura: en la pared del fondo había dos cuadros extrañamente iguales pero esencialmente diferentes de la manida escena cristiana de la adoración de los pastores, aquella representación en que por demasiado tiempo había venido trabajando el pintor. Sin darle ocasión a detenerse en la observación de las dos telas enigmáticas por su similitud, el Maestro le había pedido que se vistiera con un pesado camisón marrón oscuro y lo había ubicado ante un fragmento de columna griega que le llegaba a la altura del pecho. Luego de observarlo desde varios ángulos, comenzó a pedirle que adoptara diferentes poses mientras, con rasgos muy sueltos, iba reproduciendo las posturas con un carboncillo sobre las hojas rugosas de su *tafelet*. Algo muy recóndito y visceral debía de ocupar la mente del Maestro en el proceso de observar y dibujar al joven judío, en un mutismo solo quebrado por las indicaciones dedicadas a modificar posturas. El Maestro, pensó Elías, parecía empeñado en una cacería más que en una obra. Y había tenido la certeza de estar asistiendo a un invaluable aprendizaje.

Unas semanas antes, cuando comenzó a trabajar en alguna de aquellas versiones de *La adoración de los pastores*, el pintor había tomado la previsible decisión de utilizar otra vez a la joven Emely Kerk, la institutriz de su hijo Titus, como modelo para la figura de la Virgen María, como ya había hecho en la escena que tituló *La Sagrada Familia con ángeles*. La obra, terminada y entregada a principios de ese año, y a cuyo proceso de creación Elías Ambrosius había tenido el privilegio de asistir, había provocado en el joven aprendiz una atracción casi magnética. Largas horas había dedicado a su contemplación, tratando de descubrir, pues ya se creía capaz de ello, los efectos por los cuales aquella escena familiar y mágica lograba transmitir una emoción que, a pesar de su educación y creencias judías, Elías no podía dejar de sentir: y un buen día encontró que la clave del cuadro no estaba en su representación de un acontecimiento místico, sino en lo contrario, en la manifestación de su serenidad terrenal. El Maestro parecía estar cada vez más lejos de la expresión de sentimientos evidentes de miedo, dolor, sorpresa, pesar, ira, a las que se había entregado, años atrás, en sus cuadros sobre la historia de Sansón, o en sus trabajos sobre el sacrificio de Abraham o el llamado *El festín de Baltasar,* todos tan teatrales y plenos de movimiento. Ahora, en cambio, había optado por la interioridad de los sentimientos y en aquella escena había sido capaz de concentrar toda la emoción de la circunstancia en el gesto cuidadoso de una mano. La mano de la joven y hermosa Emely Kerk, convertida en Madre de Dios, resumía, como una última emanación de su carácter, la perfección que comenzaba en el óvalo de su cara, en la suavidad de su semblante, y continuaba en el arco apacible de sus hombros, para bajar hasta la delicadeza de aquella extremidad que se acercaba al niño para comprobar si estaba dormido: era solo un gesto, cotidiano y leve, casi vulgarmente maternal y terreno, mas lograba conferir a la figura de la Virgen una dulzura capaz de proclamar, en su ternura a la vez humana y cósmica, que aquella no era una madre normal, sino la Madre de un Dios.

El Maestro había generado una explosión de la magia de la belleza, y había sido capaz de convertir su propio deseo carnal por la modelo en una lección de amor universal y trascendente. Y Elías Ambrosius comprendió que solo los maestros más dotados eran capaces de lograr tanto con tan poco. ¿Podría él, alguna vez, asomarse siquiera a esa grandeza?

En la pieza de la adoración de los pastores en la cual se empeñara el pintor durante los últimos dos meses, aparecía la misma Virgen, pero como parte de un grupo de personajes. Con el niño Cristo recostado en un pequeño moisés, más bien una canasta corriente, acomodada en su regazo, la Virgen mostraba a los pastores forasteros al hijo de Dios recién nacido. La madre y el hijo, desde que fueran abocetados, aparecían beneficiados por la única luz del cuadro, cuya fuente diríase que brotaba de las mismas personas divinas. Sin embargo, algo en aquel trabajo, destinado al palacio del estatúder, no parecía haber complacido al Maestro, y su conclusión se había dilatado ya por varias semanas, a lo largo de las cuales el hombre, sin mojar el pincel, se dedicaba a observar lo estampado o a vagabundear por la ciudad, como si se hubiera olvidado por completo de la pieza. Empujado por aquella insatisfacción con la obra, como luego sabrían todos en el taller, el Maestro había tomado una extraña decisión: le había pedido a Aert de Gelder, el más dotado de sus jóvenes discípulos, que utilizara un lienzo de similares dimensiones al escogido por él, y reprodujera el cuerpo central de aquel cuadro. De Gelder debía copiar la escena con la mayor fidelidad, aunque con la libertad de introducir las variaciones que el joven creyese necesarias. Aert de Gelder, que era la mímesis pictórica más asombrosa que hubiera existido del Maestro, había aceptado el reto y, gustoso, se empeñó en la labor, sabiendo que no se trataba de un simple ejercicio de copiado sino de un experimento más intrincado cuyos fines últimos desconocía. Fue en los días durante los cuales se había cocinado aquel proceso, cuando la entrada al estudio había estado vedada para todos los habitantes y trabajadores de la casa. Por ello, solo aquella tarde, luego de recibir el mandato del Maestro para que se moviera hasta quedar de frente a él, Elías Ambrosius al fin había tenido la oportunidad de detenerse a estudiar las dos obras, todavía muy necesitadas de retoques y tratamientos conclusivos. Lo sorprendió observar cómo las pinturas multiplicaban la sensación de simetría pues parecían mirarse una a la otra en un espejo y el joven judío coligió que, con toda seguridad, De Gelder había decidido realizar el encargo de reproducir lo ya existente valiéndose de instrumentos ópticos que proyectaran la imagen estampada por el Maestro sobre el lienzo en el cual la había copiado el discípulo. Por tal razón las figuras de la reproducción quedaban invertidas respecto a las del original, con los personajes algo más concentrados en la fuente de luz, aunque transmitiendo el mismo sentimiento de respetuosa introversión. Pero, para quien no tuviera los antecedentes que poseían Elías y los demás discípulos, la pregunta que de inmediato saltaría de la contemplación de aquellas obras gemelas sin duda sería: ¿cuál es el original y cuál la copia?

«¿Quieres saber por qué estoy haciendo esto?», había preguntado al fin el Maestro sin necesidad de comprobar hacia dónde se dirigía la mirada hipnotizada de Elías Ambrosius. «Con el mayor respeto», dijo el joven, y entonces el pintor se volvió para quedar de frente a las obras, dándole las espaldas al aprendiz. «Es el precio del dinero», dijo y se mantuvo unos instantes en silencio, como solía hacer el *jajám* Ben Israel cuando lanzaba sus discursos. «Esta vez no puedo fallar. Dependo del dinero del estatúder para pagar los plazos atrasados de esta casa. Ya no me hacen encargos como este, algunos comentan que mis pinturas parecen abandonadas más que acabadas, en fin... Hace unos años este mismo estatúder fue mi esperanza de poder convertirme en un hombre rico, famoso, y vivir en un palacio de La Haya...» «¿Cómo el flamenco Rubens?», se atrevió a preguntar Elías. El Maestro asintió: «Como el maldito flamenco Rubens... Pero yo no soy y nunca pude haber sido como él, por más que me empeñara en lograrlo, por más que le robara los temas, las composiciones, hasta los colores... Mi salvación fue lo que en un momento pareció mi desgracia: que el estatúder no me convirtiera en el pintor de la corte y me tratara solo como lo que soy: un hombre vulgar dispuesto a vender su trabajo... En ese momento sentí cómo me hundía, tuve que renunciar a querer vivir como Rubens, a pintar como Rubens. Pero también me convertí en un hombre un poco más libre. No, mucho más libre... Aunque, escúchalo bien, la libertad siempre tiene un precio. Y suele ser demasiado alto. Cuando me creí libre y quise pintar como un artista libre, rompí con todo lo considerado elegante y armónico, maté a Rubens, y solté mis demonios para pintar *La compañía del capitán Cocq* para las paredes de Kloveniers. Y recibí el castigo merecido por mi herejía: no más encargos de retratos colectivos, pues el mío resultaba un grito, un eructo, un escupitajo... Era un caos y una provocación, dijeron. Pero yo sé, lo sé muy bien, que logré esa insólita combinación de deseos y realizaciones que es una obra maestra. Y si me equivoco y de maestra no tiene nada, lo importante es que fue la obra que quise hacer. En realidad, la única que podía hacer mientras tenía ante mis ojos la evidencia de hacia dónde nos conduce la vida..., hacia la nada. Mi mujer se apagaba, escupía sus pulmones, se moría un poco más cada día, y yo pintaba una explosión, un carnaval de hombres ricos disfrazados, jugando a ser soldados, y lo hacía como me venía en gana... La disyuntiva resultó muy simple: o los complacía a ellos o me complacía a mí, o seguía esclavo o proclamaba mi independencia». El pintor detuvo su diatriba, como si de pronto perdiera el entusiasmo, pero enseguida se encarriló de nuevo en su disquisición: «Aunque la amarga verdad es que mientras dependa del dinero de otros no seré del todo libre. No importa si quien paga es el estatúder y el tesoro de la República, la Iglesia, un rey o un enriquecido panadero del Delft... Al final es lo mismo. Puedo pintar a Emely Kerk como quiero pintarla, o una Sagrada Familia que parezca una familia judía de tu barrio mientras recibe la visita de unos ángeles como si fuese lo más normal del mundo. Y sentarme a esperar a que aparezca un comprador generoso... o a que no aparezca. Pero eso que ves ahí», señaló sin necesidad su cuadro, el de mayores dimensiones, «eso no me pertenece: es obra del estatúder. Él me pidió con todo detalle lo que quería ver y me paga para cumplir ese deseo... Y ya aprendí la lección. Sé muy bien que el estatúder no quiere exhibir en su palacio pies sucios ni pastores andrajosos recién salidos del desierto, como debió haber sido en la realidad. No quiere vida: solo una imitación de ella que resulte bella. Por eso le pedí a Aert que hiciera su versión para luego yo retocar la mía con las soluciones que él encontrara... Escogí a Aert porque es uno de los mejores pintores que conozco, pero nunca será un artista. Y ahí está la prueba: ¿parece una obra mía, no es cierto? Mira esos trazos, mira la profundidad de su claroscuro, disfruta con qué técnica trabaja la luz. Observa y aprende... Pero también aprende algo más importante: a esa estampa de Aert le falta algo... Le falta el alma, no tiene el misterio del arte verdadero... Es solo un encargo. Y yo estoy copiando a Aert porque así se debe pintar si uno quiere cumplir el deseo de un poder y ganarse esos florines que tanto necesita». Se detuvo, concentrado en los dos cuadros, y negó algo con la cabeza antes de decir: «El arte es otra cosa... Y ya está bien por hoy. Ahora limpia a fondo este estudio, parece una pocilga... A partir de mañana te necesito aquí conmigo. Dile a la señora Dircx que no la ayudarás por un tiempo. Me vas a servir de modelo para el *mohel* del cuadro de la circuncisión de Jesús... Y cuando terminemos con este encargo, te voy a dar un pincel. Tengo curiosidad por saber si además de valor, vocación, empecinamiento y quizás hasta talento, tienes alma de artista».

Otra vez Emely Kerk era la Virgen que, en primer plano, observaba con devoción cómo su marido, José, sostenía en sus manos al niño abrigado con unos paños blancos, mientras Elías Ambrosius, transfigurado en un *mohel* vestido como un personaje de cuentos persas, la cabeza cubierta al estilo de los primitivos judíos orientales que cada vez más pululaban por Ámsterdam, se disponía, casi de espaldas al espectador, a la cirugía ritual del descendiente de la casa de David llegado a la Tierra para cambiar el destino de la religión de los hebreos y hasta la propia historia del pueblo de Israel, que no le reconoció su mesiazgo. Detrás de esos personajes, sobre los que se concentraba la luz, una oscuridad cavernosa en la cual se podían entrever otras figuras, vestidas todas con túnicas de un bermellón oscuro, y, al fondo, una cortina con algunos reflejos dorados y las columnas del Templo de Zorobabel y Herodes el Grande, el último gran vestigio de la gloria de Judea que, poco después, derribarían los legionarios romanos.

Varias veces, mientras el Maestro trabajaba en aquella *Circuncisión de Cristo,* el *jajám* Ben Israel acudió al taller para ayudarlo en la interpretación de una escena bíblica solo referida por Lucas y en la representación veraz de la milenaria ceremonia. Como profundo conocedor no solo de la Torá y los libros de los profetas, sino también del llamado Nuevo Testamento escrito por los discípulos del hombre a quien los cristianos consideraban el Mesías, Ben Israel dominaba a fondo la cristología. Bebiendo el vino del pintor, disfrutaba otra vez de aquella labor de consultante que había realizado ya en varias ocasiones, pues aunque el Maestro conocía al dedillo las Escrituras —casi no leía otros libros—, sus significados históricos más profundos y sus conexiones con el complicado imaginario hebreo siempre podían escapársele, algo a lo que no quería arriesgarse en aquella obra de encargo. Varios años atrás, cumpliendo similar misión, había sido el *jajám* quien, en un juego de sentidos cabalísticos cuyas entretelas no dominaba el Maestro, había escrito el mensaje que, en una nube divina, atraviesa la pared del palacio de Baltazar y le anuncia al emperador babilonio el fin de su corrompido reinado. Las letras hebreo-arameas, dispuestas en columnas verticales, en vez de aparecer dispuestas de forma horizontal y de derecha a izquierda, encerraban en la advertencia encriptada un sentido esotérico que solo podían entender los conocedores de los misterios de la Cábala y sus proyecciones cósmicas, como era el caso de Ben Israel.

En aquellas charlas, casi siempre mojadas con más vino del requerido para calmar la sed, de las que varias veces Elías Ambrosius fue testigo desde su estrado de modelo, con frecuencia el Maestro y el *jajám* hablaron del mesianismo que, por los preceptos de sus respectivas religiones, entendían de modos diversos. Elías descubrió que su antiguo profesor discrepaba de las conclusiones de las escuelas de sabios cabalistas radicados en el Oriente del Mediterráneo —Salónica, Constantinopla, la propia Jerusalén, sitios adonde aquellos maestros o sus antepasados inmediatos habían llegado luego de salir de Sefarad—, las cuales habían propalado la teoría extraída de sus esotéricas interpretaciones de las Escrituras de que el cercano año de 1648, o sea, el año 5408 de la creación del mundo, estaba marcado en el Libro como el del advenimiento del Mesías. Las grandes desgracias sufridas por los judíos en los últimos siglos, el nuevo Éxodo que había significado la expulsión de Sefarad, la hostilidad que los acechaba por todas partes («Esta Nueva Jerusalén es una isla», decía Ben Israel, con palabras que bien podía haber robado al abuelo Benjamín), la pérdida de fe de tantos israelitas, convertidos al cristianismo, al islam o, peor aún, entregados al descreimiento (el excomulgado Uriel da Costa no era el único hereje crecido entre ellos, y mencionó las polémicas, casi peligrosas ideas de un joven demasiado inteligente y rebelde, llamado Baruch Spinoza, del cual Elías oía hablar por primera vez), constituían, según aquellos cabalistas, las primeras de las grandes catástrofes. Eran apenas un prólogo previsible de las ingentes desgracias que se avecinaban, anunciadas para preceder la verdadera llegada del Ungido y celebrar, al fin, el juicio de los justos y comenzar la era del reconocimiento universal del Dios de Abraham y Moisés. Pero, además, el *jajám* discrepaba de las elucubraciones de los sabios orientales por una precisa razón: los profetas Daniel y Zacarías, decía, advierten a las claras que solo se produciría la llegada del Mesías cuando los judíos vivieran en todos los rincones de la tierra. Nunca antes.

Justo el día que Ben Israel llegó a ese punto neurálgico de sus análisis mesiánicos, el Maestro hizo una pregunta capaz de sacar de sus cabales al erudito: «¿Y lo que dice en las tabernas y sinagogas el tal Antonio Montesinos de que ha descubierto en el Nuevo Mundo a los descendientes de las diez tribus perdidas?». «¡Patrañas! ¡Un fraude! ¡Un engaño que mucho complace al rabino Montera por lo que le sirve para controlar a la gente...!, pero que ni él mismo se cree», gritó el profesor. «¿Cómo va a decir ese Antonio Montesinos que unos indígenas mal encarados e incultos son los herederos de las diez tribus perdidas? ¿Quién le va a creer que hablan una derivación del arameo si los indios de una tribu no se entienden con sus vecinos?» «Pero si fuera cierto, eso significaría que los judíos viven en todo el mundo», replicó el Maestro.

«Ya ni el rabino Breslau se cree la fábula de Montesinos... Porque el problema no es el Nuevo Mundo, donde ya hay asentados sefardíes y hasta algunos de esos burros asquenazíes, incluso en los territorios del rey de España, por cierto... El problema está en Inglaterra, de donde fuimos expulsados hace tres siglos y medio. Inglaterra es la clave para que se produzca la llegada del Mesías..., y ni más ni menos que en abrir las puertas de Albión voy a empeñar mis fuerzas: si lo logro, habré dado el gran paso para que el reinado del Santísimo, bendito sea Él, se extienda por toda la Tierra y el mundo quede listo para la llegada del verdadero Mesías y el regreso a Jerusalén.»

Una tarde en la que el Maestro liberó a Elías Ambrosius al mismo tiempo en que Ben Israel se despedía, el joven aprovechó la ocasión para acompañar al *jajám* en su recorrido hacia la casa de Nieuwe Houtmarkt. Ya había oscurecido pero la temperatura se mantenía agradable, y decidieron caminar por la margen izquierda del Zwanenburgwal, hasta que la fetidez móvil de las barcazas cargadas de estiércol los obligó a buscar un callejón que los acercara al Binnen Ámstel. Cada noche aquella carga de detritus humanos y animales subía por los canales hacia las dársenas del Ámstel, en dirección al Ij, para navegar luego hasta los campos de fresas de Astsmeer y de las zanahorias de Beverwijk, que en su momento se ofrecerían con sus refulgentes colores en los mercados de la ciudad.

Sentados en el abigarrado estudio del *jajám,* con las ventanas cerradas para impedir el paso a los malos olores, el sabio preparó la pipa en donde gustaba fumar las hojas de tabaco que le obsequiaban sus amigos, mientras se entregaba a la reflexión o la lectura. Elías Ambrosius, bajando el tono, le contó entonces de la decisión del Maestro de ponerlo a pintar en el taller. Aquella maravillosa oportunidad de ascender en su aprendizaje significaba, no obstante, que su verdadera relación con el pintor se haría pública, al menos para los otros discípulos del taller y hasta los criados de la casa. Y tal desvelamiento no dejaba de provocarle al joven un justificado temor. Aunque no solo el *jajám* podía mostrarse comprensivo con la afición de un judío, por lo demás observante de las leyes y mandamientos de su religión, Elías Ambrosius se sentía temeroso de reacciones radicales, de las que cada vez con más frecuencia se producían en la ciudad. No lo consolaba demasiado saber que hombres como Isaac Pinto y de seguro otros de su círculo se dedicaban no ya a comprar pinturas, sino pinturas hechas por un judío asentado entre ellos. Porque también resultaba evidente para todos los miembros de la Naçao que el consejo rabínico, ante el temor de perder el control de la comunidad, se tornaba cada día más intransigente con respecto a ciertas actitudes consideradas heterodoxas. En cada ocasión que se les presentaba un caso de desobediencia o laxitud para ser analizado o enjuiciado, los rabinos repetían la perorata de que la prosperidad y la tolerancia del ambiente tornaban cada día más libertino al rebaño. No era casual que en los últimos tiempos las *jerem* condenatorias cayeran como la lluvia: por sostener relaciones con conversos radicados en tierras de idolatría y hasta por visitar esas tierras; por mantenerse alejados de la sinagoga, no cumplir los ayunos o violar las prohibiciones del Shabat mientras satisfacían necesidades o exigencias mundanas; o en el peor de los casos, por expresar ideas o realizar actos considerados heréticos. ¿Qué podía esperar él que ocurriera de ser descubierta lo que para la mayoría de los judíos constituía una flagrante violación de la Ley? ¿Acaso Salom Italia no ocultaba su identidad para evitar el castigo de los rabinos? ¿Hasta cuándo podría seguir viviendo entre pintores, trabajando a escondidas sin que sus verdaderas intenciones fuesen descubiertas por su hermano Amós, que, fanatizado como estaba, lo denunciaría ante el Mahamad?

El *jajám* parecía más divertido que preocupado por los temores de su antiguo alumno. Una sonrisa casi imperceptible aunque permanente inclinaba la pipa hacia la comisura izquierda de su boca. «¿Pero en verdad a qué le temes, Elías, a Dios o a tus vecinos?», preguntó al fin, utilizando la lengua de los sefardíes castellanos, luego de abandonar la pipa sobre el escritorio. A Elías lo sorprendió la dificultad que entrañaba responder aquella simple cuestión. «De Dios sé qué se puede esperar..., y de mis vecinos también», fue lo que se le ocurrió decir, en el mismo idioma utilizado por el *jajám*, que apenas asintió, ya sin sombra de sonrisa en su rostro. «¿Para ti qué cosa es lo sagrado?», continuó el interrogatorio. «Dios, la Ley, el Libro...», enumeró el joven y de inmediato supo que había errado, por lo que agregó: «Aunque la Ley y el Libro tienen un componente humano». «Sí, lo tienen... ¿Y el ser humano, hecho por Él a su imagen y semejanza, no es sagrado...? ¿Y el amor? ¿El amor no es sagrado?» «¿Qué amor?» «Cualquier amor, todos los amores.» Elías pensó un instante. El profesor no se refería al amor a Dios, o no solo. Pero respondió: «Sí, creo que sí». «Estamos de acuerdo», dijo Ben Israel después de una pausa y agregó: «Quizás recuerdes esta historia, pues en la escuela les hablé de ella... Como sabes, el 6 de agosto del año 70 de la era común, los ejércitos del emperador romano Tito tomaron Jerusalén y destruyeron el Segundo Templo. Curiosamente ese mismo día del año 586 antes de la era común, había sido destruido el Primer Templo...». «Tishá b'Av, el día más triste del año para Israel», lo interrumpió Elías mientras se preguntaba por qué el *jajám* le repetía aquella historia que sabían hasta los judíos más incultos. «Si no me quieres oír, puedes irte.» «Perdón, *jajám*. Siga.» «A donde quiero llegar es a recordarte que a partir de la destrucción del Segundo Templo y de las persecuciones del emperador Adriano a cualquier práctica del judaísmo, la historia de Israel, como nación, ha continuado por mil setecientos años. Pero no sobre una tierra cuyos últimos vestigios perdimos en esa época, sino sobre unos libros escritos muchos siglos antes por los miembros de un pueblo que nunca tuvo grandes artesanos, ni pintores ni arquitectos, pero sí grandes narradores que hicieron de la escritura una especie de obsesión nacional... Fue la nuestra la primera raza capaz de hallar palabras no solo para definir toda la complejidad de una relación entre el hombre y el Misterio, sino también para expresar los más profundos sentimientos humanos, incluido, por supuesto, el amor... Poco después de la destrucción del Templo, entre las diversas persecuciones de Adriano, se realizó una gran asamblea de rabinos y doctores y se establecieron las dos reglas fundamentales para la supervivencia de la fe de los hebreos, dos reglas que son válidas hasta hoy... La primera es que el estudio resulta más importante que la observancia de las prohibiciones y de las leyes, pues el conocimiento de la Torá conduce a la obediencia de sus sabias prescripciones, mientras que la observancia pura, sin la comprensión razonada del origen de las leyes, no garantiza una fe verdadera, esa fe nacida de la razón. La segunda regla, lo recordarás por la historia de Judá Abravanel que tantas veces les conté, tiene que ver con la vida y la muerte. ¿Cuándo es preciso morir antes que ceder?, se preguntaron esos sabios hace más de mil quinientos años, y nos respondieron a todos nosotros que solo en tres situaciones: si el judío se ve obligado a adorar a falsos ídolos, a cometer adulterio o a derramar sangre inocente. Pero todas las otras leyes pueden ser transgredidas en caso de peligro de muerte, pues la vida es lo más sagrado», dijo el profesor y movió el brazo como si fuera a recuperar la pipa, pero desistió. «Te quiero decir con esto apenas dos cosas, Elías Ambrosius Montalbo de Ávila... Una, que las leyes deben ser razonadas por el hombre, pues para eso tiene inteligencia, y la fe debe ser pensamiento antes que aceptación. La segunda, que si no violas ninguna de las grandes leyes, no estás ofendiendo a Dios de manera irreversible. Y si no ofendes al Bendito, puedes olvidarte de tus vecinos... Claro, si estás decidido a asumir los riesgos de enfrentar las iras de los hombres, que en ocasiones pueden ser más terribles que las de los dioses.»

274

¿Entonces son la vida y el amor sagrados? ¿Qué es exactamente *lo sagrado*? ¿Solo se refiere a lo divino y a sus obras o también a lo más reverenciado para el ser humano? ¿Y no eran la vida y el amor un regalo de Dios a sus criaturas, y por ende sagrados?

Elías Ambrosius no podía evitar hacerse aquellas preguntas mientras observaba el rostro ruborizado de Mariam Roca, escuchaba la respiración profunda de la joven y sentía una palpitación jubilosa en su entrepierna, tan urgente como jamás la había percibido.

No tuvo que insistirle demasiado para que, en lugar de caminar por la ciudad, fueran aquel día a pasear por los campos apacibles extendidos más allá de los nuevos canales. Era una luminosa mañana de domingo, de cielos abiertos como una flor por el calor del verano, y se entretuvieron contemplando los palacetes del canal del Príncipe, los más nuevos y lujosos de Ámsterdam. «¿Te gustaría que viviéramos en uno así?», le preguntó a la joven al pasar ante el casi terminado edificio donde pronto viviría Isaac Pinto, y ella se ruborizó por las connotaciones encerradas en la interrogación. Tomaron luego el sendero que conducía a la soledad del galpón abandonado donde Elías solía colocar su caballete y sus telas para pintar al óleo. Mientras caminaban entre algarrobos y sauces crecidos a la vera de los pantanos, el joven se había preguntado hasta dónde podría llegar aquel día en su relación con Mariam y pensó en todas las posibilidades que su mente inexperta era capaz de ofrecerle. Pero cuando se hubo sentado junto a ella, las espaldas recostadas sobre los tablones carcomidos de la pared del galpón que recibía la sombra, y casi por instinto comenzado un avance hacia nuevos territorios, que ella no había rechazado (caricias en el cuello con el envés de la mano, toque ligero de los labios con un dedo), Elías soltó sus amarras. Tomó el rostro de la muchacha entre sus manos y posó sus labios sobre los de ella, para abrir aquellas puertas de sus vidas y provocar unas reacciones vigorosas que fueron incapaces de vencer a las preguntas que se agolparon en su mente ante la certeza de que la magia de aquel instante, la belleza de Mariam y sus palpitaciones, el endurecimiento de su miembro y la sensación de potencia que lo exaltaba, también eran lo sagrado. Tenían que serlo, pues conducían a la esencia misma de la vida, a la comunicación más sublime con lo mejor que Dios le había entregado a sus criaturas.

Desde que la viera por primera vez en la casa del *jajám* Ben Israel, casi un año antes, Elías Ambrosius había tenido el presentimiento de que aquella muchacha de apenas dieciséis años estaba predestinada a entrar en su vida. Los padres y los abuelos de Mariam, ex conversos portugueses, por varios años habían preferido asentarse en Leiden, donde su padre, médico de profesión graduado en Oporto, había conseguido un discreto puesto como auxiliar de la cátedra de Medicina de la famosa universidad de la ciudad. Luego, cuando el padre había sido reclamado para trabajar con el famoso doctor Efraín Bueno, por fin habían recalado en Ámsterdam. El vínculo con aquel médico conectó al padre de Mariam con el sabio Ben Israel (amigo de cuanto doctor existía en la ciudad, a quienes les consultaba de modo compulsivo sus enfermedades reales e imaginarias) y, por la cercanía entre los mayores, a los dos jóvenes. Los paseos de Elías y Mariam, iniciados con el pretexto de que el joven le mostrara a la recién llegada la ciudad en donde ahora vivía, había colocado a Elías en la privilegiada coyuntura de tener tiempo y espacio para alimentar una relación sentimental cuyo crecimiento la familia de la muchacha parecía aceptar de buen grado, a pesar de que el clan de los Montalbo de Ávila no figuraba ni mucho menos entre los económicamente más afortunados de Ámsterdam, aunque sí era de los más respetados por su cultura y laboriosidad.

Aquella mañana inolvidable, cuando Elías se disponía a besar a Mariam Roca por segunda vez, detuvo la mirada durante unos segundos en los ojos de la joven: unos ojos limpios, de color miel, a través de los cuales logró contemplar las fuentes del deseo y del temor, de las decisiones y de las dudas de su dueña. Y también, sin poder evitarlo, pensó que algún día debía pintar aquellos ojos —pues todo está en los ojos—. Y si sus pinceles o carbones lograban captar la vida palpitante en aquella mirada, entonces habría sido capaz de ejercer el poder de atrapar un atisbo tangible de lo sagrado. Como un dios. Como el Maestro.

Los días, que transcurrían apresurados en busca del otoño, pasaban con lentitud sobre las pocas obras en las que por esa época se empeñaba el Maestro. En aquellos meses, dos de los más antiguos discípulos se despidieron del taller, primero Barent Fabritius y luego el buen danés Keil, quien, antes de regresar a su gélida tierra, le obsequió al judío que tanta cerveza le había pagado una pequeña tela sobre la cual había pintado una marina, obra que, junto a las carpetas y cuadernos de Elías, debieron volver al escondite de la buhardilla de su casa. Poco después, para ocupar los puestos vacantes, se incorporaron otros aprendices, como el tal Christoph Paudiss, venido de Hamburgo con la petulancia expresa de convertirse en el más grande pintor de su país. También, de semana en semana, el rostro de la señora Dircx se había ido enfurruñando de manera siempre más visible por la presencia juvenil y de ascendente protagonismo hogareño de Emely Kerk... Todo se movía, giraba, ascendía o descendía pero pasaban las semanas y el pincel anunciado no llegaba a las manos de Elías Ambrosius, atenazado por una ansiedad que ni siquiera sus amoríos bien correspondidos lograban calmar. Una ansiedad que se había incrementado cuando, de la manera más inesperada, tuvo la certeza de haber descubierto la verdadera identidad de Salom Italia.

Durante varios meses, en cada ocasión que se le presentaba y arrastrado por su obsesión, Elías Ambrosius había dedicado horas a visitar de nuevo a los vendedores de pinturas de todos los mercados de la ciudad, saltando de la contemplación de las obras a la interrogación sobre un posible conocimiento de un tal Salom Italia, grabador y dibujante, casi con toda certeza asentado en Ámsterdam. Los marchantes callejeros, tan enterados de cuanto se movía (y hasta no se movía) en el mercado de la pintura en la ciudad, negaron siempre haber oído alguna vez aquel nombre que, a todas luces, debía de ser el de un judío. Y agregaban: ¿un judío pintor?, acentuando su suspicacia por lo nunca concebido.

En la sinagoga, cada sábado, el joven se había empeñado en observar a los asistentes, y un día se concentraba en los hijos de los comerciantes acaudalados; otro, en los artistas especializados en la talla de diamantes; uno más, en los hombres llegados en los últimos años, como si la observación de los físicos pudiera abrirle la puerta del secreto tan bien escondido por alguno de los judíos allí presentes. Estaba convencido, además, de que no sólo Isaac Pinto y el *jajám* Ben Israel habían estado en tratos con aquel fantasma que se atrevía, incluso, a decorar los rollos de la reina Ester. Si el hombre se dedicaba a hacer grabados, de cada obra habría varias copias, y alguien debía haberlas comprado o, al menos, recibido. Y el empeño realizado en un rollo de las Escrituras no debía ser, pensaba, un esfuerzo único, y nadie mejor que otro judío para apreciar una obra como la atesorada por Isaac Pinto.

Fue el último sábado de agosto cuando Elías Ambrosius encontró al fin, justo en un momento en que no la buscaba, la pista capaz de conducirlo, como de inmediato lo supo, al conocimiento de Salom Italia. Ocurrió precisamente en la sinagoga, durante uno de los últimos rezos de la mañana (el *musaf* con el cual se recuerda a los judíos los sacrificios que se ejecutaban en el Templo), cuando, sumido en la plegaria, bajó la vista y lo que vio le hizo perder el hilo de las palabras. Al otro lado del pasillo central, en la misma fila donde él oraba, había una bota sobre la cual refulgía un punto amarillo que solo podía ser una gota de pintura. Con lentitud, sin dejar de mover los labios vacíos de palabras, comenzó a subir por el físico del hombre calzado con aquella bota y encontró al final un rostro para él desconocido. El hombre, unos pocos años mayor que él, llevaba la barba y el bigote recortados, a la nueva moda, y, bajo el *talit* de las oraciones, vestía una camisa de tejido finísimo, sin duda costosa. Aquel hombre podía ser cualquier cosa menos un pobre embarrador de paredes dueño de un único par de botas. Aquella mancha tenía que ser una salpicadura de pigmento diluido en óleo...

El cierre de la ceremonia matinal lo sorprendió en pleno estado de excitación por lo que ya presentía como un seguro descubrimiento capaz de conducirlo hacia la resolución de sus dudas y temores. Sin esperar a sus padres y a su abuelo (Amós asistía desde hacía unos meses a la celebración que reunía a los aburridos y muy formales tudescos en una pequeña sala convertida en sinagoga), sin mirar hacia el balcón ocupado por las mujeres donde estaba su amada Mariam, el joven salió del templo despojándose de su kipá y su *talit* y, con la habilidad ya adquirida, se apostó detrás del tenderete de unos vendedores callejeros de verduras y frutas de la estación para esperar allí la salida del hombre de la bota manchada. ¿Quién era aquel personaje? ¿Por qué no lo había visto nunca?

Antes de que la mayoría de los fieles abandonara la sinagoga, el desconocido, tras cambiar la kipá ritual por un elegante sombrero de fieltro de color crema, salió a la calle y, con evidente prisa, comenzó a atravesar la Visserplein en busca de la plazoleta Meijer. A una distancia que consideraba prudencial para no ser descubierto pero segura para no perder a su presa, Elías Ambrosius lo siguió y atravesó tras él el nuevo y ancho puente de Blauwburg sobre el Ámstel, y, luego de cruzar el Botermarkt, apenas se sorprendió cuando vio cómo su perseguido hurgaba en los bolsillos hasta extraer una llave con la cual abrió la puerta de una de las casas ubicadas en la Reliquierswarstraat, muy cerca de la orilla norte del Herengracht, el canal de los Señores.

Dos días después Elías Ambrosius ya había acumulado toda la información necesaria y capaz de confirmarle cómo una furtiva gota de pintura había bastado para coronar sus empeños de varios meses y revelarle uno de los secretos mejor custodiados de la ciudad de los secretos. El morador de la casa de las inmediaciones del Herengracht decía llamarse Davide da Mantova, y era (aseguraban quienes lo conocían) un tataranieto de sefardíes españoles, aunque natural de aquella ciudad del norte de Italia, a la cual viajaba con frecuencia y por largas temporadas. En Mantova el hombre mantenía contactos comerciales con la comunidad judía veneciana, gracias a la cual importaba hacia Ámsterdam espejos, vidrios, jarrones y abalorios de alta calidad salidos de las famosas fábricas de la laguna de Venecia, con los pingües beneficios que era posible colegir y, más aún, constatar por la ropa que se gastaba y el porte de la morada en donde habitaba. Por su posición económica y las particularidades de su negocio, Davide da Mantova —como ya lo imaginaba el joven Elías— cuando estaba en Ámsterdam se movía en el círculo de los sefardíes enriquecidos y de los poderosos burgueses locales, cuyas puertas siempre estaban abiertas para aquel proveedor de exclusivas maravillas.

A Elías Ambrosius ya no le quedaron dudas: aquel hombre tenía que ser Salom Italia, y si hasta entonces no había conseguido dar con él, solo se debía a que su presencia en la ciudad solía ser esporádica, pues pasaba la mayor parte del tiempo en Italia. Pero la identificación solo resolvía parte del problema, mientras quedaba pendiente la esencial: ¿cómo accedería al hombre, le revelaría que conocía su secreto y, sobre todo, cómo lo haría hablar de su vocación oculta? Los posibles caminos que él conocía para un acercamiento a Davide da Mantova ya habían revelado ser intransitables: ni el *jajám* Ben Israel, ni Isaac Pinto ni el Maestro iban a traicionar la confianza del hombre y, en justicia, resultaría mezquino que él les pidiera tal infidelidad cuando a aquellas personas les debía la preservación de su propio secreto, tan similar al de Salom Italia.

Sentir que estaba frente a un arcano inaccesible pero tan necesario de penetrar para calmar sus propios desasosiegos hizo que Elías Ambrosius sintiera todo el peso de su doble vida, cargada de silencios, ocultamientos y hasta mentiras, una máscara que venía arrastrando desde que tomara la decisión de darle curso a su vocación prohibida. Varias veces, mientras seguía por la ciudad al presunto pintor judío, moviéndose como una sombra de otro mundo, trató de imaginar cómo llevaría su existencia aquel Davide da Mantova, siempre preocupado por no abrir más de lo recomendable el manto de su intimidad, mostrando a los demás apenas la mitad iluminada de su rostro, reduciendo sus satisfacciones artísticas a un círculo de cómplices comprometidos con el silencio —tal vez la peor condena para el artista—. Se preguntó si sus padres, allá en Italia, o su mujer, acá en Ámsterdam, participarían de la componenda o estarían, como el abuelo Benjamín, sus propios padres y su amada Mariam, preguntándose por el destino y el origen de las extrañas actitudes de un ser a la vez cercano y desconocido, un nieto, hijo, novio del cual ni siquiera sabían que pasaba cada minuto de su existencia asediado por el temor a los hombres y la duda más trascendente.

Fue entonces cuando Elías Ambrosius llegó a preguntarse si valía la pena vivir en esas condiciones: si era lo mejor para sus seres queridos y para él, si la doblez permanente representaba la única opción que su tiempo, raza y vocación le permitían o si habría alguna salida que no condujera al desastre. Quizás lo más recomendable, llegó a pensar, resultaría olvidarse de unos devaneos que, al fin y al cabo, aún no lo habían conducido a nada, y, mientras estuviese a tiempo de evitar mayores desgracias, entregarse a fabricar una vida corriente pero sin sobresaltos, en la que pudiera abrirse en cuerpo y sobre todo en alma a los demás. De ese modo atravesaría una existencia sin miedos (siempre el maldito miedo), aunque sin ambiciones ni sueños, se deslizaría sobre el fragor de unos días cada vez más iguales, sin volver a sentir el deseo excitante, nacido del fondo más insondable de su ser, de tomar un carbón o un pincel para enfrentar el reto supremo de pretender eternizar la mirada de felicidad de una joven amante, la paz de un paisaje amable, la fuerza de Sansón o la fe de Tobit, tal y como se las solía mostrar su imaginación desbocada, tal como las había plasmado el Maestro. Una vida corriente de hombre corriente que, incluso, podría ser mejor.

Una noche en que la ansiedad enfermiza por penetrar el mundo de su perseguido lo había mantenido observando las ventanas de la casa de Reliquierswarstraat hasta que se extinguió la última vela encendida en la morada, el joven, mientras sopesaba sus lacerantes alternativas, descubrió que el problema no radicaba en saber cómo pensaban y vivían Salom Italia o Davide da Mantova: el problema estaba en conocer cómo quería o podía hacerlo Elías Ambrosius Montalbo de Ávila.

«Suelta esa escoba de mierda. Toma esa paleta cuadrada..., coge ese mazo de pinceles... ¡Arriba, vamos a trabajar!»

Elías Ambrosius sintió cómo las piernas le flaqueaban, la voz lo abandonaba, el aliento se le escapaba del alma hasta dejarlo inerte. Pero también descubrió el modo en que una fuerza sobrehumana y desconocida venía en su auxilio para permitirle obedecer la orden por la cual había esperado durante casi tres años: ¡el Maestro lo convocaba a pintar! ¿Dónde fueron a dar en ese instante las dudas y hasta las certezas de terminar con su devaneo juvenil que lo habían perseguido en las últimas semanas dedicadas a pisar las huellas del enigma de Salom Italia? Ni siquiera consiguió preguntárselo, porque la única respuesta que podía dar en aquel instante, la única que en realidad deseaba dar, fue la que por fin salió de sus labios: «Estoy listo, Maestro».

El pintor, cubierto con el bonete blanco bajo el que retenía sus rizos cuando trabajaba, se acomodó en una banqueta frente a la cual había dos pequeños lienzos imprimados. Desde allí observó al joven, paleta y pincel en mano, y sonrió. Dejó sobre la banqueta su propio pincel y su paleta, para descolgar de un clavo un delantal. «A ver», dijo, y Elías bajó la cabeza para que el otro le colocara la tela protectora, manchada de mil colores, con un gesto que parecía el de imponer una condecoración militar.

«Pon ocre, amarillo, bermellón, blanco y siena en tu paleta. Con esos colores Apeles pudo pintar a Alejandro tomando un rayo con la mano frente al templo de Artemisa. Con esos colores se puede pintar todo», dijo el Maestro y, luego de indicarle los potes de porcelana con los pigmentos ya diluidos, se volvió hacia la tela y la observó, como si la interrogara. Elías, en silencio, esperó una nueva orden y solo entonces tuvo la lucidez suficiente para vencer la conmoción y preguntarse qué iban a pintar. Miró a su alrededor y comprendió la intención del Maestro: por la ubicación de los espejos, la disposición de los caballetes y el ángulo en el cual el pintor se había colocado respecto a la luz proveniente de las ventanas, el objeto a trabajar no podía ser otro que el mismo Maestro.

«No tengo ningún encargo pendiente», casi susurró el pintor, sin dejar de mirar hacia la tela. «Y hoy he perdido a mi mejor modelo..., tuve que echar de casa a Emely Kerk porque la sorprendí fornicando con uno de los alumnos..., ya sabrás quién. Y como no puedo prescindir de los florines que me paga el padre de ese aprendiz... La muy puta.»

Elías Ambrosius tuvo al fin la respuesta para la insólita amabilidad con que, unos minutos antes, lo había recibido la señora Dircx, dedicada a jugar con el pequeño Titus en la cocina. De alguna manera la vieja leona se las había arreglado para sacar del ruedo a la joven pretendiente.

«¿De veras estás listo?», le preguntó el Maestro, indicándole con el cabo del pincel la otra banqueta, dispuesta ante el segundo lienzo. Elías no demoró esta vez la respuesta: «Creo que toda mi vida he estado esperando este momento, Maestro». «¿Y ya sabes por qué estás dispuesto a arriesgar todo y probarte como pintor?» «Sí, ya lo sé... Porque...» El otro levantó el pincel, pidiéndole que se detuviera. «Eso es importante solo para ti... Y no te preocupes si la respuesta te parece demasiado simple. La mía es simplísima... Si hubiera seguido estudiando medicina en la universidad, quizás ahora fuese rico y viviría tranquilo... Hoy estoy lleno de problemas. Pero no me arrepiento de mi respuesta.» Elías Ambrosius asintió: ¿puede haber algo más elemental que querer pintar porque uno siente la necesidad de hacerlo, una necesidad incorruptible, capaz de llevarlo a afrontar todas las dificultades y riesgos? «Hace unas semanas descubrí quién es el hombre que pintó el rollo de la reina Ester», dijo entonces, también porque lo necesitaba. «Sé cómo se llama el tal Salom Italia, dónde vive, a qué se dedica...» «¿Y no habrás hecho la tontería de querer hablar con él?» «No, no supe cómo hacerlo... Pero, ¿por qué tontería?» El Maestro suspiró y observó el lienzo retador que lo esperaba. «Porque no tienes el derecho a violar su intimidad, como los demás no lo tienen de violar la tuya. Además, lo que te hubiera dicho habría sido su respuesta, no la tuya.» «Tiene usted la razón... Después de seguir a ese hombre por varios días, yo pensé en no volver más al taller, olvidarme de todo esto», hizo un gesto con el pincel para indicar cuanto le rodeaba: un gesto que le había copiado al Maestro. «Pero sé que eso es imposible..., al menos ahora. Y menos ahora.»

El Maestro asintió, todavía mirando la tela imprimada con color tierra colocada frente a él. «No sabes cuánto me duele lo ocurrido con Emely... Pero mejor para ti: gracias a ella hoy vas a pintar conmigo.» «Me alegro, Maestro», dijo y de inmediato sintió deseos de morderse su maldita lengua. Pero el otro pareció no haberlo escuchado, absorto quizás en sus pensamientos. «Antes de mojar el pincel debes tener una idea de adónde quieres llegar, aunque no sepas cómo vas a hacerlo... Yo hoy quisiera llegar a la tristeza que hay en el alma de un hombre de cuarenta años. Quisiera descubrirla, porque es una tristeza nueva... No es lo mismo el dolor que la tristeza, ¿lo sabías? Tengo mucha experiencia en el dolor, como en la ira, en el desengaño, en la frustración..., y también en el goce del éxito, aun cuando los demás no lo hayan entendido y me estén dejando en el borde del camino... Lo cual no resulta extraño... Pero la tristeza es un sentimiento profundo, demasiado personal. La alegría y el dolor, la sorpresa y la ira son exultantes, cambian el rostro, la mirada..., pero la tristeza lo marca por dentro. ¿Dónde crees que puedo encontrar la tristeza?» Elías Ambrosius respondió de inmediato, satisfecho de su sagacidad: «En los ojos. Todo está en los ojos». El Maestro negó con la cabeza. «¿Todavía crees que sabes algo...? No, la tristeza no. La tristeza está más allá de los ojos... Hay que llegar al pensamiento, al alma del hombre para verla y hablar con esas profundidades para intentar reflejarla...» El Maestro mojó el pincel en el pigmento amarillo y comenzó a marcar las líneas de lo que pronto comenzó a ser una cabeza. «Por eso muy pocos hombres han logrado retratar la tristeza... Un hombre triste nunca miraría al espectador. Buscaría algo que está más allá de quien lo observa, una huella remota, perdida en la distancia y a la vez dentro de sí mismo. Nunca miraría hacia arriba, buscando una esperanza; tampoco hacia abajo, como alguien avergonzado o temeroso. Debe tener la mirada fija en lo insondable... El rostro levemente inclinado hacia dentro, la luz no demasiado brillante en la mejilla que da al espectador, los párpados bien visibles... Para hacer que el rostro resalte y puedas concentrar la fuerza en él, lo mejor siempre ha sido un fondo marrón oscuro, pero nunca negro: la profundidad de la atmósfera se correspondería con la profundidad de los sentimientos, los reiteraría y acabaría con su misterio... Dime, muchacho, ¿te sientes capaz de pintar mi tristeza?» «Voy a intentarlo, con su permiso...»

Y Elías mojó su pincel en el mismo amarillo mate utilizado por el Maestro y colocó la pelambre húmeda sobre el lienzo para hacerla correr hacia abajo, con suavidad, marcando el primer corte de un rostro. Entonces miró el espejo colocado frente a sí, donde se reflejaban, apenas ladeados, la cabeza y el torso del Maestro. Observó la forma tan conocida del rostro, sus rasgos distintivos —la nariz aporronada, la boca casi carnosa, los ángulos fugaces de la barbilla apenas inclinada—, valoró el peso del bonete blanco y de los rizos rojizos caídos sobre las orejas, y se detuvo en los ojos, en aquella mirada de un hombre que tantas veces había tocado el cielo, cuya fama corría por las capitales de Europa, ante el cual el estatúder de La Haya, después de haberlo ofendido, había recogido amarras y accedido a pagarle una fortuna por dos obras que solo aquel hombre era capaz de lograr con la maestría soñada, el mismo hombre que, en ese instante, decidía autorretratarse y ofrecerse a un pupilo para, entre ambos, intentar dar caza a su tristeza por haber perdido algo tan mundano y, para alguien de su posición tan fácil de reemplazar, como una amante joven y bella. A través de aquellos ojos Elías Ambrosius Montalbo de Ávila estaba abriéndose camino hacia su paraíso o hacia su infierno, pero sin duda hacia el sitio luminoso al cual, con toda su alma y su conciencia, quería llegar.

«Sí, esto es lo sagrado», se dijo cuando sintió cómo, luego de un breve forcejeo con el virgo, su cuerpo se deslizaba dentro de las entrañas de Mariam Roca. Ella, después de la ruptura, que le provocó la molestia de un dolor sobre el cual ya estaba advertida, abrió los ojos, tragó aire, mientras devoraba hacia sus entrañas el pene circuncidado que ocupaba con ambición su espacio propicio de mujer, dándole el mayor sentido a la vida. El movimiento impredecible pero visceral de las caderas de los amantes inexpertos adquirió su ritmo e hizo que el ajuste fuese rotundo y luego, impulsado por un molino desbocado, vertiginoso, devorador, y más vertiginoso aún, y después lento, lento, lento... Hasta que, adiestrado por las lecturas bíblicas, Elías Ambrosius tuvo la suficiente lucidez para ejecutar la estrategia de Onán y desconectarse, para eyacular sus simientes fuera del pozo de la joven. Sabía que antes de darse al goce pleno sería preciso romper las copas con las que se recordaban las ceremonias matrimoniales celebradas por sus antepasados en el demolido Templo de Jerusalén. Por ahora debía conformarse con disfrutar aquella revelación de lo sagrado, sin pretender eternizarla con el milagro de la procreación.

Nueva Jerusalén,
año 5407 de la creación del mundo,
1647 de la era común

Escrito está: la inmortalidad es un privilegio supremo del que solo gozarán algunos elegidos. Armadas con la paciencia del tiempo inconmensurable, las almas de esos afortunados deben esperar en el *sheol*, un territorio intangible, extendido como una veta de agua bajo el mundo habitado por los vivos. Allí reposarán hasta el advenimiento del Mesías y el día del Juicio, cuando se producirá la probable, solo probable, resurrección de sus cuerpos y sus almas, al final decidida por el arbitrio divino. De los muchos seres que alguna vez pasaron por la faz de la tierra, los moradores del *sheol* serán los únicos escogidos para participar en ese último trance. Entre ellos estarán los hombres y mujeres que en vida fueron piadosos, los niños muertos en la inocencia, los caídos en combate defendiendo los derechos y la Ley del Santísimo y de su pueblo elegido. Elías Ambrosius atesoraba una imagen muy personal de la apoteosis que vendría después del tránsito de las almas por el *sheol*. Se la había regalado su abuelo, Benjamín Montalbo de Ávila, el día de su iniciación en la vida adulta y la responsabilidad, celebrada en la sinagoga y oficiada por el todavía rabino Menasseh Ben Israel. «Me siento muy feliz por ti», le había dicho el anciano, luego de mejorarle la posición de la kipá en el cráneo y de besarlo en las dos mejillas. «Eres afortunado por haber nacido en el tiempo y el lugar más apropiados soñado por un judío desde que abandonamos nuestra tierra y salimos al exilio. Por ti mismo vas a descubrir que vivir en esta ciudad resulta un privilegio, que Ámsterdam es *Makom*, el buen lugar. Pero nunca lo olvides: hay un sitio donde se está mucho mejor. A él solo nos puede llevar el Mesías cuando convoque a vivos y muertos y nos abra las puertas de Jerusalén. Por eso, con nuestros pensamientos y actos debemos propiciar la llegada del Ungido, para que podamos disfrutar de ese mundo maravilloso donde siempre hay luz, nunca hay frío, jamás se siente hambre ni dolor, y mucho menos miedo, porque al fin no habrá nada que temer. Por ese sitio donde tan bien se está, el edén que conoció Adán antes de la caída, tenemos que luchar mientras estemos en este otro que, tratándose de *Makom*, debemos reconocer, hijo mío, no está nada mal.»

Las palabras del abuelo Benjamín y las dulces imágenes que conseguían evocar en la imaginación de Elías Ambrosius habían acudido a su mente para hacer menos doloroso el instante de verse obligado a contemplar cómo el cuerpo del anciano, envuelto en el primer *talit* que usara al llegar a Ámsterdam y se iniciara en la fe de sus antepasados, se perdía en la profundidad de la fosa, en busca de una proximidad con los dominios del *sheol*, adonde con todo derecho debía ir aquel hombre piadoso y luchador. Mientras el *jajám* Ben Israel declamaba los rezos rituales que convocaban a la resurrección, Elías Ambrosius tampoco podía dejar de pensar, preocupado por la suerte del abuelo, si las noticias llegadas de los confines orientales del Mediterráneo (a las cuales su escepticismo no le había permitido concederle hasta entonces demasiada atención) referidas a las andanzas por aquellos lares de un autoproclamado Mesías hacedor de milagros y que tanta expectación estaba despertando entre los judíos de todo el mundo, tendrían algún fundamento y le permitirían, tal vez, el mejor de los reencuentros, en el mejor de los sitios, con aquel hombre de corazón comprensivo, la persona a la que más había amado en su vida hasta que su virilidad fuera ganada por Mariam Roca.

La muerte del abuelo Benjamín les sorprendió, aunque la esperaban. Con sus setenta y ocho años ya festejados, el anciano había vivido mucho más que la mayoría de sus contemporáneos («Casi tanto como un patriarca bíblico», decía él mismo, sonriente, cuando hablaba de su exagerada edad), pero en los últimos tiempos su figura se había ido consumiendo a un ritmo visible, aunque sin dolores ni pérdida de la inteligencia. La tarde del viernes en que los abandonaría había pedido incluso que lo ayudaran a asearse y lo sentaran en la sala de la casa, para asistir a la ceremonia del encendido de las velas del Shabat y, como verdadero patriarca de aquel hogar, darle la bienvenida al día feliz, dedicado al Señor y a festejar la libertad de los hombres. Pero cuando la mesa estaba servida, las velas encendidas y las sombras de la noche permitieron ver el brillo de los primeros luceros que desde el firmamento anunciaban la victoriosa llegada del día esperado, el saludo que debía pronunciar Benjamín Montalbo de Ávila («Shabat Shalom!») no fue escuchado por sus hijos y nietos. Justo como una estrella de la órbita celeste: así se había apagado la vida del abuelo.

En la pequeña mesa donde el anciano, desde los tiempos en que aún estaba muy lejos de ser anciano, solía escribir, estudiar los textos sagrados y leer los libros que tanto lo entusiasmaban, su hijo Abraham

Montalbo encontró el papel sellado donde el hombre, previsor, había escrito unas semanas antes sus últimas voluntades. A nadie en la casa le asombró que ordenase cada detalle de su funeral, escribiera incluso algún consejo muy bien razonado para cada miembro de la familia y decidiera legar los únicos bienes materiales de valor atesorados a lo largo de su vida a su nieto Elías Ambrosius: porque para él serían aquel escritorio y sus libros. Solo cuando recibió la noticia de la herencia recibida, el joven pudo llorar al fin unas lágrimas que parecían haberse secado. Más tarde, sentado tras el bello escritorio, mientras acariciaba los lomos y tapas de piel de los prodigiosos volúmenes que ahora le pertenecían, Elías descubrió cómo varios de ellos parecían más gastados por el intenso manoseo al cual debió de haberlos sometido su dueño. Entre los más sobados estaban, por supuesto, dos de las obras de Maimónides, el pensador favorito de Benjamín Montalbo, y los *Diálogos de amor* de León Hebreo, pero también varios autores modernos, en nada relacionados con la fe o la religión, como el tal Miguel de Cervantes, autor de una voluminosa novela titulada *El ingenioso hidalgo don Quijote de la Mancha*, y un llamado Inca Garcilaso de la Vega (por cierto, traductor de los *Diálogos* al castellano), autor de *La Florida del Inca*, crónica de los frustrados intentos de conquista de aquel territorio del Nuevo Mundo donde, se decía, había sido localizada la Fuente de la Eterna Juventud. El contacto físico con aquellos libros, destinados a mantener al abuelo en comunicación con las tierras de la idolatría de donde había escapado para recuperar su fe, pero cuya lengua y cultura amaba como propias, le hizo entender a Elías la dimensión real del conflicto en el cual había vivido aquel ser humano insondable: el litigio sostenido por su espíritu entre la pertenencia a una fe, una cultura y unas tradiciones milenarias a las que se sentía ligado por vía sanguínea; y la cercanía a un paisaje, una lengua, una literatura entre los cuales habían vivido varias generaciones de sus antepasados, llegados a la península con los bereberes del desierto en un tiempo remoto, y entre los que él había gastado los primeros treinta y tres años de su vida y a cuyos efluvios nunca había podido ni querido renunciar (como no había renunciado a los garbanzos, el arroz y, siempre que podía, al lujo de mojar el pan en aceite de olivas). No, nunca pudo ni quiso renunciar a aquella pertenencia, ni siquiera por haber vivido en *Makom* y conocer de los preceptos de los rabinos encaminados a terminar con todas aquellas peligrosas cercanías con el pasado y lo que ellos consideraban acechanzas de la idolatría.

A lo largo de los siete días de observancia de la *shiva*, confinado con sus padres y hermano en la casa como estipulaba la ceremonia, Elías

Ambrosius llegaría a convencerse de que había cometido una terrible mezquindad al no haber hecho al abuelo partícipe de sus desasosiegos y decisiones. Más que nadie en el mundo Benjamín Montalbo habría estado en condiciones de entenderlo: porque era su abuelo y lo amaba, por saber mucho de secretos y por haber vivido tantos años con el alma dividida. Tal vez, incluso, el anciano se habría maravillado con los progresos del joven y hasta le habría pedido uno de los lienzos que, enrollados o doblados, ahora escondía en un baúl en la casa del Maestro. Quizás el abuelo lo habría extendido allí, frente a la mesa donde disfrutaba escribiendo con su pluma, aquel rincón desde donde viajaba con sus libros y donde, al sentir la llamada de la muerte, había dejado su testamento.

En los últimos dos años, vividos por Elías en un vértigo de sensaciones arrolladoras, de aprendizajes y de cada vez menos torpes realizaciones, muchas veces el joven había pensado en la posibilidad de abrirle el cofre físico y mental de sus secretos al anciano. Por supuesto, él era el único de sus parientes al cual le hablara de la belleza que era capaz de generar el Maestro y de la obtusa reacción de los compradores de pinturas, que lo consideraban un violador de preceptos y no un desbrozador de caminos inexplorados. También había sido el primero a quien le comunicara su decisión de comprometerse de modo formal con Mariam Roca, y entonces obtuvo la respuesta más lógica y sincera por parte del anciano: «Me matas de envidia, hijo». Pero, en cambio, nunca había tenido el valor de atravesar la frontera de sus miedos y contarle de sus aficiones de aprendiz de pintor y hablarle de los momentos de júbilo vividos con el pincel que le entregara el Maestro: momentos como el dedicado a pintar sobre una tela el busto del querido anciano.

Porque en aquellos dos años Elías Ambrosius había tenido otras oportunidades de practicar sus presuntas habilidades siguiendo las orientaciones y órdenes del Maestro, dadas a él en específico u obtenidas como beneficio colectivo durante el proceso de algún trabajo de conjunto con el resto de los discípulos. Además de recibir la responsabilidad de imprimir telas para que se familiarizara con la creación de los fondos terrosos que tanto utilizaba el artista, Elías cumplió el aprendizaje de pintar algunos de los objetos y obras recolectados por el hombre —una concha marina con sus espirales, un busto de emperador romano, una mano esculpida en mármol, además de copiar dibujos de otros autores y temáticas— que, como varios modelos vivos, desnudos incluidos, habían servido como ejercicios didácticos a través de los cuales los consejos del Maestro fueron perfilando y asentando las indudables capacidades del joven. Mientras, en la buhardilla de la casa y en el galpón de la campiña, Elías Ambrosius había tratado de poner en práctica aquellos conocimientos y realizó varios autorretratos, perfiló paisajes, copió objetos (siempre escuchando en su mente las palabras del pintor) y, en un rapto de osadía, tomaría la decisión de contarle a Mariam Roca su quemante secreto, pues deseaba, más que nada en el mundo, hacer un retrato al natural de su prometida y amante.

La sorpresa de la muchacha al escuchar la confesión de Elías resultó todo lo patente que debía y tenía que ser. Varios días estuvieron hablando sobre el tema y el joven tuvo que esgrimir los abundantes argumentos acumulados en aquellos años para justificar un acto que muchos podrían considerar herético. Cuando la discusión se atoraba y el joven perdía las esperanzas de poder convencer a Mariam de que hacer lo que hacía era su derecho como individuo, y temía incluso que la joven pudiera hasta delatarlo, Elías se consolaba pensando que, más tarde o más temprano, habría necesitado hacerle aquella confesión —y correr los riesgos implícitos— a la persona con quien pretendía compartir los días de su vida. Por eso, cuando Mariam, al parecer más acostumbrada a la idea, había aceptado servirle de modelo, con la condición de que su decisión también fuese secreta, Elías supo que había obtenido una importante victoria y prefirió no preguntarle a la joven si la aceptación se limitaba a su función de modelo o implicaba también el ejercicio de la pintura por parte de su prometido.

El primer retrato de Mariam, apoyada en la ventana del galpón y asomada hacia el espectador, fue en realidad un doloroso ejercicio de copia del maravilloso retrato que unos años antes, con una composición similar, el Maestro le realizara a la bella Emely Kerk. Las dificultades que podían presentarle la luz, la anatomía o la proporción fueron superadas con cierta facilidad por el joven, quien mucho había aprendido ya sobre aquellos elementos. El uso de los colores para crear la carne y el pelo, recortados sobre un fondo profundo, casi le resultó fácil, después de haber visto pintar tanta carne y tanto fondo, después incluso de haberlos pintado a dos manos con sus compañeros y hasta con el Maestro. Más complicado se le hizo conseguir un parecido razonable, fijar la belleza de la mujer, aunque en un momento, con mucho esfuerzo, creyó haberlo logrado y Mariam, mirándose en un espejo, se lo confirmó. Pero lo que más perseguía y, sin embargo, se mantenía esquivo e inapresable para sus capacidades de retratista era el alma de la joven. Si física y amorosamente había podido entrar en posesión de cada sentimiento y pensamiento de la muchacha, al intentar llevar su espíritu a un pequeño lienzo descubría su impericia y falta de aliento para reflejar la expresión de aquel rostro en donde Elías podía ver la vitalidad y el desasosiego, la duda y el amor, el disfrute del riesgo y el temor que le provocaba. Pero no conseguía atraparlos. Movido por el fracaso, Elías se replanteó sus propósitos. Comenzó a trabajar entonces en un segundo retrato, una obra suya en todo sentido. Colocó a Mariam en un complicado perfil en el cual su rostro se volvía, haciendo una delicada diagonal hacia abajo con la línea del cuello, mientras los ojos, visibles, quedaban dirigidos a un punto impreciso colocado en el borde inferior de la tela. En ese instante comprendió que —como alguna vez le dijera el Maestro, y como no podía dejar de ser— toda la humanidad de aquella transposición radicaba en el desafío de los ojos. Pensó que si antes había fracasado en su propósito se debía al empeño de reflejar a la joven con la mirada dirigida al frente, con una expresión directa, explícita, protagónica. Y lo que en realidad requería la mejor representación de Mariam era un misterio. Entonces le pidió a la muchacha que sin mirarlo a él, le hablara con los ojos, como si estuviera susurrándole algo al oído... Con esmero, en varias sesiones de trabajo, fue delineando las cejas, los párpados, las pupilas y el iris de aquella mirada, mientras esquivaba lo evidente y buscaba lo insondable. Y cuando creyó haber reflejado la mirada, dejó que el pincel estableciera su propio diálogo con el resto de los detalles del rostro, para hacer verosímil el milagro del entendimiento de una sugerencia... La tarde de domingo en que hizo aquel descubrimiento y se enfrascó en el combate de plasmarlo fue uno de los momentos más plenos de la vida de Elías Ambrosius Montalbo de Ávila, pues otra vez tuvo la sensación de estar descubriendo qué cosa era lo sagrado. Porque allí estaba, palpitando, sobre una pequeña porción de lienzo manchada con pigmentos, una mujer que, desde su obligada quietud, ofrecía una ilusión de vida.

¿Cómo había sido posible que sus temores le hubieran impedido mostrarle a su abuelo Benjamín Montalbo aquel pequeño retrato donde había conseguido apresar lo evanescente y abrir las puertas poderosas de la creación? El anciano —ahora que estaba muerto era cuando Elías tenía aquella convicción— no solo lo habría comprendido, sino que lo hubiera alentado: porque a nada había sido más sensible aquel hombre que al deseo y voluntad humana de conseguir un objetivo, a pesar de todos los pesares. Y en aquella tela estaba la ambición de un hombre y la voluntad para lograr sus fines con las cuales el Creador lo había dotado...

Elías terminaría consolándose con la idea de que si al final resultaba cierto que por las tierras de los turcos, los persas y los egipcios andaba anunciando su advenimiento el Mesías (por todas aquellas regiones parecía vagar a la vez, a juzgar por los múltiples ecos llegados a Ámsterdam de su peregrinar y hasta de sus milagros), quizás dentro de muy poco él, Elías Ambrosius Montalbo de Ávila, podría acercarse al abuelo y, en medio de la apoteosis del Juicio Final, pedirle perdón por su falta de confianza. Porque aquel era el verdadero pecado del cual debía arrepentirse, ante los ojos de Dios y frente a la memoria y el espíritu de un hombre piadoso. Y esperaba obtener el perdón de ambos.

Ámsterdam era un hervidero, y también lo era el corazón de Elías Ambrosius. Unas semanas después del sepelio del abuelo Benjamín, la noticia del deceso en La Haya del estatúder Frederik Hendrik de Nassau, quien sería sucedido en su dignidad por su hijo Guillermo, aumentó la expectación en la cual ya vivían los habitantes de la ciudad por la, decían todos, hasta entonces inminente firma de un tratado de paz entre el difunto estatúder y la Corona de España. Aquella paz, que podría poner fin a un siglo de guerras y vendría a consolidar la independencia de la República de las Provincias Unidas del Norte, llegaría como merecido premio a una enconada resistencia de los habitantes del país pero, sobre todo, como resultado de su éxito económico, tan contrastante con el crítico estado de las finanzas del Imperio español, ya incapaz, como todos sabían, de mantener por más tiempo a sus ejércitos en una contienda perdida en el mar e insostenible en los pantanos y los inviernos de aquel territorio inhóspito. Pero el júbilo que provocaba el esperado desenlace político y militar empezó a disiparse, arrastrado por el peligro mayor del ascenso al estuderato de Guillermo de Nassau, cuyas aspiraciones monárquicas resultaban harto conocidas y, con ellas, su oposición al sistema republicano y federativo al cual los ciudadanos atribuían el éxito de su gestión mercantil, política, social y hasta militar. Gracias a la bonanza económica, la República había podido financiar los ejércitos de tierra, compuestos en su inmensa mayoría no por burgueses de Ámsterdam, nobles de La Haya o sabios de Leiden, sino, sobre todo, por mercenarios y señores de la guerra llegados de toda Europa a pelear por una buena cantidad de saludables florines. Solo el régimen republicano, también pensaban y decían, había permitido al país el ascenso económico de una gran masa de mercaderes, generadores de riquezas, alentados en sus empeños por el hecho de haberse liberado de arrastrar los fardos de una corte, una nobleza y una burocracia parásitas como las que desangraban a España. Y ahora, cuando parecían estar tan cerca de la victoria militar y política, Guillermo de

Nassau podía aniquilar aquel equilibrio social gracias al cual muchos ciudadanos habían encontrado una vida mejor, con los amables beneficios de la libertad —que pronto, como colofón de adorno, también sería política si el nuevo estatúder firmaba la paz con los españoles.

Si Elías Ambrosius estaba tan al día de las interioridades de la cosa pública de su país no se debía a su sagacidad, sino a la privilegiada situación de sus oídos y su mente, que, por las responsabilidades y facultades ahora disfrutadas en el taller y la casa del Maestro, le permitían ser testigo (mudo en su caso) de algunas de las apasionadas conversaciones sostenidas entre el pintor y muchos de sus amigos, pero en especial el joven burgués Jan Six.

Desde el año anterior, cuando se presentó en la casa del Maestro para negociar la realización de un retrato, Jan Six había empezado a establecer con el pintor una relación que muy pronto fue más allá de los fugaces y pragmáticos límites de un encargo pictórico. Una corriente de mutua simpatía, que en el caso de Six corría por los senderos de sus aspiraciones artísticas, pues se presentaba como poeta y dramaturgo, y en el del Maestro por los de su vocación mercantil y por su eterna necesidad de dinero, había atraído a aquellos dos hombres, separados por más de diez años de edad y por la fortuna de uno y las eternas prisas económicas del otro. Además, la corriente de afinidad tuvo como sedimento la afición compartida por el coleccionismo, que haría de Six, quien era un compulsivo comprador de arte, un deslumbrado admirador de los cuadros, libros de grabados y los muchísimos e insólitos objetos atesorados por el Maestro.

A pesar de su juventud, Jan Six ya ostentaba el nombramiento de burgomaestre auxiliar, y fungía como uno de los magistrados de la ciudad, gracias a la circunstancia de que pertenecía a una de las más acaudaladas familias de Ámsterdam. Los Six eran dueños de una morada en la exclusiva Kloveniersburgwal, la llamada Casa del Águila Azul, contigua a la famosa Casa de Cristal, propiedad del muy enriquecido fabricante de espejos y lentes Floris Soop, y a tiro de piedra del lujoso edificio de las milicias ciudadanas donde se exhibía la gran obra del Maestro que, como a Elías Ambrosius, también le había provocado al joven Six una profunda conmoción y generado una compacta admiración por su creador.

Desde los primeros ensayos y estudios del posible retrato de Jan Six, el joven judío, por diversas razones, estuvo muy cerca del Maestro para seguir un extraño proceso creativo que, dos años después, aún no había producido el gran retrato que en un primer momento Six había pretendido tener como alimento para su ego y su colección, y que el

Maestro deseaba realizar, por obvias razones monetarias y de revalorización de su trabajo en el mundo de los grandes burgueses de la ciudad. Unas veces como uno más de los discípulos, otras como ayudante del pintor, Elías había asistido a la elaboración de dos maravillosos dibujos, realizados como bocetos, con los que el Maestro se proponía definir los gustos del cliente para satisfacerlos a plenitud y evitar desagradables episodios como el de Andries de Graeff que, de repetirse, hubiera resultado devastador para su ya cuestionado prestigio como retratista.

El burgomaestre había acogido con absoluto entusiasmo uno de los bocetos. No aquel donde se resaltaba su condición de político y hombre de acción, sino en el que aparecía como un joven y bello escritor, armado con un manuscrito sobre el cual concentraba su atención, el cuerpo reclinado en una ventana por donde entraba la luz destinada a iluminar el rostro, el manuscrito y parte de la estancia, hasta caer sobre la butaca donde descansaban otros libros. Aquel dibujo daba a Jan Six la imagen de sí mismo que más deseaba entregar a los demás. Tanto le había satisfecho que le pediría al Maestro algo inusual: que en lugar de pintarlo al óleo hiciera con aquella imagen un aguafuerte, para así disponer de varias copias a las cuales daría diversos destinos. Y pagaría el aguafuerte al precio con el cual solía valorarse una pintura al óleo.

De aquel modo, primero como generoso cliente, luego como admirador consentido y muy pronto como amigo, Jan Six se hizo presencia habitual en la casa y el taller del Maestro en una época en que el pintor vivía uno de sus momentos de éxtasis, pues unos meses antes había logrado contratar como preceptora de su hijo Titus a la joven Hendrickje Stoffels, menos bella aunque a todas luces más inteligente que Emely Kerk, de familia humilde como su antecesora, a quien muy pronto había metido en su lecho. Y tanto había disfrutado aquellos despertares de su pasión de hombre maduro, que le había realizado una hermosa y provocadora pintura sobre una tabla a la cual tituló justo así, *Hendrickje Stoffels en el lecho*, en donde la joven, vestida a medias, sin otro adorno que un cintillo dorado sobre el cabello, levantaba con su mano izquierda el cortinaje del mueble y se asomaba hacia el observador, cubierto el seno con una sábana y recostada sobre un mullido almohadón... en el lecho del Maestro.

La presencia benéfica de Jan Six y de Hendrickje Stoffels mucho habían mejorado el ánimo del artista, quien volvía a ser —así lo pensó Elías— el hombre que unos años atrás, antes de la muerte de su esposa, debía de haber sido. Incluso, tal vez más animado, pues, como había proclamado, ahora se sentía libre de condicionamientos artísticos y hasta sociales, como lo demostraba aquel cuadro de Hendrickje en el cual ventilaba en público y con orgullo su relación amorosa con una criada. El sentimiento de autosatisfacción se irradiaba a todos cuantos lo rodeaban —excepción hecha, por supuesto, de la señora Dircx, con quien vivía en guerra—, entre ellos sus discípulos. La relación con Elías Ambrosius había llegado al punto de ser cálida, y, gracias a ello, el joven pudo asistir a los diálogos con Jan Six, a través de los cuales tanto aprendió sobre la situación política de la República. Y, de modo paralelo, sería la condición que lo llevaría a convertirse (favorecido por el hecho de que al fin le había crecido la barba, un poco rala, pero barba al fin y al cabo) en su principal modelo para la gran obra a la que por entonces el Maestro se entregaría con toda su capacidad y rebeldías en ristre: una imagen de la cena de Cristo resucitado luego de su encuentro con sus discípulos en el camino hacia Emaús.

Sus cada vez más visibles e importantes responsabilidades en el taller del Maestro (como en otros tiempos ocurriera con Carel Fabritius, ahora era Elías quien siempre lo acompañaba en sus expediciones de compra y fungía también como el más recurrido imprimador de telas), sus propios progresos como pintor, la declaración pública de su compromiso matrimonial con Mariam Roca y el ascenso a la categoría de operario en la imprenta regentada por su padre, llenaban de luces brillantes cada segundo de la vida del joven a la vez que lo abocaban a la peligrosa circunstancia de que su secreto estuviese siempre más expuesto y pudiese ser develado por personas capaces de complicarle, mucho, la existencia.

Por suerte para él, la atención de la gente andaba concentrada en los grandes conflictos políticos en curso, que podían traer impredecibles consecuencias para los miembros de la Naçao, y en sucesos más atractivos, como la publicación de un escandaloso opúsculo sobre la relación del Hombre y lo Divino, escrito y distribuido por el joven Baruch, el hijo de Miguel de Espinoza; o los problemas materiales de ubicación que planteaba la llegada cada vez más numerosa de paupérrimos judíos del Este, verdadera plaga; o los comentarios (cargados de esperanzas comerciales y familiares para muchos) de una posible apertura de los puertos españoles y portugueses al comercio con Ámsterdam. Pero, sobre todo, la parte más activa y militante de la comunidad hebrea estaba embelesada con las noticias siempre más inquietantes generadas por los actos del autoproclamado Mesías, que ahora parecía andar por Palestina, nada más y nada menos que camino de Jerusalén y anunciando la llegada del Juicio en el cercano año de 1648. Así era difícil que, en Ámsterdam, alguien tuviera un interés especial en la relación entre un pintor y un judío, y Elías Ambrosius podía disfrutar del beneficio de unas sombras entre las cuales su corazón disfrutaba de un espacio de paz.

En un verdadero estado de éxtasis vivía el joven Elías desde que el Maestro le escogiera para trabajar con él aquella pieza que, antes del primer brochazo, ya tenía el único título que podía tener, el mismo que en otras ocasiones había utilizado el pintor, tan vulnerable a sus obsesiones, tan complaciente con ellas: *Los peregrinos de Emaús*. «No me interesa el lado místico del relato, sino su condición humana, que es inagotable. Por eso vuelvo siempre sobre este pasaje, hasta que consiga domesticarlo, sentirlo definitivamente mío», le había explicado el pintor la tarde en que, apenas llegado el aprendiz, le comunicara su decisión. «Desde hace casi veinte años me obsesiona esa escena. La primera vez que la pinté hice de Cristo un espectro misterioso y del discípulo que lo reconoce un hombre asombrado... Ahora quiero pintar a unos tipos corrientes que tienen el privilegio de ver al hijo de Dios resucitado mientras este ejecuta la más común y la más simbólica de las acciones: partir el pan, *un simple pan*, no el símbolo cósmico del que habla tu *jajám* Ben Israel», recalcó. «Unos hombres comunes, llenos de miedo por las persecuciones que están sufriendo, en el instante en que su fe es superada por el más grande de los milagros: el regreso desde el mundo de los muertos. Pero sobre todo quiero pintar a un Jesús de carne y hueso, un Jesús que ha vuelto del más allá y ha caminado como ser vivo con esos discípulos hacia Emaús, y debe parecer tan humano y cercano como nunca nadie lo ha pintado. Más vivo que el del gran Caravaggio... Pero a la vez dueño de un poder. Y ese Jesús al que voy a reproducir como un hombre vivo va a tener tu cara y tu figura...»

Entonces el Maestro, para comenzar a rodear su objetivo, le había propuesto al conmocionado Elías realizar un experimento: pintaría al óleo un *tronie* del joven judío —aquellos bustos habían sido la primera especialidad del Maestro, allá en sus remotos días de tanteos en su natal Leiden—, pues lo que más le interesaba era conseguir una patente expresión de humanidad en el rostro divino. Pero, y aquí dio el giro inesperado: lo harían a dos manos. Mientras él hacía el retrato de Elías, Elías haría su autorretrato, y entre ambos buscarían las profundidades carnales del hombre marcado por la trascendente condición de haber regresado de los dominios de la muerte y estar en un breve tránsito terreno, humano, antes de ir a ocupar su lugar junto al Padre.

El mayor inconveniente que, de inmediato, Elías le encontró al muy tentador proyecto que lo ponía a trabajar codo a codo con el más grande pintor de la ciudad y quizás del mundo conocido, era la resonancia pública que alcanzaría aquella pieza, por ser obra del Maestro, y la presumible reacción que provocaría entre los líderes religiosos de la comunidad cuando vieran que él no solo se prestaba a servir de modelo para una representación, sino que lo había hecho para la representación de la mayor de las herejías. Y de herejías reales o asumidas como tales parecían estar hartos aquellos patriarcas, cada día más intransigentes con las reacciones mundanas de una comunidad cuyo control no podían perder.

Fue, como siempre, su antiguo profesor el hombre escogido para buscar claridad en sus razones. La noche en que se presentó en su casa, Raquel Abravanel, mal peinada y gruñona, como era usual, le dijo que su esposo andaba en una junta del Mahamad, el consejo rabínico, y que si quería esperarlo lo hiciera en los escalones de entrada, junto a la *mezuzá*. Y, como era usual, cerró la puerta.

La noche primaveral resultaba más templada de lo habitual para la época y Elías apenas pensó en el grosero desplante de la Abravanel, que hacía mucho había dejado de repetir la vieja sentencia sefardí con la cual había resumido su sueño de grandeza: *«Jajám i merkader, alegría de la muzer»*. Como preceptor y a la vez empresario creador de riquezas su marido había demostrado ser el más rotundo de los fracasos, y Raquel Abravanel lo culpaba de todas sus penurias.

Aunque estuvo a punto de ponerlo en fuga la fetidez de las barcazas de excrementos que, como cada anochecer, atravesaban el Binnen Ámstel, el júbilo y el temor entre los cuales el joven vivía desde aquella tarde resultaron más fuertes. Y no era para menos: él mismo y su rostro, ya por fortuna barbado, serían objeto del arte del Maestro, lo cual le colocaría en el estadio de la más sublime inmortalidad terrena, una condición por la cual los más ricos ciudadanos de Ámsterdam, incluido Jan Six, debían pagar varios centenares de florines.

El *jajám* llegó casi a las nueve de una noche que por minutos se había ido enfriando. Desde el saludo y las primeras palabras cruzadas, el joven comprendió que el ánimo del erudito no era el mejor. Ya sentados en el caótico cuarto de trabajo de Ben Israel, mientras éste servía las primeras copas de vino, Elías tuvo un resumen de las coyunturas que traían enervado al hombre. «Para atemorizar a la gente, estos rabinos son capaces de hacer cualquier cosa. Ahora andan detrás de la cabeza de Baruch, el hijo de Miguel de Espinoza. Y, para colmo, varios de ellos, con Breslau y Montera a la cabeza, dicen estar convencidos de que las señales que llegan de El Cairo y de Jerusalén deben ser tenidas en cuenta. ¡Que ese loco que anda por ahí bien podría ser el Mesías!»

Ya con su segunda copa de vino en la mano, el *jajám* Ben Israel al fin le contó de las últimas aventuras del iluminado que se presentaba como Mesías. Todo había comenzado en Esmirna, donde el tal Sabbatai Zeví había nacido y, muy precoz, había estudiado a fondo los libros de la Cábala. Fue allí donde, borracho de misticismo o de locura —en palabras de Ben Israel—, se había lanzado por el más peligroso de los caminos hacia la herejía, dispuesto a desafiar todos los preceptos: ante el arca de la sinagoga había pronunciado el nombre secreto y prohibido de Dios, el que se escribe pero no se dice... La reacción de los rabinos de Esmirna fue inmediata y lógica: lo excomulgaron, como se merecía. Pero Sabbatai tenía más trucos en la manga: abandonó su ciudad y se fue a Salónica, donde comenzó su predicación y, en una reunión de cabalistas, imitó la ceremonia de su matrimonio con un rollo de la Torá y se proclamó Mesías. También de Salónica lo habían expulsado a patadas, como cabía esperar... Pero aquel loco (decían que era un hombre hermoso, alto, de pelo color miel, ojos que cambiaban de tonalidad como la piel de los lagartos, y dueño de una voz envolvente) había recalado en El Cairo, donde fue acogido en la casa de un rico comerciante, sitio del encuentro de los cabalistas de la ciudad. Allí, con sus discursos, convenció, y solo el Santísimo sabe cómo lo hizo, a los sabios y los potentados de la urbe, quienes le dieron su apoyo y hasta dineros. Desde entonces anduvo predicando por Jerusalén, adonde había llegado precedido por la fama de sus actos, y se había dedicado a repartir limosnas, practicar la caridad y, decían, a realizar milagros. Todo aquel circo, opinaba el *jajám*, bastante similar al de otros «mesías» que hemos sufrido («uno de ellos con muchísimo éxito, ya sabes quién»), había entrado en su etapa más peligrosa cuando un tal Nathan de Gaza, un joven cabalista, decíase que poseedor de dones proféticos, anunció que se le había revelado la enorme verdad: Sabbatai Zeví era la reencarnación del siempre esperado profeta Elías, y su llegada, coincidente con todas las desgracias sufridas por los hijos de Israel en los últimos siglos («como si sufrir desgracias fuera nuevo para nosotros»), constituía el definitivo anuncio del venidero Juicio Final, marcado para el año de 1648, cuando ocurrirían desventuras inimaginables para los hijos del pueblo elegido, los infortunios últimos, apocalípticos, previos a la llegada de la redención. «Ahora mismo ese farsante anda recorriendo Palestina, seguido por el tal Nathan de Gaza y cientos de judíos tan desesperados que son capaces de creer en sus prédicas, y convocando a todos a "alzarse sobre el muro" y reunirse en Jerusalén», dijo.

Elías Ambrosius, cuyas rebeldías y racionalidad nunca habían logrado apagar el fuerte sentido mesiánico que le inoculara el abuelo Benjamín, sintió que había algo nuevo aunque difícil de precisar en la historia de Sabbatai, y tal vez no solo locuras de un desequilibrado. La prohibición rabínica de «alzarse sobre el muro» y penetrar las murallas de Jerusalén para reunir de nuevo allí a los descendientes de Abraham, Isaac y Moisés representaba todo un desafío al cual ningún otro iluminado se había atrevido. Desde los días de los fundadores concilios rabínicos que sirvieron para establecer los preceptos y las leyes agrupados en el Talmud y la Mishná, era bien sabido por todos los judíos del mundo que aquel acto de pretender un regreso masivo a la Tierra Santa se consideraba una manera muy precisa de tentar la llegada de la salvación y, por ende, estaba férreamente prohibida, pues el exilio formaba parte del destino de aquel pueblo hasta tanto lo determinase el verdadero Mesías.

«Con todo respeto, *jajám...*, ¿y por qué Sabbatai no podría ser el Mesías? Tantos indicios, tanta osadía...» «No lo es por muchas razones que me encargué de recordarles a estos fanáticos con los que convivimos y que se aprovechan de todo para alimentar el miedo de las gentes y así dominarlos a su antojo», dijo el sabio, casi en un grito, perdidos los estribos. «Porque el propio profeta Elías advirtió que solo llegaría el Ungido cuando los judíos vivieran en todos los rincones de la tierra, y eso aún no ha pasado.» «¿Porque los indígenas americanos no son los descendientes de las diez tribus perdidas?» «Eso para empezar..., y para seguir, porque en Inglaterra, como bien tú sabes, como he dicho mil veces, no hay judíos desde hace trescientos cincuenta años... Porque el Mesías será un guerrero. Porque su llegada estará precedida de grandes cataclismos... Pero piensa, muchacho, piensa: ¿de dónde salió este Sabbatai de Esmirna? ¿Puede atestiguar que es un vástago de la estirpe de David?» Con la revelación de aquel dato, Elías Ambrosius terminó de entender la postura del *jajám:* aceptar siquiera la posibilidad del mesianismo de Sabbatai significaría la pérdida de su estandarte de lucha por la admisión de los judíos en Inglaterra y, sobre todo, la claudicación de las aspiraciones de los Abravanel que él, parte del clan, tanto se encargaba de predicar. «No importa lo que digan otros miembros del Consejo; tampoco que algunos de los más ricos sefardíes de Ámsterdam estén rematando sus fortunas para abordar, junto con muchos de los pobres de la ciudad, los barcos que zarpan hacia Jerusalén, donde todos se unirán a la comitiva del loco. A mí solo me importa lo que desde ahora va a ser la labor de mi vida: abrirle la puerta de Inglaterra a los judíos, tender el puente necesario para abrir paso al verdadero Mesías y no a este nuevo iluminado que, ¿sabes algo?, solo nos traerá más desgracias, como si no tuviéramos suficientes. Vivir para ver...»

Elías, que no había conseguido expresar el motivo de su visita a la casa de su antiguo preceptor, se despidió al filo de la medianoche, cargado con sus maravillosos desasosiegos y con nuevas dudas. Las revelaciones de la historia y andanzas de Sabbatai Zeví habían conseguido removerlo y ponerlo a meditar. El hecho de que unos judíos lo creyesen el Mesías y otros lo rechazasen para nada era una actitud inédita en la crónica de Israel, donde la credulidad y la duda siempre andaban de la mano. Desde los tiempos de Salomón, el más grande e ilustre de los sabios de su raza, época fértil en profetas y grandes sucesos (la creación de los reinos de Judá e Israel, la construcción del Templo, las grandes guerras y el decisivo exilio a Babilonia de casi toda la población hebrea, incluidas las diez tribus desde entonces perdidas), el Eclesiastés había manifestado una duda franca y libre sobre los dogmas ortodoxos, como lo reflejaba cada uno de los capítulos de su libro, a pesar de ello también considerado sagrado. Porque el escepticismo del Eclesiastés no era una herejía, sino parte del pensamiento judío, y demostraba cuán difícil resultaba enseñar pruebas capaces de satisfacer la vocación por el cuestionamiento de todo por parte de un pueblo con una disposición crítica tan acentuada. En realidad, pensaba Elías, un pueblo más incrédulo que dado a creer. El pueblo que, paradojas, había creado, por las revelaciones del Santísimo, los fundamentos de una fe religiosa capaz de impregnar las almas de todo el mundo civilizado.

¿Y en medio de aquel ambiente que permitía avizorar tormentas de muchos tipos, luchas en las que todo lo prescindible sería lanzado por la borda, iba él a prestarse al desafío de posar como el supuesto Mesías que se presentó como Jesús, el Cristo? Aquel hombre había sido quien dividiera con más profundidad a los judíos y convirtiera a los disidentes de entonces en los progenitores de los represores posteriores de sus propios hermanos, los fundadores y practicantes del antisemitismo que, desde los púlpitos de la nueva religión propuesta por Jesús, había traído tanto sufrimiento, dolor, esquilmación de bienes y, por supuesto, tanta muerte a sus antiguos cofrades, solo por haberse mantenido atrincherados en la fe original y sus leyes... Elías sintió cómo su alma se le fracturaba al meditar en las historias pasadas y presentes de los mesianismos, y cada pedazo flotaba por su rumbo, sin que él pudiera atraparlos e intentar la reconciliación. Si Sabbatai Zeví era el Ungido y su convocatoria a «alzarse sobre el muro» constituía un mandato divino, pues ya no habría nada que hacer, solo esperar la prodigiosa celebración del Juicio (y volvía a acariciarlo la idea del reencuentro con el abuelo). Si no lo era, como afirmaba su querido *jajám* y como él mismo, en el fondo de su inteligencia, se sentía más tentado a pensar, pues el mundo seguiría su camino plagado de dolores hasta el advenimiento real del Mesías y de la salvación. Entonces, como decía el propio Ben Israel, no había por qué entregar las ilusiones, pasiones y sueños a la muerte, vegetando en vida hasta el inevitable fin de la carne. Aunque su actitud entrañara riesgos, y a pesar de que los ortodoxos de siempre pudieran acusarlos hasta de traición a los de su raza y de que el miedo no lo dejaba en paz, él optaría por la vida... Y tuvo un vislumbre de alivio cuando comprendió que, si bien cada hombre con sus actos puede ayudar al Advenimiento, este dependía en lo esencial de la voluntad suprema del Santísimo, cuyas decisiones ya estaban tomadas desde la eternidad. Sus acciones individuales, por tanto, participaban del gran equilibrio cósmico, pero no lo determinaban. Él, como ser mortal, tenía un territorio que le había sido dado (por el Creador mismo), y por una sola vez: el espacio de su vida. Y aquel espacio podía ser llenado con sus actos de hombre, y podría hacerlo mejor porque su conciencia, la más importante instancia de decisiones, le advertía que con aquellas acciones él mismo no violaba las esencias de una Ley. Su problema, así volvía a sentirlo, era consigo mismo y no con sus vecinos... La suerte del alma del Maestro (que rechazaba cualquier intromisión de los demás en su vida personal y sobre todo en la religiosa) era una responsabilidad del Maestro, y el Maestro bien sabía lo que deseaba hacer con ella. La suya, aunque atada a una tradición y unas reglas, seguía siendo problema suyo. De él y de su Dios, o sea, de él y de su alma.

Cuando Elías Ambrosius entró en el estudio, descubrió que el Maestro, ya con sus impulsos desatados, había estado trabajando, quizás con el auxilio de algún discípulo, para lograr la obra que asediaba su mente. Como en la primera ocasión en que pintaron juntos, había dispuesto dos caballetes, con sus respectivas banquetas, y orientado los espejos de modo que el soporte y el asiento de la derecha, los más alejados de la ventana, quedasen reflejados por tres ángulos diferentes en las superficies azogadas. El vidrio colocado justo detrás del caballete daría una imagen frontal y los otros dos, dispuestos uno a cada lado, un medio perfil y un perfil completo, este último visible a través del espejo que entregaba el medio perfil. Ese iba a ser, parecía obvio, el lugar del autorretratado. La otra banqueta con su caballete había sido ubicada de manera tal que recibiría toda la luz de las ventanas y a la vez tomaría de frente a quien se acomodase en la silla rodeada por los espejos. Lo sorprendente para el joven fue descubrir que los pequeños soportes sobre los cuales trabajarían, de dimensiones inusuales aunque muy semejantes (unos tres cuartos de *ell* por algo más de esos tres cuartos de alto), eran, sin embargo, de diferente material: el del retratista, un lienzo; y el del autorretratado, una tabla, comprada unos meses antes por el Maestro, ya imprimada en gris mate, y luego, quizás por su tamaño tan poco habitual, arrumbada en el estudio.

Dando tiempo a que el Maestro terminase su siesta —con los años había adquirido la costumbre de hacer aquel reposo para reponer fuerzas, pues además solía sufrir noches en blanco a causa de los frecuentes dolores de las muelas aún sobrevivientes de las visitas al cirujano—, Elías Ambrosius decidió entretener su ansiedad. Con la profesionalidad ya adquirida, comenzó a preparar los colores con los que trabajarían, escogidos con anterioridad por el Maestro, sin mayores sorpresas: blanco plomo y colores de tierra. Allí estaban el rojo ocre (para la camisa que le había pedido a Elías que vistiese en las sesiones de labor), el siena, el amarillo ocre y un rojo-naranja cuyo uso y lugar en la pieza aún intrigaba al joven.

Cuando hubo preparado las cantidades requeridas para unas tres horas de trabajo, Elías se acomodó en su banqueta y estudió las imágenes de su rostro que recibía gracias a los espejos. Desde que comenzara a pintarse a sí mismo en la soledad de la buhardilla, unos años antes, sus facciones habían cambiado mucho, recorriendo el tránsito de las desproporciones propias de la adolescencia al asentamiento de los rasgos de la adultez de sus veintiún años ya cumplidos. Su cabello, que siempre llevaba partido en medio de la cabeza, suelto sobre sus hombros, se había oscurecido algo, aunque conservaba un brillo rojizo, y su boca parecía más firme, tal vez más dura. La barba, ahora extendida por sus mejillas y mentón, y el bigote sobre el labio superior, eran ralos, de pelos gruesos y, los de la barba, más oscuros que la cabellera y rizados como tirabuzones. Pero sus facciones también advertían de otros cambios menos perceptibles aunque muy recónditos, provocados por las experiencias vividas en aquellos años a lo largo de los cuales había descubierto, gozado o sufrido las sensaciones profundas del dolor por la muerte de un ser querido, el júbilo del amor y su consumación física, el peso de vivir con un secreto y arrastrar un miedo y, sobre todo, las certidumbres e incertidumbres de un aprendizaje tan cargado de responsabilidades, tensiones lacerantes, hallazgos fabulosos. Su rostro correspondía ahora al de un hombre que ha vivido sus fogueos imprescindibles e, incluso, se siente capaz de convertirlos en materia para el conocimiento de otras vidas a través del ejercicio maravilloso de un arte.

Elías sintió el impulso incontenible y, sin esperar a la llegada del Maestro, se atrevió a preparar su paleta y volvió a la banqueta y a la autocontemplación. Sin saberlo, en ese instante estaba descubriendo al fin por qué había decidido poner todo en el fuego y lanzarse a pintar: no por dinero, ni por fama, ni por complacer un gusto. Lo que lo movía y ahora sostenía su mano mientras trazaba las líneas entre las que encerraría su propio rostro era la certeza de que con un pincel, unos pigmentos y una superficie propicia, podía disfrutar del poder de crear vida, una vida inadvertida para mucha gente pero que él era capaz de ver y, poseyendo las armas con las cuales lo dotara el Maestro, de reflejar, con pasión, emoción y belleza. Lo que sí supo el joven en ese justo momento, aun cuando se arriesgaba a la reprimenda del pintor que en aquel taller siempre tenía la primera y la última palabra, fue que en ese instante él era un hombre pleno y feliz. Tanto como lo era cuando se acoplaba con Mariam, tanto como lo había sido el día en que su abuelo lo llevó a iniciarse en la sinagoga y lo besó en las mejillas luego de acomodarle la kipá y conducirlo para que se hiciese adulto, tanto como en los mejores momentos de su vida, porque estaba haciendo aquello para lo cual el Señor, ya no tenía dudas, lo había creado. Mientras daba forma a su rostro, buscándose a sí mismo a través de una mirada directa, limpia, había alcanzado la esquiva respuesta que cuatro años antes el Maestro le había exigido en ese mismo sitio y solo ahora brotaba, de forma arrolladora. Elías Ambrosius quería ser pintor para tener justamente aquel poder. El poder de crear, más hermoso e invencible que los poderes con los cuales unos hombres solían gobernar y, casi siempre, avasallar a otros hombres.

El verano de Ámsterdam es una fiesta de luz y calor, capaz de contagiar los ánimos de sus moradores, quienes, en pleno disfrute del estío, nunca logran olvidar del todo que se trata de una dicha pasajera, entre dos inviernos largos, nevados, azotados de ventiscas y lluvias demasiado frecuentes, empeñadas en calar de humedad hasta los tuétanos. La luz, siempre filtrada por los vapores de tanta agua, se torna densa, casi compacta, pero brilla durante muchas horas del día de ese territorio septentrional. Elías Ambrosius, también poseído por la euforia de la temporada, vivió aquellas jornadas en un arrebato de placer y satisfacciones, no demasiado amables para Mariam Roca, que debió asumir con estoicismo las ausencias físicas y mentales de su amado, quien, cuando al fin estaba a su lado, se perdía en divagaciones sobre la calidad de la luz o la rapidez de secado de ciertos pigmentos (veloz la tierra de Kasel, demorado el dúctil betún de Judea, caprichoso el amarillo de Nápoles) y sufría cambios repentinos en su estado de ánimo.

Cierto es que el Maestro había empezado el proceso de trabajo con uno de sus agrios desplantes habituales, más esperados y frecuentes cuando acababa de salir de una siesta o le dolían los dientes: le hizo cubrir con una capa gris el primer intento de Elías de declarar y practicar su independencia artística, pues la obra que estaba en su mente era *la* que él necesitaba y no la primera que se le ocurriese a un aprendiz. Él quería, necesitaba, buscaba expresiones muy convincentes del rostro de Elías-Cristo en las cuales se respirara humanidad, solo la humanidad de un hombre, a pesar de su estirpe y misión en la tierra, a pesar incluso de ser un resucitado en la tremenda coyuntura de estar otra vez entre los mortales y pecadores. Esa misma tarde, en su libreta de apuntes —junto a la carpeta de dibujos y su archivo de obras desde hacía unos meses escondida en la casa del Maestro—, Elías trató de reproducir las palabras del hombre, obsesionado y vehemente: «No puede ser el Cristo de Leonardo, humilde y desasido, demasiado santo, demasiado dios respecto a los discípulos..., aunque vamos a ponerle la camisola roja de *La última cena*. Tampoco el de la primera *Cena de Emaús* de Caravaggio: demasiado bello y teatral, casi femenino..., también con su camisa roja. Debe parecerse más a la segunda estampa de Caravaggio, más hombre, más humano, aunque resultó bastante dramático y perfecto, como no podía dejar de ser tratándose de Caravaggio. Mi Cristo tiene que ser un hombre que, delante de otros hombres, revela su esencia a través de un gesto que hacemos todos los días, pero que en Él se convirtió en el símbolo de la eucaristía. El pan será un pan de los más corrientes, y corriente el acto de partirlo en pedazos antes de iniciar la cena... Sin misticismo, sin teatralidad... Humanidad, eso es lo que quiero, humanidad», había recalcado, casi furibundo, y añadido:

«Y tú tienes que entregarme ese rostro y nosotros conseguir plasmarlo del natural».

La idea del Maestro con las dos versiones era que Elías trabajase sobre la tabla, más dúctil con los pigmentos, y le ofreciera un rostro de Cristo con un leve perfil y la cabeza inclinada con suavidad, creando una línea de fuga que partiera de la barbilla, recorriera la nariz y, a través de la raya del cabello, alcanzara el ángulo superior derecho de la superficie. De este modo pretendía que se pudiera ver toda la mejilla cercana al espectador y el contorno completo de la interior, a la vez que marcaba una salida hacia lo infinito a partir de un gesto cotidiano. En aquella postura, la mirada, algo inclinada hacia abajo, debía expresar introspección. La luz tenía que ser uniforme, plena, y por eso había levantado las cortinas, buscando el paso libre de la densa luminosidad estival hacia el interior del estudio: su interés, en aquel momento, era el rostro y solo el rostro de un hombre. Y para que su propósito se concretara del mejor modo posible, el Maestro trazó sobre la tabla imprimada y vuelta a cubrir con el mismo gris mate la forma de la cabeza y la disposición de los hombros, hasta cuya altura llegaría el cabello. Mientras, su propio *tronie* de Elías-Cristo, que él ejecutaría sobre el lienzo, miraría casi al frente y, en el proceso de trabajo, decidiría el nivel de su mirada, aunque ya suponía que tendría una orientación diferente pero también debía estar dirigida hacia más allá de lo terrenal. Buscaría la mirada de alguien que, desde su humanidad, ya está viendo la gloria anunciada y que le fue sustraída por treinta y tres años durante los cuales tuvo que sufrir, como hombre, todos los dolores y frustraciones, incluidas la traición, la humillación y la muerte. «Como hombre..., el Hombre que en la cruz le había preguntado al Padre por qué le hacía pasar por aquellos trances.»

Elías, consciente de cuanto ponía en juego, se aplicó a la labor. Siguiendo las orientaciones del Maestro, terminó de delinear el rostro, el pelo y la curva descendente de los hombros, para dejar el sitio de las facciones como reserva. Trabajó entonces en lo que sería el fondo, rellenado con el rojo-naranja matizado con aportes de ocre que tanto lo había intrigado, pues el Maestro no solía utilizarlo para esas funciones. Elías descubrió al fin el propósito del pintor: restarle profundidad a la pieza, darle una iluminación propia sin que se trabajaran fuentes de luz y ayudar a resaltar lo que sería el rostro. Más que a recortarlo, asomarlo hacia el espectador.

Mientras el Maestro avanzaba en su experimento, reclamándole con frecuencia al modelo que lo mirase a los ojos, con la barbilla recta o elevada, Elías se arrastraba apenas en su creación. El pelo resultaría lo más fácil de fijar. De allí bajó al sector inferior donde iría el busto, cubierto con la camisola de un rojo terroso, marcada por unos pliegues de marrón profundo. «Ciérrale el cuello de la camisa», le dijo en algún momento el Maestro. «No desvíes el interés hacia otros sitios: el rostro es el objetivo.» «¿Puedo ver su pintura, Maestro?» «No, todavía no. Yo soy el que quiero ver la tuya terminada. Arriba.»

El día en que se empeñó al fin en la fijación del rostro que deseaba ver el Maestro, Elías comprendió cuánto había aprendido y cuánto le restaba por aprender. Debía conseguir la cara de un hombre iluminada por la luz interior de su condición divina. Trabajó la barba, delineó el mentón y se concentró en la boca, sobre cuyo labio superior se encontró con el desafío del bigote, ralo pero visible. Su propia nariz se le reveló entonces desconocida: como si viera por primera vez aquella protuberancia que lo había acompañado por siempre, muchas veces dibujada pero que de pronto se le declaraba tan ajena. Observó la nariz del Maestro, aporronada, cada vez más carnosa, y deseó tener una así. La que el espejo le entregaba resultaba demasiado anónima, vulgarmente perfecta, declaradamente judía. Con delicadeza y esmero llevó a la tabla la imagen entregada por el espejo y casi quedó satisfecho. La frente y el arco de los ojos, rematados con las cejas, le resultaron menos problemáticos, y los pudo resolver con unas pocas consultas al Maestro. Y asumió que había llegado el gran desafío, los ojos y la mirada.

Para ese momento el Maestro ya había terminado el grueso de su obra, a la que decidió dejar en reposo antes de darle los retoques finales, para los cuales ya no requeriría de Elías: solo de las exigencias de su arte, su visión interior del modelo y de su propia asimilación del Cristo perseguido a través del rostro vivo del joven. Elías pudo al fin ver el pequeño lienzo trabajado por el pintor y quedó deslumbrado: aquel rostro era el suyo, o no, en verdad resultaba ser más que el suyo, y, por esa razón, a la vez no lo era. La mirada inclinada hacia arriba lo ponía a escudriñar a ninguna parte, o tal vez a un sitio que para los demás hombres podía ser ninguna parte, y por tal razón ofrecía una poderosa sensación de trascendencia, de ruptura de los límites humanos, para asomarse a lo infinito y lo desconocido. Sin duda se trataba de él mismo, Elías Ambrosius Montalbo de Ávila, pero renacido, diríase que divinizado en vida, gracias al pincel del Maestro.

Avergonzado, observó su otro rostro, estampado en la madera pero ciego aún, y se dijo que jamás llegaría a los niveles celestiales por donde se movía la creación artística del Maestro. Aunque se reprochó de inmediato su exagerada vanidad: muy pocos hombres en el mundo habían tocado aquellas alturas y no por eso los contemporáneos del Veronese, Leonardo, Tiziano, Rafael, Tintoretto, Caravaggio, Rubens y Velázquez habían dejado de pintar, cada uno a su nivel, pero con esmero y belleza. Allí mismo, en Ámsterdam, cientos de hombres mojaban cada día sus pinceles, pensando o no en competir con el dramatismo y la fuerza de aquel genio o con la dulzura y delicadeza de Vermeer de Delft, con la exquisitez detallista de Frans Hals, pero entregados a sus obras.

«Te dejo para que nada te distraiga», le dijo el Maestro, una tarde de finales de agosto, mientras se despojaba de su delantal. «Vas bien. Ahora trabaja hasta que te rindas. Cuando no puedas más, gritas y te ayudo. Pero antes debo decirte dos cosas: primero, no quiero la mirada de un dios; segundo, estamos buscando lo que nadie ha encontrado: a Dios vivo... Y, por cierto, también quería decirte que ya eres pintor y estoy orgulloso de ti», y sin dar tiempo de reacción al joven, lanzó en un rincón el delantal y salió del estudio.

Cuando el Maestro se empeñó en dar los retoques finales a la tabla y al lienzo, estos alcanzaron su perfección pictórica definitiva y la calidez tangible de una inquietante cualidad terrena y a la vez trascendente. Los dos Cristos, diferentes aunque unidos por un patente aire de familia, rebosaban al fin la humanidad pretendida con el ejercicio de sacarlos de la realidad y dejarles esa condición carnal. En la fase final el pintor había insistido en su propósito de conferirles el equilibrio exacto, sólo por él conocido, que debían ofrecer sus miradas: el Cristo de Elías hacia dentro, en contemplación de su propio mundo insondable, y el suyo hacia fuera, procurándose una observación de lo infinito e inalcanzable. A Elías no lo tomó por sorpresa que, una vez terminadas las piezas, el Maestro decidiera no utilizar ninguna de las dos cabezas como referencia para la imagen del Cristo que, tras una mesa, partiría el pan ante los peregrinos de Emaús. «Tengo en mente algo diferente», dijo, como si fuese lo más normal. Pero, como alimento del inconmensurable júbilo en medio del cual vivía el joven, el Maestro tomó una decisión capaz de desbordar las expectativas de Elías: según la costumbre del taller, siempre que un trabajo de un discípulo lo merecía, firmaría como suyo el Cristo creado por Elías y en algún momento lo pondría a la venta. En cambio, al que él había dibujado sobre el lienzo solo le colocaría las iniciales de su nombre, y se lo obsequiaría al aprendiz, como recompensa por su esfuerzo en aquella búsqueda, pero, sobre todo, como reconocimiento por los logros que habían hecho del joven judío llegado a su casa cuatro años antes, apenas armado con su entusiasmo, un pintor capaz de salir al mercado con una obra calzada por la firma del Maestro.

Elías, sorprendido y conmovido por aquel reconocimiento y el gesto tan poco habitual del Maestro de obsequiar a un aprendiz una obra suya, esperó paciente hasta el fin de la jornada, dedicado a recoger y lavar pinceles, ubicar caballetes, hacer espacio para acomodar la tela que, al día siguiente, él mismo debía comenzar a imprimir en compañía del tudesco Christoph Paudiss, en aquellos momentos el más aventajado de los discípulos acogidos en el taller. Sería la tela en la cual el Maestro comenzaría a trabajar su nueva versión de *Los peregrinos de Emaús*, con la cual, por alguna razón no confesada, vivía tan obsesionado desde hacía varios meses (tanto como con la joven Hendrickje Stoffels, que día a día tomaba territorios en donde había imperado por años la señora Dircx).

Apenas el Maestro dio por terminada la labor de la jornada, Elías salió corriendo por la Jodenbreestraat, subió por la Sint Anthonis, pasó orgulloso frente a las casas donde habían vivido otros pintores (Pieter Lastman, Paulus Potter), más famosos, pero pintores *como él*, y el edificio donde residía el marchante Hendrick Uylenburg (en algún momento debería hablar con él), en busca de De Waag y, desde allí, la casa de Mariam Roca. En su mano, enrollada, cargaba la pequeña tela firmada con una R alargada y una V pequeñita, la tela que, luego de tantos desasosiegos, se convertía en el laurel de su éxito y, muy pronto, en fuente de infinitas desgracias.

Mientras caminaba con su prometida por la plazoleta de Spui, en busca de las orillas del Singel y el aire fresco que siempre corría sobre aquel canal, Elías le relató los últimos acontecimientos, tan trascendentes para él. Mariam, más preocupada que alegre, lo escuchaba en silencio, valorando tal vez las dimensiones de las responsabilidades y acciones en que se había enrolado el joven. Ya sentados sobre uno de los enormes troncos de madera que pronto serían trasladados hacia la plaza del Dam para su utilización en alguna de las obras que allí se ejecutaban a marchas forzadas, Elías Ambrosius, aprovechando la última luz de la tarde de agosto, no pudo resistir por más tiempo el empuje del orgullo y la vanidad y se atrevió a desplegar, en plena calle, la pequeña tela que era su mayor tesoro.

Cuando Mariam Roca vio el rostro de su amante calcado sobre el lienzo, tuvo un ligero sobresalto: aquella figura era *su* Elías Ambrosius pero también era, sin la menor duda, la estampa establecida por los cristianos del hombre al que consideraban el Mesías. «Es bellísimo, Elías», dijo ella. «Pero es una herejía», agregó, y le pidió que volviera a enrollarlo. «¿Qué vas a hacer con eso?» «Por ahora, guardarlo.» «Pues hazlo bien... ¿No te has excedido, Elías?» «Es un retrato, Mariam», dijo él, tratando de restarle importancia, y agregó: «Un retrato hecho por el Maestro, como los que tienen el *jajám* Ben Israel, o el doctor Bueno, tan amigo de tu padre». Ella movió la cabeza, negando algo. «Tú sabes que no. Esto es mucho más... ¿Y qué vas a hacer ahora?» Elías miró la apacible corriente de las aguas oscuras del canal, sobre las que caían los últimos destellos de la tarde de Ámsterdam, el buen lugar, el hogar de la libertad. «No lo sé. A partir de ahora no sé qué tiempo el Maestro me seguirá aceptando como discípulo... Pero no me imagino mi vida como un simple impresor, ni siquiera como un dueño de imprenta. Aunque me gane la vida moviendo las prensas y empaquetando volantes, ya no podré ser otra cosa que pintor.» «¿Y hasta cuándo, Elías? ¿O tú crees que tu secreto es invulnerable? ¿No sabes que la gente habla de ti por tu cercanía con el Maestro?» «¿Y no hablan de Ben Israel y de los otros judíos que son sus amigos y beben vino y fuman hojas de tabaco con él?» «Por supuesto que hablan..., pero otras cosas. Solo quiero decirte que te cuides. Tú me hablaste de una raya... Pero la dejaste atrás hace mucho tiempo... Ahora vamos, en casa me esperan para la cena.» Cuando Elías fue a tomarle la mano, Mariam se la retiró. En silencio regresaron a la morada de la joven y Elías Ambrosius comprendió hasta qué punto había transgredido la línea tras la cual lo habían confinado su religión y su tiempo.

Vestido con una túnica gris, el pelo caído sobre los hombros, Elías miraba trabajar al Maestro desde su posición, detrás de una mesa. Dos semanas habían dedicado el joven judío y el aprendiz alemán Paudiss al trabajo de imprimación del lienzo y, luego, al de rellenar los espacios previstos por el Maestro aplicando un ocre verdoso y un castaño que en el sector central se oscurecía hasta el negro, para después trabajar con un gris mate las columnas, los muros y el arco que ocuparían el fondo de la pieza, también trazados por el pintor. En la faena de los ayudantes había quedado intacto, como reserva, todo el centro y la parte inferior del espacio, en los cuales ahora el Maestro ya colocaba la figura del joven tras la mesa de la cena que reproduciría el episodio de Emaús.

Aunque la relación con Mariam había vuelto al estado de calidez habitual, en aquellas jornadas Elías Ambrosius había dedicado más tiempo que nunca en su vida a pensar no ya en el acto que deseaba realizar, sino en los modos de practicar su vocación y preservar el equilibrio, precario aunque amable, en que había transcurrido su vida, gracias al secreto en que había logrado conservar su osadía. Solo en esos días había tenido la verdadera noción de cómo una aventura que en sus orígenes mucho había tenido de capricho y curiosidad, de juego arriesgado y gusto inocente, había alcanzado con el tiempo una temperatura que se tornaba cada vez más peligrosa en medio de un ambiente definitivamente alterado por las siempre más alarmantes noticias de las andanzas por Palestina de Sabbatai Zeví, hereje para muchos, loco para otros, mesías para una cantidad creciente de esperanzados hebreos de todo el mundo, quienes hablaban de advenimientos, regresos a Tierra Santa y cercanos apocalipsis.

El consejo rabínico de Ámsterdam vivía en constante concilio y tensa división de opiniones. La exaltación de rabinos y líderes de la comunidad reflejaba el peligro en el cual Zeví y su exitosa campaña habían colocado el ventajoso estado de los acogidos en Ámsterdam. Como mil seiscientos años atrás, la llegada de un supuesto Mesías era vista con aprensión por todas las autoridades —judías, cristianas, calvinistas, mahometanas; reyes, príncipes, emires y sultanes—, pues los mensajes del predicador implicaban alteraciones del orden, ruptura de los estatus, revolución, caos. Los miembros del Mahamad resumían las dos tendencias que recorrían la comunidad: la que pedía cordura y la preservación del bienestar alcanzado, y la inclinada por abandonarlo todo para ponerse a las órdenes del Salvador. Quizás con la excepción del empecinado Ben Israel, quien proclamaba a los cuatro vientos la falacia de aquel poseído del demonio enviado para exterminar el judaísmo, todos albergaban el inquietante temor de la inescrutable posibilidad: ¿y si Zeví era en realidad el Ungido y ellos lo ignoraban como siglos atrás ignoraron al Nazareno? Aquella dramática tensión interna había explotado desde los cónclaves del consejo y tanto los defensores como los detractores de Sabbatai expresaban su frustración castigando a quienes se ponían a su alcance. Las *nidoy* y las *jerem* habían empezado a llover sobre Ámsterdam, repartiendo excomuniones, muertes civiles, castigos diversos y penitencias por cualquier acto desafiante de la ortodoxia. Los escritos del joven Baruch, el hijo de Miguel de Espinoza, eran desmenuzados por los sabios y ya se hablaba de una ejemplar condena del escritor hereje que se cuestionaba incluso los más sagrados principios de la fe judía y el origen divino del Libro. Y en medio de aquella explosión de rabia, intransigencia, miedo e inseguridad, la revelación de las acciones de Elías Ambrosius podía resultar un bocado demasiado fácil de devorar. Casi una tentación.

Perdido en aquellas cavilaciones el joven volvió a la realidad del taller cuando escuchó los golpes en la puerta. Su profundo conocimiento de las costumbres de la casa le advirtió que solo podía tratarse de alguna de las personas muy cercanas (o muy consentidas: el niño Titus, la diligente Hendrickje Stoffels) a las que el Maestro les había conferido el privilegio de poder interrumpirlo mientras trabajaba. Por eso no se sorprendió cuando la puerta se abrió y vio entrar, sombrero en una mano y garrafa de vino en la otra, espada al cinto, carpeta de papel bajo el brazo, al elegantísimo caballero Jan Six, uno de los escogidos. Pero sintió un vuelco en el corazón cuando, tras la figura del magistrado y poeta, se hizo visible la estampa que menos imaginaba encontrar en aquel sitio: la de Davide da Mantova.

La salida hacia su país del judío italiano había contribuido mucho a que Elías aliviara la fascinación que aquel hombre le había provocado. Convencido además de que un acercamiento al también llamado Salom Italia podía ser muy imprudente, rayano en la insolencia y, a la vez, poco provechoso dadas las convicciones que él ya poseía, había ido diluyendo los deseos de conocer las motivaciones del hombre. Y ahora, como una aparición del más allá, el pintor entraba en el recinto donde Elías posaba en el papel del Cristo de Emaús.

La segunda sensación que embargó al joven por la presencia de Salom Italia fue de ira y frustración, al ver cómo el Maestro, luego de saludar con el afecto de siempre a Jan Six, estrechaba la mano del otro, sonriente por tenerlo de nuevo en la ciudad, revelando la existencia de un conocimiento previo, quizás hasta estrecho. La tercera reacción fue toda una conmoción. «Davide», dijo el Maestro mientras terminaba de limpiarse las manos en el delantal, «quiero presentarte a tu compatriota y colega Elías Ambrosius Montalbo..., y ten cuidado, pues puede convertirse en tu competidor.»

Ni siquiera el halago recibido, el primer reconocimiento público a su trabajo, sirvió para calmar el ánimo de Elías. Aunque de inmediato comprendió que no había razones para preocuparse y muchas para obtener provechos de aquel encuentro. Si el Maestro conocía desde antes a Salom Italia (¿lo conocía cuando lo llevó a ver el rollo de Isaac Pinto, dos, tres años atrás?) y ni siquiera a él, envuelto en el mismo secreto, le había revelado la identidad del hombre, Elías podía tener la tranquilidad de que la suya estaba a buen resguardo en manos del Maestro: para todos seguiría siendo un sirviente, un judío más de los muchos con quienes se relacionaba el pintor.

Jan Six abrió la garrafa y Elías obedeció con diligencia la orden de su patrón de procurar cuatro copas limpias. «De las venecianas», añadió cuando Elías se retiraba. Pero solo cuando volvió al taller con los cuatro vasos de cristal labrado, comprendió que su permanencia en aquel sitio ya había sido decidida por el Maestro. Elías dispuso las copas en una mesa baja donde reposaba la garrafa (vino de la Toscana, de los mejores viñedos de Artimino, advirtió Davide da Mantova) y trató de pescar el hilo de la conversación, dedicada a los posibles temas de la ilustración que el Maestro le había prometido a su amigo Six para la edición de su drama *Medea*, ya listo para ser entregado a los impresores. Salom Italia, mundano, elegante, relajado, proponía ideas que podían fructificar en la obra solicitada y ofrecía traerle al Maestro una carpeta de grabados con recreaciones de estampas clásicas recién adquirida en Venecia.

De pie, Elías Ambrosius no podía separar la mirada del judío que parecía disfrutar con toda despreocupación de la charla y el vino. Como no podía dejar de suceder, en un momento la conversación derivó hacia la obra en proceso del Maestro, visible en el caballete, y el pintor le explicó al italiano cuáles eran sus propósitos con aquella revisitación a un tema sobre el cual otras veces había trabajado. «Pero ya que te he presentado a este colega tuyo», dijo entonces el Maestro, «quiero enseñarte lo que es capaz de hacer... No vayas a pensar que eres el único judío que puede hacerlo bien», siguió hablando mientras iba hasta el fondo del salón y, luego de retirar la tela manchada que la cubría, cargaba con la tabla pintada por Elías. El joven, que no podía evitar sobresaltarse con aquellas salidas para las cuales no se le pedía su parecer, esperó ansioso el juicio del otro pintor, aunque debió escuchar primero el de Six. «Tiene talento tu discípulo...», para volverse hacia el italiano y esperar su sentencia: «Talento y testículos», sentenció y, por primera vez, se dirigió a Elías. «Es una pieza hermosa, pero comprometedora.» «Tanto como un rollo ilustrado de la reina Ester», contraatacó Elías, con una osadía y velocidad que lo asombraron a sí mismo. El italiano sonrió. Jan Six asintió. El Maestro, contra su costumbre en tales trances, permaneció en silencio, al parecer dispuesto a disfrutar de la controversia israelita. «Hasta la herejía tiene grados, amigo mío», comenzó Salom Italia, «la mía es atrevida, la tuya es frontal: mucho podrás decir que se trata de tu autorretrato, pero nuestros suspicaces compatriotas dirían que has pintado un ídolo, el más prohibido de todos, el que se adora en todas las iglesias católicas.» «Y yo les preguntaría, de oír ese juicio, cuál de ellos vio a ese hereje, cuál de ellos puede asegurar cómo fue el falso mesías..., y si tenía algún parecido con ese rostro pintado en la tabla, pues se debe a que era judío, como yo», y volvió el rostro hacia el Maestro, antes de rematar, «y de que era judío nadie tiene dudas.» Salom Italia levantó la copa hacia Elías y este la chocó con toda la delicadeza que exigían aquellos costosos cristales venecianos (¿regalo de Davide da Mantova al Maestro?), y bebió. «No sé si sabes que hay varios conversos acá en Ámsterdam dedicados al arte», siguió Salom Italia, «y también algún otro judío, aunque parece que es tan infame como pintor que ni él mismo se toma en serio.» «Sé de los conversos, pero no de ese otro judío..., pero, aunque no sea bueno, para mí es importante que él pinte... y que usted también lo haga.» «Yo solo soy un aficionado... Y viendo tu trabajo, tengo que quitarme el sombrero... ¿Sabes cuántos pintores en esta ciudad darían una mano por que una obra suya merezca ser firmada por tu maestro...? Yo sería el primero... si quisiera ser pintor. Pero justo ahí radica tu mayor problema, amigo mío: si esto», y señaló la tabla con el rostro de Elías, «si esto no es solo uno de esos milagros que a veces ocurren y consigues pintar otras obras tan buenas, va a ser imposible que te mantengas a la sombra. Alguien te pondrá a la luz, o tu vanidad será más fuerte que tus miedos y te exhibirás tú mismo.» Elías miró al Maestro, buscando un asidero para calibrar aquellas palabras cargadas con el sabor inconfundible de una verdad. «Puede pintar muchas más», sentenció el Maestro, y Elías se sintió liberado, no supo en ese instante de qué, pero liberado. «¿Y no es posible ver algunas de esas piezas?», intervino Jan Six. «Ahora mismo no», respondió Elías, mientras lamentaba la decisión de haber devuelto a su casa sus cuadernos de dibujos, sus pequeños lienzos y sus libretas de apuntes, escondidos ahora en la torre con llave del escritorio heredado de su abuelo. «¿Y usted qué haría, señor Da Mantova?», siguió el Maestro, y Elías recuperó la atención en el diálogo. Observó que esta vez el italiano, hasta ese instante tan seguro de sí mismo y tan mordaz, no sonrió. Dejó su copa mediada del aristocrático vino de Artimino (de cuyas viñas, así lo había dicho en algún momento, se nutrían las mismísimas bodegas del pontífice de Roma) y al fin respondió: «Ojalá me acompañara un talento así, pero no lo tengo, y eso cambia mucho las perspectivas... Pero si el Bendito me hubiera bañado con esa luz, yo no renunciaría a ella. ¿Si no renuncio a una más pálida, creen que le cerraría las puertas a ese resplandor...? Amigo mío», dijo, enfocando la atención en Elías, «los hombres no van a perdonarte. Porque la historia nos enseña que los hombres disfrutan más castigando que aceptando, hiriendo que aliviando los dolores de los otros, acusando que comprendiendo..., y más si tienen algún poder. Pero Dios es otra cosa: él encarna la misericordia. Y tu problema, como el mío, es con Dios y no con los rabinos... Y Dios, recuérdalo, está también dentro de nosotros, *sobre todo* dentro de nosotros», enfatizó y siguió: «Por esa razón he venido a cerrar mis negocios en Ámsterdam y a llevarme a mi mujer conmigo. Porque tal vez el Mesías ha llegado. No estoy seguro, nadie puede estar seguro, a pesar de las muchas señales que lo confirman. Pero, ante la duda, voto por el Mesías, y voy a poner mi fortuna y mi inteligencia a su servicio. Si me equivoco y resulta un farsante, pues el Santísimo, bendito sea Él, ese que está dentro de mí, sabrá que lo hice con el corazón abierto, como Él nos pidió que recibiéramos a su Enviado. Y si es el verdadero Mesías, mi lugar tiene que estar a su lado. Creo que los hijos de Israel no podemos correr el riesgo de equivocarnos y rechazar al que puede ser nuestro salvador».

Con los días, la efervescencia crecía, amenazando con la explosión. Lo que naciera como una inquietud iba tomando proporciones alarmantes y en pocos meses la comunidad judía de Ámsterdam vivía como en pie de guerra. Varios de los más ricos miembros de la Naçao, encabezados por el acaudalado Abraham Pereira, habían decidido rematar sus negocios, como ya lo había hecho Davide da Mantova, para ir a peregrinar por los desiertos palestinos tras el presunto Mesías. Los más exaltados con el advenimiento dedicaban horas a rezar en la sinagoga, a purificarse con baños rituales, a someterse a largos ayunos no contemplados en los calendarios, y algunos de ellos incluso se entregaban a penitencias tales como tenderse desnudos en las nieves muy anticipadas de aquel año (otra señal del fin de los tiempos, decían) y, para el horror de hombres como Menasseh Ben Israel, hasta a autoflagelarse, en una desproporcionada exhibición de fe judaica.

También dentro de la casa de los Montalbo de Ávila se habían creado dos facciones en álgido litigio: de un lado el joven Amós, que se decía en trance de marchar a Palestina con el grupo de hebreos del Este, capitaneados por el rabino polaco Breslau, y andaba por la ciudad advirtiendo del cercano fin de los tiempos; del otro, Abraham Montalbo, el padre, quien recomendaba mesura, pues las informaciones que habían llegado y seguían llegando de las prédicas y acciones de Sabbatai Zeví, más que de un enviado del Santísimo llegado a la tierra, le parecían propias de un desequilibrado: desde las más previsibles, como afirmar que en uno de sus muchos diálogos con Yahvé, este lo había proclamado rey de los judíos y le había otorgado el poder para perdonar todos los pecados, hasta las más descabelladas, como la promesa de apoderarse de la corona turca luego de reunir las tribus o el propósito de desposarse, a orillas del río Sambayton, con Rebeca, la hija de Moisés muerta a los trece años de edad, a quien él había hecho resucitar. Elías, por su parte, se debatía en la duda, pero, al menos en su casa, trataba de mantenerse a cautelosa distancia de los debates, mientras echaba de menos la presencia del abuelo Benjamín, el más sólido equilibrio que había tenido la familia, y cuyos consejos bien razonados tanto habrían ayudado en aquella dramática coyuntura en que el destino de tantas almas podía estar en juego.

La tarde de noviembre en que abandonaba Ámsterdam el primer barco fletado por los judíos, cargado con más de cien de ellos con rumbo a los puertos palestinos, el joven Elías se había acercado al embarcadero en compañía de su antiguo *jajám*. Era notorio en la Naçao que Ben Israel, erigido como el más acalorado crítico de Zeví, en las últimas semanas mucho había avanzado en sus conversaciones con autoridades inglesas con las cuales muy pronto se proponía discutir en Londres la readmisión de judíos en la isla, ausentes de allí desde su remota expulsión, tres siglos y medio antes.

El puerto de Ámsterdam, siempre dominado por un ritmo furibundo, ese día otoñal parecía definitivamente enloquecido. Al tráfico ordinario de estibadores, marineros, mercaderes, prostitutas, funcionarios de aduanas, pordioseros, compradores y vendedores de letras de cambio, ladrones de carteras y traficantes de tabaco barato y especias falsas, se unía el gentío, más variopinto de lo habitual, de los judíos que partirían hacia Palestina (muchos de ellos vestidos como si ya se hallasen en tierras de Canaán), los porteadores de baúles, valijas y fardos que los acompañarían y los hombres, mujeres, ancianos y niños apresurados a despedirlos, más los curiosos de siempre, multiplicados por la notoriedad de un espectáculo del cual tanto se había hablado desde que se anunciara la venta de espacios en el bergantín genovés dispuesto a conducirlos hacia el autoproclamado Mesías.

El *jajám* Ben Israel y su antiguo discípulo, apostados sobre unas cargas recién llegadas de Indonesia, escucharon la campana que anunciaba la inminente partida del bergantín y observaron la aceleración de movimientos en aquel hormiguero humano. «Ni en mis peores pesadillas, y muchas han sido, hubiera podido soñar con algo así», dijo el profesor y añadió: «Tanto luchar por llegar a Ámsterdam y hacernos un espacio aquí, para que estos fanáticos lo echen todo por la borda. La necesidad de creer es una de las semillas de la desgracia. Y esta va a ser grande... Mira, ahí va Abraham Pereira con su familia. Por suerte su hermano Moshe todavía se queda y mantendrá abierta la academia... hasta tanto Abraham le confirme que debe partir». Elías observó la comitiva formada por la numerosa prole del rico comerciante, uno de los hombres que había gestado el milagro de la opulencia sefardí en Ámsterdam. «¿Y qué va a hacer usted si cierran la academia, *jajám?*» «No voy a esperar a que la cierren..., en dos semanas salgo para Londres. Esa es mi misión ante el Santísimo, bendito sea Él, y ante Israel: abrir la puerta por donde llegará el verdadero Mesías y no un farsante desbocado y hereje como este Zeví.»

Apenas repicó la campana con la señal de la partida, los dos hombres se alejaron del puerto y caminaron hacia la zona de De Waag, donde ocuparon una mesa en la taberna de Oudezijds Voorburgwal, el mismo sitio en que unos años antes Elías había visto al *jajám* reunirse con el Maestro y tenido la certeza de que Ben Israel podía ser su pasaporte hacia el taller del pintor. Parapetados tras sendas copas de grueso vidrio verde cargadas de un recio tinto portugués, Elías al fin tuvo ocasión de comentarle a su consejero las inquietudes que lo asediaban. La semana anterior, cuando el Maestro dio por terminado el trabajo de *Los peregrinos de Emaús*, el pintor había tocado un tema que venía preocupando a Elías Ambrosius: el de su permanencia en el taller. La situación económica del Maestro volvía a ser tensa, con deudas nunca cumplidas sobre el contrato de compra de la casa y con la perspectiva de tener que abonar una compensación a la señora Dircx, de cuyos servicios había decidido prescindir y que ya andaba por la ciudad acusando al Maestro de haber violado una promesa matrimonial. La fuente de ingresos seguros que significaban los discípulos no podía verse menguada por la favorecida presencia del joven judío, quien, además, ya era dueño de las herramientas necesarias para emprender su propio camino si, como le recomendara el pintor, obtenía la aprobación del gremio de San Lucas, indispensable para comercializar su trabajo. Elías entendía las razones del Maestro, pero el Maestro, en su desesperación y entusiasmo, parecía haber olvidado las del joven, imposibilitado de salir de su clandestinidad artística, y más en aquellos tiempos turbulentos dentro de la comunidad sefardí. «Ya tengo el grado de maestro impresor», siguió hablando Elías con su antiguo preceptor, «y aunque no gane mucho, puedo seguir trabajando con mi padre, o incluso buscar otro patrón. Con esos sueldos podría desposar a Mariam, de lo cual ya va siendo hora.» «Y que lo digas», reafirmó el *jajám* mientras reclamaba que le rellenaran la copa. «Pero, ¿esa es la vida que quiero?» «Imagino que no, a juzgar por la forma en que me lo preguntas, o te lo preguntas. Pero tu vida es tuya, como siempre te he dicho.» «Solo usted me puede ayudar, *jajám*. O al menos oír... Piense conmigo, por favor. A ver, piense si después de haber vivido cuatro años al lado del Maestro, de asistir tantas veces al milagro de verlo alcanzar una perfección casi divina, de oírlo hablar con usted, con Anslo, con Jan Six, con Pinto, con el marchante Hendrick Uylenburg, con el pintor Steen y el arquitecto Vingboons, muchos de los hombres más cultos e ingeniosos de esta ciudad; después de haber tenido el privilegio de aprender con discípulos que ya están haciendo carrera con mucho éxito; después de conocer los secretos de Rafael y Leonardo, los trucos del flamenco Rubens, las maneras en que Caravaggio expresa la grandeza; después de haber sufrido mi propia ignorancia, de haber vivido al borde de la indigencia para poder entregarle los florines que cada mes me reclamaba el Maestro, pero también de haber vivido la gracia y el privilegio de oírle hablar del arte, de la vida, de la libertad, del poder y del dinero, de haber sentido cómo mi mano y el pincel crecían en su entendimiento, de descubrir que todo está en los ojos, a veces más allá de los ojos, y ser capaz de colegir ese misterio que otros ni siquiera intuyen... Mi *jajám*, luego de haber entrado en el mundo fantástico de poder crear..., y después, usted sabe mucho de esto, después de haber vivido cargando un secreto y muchos miedos para llegar a trabajar un día al lado del Maestro y merecer el premio invaluable de que ese mismo Maestro me considerase un pintor... Después de todo eso, *jajám*, ¿voy a renunciar a esa experiencia maravillosa para envejecer detrás de unas prensas estampando volantes o recibos, como un hombre decente capaz de sostener una familia con su trabajo diario, pero huérfano del sueño de poder realizar la obra para la que, perdóneme, *jajám*, por mi segura vanidad, la obra para la que el Bendito me ha traído al mundo?»

El ex rabino bebió hasta el fondo su copa y dirigió la mirada hacia la calle, como si desde allí pudiera entrar, igual que el siempre esperado profeta Elías, la respuesta que con su exaltado discurso le exigía su antiguo y díscolo alumno. Los pensamientos, sin embargo, no parecían llegar de ningún lado, y el hombre extrajo la pipa de roble del Nuevo Mundo en la que gustaba quemar y absorber sus hojas de tabaco. Solo entonces se atrevió a intentar una respuesta. «Tú quieres que te diga lo que *tú* quieres oír, como se desprende de esa vehemencia... Por lo tanto, no es mucho lo que podré decirte, hijo mío... Solo recordarte que en toda la gama del proceder humano la máxima judía es practicar la continencia y la temperancia, más que la abstinencia. Y conseguir eso sería mucho para ti... Durante más de cuatro mil años los judíos hemos estado haciéndonos la misma pregunta que ahora te haces... ¿Para qué estamos sobre la tierra? Y nos hemos dado muchas respuestas. La idea de que somos seres hechos a la imagen y semejanza de Dios nos confirió el privilegio de convertirnos en individuos y nos llegó, gracias a Isaías y sobre todo a Ezequiel, la idea de que la responsabilidad individual es la esencia misma de nuestra religión, de nuestra relación con el Santísimo, bendito sea Él... Fue uno de nuestros antepasados quien escribió el libro de Job, un tratado trascendentalista acerca del mal, tan misterioso y visceral que ni los trágicos y filósofos griegos pudieron concebir algo que se le acercase siquiera... Job expresa otra variante de tu pregunta, mucho más dolorosa, más avasallante, cuando hace que un hombre de fe sólida sea quien interrogue al cielo pretendiendo saber por qué Dios es capaz de hacernos las cosas más terribles, Él, que es bondad...; y Job tuvo su respuesta: "Cuidado, el temor del Señor es sabiduría; y apartarse del mal es comprensión". ¿Lo recuerdas?» El sabio colocó la pipa sobre la mesa y centró su mirada en los ojos del joven: «Toma ese versículo como respuesta. Ahí está todo: mantén tu sabiduría y siempre apártate del mal. Tu vida es tu vida..., y no vivirla es morir en vida, anticipar la muerte».

Siempre procurando el dudoso abrigo ofrecido por los aleros y las paredes de la caseta del guardaesclusa de la plazoleta de Sint Anthonisbreestraat, otra vez resistiendo con los pies hundidos en la nieve las navajas de aire húmedo que, siempre en busca del mar del Norte, corrían sobre el Zwanenburgwal y le cortaban la piel de las mejillas y los labios, soportando la invencible fetidez arrancada por la brisa a las aguas oscuras del canal, Elías Ambrosius pensaba en su futuro. Como cinco años atrás, sin dejar de contemplar un instante la casa que se alzaba al otro lado de la Jodenbreestraat, la Calle Ancha de los Judíos, su mirada estaba centrada en la puerta de madera coloreada de verde que tantas veces había atravesado desde el día en que había conseguido ablandar el corazón del Maestro y penetrar, por una mínima hendija, en aquel mundo capaz de cambiarle la vida.

Una sensación de satisfacción y de dolorosa nostalgia lo acompañaban en esta ocasión, pues por primera vez no cruzaría aquel umbral como pretendiente, como limpia suelos o ya como discípulo, sino como alguien cercano al Maestro. Como recordatorio de su antigua condición, en uno de sus bolsillos llevaba los tres florines y medio que desde el mes anterior le adeudaba al pintor, cantidad descomunal para su economía, pero que, a luz de lo alcanzado, le parecía ahora mezquina y ridícula.

Cuando al fin cruzó la calle, fue la inquieta Hendrickje Stoffels, dueña y señora de la casa y de las pasiones del Maestro, quien le abrió la puerta, con la sonrisa amable que siempre le dedicaba a Elías, habida cuenta la familiaridad del joven discípulo con el Maestro y con el niño Titus, al cual había visto crecer desde que diera sus primeros pasos. Ya en la cocina, mientras bebía una infusión hirviente, la costumbre obligó a Elías a mirar hacia el depósito de la turba y la leña y se ofreció para avisar al suministrador del Nieuwemarkt.

Autorizado por la mujer, Elías subió los tramos de escalera que conducían al estudio del Maestro, y observó con una melancolía capaz de imponerse a la familiaridad, los cuadros, bustos y objetos que se atesoraban en la morada. Como en los días en que andaba por aquella casa cargado con la escoba y el balde, Elías tocó la puerta del estudio con tres golpes, y escuchó la respuesta que se había hecho habitual: «Pasa, muchacho», dijo el Maestro, como cientos de veces había dicho en aquellos años de servicio, aprendizaje y cercanía.

El pintor estaba sentado frente a la tabla sobre la cual había comenzado a trabajar unas semanas atrás, y a su derecha descansaba la tela de *Los peregrinos de Emaús,* en espera de un secado que le permitiera realizar los retoques finales previos a la capa de barniz que esta vez había decidido aplicar. La nueva tabla, en cuya imprimación y preparación ya no había intervenido Elías, sería una recreación del baño de Susana en el instante en que la heroína bíblica se veía acosada por dos ancianos dispuestos a acusarla de adulterio si la joven no les concedía sus favores sexuales. Los personajes, todavía abocetados, formaban una cuña de luz caída desde el ángulo superior derecho hacia el borde inferior del espacio, cuyo centro sería la figura de Susana. El fondo, ya trabajado, ofrecía una oscuridad cavernosa donde el marrón profundo se abría con cautela hacia un gris verdoso que, en el extremo superior izquierdo, incorporaba un elemento arquitectónico macizo, cubierto con una cúpula, más fantasmagórica que real.

Elías le dio los buenos días y el Maestro musitó algo mientras agregaba algunas manchas más de un rojo que, supuso el joven, sería el traje vestido por Susana antes de desnudarse. «¿Piensas que Susana debe estar desnuda o la cubro con un paño?», preguntó el Maestro, aún sin volverse y luego de escupir hacia un rincón el caramelo de azúcar que tenía en la boca. Elías pensó un instante su respuesta. «Mejor cubrirla. Hay dos hombres en la escena», dijo, justo cuando el Maestro colocaba el pincel sobre la paleta y la acomodaba en la mesa auxiliar donde se alineaban los colores. «Tienes razón. Hendrickje piensa lo mismo... Pero siéntate, por Dios.»

Elías se acomodó en una de las banquetas sin atreverse a moverla de sitio. Sabía que aun cuando el Maestro le había franqueado la entrada al estudio, el tiempo que le dedicaría sería mínimo. «Vine a traerle el dinero que le debo, Maestro», dijo y comenzó a hurgar en el bolsillo. El pintor sonrió: «No busques más, no me debes nada... Considéralo el pago por el modelaje para *Los peregrinos* o un premio a la resistencia... por todo lo que me has tenido que soportar en estos años». «No diga eso, Maestro... Nunca podré pagarle...» «Está bien así», lo interrumpió el otro, «olvídate del maldito dinero.» «Gracias, Maestro.» «Muchacho, mi problema no se resuelve con tres florines. Por eso estoy pintando esta Susana, que ya tiene comprador, y he dejado ahí a *Los peregrinos,* que todavía no tiene pretendientes... Dos posibles clientes me han dicho que es un Mesías demasiado carnal. Católicos los dos, por supuesto.» «Entonces vieron lo que usted quería mostrarles.» «Sí, pero lo que no veo son los florines que debo pagar por la deuda de la casa. ¿Hasta cuándo voy a tener que trabajar con esta presión, por Dios? Suerte que Jan Six me ha prestado una cantidad que me da un respiro. Un adelanto por el aguafuerte con el que ilustrará la impresión de su *Medea.*» «Es una suerte tener amigos así.» «Sí, lo es... ¿Y por fin qué vas a hacer? ¿Te vas para Palestina con el Mesías, como Salom Italia?», preguntó con una sonrisa socarrona. «No, no me voy, pero, pienso y pienso y no sé qué hacer, Maestro.» El pintor, ahora serio, movió el cuerpo hasta quedar de frente a Elías. «¿Sabes algo? A veces pienso que nunca debí aceptarte en el taller. Tú eras demasiado joven para saber lo que hacías, pero yo sí tenía conciencia de los problemas que te traería. Tal vez por eso hice mucho para disuadirte, hacerte pensar en los riesgos a los que te estabas exponiendo... Pero tú lo soportaste todo, porque tienes una gran voluntad, como tu difunto abuelo Benjamín. Tanta que has aprendido a pintar como nunca me imaginé que fuera posible cuando vi tus primeros dibujos. Ahora no hay remedio: estás contagiado hasta el tuétano, y es una enfermedad que no tiene cura. O sí: pintar.» «Usted me cambió la vida, Maestro. Y no solo porque me enseñó a pintar. Mi abuelo, el *jajám* Ben Israel y usted han sido lo mejor que me ha sucedido, porque los tres, cada uno a su manera, me enseñaron que ser un hombre libre es más que vivir en un lugar donde se proclama la libertad. Me enseñaron que ser libre es una guerra donde se debe pelear todos los días, contra todos los poderes, contra todos los miedos. A eso me refería cuando le quería agradecer lo que ha hecho por mí en estos años.» El pintor, quizás sorprendido por el discurso del joven, lo escuchó en silencio, al parecer olvidado del trabajo en marcha. Pero Elías se puso de pie, y el otro hizo un gesto como si hubiera caído de regreso a la realidad. «Usted tiene trabajo, Maestro. ¿Sabe lo único que lamento? Que no sé si alguna vez volveré a trabajar con usted. El resto es ganancia. Adiós, un día de estos vendré a visitarlo y a ponerle hulla en las estufas.» Entonces el Maestro se incorporó de su banqueta y, con la mano derecha, palmeó dos veces la mejilla del joven. «Ve con Dios, muchacho. Que tengas suerte.»

La nieve, que desde el amanecer acechaba a la ciudad, había comenzado a caer cuando Elías salió a la Jodenbreestraat que, como otras veces, parecía una alfombra blanca tendida a sus pies. Avanzó por la Sint Anthonisbreestraat, cruzó ante la Zuiderkerk, con su batería de campanas en helado silencio, y se encaminó hacia la gran explanada de De Waag, donde los comerciantes más persistentes o desesperados resistían la lluvia de copos blancos tras los puestos de mercancías. La mente del joven, aliviada por la conversación sostenida con el Maestro, había hallado al fin algunas de las respuestas perseguidas con especial insistencia durante las últimas semanas aunque grabadas en su conciencia desde hacía varios años. Y las decisiones tomadas, tan esenciales para su vida, exigían de la comprensión o la negación de Mariam Roca, pues podrían afectarla, y mucho, si ella decidía continuar a su lado en medio de aquella guerra por la que seguiría blandiendo sus armas.

Frente a la puerta de su prometida, Elías se volvió a preguntar si era justo lo que se proponía. Cargar a otras personas con sus decisiones podía ser un acto de egoísmo. Pero ¿de qué se trataba el amor sino de entrega y comprensión, de compromiso y complicidad? En cualquier caso, la única alternativa era mostrar sus cartas y dejar que Mariam, libremente, todo lo libremente que resultara posible, hiciese su elección. Con aquel espíritu golpeó al fin la puerta con la aldaba de bronce. No tuvo que esperar demasiado para que la propia Mariam le abriese y Elías Ambrosius se encontrara con su rostro desencajado, pronto sabría que por el miedo, y con la noticia encargada de dar el giro capaz de torcer el destino del joven judío: «Por Dios, Elías, corre a tu casa... Tu hermano Amós encontró tus pinturas y te denunció como hereje ante el Mahamad».

Cuando algunos habían olvidado cómo era el miedo, con cuánta profundidad afectaba las esencias del hombre, el miedo regresó, como una avalancha gigantesca, dispuesta a cubrirlo todo. Habían sido muchos siglos de siempre tensa, pero posible concordia, y los hijos de Israel habían creído encontrar en Sefarad, conviviendo con los califas de al-Ándalus y los recios príncipes ibéricos, lo más cercano al paraíso que se podía aspirar en la tierra. Las ciudades y comunidades españolas se habían llenado de famosos médicos, filósofos, cabalistas, de prósperos orfebres, comerciantes y, por supuesto, de sabios rabinos. Pero con tanta notoriedad y éxito, al fin habían atraído la causa de su perdición: se habían enriquecido. Y para el poder nunca resulta suficiente el dinero que posee. Por eso, con la supremacía católica había regresado el miedo y, para hacerlo total e irreversible, la tortura y la muerte o un éxodo brumoso al cual solo podían salir con las ropas que llevaban puestas.

Desde varios años antes de que se aplicara la real y católica solución y se decretara su expulsión de Sefarad, los judíos habían vivido tiempos tensos, con más que justificado temor a los procesos de la Inquisición desatados en la España casi totalmente reconquistada para la fe católica. El abuelo Benjamín solía contarle a Elías que solo en los primeros ocho años de funcionamiento de aquel tribunal, más de setecientos judíos, incluidos sus dos abuelos cuando todavía no eran abuelos de nadie, habían sido condenados a morir en la hoguera (y siempre que oía hablar de ese tormento el joven recordaba las palabras del *jajám* Ben Israel, testigo de varios de aquellos espectáculos macabros durante los cuales —Elías no podía librarse de esa imagen— la sangre del condenado hervía durante varios minutos antes de que perdiese la conciencia y muriese asfixiado por el humo). También le contaba que, después de decretada la expulsión en 1492 («Y confiscados todos nuestro bienes», remachaba el anciano), muchos miles de conversos, reales y fingidos, habían recibido todo tipo de condenas. Cualquier acusación ante el Santo Oficio o del Santo Oficio era válida para que en una plaza pública se celebrara un auto de fe y se aplicara el castigo escogido. El cargo más frecuente solía ser, ni más ni menos, el de practicar en secreto el judaísmo, pero podía llegar al de haber sacrificado niños cristianos para determinados ritos ancestrales. A los condenados a la hoguera, si reconocían sus pecados y publicaban su arrepentimiento e inmediata adhesión a la fe de Jesús, los frailes católicos les concedían un generoso alivio: morir en el garrote en lugar de sufrir los tormentos de la pira. Con aquel horror, el miedo invencible había resucitado y se había prendido de la memoria de los sefardíes como aquel tufo que, según los sabios inquisidores, emanaba de los cuerpos de todos los judíos —olor que desaparecía con el acto del bautismo cristiano—. El miedo los había llevado a refugiarse en cualquier sitio de Europa, Asia y África donde se los admitiese y, aunque los confinaran en guetos, al menos no los amenazasen con prenderles fuego. Y el miedo los había hecho recalar en la Ámsterdam calvinista, donde resultó que no solo los acogieron, sino donde también se había producido el milagro de que los judíos pudiesen proclamar su fe sin temor a las represalias de los creyentes en el Cristo. Pero el miedo, en realidad, los había seguido. Transfigurado, transmutado, agazapado: aunque vivo y acechante.

Muy pronto los rabinos comenzaron a dedicar horas de sus plegarias del sábado, el día en que cada judío debía festejar la Libertad como bien y derecho de la criatura creada a imagen y semejanza del Señor, para advertir a la grey sobre los modos en que los fieles debían entender y practicar aquella libertad. Dispuestos a controlar los actos de libertinaje propiciadores de la herejía, incluso las acciones o simples pensamientos que iban más allá de la libertad concedida por la Ley y administrada por sus vigilantes, los rabinos y líderes de la comunidad, reunidos en el Mahamad, alentaban el miedo, seguían procesos y aplicaban condenas, desde las más leves *nidoy* hasta las temibles *jerem*. Como siempre había sido y sería en la historia humana, alguien decidía qué era la libertad y cuánto de ella les correspondía a los individuos a los que ese poder reprimía o cuidaba. Incluso en tierras de libertad.

Por decreto del consejo rabínico el proceso de muy posible excomunión de Elías Ambrosius Montalbo de Ávila había sido fijado para celebrarse el segundo miércoles de enero de 1648, en la sinagoga de los españoles, y el Mahamad instaba a asistir a sus sesiones a toda la comunidad judía de la ciudad de Ámsterdam.

Después de escuchar las palabras de Mariam, Elías Ambrosius había corrido hasta su casa para conocer lo sucedido. Al llegar, lo primero que vio fue el rostro descompuesto de su padre, en el que danzaban la ira, el miedo y la indignación. También la estampa de su madre, llorosa, recogida sobre sí misma como un animal atemorizado. Sin detenerse a pedir informes o dar explicaciones, el joven fue hasta el pequeño recinto donde siempre había estado el escritorio del abuelo Benjamín y observó la catástrofe: la cerradura, al ser violada a la fuerza, había desgarrado un pedazo de madera al precioso marco del mueble, del cual había sido sacado todo su contenido. En el suelo, algunos marcados por unas botas sucias, estaban los dibujos arrancados de las carpetas y las telas pintadas por él (¡el retrato de Mariam Roca!) y por otros discípulos, como su buen amigo el danés Keil. Antes incluso de comenzar a salvar lo salvable, Elías notó que había dos ausencias notables: sus cuadernos de apuntes y el lienzo sobre el que lo retratara el Maestro. Sin duda, aquellas habían sido consideradas las mayores pruebas en su contra.

Adolorido por la vergüenza a la cual sometería a sus padres, Elías Ambrosius había regresado al salón para enfrentarlos. La madre, los ojos hinchados por el llanto, bajó la cabeza al verlo entrar, y se mantuvo en silencio, como la buena esposa judía que siempre fuera. El padre, en cambio, se atrevió a preguntarle si tenía idea de lo que le esperaba. Elías asintió y le pidió que, por favor, le contara lo sucedido. Abraham Montalbo, luego de respirar varias veces, le resumió los actos: luego de violar el compartimento con llave del escritorio, Amós había salido corriendo de la casa para regresar, poco después, con los rabinos Breslau y Montera. El padre hizo una pausa: «Estuvieron dentro más de una hora, y, cuando salieron de ahí, me dijeron que tenía un hijo hereje de la peor especie. Llevaban unos cuadernos en las manos, y me enseñaron ese retrato tuyo donde te pareces a...». El hombre hizo otro silencio. «Te abrirán un proceso, Elías... Pero ¿cómo pudiste hacer lo que has hecho?» Elías pensó varias respuestas, sus respuestas, aunque de inmediato comprendió que ninguna sería buena para su progenitor. «No lo sé, padre. Pero si puede, perdóneme por lo que le estoy haciendo sufrir... Y si no es mucho pedir, déjeme permanecer en la casa unos días más hasta que encuentre alguna solución. Luego me marcharé», dijo Elías, y solo en ese momento Abraham Montalbo de Ávila pareció alcanzar la verdadera noción de lo que se avecinaba para él y su familia, que ya nunca volvería a ser la misma familia (un hijo hereje, otro delator, ¿y cuál había sido su propia culpa?), y también él comenzó a llorar.

Con el rollo de telas y cartulinas bajo el brazo, Elías Ambrosius había salido a la calle. Como en otras ocasiones en que había necesitado pensar, se dirigió a la zona del puerto. La noche prematura del invierno se acercaba a toda prisa y del mar se levantaba un brisote gélido. Buscando el magro resguardo de los almacenes regentados por la poderosa Compañía de las Indias Orientales, rectora del comercio con los puertos de aquellos remotos confines del mundo a los cuales alguna vez Elías había soñado viajar, estuvo varias horas barajando sus posibilidades. La ausencia de su antiguo profesor, el *jajám* Ben Israel, que días atrás había viajado hacia Inglaterra, lo dejaba sin la única persona cuyos consejos, en aquella encrucijada, podían aclararle la situación, y sin el único hombre en la comunidad sefardí que, tal vez, solo tal vez, se atrevería a vencer el miedo y levantar la voz en su defensa. Elías sabía que con toda seguridad lo esperaba un bullicioso proceso donde se le acusaría de idolatría, el más grave de los pecados, y al final se decidiría su excomunión y se le dictaría una *jerem* de por vida, similar a la aplicada a Uriel da Costa o la pendiente sobre la testa de Baruch, el hijo de Miguel de Espinoza... Aunque el retrato que le hiciera el Maestro fuese la prueba más retumbante, él tenía argumentos ya muy pensados para desmontar aquel cargo. Pero sus cuadernos de apuntes, donde por años había descubierto sus pensamientos, dudas, temores y decisiones, y relatado además sus experiencias en el taller, no le dejaría margen para la defensa: a los ojos de sus jueces, aquellos papeles eran la insuperable autoacusación de un hereje violador del segundo mandamiento de la Ley. Sus caminos estaban cerrados y poco podría hacer para abrirlos... Pero, había pensado entonces: incluso si convencía al Mahamad de que no había cometido un pecado imperdonable, ¿cómo sería su vida a partir de entonces? ¿Qué estaría dispuesto a hacer para vivir como un perdonado, pero dentro de la comunidad? ¿Renegaría cada día de lo que pensaba, de lo que creía justo, de lo que quería ser, por obtener un perdón siempre condicionado y puesto bajo custodia? ¿Valía la pena arrodillarse una vez, sumisión que en realidad equivaldría a arrodillarse para siempre, por seguir viviendo entre los suyos y en el sitio donde había nacido, donde reposaban sus muertos queridos y residían sus padres, sus amigos y maestros, la mujer a la que amaba? ¿De qué libertad disfrutaría como perdonado en las tierras de la libertad? Con aquellas preguntas su espíritu se encabritaba: si no había cometido ningún crimen condenable por su crueldad, si no era un idólatra sino un judío que había practicado su albedrío, ¿qué ser humano podía atribuirse el poder de sustraerle todo cuanto le pertenecía solo por haberse atrevido a pensar de manera diferente respecto a una Ley, incluso si esa ley había sido dictada por Dios? ¿Y si no pedía perdón? ¿Tendría el valor de vivir para siempre como un apestado para todos los de su mismo origen? Con algunas respuestas para sus preguntas regresó a la casa paterna y, contra lo previsible, apenas se tendió en su cama (la de Amós, como en los últimos meses, permanecía vacía, y ahora con más razón habida cuenta la repulsión que le provocaría la proximidad de un hereje), Elías Ambrosius Montalbo de Ávila cayó en manos del sueño. Ante lo inminente, por primera vez en muchos meses se sintió liberado del miedo.

A la mañana siguiente, otra vez cargado con sus dibujos y pinturas, el joven judío se dirigió al único sitio en que, pensaba, sería recibido y escuchado. Atravesó De Waag sin mirar a los comerciantes, ni siquiera a los vendedores de pinturas, dibujos y grabados que ocupaban el ángulo de la plaza donde nacía la Sint Anthonisbreestraat, por la cual avanzó, como cientos de veces en aquellos años, hacia la casa de la puerta verde, marcada con el número 4 de la Calle Ancha de los Judíos.

Hendrickje Stoffels le abrió. La muchacha lo miró a los ojos y, sin que Elías tuviera tiempo de reaccionar, le acarició una mejilla con la mano y luego le dijo que el Maestro lo estaba esperando. Elías Ambrosius, conmovido con el gesto de solidaridad de Hendrickje, subió las escaleras, llamó a la puerta del estudio y esperó hasta escuchar la voz del pintor: «Entra, muchacho». Elías lo encontró de pie, ante el lienzo donde recogía la historia de Susana, mientras se limpiaba las manos en el delantal manchado. «Anoche vino a verme Isaac Pinto. Ya sé que te van a procesar», dijo el hombre y le indicó una banqueta mientras él se acomodaba en otra. «¿Qué vas a hacer?» «Todavía no lo sé, Maestro. Creo que irme de la ciudad.» «¿Irte? ¿Adónde?», preguntó el pintor, como si una decisión de ese tipo fuese inconcebible. «No lo sé. Ni sé cómo. A lo mejor debería irme a Palestina, con Zeví. Quizás Salom Italia tiene razón y vale la pena averiguar si es o no el Mesías.» El Maestro negaba con la cabeza, como si no pudiera admitir algo. «No debí aceptarte en el taller. Me siento culpable.» «No lo haga, Maestro. Fue mi decisión y yo sabía cuáles podían ser las consecuencias.» «¿Y cuándo regresa ese inútil de Ben Israel? ¡Hay que hacer algo!», gritó el hombre. «Por eso mismo vine, Maestro, porque me atreveré a pedirle que haga algo: por favor, recupere mi retrato. Los rabinos se lo llevaron. Pero si usted lo reclama tendrán que devolvérselo. Ellos son capaces de destruirlo.» El hombre había comenzado a quitarse el delantal. «¿Quién se lo llevó? ¿Dónde lo tienen?» «Se lo llevaron Montera y Breslau, lo tienen en la sinagoga.» «Voy a buscar a Jan Six, tiene que acompañarme.» «Maestro», Elías dudó, pero pensó que no había nada que perder, «también se llevaron mis cuadernos. Son como sus *tafelet*. Por favor, vea...», agregó cuando el pintor, ya cubierto con el sombrero, le gritaba a Hendrickje Stoffels que le buscara sus abrigos y sus botas mientras salía a la calle.

Con toda delicadeza Elías acarició la superficie de la tela recuperada de las fauces de la intolerancia, y recibió en la palma de la mano el amable contacto rugoso del óleo aplicado por el arte del Maestro. Observó su rostro estampado en el lienzo, la mirada un poco por encima de su propia mirada. La belleza que lo penetró lo convenció de que había valido la pena. Con cuatro clavos pequeños fijó el lienzo en la pared de la buhardilla donde se había instalado, la misma en donde por tres años viviera el danés Keil, cuyo alquiler ahora había sido pagado por Jan Six a instancias del Maestro.

Dos días antes había abandonado la casa de sus padres. Mientras recogía sus más valiosas pertenencias —dos mudas de ropa, algunas piezas de cama y baño y los libros que pertenecieran a su abuelo Benjamín—, había tenido una conversación con su padre, durante la cual, más sosegados ambos, le había explicado los orígenes y motivos de su supuesta herejía. Entonces el padre le había pedido que permaneciera en la casa, pero Elías no deseaba someterlos a la realidad que él mismo estaba viviendo: la de ser un marginado. Aun cuando faltaban varios días para que se celebrara el proceso al cual sería llevado, la mayoría de los judíos de la ciudad, al tanto de lo ocurrido, ya lo daban por convicto y se anticipaban a condenarlo al ostracismo, la distancia y el desprecio. A Elías no le sorprendió encontrar que las puertas de la casa del doctor Roca estaban cerradas para él y que la propia Mariam, conocedora de todos sus secretos y hasta partícipe de ellos, se negara a hablar con él, temerosa tal vez de su propia implicación en la herejía, una participación que de algún modo o por alguna razón había quedado sin ser ventilada (¿acaso Amós y los rabinos no habían identificado a Mariam Roca como la muchacha por él retratada en un pequeño lienzo?; ¿tan malo era Elías como retratista?; ¿o la mano poderosa del doctor Bueno había intercedido para impedir que mezclaran en el caso a la hija de su colega y ayudante?). Abraham Montalbo no había insistido para que su hijo cambiase de opinión, pero antes de que el joven partiera le regaló una preciosa certeza: «En estos días me he alegrado de que tu abuelo esté muerto. El viejo habría sido capaz de matar a Amós. Siempre fue un luchador, un hombre piadoso, y lo que más admiraba era la fidelidad y la razón». «Sí», dijo Elías, «y lo que más odiaba era la sumisión.»

En aquellos días, fiesta cristiana por la Navidad y de regocijo judío con la celebración de las ocho jornadas de Janucá, mientras caminaba sin alegría y sin rumbo por la ciudad, matando horas y desasosiego, Elías Ambrosius había adquirido la sensación de estar confinado en un sitio extraño. Los muchos lugares de Ámsterdam cargados para él de significados, evocaciones, complicidades, ahora le resultaban lejanos, como si le lanzasen arengas de guerra en un idioma desconocido. Pero la certidumbre de aquella lejanía se multiplicaba cuando se cruzaba con alguno de los judíos que lo conocían y estos pasaban de largo como si el joven hubiera perdido su corporeidad. Elías sabía que muchos reaccionaban de tal modo por convicción, pero otros respondían de esa manera bajo la presión mezquina del miedo. En aquel ambiente hostil y cargado de malos humores, todo aquello que por veintiún años le había pertenecido comenzaba a alejarse de él, hasta convertirse en un aborto doloroso que lo expulsaba de su seno. Comprendió entonces en su justa dimensión lo que había sufrido Uriel da Costa cuando fue anatemizado y convertido en un muerto civil por sus hermanos de raza, cultura y religión. Aquel estado de invisibilidad al cual lo habían arrojado, la condición de no ser, de haberse esfumado para quienes antes lo querían, lo distinguían, lo admitían, resultaba la más dolorosa de las condenas a las que podía ser sometido un hombre. Ahora entendía incluso por qué Uriel da Costa había terminado doblegado y había pedido perdón, solo para quitarse la vida unas semanas después: por miedo y por vergüenza, consecutivamente. Pero él, como lo estaba haciendo Baruch Spinoza, no se suicidaría ni admitiría culpa alguna ni les daría el gusto de verlo sufrir por más que en realidad sufriera, pues la ganancia de libertad que significaba vivir sin miedo lo compensaba todo. Él no se sometería, no se humillaría.

La decisión al principio difusa de marcharse de Ámsterdam se fue haciendo firme en su mente y ahora solo le faltaba hallar el modo de concretar el camino por donde partiría, hacia cualquier sitio. Porque había varias cosas con las cuales Elías Ambrosius Montalbo de Ávila había nacido, crecido, vivido y a las que no renunciaría, por mucho que lo presionaran los poderosos líderes de la comunidad. La primera de ellas era su dignidad; luego, su decisión de pintar lo que sus ojos y su sensibilidad le reclamaban pintar; y, sobre todo, porque implicaba por igual a su dignidad y su vocación, no entregaría su libertad, la condición más alta que le había concedido el Creador y la divisa más valiosa con que lo había premiado su abuelo cuando aún estaba muy lejos de ser su abuelo, o el abuelo de su hermano Amós. Aquella gloriosa posibilidad de practicar su libertad que Benjamín Montalbo le había alimentado durante los veinte años en que compartieron una parte de sus respectivas estancias en la tierra.

Los días transcurrían, nublados y ventosos aunque sin nieve, acercando la fecha de la celebración del proceso, y Elías había descubierto que su decisión de irse a cualquier parte, lejos de Ámsterdam, podía ser mucho más ardua de lo imaginado. La mayor dificultad, comprobaría con dolor, provenía de su complicada situación de judío en vías de excomunión, pues unas puertas se las cerraban los que despreciaban su condición de hebreo y las otras se las clausuraban los hebreos mismos.

Entre los destinos barajados, Jerusalén se fue convirtiendo en una posibilidad que no dejaba de tentarlo. Aunque seguía albergando muchísimas dudas sobre la cualidad mesiánica de Sabbatai Zeví, tal vez impulsado por la misma coyuntura que Elías vivía con relación a su comunidad, por momentos le parecía hasta apropiado el acto de sumarse a una peregrinación mesiánica, poner su fe y su voluntad en un presunto Ungido, hacerse militante de la última esperanza... o perderse con ella. Sin embargo, aunque para los primeros días del año nuevo cristiano estaba anunciada la salida de un segundo barco fletado por los miembros de la Naçao con rumbo a la tierra de Israel, la simple posibilidad de abordarlo, incluso si hubiese tenido los dineros necesarios para el pasaje y los gastos del trayecto, resultaba impensable: aquellos enfebrecidos miembros de la comunidad no lo admitirían a bordo.

El otro rumbo capaz de seducirlo era el que conducía a alguna de las animadas ciudades del norte de Italia, donde quizás pudiera vivir al margen de la comunidad e, incluso, como en su momento hiciera Davide da Mantova, dedicarse con mayor libertad a ejercitar su pasión por la pintura. Pero en realidad el joven había tanteado todas las alternativas, incluida la de enrolarse como marinero en cualquiera de los navíos mercantes que a diario partían hacia las Indias Occidentales y Orientales, aunque un mercado abarrotado de hombres con experiencia y dispuestos a zarpar provocaría el inmediato rechazo de armadores y capitanes hacia un joven sin la menor pericia para las faenas en el mar. Por su parte, los más breves trayectos a España, Portugal e Inglaterra, tan transitados en aquellos tiempos, quedaban fuera de las posibilidades de un judío común y corriente, a menos que antes de intentarlo trocase su condición con un certificado de bautismo católico, algo que estaba fuera de sus intenciones. Las travesías por tierra, mientras tanto, resultaban impracticables en un momento en el cual las fronteras del país vivían en máxima alarma: la inminente concreción del esperado convenio de paz con España, que tal vez se firmaría en alguna ciudad alemana, había convertido los caminos en campamentos militares cargados de tensión y nerviosismo, y a todas luces resultaba menos drástico ser considerado un hereje por los judíos de Ámsterdam que un traidor o un espía por aquellas tropas exasperadas, muchas veces ebrias de los más feroces alcoholes potenciados por las respectivas resacas de la certidumbre en la victoria, de unos, y la indignación por la derrota, de los otros.

La nieve, como no podía dejar de ocurrir, había regresado para la Navidad cristiana. El ambiente festivo de las celebraciones, multiplicado por los anuncios del fin de un siglo de guerras contra España, se había adueñado de la ciudad, y sus moradores ponían en peligro las existencias de vino, cerveza y de las calientes bebidas destiladas en las refinerías de azúcar. La soledad de Elías Ambrosius, en cambio, se hizo más compacta en las prolongadas estancias en la buhardilla que se le antojaba una celda y donde ni siquiera contaba con un *januquiá* donde colocar ocho velas y disfrutar la celebración de uno de los grandes hitos de la historia de un pueblo que, como tanto insistía en sus lecciones el *jajám* Ben Israel (evocando al guerrero David, al invencible Josué, a los belicosos asmoneos), alguna vez había sido combativo y rebelde, más que contaminado por el miedo y adicto a la sumisión.

Tres días antes de la fecha en que se cerraba el año para los calendarios cristianos, unos toques en la puerta alarmaron al joven. Como una esperanza a la cual no había podido renunciar, soñaba con que, en cualquier momento, apareciese ante él su amada Mariam Roca. Bien sabía Elías de las habilidades de la muchacha para escurrirse, tantas veces puestas en práctica durante los muchos encuentros clandestinos que sostuvieran en sus años de relación amorosa y carnal. Sabía, además —o al menos creía saber—, que Mariam nunca estaría entre los que lo condenarían por sus acciones, él bien conocía el modo de pensar de la joven, pero a la vez cada día iba adquiriendo, a través de las actitudes de la muchacha, una mejor noción de cuánto puede paralizar el miedo. Tocado por la ilusión de ver a la amada, abrió la puerta para comprobar que no se trataba de Mariam: frente a él estaba la nariz de porrón, los ojos de águila y los dientes cariados del Maestro. Y de inmediato tuvo una certeza: al fin alguna puerta se había abierto.

El Maestro traía en las manos una botella de vino y en el cuerpo otras varias más. Tal vez por eso su saludo resultó tan efusivo: un abrazo, dos besos en las mejillas y una felicitación navideña de las que se suelen cruzar entre sí los creyentes en Cristo. Pero ni aun así flaqueó en Elías la certeza de que el hombre traía una solución.

Con dos vasos servidos del vino áspero y oscuro que se podía pagar el Maestro, se sentaron a conversar. El recién llegado, en efecto, le traía una buena noticia: su amigo Jan Six contrataría a Elías para que fuese hasta uno de los puertos del norte de Polonia en un mercante ya conveniado. Allí debería cerrar la compra de un gran cargamento del trigo que, desde hacía décadas, los holandeses importaban de aquellas regiones. Como para hacer el trato habría que presentar unas letras de cambio por unos miles de florines, Six y sus socios preferían depositar aquella fortuna en las manos del joven judío antes que en las del capitán del mercante, de cuya honestidad habían empezado a albergar serias dudas. Una vez realizado el trato con los agentes holandeses asentados en aquel puerto y con los proveedores polacos, Elías le entregaría los papeles de la compra ya cerrada y las guías de los embarques al capitán y entonces podría hacer lo que desease, lo mismo quedarse en Polonia, Alemania u otro sitio del norte o regresar a Ámsterdam, donde quizás las cosas se habrían calmado.

Mientras escuchaba los detalles de aquella encomienda capaz de abrirle una inesperada y extraña ruta de salida, el joven fue sintiendo una imprevista desazón ante la evidencia de que sí, que abandonaría, quizás para siempre, su ciudad y su mundo. Y comprendió que, en lugar de un escape, su partida sería una autoexpulsión. No obstante, bien sabía que aquella era su única alternativa viable y le agradeció al Maestro su interés y ayuda.

«Nunca me agradezcas nada», dijo entonces el pintor y abandonó su vaso de vino en el suelo. Solo en ese instante Elías advirtió que el hombre no había probado la bebida. «Lo que ha pasado contigo nada más se puede ver como una derrota... Y lo peor es que no se puede culpar a nadie. Ni a ti por haberte atrevido a desafiar ciertas leyes, ni a tu hermano Amós y los rabinos por querer juzgarte y condenarte: cada uno está haciendo lo que cree que debe hacer, y tienen muchos argumentos para fundamentar sus decisiones. Y eso es lo peor: que algo horrible parezca normal para algunos... Lo que más me entristece es comprobar que deben ocurrir historias como la tuya, o producirse renuncias lamentables como la de Salom Italia, para que los hombres por fin aprendamos cómo la fe en un Dios, en un príncipe, en un país, la obediencia a mandatos supuestamente creados para nuestro bien, pueden convertirse en una cárcel para la sustancia que nos distingue: nuestra voluntad y nuestra inteligencia de seres humanos. Es un revés de la libertad y...», cortó su frase porque con la vehemencia que lo había ido dominando uno de sus pies golpeó el vaso y derramó el vino en el suelo entablado. «No se preocupe, Maestro», dijo Elías y se agachó a levantar el vaso. «No, no me preocupo por tan poco, claro que no... ¿Qué mierda puede importarnos ahora un poco de vino perdido y otro poco de mugre ganada...? No sabes cómo me gustaría que estuviera aquí nuestro amigo Ben Israel para que tratara de explicarme, él, tan docto en las cosas sagradas, cómo Dios puede entender y explicar lo que te está pasando. Seguro que hablaría de Job y los misteriosos designios, nos diría que las leyes están escritas en nuestro cuerpo y nos demostraría la perfección del Creador diciéndonos que si en la Torá existen doscientas cuarenta y ocho prescripciones positivas y trescientas sesenta y cinco negativas, que suman seiscientas trece, es porque los hombres tenemos doscientos cuarenta y ocho segmentos y trescientos sesenta y cinco tendones, y la suma de todos ellos, que vuelve a dar seiscientos trece, es la cifra que simboliza las partes del universo... Lo dejaría terminar y entonces le preguntaría: Menasseh, en todas esas cuentas de mierda, ¿dónde dejas al individuo dueño de esos huesos y tendones, el hombre concreto del que tanto te gusta hablar?» El Maestro volteó las palmas de sus manos hacia arriba, para mostrar el vacío. Pero Elías no vio el vacío: por el contrario, allí estaba, sobre aquellas manos, la plenitud. Porque aquellas eran las manos de un hombre que se había cansado de crear belleza, incluso a partir de la constatación de la miseria, la vejez, el dolor y la fealdad, las manos a través de las cuales tantas veces se había manifestado y concretado lo sagrado. Las manos de un hombre que había luchado contra todos los poderes para tallar la coraza de su libertad... «¿Y cuándo parte el barco de Six?», fue, sin embargo, lo que Elías necesitó preguntar. El Maestro, sorprendido, debió pensar antes de responder. «El cuatro de enero, en una semana, creo... Six te explicará todo... Espero que te pague bien.» «Cuanto antes zarpe, mejor...», dijo Elías mientras el Maestro se ponía de pie, trastabillaba y le entregaba una sonrisa manchada como despedida: «No hay nada más que decir», musitó, «una derrota, otra derrota», dijo y abandonó la buhardilla. Y esta vez sí se creó el vacío. Elías Ambrosius sintió que acababa de abandonarlo una parte de su alma. Quizás la mejor.

Después de pensarlo mucho, decidió que iría a despedirse de sus padres. Al fin y al cabo no se merecían un castigo más. Pero lo pospuso hasta el día antes de la partida, cuando ya tuvo en sus manos todas las encomiendas de Jan Six, los documentos para el negocio y los dineros de su propia paga, retribuida con exceso de generosidad, con seguridad por presiones del Maestro.

Cuando salió de la casa paterna, después de volver a colocar en el viejo escritorio casi todos los libros que habían pertenecido al abuelo Benjamín —decidió llevarse consigo solo un tomo de Maimónides, su ejemplar de *De Termino Vitae*, obra de su *jajám*, y el de la extraña aventura del hidalgo castellano que enloquece por leer novelas y se cree un caballero andante—, pasó por la buhardilla y recogió sus dibujos y pinturas y los que le habían obsequiado sus colegas, dispuestos todos en un álbum encuadernado por él mismo. Fuera del cuaderno apenas dejó la tela en la cual el Maestro lo había retratado, el último y mejor retrato que él mismo le hiciera a Mariam y un dibujo de su abuelo trazado con una aguada gris, además del pequeño paisaje que le había regalado su buen amigo y confidente, el rubio Keil: aquellas cuatro piezas eran demasiado significativas para dejarlas atrás y las enrolló y acomodó dentro de una pequeña arca de madera que para tal función había comprado en el mercado. Con el resto de las obras, incluidos varios retratos al óleo de Mariam, dispuestas todas en el álbum, fue otra vez hacia la casa número 4 de la Calle Ancha de los Judíos y tocó la puerta de madera pintada de verde, convencido de que lo hacía por última vez en su vida. Cuando Hendrickje Stoffels le abrió, Elías le pidió ver al Maestro: quería hacerle un regalo de año nuevo, como prueba de su infinita gratitud. Hendrickje Stoffels sonrió y le dijo que volviese más tarde: el Maestro dormía la primera borrachera del año del Señor de 1648. Elías sonrió: «No importa», dijo y le alargó el cuaderno, «entrégale esto cuando dé en sí. Explícale que es un regalo..., que haga con esto lo que mejor le parezca. Y dile que le deseo a él, a ti y a Titus que el Santísimo, bendito sea Él, les dé mucha salud, por muchos años». Hendrickje Stoffels volvió a sonreír mientras colocaba contra su seno la carpeta que le entregara el joven y preguntó: «¿Cuál Dios, Elías?». «Cualquiera... Todos», dijo, luego de pensarlo un breve instante, y agregó: «Con tu permiso», y acarició con la palma de su mano la mejilla rubicunda y tersa de la muchacha que tantas veces había dibujado su Maestro. Elías Ambrosius bajó los escalones hacia la calle, impoluta y brillante como una alfombra tendida por la nieve recién caída. Volvía a ser un hombre que lloraba.

Libro de Judith

De su abuelo Rufino, Mario Conde debió de haberlo aprendido: la curiosidad mató al gato. Pero, como otras muchas veces, en esa ocasión el ex policía, removido en sus partes blandas, fue incapaz de seguir los consejos del anciano que tanto y tan en vano se esforzó en perfilar su educación sentimental.

Aquella tarde tórrida y viscosa de junio, mientras entraba a su casa abrazado a las dos botellas de ron recién adquirido, lo que menos deseaba Mario Conde era recibir una visita, cualquier visita, ninguna visita capaz de alterarle sus planes de pasar una hora bajo la ducha y otra haciendo una siesta, para luego irse a gastar la noche en casa de su amigo Carlos, liberando tensiones, por supuesto que con la ayuda del ron. Y lo que menos podía imaginar era que la visitante inesperada, y por demás inquietante y de insistente toque en la puerta, fuese la nieta del doctor Ricardo Kaminsky, la gótica Yadine cargada de *piercings* que conociera varios meses atrás y quien —en los albores mismos del diálogo en que enredó al hombre y tras el cual, cuqueada su curiosidad, lo arrastraría a complicarse la existencia y a comprobar, una vez más, que las líneas paralelas siempre terminan por cruzarse— comenzó por dejar las cosas bien claras:

—Estás *completamente* equivocado. Yo no soy gótica ni friki. Soy emo.

—¿Emo?

Desde las primeras horas de aquella mañana Conde había vivido una de las jornadas típicas y llenas de tensión en el desarrollo de una negociación delicada que, de concretarse, podría cerrarse con jugosas ganancias para todos los encartados. Tres semanas atrás su socio, Yoyi el Palomo, había recibido uno de esos encargos que no se podía dejar pasar: el de su cliente el Diplomático, un hombre al cual no le parecía suficiente su salario de empleado público del primer mundo y mejoraba sus finanzas como intermediario y transportista de joyas bibliográficas para coleccionistas y revendedores en su europeo país, especialistas con librerías y sitios en internet conocedores de que con paciencia, buenos mapas del territorio y una dosis de suerte, aún se podían cazar ciertas maravillas en algunas bibliotecas privadas cubanas sobrevivientes de los terremotos de los años más duros y hasta los más blandos de la Crisis interminable, a lo largo de los cuales mucha gente había debido vender hasta el alma para seguir con vida.

La lista que esta vez recibiera Yoyi era de las que cortaba la respiración. Empezaba, nada más y nada menos, con el encargo de los dos tomos de las *Comedias de don Pedro Calderón de la Barca*, en la muy rara y cotizada edición habanera de 1839, ilustrada por Alejandro Moreau y Federico Mialhe, grandes maestros del grabado, y cuyo precio de salida en Cuba podía llegar a los mil dólares. El interesado seguía con el reclamo de los tres libros del siempre imprescindible Jacobo de la Pezuela: el *Diccionario geográfico, estadístico, histórico de la Isla de Cuba*, en cuatro tomos, editado en Madrid en 1863 y del cual ya en una ocasión Yoyi le había vendido uno al Diplomático por quinientos dólares; la *Historia de la Isla de Cuba*, también impresa en cuatro tomos madrileños, estampados entre 1868 y 1878, vendible en una cifra similar o superior; y su *Crónica de las Antillas*, de Madrid y de 1871, factible de ser rematado en unos trescientos dólares. Pero sin duda la perla de la lista era la polémica *Historia física, política y natural de la Isla de Cuba*, compilada en trece tomos por el polifacético Ramón de la Sagra e impresa en París entre 1842 y 1861, con el añadido de 281 planchas de las cuales 158 habían sido coloreadas al natural, y cuyo precio establecido en el mercado interior de la isla podía alcanzar los siete, ocho mil dólares.

Cuando se trataba con libros de aquella categoría, si aspiraban a tener éxito, Yoyi y el Conde debían moverse en puntas de pie por senderos muy estrechos y ya bastante esquilmados. Para empezar, y siempre sin hacer mucho ruido, había que localizar la veta propicia. Luego, si conseguían una pista productiva, necesitaban la paciencia y capacidad de unos zapadores, pues la mayoría de los que aún poseían ese tipo de obras pretendían conocer algo de su valor y, en esa creencia, siempre picaban por exceso, reclamando precios irracionales, convencidos de tener en sus manos algo similar a la *Biblia* de Gutenberg. Para seguir, debían mostrarse muy interesados y a la vez no desesperados, ya que por lo general esos propietarios no solían tener prisa y, aun si sus expectativas se movían dentro de límites aceptables, se sentaban a pedir desde una posición de poder. En casos así la mejor solución, ideada por el genio mercantil de Yoyi, era la de presentarse como lo que en realidad eran, simples intermediarios entre alguien que poseía un libro valioso y el presunto y ansiado comprador, un personaje casi imposible de encontrar para el primero por tratarse de un producto de aquellas características y precio. El coste de la gestión de concordia entre las partes había sido fijado en un (no negociable) veinticinco por ciento del monto de la venta (quince para Yoyi, diez para Conde), a partir de un acto de confianza en la seriedad y honradez de los respetables mediadores comerciales. Aunque muchas veces la propuesta no funcionaba, cuando lo hacía resultaba lo más satisfactorio para todos los encartados y Yoyi acataba con pulcritud los términos y cuantías de la negociación. Pero si el poseedor del libro resultaba tozudo y desconfiado, ya solo les quedaba una alternativa: que el libro localizado (generalmente por Conde) fuese comprado por Yoyi (poseedor del capital), quien se enfrascaba en el acto de compra con su atuendo de pirata (parche en el ojo, pata de palo y garfio en la mano incluidos) y se encargaba de bajar a la realidad las expectativas del vendedor.

Desde que recibieran aquel pedido fabuloso, Conde había empleado varias horas del día de las tres últimas semanas en tratar de localizar los libros, escarbando como un desesperado en un terreno cada vez más estéril. Solo dos días antes de la aparición de la emo (ni friki ni gótica) Yadine, cuando ya andaba al borde de la renuncia, el ex policía había encontrado la pista que lo conduciría hasta aquel viejo dirigente político de los primeros tiempos de la Revolución, el cual (¡quién lo diría!) estaba dispuesto a conversar sobre algunas joyas depositadas en su biblioteca revolucionariamente heredada.

Por su preeminente historial político, poco después del triunfo revolucionario de 1959 al dirigente le había sido asignada una esplendorosa casa, hasta poco antes propiedad de cierta familia burguesa, una de las muchas que partió de la isla en aquellos años turbulentos con apenas dos maletas de ropa. Los burgueses habían tenido que dejar atrás, entre otros bienes, una bien surtida biblioteca en donde, con excepción de las comedias de Calderón, todavía figuraban, entre otras alhajas apetecibles, el resto de los libros encargados por el Diplomático y otros cientos más. El viejo compañero de afanes políticos, aun cuando había sido sacado con discreción de las esferas del poder hacía varios años (luego de haber destrozado con su confiable ineptitud varios planes económicos, empresas, instituciones), había logrado mantener su nivel de vida gracias a la conversión de su lujosa y amplísima morada ex burguesa en un pequeño hostal donde, bajo la gerencia de su querida hija mayor, se alquilaban habitaciones a extranjeros burgueses. Pero la reciente decisión de sus también queridos nietos de partir hacia otras tierras del mundo en donde no se viviera con tanto calor y con menos incertidumbre, lo había decidido a vender parte de la biblioteca. Aquella coyuntura lo convertía en un excelente candidato para cerrar un provechoso trato por los libros, cuya venta ayudaría a los nietos (¿también Hombres Nuevos?) en su propósito de reubicación geográfica en tierras, por supuesto, de burgueses.

La tarde anterior las conversaciones preliminares entre Conde y el ex dirigente, encaminadas a la compra de aquellos libros específicos, habían llegado al punto culminante de hablar de precios reales, sin que se perfilaran aún los acuerdos finales entre lo posible para el comprador y lo soñado por el vendedor. Por tal razón se había hecho necesaria la presencia de Yoyi el Palomo, quien esa mañana se había sumado a la expedición, dispuesto a poner las cartas sobre la mesa: o la venta con por cientos fijos apoyada en la mutua confianza en la buena fe de los encartados, o, si no existía ese crédito, la compra directa a la cual, indignado por la presumible falta de confianza del propietario, el Palomo se lanzaría con la ética de los hermanos del mar. Al final de la tarde y de la tensa discusión, las opciones habían quedado en suspenso y Yoyi había decidido retirarse como si lo hiciera definitivamente, aunque ya estaba más que convencido, como le dijera al Conde mientras lo acercaba a su casa, de que el ex dirigente, furibundo y fundamentalista en sus tiempos de personaje poderoso y tan cariñoso con sus queridos nietos en su presente de defenestrado, estaba urgido de mucho efectivo y los localizaría en un plazo breve, dispuesto a negociar las joyas reclamadas y, si se daba la ocasión, el resto del collar. Y el viejo caería en sus manos como el clásico mango maduro.

—Mira, *man*, de todas maneras coge esto para que vayas tirando. —Tras el timón del Chevrolet Bel Air de 1957 el joven había contado varios billetes sacados del bolsillo y le entregó mil pesos a su socio, quien los aceptó con la ansiedad y la vergüenza de siempre—. Un adelantiquitico.

En realidad, Conde no estaba para nada seguro de que hubieran quebrado la voluntad del vendedor, y la temida perspectiva de perder aquel filón lo abocaba a la tristeza y la depresión propias de la pobreza continuada y de las deudas monetarias y de gratitud adquiridas. Pero, había pensado, no se iba a sentir mucho más miserable por aceptarle mil pesos al Palomo, y menos ahora, cuando en el horizonte se veía tierra firme. Entonces, para evitar cualquier repunte de dignidad, se detuvo en el Bar de los Desesperaos y cargó con dos botellas de aquel ron barato, demoledor y hasta sin nombre al que, desde hacía unos meses, Conde y sus amigos le llamaban el Haitiano.

La reconoció tras el primer vistazo. Aunque había transcurrido casi un año desde el fugaz y único encuentro sostenido, la peculiar imagen de Yadine, todavía supuesta gótica, había permanecido intacta en su memoria: los labios, uñas y cuencas de los ojos ennegrecidas, los aros plateados en la oreja visible y en la nariz, el pelo rígido caído como un ala de pájaro de mal agüero sobre la mitad del rostro hacían de su estampa algo en realidad inolvidable, al menos para un Neanderthal como Conde.

—Quiero hablar contigo, detective —fueron las primeras palabras dichas por la joven, apenas abierta la puerta.

Lógica y hasta policiacamente sorprendido por aquel parlamento chandleriano, el Conde ni siquiera se atrevió a pensar para qué lo buscaba la nieta de Ricardo Kaminsky, aunque tuvo un mal presentimiento. Lo que provocaría su alteración y primera duda sería la elección del sitio donde sostener la conversación. Dentro de la casa, a solas con aquella joven en flor, ni hablar; en el portal..., ¿qué dirían los vecinos luego de verlo con la muchacha gótica? Al carajo con lo que piensen, se dijo, y luego de pedirle a Yadine que se esperara un instante, salió con las llaves del candado con el cual preservaba la propiedad de sus incómodos sillones de hierro.

—Si no recuerdo mal, nunca dije en tu casa que yo fuera detective... —empezó a hablar el Conde mientras disponía los asientos para el diálogo, como meses atrás hiciera con el pintor Elías Kaminsky, más o menos primo de la joven.

—Pero buscas gentes, ¿sí o no?

—Depende de quiénes, por qué y para qué —dijo el hombre mientras se acomodaba, ya con la curiosidad alarmada—. ¿Qué es lo que te pasa? ¿Hay algún problema en tu casa?

—No, en mi casa no... Lo que yo quiero es que busques a alguien —soltó entonces la muchacha y Conde sonrió. Entre la creencia de que él se dedicaba detectivescamente a buscar a personas perdidas y la desenfadada inocencia revestida de seriedad o de preocupación de la muchacha gótica cuya belleza se presentía detrás de los exultantes afeites, la situación comenzaba a parecerle entre hilarante y novelesca. Pero optó por mantener la distancia, con la esperanza de una rápida solución del diálogo, aunque sin que su curiosidad remitiera del todo.

—Si es alguien que de verdad se ha perdido, es la policía la que debe buscarla.

—Pero la policía no quiere buscarla más y *ella* lleva diez días perdida —dijo con ira y angustia.

Conde suspiró. Aquel era el momento en que le venía bien un trago de ron, pero descartó de inmediato la idea. Optó por encender un cigarro.

—A ver, ¿quién es esa *ella* que está perdida?

Yadine sacó en ese momento el teléfono celular que llevaba en el bolsillo de su camisa negra punteada de tachuelas, tocó unas teclas y observó la pantalla unos instantes. Entonces le extendió el aparato a Conde, que pudo observar en el artilugio a Yadine junto a otra joven, vestida y maquillada de un modo muy similar. Solo entonces, con su único ojo visible clavado en el Conde, la muchacha respondió con la mayor convicción:

—*Ella* es. Mi amiga Judy.

Conde le devolvió el teléfono y Yadine lo regresó al bolsillo de su camisa.

—¿Y qué pasó con ella, tu amiga Judy? —El Conde evitó intercalar un coño en su pregunta y decidió hacer lo posible por avanzar un poco más—. Por lo que he visto es una friki gótica como tú...

Y entonces había brotado la aclaración que resultaría definitiva para ponerle el anzuelo a la curiosidad del Conde.

—No, estás equivocado. Yo no soy gótica ni friki. Soy emo.

—¿Emo?

—Sí, emo.

—¿Y qué cosa es ser emo, si se puede saber? Y disculpa mi ignorancia...

—Estás disculpado... O no. Te disculpo si me ayudas a buscarla. *Ella* es mi mejor amiga —aclaró, siempre enfatizando en el pronombre.

—No sé si vas a poder disculparme, porque no puedo prometerte nada... Pero ahora dime qué es ser emo...

Yadine volvió a acomodarse el pelo y Conde descubrió en su único ojo algo parecido a la frustración o a la tristeza.

—Tú ves, ahora nos hacía falta Judy... *Ella* lo explica mejor que *nadie.*

—¿Lo de ser emo?

—Sí, y otras cosas. Judy está escapá —afirmó y se tocó la sien para indicarle al otro que se refería a la inteligencia de su amiga.

—Bueno, pero dime algo de los emos...

—Nosotros somos emos y los otros no. Mira, hay frikis, rastas, rockeros, mikis, reparteros, gámers, punkies, skáters, metaleros... y nosotros, los emos.

—Anjá —dijo Conde como si entendiera algo—. ¿Y?

—Nosotros, los emos, no creemos en nada. O en casi nada —se rectificó—. Los emos nos vestimos así, de negro o de rosado, y pensamos que el mundo está jodido.

—¿Y son emos porque les gusta?

—Una es emo porque es emo. Porque nos duele vivir en un mundo podrido y no queremos saber *nada* de él.

—Bueno, en eso último no son muy originales que digamos —tuvo que decir el Conde. Sentía que chapoteaba en el mismo sitio y trató de reconducir la conversación hacia un desenlace—. ¿Y qué pasó con *ella*, tu amiga Judy?

—Que se perdió hace como diez días. —Yadine parecía sentirse más a gusto aunque más triste en aquel estado del diálogo—. Desapareció así, de pronto, sin avisar a nadie, ni a mí, ni a los otros emos, ni a su abuela... Y eso es *muy* raro —enfatizó de nuevo—. La policía dice que no aparece porque seguro trató de irse en una balsa y se ahogó en el mar. Pero yo sé que no se fue a ninguna parte. Primero, porque *ella* no quería irse; segundo, porque si hubiera querido irse yo lo hubiera sabido, y también su abuela... o su hermana que vive en Miami y tampoco sabía *nada*...

Conde no pudo evitar que su antigua profesionalidad coleteara en su mente.

—¿Y Judy no tiene padres?

—Sí, claro que tiene...

—Pero tú nada más hablas de su abuela. Y ahora de la hermana...

—Porque *ella* no se llevaba con los padres. Sobre todo con el padre, que era un, no, que era no, que *es* un cara de guante y no quería que *ella* fuese emo...

Conde pensó en el posible padre. Aunque todavía no sabía a ciencia cierta qué cosa era un emo, y a pesar de que no compartía la experiencia traumática de tener un hijo, sintió una leve solidaridad hacia el progenitor, por lo que decidió no ahondar en aquel tema.

—Mira, Yadine —comenzó a preparar su retirada procurando ser amable con la joven, que parecía realmente afectada con la desaparición de su mejor amiga—, yo no tengo forma de hacer una investigación de una persona desaparecida, eso es la policía...

—¡Pero ellos no la están buscando, coño! —La reacción de la muchacha fue visceral—. Y a lo mejor la tienen secuestrada...

En ese momento, Conde sintió pena por Yadine. ¿Los descreídos emos ven telenovelas? ¿Los episodios de *Without a Trace*? Lo del secuestro sonaba a *Criminal Minds*. ¿Quién coño iba a querer secuestrar a una emo? ¿Drácula, Batman, Harry Potter?

—A ver, a ver, dime dos o tres cosas... Además de a ser emo, ¿a qué se dedica tu amiga?

—Estudia en el preuniversitario, en el mismo que yo. Es una quemá —dijo y se tocó la misma sien que la vez anterior—. Y los exámenes empiezan la semana que viene y si no aparece...

—Entonces es tu compañera... ¿Y Judy andaba en algo peligroso? —Conde trató de buscar el mejor modo, pero solo existía uno posible: llamar las cosas por su nombre—. ¿Judy andaba con drogas?

Por tercera vez, Yadine se acomodó el pelo sobre la cara. Conde deseó en aquel momento poder ver toda la expresión de su rostro.

—Alguna pastilla..., pero no pasaba de ahí. Seguro que no.

—¿Y andaba con gente rara?

—Los emos no somos *raros*. Nos encanta estar deprimidos, a algunos les gusta hacerse daño, pero no somos *raros* —concluyó, otra vez enfática.

Conde percibió que entraba en territorio escabroso. ¿Les «encantaba» deprimirse? ¿Hacerse daño? Su curiosidad volvió a levantar vuelo. ¿Y de contra no eran *raros*?

—¿Qué es eso de hacerse daño?

—Cortarse un poco, sentir dolor..., para liberarnos —dijo Yadine luego de un instante, y se pasó un dedo por los antebrazos cubiertos con dos tubos de tela de rayas y los muslos enfundados en el pantalón oscuro.

Conde pensó que no entendía un carajo. Podía admitir que aquellos jóvenes no creyesen en nada, aceptar incluso que se llenaran de orificios para colocarse argollas, pero, ¿autoagredirse dándose tajazos?, ¿deprimirse por el placer de deprimirse para así liberarse? ¿De qué? No, no lo entendía. Y como sabía que quizás no iba a entenderlo nunca, decidió no hacer más preguntas y terminar allí mismo con aquella historia absurda de una emo perdida, a lo mejor hasta secuestrada.

—Bueno, bueno..., para complacerte yo voy a ver qué puedo hacer... Mira —pensó en sus alternativas y las escogió con sumo cuidado, exponiendo las que menos lo comprometían y le permitirían un rápido escape—, yo voy a hablar con un amigo mío que es jefe en la policía, a ver qué dice... Y después voy a hablar con los padres de Judy, a ver qué piensan ellos de...

—No, con los padres *no*. Con Alma, la abuela.

—OK, con la abuela. —Aceptó sin discusiones y extrajo un papel que llevaba en el bolsillo del pantalón y el bolígrafo prendido de la camisa—. Dame la dirección y el teléfono de la abuela de Judy... Fíjate bien, no me comprometo a nada. Si me entero de algo, te llamo en un par de días, ¿está bien?

La muchacha tomó el papel y escribió. Pero cuando se lo devolvió a Conde, lanzó su último reclamo, al tiempo que se recogía el pelo caído sobre la mitad de la cara y dejaba ver la verdadera belleza y la angustia patente que definían su rostro de diecisiete años.

—Encuéntrala, anda... Oye, mira que esto de Judy me tiene deprimida de *verdad*.

El Flaco y el Conejo, como dos vigías colómbinos, oteaban el horizonte desde el portal de la casa de Carlos. Apenas lo vieron doblar la esquina, cargado con la bolsa de contenido nada difícil de imaginar, Carlos puso en movimiento su autopropulsada silla de ruedas y gritó:

—¡Coño, qué lija te estás dando!

—¿Cómo está la sed por estos lares?

—¿Tú viste qué hora es, animal? —siguió reprendiéndolo el Flaco, mientras le arrebataba la bolsa para catar en su interior, haciendo evidente que había mucha sed.

Conde le acarició la cabeza a Carlos y chocó palmas con el Conejo.

—No jodas, salvaje, no son ni las nueve... ¿Qué hubo, Conejo?

—El Flaco me dijo que venías temprano, que tenías dinero y habías comprado ron y estoy... Estoy bien, pero puedo mejorar —dijo el amigo, y aceptó la bolsa que le extendía Carlos para perderse hacia el interior de la casa.

—¿Y tu madre?

—Está preparando algo.

Nada más cobrar conciencia de aquella prometedora información, Conde sintió la rebelión de sus tripas contra la soledad a la cual estaban siendo sometidas.

—Dame un norte —reclamó al amigo inválido.

—La vieja dice que no estaba para complicarse la vida... Tamal de maíz tierno en cazuela... Con bastantes masas de puerco dentro... Y el Conejo trajo unas cervezas para que todo baje mejor. Con este calor...

—La noche se compone —admitió Conde cuando regresaba el Conejo con los vasos cargados de hielo y ron. Hecha la distribución, bebieron el primer trago, y los tres sintieron cómo sus desasosiegos perdían presión.

—¿De verdad, Conde, por qué te demoraste? ¿No habías terminado temprano con Yoyi?

Conde sonrió y se dio otro lingotazo antes de responder.

—La cosa más loca del mundo... A ver, ¿cuál de ustedes dos sabe lo que son los emos?

Carlos no tuvo tiempo de levantar los hombros para ratificar su ignorancia.

—Son una de las tribus urbanas que han aparecido en los últimos tiempos. Se visten de negro o de rosado, se peinan el pelo sobre la cara y les gusta andar deprimidos.

Conde y Carlos miraban embobecidos al Conejo mientras exhibía su conocimiento. Estaban acostumbrados a escucharlo hablar sobre el uso de los metales en Babilonia, la cocina sumeria o las ceremonias funerarias sioux, pero aquella erudición emo los sorprendía.

—Pues sí —lo aprobó Conde—, esos son los emos... Y me demoré en llegar porque hasta hace un rato estuve hablando con una.

—¿Una ema? —jugó Carlos con las palabras.

—La nieta del Kaminsky cubano, el médico.

—¿Y de qué hablaste? ¿De depresión?

—Casi casi... —dijo Conde y les narró la inesperada solicitud de la muchacha a partir del equívoco de considerarlo una especie de detective tropical por cuenta propia.

—¿Y qué coño vas a hacer? —quiso saber Carlos.

—Pues nada... Voy a llamar a Manolo a ver qué sabe y, si tengo tiempo, a lo mejor hablo con la abuela, para tranquilizar a Yadine, porque me da pena con ella. ¿Pero de dónde yo voy a sacar a esa chiquilla que debe andar por ahí haciendo sabe Dios qué cosas?

—¿Y si de verdad la secuestraron? —preguntó el Conejo, siempre el más novelero del grupo.

—Pues esperamos a que pidan el rescate... ¡O me dan un friki o me como a la emo...! A mí, por lo pronto, que me den tamal en cazuela, que me estoy desmayando de hambre, coño —clamó Conde, dispuesto a liberarse de aquella historia que cada vez le sonaba más disparatada.

Comieron como beduinos recién salidos de una larga temporada en el desierto: dos platos hondos de unos granos molidos que, al pasar por las manos de Josefina, se convertían en delicada ambrosía. La acompañaron con una ensalada de tomates y pimientos, y una fuente de plátanos maduros fritos, la mojaron con cervezas y remataron cualquier resto de hambre con un pozuelo de dulce de coco sobre el que reposaba medio queso crema.

Al filo de la medianoche, mientras se dirigía hacia la casa de Tamara, Conde tuvo la certeza de que algo importante se le estaba olvidando. Y no sabía qué. Ni dónde. Solo que era importante...

Entró en la casa y, luego de desvestirse y cepillarse los dientes, avanzó en puntillas hacia la habitación, como el clásico marido llegado a deshora. En la oscuridad escuchó el leve ronquido de Tamara, siempre húmedo y atiplado. Con sumo cuidado se acomodó en su lado de la cama, con la plena conciencia de que prefería el otro extremo. Pero desde el principio Tamara había sido inflexible en la pertenencia: si quieres dormir conmigo, este es mi lado, siempre, aquí y donde sea, advirtió una sola vez, palmeando el lado izquierdo del colchón. Con todo lo que Conde recibía de la mujer, no era como para pelearse por una nimiedad espacial. Aunque prefería el otro lado.

El hombre colocó la cabeza sobre la almohada y sintió cómo el agotamiento acumulado a lo largo de un día tenso y trajinado distendía sus músculos. El júbilo de la digestión y los efectos de cervezas y rones potenció la relajación hacia el sueño. En ese tránsito vino a su mente, sin que la convocara, la imagen de Yadine, la emo Kaminsky. La muchacha, con sus *piercings* y su mirada triste, consiguió colocarse por delante de preocupaciones conocidas y hasta presentidas, para acompañarlo en el deslizamiento hacia la inconsciencia.

2

Nada más poner un pie en el vestíbulo de la Central de Investigaciones Criminales el Conde sintió deseos de dar media vuelta y echar a correr. Aunque hacía veinte años que no corría ni visitaba aquel sitio, el recuerdo de su tormentosa estancia durante una década en el mundo de los policías siempre se le revolvía en las entrañas de su memoria como un dolor insobornable. Mientras observaba el nuevo mobiliario, las cortinas de tela gruesa acariciadas por el aire acondicionado, las paredes recién pintadas, se preguntó si aquel sitio de apariencia aséptica era el mismo lugar donde él había trabajado como policía y si aquella experiencia había transcurrido en su misma vida de ahora, y no en otra paralela o cerrada hacía tiempo. «¿Cómo coño resististe ser policía durante diez años, Mario Conde?»

No reconoció a ninguno de los uniformados que pasaron por su lado y ninguno de ellos lo reconoció a él —o al menos eso le pareció, para su alivio—. De los investigadores de su época solo debían de haber sobrevivido hasta ese momento los más jóvenes de aquel tiempo, como el entonces sargento Manuel Palacios, su eterno ayudante de investigaciones que, tras hacerlo esperar veinte minutos, por fin salió del elevador y se acercó a él. Manolo estaba uniformado, como le gustaba, y lucía sobre los hombros sus grados de mayor.

—Vamos a hablar para allá afuera —le dijo, mientras le daba la mano y casi tiraba del Conde para sacarlo de la atmósfera refrigerada hacia el vapor indecente de la mañana de junio.

—¿Por qué coño no podemos hablar allá dentro, tú?

Manolo se acomodó unas gafas misteriosas tras las que pretendía ocultar, cuando menos, las arrugas y bolsas oscuras colgadas del borde de sus ojos. Tampoco Manolo era el flaco que había sido, aunque a la vez no se podía decir que estuviera gordo, aun cuando lo pareciera. Conde lo estudió con esmero: el cuerpo de su ex compañero parecía el de un muñeco mal inflado, al cual se le hubiera acumulado en el abdomen y en la cara el aire viciado de los años, dándole un aspecto flácido, mientras los brazos, el pecho y las piernas seguían siendo delgadas, como si estuvieran secas. «Este cabrón está peor que yo, pal carajo», pensó.

Bajo el mismo falso laurel que veintitantos años atrás Conde solía ver desde la ventana de su cubículo, los hombres se acomodaron en un muro, cada uno con su cigarro en la mano.

—¿Qué es lo que pasa ahora, compadre? A ver si aquí nos cagan los gorriones... —El mayor Manuel Palacios fumaba, mirando hacia un lado y hacia otro, como si lo persiguieran—. Para colmo de males ahora no se puede fumar allá dentro... Te lo digo yo, Conde, esto está que no hay quien lo soporte...

—¿Cuándo no?

Manolo incluso intentó sonreír.

—¡Tú no sabes ná...! Lo del cigarro es lo de menos... Imagínate, ahora, de pronto, se dieron cuenta de que si los de abajo roban es porque los de arriba les dan la llave y hasta les abren la puerta... Hay una tonga de gente gorda presa o en camino. Pero gordas gordas. Ministros, viceministros, directores de empresa...

—Al fin sacudieron la mata. Pero les costó trabajo...

—Y no son aguacates lo que están cayendo. Son mojones... Y nosotros detrás de ellos. —Manolo hizo el gesto del cazador de aguacates fétidos en caída libre—. Los desfalcos y los negocios en que estaban metidos son de millones... Nadie sabe cuánto se han robado, malversado, regalado, dilapidado en cincuenta años.

—Y ustedes azocando a los viejitos vendedores de jabas, durofríos y palitos de tendedera...

—Ahora andamos detrás de los pejes gordos. Pero también en la operación Sábado Gigante, buscando a los que captan la señal del satélite y distribuyen los cables para que la gente vea los canales de Miami... Y son miles, pero miles de miles... Y desmontando los burdeles y puticlubs, que también son una pila. Eso reventó porque en uno mataron a una niña con una droga que le metieron y después tiraron el cadáver en un basurero. Hay hasta unos putañeros italianos enredados en eso y...

—Qué bonito, ¿eh? El mejor de los mundos posibles... Y ahora, así, de pronto, descubren que ese mundo estaba lleno de corruptos, putas, drogadictos, aberrados que prostituyen a niñas y caras de guante que parecían santos porque siempre decían que sí.

—Y en medio de toda esa cagazón, ¿cómo tú quieres que los jefes pongan gentes para ver dónde se metió una loquilla que seguro se fue a pique en una balsa tratando de llegar a Miami? ¿A ver, dime?

—Dice la amiga de ella que los padres y la abuela juran y perjuran que la chiquita no se fue... Ni siquiera contactó con una hermana que vive en Miami.

Manolo respiró sonoramente.

—Esta mañana, cuando me llamaste, lo primero que hice fue buscar ese expediente... La chiquita era emo y esa gente, la mayoría, tiene un mechón de pelo en un ojo y un tenis en la cabeza. Pero no uno cualquiera, sino un Converse, de los que cuestan casi cien dólares y...

—¿Cien dólares unos tenis?

Ahora sí, el mayor Palacios sonrió y levantó sobre su frente las gafas oscuras para mirar mejor a su ex compañero. En cuanto fijó la vista en el Conde, su ojo izquierdo empezó a navegar hasta terminar recostado en el tabique nasal.

—¿En qué mundo tú vives, chico? Mira, para ser emo hay que tener unos tenis de esos o de otra marca que ahora ni me acuerdo, un celular, pero no uno cualquiera que nada más sea para hablar y pasarse mensajitos, sino con cámara de fotos y video y sirva para oír música. Hay que usar ropa negra, mejor si Dolce y Gabbana, no importa mucho si auténtica o *made in Ecuador*. Llevar pulsos, unas fundas que se ponen en los brazos como si fueran mangas, unos guantes también negros, con este calor de mierda, y hay que estirarse el pelo con una cosa química que te lo deja lacio y tieso para poder peinarte como si te cayera en la cara el ala de una tiñosa... ¿Sabes cómo le dicen a ese mechón de pelo? El bistec...

—¿El bistec? ¿Bistec? ¿Qué cosa es eso, tú?

—Deja la gracia y saca la cuenta: hacen falta por lo menos quinientos dólares nada más que para meterte a emo..., lo que yo gano en dos años.

—¿Y cómo se llevan ustedes con los emos?

—A ver..., en la calle G se reúnen todos esos personajes: los emos pero también los rockeros, los frikis, los rastas, metaleros, hiphoperos..., ah, y los mikis.

—Cada vez aparecen más... ¿Qué es eso? *¿La guerra de las galaxias?*

—Todos son más o menos lo mismo, aunque no son lo mismo. Los mikis esos, por ejemplo, son los que manejan más plata, porque los padres están bien conectados con el billete, de una forma o de otra... Nosotros tratamos de no meternos con ninguno de ellos mientras ellos se dediquen a tomar ron, poner música, mearse en la calle, cagarse en los portales de las casas de la zona, templarse unos a los otros en cualquier oscuridad...

Le tocó a Conde el turno de reír.

—¡Cómo han cambiado ustedes! Cuando yo estaba en el pre te llevaban preso por andar en bermudas por la calle... ¿Y cómo está la droga entre esos muchachos?

—Esa es la jodienda, la droga. Ahí sí nos ponemos bravos. El lío es que los fines de semana se juntan ni se sabe cuántos y eso nos la pone difícil. Lo que hacemos es buscar a quien la vende a través de quien la compra, y a cada rato nos cae un buen pescado en el jamo.

—¿Y cómo hacen?

—Coño, Conde, pa qué carajo se inventaron los informantes... Tenemos un mikipolicía, un policía metálico y un vampipolicía. Porque también hay vampiros en la calle G.

Conde asintió como si lo escuchado fuese lo más natural del mundo. Y, al parecer, ya lo era. De cualquier forma, Manolo le daba otra razón para alegrarse por el hecho de poder oír aquella música desde una butaca de espectador y no como policía en funciones, encargado quizás de realizar una cacería de vampiros. ¿El país se había vuelto loco? ¿Yadine usaba tenis de cien dólares?

—¿Entonces no puedes hacer nada para encontrar a la chiquita?

—No es una niña, Conde, tiene dieciocho años, ya está un poco tarajallúa para andar en esa comemierdería de ser emo o lo que sea, de deprimirse por gusto y de cortarse para sentir dolor y... Pero dicen ellos que no son masoquistas.

—Coño, Manolo, me parece que voy a cumplir cien años. No entiendo ni timbales. Tanto que nos jodieron la vida con el sacrificio, el futuro, la predestinación histórica y un pantalón al año, para llegar a esto... ¿Vampiros, depresivos y masoquistas por cuenta propia? ¿Con este calor?

—Por eso te digo que si no se fue pal carajo, lo más seguro es que ande por ahí gozando la papeleta con algún extranjero o sabe Dios dónde, metiéndose cualquier cosa de las que se meten ahora. O cortándose a pedacitos... Nada más puedo pedirle a los que llevaron el caso que no lo pongan en el fondo del cajón. Pero seguro que ahora mismo ellos están desbordados buscando proxenetas, putas, traficantes, estafadores, funcionarios corruptos y cualquier clase de hijos de puta para dedicarle más tiempo a la emo perdida porque quiso perderse. Además, tú lo sabes, después de las setenta y dos horas, un desaparecido al que lo hayan desaparecido no suele aparecer. —Manolo sonrió al valorar su ingenio verbal, y agregó—: Por lo menos vivo.

Conde encendió otro cigarro y le pasó la caja a Manolo, que negó con la cabeza.

—¿Qué día se supone que se perdió?

Manolo extrajo del bolsillo de su pantalón de reglamento una libreta macerada.

—El treinta de mayo..., hace once días —leyó, calculó y agregó—: Tres días después la madre denunció la desaparición. Dijo que a veces se perdía uno o dos días, pero no tres. Para una investigación, ese tiempo perdido es fatal, tú lo sabes.

—¿Y hay alguna cosa interesante en el expediente?

Manolo meditó unos segundos. Había vuelto a acomodarse las gafas y Conde no pudo disfrutar del espectáculo de su bizquera intermitente.

—¿Ya tú hablaste con los padres?

—No, todavía.

—Los padres hasta mandaron una foto de la hija a un programa de televisión... Pero trabajo costó que dijeran que la chiquita estuvo viéndose un tiempo con un italiano, un tal... —Manolo volvió a registrar la libreta que parecía sacada de un basurero— Paolo Ricotti... El nombre saltó porque a ese tipo lo tienen en la mirilla, por putañero, a lo mejor hasta por corruptor de menores, pero no han podido agarrarlo con las manos en la masa.

—¿Y qué hace ese personaje en Cuba?

—Hombre de negocios... Amigo de Cuba... De los que hace donaciones solidarias... Pero lo que no entiendo ahora es por qué te has metido en el rollo de la emo esa, ¿eh, Conde?

Conde miró hacia el edificio donde había trabajado diez años. Buscó con la mirada la ventana del que había sido su cubículo y, a su pesar, no pudo evitar una ráfaga de malsana nostalgia.

—Creo que porque me gustaría hablar con la tal Judy... Para entender de verdad qué cosa es ser emo...

Manolo sonrió y se puso de pie. Conocía aquellas respuestas evasivas del Conde y optó por picarlo con la púa.

—¿O será que te picó el bicho porque sigues pensando como policía?

—Como decía mi abuelo: que Dios nos libre de esa enfermedad, si no es que no nos dio ya... Gracias, Manolo.

Conde extendió la mano derecha y Manolo, más que estrechársela, se la retuvo.

—Oye, compadre, ¿y el padre no te interesa?

Una chispa iluminó el cerebro del ex policía.

—Sí, claro...

—El tipo está en remojo. Era uno de los jefes de la cooperación cubana en Venezuela... Hay una cagazón de importaciones por la izquierda...

—¿Y?

—Y hasta ahí es lo que sé... Pero a mí también me sopló la mosca en la oreja y voy a averiguar.

—Me interesa lo que averigües. Aunque no tenga que ver con la hija. Las desgracias nunca vienen solas... —afirmó y, de modo mecánico, se tocó debajo de la tetilla izquierda, el sitio en el cual solían reflejarse dolorosamente sus premoniciones.

—Ah, no, Conde, no me vayas a hablar ahora de tus premoniciones... Y, mira, échate mierda de vaca en la cabeza, dicen que eso es bueno..., porque vas para calvo que jodes...

Después de varios días de amenazas, el cielo se encabritó y abrió sus compuertas: rayos, truenos y lluvia inundaron la tarde, como si hubiera llegado el fin del mundo. Cuando llovía de aquel modo apocalíptico y el calor cedía, Conde conocía un método inmejorable para esperar el paso de la tormenta veraniega: se llenaba la barriga con lo primero que encontraba, se dejaba caer en la cama, abría una asmática novela de un poeta cubano siempre a mano para aquellas coyunturas, leía una página sin entender un carajo y, al recibir aquella patada en el cerebro, arrebujado en el ruido de la lluvia, se dormía —y así se durmió aquella tarde— como un niño acabado de mamar.

Cuando despertó, dos horas después, se sentía húmedo y pesado. La pesadez la debía al sueño; la humedad, a *Basura II* que, necesitado de refugio para pasar el vendaval veraniego, lo había encontrado en toda la regla y dormía, con su pelambre todavía mojada, cara a cara con el Conde. El hombre pensó que debía aprovechar el sueño del perro para matarlo en ese mismo instante: era lo que se merecía aquel hijo de puta redomado. Pero al verlo dormir con la punta de la lengua asomada entre los dientes, mientras emitía unos levísimos gruñidos de felicidad, provocados por algún amable sueño perruno, se sintió desarmado y se levantó con la mayor delicadeza posible para no interrumpirle la siesta a... aquel pedazo de cabrón que merecía que lo mataran por haberle mojado la cama.

La lluvia había cesado pero las nubes seguían cubriendo el sol. Mientras preparaba el café, a su pesar, Conde pensó en su conversación con Manolo. ¿Habría alguna conexión entre lo que el padre de la emo hiciera en Venezuela y la difuminación de la joven? La lógica advertía que no debía existir ese nexo, pero la lógica también solía ser bastante veleidosa, se dijo.

Luego de beber el café y de fumarse un cigarro, se decidió a poner en marcha sus maquinarias y llamó a Yoyi el Palomo.

—Dime, ¿se ha sabido algo del dirigente?

—Todavía no —dijo el Palomo—. Dale tiempo, dos o tres días. ¿O ya no confías en mi olfato?

—Más que nunca... Oye, Yoyi, ¿estás enredado esta noche o me puedes acompañar a ver una cosa que me interesa y de la que no entiendo nada?

—¿Hay plata por medio? —preguntó, como no podía dejar de hacerlo, Yoyi el Palomo.

—Ni un medio. Pero me vendría bien tu ayuda... Quiero ver si encuentro a una mujer.

—¿Para ti?

—No precisamente. Demasiado joven: tiene dieciocho años... Una emo.

—¿Una emo? ¿Dieciocho años? Me apunto.

Dos horas después Yoyi pasaba a recogerlo en su Bel Air. Como Conde había averiguado que la mejor hora para ver a aquellos personajes era a partir de las diez de la noche, su socio lo había invitado a matar el tiempo matando el hambre y practicaron la ejecución en El Templete, la vieja fonda portuaria renacida como el restaurante más caro de la ciudad, y cuya clientela, en un 99,99 por ciento de los casos, eran personas nacidas o vividas allende los mares, o los nuevos empresarios cubanos, los únicos en condiciones de saltar la barrera de los altos precios de las exquisiteces del establecimiento. Pero a Conde no le extrañó ver cómo, desde los parqueadores hasta el chef, recibieron a Yoyi, más callejero que la verdolaga, con reverencias exclusivas para jeques árabes.

Comidos como príncipes y bebidos con mesura —dos botellas de un tinto de reserva de la Ribera del Duero—, dejaron el Chevrolet frente a la casa de un amigo de Yoyi que se encargaría de vigilarlo como si fuese su hija todavía (otro decir) virgen, y caminaron por la calle 17 en busca de G, la antigua Avenida de los Presidentes. Desde hacía un par de años en el paseo central de la avenida habían sentado sus reales las tribus urbanas habaneras, como se habían dado en llamar aquellos ríspidos habitantes de la noche entre los cuales, por haber, resultaba que hasta existían vampiros tropicales.

En varias ocasiones Conde había observado, desde la velocidad de un auto o una guagua, siempre con la más absoluta displicencia, la concentración de muchachos que, en especial los fines de semana, se habían adueñado de las noches de la calle G. Desde el principio le pareció un espectáculo curioso, poco comprensible y bastante singular. Según sabía, todo había comenzado como una reunión callejera de un grupo de aficionados al rock sin otro sitio adonde ir, y, poco después, derivaría en una concentración masiva de aburridos e inconformes, más autoexcluidos que marginados, empeñados en vaciar de sentido el paso del tiempo, revolcados entre charlas, tragos y cierres de noche con un enchufe sexual por cualquiera de los tomacorrientes disponibles. Pero poco más conocía de aquel mundo tan distante y distinto del suyo.

Mientras cenaban, algo le había explicado Yoyi.

—A ver si entiendes.

—No voy a entender, pero dale... —aceptó el Conde.

—Estos muchachos lo único que quieren es estar tranquilos y hablar mierda sin que nadie los moleste. Según la tribu, así es el tema de conversación. Los rockeros hablan de rock; los rastas, de cómo hacerse trenzas de negro; los frikis, de cómo vestirse más extravagantes; los mikis, de teléfonos celulares y marcas de ropas...

—Temas elevados... ¿Y los emos?

—Esos sí que están cabrones, *man*. Esos no hablan mucho porque lo que les gusta es estar deprimidos.

—Todo el mundo me habla de la depresión... ¿De verdad les gusta? ¿No es una pose? Eso me tiene intrigado...

—Para ser emo hay que ser depresivo y pensar mucho en el suicidio.

—Te dije que no iba a entender.

Yoyi, que solía evitar los dulces, se zampó un ejemplar de los camarones al ajillo reclamados como postre, bebió un trago de vino y buscó la manera de abrirle las entendederas al Conde.

—Lo que pasa con todos esos muchachos es que no quieren parecerse a la gente como tú, Conde. Ni siquiera a la gente como yo. Tratan de ser distintos, pero, sobre todo, quieren ser como ellos decidieron ser y no como les dicen que tienen que ser, como hace rato pasa en este país, donde siempre están mandando a la gente. Ellos nacieron cuando todo estaba más jodido y no se creen ningún cuento chino y no tienen la menor intención de ser obedientes... Su aspiración es estar *out*, fuera...

—Ya eso me está gustando más. Eso lo entiendo...

—Anjá, *man*. Ellos pertenecen a una tribu porque no quieren pertenecer a la masa. Porque la tribu es de ellos y no de los que lo organizan y lo planifican todo. —Y Yoyi apuntó hacia las alturas.

—Sigo entendiendo..., pero no lo principal. ¿Y cómo tú sabes todo eso?

Yoyi sonrió mientras se acariciaba el pecho de palomo.

—Porque en mis tiempos yo fui rockero... Loco a Metallica.

—Mira tú..., yo no pasé de Creedence...

—Pero en mi época era como un juego. Cuando hablo con los rockeros de ahora, la cosa es más complicada. —Yoyi se tocó la cabeza para ubicar la complicación—. Y va en serio. Por lo menos eso es lo que piensan ellos.

Aquella noche, refrescada por la lluvia vespertina, la calle estaba desbordada de jóvenes. De un primer vistazo Conde comprobó que la mayoría eran adolescentes, casi impúberes. Y que todos parecían haberse disfrazado para un carnaval futurista. Había círculos humanos alrededor de algunos dedicados a tocar sus guitarras; muchachos que deambulaban en uno u otro sentido del paseo central de la avenida buscando algo que no encontraban o tal vez no buscando nada; otros más, sentados en la tierra, sin duda húmeda por el aguacero de la tarde, se pasaban la botella plástica de dos litros de un líquido oscuro, de aspecto pringoso, al parecer de alto octanaje. Unos vestían ropas ajustadas; otros, pantalones anchos; estos llevaban crestas de pelo engominado en las cabezas, brazaletes de verdugos medievales en las muñecas, cadenas con candados en el cuello; y aquellos, aros en las orejas, labios pintados y ropa rosada. Hastiados y alienados de una jerarquía opresiva, aburridos de todo, autoexpulsados, obsesos anatómicos y musicales de apariencias asexuadas, cándidos, irritados, militantes tribales, anarquistas sin banderas, buscadores de su libertad. Más que por una calle de La Habana, Conde sintió que caminaba por Puerto Marte, por supuesto, sin Hilda. Pero aquello era La Habana: una ciudad que por fin se alejaba de su pasado y, entre sus ruinas físicas y morales, prefiguraba un futuro imprevisible.

Tal vez por la necesidad de realizar aquella precisión planetaria, Conde no pudo dejar de recordar que en la misma ciudad donde ahora habían venido a dar las diez tribus perdidas, unos años atrás, cuando él mismo era adolescente, ciertos brujos con poder ilimitado habían salido a las calles a cazar a todo joven que exhibiera el pelo un poco más largo o unos pantalones más estrechos de lo que ellos, los brujos con poder que fungían como instrumentos del verdadero poder, consideraban admisible o estimaban apropiado para las cabelleras y extremidades de un joven inmerso en un proceso revolucionario empeñado con esos y otros métodos en fabricar al Hombre Nuevo. El arma de exterminio masivo más utilizada por la guardia roja habían sido las tijeras: para cortar pelos y telas. Algunos miles de aquellos jóvenes, considerados solo por sus preferencias capilares, musicales, religiosas, o en cuestiones de vestimenta y de sexo, como lacras sociales inadmisibles en los marcos de la nueva sociedad en trámite de construcción, habían sido no solo trasquilados y rediseñadas sus ropas. Muchos de ellos, incluso, terminaron recluidos en campos de trabajo donde se suponía que, en duras faenas agrícolas trabajadas bajo régimen militar, serían reeducados por su bien y por el bien social. Ser considerado un «pepillo», exhibir inclinaciones *hippies,* creer en algún dios o tener el culo alegre constituía todo un pecado ideológico y las hordas de la pureza revolucionaria, comisionadas con la tarea de desbrozar el camino moral e ideológico hacia el futuro mejor, habían hecho su muy productiva zafra con aquellos presuntos pervertidos urgidos de corrección o eliminación (mientras la zafra de verdad, la del azúcar, la del desarrollo y el subdesarrollo, no obtenía tan buenos resultados). Y, al tiempo que recordaba, Mario Conde no podía dejar de preguntarse si todo aquel dolor y represión contra los diferentes, por el solo hecho de serlo, si aquella mutilación de la libertad en la tierra de la libertad prometida, habían servido para algo: al menos por lo que ahora veía, no. Y se alegraba, muchísimo. Pero... ¿de verdad habían desaparecido los brujos o solo se habían replegado, esperando su momento, aunque la vida les hubiera quitado la posibilidad de más momentos...? Sin embargo, del mundo abigarrado y deshecho por el cual se movía ahora como un ciego sin bastón, solo seguía sonándole en los oídos como un ruido molesto la certeza de que algunos de aquellos jóvenes disfrutaran de la depresión y practicaran la automutilación, incluso hasta la cultura de la muerte, unas actitudes que el ex policía consideraba antinaturales, más aún, contranacionales. Cada vez más lo dominaba la certeza de que aquella actitud incomprensible había sido el empujón que lo había llevado hasta allí.

—Yoyi, ¿y en este circo cómo uno sabe cuáles son los emos?

—Coño, *man,* por la ropa y el bistec... Vamos a buscarlos...

—Oye, avísame si ves a los vampiros. Aunque a esos seguro que los conozco por los colmillos y porque en vez de ron con refresco toman Bloody Mary.

Yoyi se acercó a un grupo mientras el Conde, sin dejar de pensar en lo que iba conociendo, explicándose aquel mundo con unos códigos irónicos tras los que se protegía de su perplejidad, observaba desde una de las esquinas del paseo a los nuevos hombres del futuro, que ya era presente. Cuando regresó, el joven sonreía.

—Están ahí abajo, antes de llegar a G y Quince...

Cruzaron 17 y, en las inmediaciones de una de las nuevas y cada vez más horribles estatuas de próceres latinoamericanos erigidas para llenar los espacios dejados por las esfumadas efigies de presidentes cubanos de los tiempos republicanos, vieron a los habitantes de la diminuta pero soberana comarca de Emolandia. Los peinados con el mechón lacio aplastado sobre la mitad de la cara, los atuendos negros y rosados, aquellas mangas rayadas como pieles de cebras, los aros metálicos en diversas partes de la anatomía, y los labios, ojos y uñas, también oscurecidos, eran las señales que los distinguían del resto de los indígenas vistos hasta ese instante. Conde, ya desvelado el policía que a su pesar llevaba dentro, detuvo al Palomo para tratar de ubicar a Yadine en el grupo, pero no la encontró. Aprovechó entonces para contemplarlos un tiempo y hacerse una primera imagen del grupo. Mientras los que ya había visto cantaban, hablaban o se besuqueaban, los jóvenes emos permanecían en silencio, sentados en la hierba húmeda que debía de estar calándoles el culo, las miradas dirigidas hacia cualquier sitio o hacia ninguno. La estructura circular del grupo favorecía el movimiento del botellón plástico puesto a girar en sentido contrario a las manecillas del reloj, como si recorriera un tiempo imposible hacia la nada. Observándolos, Conde pensó que tal vez empezaba a entender lo incomprensible: aquellos adolescentes estaban cansados de su medio ambiente. Sin embargo, no parecían dispuestos a hacer algo más que autodecorarse, emborracharse y marginarse cada noche para solucionar aquel estado de profunda fatiga, sin preocuparse demasiado por encontrar un camino de salida que no fuese la autoalienación. Como le había sugerido la filosofía elemental de Yadine, solo pretendían ser, estar y parecer. Los emos eran los nietos de un avasallante cansancio histórico y los hijos de dos décadas de pobreza repartida a conciencia, seres despojados de la posibilidad de creer, apenas empeñados en evadirse hacia un rincón que les pareciera lo más propio posible, tal vez hasta inaccesible para todos los que estaban fuera de aquel círculo mental y físico que, sin pensarlo más, el ex policía decidió quebrar. Siguiendo un impulso impertinente e indetenible, Conde dio las tres zancadas más ágiles que consiguiera en los últimos años, avanzó hacia el grupo y se sentó entre un emo y una ema, o como se llamaran.

—¿Me dan un trago?

Los muchachos no tuvieron más opción que regresar a la apestosa realidad real: un extraterrestre resultaba algo demasiado descomunal como para ignorarlo. Y además, el alien descarado e insolente les pedía un trago.

—No —dijo el emo que estaba frente a él, aferrándose a la botella. Conde observó al muchachito rubio, casi transparente de tan blanco, con el pelo chorreado sobre el ojo derecho, los labios pintados de púrpura profundo, una sola manga postiza y un reluciente aro de buey en la nariz. Resultaba tan andrógino que se necesitaría una observación detenida en un microscopio y solo entonces se podría intentar la determinación de su pertenencia sexual.

—Está bien. Total, debe saber a mierda —se defendió el Conde, que se movió un poco hacia la ema ubicada a su derecha y llamó a su compañero—. Ven, Yoyi, cuela aquí, vamos a deprimirnos un poco...

Yoyi, que había contemplado con asombro la acción del Conde, definitivamente atípica de su carácter, se acercó con lentitud. Incluso para un ex rockero devenido soldado de la guerra de todos los días, la acción de su socio le parecía desproporcionada. Por eso susurró un «permiso», antes de dejarse caer en el sitio abierto por su amigo. Además, resultaba evidente que a Yoyi no le parecía gracioso pegar a la tierra los fondillos de su jean de Armani.

—¡Pero qué pinga...! —El rubio Cara Pálida recuperó su condición varonil y comenzó una protesta. Los otros iban a sumarse cuando Conde los cortó de cuajo.

—Vine para saber una cosa: ¿Judy está viva o está muerta?

La bomba soltada por la malicia del ex policía los dejó mudos. Pero las miradas eran vivas.

—Aclaración necesaria... —dijo el Conde, levantando el índice—. Nosotros no somos policías. Queremos saber qué pasó con ella para decírselo a su abuela —optó por decir, pues no sabía si debía mencionar o no la participación de Yadine—. Los policías de verdad dicen que alguien comentó que Judy quería irse de Cuba y a lo mejor se montó en una balsa y..., perdonen mi impertinencia y déjenme presentarme: Mario Conde, un placer.

Los muchachos escucharon al personaje no invitado y se miraron entre sí y alguna mirada fue en busca de Cara Pálida, sin duda poseedor de cierto liderazgo. Debajo de sus máscaras, el Conde les calculó que andaban entre los catorce y los dieciocho años y comprobó que su discurso había provocado algún efecto, y si quería sacar algo de aquella zambullida entre emos, debía catalizarlo.

—Me dijeron que a los emos les encantan las balsas y...

Cara Pálida tomó la palabra.

—Judy siempre estaba hablando de hacer cosas que después nunca hacía... A mí me habló de irse en una balsa...

El único emo negro del grupo carraspeó. Tenía la ventaja, según pensó el Conde, de ahorrarse el creyón de labios, pero mucho esfuerzo y química debía de haberle costado conseguir el bistec de pelo lacio tendido sobre la cara.

—Yo no me creo eso —dijo el muchacho y miró hacia el líder.

—Pues a mí ella me lo repitió el otro día —reaccionó Cara Pálida como si estuviera molesto—. Si lo hizo o no es otra cosa. Pero ojalá se haya ido pal carajo... —susurró las últimas palabras mientras se acomodaba la única manga rayada que le cubría desde la muñeca hasta el bíceps del brazo izquierdo. ¿A quién se le parecía aquel muchacho casi transparente?, volvió a preguntarse Conde. Anticipándose al silencio creciente, buscó alternativas para mantener a los jóvenes hablando.

—¿Es divertido ser emo? —preguntó, procurando atizarlos.

—Una es emo porque es emo, no para divertirse —dijo la ema sentada a su lado—. Porque nos duele vivir en un mundo de mierda, y no queremos saber nada de él.

Conde anotó mentalmente la frase, casi idéntica a la dicha por Yadine la tarde anterior. ¿Sería el lema tribal, unos versos de su himno emocional?

—¿Y qué dicen tus padres de eso?

—Ni sé ni me importa —dijo la ema y de inmediato agregó, con voz recitatoria y un inglés más que correcto—: *«It's better to burn out than to fade away»*, como dijo Kurt Cobain.

Un par de *«yeah, yeah»* desangelados pero aprobatorios siguieron al parlamento de la emo y Conde se preguntó quién sería aquel poeta o filósofo mencionado por la piromaniaca en ciernes. ¿Cobain? ¿No era Billy Wilder el autor de la frase? Entonces recordó la ocasión en que, siendo policía, había tenido una conversación con un grupo de frikis de aquellos tiempos remotos: los frikis querían ser libres y se alejaban de la sociedad opresiva para respirar su libertad y templar como condenados. Si estos emos no querían nada pero se exhibían como fenómenos asexuados, y además eran de los que apenas preferían quemarse para gozar de la inmolación, las cosas iban a peor.

—¿Alguno de ustedes vio la foto de Judy que la mamá mandó a ese programa de la televisión donde hablan de gentes y perros perdidos? —Trató de sonar casual.

—¡Sí, yo la vi...! No se parecía a ella, así peinadita —dijo otra ema más distante, incluso sonriente, para corroborar la sospecha de Conde.

—¿Y es verdad que Judy tenía un novio italiano?

El emo negro empezó a negar con la cabeza, sin conseguir que el bistec se despegara de su rostro.

—Yo soy amigo de Judy..., de la escuela —dijo el muchacho—. El italiano no era su novio. Qué iba a ser, si era un viejo como de cuarenta años...

Conde miró a Yoyi: ¿y qué coño sería él, con más de cincuenta? ¿Y por qué Yadine no había tocado aquella tecla específica del personaje italiano?

—¿Y entonces?

—Ella decía que era su amigo. Que le gustaba hablar con él, que él sí la entendía... Él le regalaba libros, los compraba en España...

—¡Oye eso! —protestó el emo pálido, por alguna razón molesto con las opiniones del emo oscuro.

Otra vez Conde miró a Yoyi: aquella historia del italiano viejo y bueno tenía un tufo raro. Siguió enfocado en el emo negro.

—¿Y tú dices que ella no habló de irse de Cuba?

El muchacho pensó la respuesta.

—Bueno, una vez..., pero después nunca me habló más de eso. Todo el mundo habla de irse, y una pila se van, pero aquí Judy hacía algo que le gustaba mucho: joder al padre.

—Bueno, eso es normal... ¿Me das un trago ahora? —se dirigió a Cara Pálida que seguía aferrado al botellón mientras operaba las teclas de su celular y observaba algo en la pantalla, como si la charla hubiera dejado de interesarle. De mala gana el muchacho le extendió el recipiente. Conde lo olió: mofucos peores se había tragado, se dijo, y se lanzó un chorro a la garganta. Tragó, bufó, y le ofreció el pomo a Yoyi. El Palomo, por supuesto, rechazó la oferta—. Una última cosa que me gustaría saber... por hoy... ¿Por qué los emos tienen que estar deprimidos por el gusto de estar deprimidos? ¿No hay suficientes cosas en la calle para deprimirlo a uno con razón? ¿No hace mucho calor en Cuba para deprimirse por cuenta propia?

Cara Pálida lo miró con odio, como si Conde fuera un profanador de dogmas sagrados. Sí, sí, el muchacho le recordaba a alguien. Después de pensárselo, el emo le respondió:

—Hacía tiempo no veía a un tipo tan comemierda como tú. Y me importa tres pingas si eres o no eres policía. —La ira que lo dominaba lo obligó a hacer una pausa. Conde, dispuesto a aceptarlo todo con el fin de saber más, observó el júbilo en las caras de los otros presuntos deprimidos—. Lo único que de verdad queremos es no tener una vida de mierda como la que tuviste y tienes tú. Segurito eres un amargao porque nunca hiciste lo que querías hacer. Te tragaste todos los cuentos que te hicieron... Por cobarde y por comemierda. Y total, ¿pa qué? ¿Qué ganaste con eso?

El emo hizo una pausa y Conde pensó que esperaba una respuesta, y accedió a entregársela.

—No gané nada. Si acaso perdí... Por comemierda.

—¿Están oyendo? —dijo, triunfal, dirigiéndose a sus cófrades. Luego devolvió la mirada a Conde, que había logrado mantener la sonrisa estúpida que consideraba necesaria para ese momento—. Nosotros por lo menos no nos dejamos tratar como corderos, vamos a vivir la vida que nos da la gana y no le vamos a rendir pleitesía a nadie, ni hombre ni dios. No creemos en nada, no queremos creer...

—¿Descreídos o herejes? —necesitó precisar el Conde, sin saber bien por qué, o quizás solo porque la última frase, aquella proclamada ausencia voluntaria de fe, le había tocado una cuerda de la memoria.

—Da igual. Lo importante es no creer —siguió Cara Pálida, exhibiendo su evidente liderazgo y expulsando una rabia enquistada—. Por eso no queremos que nos den ni pinga, para que después no puedan decir que nos dieron algo. No hablamos de libertad porque esa palabra los hijos de puta se la cogieron para ellos y la gastaron: ni eso queremos de ustedes... Agarramos lo que nos toca y ya... Y si podemos, pues nos largamos de aquí, da igual para dónde, Madagascar o Burundi... Y ahora vete a cagar por ahí, que nada más ver tipos como ustedes me multiplica la depre.

A medida que el transparente avanzaba en su discurso del orgullo emo, Yoyi se había ido poniendo de pie, como si lo levantara un gato hidráulico. Lo dejó terminar su descarga y entonces explotó:

—A ver, pomo e'leche, nada más voy a preguntarte una cosa. ¿De dónde coño tú puedes sacar el dinero para andar con los Converse que tienes puestos y con esa Blackberry que aquí en Cuba no sirve para un carajo?

—Oye, que yo...

—O me respondes o te callas, ya yo te dejé hablar y en Emolandia democrática cada uno tiene su turno —tronó Yoyi, provocando que otros jóvenes de las tribus adyacentes se volvieran hacia ellos—. ¿Sabes lo que yo tengo que hacer para tener un celular? Pues jugármela todos los días con los policías de verdad, que existen, y mucho... Sabe Dios de dónde tu padre, tu madre o el bugarrón que te coge el culo sacan el dinero para mantenerte, vestirte y pagarte tus pujos. Así que déjate de comer mierda y de hacerte el puro y el hereje. Y si de verdad quieres deprimirte, oye lo que te voy a decir ahora: ¡ese pullover de Dolce y Gabbana que tienes puesto es más falso que un billete de dos pesos...! ¡¿Quieres más trigo para deprimirte? Pues óyeme bien: ¡nunca vas a ser libre! ¿Y sabes por qué? Pues facilito: porque la libertad no te la dan si te escondes en un rincón. ¡Tienes que ganártela, comemierda! Y porque imbéciles como tú son los que hacen ricos a los que fabrican Converses, Blackberrys y MP4, que, por cierto, son tremendísimas mierdas... —Yoyi tomó aire y miró a Conde—. Me voy pal carajo, *man*, no estoy para esta descarga. Y tú —se dirigió al emo albo—, si no te gusta lo que te dije y quieres tirarte unos piñazos, vamos conmigo, que te voy a exprimir hasta la depresión...

Conde, todavía sentado, percibió cómo la humedad se le había concentrado en las nalgas y las sintió entumecidas. Miró a los emos, enfurecidos o sorprendidos por la explosión de Yoyi, y observó al líder transparente que bufaba, pero sin moverse de su sitio. Captó al vuelo que, a aquellas alturas del debate, el único que parecía deprimido era el emo negro. Luchando con sus músculos logró ponerse de pie y armó su mejor sonrisa.

—Perdonen a mi amigo... Él es así, impulsado. Es que fue rockero. Y yo... yo fui pelotero... —E hizo un gesto de adiós, como si estuviera anunciando su retiro definitivo de los terrenos de juego.

3

En los tiempos en que Mario Conde fue pelotero (o, para ser justos: trató de serlo), consumidor contumaz de Los Beatles, Creedence Clearwater Revival y Blood, Sweat and Tears, también él había sido víctima de la depresión: pero por motivos más concretos. Vivía los últimos días de una adolescencia atravesada sin la menor gracia y sin haber llevado en los pies o en cualquier otra parte de su anatomía nada ni remotamente parecido a unos Converse o una prenda de Dolce y Gabbana, ni siquiera falsa. Fue entonces cuando llegó al pre de La Víbora y, de la misma manera natural en que el acné iba desapareciendo de su rostro, fue adquiriendo algunas de las cosas que le completarían la vida: unos amigos —el flaco Carlos, entonces muy flaco—, el Conejo, Andrés y Candito el Rojo; el gusto por la literatura, complicado con unos alarmantes deseos de escribir como algunos autores leídos, como el cabrón de Hemingway o el comemierda de Salinger que en cuarenta años no había vuelto a publicar; y el primer, más doloroso y constante amor de su vida: Tamara Valdemira, la hermana gemela de Aymara. Y fue Tamara la causante de su primera depresión. (Hemingway lo deprimiría más tarde, cuando caló mejor al personaje. Salinger simplemente lo decepcionaría con su insistencia en no volver a publicar.)

Aunque las mellizas se asemejaban todo lo que un ser humano se puede parecer a otro, tanto que para facilitar la identificación sus padres decidieron que el color de Tamara era el azul y el de Aymara, el malva (para las cintas del pelo, las medias, los pulsos), desde que las vio, a pesar de sus uniformes y rostros idénticos, Conde se enamoró definitiva, inconfundible, caballunamente de Tamara. La furiosa timidez del muchacho, la belleza alarmante de la joven y el hecho de que Tamara proviniese de un mundo tan diferente al suyo (nieta de abogado famoso e hija de diplomático ella; de gallero y de guagüero él) hicieron que Conde sufriera en silencio aquella pasión, hasta que apareció el envolvente y expansivo Rafael Morín y se llevó la gata al agua y, de paso, las ilusiones de Mario Conde, quien sufrió por varios meses una malsana aunque muy justificada depresión juvenil, imposible de aliviar ni siquiera con la frecuente práctica de la masturbación, un arte en el cual llegó a considerarse un especialista y hasta un innovador.

Casi veinte años después, aquella amarga historia primaveral había abierto su segundo capítulo de una manera imprevista y explosiva. Rafael Morín desapareció y quiso el destino que el teniente investigador Mario Conde fuese encomendado de buscar al impoluto dirigente que, hurgando donde había que hurgar, muy pronto reveló ser todo menos impoluto y solo reapareció para ser depositado dos metros bajo tierra, cubierto además con la ignominia de sus manejos fraudulentos.* Desde entonces Tamara y Conde (que arrastraba un divorcio y una separación bastante traumáticos) habían sostenido una relación amable y sosegada en la cual cada uno entregaba al otro lo mejor que tenía, pero sin ceder sus últimos espacios de individualidad. Conde pensaba incluso que la salud de la convivencia quizás había estado fundada en el hecho de que ninguno de los dos, aun cuando lo pensara en algún momento, se había atrevido a pronunciar con intenciones de concretarla la palabra maldita: matrimonio. Aunque el hecho de no convocarla tampoco implicaba que la palabra y todo cuanto ella significaba no los estuviera rondando, como buitre al acecho.

Siempre que Conde se despertaba en la casa de Tamara lo embargaba una cálida sensación de extrañamiento y, en ocasiones, hasta unos imprevisibles deseos de casarse. La primera causa de aquellas reacciones era de origen visual: como solía despabilarse antes que la mujer, el hombre disfrutaba el privilegio de permanecer varios minutos en la cama observando el milagro de su fortuna y preguntándose —la misma pregunta una y otra vez, durante esos veinte años afortunados, al menos en aquel sentido concreto— cómo era posible que la noche anterior hubiera compartido la intimidad con una mujer tan bella, capaz incluso de llevar su clase al acto reflejo de roncar como si soplara un *oboe d'amore* típico de las cantatas de Bach. Tamara, apenas dos años más joven que Conde, había traspasado la frontera de los cincuenta años con una dignidad asombrosa: tetas, culo, abdomen y cara conservaban mucho de su tersura original, a pesar de los volúmenes que cargaban algunos de aquellos atributos, como el seno que, escapado del refajo, atraía la atención de Conde aquel amanecer. Los daños colaterales de la edad, Tamara los combatía con esmero: ejercicios diarios, ocultamiento de canas impertinentes con un tinte L'Oréal castaño mediano, alimentación regulada, por lo cual —calculaba el Conde cuando veía sus pro-

---

* *Pasado perfecto,* Tusquets Editores, 2000.

pios deterioros y contabilizaba sus excesos— pronto parecería su hija. La segunda causa arrastraba un carácter más conceptual: ¿cómo era posible que Tamara lo hubiera resistido tantos años? Para no pensar en esa pregunta, la más difícil, en mañanas como aquella, Conde solía abandonar la cama como un fugitivo e irse a la cocina a prepararse el necesario café de los despertares. Aunque ese día, en lugar de una premonición dolorosa, fue un relámpago de fuego lo que al fin le iluminó la memoria y lo retuvo unos minutos junto a la cama, observando el pezón descubierto y el brillo de la saliva en la comisura de los labios de la bella durmiente que... en dos días cumplía los cincuenta y dos años.

Fumándose el primer cigarro de la jornada, Conde vio por la ventana abierta cómo la claridad se iba instalando en el que prometía ser otro infernal día de junio. Él sabía muy bien que Tamara no era adicta a las celebraciones cumpleañeras, menos desde que rebasara la media rueda, y quizás por ello había tardado tanto en recordar la fecha. Pero, ahora, la presencia en Cuba de Aymara, radicada desde hacía mucho en Italia, y quien no por casualidad cumplía años el mismo día que su hermana gemela, creaba una situación más propicia para proponer una celebración. Y si necesitaban refuerzos y justificaciones, ahí estaba Dulcita, la mejor amiga de Tamara, también de visita en la isla por esos días. Sí, la fiesta ya estaba lista... El único problema radicaba en que, con los doscientos o trescientos pesos arrugados en sus bolsillos, al Conde no le alcanzaba ni para comprar el *cake* de cumpleaños.

Mientras se vestía, Conde sonrió, malévolo: sí, para algo estaba en el mundo el flaco Carlos.

Mientras se alejaba de la casa de Tamara con la brújula marcando la vivienda de la familia de la desaparecida Judy, Conde no tuvo más remedio que asumir la ubicación de la morada como una coincidencia para nada fortuita cuyo signo no fue capaz de descubrir, aunque no dejó de inquietarlo: Judy había vivido apenas a cuadra y media de la casa que por varios años ocuparan Daniel Kaminsky y su mujer, Marta Arnáez.

Ya frente a la dirección señalada por Yadine, Conde pensó que en tiempos pasados aquel palacete de la calle Mayía Rodríguez debió de haber pertenecido a alguna familia con menos dineros de los necesarios para levantar una mansión en la Quinta Avenida de Miramar, como los magnates cubanos del azúcar y el ganado, pero con suficiente para construir aquella edificación en un barrio de clase media con aspiraciones de ascenso, como lo fue el Santos Suárez de 1940 y 1950. Dos plantas, altos puntales, rejas sólidas y muy bien labradas, un aire *art déco* y un envolvente portal rematado con una galería de arcos españoles todavía de moda en aquellos tiempos, todo había recibido el beneficio resucitador de unas capas de pintura de colores llamativos. Según las informaciones que esa misma mañana había logrado sacarle al mayor Manuel Palacios, el tal Alcides Torres, el padre de Judy, había logrado hacerse con el atractivo inmueble hacia los albores de la década de 1980, cuando los propietarios más rezagados de la casa pusieron proa a Miami y, de algún modo, el compañero Torres, esgrimiendo necesidades y méritos políticos, había movido contactos para conseguir sentar allí sus reales de dirigente en ascenso.

Conde oprimió con delicadeza el timbre colocado junto a la puerta. La que supuso sería la abuela de Judy fue quien le abrió. Era una mujer que recorría la sesentena, muy bien conservada para su edad, pero con la marca de un profundo pesar en su rostro, una congoja al parecer más antigua que la desaparición de su nieta. Conde, que en más ocasiones de lo previsible solía tener ideas peregrinas, se preguntó al verla cómo sería posible para un pintor captar y llevar a la tela aquel sentimiento tan difuso y a la vez evidente: la tristeza de una mujer. Si supiera pintar le habría gustado intentarlo.

En cuanto se presentó, la anfitriona cayó en cuentas.

—El detective amigo de Yadine que no es detective pero fue policía...

—Es una forma de decirlo... ¿Y usted es la abuela de Judy, verdad? —La mujer asintió—. ¿Puedo pasar?

—Por supuesto —dijo ella, y Conde penetró en un salón hiperventilado por los grandes ventanales enrejados, un espacio en donde plantas, adornos, cuadros y muebles de maderas nobles se esforzaban en advertir de las posibilidades económicas de sus propietarios, pensó Conde, mientras aceptaba el ofrecimiento de la anfitriona y ocupaba uno de los sillones de mimbre, colocado junto a un ventanal.

—Gracias, señora...

—Alma. Alma Turró, la abuela de... —Y se interrumpió, agredida por un ramalazo de una rebelde tristeza.

Conde prefirió mirar hacia otro lado, esperando la recuperación de la mujer. En su otra vida, como policía, había aprendido cómo la incertidumbre sobre el destino de un ser querido solía afectar de manera más lacerante que una dolorosa verdad definitiva, muchas veces asimilada como un alivio. Pero el juego de decepciones y esperanzas al cual resultaba sometido el espíritu de quien espera confirmaciones sobre una persona desaparecida, siempre arrastraba un componente pernicioso y agotador. De pronto la mujer se puso de pie.

—Voy a hacerle café —dijo, obviamente necesitada de un escape digno.

Conde aprovechó para estudiar a gusto un entorno donde resaltaba la falsedad rotunda de unas magníficas reproducciones colgadas de las paredes: la inconfundible *Vista de Delft*, de Vermeer, el conocido interior de una iglesia de Emanuel de Witte, y un paisaje invernal, con molino incluido, cuyo autor original no pudo establecer, aunque sin duda era tan holandés como los otros dos maestros. ¿Por qué insistían en salirle al paso, en cualquier parte, los cabrones pintores holandeses? Sin embargo, en la mejor pared, la más visible, no había una obra de arte: como una declaración de principios allí imperaba una gigantesca foto del Máximo Líder, sonriente, calzada por la consigna DONDE SEA, COMO SEA, PARA LO QUE SEA, COMANDANTE EN JEFE, ¡ORDENE! Siguió su examen visual y observó, sobre una mesilla, un marco que encerraba la imagen de dos niñas, de unos diez y cuatro años, las mejillas unidas, sonrientes: Judy y su hermana radicada en Miami, supuso... Trató de imaginarse a una joven emo, deprimida e inconforme en medio de aquel sitio, con todos sus moradores en posición de firmes, prestos (al menos eso pretendían hacer creer) a recibir órdenes, cualesquiera que fuesen. No lo consiguió. Sin duda para aquella familia las actitudes de la muchacha deberían de tener mucho de la herejía que el furibundo emo transparente mencionara la noche anterior, y pensó que en aquella casa podían estar las razones de su desaparición, ya fuese voluntaria o provocada por fuerzas externas.

Alma Turró regresó con dos tazas y un vaso de agua en una bandeja plateada. Colocó todo en una mesa, junto al Conde, y lo conminó a servirse.

—¿Puedo fumar? —preguntó él.

—Por supuesto. Yo también me fumo unos cigarritos todos los días. Un poco más ahora, tengo los nervios...

Bebieron el café y dieron fuego a sus cigarros. Solo entonces Conde se lanzó.

—Ya usted sabe que Yadine estuvo a verme. Yo le expliqué que no soy detective ni nada por estilo y que no sé si podré ayudarlos a encontrar a Judy. Pero voy a hacer el intento...

—¿Por qué? —lo interrumpió la mujer.

Conde fumó un par de veces para darse tiempo a pensar. «Porque soy curioso y no tengo nada mejor que hacer», era un respuesta posible, aunque demasiado fuerte. «Porque soy un comemierda y me dejo meter en estos líos», parecía algo mejor.

—La verdad es que no lo sé bien... Creo que sobre todo por algo que me dijo Yadine sobre los emos y la depresión... —La mujer asintió en silencio y Conde recuperó el rumbo—. El problema es que ya hace doce días que no se sabe de ella, y eso complica las cosas. Hablé con un ex compañero y sé que hasta la policía está bastante perdida. —La mujer volvió a asentir, todavía sin pronunciar palabra, y Conde decidió entrar en materia por el lado más tradicional pero a la vez imprescindible—. Me gustaría saber si Judy hizo o dijo algo inusual antes de desaparecer, cualquier cosa que indicara sus intenciones...

La mujer dejó un segundo el cigarro en el cenicero, pero de inmediato lo recuperó, como si tomara una importante decisión respecto a la acción de fumar. Aunque no se lo llevó a los labios.

—Todo parece indicar que yo fui la última persona conocida que la vio. Ese día... —hizo una pausa, como si necesitara respirar más oxígeno, y volvió a abandonar el cigarro—, bueno, ese día ella llegó de la escuela a la hora de siempre, picoteó un poco la comida, dijo que no tenía mucha hambre, y subió a su cuarto. Mirándolo en su momento, no hizo nada extraño. Desde la perspectiva de ahora, parecía más reconcentrada o incluso deprimida, por lo menos más callada que otras veces, pero tal vez son imaginaciones mías... Ya una no sabía si estaba deprimida de verdad o deprimida por gusto y por disciplina... Qué disparate...

—¿Y después?

—Estuvo un rato en su cuarto, salió para bañarse como a las tres... A las cuatro y media bajó, se despidió de mí y se fue.

—¿Solo se despidió de usted? ¿Qué le dijo?

—Su madre había ido al mercado, su padre estaba arreglando una llave de agua en el patio, pero Judy no me preguntó por ellos. Se despidió como siempre, me dijo que se iba, no sabía a qué hora volvería, y me dio un beso.

—¿No llamó a nadie por teléfono?

—No que yo sepa.

—¿No comió algo antes de irse?

—Ni siquiera pasó por la cocina.

—A lo mejor pensaba comer algo en alguna parte, ¿no?

—No estoy tan segura. A veces se pasaba todo el día casi sin comer. Otras veces comía como un león. Yo siempre le decía que eso no era sano ni normal...

—¿Cómo iba vestida? ¿Llevaba una cartera, una mochila?

—No, no llevaba nada. Iba vestida como siempre que iba para la calle G. De negro, con unas mangas rosadas. Muy maquillada con creyones oscuros. Para los labios y los ojos... Con sus pulseras de metal y piel... Bueno, sí llevaba algo: un libro.

Conde sentía que en aquella aparente normalidad había algo revelador, pero se le escapaba de dónde provenía y qué revelaría. Se le hizo evidente que para intentar seguir los pasos de Judy, primero debía hacer lo posible por conocerla.

—Todo eso fue un lunes, ¿verdad? ¿Y ella le dijo que iba para la calle G?

—Sí, el lunes treinta de mayo, pero... —Alma se detuvo en su razonamiento, alarmada por algo que acababa de hacérsele patente—. No, ya le dije que no me habló nada de adónde iba. Todos supusimos que iba a reunirse con sus amigos... Aunque era todavía temprano y los lunes ellos casi nunca van para la calle G.

—Pero iba vestida como si fuera para allí...

—No, no me entiende. Cuando ella salía a encontrarse con sus amigos siempre se vestía así. No solo si iba a la calle G. No sé por qué pensé y le dije al otro policía que me preguntó que se había ido para allá. Fue una respuesta automática... A veces se reunían en la casa de alguno de ellos.

Conde asintió, pero anotó en la mente su pregunta: «Si no fuiste para la calle G, ¿adónde coño fuiste, Judy? ¿A ver a uno de tus colegas? ¿A encontrarte con el italiano?».

—¿Judy y Yadine son muy amigas?

—Yo no diría que muy... Judy tiene algo de líder y Yadine la seguía como un perrito, siempre la imitaba en todo... —La mujer hizo una pausa y se atrevió—: Como si estuviera enamorada de Judy... Pero Yadine es muy buena muchacha.

Conde hizo otra anotación mental, y la marcó con varias interrogaciones.

—Alma, necesito que me hable de Judy. Quiero entenderla. Hace dos días hablé con Yadine y ayer estuve con sus amigos de la calle G y estoy más confundido que otra cosa...

La mujer dio dos caladas y aplastó el cigarro a medio fumar.

—A ver... Yo creo que Judy siempre fue una niña muy singular. No por pasión de abuela, pero debo decirle que fue más madura de lo que debía ser en cada momento, y demasiado inteligente. Leía mucho, desde los ocho, nueve años, pero no libros para niños, sino novelas, libros de historia, y yo, que prácticamente fui quien la crió, le alenté esas aficiones... Quizás maduró muy pronto, quemó etapas. A los quince años hablaba y pensaba como un adulto. Entonces fue que a mi hija y a mi yerno, Alcides, los mandaron a trabajar en Venezuela y se la llevaron consigo. A partir de ahí todo se complicó. Si habló con sus amigos policías, seguro ya usted sabrá que destituyeron a Alcides de su cargo por algo que hizo o no hizo en Caracas y lo están investigando... Bueno, eso no viene al caso. Cuando los hicieron regresar de Venezuela estaba por terminar el curso académico y Judy perdió ese año de estudios. Pero también perdió otras cosas. Casi fue como si la cambiaran por otra persona: la niña prodigio que se fue era muy diferente de la joven extraña que volvió. Apenas hablaba con sus padres, más o menos lo hacía conmigo pero no se abría, no se abría... Era como si hubiese regresado a la adolescencia. Con Frederic, un compañero suyo del preuniversitario, empezó a reunirse con esos muchachos que se dicen emos, le dio por vestirse de negro y rosado, y ella misma se hizo emo. Por suerte no dejó la escuela, y a veces me daba la sensación de que funcionaba como dos personas, una estudiaba y otra lo negaba todo, lo rechazaba todo. La que estudiaba seguía siendo mi esperanza de que alguna vez superara aquella fiebre de negación y volviera a ser una sola Judy... Incluso sentí miedo de que tuviese alguna enfermedad, una esquizofrenia o una bipolaridad de esas que aparecen a esas edades, y la llevé a ver a unos médicos amigos míos. Ellos me tranquilizaron por una parte y me inquietaron por otra: no había trazas de bipolaridad ni nada por el estilo, pero sí una inconformidad muy grande, sobre todo un rechazo muy evidente a sus padres, y eso podía ser el origen de una tendencia depresiva, una tristeza que podía llegar a ser peligrosa... Y no era una pose de emo.

—Disculpe que la interrumpa —Conde se rascó la cabeza e inclinó en el sillón para hablar— y que le pregunte algo, pero... ¿Judy se lastima a sí misma?

Alma Turró hizo como si fuera a coger los cigarros pero se detuvo. Conde supo que había tocado una tecla que sonaba mal. La mujer demoró la respuesta.

—No demasiado... Sicológicamente, sí...

—¿Me explica?

—He leído de algunos jóvenes, sobre todo de los que se dicen punks, aunque también los emos, que se cortan, se mutilan, se tatúan. Expresan el odio hacia lo social con un odio hacia el cuerpo. Así lo decía Judy, tal como suena... No creo que Judy haya llegado a esos extremos, pero se perforó las orejas, la nariz, el ombligo, para usar esos aros y se hizo un tatuaje en la espalda...

—¿Todo eso después que regresó de Venezuela?

—Sí, después...

—¿La policía sabe de ese tatuaje? ¿Qué fue lo que se tatuó?

—Una salamandra... Así pequeña... Y, claro, la policía lo sabe... Para identificarla si...

Conde suspiró. Siempre había sido de los que, si debía hacerse un análisis de sangre, cerraba los ojos cuando venía la enfermera y pedía un algodón con alcohol para evitar desmayarse. Su visceral rechazo hacia el dolor, la sangre, la ofensa agresiva al físico, no le permitía concebir aquellas filosofías autoagresivas. Él nada más fumaba (siempre tabaco cubano) y comía y bebía (todo lo que apareciera, sin importar la bandera), confiado en la bondad de sus pulmones, hígado y estómago.

—Y me dijo que psicológicamente...

—Judy se ha ido creando su mundo, un mundo que cada vez tiene menos relación con este de nosotros. No solo es cómo se viste o se peina, sino cómo piensa. Come verduras, nunca carne; no usa desodorantes ni cremas, pero después de la ducha se frota con colonia hasta ponerse morada; lee libros muy complicados, y estuvo obsesionada con unos dibujos animados japoneses, de esos que llaman mangas. Y —Alma Turró bajó la voz— dice donde quiera que todos los gobiernos son una banda de represores... Todos —reafirmó, para estar más tranquila.

Mientras recibía aquella información Conde tuvo la sensación de que Alma Turró no era una fuente confiable. Algo más que inconformidad y animadversiones de adolescente había en las actitudes de la muchacha enumeradas por la abuela. Y ese algo más podía estar relacionado con su desaparición. Aunque creyese conocerla bien, Conde empezaba a pensar que la abuela, a pesar de haberla criado, tampoco conocía a Judy. O solo conocía bien a una de las dos Judy. ¿Y la otra?

—Alma, ese compañero de Judy, ¿Frederic? —Ella asintió—. ¿Cómo es él?

—Es negro, bastante alto, muy inteligente... Judy y él son amigos desde la escuela secundaria. Ese sí que es amigo de ella, más que Yadine. Bueno, fue él quien la embulló para meterse a emo.

—¿No fue Yadine?

—No. —Alma movió la cabeza—. Por lo que oí un día, Yadine era gótica o punk..., pero no emo. Hasta que conoció a Judy...

Conde asintió. Frederic tenía que ser el emo negro con el que había hablado la noche anterior y Yadine era otra cebolla hecha de capas, concluyó.

—¿Por qué llevaron a la televisión una foto de Judy sin..., donde no parece emo?

—Eso mismo dije yo... Cosas de Alcides. No quería que vieran cómo era de verdad su hija...

—¿Y la escuela?

—Sí, ella mantenía su interés por la escuela y sacaba muy buenas notas, como siempre. Por eso una de las cosas que me hacen pensar lo peor es que en unas semanas empiezan los exámenes finales y si no aparece... —El sollozo resultó ahora más profundo, descarnado, y Conde volvió a concederle la intimidad del cambio de objetivo de su mirada. Pero con aquel último dato se reafirmó en la idea de que en la historia de Judy contada por su abuela faltaba un componente que, desde ya, intuía ligado no solo con sus actitudes públicas, sino también con su misteriosa evaporación.

—¿Y quiere seguir estudiando en la universidad? —preguntó cuando la mujer recuperó la calma.

—Sí..., pero no sabe qué.

—Eso es más normal —dijo Conde, con cierto alivio, y recibió como recompensa una breve sonrisa de la abuela—. ¿Y por qué usted dice que los problemas de su yerno en Venezuela no tienen que ver con Judy?

—Nada de lo que hizo Alcides tenía relación con Judy. Porque, además, Judy no tenía mucho que ver con su padre, desde hace tiempo... Él se pasaba la vida criticándola, por cualquier cosa. Y mire en lo que andaba.

—¿En qué andaba? —Conde decidió explotar aquella brecha.

—Unos hombres que trabajaban con él se «guardaban» las libras de equipaje que no podían o no querían utilizar algunos cubanos que iban a trabajar a Venezuela. No sé cómo funcionaban las cosas, pero cuando había una buena cantidad de libras acumuladas, mandaban hasta un contenedor con cosas que se vendían aquí. Los dos hombres que hacían esas marañas eran subordinados de Alcides y están presos, porque eran los que firmaban las guías de esos envíos... Él jura que no sabía lo que esa gente estaba haciendo.

—¿Y usted le cree?

Alma suspiró.

—Estábamos hablando de Judy —se escabulló la mujer. Por supuesto, no le creía.

A pesar de que no era lo más adecuado en aquel momento, Conde tuvo que sonreír. Alma lo imitó, cómplice.

—Alma, ¿por qué casi todos están tan seguros de que Judy no intentó irse de Cuba?

La mujer dejó de sonreír. Su seriedad se tornó profunda. Miró hacia la foto de las dos niñas sonrientes.

—No se habría metido en eso sin decirle nada a su hermana María José que está en Miami...

—¿María José? —El nombre tan castizo sorprendió al Conde, acostumbrado ya a escuchar los apelativos más disparatados para los vástagos de sus congéneres: desde Yadine y Yovany hasta Leidiana y Usnavy.

—Sí. María José se fue en una balsa y estuvo a punto de morirse... No, estoy segura de que Judy hubiera contado conmigo para hacer algo así... A pesar de su carácter, o de sus poses... No, no se hubiera atrevido...

Conde asintió. No valía la pena recordarle a la abuela que la nieta tenía muchas caras, como ella misma había sugerido, y que jóvenes con ganas de largarse era lo que sobraba en el país. Pero de momento aquel camino estaba bloqueado, pensó. Necesitaba encontrar atajos hacia «la otra» Judy, quizás la más verdadera.

—Alma, ¿me dejaría ver el cuarto de Judy?

En la penumbra, Kurt Cobain lo miró a los ojos, desafiante, con la insolencia que solo son capaces de exhibir quienes creen estar muy seguros de sí mismos y se sienten fuera del alcance de cualquier asedio. Sin embargo, comprobar que el tal Cobain era un músico le provocó cierto sosiego pues la frase incendiaria escuchada la noche anterior y que había conseguido traducir como «Es mejor quemarse que apagarse lentamente» resultaba más amable si venía acompañada por alguna melodía. Debajo de la imagen rubia de Cobain, el póster anunciaba su pertenencia: Nirvana. Conde apenas sabía que se trataba de un grupo de rock alternativo, del cual no conservaba en la mente ni una imagen ni un sonido, como buen Neanderthal aferrado al sonido puro de Los Beatles y las melodías negras de Creedence Clearwater Revival. ¿Pero aquel cantante no se había suicidado? Debía averiguarlo.

La habitación, en el segundo piso del palacete, era amplia aunque cavernosa. Las ventanas, cubiertas con cortinas de tela oscura, apenas conseguían ser atravesadas por el despiadado sol veraniego. Cuando accionó el interruptor y tuvo una mejor visión del sitio, Conde comprobó que debajo del póster de Cobain estaba la cama, tendida con un cobertor color violeta, capaz de ratificar los gustos de su propietaria por las tenebrosidades. En otras paredes había carteles de grupos musicales también desconocidos para Conde —un tal Radiohead y 30 Seconds to Mars—, pero el verdadero encontronazo con algo muy torcido llegó cuando el ex policía cerró la puerta y vio el póster enorme que allí imperaba. Bajo unas letras chorreantes y escarlatas (sí, pensó en el término escarlata, un color extraño a la paleta de su vocabulario) que advertían DEATH NOTE, había la imagen de un joven, sin duda japonés, de mirada feroz, boca dura, puños prestos a golpear y una banda de pelo negro sobre el ojo derecho: un bistec, ¿sushi? Pero el joven aparecía cobijado por la extraña y grotesca figura de un animal imprecisable, de alas vampirescas, pelos disparados, y una enorme boca delineada de negro, como la de un payaso expulsado del cielo o salido del infierno. Una imagen satánica. Con toda seguridad aquellas figuras debían pertenecer a uno de los mangas japoneses consumidos por Judy. El hecho de acostarse cada noche y, antes de conciliar el sueño, observar aquella estampa de furia y horror, no podía ser nada saludable. ¿O la muchacha se estaba quemando lentamente con sus fuegos particulares?

En el armario encontró colgadas un par de piezas de uniforme escolar, mientras el resto del vestuario conformaba una galería de diseños emo. Ropas negras, punteadas con tachuelas brillantes, botas de plataforma y unos Converse al parecer ya inútiles por el desgaste exhibido en sus suelas, mangas portátiles (unas rosadas, otras de rayas blancas y negras) y unos guantes diseñados para dejar descubiertas las últimas falanges. Según Alma Turró, la tarde que salió para no volver, Judy iba engalanada con su emoatuendo. Pero allí estaban los otros trajes de batalla de la muchacha, lo cual ponía ingredientes alarmantes a su desaparición, pues una fuga planificada con toda seguridad hubiese implicado una selección de al menos algunas de aquellas ropas tan específicas.

En un pequeño librero chocó con lo que esperaba y más. Entre lo previsible estaban varias novelas vampirescas de Anne Rice, cinco libros de Tolkien, incluidos sus clásicos —*El Hobbit* y *El señor de los anillos*—, una novela y un libro de cuentos de un tal Murakami, obviamente japonés, *El principito,* de Saint-Exupéry, un gastadísimo volumen de *La insoportable levedad del ser,* de Kundera y... *¡El guardián en el trigal!,* de ese recabrón de Salinger —que ya se sabe lo que ha hecho...—. Pero también halló otros textos de temperaturas mucho más altas: un estudio sobre el budismo y *Ecce homo* y *Así habló Zaratustra,* de Nietzsche, libros capaces de meter mucho más que vampiros, duendes y personajes alienados o amorales en la mente de una joven al parecer demasiado precoz e influenciable, con muchísimos deseos de apartarse del rebaño. Dentro del *Zaratustra* de Nietzsche, Conde encontró una cartulina rectangular, escrita a mano, tal vez por la propia Judy, y lo que leyó le confirmó su primera conclusión y le explicó el discurso sobre el descreimiento del emo transparente la noche anterior: «La muerte de Dios supone el momento en que el hombre ha alcanzado la madurez necesaria para prescindir de un dios que establezca las pautas y los límites de la naturaleza humana, o sea, la moral. *La moral va inextricablemente relacionada a lo irracional* [había subrayado el copista con varios trazos], a las creencias infundadas, es decir, a Dios, en el sentido de que la moral emana de la religiosidad, de la fe axiomática y, por tanto, de *la pérdida colectiva de juicio crítico en pos del interés de los poderosos y el fanatismo de la plebe*». ¿Lo había escrito Nietzsche? ¿Lo había copiado y procesado Judy? La idea subrayada al final de la cita indicaba un rasgo previsible en el retrato que se iba perfilando de la muchacha como antagonista de lo establecido y empeñada en la persecución de una singularidad liberadora, tanto del influjo del poder como de la pertenencia a «la plebe fanática». Pero ¿por qué le había atraído aquella primera frase destacada donde se conectaban la moral y la irracionalidad? ¿Qué había llevado a una muchacha tan joven a preocuparse por la ética y la fe?

Mientras se preguntaba qué habrían podido pensar de aquella habitación y sus revelaciones los policías encargados de encontrar a Judy, Conde escudriñó a su alrededor buscando algo que no conseguía precisar qué sería, con la certeza de que su hallazgo lo ayudaría a entender el carácter y quizás hasta los motivos de la desaparición voluntaria o forzada de Judy. Sin darse cuenta, el ex policía volvía a pensar como un policía, o, al menos, como el policía que había sido. Abrió otra vez el armario, miró en las gavetas, aireó las hojas de los libros sin hallar lo que buscaba. Entre las cajuelas de una veintena de DVDs leyó un título inadvertido en el intento anterior y para él muy atractivo: *Blade Runner*. Había visto aquella película no menos de cinco veces, pero desde la última ocasión había pasado bastante tiempo. Tomó la cajuela y la abrió para comprobar si era una copia de fábrica. Lo era. Para saberlo tuvo que levantar la tarjeta en blanco colocada sobre el disco, que resultó estar escrita en el envés, por la misma mano de los apuntes encontrados en el libro de Nietzsche, aunque con una letra más recogida, casi diminuta, empeñada en obligarle a entornar los ojos para poder enfocar la vista y leer: «El alma ha caído en el cuerpo, en el cual se pierde. La carne del hombre es la parte maldita, destinada al envejecimiento, a la muerte, a la enfermedad. // El cuerpo es la enfermedad endémica del espíritu». Conde leyó dos veces aquellas palabras. Hasta donde sabía (y no era que supiese demasiado de tales temas), no le sonaba a Nietzsche, aunque creía recordar que por boca de Zaratustra el filósofo había hablado del desprecio que el alma había sentido por el cuerpo. ¿Lo escrito era una conclusión de Judy, un parlamento de *Blade Runner* o una cita extraída de algún otro autor con aquellos conceptos destinados a reflejar un patente desprecio por el cuerpo humano? Fuera cual fuese su origen, sonaba inquietante, mucho más en la coyuntura precisa de una desaparición quizás voluntaria, y advertía a las claras por qué Yadine había dicho que no había nadie mejor que Judy para explicar qué era ser emo.

Conde se guardó la tarjeta en el bolsillo y decidió bajar con el DVD para pedírselo prestado a Alma Turró: debería soplarse otra vez *Blade Runner* si quería comprobar si se trataba de un parlamento olvidado de la película. En cualquier caso, aquella combinación de Nirvanas musicales y filosóficos, de emos feroces y monstruos postmodernísimos, de vampiros, elfos y superhombres liberados de ataduras gracias a la muerte de Dios, todo rociado con conceptos despectivos hacia el cuerpo, podía arrojar estados mentales complejos. La posibilidad de un suicidio crecía bajo aquellos reflectores. Ya sabía, por las palabras de Alma Turró, que Judy había creado su propio mundo y construido su casa en él. Pero ahora que tenía alguna idea de los extraños habitantes de aquel universo en donde se cruzaban tantas espadas afiladas como en un manga japonés, Mario Conde había adquirido la certeza de que la muchacha resultaba mucho más que una emo perdida, extraviada o escondida por voluntad propia: parecía ser una dramática advertencia de las ansias de cortar ataduras sufridas por los actores de los nuevos tiempos. Y una muerte autoinfligida tal vez se le había presentado como el camino más corto y expedito para aquella ansiada liberación del cuerpo y de la tristeza enfermiza que le provocaba lo que un emo había denominado «el medio ambiente».

Nada más ver la explanada de asfalto reverberante de la llamada Plaza Roja, el busto hierático del Padre de la Patria, el asta sin bandera, las viejas majaguas en flor, la breve escalinata y las altas columnas que sostenían el soportal del edificio, Conde sintió cómo la historia de la desaparición de Judy empezaba a pertenecerle. Del mismo modo que le ocurría al flaco Carlos, todo lo relacionado con aquel santuario profano de lo que había sido y ahora volvía a ser el Preuniversitario de La Víbora, arrastraba una connotación especial para un hombre negado a arrancarse las costras de los instantes más luminosos del pasado, temeroso de una pérdida capaz de desollarle la memoria y de dejarlo abandonado en un presente en el cual, muchas veces, sentía la imposibilidad de encontrar un norte. En aquella explanada negra, sentado en los pasos de la escalinata y en los pupitres resguardados por el edificio que se abría detrás de las columnas, Mario Conde había atravesado tres años con los que todavía convivía, con cuyas consecuencias todavía vivía, como lo podía comprobar cada mañana y cada noche.

Cuando la marea de tibia nostalgia se asentó en su espíritu, el Conde, debajo del álamo donde se había refugiado de los embates del sol más cruel del mediodía, decidió aprovechar el tiempo de la espera y utilizó el resurrecto teléfono público de una cabina cercana... Primero llamó a Carlos y lo condecoró con la organización de la fiesta de cumpleaños de las jimaguas: le correspondía el frente de combate que abarcaba desde las citaciones hasta la compleja distribución de las aportaciones que se le asignarían a cada convocado, convenientemente diferenciadas entre comestibles y bebestibles. Luego telefoneó a Yoyi para saber si había noticias del ex dirigente que amaba a sus nietos (y quizás también a los perros, debía investigarlo), pero el joven aún dormía la resaca de furia belicosa que le había explotado la noche anterior durante su encuentro cercano con Emo World.

Ya pasado el mediodía, una manada bulliciosa de uniformados bajó la escalinata en busca de la calle. Hurtando el cuerpo tras el tronco rugoso del álamo vio pasar a Yadine, que se alejó en solitario hacia la Calzada. Observándola, Conde sintió un golpe de nostalgia y desencanto: ¿cuántos sueños de futuro acariciados por él y sus amigos, mientras bajaban por aquella misma calle, se habían hecho mierda en el choque brutal contra la realidad vivida? Demasiados... Yadine, por lo menos, no creía en nada, o no tenía nada en lo que quisiese creer. Tal vez fuera mejor así, se dijo.

Unos minutos después, cuando casi había perdido las esperanzas, Conde vio salir y logró identificar a Frederic Esquivel, el joven negro que la noche anterior había conocido como practicante de la emofilia y quien, según Alma Turró, había sido el inductor de Judy hacia aquella pertenencia. Desde su posición lo vio tomar hacia la derecha, en compañía de dos muchachas, y decidió seguirlo para intentar abordarlo en el momento más propicio.

Desde su prudente distancia, el perseguidor trató de adivinar qué había hecho el emo negro con el pelo que la noche anterior le cubría la cara, y no encontró respuesta para su curiosidad, pues, cumpliendo los reglamentos escolares, el muchacho había recogido el mechón caído para dejar visible su rostro. Una de sus acompañantes se desgajó en busca de la Calzada del 10 de Octubre y Frederic siguió con la otra, con toda seguridad hacia la también cercana Avenida de Acosta. Por suerte para Conde fue la adolescente (una rubia bastante desarrollada, casi despampanante) quien echó ancla en la parada de la ruta 74, donde se despidió de Frederic con un beso largo, sostenido, impúdico, salivoso, acompañado de mutuo sobamiento de nalgas, muy fácil en el caso de Frederic, cuyos pantalones casi caídos dejaban ver, por la retaguardia, más de la mitad del calzoncillo. Apenas se separaron, el muchacho se mejoró la posición del miembro alborozado por el besuqueo y siguió su camino, como si acabara de tomarse un vaso de agua. Cuarenta metros más adelante cruzó la avenida para torcer en la primera esquina, hacia el reparto El Sevillano.

—¡Frederic! —El muchacho, al volverse, reveló su asombro al reconocer al hombre. Conde trató de sonreír mientras se le acercaba, pensando que si algo le quedaba de la erección, él se había encargado de disiparlo—. Me costó trabajo reconocerte..., ¿podemos hablar un minuto? Es que quería disculparme por lo que pasó ayer, lo que dijo mi amigo y lo que hice yo. Fuimos muy impertinentes con ustedes. ¿Me das el minuto?

El emo en hibernación se mantuvo en silencio. Su piel negra brillaba por el sudor y el recelo. Ahora parecía menos andrógino que la noche anterior. Conde le indicó un muro bajo, beneficiado por la sombra de un árbol, mientras le explicaba que había sido la abuela de Judy quien le había dicho su nombre y dónde encontrarlo. Por si acaso, volvió a jurarle que no era policía.

—Mira, la verdad es que lo fui, pero en otra vida, hace como mil años... Y antes de eso estudié en el mismo pre que tú... Bueno, eso no importa... A ver: vengo ahora de casa de Judy y su abuela me habló de ti. Alma me pidió que los ayudara a saber qué le había pasado a Judy, y creo que tu amiga se lo merece. Si Judy trató de irse en una balsa...

—No trató de irse en ninguna balsa, ya se lo dije —lo interrumpió Frederic, casi molesto.

—Pues lo más seguro entonces es que esté viva. Pero si no aparece es por algo...

—Por el padre. Ese tipo siempre ha sido un hijo de puta. Ella no quiere verlo ni en pintura.

—¿Por qué lo dices? ¿Qué le hacía a Judy?

Conde tembló nada más de pensar que el origen de la desaparición estuviese mezclado con un acto de violencia paternal.

—Trató de botarla de la casa cuando ella se hizo emo. Pero la abuela de Judy dijo que si se iba su nieta, ella también se largaba. La cosa era complicada, el padre decía que los emos somos contrarrevolucionarios y no sé ni cuántas mierdas más... Hasta vino un día a mi casa para acusarme de estar desviando a su hija...

—¿Así que el tal Alcides Torres se come esos mojones?

Frederic sonrió.

—Peor que eso... Ese tipo tiene un miedo que se caga...

—¿Por lo que hizo en Venezuela?

—A lo mejor —dijo, pensó un instante y agregó—: Creo que sí. Parece que se le fue la mano y le dieron un buen manotazo...

El joven sonrió otra vez, sin demasiada convicción. Quizás estaba triste, pero no deprimido, pensó Conde, que seguía sin entender nada: ¿triste después de besar a aquella rubia en flor? Él, a la edad de Frederic, y también a todas las otras que había ido teniendo, habría estado bailando la calinga.

—La muchacha que dejaste en la parada, ¿es tu novia?

—Na..., una amiga.

—Qué buena amiga —musitó Conde, envidioso de la juventud del muchacho y de la calidez de las relaciones que sostenía con sus amistades, y volvió a lo suyo—. Mira, si Judy no intentó irse en una balsa y no aparece, hay tres posibilidades que se me ocurren como las más seguras. Dos son muy malas... La primera, que le haya pasado algo, un accidente, no sé, y esté muerta. La segunda, que alguien la tenga retenida contra su voluntad, sabe Dios por qué. La tercera posibilidad es que se haya escondido, y sus razones tendría. Si fue esta última y me ayudas a encontrarla, y veo que está bien, haciendo lo que está haciendo porque ella quiere, me olvido de todo y la dejamos seguir en su historia. Pero para descartar las posibilidades jodidas tengo que ver si es la tercera. ¿Me entiendes?

Frederic lo miraba con toda su seriedad.

—Yo soy emo, no comemierda... Claro que lo entiendo.

—¿Entonces...?

Frederic bajó la vista hacia sus zapatillas Converse, bastante maltratadas. Lo hizo con una intensidad tal que el Conde pensó que en cualquier momento los tenis hablarían, quizás como Zaratustra.

—El italiano amigo de Judy no está en Cuba, así que no puede haberse ido con él... Los otros amigos del grupo andan por ahí, así que no creo que esté escondida en la casa de uno de ellos. Los últimos que se fueron en una balsa eran rockeros, no de la gente de nosotros, creo que ella ni los conocía. No sé por qué Yovany habló de eso y después mezclaron una cosa con la otra... Yo he pensado mucho en todo esto y de verdad no sé dónde puede andar metida. Yo creo que pasó alguna de las cosas malas que usted dice...

—¿Yovany es...?

—Sí, el de la discusión de anoche.

Conde asintió y encendió un cigarro. Comprendió que había cometido una descortesía y le ofreció la cajetilla a Frederic.

—No, yo no fumo. Ni tomo...

«El emo-delo», pensó Conde. «Incluso me trata de usted.» Y decidió que si Frederic optaba por la peor salida para el destino de Judy, él debía empezar a tocar las notas más difíciles de aquella melodía.

—Otra vez te juro por mi madre que ya no soy policía y no voy a hablarle de esto a los policías... ¿Qué clase de drogas toma Judy?

Frederic miró otra vez sus Converse en estado de desintegración y Conde esta vez descubrió tres cosas: que los tenis no hablaban, que el silencio del muchacho resultaba más elocuente que la más explícita respuesta y que la cabeza de Frederic era una obra de arte en donde los pelos tratados con un desrizador formaban en su cráneo unas capas que conseguían darle el aspecto de una col, con las hojas superpuestas. Conde insistió:

—Que se haya perdido..., ¿tendrá que ver con las drogas?

—No sé —dijo al fin el muchacho—. Yo no me meto nada de eso... Yo soy emo porque me gusta el grupo, pero no hago lo que hacen los otros. Ni tomo, ni me drogo ni me corto...

Conde atrapó el dato de lo que «hacen los otros» referido a la droga, y decidió seguir adelante haciéndose el tonto.

—¿Cortar qué?

—El cuerpo... Los brazos, las piernas..., para sufrir.

Para demostrarlo Frederic mostró sus brazos, limpios de cicatrices. A pesar de que ya sabía de aquellas prácticas, Conde no pudo dejar de sentir un latigazo. Pero fingió asombro.

—No puede ser...

—Es una manera de entender el dolor del mundo: sintiéndolo en carne propia.

—Y yo que creía que estaban locos. ¡De verdad están locos, coño!

—Judy se corta y se droga. Que yo sepa, nada más con pastillas. Las pastillas y el alcohol lo ponen a volar a uno.

—¿Y hay otros que usan otras drogas además de las pastillas? Frederic sonrió.

—Yo soy emo, no...

—Está bien... La abuela dice que Judy se puso aros por todas partes, pero no se lastimaba.

—La abuela no sabe nada...

—¿Y qué sabes tú que me pudiera ayudar?

Frederic levantó la mirada y clavó los ojos en los del Conde.

—Judy es muy complicada, más de la cuenta... Se coge las cosas en serio.

—¿Por lo que lee y eso?

—También por eso. Yo no me imaginé que lo de ser emo le iba a dar tan fuerte... Se metió a buscar libros y se sabía de memoria uno del Nietzsche ese, el de los superhombres, y le dio por decir que Dios se había muerto... Pero a la misma vez ella cree en el budismo, en el nirvana, en la reencarnación y en el karma. —Conde prefirió no interrumpirlo, dejar que la enumeración se deslizase quizás hasta un punto revelador—. Decía que estaba viviendo su vida número veintiuno, antes había sido soldado romano, marinero, una muchacha judía en Ámsterdam, princesa maya..., y que si se moría joven volvería con un destino mejor —dijo Frederic y volvió a interrogar a sus Converse.

—¿Hablaba de morirse? ¿De suicidarse?

—Claro que sí. Para algo se metió a emo, ¿no?

—¿Tú hablas de eso?

Frederic sonrió, socarrón.

—Sí, igual que los demás...

—Pero no crees en eso. ¿Y los otros?

—Yovany y Judy hablan mucho de esas cosas, ya se lo dije, se cogen todo en serio. Él también se corta. Ahora mismo tiene un tajo del carajo en un brazo.

—No se lo vi...

—Tenía puesta la manga.

Conde recordó el tubo de tela que cubría el brazo de Yovany, el emo pálido que insistía en recordarle a alguien. Concluyó que, por lo visto hasta ese momento, a pesar de su aspecto, Frederic no encajaba con las actitudes de alguien preocupado por el suicidio o una posible reencarnación. Sacó entonces la tarjeta que guardaba en el bolsillo y le leyó el texto al muchacho.

—¿Qué me puedes decir de esto?

—Judy leía cosas de un tal Cioran. Lo había encontrado en internet cuando estuvo en Venezuela. Creo que esto es de ese Cioran —dijo y comenzó a buscar en una de sus libretas mientras hablaba—. A ella le gusta hablar de lo que lee, pasarnos citas, quiere educarnos, digo yo... Mire, esto me lo escribió ella en la libreta —dijo cuando al fin halló lo que buscaba y leyó—: «Despojar al dolor de todo significado supone dejar al ser humano sin recursos, hacerlo vulnerable. Aunque parezca al hombre el acontecimiento más extraño, el más opuesto a su conciencia, aquel que junto a la muerte parece el más irreductible, el dolor no es más que el signo de su humanidad. Abolir la facultad de sufrir sería abolir su condición humana».

Mientras escuchaba a Frederic, Conde fue percibiendo cómo aquella historia se complicaba en cada nuevo intento de asomarse a la mente de Judy y, sobre todo, se alejaba hacia un territorio para él insondable y desconocido: un campo cruzado de sentidos opuestos marcados con signos incomprensibles. Y por cualquiera de ellos podía haber tomado la muchacha, pues, si entendía algo en todo aquel berenjenal, la cita leída por Frederic parecía apuntar en otra dirección. ¿Cómo coño él se había dejado enredar en aquella historia?

—¿Disfrutaba y valoraba el sufrimiento, pero despreciaba el cuerpo y además se metía drogas para vivir en otro mundo y no creía en Dios pero sí en el karma y la reencarnación y además en la humanidad del dolor?

—Antes de irse para Venezuela ella todavía no era emo-emo de verdad, y creo que no tomaba drogas. Cuando vino de allá, ya las había probado, aunque no me parece que fuera adicta: era como una experiencia, o por lo menos eso decía ella. Aunque en Venezuela le pasaron más cosas, y ella no quería hablar de eso, ni de lo que había hecho su padre, aunque decía que era tremendo farsante... Lo que sí sé es que allá, como se podía conectar a internet, descubrió varios sitios de emos y punks donde hablaban mucho de esos temas del cuerpo y el sufrimiento físico, y chateaba con ellos. Cuando volvió se había hecho más emo que yo, más que nadie, y empezó a hacerse los *piercings,* después un tatuaje, y cada vez que podía hablaba de esas cosas, de las marcas, del dolor...

Conde supuso que la militancia emo-masoquista de Judy podía haber alentado una fuga voluntaria, pero para concretarla tenía que necesitar algún apoyo. Sobre todo en dependencia del sitio adonde hubiera pretendido irse. Y si estaba viva y en Cuba, ¿dónde rayos podría estar escondida?

—Si hubiera querido irse para alguna parte, o esconderse... ¿Ella manejaba algún dinero?

—Ella siempre tenía algo, cinco, diez fulas, pero no más. Me imagino que poquito a poco se los robaba al padre, digo yo...

Conde tomó nota del dato y siguió.

—¿Y el italiano? Dime algo de esa historia. ¿Él tenía que ver con las drogas? ¿Le daba dinero?

—Era una cosa rara, porque a Judy no le gustan los hombres y...

Conde no pudo evitarlo.

—¡Aguanta ahí! ¿Me estás diciendo que además Judy es lesbiana? Frederic tampoco pudo evitarlo. Sonrió otra vez.

—¿Pero qué coño le han dicho los padres y la abuela de Judy? ¿No le dijeron que ella es gay, que se corta, se mete drogas y que se va a reencarnar? ¿Y así quieren que usted la encuentre? Lo veo muy jodido...

Conde sintió las oleadas del ridículo que hacía, o, más claramente, el papel de comemierda que encarnaba ante el muchacho. Y se convenció de que la operación de llegar hasta la semilla de Judy no iba a resultar fácil. Con la imagen de Yadine en la mente lanzó su pregunta:

—¿Ella tenía alguna relación seria, una novia o algo así?

Frederic volvió a interrogar a sus Converse.

—Sí. Pero yo no le puedo decir quién era.

—¡Manda pinga esto! —explotó el Conde al escuchar la respuesta del muchacho y la aprovechó para limpiar su imagen haciéndose el ofendido—. ¿Pero qué cojones es esto? ¿Todo el mundo aquí se las tiene que dar de misterioso, decir un pedacito de las cosas, soltar nada más lo que les sale del culo?

Si todavía hubiera sido policía, Conde habría tenido otros medios para sacudir a Frederic. El miedo suele derribar montañas, como hubiera podido decir el Buda Siddhartha Gautama, quizás amigo de Judy en alguna de sus veinte vidas anteriores. Pero, entre otras muchas razones, justo por una razón como aquella, Conde había dejado de ser policía. Encendió otro cigarro y miró a Frederic. Tuvo la certeza de que, al menos en ese momento, aquel oráculo se había cerrado. No obstante, decidió jugar una carta sorpresa cuando le preguntó:

—¿Judy era novia de Yadine, o tenía algo con ella?

Frederic sonrió.

—Yadine es una boba que quiere ser emo y la verdad es que no es nada... Pero está enamorada de Judy hasta aquí...

Frederic se tocó la barbilla y Conde asintió. Miró al joven y habló en tono de súplica:

—Entonces, ¿no tienes idea de dónde coño pueda estar, qué le pasó o no le pasó?

Frederic meditó unos segundos.

—Había otro italiano. Yo lo vi una vez. No sé si alguien más del grupo lo conoció. Ella le decía «Bocelli», porque se parecía al cantante ciego. Y lo otro que sé es que Judy quería salirse de los emos. Hace como un mes me dijo que ya estábamos muy viejos para eso, debíamos hacer otras cosas, pero no sabía cuáles...

Conde dio una calada y aplastó el cigarro en la acera. Aquella última revelación sonaba prometedora.

—¿La super-emo quería dejar la tribu? ¿Y a qué se iba a meter entonces?

—No lo sé, la verdad...

El hombre miró al joven y comprendió que el diálogo estaba por terminar. Pero necesitaba saber dos cosas más. Lo intentó.

—Ayúdame a entender algo, muchacho... ¿Tú crees que de verdad-verdad Judy quería suicidarse o todo eso es un personaje que se ha montado?

Frederic lo pensó, y al fin sonrió.

—Judy no tenía montado ningún personaje. Es la chiquita más auténtica del grupo. Se vestía como emo, hablaba como emo, pero pensaba muchísimo... Por eso a mí no me parece que quisiera suicidarse... Aunque si le daba por eso, también lo hacía. Judy es capaz de hacer cualquier cosa... Pero no, creo que no...

—Coño, Frederic, sigue ayudándome a entender... Dime, ¿por qué un muchacho como tú se mete a emo?

El joven movió la cabeza, negando algo, y provocó que una de las hojas de la col capilar se desprendiera y cayera desfallecida sobre su rostro.

—Porque estoy cansado de que me digan lo que tengo que hacer y cómo tengo que ser. Nada más que por eso. Creo que es bastante, ¿no...? Y porque me hace parecer más misterioso y eso ayuda a tener más jevitas.

—Ahora sí te entiendo... Ya vi algunos de los resultados... ¿Y el tal Bocelli? ¿Qué pinta ese tipo?

—No sé, nada más lo conozco por lo que Judy decía de él... Y ese sí se drogaba.

«Se te ha complicado la vida, Mario Conde», pensó, y se sintió agotado, con tantos deseos de dejar aquella historia como de encontrarle un sentido.

—Muchas gracias por lo que me has dicho. Si Judy no aparece, a lo mejor vuelvo a verte... —dijo Conde y extendió la mano. Estrechó la del muchacho y, antes de soltarla, le deseó suerte en su tránsito por el nirvana de Emolandia.

4

—Claro que soy yo... ¿Qué hubo?

—Ven pacá corriendo, ya el dirigente se desmerengó como el socialismo en el país de los sóviets...

Muy a pesar de lo que afirmara Nietzsche y de lo que él mismo pensara durante años, en los últimos tiempos Conde estaba por creer en la existencia de Dios. No importaba cuál, si al fin y al cabo todos eran más o menos lo mismo y a veces hasta el mismo, a pesar de que por sus maneras de entender a ese Dios la gente se cayera a patadas y piñazos (lo más leve) a cada rato. Ahora le parecía evidente que algún dios debía de haberse asomado en el cielo y, en un momento de aburrimiento, ejercitado su voluntad divina. Aquel Dios, muy metido en su papel, parecía haber decidido: voy a tirarle un cabo al comemierda ese que siempre está jodido y no tiene ni un peso para hacerle un buen regalo a la novia que va a cumplir años... En la guagua, mientras viajaba hacia la casa de Yoyi, comenzó a calcular, sin demasiado éxito, cuánto podía tocarle en la repartición porcentual de los beneficios de la venta de los libros, y de ahí pasó a la dificilísima deliberación de qué cosa sería más apropiado regalarle a Tamara por su cumpleaños... ahora que tendría dinero. En aquel proceso, cada vez que algún escrúpulo por el destino que seguirían los libros intentaba asomarse, Conde le lanzaba un empujón mental procurando alejarlo de su conciencia. Y, para estar en las mejores relaciones consigo mismo, esgrimía el argumento más pragmático del Palomo: si no lo hacían ellos, otros harían el negocio. En tal caso, mejor ellos que esos otros, los cabrones que nunca faltarían y entre los cuales debían estar los invisibles secuestradores de varias de las joyas bibliográficas de la maravillosa biblioteca descubierta por el Conde unos años antes y que, por culpa de esos mismísimos escrúpulos, él se había negado a negociar para no intervenir en su irreparable salida de Cuba... que al fin y al cabo «los otros» habían concretado para, con los beneficios, ponerse gordos y sentirse felices como lombrices.

Casi sin darse cuenta, de manera sibilina, sus reflexiones teológicas, bibliográficas y planes conmemorativos fueron desplazados de su mente por la novela de emo y misterio en la cual lo había lanzado Yadine Kaminsky, con la ayuda solidaria y desinteresada de su incontrolable curiosidad. Algo se le escapaba siempre que trataba de elucubrar una definición desde la cual partir: ¿quién era Judith Torres? Sin aquella respuesta le parecía imposible saber la causa de su desaparición. El hecho de que fuera emo podía ser esencial, pero tal vez solo resultara un componente secundario en la conformación del personaje. Una certeza al menos existía: Judy no era la simple (por decir algo, en un terreno donde la simplicidad no existía) adolescente inconforme y jodedora de la familia. Lo que más asediaba el pensamiento del ex policía radicaba en la relación de Judy consigo misma: sus lecturas, sus aficiones musicales, su percepción del mundo que, al decir de su abuela, se trataba de un universo creado por ella misma. Todas resultaban conexiones más intrincadas de lo que solían ser a la edad de la joven. Algo mucho más enrevesado había en el interior de la muchacha, como lo indicaban los cuatro rostros que había logrado componerle: el boceto entregado por una Yadine enamorada, el dibujado por su abuela, el que conocían Frederic y quizás los otros amigos emos, y el que Conde mismo había delineado mientras hurgaba en la habitación de la muchacha y se acercaba a algunas de sus obsesiones más difíciles. Su certeza de que Dios había muerto (algo que en ese preciso instante el ateo Conde se negaba a aceptar así como así) resultaba más intrincada que una incapacidad para creer en designios divinos, o diferente a una falta de fe en vidas y poderes ultraterrenos. Judy parecía haber elaborado toda una filosofía, capaz de incluir el crédito en la existencia de un alma inmortal pero, a la vez, en la libre voluntad del hombre para guiarla, y, más aún, en la necesidad de esa libertad como único modo para la realización del individuo, sin interferencias de castrantes poderes religiosos o mundanos, dueños de la fe y la moral establecidas.

El descubrimiento del lesbianismo de la joven en cierta forma había venido a alterar las perspectivas desde las cuales el Conde había empezado a contemplarla. Si había decidido ser lesbiana, ¿por qué una muchacha como Judy, idólatra de las libertades, decidía envolver en el secreto la identidad de su pareja? Algo chirriaba en aquel episodio... Para acabar de complicar el cuadro, estaba su cercanía con los dos italianos, el bueno y el malo, que incluso abría una vía para la obtención de drogas, entre otras posibilidades escabrosas. ¿Y el misterio de lo ocurrido en Venezuela? ¿Se trataba de una experiencia capaz de afectar personalmente a Judy o era fruto de los manejos turbios que le costaron a su padre la destitución y la investigación que se le seguía? ¿Solo había sido por su encuentro ciberespacial con los filósofos de la emofilia, teóricos tribales de las prácticas físicas dolorosas como castigo del cuerpo y búsqueda de la humanidad? Conde sabía que acumulaba demasiadas preguntas para un policía que ya no era policía y cuyos únicos instrumentos de trabajo eran la lengua, los ojos y la mente. Y Judith Torres se le escapaba cada vez que pretendía arrinconarla...

Yoyi, recién bañado y bien perfumado, todavía sin camisa, lo esperaba en el portal de su casa, practicando su manía de sobarse el hueso de su pecho de palomo desplumado.

—Qué clase de palo, *man* —dijo, con todo su entusiasmo desatado, cuando se acercó su socio comercial—. Si los vendemos como espero, ¿ya sabes cuánto te toca?

—Llevo dos días sacando cuentas pero no... ¿Cuatrocientos dólares? —se atrevió a pronunciar la cifra alarmante.

Yoyi se había puesto su camisa de lino, impoluta y fresca. Con la llave del Chevrolet en una mano y su mejor sonrisa en los labios, aferró con la otra la oreja del Conde para susurrarle mejor.

—Por eso te suspendían en aritmética... Te tocan casi mil fulas, *man*... ¡Uno-cero-cero-cero!

Conde sintió que las piernas le flaqueaban, el estómago le saltaba, el corazón se le detenía. ¡Mil dólares! Tuvo que contenerse para no besar al Palomo.

—Yoyi, Yoyi, acuérdate de que yo soy una persona mayor, mi salud... ¡Me vas a matar del corazón, coño!

—El ex dirigente me llamó y dice que como nosotros somos gentes serias, acepta la venta por porcientos. Pero quiere discreción y prefiere que hagamos el negocio fuera de su casa. Y como somos tan serios, me pidió que, como muestra de buena voluntad, le dejara en fondo dos mil toletes. —Y se golpeó el bolsillo, donde la evidencia de un abultamiento advertía de la excelente salud de los negocios del joven—. ¡Qué clase de personaje!

Cuando iban a abordar el Bel Air, Conde miró al cielo de junio y levantó el índice hacia las alturas, en el mejor estilo deportivo, y le comunicó al personaje de las esferas celestes su convencimiento. Definitivamente algún dios había sobrevivido y andaba por allá arriba.

—Nietzsche era un comemierda —dijo entonces.

—¿Y ahora tú te enteras de eso? —sonrió Yoyi mientras apretaba el acelerador.

—Te debo una, compadre. Ese dinero me salva la vida... Es que...

A ver —por fin se atrevió—: si Tamara fuera tu novia, ¿qué le regalarías por su cumpleaños?

Yoyi pensó, con seriedad.

—Un anillo de compromiso...

—¿Un anillo de...? Pero si yo no quiero casarme... por ahora.

—Y no tienes que casarte. Pero un anillo es lo perfecto... De oro blanco, con unas buenas piedrecitas semipreciosas... Yo mismo te lo puedo vender, *man*. Uno lindísimo, ¡y a precio de amigo!

Al calor atmosférico del junio cubano, se había sumado ahora una combustión interior provocada por la estrepitosa entrada del diablo en su cuerpo. La propuesta soltada por Yoyi respecto al anillo de compromiso había tenido un inesperado impacto de profundidad en la conciencia de Mario Conde. La idea de congratular a Tamara con aquel regalo que con toda seguridad mucho apreciaría la mujer, tan dada a los detalles, las formalidades y las viejas costumbres, resultaba tentadora. Pero, en iguales medidas, peligrosa, pues si de algo Conde y Tamara habían hablado poco y mal a lo largo de aquellos veinte años de intimidad, había sido de la posibilidad de casarse. ¿Podría asumir Tamara aquel regalo como un acto conminatorio? ¿Se lo consultaba antes de regalárselo y aniquilaba cualquier efecto sorpresa? ¿En verdad él quería casarse? Y ella, ¿quería? ¿Alguna vez había que casarse? ¿Regalar un anillo implicaba *tener que casarse*? ¿Cómo Yoyi había adivinado que en esos días lo había rondado la idea de aquella posibilidad?

Después de matar el hambre con la comida que, por si las moscas —y casi siempre había moscas—, le había guardado Josefina, Conde y Carlos se fueron al portal en busca del alivio de una brisa. Pero mientras Carlos le explicaba la estrategia organizativa de la fiesta que celebrarían en dos días, para la cual ya había repartido invitaciones verbales y responsabilidades inalienables destinadas a garantizar suficientes cantidades de comestibles y bebestibles, Conde no dejaba de pensar en el dichoso anillo.

—Entonces seríamos nueve: el Conejo, Aymara, Dulcita, Yoyi, Luisa, la dentista fea amiga de Tamara, tú, Candito, la homenajeada y un servidor.

—¿Viene Candito?

—Imagínate si viene: me dijo que esa noche cierra la iglesia, porque no puede perderse esa fiesta. La vieja Josefina nos va a preparar unas cositas contundentes de comer con suministros que van a traer Dulcita y Yoyi, que se brindaron, también voluntaria y previamente, para hacer esos aportes... ¿Qué te parece?

—¿Desde cuándo Yoyi sabe lo de la fiesta?

—Hablé con él un rato después de que me llamaras.

Conde calculó: Yoyi había tenido varias horas para pensar en el tema del anillo. Ese tiempo convertía su propuesta en un acto premeditado y alevoso.

—¿Qué dijiste que me tocaba a mí? —preguntó Conde, tratando de volver a la realidad del instante. Para facilitar el trámite, se dio un lingotazo de ron.

—El *cake*, las flores y dos o tres botellas de ron. Y ron es ron, de verdad, con etiqueta, no este que venden en los Desesperaos...

Conde metió la mano en el bolsillo y sacó un billete de cincuenta pesos convertibles.

—Yoyi me dio un adelanto hasta que nos paguen los libros que estamos negociando. Me hace falta que tú y Candito, que sabe de flores, se encarguen de mi parte. Tú compra el ron... Yo me he enredado en la historia de la dichosa emo y...

—Cuéntame un poco... ¿Ya tienes alguna idea de dónde coño se metió? —Carlos imitó a Conde y bebió un trago.

—Tengo dos mil ideas, pero de dónde puede estar la chiquilla esa, ninguna. Me he complicado la existencia, Flaco. Ahora resulta que yo soy el más preocupado por dónde puede estar o qué le puede haber pasado... No todos los días se pierde alguien que anda advirtiendo por ahí que Dios ha muerto y hace filosofía sobre la libertad del individuo. Mañana quiero ver si hablo con Candito. Él es de todos nosotros el que más sabe de las cosas de Dios...

—Para algo es pastor emergente, ¿no?

Conde asintió, valorando otra vez la persistente presencia de un dios en la historia de una muchacha esfumada. Sí, tal vez su amigo Candito el Rojo, convertido en una especie de pastor evangélico sustituto, podría ayudarlo a entender el enredo de aceptaciones y negaciones de lo trascendente en que lo había metido la joven. Pero Conde presentía, sin saber la razón exacta de aquella sensación, que en la vida y la desaparición de Judy había otras tenebrosidades a las que él ni siquiera se había asomado y que no era cruzando los caminos del cielo por donde llegaría a las oscuridades que envolvían a Judy. Sí, necesitaba entender otras cosas. ¿Quién lo podría ayudar?

—Espérate, déjame llamar al Conejo. Se me ocurrió algo en lo que a lo mejor él me puede tirar un cabo.

Conde recogió el teléfono inalámbrico que había quedado sobre la mesita del portal. También el aparato era un regalo de Dulcita, cada vez más generosa y atenta con las necesidades de Carlos. Marcó el número predeterminado y cuando el amigo se puso al aparato, le explicó la razón de la llamada: necesitaba que el Conejo le aconsejara con qué persona podría hablar para entender algo del tema de los jóvenes que se marcan y autoagreden. Y si esa persona existía y el Conejo podía, que tratara de fijarle una cita, cuanto antes mejor. El otro asumió la tarea.

—De verdad está hereje ese asunto, salvaje —dijo Carlos—. No me puedo creer que gocen sufriendo y deprimiéndose, por mi madre que no...

—El mundo está loco, Flaco... Y yo también —admitió, bebió lo que le quedaba en el vaso y se puso de pie—. Aunque no tanto: Judy sabe lo que quiere, o por lo menos lo que no quiere, y yo sé que me tienes que devolver el dinero sobrante de lo que te di... Ahora me voy, quiero hablar una cosa con Tamara.

Carlos miró la botella de ron traída por Conde. Quedaba aún la mitad de su contenido. Algo mucho más grave que una emo perdida debería estar atormentando la mente de su amigo para que le reclamara un dinero y se retirara de un combate cuerpo a cuerpo al cual le quedaba por saldar su mejor parte.

—Conde..., ¿me vas a decir qué cojones te pasa ahora? Llegaste con cara de mierda y ahora tienes cara de mierda con peste. Coño, hoy hiciste un negocio con el que te vas a forrar, estás haciendo lo que más te gustaba hacer cuando eras policía y lo puedes hacer sin ser policía, dentro de dos días vamos a meter un fiestón por el cumpleaños de Tamara y, menos Andrés, vamos a estar todos los sobrevivientes... ¿Qué más quieres, salvaje? Dime, ¿de qué te quejas, Cabeza de Pinga?

Conde sonrió con la salida final de Carlos, que lo remitía al chiste sobre el guerrero piel roja nombrado Cabeza de Pinga, que le expresa al gran jefe Cabeza de Águila, hijo del legendario Cabeza de Toro y hermano del aguerrido Cabeza de Caballo, la inconformidad que arrastra con su apelativo. Y concluyó que Carlos llevaba la razón: ¿de qué te quejas, Cabeza de Pinga? Parecía evidente: él no tenía remedio. Su capacidad para sufrir por cualquier cosa que lo asediara lo hacía, de alguna manera, un precursor de la filosofía emo. Pero no abrió las compuertas. El asunto que lo aguijoneaba ni siquiera podía hablarlo con Carlos antes de haberlo solucionado con Tamara, tanto por lo que atañía a la mujer como por sus propias dudas.

—No me quejo, bestia. Es que soy así de comemierda... Si el Conejo me llama, que me localice con Tamara. —Conde se acercó a Carlos y se inclinó sobre su desparramada anatomía, apenas contenida por los brazos del sillón de ruedas, y no pudo evitar la oleada de ternura que lo impulsó a inclinarse y abrazar el cuerpo húmedo de sudor del amigo inválido. Si alguna prueba le faltaba al Flaco del estado lamentable del Conde, este se la regalaba con aquel abrazo, limpio de impulsos alcohólicos: resultaba evidente que iba herido. Carlos, contra su costumbre, esa vez prefirió mantenerse en silencio, mientras correspondía al gesto de amor.

Conde optó por hacer a pie el recorrido hacia la casa de Tamara. Quería darse más tiempo para meditar y buscar la vía hacia la solución de su nuevo conflicto. Lo que más le molestaba de aquella situación era su vulgar origen económico, pues si no tuviera en el horizonte los mil dólares prometidos por Yoyi, nada semejante podría haber estado ocurriendo. ¡Y luego dicen que los ricos no tienen problemas! Pero ¿el problema era el anillo en sí o sus implicaciones para sí?, se preguntó, filosófico.

Tamara, recién bañada y vestida con la ropa de dormir, veía desde el sofá uno de aquellos documentales sobre animales que tanto le gustaban a los programadores de la televisión nacional. Nada más verla, en aquel ambiente familiar, cotidiano, rutinario, Conde sintió un latigazo de angustia. ¿Casarse para siempre? Pero al acercarse para besarla, cuando se asomó al escote generoso y respiró el olor a mujer limpia que regalaba la piel de Tamara, la angustia fue desplazada por una plácida sensación de pertenencia, que lo hizo comenzar a concebir planes inmediatos.

—Sigue viendo eso. Voy a darme un bañito —dijo Conde y se dirigió hacia la ducha.

Mientras se limpiaba de las costras y calores del día y se entregaba a la imaginación de un satisfactorio cierre sexual de jornada, Mario Conde pensó que, en verdad, podía considerarse un ser muy afortunado: le faltaban miles de cosas, le habían robado cientos, lo habían engañado y manipulado, el mundo entero se hacía mierda, pero todavía él poseía cuatro tesoros que, en su magnífica conjunción, podía considerar los mejores premios de la vida. Porque tenía buenos libros para leer; tenía un perro loco e hijo de puta del cual cuidar; tenía unos amigos a quienes joder, abrazar, con quienes se podía emborrachar y soltarse a recordar otros tiempos que, en la benéfica distancia, parecían mejores; y tenía una mujer a la que amaba y, si no se equivocaba demasiado, lo amaba a él. Gozaba de todo aquello —y ahora hasta de dinero—, en un país donde mucha gente apenas tenía nada o iba perdiendo lo poco que le quedaba: porque demasiadas personas con las que cada día se topaba en sus afanes callejeros y le vendían sus libros con la esperanza de salvar sus estómagos, ya habían perdido hasta los mismísimos sueños.

Como era su costumbre de lobo solitario, Conde tendió en la bañadera el calzoncillo recién lavado y recuperó el que la noche anterior había dejado allí. Fue al cuarto y buscó el pullover agujereado y gigantesco con el cual solía dormir. Mientras escuchaba la voz televisiva dedicada a narrar la historia de un elefante hermafrodita, amigo de los pajaritos y aficionado a comer flores amarillas (¿no sería simple y sencillamente un elefante maricón?), preparó la cafetera pequeña y coló el café. A esa hora Tamara no lo acompañaría, por lo cual se sirvió su porción en un vaso y, con un cigarro en la mano, fue hacia la sala del televisor con una rotunda decisión en la mente: al carajo, le preguntaría a Tamara si quería casarse con él. Total, había pensado, si ya estoy queriendo regalarle un anillo, ¿por qué no lanzarme de cabeza de una vez y por todas?...

Cuando entró en la sala se encontró a Tamara dormida en el sofá. Para no despertarla fue a ocupar el butacón de piel muchos años atrás comprado por el padre de la mujer en Londres, mientras fungía como embajador en el Reino Unido. Con el mando a distancia apagó el televisor: no tenía ánimos para historias de elefantes con traumas sexuales. Bebió su café y encendió el cigarro. Y comprendió que aquel era el mejor momento para lanzar su proposición:

—Tamara —susurró y se atrevió a seguir—, ¿qué tú crees si nos casamos?

El primer ronquido de la mujer fue la única respuesta que recibió su tremenda pregunta.

5

La explanada, muchos años atrás bautizada como la Plaza Roja por algún alucinado y entusiasta promotor de la indestructible amistad cubano-soviética, reverberaba desde la negritud de su pavimento. Dejaron el auto en una calle lateral y, apenas se refugiaron bajo la sombra benéfica del árbol, Conde y Manolo, como no podían dejar de hacer, se entregaron a evocar el episodio grotesco de la muerte de una joven profesora de química que, veinte años antes, los había obligado a subir y a bajar varias veces la Plaza Roja hacia o desde el Pre de La Víbora. Gracias a aquella investigación terminaron por encontrar allí una montaña de mierda —dobleces morales, oportunismos, arribismos, desmanes sexuales, académicos e ideológicos— y, como guinda del pastel, a un asesino que ninguno de los dos hubiera deseado hallar.*

Temprano en la mañana, Conde había localizado al mayor Manuel Palacios antes de que saliera de la casa (vivía ahora con la octava mujer con que se había casado) hacia la Central de Investigaciones. Manolo protestó todo cuanto pudo, pero al final accedió a verlo sobre las once y luego acompañarlo en aquel viaje a un presente plagado de conexiones con el pasado. Como Tamara había salido al amanecer, pues era el día en que hacía intervenciones quirúrgicas con los cirujanos maxilofaciales, Conde se atrevió a dejarle una nota sobre la mesa del comedor. Trataría de regresar temprano para hablar de algo importante con ella, escribió. Él sabía que había concebido aquella nota con la peor de las intenciones: no dejarse margen para una escapatoria. Y se fue a su casa para cambiarse de ropa y alimentar a *Basura II,* que lo recibió con un gruñido de reproche por el abandono al cual lo estaba sometiendo. Y si se casaba y se iba a vivir para la casa de Tamara, muchísimo más confortable que la suya, ¿qué hacía con aquel perro loco, aficionado a dormir en las camas y los sofás luego de pasarse el día en la calle revolcándose con otros perros y hasta con elefantes hermafro-

---

*   *Paisaje de otoño,* Tusquets Editores, 1998.

ditas si aparecían paquidermos con esas cualidades? Si se lo llevaba consigo, lo más probable sería que, a la semana, *Basura II* y su dueño fuesen declarados indeseables y expulsados ambos, los dos (y el elefante si andaba con ellos), de una casa donde se vivía de acuerdo a ciertas reglas de urbanidad que aquellos salvajes desaforados sin duda desconocían. Causa admitida para el acto de divorcio: la insoportable ingobernabilidad de un hombre y su perro.

En la Central, Conde le había explicado a su antiguo subordinado los pasos que había ido dando en la búsqueda de la emo y el porqué de su petición de ayuda: necesitaba identificar y, si conseguían hacerlo, localizar al italiano que Judy había apodado «Bocelli». Para calmar a Manolo, tan urgido siempre, había entrado en el tema diciéndole que se trataba de un hombre interesante para él y sus policías, pues según había sabido, parecía muy posible que estuviese relacionado con algún nivel del consumo y venta de drogas en la ciudad. Necesitaba el apoyo de Manolo, ya que la única forma tangible para la identificación implicaba pedirle a Inmigración los datos de los italianos menores de cuarenta años, visitantes asiduos del país, que hubieran entrado en la isla en los últimos dos meses. Y con aquella información confrontar a Frederic, a quien el mayor Palacios, en su condición de policía de verdad, de los que te interrogan y te meten preso, también debía sacarle la identidad de la misteriosa novia de Judy, tentadora como una isla aún por explorar. Entre aquel italiano y la novia oculta podían andar las razones de la desaparición, forzada o voluntaria, de la emo.

Mientras esperaban la información sobre los italianos, Conde, como si no fuese importante, trató de introducir el otro tema en el cual su ex subordinado podía ayudarlo: la historia venezolana de Alcides Torres que aparecía una y otra vez en el fondo de las rebeliones de su hija. Para su sorpresa, ese día Manolo había reaccionado como si lo hubieran rejoneado: de aquella investigación ellos, los oficiales investigadores de siempre, no sabían nada. Con el argumento de que no se trataba de crímenes comunes, se la habían entregado a un cuerpo especial que llevaba ese y otros casos parecidos. Pero lo que estaba claro para «los oficiales investigadores de siempre», como el propio Manolo, era que se trataba de corrupción pura y dura. Si Alcides Torres todavía andaba por ahí buscando a su hija y manejando su Toyota, solo se debía a que no habían podido implicarlo de forma directa en aquellos manejos turbios de contenedores cargados de televisores de pantalla plana, computadoras y otras *delicatessen* tecnológicas compradas en Venezuela, luego revendidas en Cuba. Pero, a juicio del mayor Palacios, cuando dos de tus subordinados comen *cake,* por lo menos te dejan probar el merengue, ¿no?

Con las fotos de treinta y dos italianos que se ajustaban a los parámetros exigidos, Conde y Manolo esperaban el momento de la salida de los estudiantes. Como solía ocurrirle en circunstancias similares, Conde sentía el escozor que le provocaba su oportunista decisión de colocar a Frederic en la alternativa de develar un secreto con cuya preservación se había comprometido. Algo semejante había hecho durante el caso de la profesora asesinada, cuando prácticamente obligó a un estudiante de aquel instituto a revelarle una información capaz de colocar al muchacho en la categoría nada amable de chivato. ¿Por qué coño había aceptado meterse en esa historia?, se recriminaba el ex policía, cuando escucharon el timbre que ponía fin a la sesión matutina del instituto.

Como el día anterior, Yadine fue de las primeras en abandonar el edificio y, siempre sola, con prisa, como reconcentrada en algo, tomó la pendiente hacia la Calzada. Minutos después, Frederic salió del instituto usando su *look* de estudiante. Solo que, en lugar de dos, ese día eran tres las muchachas que lo acompañaban, incluida la rubia espectacular con la cual el día anterior se había besado en plan de buenos amigos. Con la regularidad ya establecida, la primera de las jóvenes se desprendió hacia su destino, y unos minutos después fue la rubia quien —luego de un beso más leve, pero labiolingual— se separó de Frederic y la otra joven. Los perseguidores debieron andar varias cuadras detrás de la pareja que, apenas se libraron de sus acompañantes, habían empezado a ejecutar un besuqueo desenfrenado y callejero que los obligaba a detenerse cada diez metros y le hacía pensar al Conde en su incapacidad de entender nada. Cuando llegaron al Parque de los Chivos y ocuparon un banco, la intensidad y profundidad de las caricias alcanzó más altos niveles. Las lenguas enloquecieron, las manos de los jóvenes actuaron como serpientes entrenadas en el arte de reptar bajo la ropa, y se empeñaron en clavar sus dientes en puntos neurálgicos, provocando convulsivas alteraciones musculares en los respectivos organismos. Conde y Manolo, a una distancia prudencial, debieron conformarse con fumar, sudar y evocar tiempos y amores pasados, confiados en que los muchachos no llegaran a lanzarse sobre la hierba y pasar a mayores (ya la muchacha tenía una mano dentro del pantalón de Frederic y este una de las suyas bajo la falda de su amiga, que en un momento se arqueó tanto contra su espalda que Conde temió se pudiera partir en dos). Tal vez el calor agotara con alguna rapidez sus desbocados ardores. En un instante en que Conde apartó la vista del espectáculo y miró a su ex colega, descubrió cómo los ojos de Manolo habían alcanzado su máximo estado de estrabismo, demasiado tiempo atraídos por el porno con ropa montado en el parque.

Veinte minutos después, tras un larguísimo beso, los jóvenes se separaron, no sin esfuerzo. La muchacha (esta era trigueña, alta, delgada, muy bien distribuida) atravesó el parque con pasos de convaleciente y Frederic, luego de reacomodarse el miembro para poder caminar sin que se le fracturara, bajó por la pendiente que conducía a la Avenida de Acosta. Manolo, quien ya consideraba que había invertido demasiado tiempo en aquel seguimiento voyerista que parecía haberle alterado las hormonas, decidió no esperar más y apresuró el paso para alcanzar al muchacho.

—Frederic, espérate ahí —gritó y aprovechó el impulso de la pendiente para acelerar la marcha. Conde, tras él, no pudo evitar una sonrisa. Ni él ni Manolo estaban ya en condiciones de realizar persecuciones callejeras.

El joven se había vuelto y su cara expresó con claridad lo que sentía al ver aparecer al Conde acompañado por un policía uniformado y, de contra, graduado.

—¿Qué cosa quieren ahora?

Conde trató de mantener la sonrisa.

—Tienes el pantalón manchado... Nos hace falta una ayudita más... No por nosotros, sino por tu amiga.

La frase de apertura dio en el blanco y Frederic bajó las defensas y la vista para ver las proporciones del derrame. Conde sabía que la acotación de aquella evidencia lo hacía más vulnerable.

—¿Qué quieren? —susurró, mientras utilizaba su mochila para ocultar la mancha en la entrepierna.

—Mira, el mayor Palacios —Conde indicó a Manolo— está interesado también en encontrar a Judy.

—Y nos hace falta ver si puedes identificar al italiano al que ella le decía Bocelli —intervino el mayor—. Aquí tengo unas fotos. Mira a ver si es alguno de estos hombres...

Frederic observó a Manolo, luego al Conde, y tomó la carpeta donde estaban las fotos. Con detenimiento fue pasando las hojas, sin que ninguna expresión saltara a su rostro. A la altura de la decimoquinta imagen, apoyó su reacción con la ratificación verbal.

—Es este. Seguro. Nada más lo vi una vez, pero es este... ¿No ven que es igualito al cantante?

Conde tomó la carpeta y observó la foto: un hombre de unos treinta y cinco años, pelo muy abundante y piel cetrina. Volteó la cartulina y leyó los datos: Marco Camilleri, decimosegunda visita a Cuba; había entrado en el país por última vez el 9 de mayo y lo había abandonado el 31, tres semanas después... Al día siguiente de que Judy saliera de su casa con rumbo desconocido.

—Estaba en Cuba cuando Judy se perdió, pero... —musitó Conde, mientras trataba de imaginar lo que aquella coincidencia podría significar. Y solo fue capaz de barajar las cosas peores.

—¿Pero qué? —quiso saber Frederic.

—Que si Judy está en Cuba, no puede estar escondida con él... Pero si antes de irse de Cuba este Bocelli... —La mente de Conde pensaba lo que su boca se negó a soltar: que Judy no estuviera desaparecida por cualquier razón, sino que su ausencia fuese tan irreversible como la muerte. ¿Bocelli había concluido su estancia en Cuba o la había interrumpido por alguna razón de las que Conde columbraba? De manera casi automática miró al mayor Palacios, que hizo un leve movimiento afirmativo. Pensaban lo mismo—. A lo mejor este hombre pudo hacerle algo muy malo a Judy.

—¿Que la mató? —La pregunta de Frederic fue un grito.

—No podemos saberlo, de momento —afirmó el Conde, y decidió en ese instante aprovechar la conmoción del muchacho—. Pero quien todavía debe de estar aquí es la novia de Judy, y nos hace falta que nos digas quién es.

—Ni idea... —empezó el joven, dispuesto a retirarse.

Manolo, con sus sentidos ya en máxima alerta, optó por saltar al ruedo.

—Mira, Frederic, esto no es un juego. Por si no lo sabes, se llama investigación criminal... Judy lleva trece días perdida, y lo más probable es que esté muerta. Estamos hablando aquí en la calle porque mi amigo me dijo que tú eras un buen muchacho, pero yo no estoy para perder mi tiempo. Así que, o bien nos dices ahora mismo quién coño es la novia de Judy o seguimos la conversación en otro lugar mucho menos agradable y, te juro, allí nos lo vas a decir. Tú no te imaginas lo convincentes que somos noso...

—Ana María, la profe de literatura —dijo Frederic y, sin esperar comentarios, echó a correr pendiente abajo.

Conde lo vio irse y sintió más pena que alivio.

Tendría unos veintisiete, veintiocho años, y exhibía una belleza avasallante. El pelo de un negro intenso, los ojos trágicos, de un verde selvático, coronados por unas cejas bien alimentadas y elevadas con la altura de un ligero asombro, los labios como rellenados con bótox pero en realidad engordados solo por la naturaleza de enrevesados cruces étnicos. Conde se vio amenazado por unas tetas pequeñas, enfiladas al cielo con postura de cañones antiaéreos, y percibió las caderas de la mujer como un remanso de paz o un campo de batalla. Toda su piel brillaba gracias a la tersura alcanzada en el punto de su máximo esplendor, matizada por aquel color conseguido con unas gotas de café sobre la leche. ¿Angelina Jolie? Como tampoco podía dejar de ocurrir, el machismo de Conde lo obligó a considerar a aquel pedazo de mujer, que amaba a otras mujeres, como un doloroso desperdicio de la evolución.

Desde que Frederic les pasara el dato, Conde había pensado que aquella conversación debía resolverse con cierta apariencia de intimidad. Por fortuna para él, no le resultó difícil deshacerse de Manolo. El policía, también alarmado por la cercanía de fechas entre la desaparición de Judy y la salida de Marco Camilleri, alias «Bocelli», había decidido que los investigadores debían seguir aquel rastro, hurgando en archivos y moviendo a la vez los hilos de las redes de informantes capaces de saber algo de los puntos calientes que con más fuerza latían en aquella trama: italianos, drogas y muchachas muy jóvenes. Y se había ido a poner en marcha la maquinaria, con la promesa de comunicarse con su ex colega si aparecía algún rastro revelador.

Cuando regresó al instituto y localizó a la profesora Ana María, Conde sintió cómo el pulso se le aceleraba ante el espectáculo de alto refinamiento estético ofrecido por aquel ejemplar de catálogo, capaz de arrasar con todas sus imaginaciones y prejuicios de andar en busca de una marimacho (¡por Dios, está más buena que Angelina Jolie!). Para su sorpresa, apenas Conde mencionó el motivo que lo traía, la mujer aceptó salir con él para conversar en privado.

Gracias a los pesos convertibles remanentes en su bolsillo, Conde pudo invitarla a tomar un refresco en una cafetería de reciente creación, por lo general desierta y por suerte refrigerada. Mientras desandaban las calles de La Víbora en busca del sitio propuesto, el hombre prefirió mantener la charla en el territorio aséptico y amable de sus recuerdos de los días en que había estudiado en el instituto donde ahora impartía clases Ana María, unas evocaciones remitidas a un tiempo anterior incluso al nacimiento de la profesora.

En realidad, el cuerpo de Conde le reclamaba una cerveza. Pero su sentido profesional lo hizo decantarse por un refresco, como la mujer, luego de suplicar que le limpiaran la mesa pringosa. Sabiendo que atentaba contra su salud y sus principios, se dio un trago del líquido oscuro y dulzón con sabor a jarabe, mientras le explicaba a Ana María los detalles de su interés por Judy y, sin dar demasiados rodeos, el motivo por el cual le había pedido aquella conversación: le habían comentado que ella y la joven emo tenían una relación estrecha —aunque no la calificó, ni en sus cualidades ni en sus estrecheces... ¡Pero qué clase de desperdicio, por Dios!—. Ana María lo oyó hablar, dando sorbos del vaso plástico en donde había vertido su refresco, y Conde hizo silencio cuando vio cómo un par de lagrimones brotaban de la fuente verde de los ojos y corrían por el rostro terso de la profesora. Como buen caballero esperó a que la mujer se recuperara, luego de secarse las lágrimas con un gesto muy femenino que le permitió ver, en el envés del antebrazo, el diminuto tatuaje de una salamandra con la cola recogida en forma de anzuelo.

—Voy a suponer que en realidad usted no es policía y que no será tan canalla como para estar grabando esta conversación —comenzó la profesora con autoridad y un recuperado dominio de sí misma—. Voy a creerle que en realidad usted está interesado en hallar a Judy por el bien de la propia Judy y por la tranquilidad de su abuela. Y voy a pedirle, por supuesto, que si obtiene algo de esta conversación solo lo use para recuperar a Judy, pero sin revelar de dónde lo sacó. Esto último por tres razones que va a entender: porque soy lesbiana y me gusta serlo, pero vivimos en un país donde todavía mi preferencia sexual es un estigma; porque soy profesora y me gusta serlo; y, sobre todo, porque una profesora no debe tener relaciones íntimas con una estudiante, y yo las tenía, o mejor dicho, las tuve, con Judy. Si revela la existencia de esta relación, voy a negarlo. Pero aunque pueda seguir trabajando como maestra, me haría un daño irreparable. ¿Entiende lo que le digo?

—Por supuesto. Tiene mi palabra de que si algo de lo que me dice me ayuda a saber dónde puede estar Judy, solo lo voy a usar para encontrarla y decírselo a su familia. Aunque también debo advertirle que puedo olvidarme de un desliz sentimental o pedagógico, pero no podría ocultar un delito si llego a saber que usted tiene alguna implicación y si la historia de la desaparición de Judy se complica.

—¿Qué quiere decir con eso último?

Conde valoró sus palabras, pero se decidió por las más directas y contundentes.

—Que esté secuestrada o le haya pasado algo peor y usted tenga algún vínculo.

—Podemos hablar entonces —concluyó ella, magisterial, y agregó—: Pero no se haga falsas expectativas: por más que lo he pensado, no tengo la menor idea de dónde puede estar Judy y menos de si le pasó algo. Unos días antes de que... —dudó, buscando la palabra más adecuada— se fuera, ella y yo habíamos roto y donde único hablábamos era en el aula, como profesora y alumna.

»Judy se metió en mi vida por un resquicio que no tiene defensas: el que lleva directo al corazón. Suena horrible, cursi, pero es así... Hace seis años que soy profesora graduada, nueve que estoy frente a un aula, y nunca, ni cuando todavía era estudiante, había tenido ni siquiera la tentación de empezar una aventura con una alumna, mucho menos una relación sostenida. Quizás porque hasta hace poco más de un año tuve una pareja estable, una historia muy satisfactoria, que duró doce años... Quizás porque soy maestra por vocación, no por obligación o compulsión, como muchos otros, y respeto, o respeté, para hablar con toda propiedad, los códigos académicos y éticos de la profesión, que me parecen sagrados, ¿me entiende?

»Cuando Judy se incorporó a mi aula, recién llegada de Venezuela, me di cuenta de que se trataba de una joven especial, en sus virtudes y en sus problemas. Tenía una inteligencia superior a la media, había leído lo que el resto de los alumnos del aula jamás leería, en cantidad y en profundidad, y podía ser a la vez tan madura y tan infantil que parecía dos personas en una. Solo que la Judy madura y la infantil pretendían la misma cosa, aunque desde perspectivas por supuesto diversas: no actuar como una persona común, ser todo lo libre que alguien de su edad puede ser, en especial en este país donde lo que no está prohibido no se puede hacer..., y estar dispuesta a luchar por esa libertad. A su manera. La madura luchaba con la mente, y tenía sus argumentos; la infantil, sobre un escenario, con un disfraz, yo diría que montando un personaje. Pero las dos buscaban lo mismo: un espacio de autenticidad, una forma de practicar libremente lo que ella deseaba practicar...

»Ya usted sabe que Judy es emo. Lo es por elección, diría que también por convicción, no por moda o imitación, como la mayoría de los muchachos metidos en esas cosas, ¿me entiende? Ser emo le permitía pensar como emo y también actuar como emo, con todas esas gangarrias que exhibía... Por lo que sé, desde antes de irse a Venezuela, Judy llevaba dentro de ella la semilla de su rebeldía, o de su inconformidad. Había visto demasiada falsedad, oído muchas mentiras, conocido las traquimañas de su padre y otros personajes como él, pero todavía era demasiado joven para entender las proporciones de todo ese entramado de oportunismos. Es evidente que allá maduró a toda velocidad y descubrió dos cosas: que su padre y otros hombres como su padre no practicaban en la realidad lo que sostenían en sus discursos. En dos palabras: que eran una banda de corruptos de la peor especie, los corruptos socialistas y de la retórica de la solidaridad, por llamarlos de alguna manera, o de la peor manera. Y eso le provocó un tremendo sentimiento de rechazo, de asco, de odio... Entonces descubrió la otra cosa que la cambió: el mundo virtual donde se movían los emos, un espacio en el que unos jóvenes hablaban con mucha libertad de sus experiencias culturales, místicas y hasta fisiológicas, empeñados en la búsqueda de su individualidad. Y pudo ver cómo debajo de todo aquello había una filosofía, más complicada de lo que puede parecer a simple vista, pues está relacionada con la libertad del individuo, que empieza por lo social y llega hasta el deseo de liberarse de la última atadura, la del cuerpo. Pero, cuidado, no se confunda: esa liberación no tiene una conexión directa con alguna actitud suicida, sino con una voluntad física y espiritual. ¿Me entiende? Judy no está perdida porque se haya suicidado, de eso estoy más que segura. O bastante segura. Porque, además, ella había decidido dejar de ser emo...

»El caso es que nada más llegar a mi clase, se convirtió en mi alumna de referencia, académicamente hablando. Pero de una manera extraña: lo mismo leía a fondo una obra del plan de estudios, que decidía no terminar de leer otra y daba en plena aula las razones de su actitud, y nunca eran las razones banales de que un libro resultara aburrido o no le gustara. Eso me ponía en un verdadero aprieto, pienso que en un buen aprieto. Como se podrá imaginar, en realidad Judy se convirtió en un reto, sí, un reto más que una referencia. En todos los sentidos, ¿me entiende? Y como reto, me desafió un día. Fue hace unos seis meses, nos habíamos quedado solas en el aula, discutiendo sobre *La vida es sueño*, de Calderón, le interesaba la relación entre vida real y vida soñada, el papel del destino o de la predestinación del individuo, todo eso del karma marcado para cada ser humano, y en un momento me dijo que soñaba con tener sexo conmigo y... otras cosas que ahora no voy a repetirle, por supuesto. ¿Cómo había descubierto ella que yo soy lesbiana y, más aún, que ella me atraía muchísimo? Aquello me desconcertó, pues nunca he llevado al aula ni mi sexo ni mis atracciones. Entonces le pregunté cómo se atrevía a decirme aquello, a su profesora... Y me dijo que yo era transparente, que podía verme por dentro y por fuera, y todo lo mío le gustaba y... Hablaba como una mujer de cincuenta años.

»Empezamos a vernos, aunque antes le exigí la más absoluta discreción. Algo que, ya veo, ella no cumplió, pues usted ha venido a verme porque alguien se lo dijo, y la fuente original solo puede ser ella misma. Quizás su lado infantil..., a pesar del cual tuvimos una relación muy madura. Hasta que de pronto ella decidió terminarla...

»Judy necesitaba liberarse o iba a explotar. Se había liberado de Dios, se quería liberar de su familia, se liberó de mí, se iba a salir de los emos, pretendía cortar todas las amarras de los compromisos... Arrastraba por todas partes sus insatisfacciones con lo que la rodeaba, con las mentiras entre las que había crecido. Todo lo que leía, oía, veía le profundizaba esa sensación de tener que desprenderse de cualquier lastre en su búsqueda de una liberación total, aunque no supiera bien cómo encausarla... Mire, aquí tengo un ejemplo. Esto lo escribió en una comprobación de lectura...

La profesora sacó un sobre de su carpeta y extrajo varias hojas escritas a mano. Pasó varias de ellas y, cuando halló la que buscaba, leyó:

—«La literatura sirve para mostrarnos ideas y personajes como este: "... seguía preso con toda una ciudad, con todo un país, por cárcel... Solo el mar era puerta, y esa puerta estaba cerrada con enormes llaves de papel, que eran las peores. Asistíase en esta época a una multiplicación, a una universal proliferación de papeles, cubiertos de cuños, sellos, firmas y contrafirmas, cuyos nombres agotaban los sinónimos de 'permiso', 'salvoconducto', 'pasaporte' y cuantos vocablos pudiesen significar una autorización para moverse de un país a otro, de una comarca a otra, a veces de una ciudad a otra. Los almojarifes, diezmeros, portazgueros, alcabaleros y aduaneros de otros tiempos quedaban apenas en pintoresco anuncio de la mesnada policial y política que ahora se aplicaba, en todas partes (unos por temor a la Revolución, otros por temor a la contrarrevolución), a coartar la libertad del hombre, en cuanto se refería a su primordial, fecunda, creadora posibilidad de moverse sobre la superficie del planeta que le hubiese tocado en suerte habitar... Se exasperaba, pataleaba de furor, al pensar que el ser humano, renegando de un nomadismo ancestral, tuviese que someter su soberana voluntad de traslado a *un papel"*...» ¿Qué le parece?

—Tremendo —admitió el Conde—. Me suena conocido... ¿Quién lo escribió?

—Adivine...

—Ahora mismo... Me suena, pero no, no sé. —Conde se sintió superado.

—Carpentier. *El siglo de las luces.* Publicado en 1962...

—Parece que está escrito para ahora mismo.

—Está escrito para siempre. También para ahora mismo. Judy sabía para qué sirve la literatura... Porque agregó esto —dijo y volvió a leer—: «Si un país o un sistema no te permite elegir dónde quieres estar y vivir, es porque ha fracasado. La fidelidad por obligación es un fracaso».

—Más tremendo todavía —admitió Conde, fascinado por los razonamientos y la osadía de Judy—. A esa edad yo era un comemierda... Bueno, más que ahora...

—De esto tampoco le hablé a nadie. —La profesora movió el papel, para luego devolverlo a la carpeta y sonreír ligeramente—. Imagínese el alboroto que hubiera formado... Bueno, el caso es que las cosas empezaron a ponerse más graves desde que conoció a Paolo Ricotti, un viejo verde que trató de enamorarla con historias de sus viajes por Venecia, Roma, Florencia, los museos, las ruinas romanas, el Renacimiento. Sobre todo hablaban de la especialidad de Ricotti, la pintura del barroco... A ella le encantaba hablar con él, y soñar con lo que él le prometía..., pero sin dar un paso más allá, muy consciente de lo que hacía. Y luego apareció un amigo de Paolo, Marco Camilleri, el tipo que según ella se parecía a Andrea Bocelli, y las cosas se pusieron más complicadas todavía, pues ese tipo se metía no sé qué drogas y ella, que estaba desesperada por probar, bueno... Me cuesta hablar de esto, pierdo la perspectiva, me pongo celosa, me dan rabia esas cosas. Aunque sé que toda aquella relación con los dos italianos estuvo desprovista de sexo, se trataba de amistades demasiado peligrosas para una muchacha que en realidad solo tiene dieciocho años, por liberal que sea y madura que parezca.

»No sé si por mis celos o por algo que estaba pasando dentro de Judy, el caso es que ella decidió terminar la relación. Y no sé si por despecho o por cordura, sin pensarlo dos veces yo le dije que sí, era lo mejor. Aunque sabía bien lo que me iba a doler, prefería terminar cuanto antes con algo que de todas formas iba a terminar, y mejor si lo hacía sin otras complicaciones. Por eso fue en el instituto donde me enteré de que nadie sabía dónde estaba Judy y, la verdad, al principio no me extrañó demasiado, porque pensé, y todavía lo pienso, que ella debía ser la mayor responsable de su propia desaparición, seguro que andaba en algo que era la verdadera causa por la que había preferido terminar conmigo y hasta con los emos, y, en cuatro o cinco días, otra vez andaría por aquí, sin dar explicaciones y satisfecha de sí misma, como siempre que hacía algo capaz de romper un esquema... Desde el principio deseché la idea de la policía, según me contó su abuela cuando fui a verla, pues yo sé que Judy no iba a montarse en una balsa con un grupo de muchachos. Eso no le interesaba ni le había pasado por la cabeza, ni es de esos jóvenes que hacen algo por la compulsión del grupo o por embullo... Bueno, ya vio cómo piensa. —Suspiró y tocó la carpeta—. Y si no había intentado irse, ni andaba con los italianos, ni se había suicidado o la habían secuestrado..., pues se había escondido. Solo me extrañaba que si pensaba esconderse no nos hubiera dicho nada a su abuela o a mí. Aunque eso implicaría demasiado peso de su lado infantil, una irresponsabilidad tremenda, pero con Judy cualquier cosa es posible. Como se imaginará, a medida que han pasado los días y no se sabe nada de ella, he empezado a pensar otras cosas, cosas malas, no sé... ¿Me entiende? No, seguro no me entiende.

Conde se puso de pie y le exigió unas servilletas al dependiente de la cafetería, que le entregó dos, bien contadas y de muy mala gana. Las servilletas formaban parte del botín de guerra del dependiente. Conde las colocó entre las manos de la profesora y observó que, incluso llorando, aquella mujer era alarmantemente hermosa. Quizás más. ¿Me entiendes? Eso sí lo entendía el Conde, y muy bien. Incluso lo sentía: como un lamento genital, impropio de su edad. Y también entendía que por segunda ocasión alguien muy cercano a Judy le hablaba de una personalidad doble o capaz de desdoblarse, de una capacidad para alternar rostros que hacían más insondable a aquella joven irreverente y atrevida.

Cuando Ana María se hubo calmado, Conde le agradeció su sinceridad y le dijo que sus palabras lo ayudaban mucho a entender a Judy (se le había pegado la cabrona palabra tan repetida por la maestra) y, tal vez, a encontrar el camino por donde se había alejado.

—Solo quiero hacerle dos o tres preguntas más... Es que no entiendo bien —agregó, para darle por la vena del gusto a la profesora, y le dio.

—A ver...

—¿Cómo es esa historia de que Judy quería dejar de ser emo? ¿Uno entra y sale así: soy o no soy?

—Eso es lo bueno de las militancias voluntarias. Cuando no quieres, renuncias y ya... Hasta donde puedo saber, pues con Judy nada es simple, ella se hizo emo buscando un espacio propio de libertad. Y lo encontró, pero se le agotó. La libertad se le convirtió en una retórica, y ella necesitaba algo mucho más real.

—¿Pero todo eso de que Dios había muerto, de que iba a reencarnar, de que el cuerpo es una cárcel?

—Lo sigue pensando, claro que lo sigue pensando. Pero necesitaba más. No sé qué, pero necesitaba más.

—Y eso de Carpentier que me leyó, ¿no tiene que ver con irse? ¿Ese texto no le interesó por eso?

—No, se equivoca... Irse o quedarse no es lo decisivo. Lo que importa es la libertad de las personas para irse o quedarse. O la falta de esa libertad... Y de otras. ¿Me entiende?

Conde asintió, como si entendiera, aunque seguía en las mismas. O no, en verdad sabía más y, a pesar de sus contradicciones, Judy le resultaba cada vez más atractiva. Valía la pena encontrarla, se dijo, y se lanzó hacia delante.

—¿Judy le contó algo de lo que ocurrió en Venezuela que la afectó tanto?

La profesora bebió un sorbo de refresco, quizás para darse un tiempo y pensar su respuesta.

—Ya le dije: conoció mejor la filosofía emo y también a su padre... —Ana María dudó un instante y siguió—: Judy supo que su padre estaba preparándose para hacer algo que le daría mucho dinero...

—¿Las cosas que él y sus subordinados traían a Cuba?

—No, eso eran menudencias y él casi no tenía que ver con ese negocio. Era otra cosa, algo que sacó de Cuba.

Conde sintió un temblor de alarma.

—¿Algo que sacó de Cuba y le daría mucho dinero? ¿Judy le dijo qué cosa podía ser?

—No..., pero habló de muchos dólares.

Conde cerró los párpados y se los oprimió con el índice y el pulgar. Quería mirar dentro de sí mismo: ¿cuántos eran *muchos* dólares?

—¿Judy no le dio ningún indicio de qué...?

—No, ni yo se lo pedí. No quería ni quiero saber de esas cosas. Me ponen nerviosa...

—Sí, claro —dijo el Conde y decidió posponer en su mente la reflexión sobre aquel dato alarmante que alteraba algunas de sus percepciones. Por eso prefirió moverse en otro sentido—. Y Yadine, la amiga de Judy, ¿es alumna suya?

—No, ella está un año por debajo de Judy.

—¿Qué sabe de ella?

Ana María intentó sonreír.

—Que se había enamorado de Judy..., se babea por Judy —remachó, casi con satisfacción, tal vez por haberse sentido vencedora sobre aquella rival. Pero la confirmación más que confiable del verdadero carácter de la relación de Yadine con Judy y la develación de las causas profundas de la tristeza que arrastraba la muchacha podían indicar algo revelador, tal vez turbio, que Conde aún no podía precisar. Aunque esta vez no se desvió de su camino.

—¿La salamandra tatuada en su brazo...?

—Una tontería. Digamos que una prueba de amor. Judy la llevaba en el hombro izquierdo, por la parte del omóplato...

—Claro —dijo el hombre y se tomó unos segundos. Dudaba cómo entrar en aquel otro tema, y optó de nuevo por la vía directa—: ¿Cómo usted sabe que Judy no se acostaba con ninguno de esos italianos con los que hablaba y, parece, hasta se drogaba?

Por primera vez Ana María sonrió de forma notable, antes de dar paso a otra apertura de sus lagrimales. No obstante el llanto, la profesora pudo decir:

—Porque no le gustan los hombres y porque sé que Judy es virgen. ¿Me entiende?

El Conde, que había asimilado con elegancia los otros golpes de información, se sintió sorprendido por aquel directo al mentón. Tendido en la lona, oyó al *referee* contar hasta cien. Por lo menos. Ahora sí no entendía un carajo.

—Dime una cosa, para tenerla bien clara... ¿Dios perdona a todo el mundo?

—A todos los que se arrepienten y con humildad se acercan a Él.

—¿Perdona incluso a los hijos de puta más hijos de puta?

—Él no hace esos distingos.

—¿Distingos...? ¿Ahora siempre tienes que hablar así, con palabras como esa?

—Ve a lavarte el culo, Conde.

Conde sonrió. Había llevado a su amigo Candito el Rojo hasta donde él quería: más o menos hasta donde estaba cuando lo había conocido y Candito era un prospecto de delincuente. Aunque, bien lo sabía el Conde, el traslado conseguido resultaba solo transitorio, pues el místico del grupo hacía años había encontrado en la fe religiosa un permanente alivio a los tormentos y dudas de la vida que parecía satisfacerlo a plenitud. Y Conde se alegraba por él, tomando en cuenta algo que tenía muy claro: mejor un Candito cristiano que un Rojo preso.

En los últimos dos años, cada vez más enrolado en los asuntos de la fe, Candito se había convertido en algo así como un predicador «emergente», de los que salen a batear cuando el juego está caliente. El crecimiento de la grey (también esa palabra le pertenecía al mulato canoso que alguna vez había tenido una pelambre hirsuta y azafranada) había obligado a los pastores oficiales a entrenar a varios entusiastas para que trabajasen en algunas de las llamadas casas de culto, adonde iban a recalar los muchos, cada vez más, desesperados y desesperadas en busca de una solución, tangible o intangible, para una existencia que se les hacía mierda entre las manos. Tal vez por esa razón no solo estaban llenas las casas de culto y templos protestantes, sino también las iglesias católicas, las consultas de santeros, espiritistas, babalaos y paleros, incluso las mezquitas y sinagogas en un inhóspito desierto sin árabes ni judíos. Todo aquello en un país donde se impuso el ateísmo y se cosechó, al final, la desconfianza y la ansiedad de otros consuelos de los que la realidad no les proveía.

Uno de esos casi pastores de urgencia era Candito, que si bien no poseía un alto don para la oratoria, tenía una fe a prueba de cañonazos. Para quienes estuviesen dispuestos a creer, el mulato podía resultar una voz y hasta un ejemplo convincente. Su capacidad de creer resultaba tan visceral y sincera que Conde había llegado a decir que si Candito le garantizaba la existencia de un milagro, él lo aceptaría. Pero ¿admitir que cualquier hijo de puta, como, para no ir muy lejos, el tal Alcides Torres, también mereciera el perdón divino? No, eso Conde no se lo creía ni al Rojo ni al mismo Dios si bajaba a confirmárselo.

—Rojo, ¿cuánto es *muchos* dólares?

—¿De qué estás hablando, Conde?

—A ver, si yo te hablo de que voy a ganar *muchos* dólares, ¿cuántos tú calcularías?

—Cien —dijo Candito, convencido.

Conde sonrió.

—¿Y si te hablo de que un tipo que maneja negocios va a ganar muchos dólares?

El otro caviló un instante.

—Pensaría en millones, ¿no? Todo es relativo. Menos Dios.

Los hombres se habían acomodado en los sillones que se robaban casi todo el espacio del pequeño cubículo adaptado como sala. Detrás de un tabique estaban la cocina y el bañito, mientras por la abertura hecha en la pared se accedía al dormitorio que, en realidad, había sido otro de los cuartos del apretado solar hasta que el padre de Candito había conseguido apropiarse del habitáculo concomitante. Los dos amigos se balanceaban, hablaban de *muchos* dólares y hasta bebían el jugo de guayabas frío servido por la mujer del anfitrión. Conde le había anunciado su visita para unas horas antes pero, a pesar de la tardanza, Candito lo había esperado, con aquella capacidad de paciencia que, gracias a Dios (decía Candito), había desarrollado.

Tal vez debido al insoportable calor, el solar promiscuo donde había nacido y todavía vivía el Rojo mostraba en ese momento su rostro más calmado: los moradores de varios de los aposentos distribuidos a lo largo del pasillo de lo que fuera el patio interior de una casa burguesa permanecían inmóviles, como lagartos del desierto a la espera de la caída del sol para ponerse en movimiento. No obstante, radios y reproductoras de CD, como ingenios con inteligencia propia, competían en una eterna lucha musical con la cual aquellos seres hacinados, con un mal pasado, un presente difícil y un futuro demasiado esquivo, se aturdían para pasar la vida sin reconocer sus dolores. El volumen del ruido que consumían hacía tan difícil la conversación que Candito tuvo que cerrar la puerta y colocar el ventilador en su máxima potencia.

—Esta grey sí está de bala. ¿Cómo es que resistes?

—Con el entrenamiento de muchos años y con la ayuda de Dios.

—Menos mal que Él te tira un cabo...

Luego de ponerlo al tanto de los detalles de la investigación que desarrollaba por cuenta propia y por culpa de su imperdonable curiosidad, Conde le explicó al amigo lo que necesitaba de él. Tanto habían cambiado las cosas en la vida de Candito que, en lugar de informaciones sobre delincuentes, ahora le reclamaba opiniones sobre las extrañas relaciones con Dios de una joven desaparecida, una esfera mística fuera de sus dominios.

—Esa muchacha parece demasiado inteligente. Pero tiene una gran confusión en su mente —dijo al fin Candito, y Conde levantó la mano, pidiéndole contención.

—Rojo, no estás en el culto.

Candito lo miró con intensidad. Unos restos chispeantes del hombre indómito y agresivo que había sido todavía podían brillar en sus ojos también rojizos, por lo general velados por una expresión de paz espiritual.

—¿Me vas a dejar hablar o...?

—Ya, está bien, habla...

—¿La chiquilla tiene o no tiene un patiñero en el coco?

—Sí —admitió Conde. No se atrevió a decirlo, pero le gustaba más que su viejo colega hablara de patiñeros en el coco que de confusiones mentales.

—Se te va a calentar el jugo de guayabas —le advirtió el mulato, indicando el vaso más que mediado.

—Está bien así. Ya me tomé ahorita medio refresco. No quiero arriesgarme a tener una sobredosis...

—Es verdad —admitió Candito—. Bueno, volviendo al tema... No te voy a decir que ese patiñero mental es obra del demonio, aunque pudiera... Mejor te digo que es el resultado de lo que estamos viviendo, de lo que hemos vivido, Conde. Esa muchachita está desesperada por creer, pero no quiere creer como los demás, porque rechaza lo establecido, y se ha estado inventando su propia fe: le gusta la idea de que Dios se murió, pero cree en la reencarnación, desprecia el cuerpo pero trata de salvar el alma, se agrede por todas las vías que puede y es lesbiana aunque se mantiene virgen, no soporta la falsedad de su padre y a la vez es amiga de unos italianos que de lejos huelen a cloaca..., y todo para no ser igual que los demás, o mejor, para ser distinta a los demás, porque se cansó del cuento de que todos somos iguales, cuando ella está viendo que no somos tan iguales nada.

—¿Entonces tú crees que su problema no es con Dios?

—No. Ella usa a Dios para parecer más distinta... No te vayas por ese camino. Lo de ella tiene que ver con cosas de aquí abajo, estoy seguro de eso. Fíjate, no es que no crea en Dios: es que le parece más epatante decir que se murió. No es lo mismo ser ateo que creer que ya Dios está muerto y desactivado... O haber perdido la capacidad de creer en algo, como le ha pasado a tanta gente que conocemos. Eso es muy jodido, Conde, pero es lo que estamos viviendo. Te lo digo yo... Una muchachita como esa no brota por generación espontánea, necesita algún abono para crecer, y ese abono está en el ambiente. Si no, mira alrededor: ¿cuántos muchachos de la edad de ella se están yendo para cualquier parte?, ¿cuántos son unos predelincuentes o delincuentes totales, cuántas se han metido a putas y cuántos son sus proxenetas?, ¿cuántos viven mirando los celajes sin que les importe nada?, ¿cuántos están más interesados en tener un teléfono celular o una eme pe no sé cuánto que en trabajar, porque saben que trabajando no se llega a tener ni el eme pe ni el celular...? Algo muy jodido está ocurriendo en el reino de Dinamarca. Y según tú, eso lo dijo Shakespeare.

Conde asintió. El panorama podía resultar más tétrico de lo que parecía. La calle G con sus tribus citadinas era, en realidad, apenas la punta del iceberg... Pero ¿lo de la incapacidad de creer estaba dirigido a él? Al carajo, se dijo, él no era lo importante. Porque, llegado a aquel punto álgido de la conversación, podía obtener lo que en verdad Candito era capaz de ofrecerle: una confirmación a una pregunta encarnada desde que visitara el cuarto de Judy y que había potenciado la conversación plagada de revelaciones inquietantes recién sostenida con la profesora.

—Rojo, tú hablas con mucha gente que está en crisis y anda buscando una salida, ¿te parece que alguien como Judy podría llegar a suicidarse? Eso es lo que más me preocupa ahora... La maestra piensa que no...

Candito dejó sobre la pequeña mesa de madera el vaso del cual había bebido.

—No te puedo decir una cosa u otra, Condenado, porque cada gente es un mundo... Pero a mí no me extrañaría que no aparezca porque se haya suicidado o que si está viva intente hacerlo. Así que si todavía no lo ha hecho, lo mejor sería encontrarla, porque es capaz...

—¿Y si aparece se le hace un exorcismo? —Conde no podía evitar cazar al vuelo aquellas oportunidades.

—A esta muchachita en particular, más bien se le manda de cabeza a un psiquiatra —dijo Candito, y el otro sintió cómo su amigo lo superaba con elegancia—. Ya te dije que su problema no es con Dios, ni siquiera con el diablo... Está en bronca con todo.

Conde asintió, descorazonado.

—¿Y esos *muchos* dólares dónde encajan en todo esto? —preguntó el anfitrión.

El otro se rascó la cabeza.

—Pues no lo sé... Pero mejor ni pienso en eso porque entonces sí voy a sufrir del síndrome del patiñero cerebral... A ver, a ver, ¿por qué tengo yo que buscarme estos rollos, eh, Rojo?

Candito sonrió, con la más beatífica y pastoral de sus expresiones.

—Porque aunque tú digas y hasta estés convencido de que no crees en Dios, al fin y al cabo eres un creyente. Y, sobre todo, eres un hombre bueno.

—¿Yo soy un hombre bueno? —Conde intentó poner sorna en la pregunta.

—Sí. Y por eso, a pesar de todo, yo sigo siendo tu amigo...

—Pero aunque sea bueno y amigo tuyo no voy a salvarme, porque no me he acercado a Dios. Y si otro cabrón se acerca, él sí va a la gloria. ¿Te parece que eso cuadra?

—Esa es la justicia divina.

—Pues, con tu perdón, debo decirlo: buena mierda de justicia...

Candito sonrió sin poner beatitud a su expresión: sonrió de verdad.

—No tienes remedio, mi socio... Vas para el infierno que te matas...

Conde miró al Rojo. Desde que se había casado por segunda vez y no fumaba ni bebía alcohol, Candito había engordado unas veinte libras. A pesar de las canas que habían sustituido a sus tirabuzones rojos, en realidad parecía más saludable y hasta desempercudido respecto al Candito del pasado, pecador y negociante, buscapleitos y violento.

—¿Y si me caso con Tamara tengo más posibilidades de salvarme?

La pregunta tocó el sentido de la sorpresa de Candito. Por el flaco Carlos sabía de la fiesta de cumpleaños en preparación y confirmado su presencia analcohólica. Pero ¿la cosa era de boda y todo...?

—¿Eso es en serio o estás jodiendo?

—Creo que es en serio. —El Conde lamentó tener que admitirlo, aunque aclaró—: Pero nada más como idea...

Candito se recostó en el respaldo del sillón y, con la mano, se limpió el sudor que, a pesar del ventilador, comenzaba a correr desde su frente.

—Conde, mi hermano, tú haces lo que te dé la gana. Pero piensa una sola cosa: lo que está bien, mejor es no menearlo...

—Con una excepción, ¿no?

Candito, al fin y al cabo, seguía siendo Candito.

—Si lo meneas es mejor..., pero se acaba más rápido, ¿no?

Desde el único banco apenas sobreviviente (aunque ya le faltaba una tablilla) del Parque de Reyes, mientras era azotado por los ramalazos de mal olor proveniente de una cañería que expulsaba detritus hacia la calle, Conde vio crecer la figura de Yadine, disfrazada a medias de emo, pero con el pelo caído sobre el rostro.

Para evitar que escuchasen su voz adulta y masculina, media hora antes Conde le había pedido a la mujer de Candito que llamase por teléfono a la casa de la muchacha y le concertara la cita que para el ex policía iba resultando urgente.

—No me había llamado, ayer fui a su casa y no estaba... Dígame, ¿qué sabe de Judy? —lo recriminó y le preguntó la muchacha cuando estuvo a dos metros del presunto detective, y en su rostro sin maquillaje negro había dosis similares de tristeza y ansiedad.

—Ven, siéntate. —Conde trató de ponerle el freno mientras golpeaba el asiento que de mala manera acogía sus nalgas.

—Bueno, ¿qué sabe? —La ansiedad de Yadine era definitivamente mayor.

—Nada y mucho... No sé dónde está ni qué puede haberle pasado, pero sé otras cosas —dijo y fue directo a su objetivo—. ¿Por qué no me dijiste cuál era tu verdadero interés en que buscara a Judy? No me inventes historias, ya sé la verdad sobre ese tema...

Yadine tenía unos ojos bellos y profundos. Toda la intensidad de su mirada se revelaba mejor así, sin los círculos negros con que se maquillaba.

—La verdad es terriblemente sencilla... A la gente *no* le gustamos las lesbianas. Pero lo que importa es saber de Judy, no lo que yo sienta por ella...

Conde tenía varias respuestas para aquellas afirmaciones, pero decidió que no debía atacar a la joven con las armas de su ironía.

—¿Ella rompió su relación anterior por estar contigo?

Yadine perdió su ansiedad y solo quedó en su rostro la marca de la tristeza.

—No..., fui yo la que se aprovechó de eso y tanto di que al fin pude estar con ella. Es que Judy me vuelve *loooca*... —enfatizó y alargó la pérdida de cordura.

Aquellas revelaciones siempre alarmaban a Conde, heterosexual machista cubano de la línea militante aunque comprensiva. Solo que oír dos confesiones lésbicas en el mismo día, realizadas por dos mujeres jóvenes y bellas, sobrepasaba su capacidad de asimilación. Pero debía contenerse, pensó.

—¿Desde cuándo tenían esa relación más íntima?

—La tuvimos una sola vez. El día antes de que Judy se perdiera... Pero fue lo mejor que me ha pasado en la vida.

Conde pensó pedir detalles, pero comprendió que no era lo más apropiado.

—¿Pero tú estabas enamorada de ella hacía mucho, no? ¿Te hiciste emo por ella?

—Sí, yo era casi emo, pero me hice emo-emo por Judy. Y me gusta desde que la conocí. Me gusta no, me vuelve *loca, loca*...

Conde hubiera querido saber la diferencia entre ser emo y ser emo-emo, pero no se desvió.

—¿Y de verdad no tienes idea de dónde pueda estar, de por qué está perdida?

—Claro que no... ¿Para qué cree que fui a buscarlo? No es fácil andar por ahí contando lo que una es y lo que le gusta. Pero estaba desesperada... Ese lunes Judy quedó en llamarme para vernos. Como a las siete fui yo quien llamé a su casa y Alma me dijo que había salido hacía un rato. Ella pensaba que para la calle G, pero los lunes casi nadie va para allá. De todas maneras me fui a buscarla, pero había poca gente, ningún emo, y tampoco ella estaba allí. Entonces llamé a algunas gentes...

—¿A quiénes?

—Primero a Frederic, que estaba en su casa, con otra chiquita del pre. Después a Yovany, pero no cogió el celular... Después..., después a su novia anterior...

—La profe.

Yadine levantó una ceja y luego asintió.

—Ella no la había visto, según me dijo.

—¿Y qué sabes tú de los italianos? ¿De Bocelli, por ejemplo?

—Eso era una locura de Judy. Ella sabía lo que querían esos viejos, pero jugaba con ellos. Yo le advertí que eso podía ser *peligrosísisimo*.

—¿Por las drogas?

—Por todo. Bocelli es un hijo de puta drogadicto y medio *loooco*.

Conde lo pensó un instante.

—Judy tenía que encontrar algo distinto en ese hombre, ¿tú no crees? ¿O es que estás celosa de él?

Yadine suspiró, otra vez triste.

—Sí, estoy *muy* celosa... A ella le gustaba hablar con Bocelli y luego decir que algún día iría a visitarlo a Italia. Judy era *muy* soñadora...

—Vamos a ver, Yadine..., y dime la verdad: ¿Judy estaba enamorada de ti o tuvo sexo contigo así porque sí?

Al fin la muchacha sonrió.

—Judy no hacía nada porque sí... Pero no, no estaba enamorada de mí, por lo menos no como yo de ella. Tuvo sexo conmigo porque estaba más deprimida de la cuenta y necesitaba de alguien que la escuchara, y yo me volvía *loca* por oírla. Judy quería dejar de ser emo, empezó a hablarme de que alguna vez se iría a Italia con Bocelli, de que su vida era un asco y tenía que hacer algo para cambiarla.

—¿Por qué su vida era un asco?

—Por mil cosas..., por el mundo, por su padre...

—¿Te contó algo de su padre en Venezuela? ¿De un negocio muy grande?

—Me dijo que hizo cosas... Muchas cosas. Pero no qué *cosas*.

Conde pensó que había llegado el momento y soltó la pregunta:

—¿Y te habló del suicidio como una salida?

Yadine reaccionó de inmediato.

—No, Judy *no* se puede haber suicidado.

—¿Por qué estás tan segura?

La muchacha sonrió, esta vez con mayor amplitud. Y convicción.

—Porque Judy quería cambiar su vida, pero no perderla. Ya le dije que Judy no hacía nada porque sí... Para todo tenía una razón. Y para seguir viva le sobraban las razones. Tenía un montón...

Conde asintió, satisfecho. ¿Por qué los que le habían hablado de Yadine la consideraban un poco tonta? ¿O era que Yadine, además de la máscara de emo, también sabía usar otras caretas?

—Una cosa más —dijo Conde, levantando sus nalgas divididas de la tortura del banco incompleto—. ¿Cuántos libros de Salinger te has leído tú?

Yadine se sintió amablemente sorprendida. Sonrió. Sin duda era *bellísima*.

—Todos, *tooodos*.

—Ya me iba imaginando por qué hablas así. Era tremendamente fácil de saber... Yo también me los he devorado *toooodos*. Una *pila* de veces. Con amor y escualidez...

6

Cuando estuvo bajo el techo de zinc caliente del Bar de los Desesperaos, Conde, desbordado de jugos, refrescos, planes de cumpleaños e intrincadas revelaciones (incluidas dos confesiones lésbicas con las que se batió como un caballero para no dejar que su imaginación las coloreara), observó con cariño de hijo pródigo la humilde simplicidad de las botellas de ron peleón y de los paquetes de cigarrillos infames colocados en una mesa. Al fin se sintió cerca de un territorio más propicio y comprensible, donde las cosas eran lo que eran, incluso lo que parecían ser, sin más complicaciones. Pero esa tarde, sobre la mesa donde estaba apoyada una de las nalgas fofas del negro dependiente al que los selectos clientes de la instalación llamaban Gandi, por Gandinga, también se exhibía un cartel capaz de romper aquel hechizo de identidad asentada: «Distinguido cliente: ¡pague ANTES de ser servido! LA ADMON».

—¿Y eso, Gandi? —le preguntó Conde señalando la admirada orientación administrativa—. ¿Ya no hay confianza en la distinguida clientela?

—Ni me hables, Conde... Ayer me jodieron. Le di dos botellas a un tipo y el muy hijoeputa se mandó a correr. Me jodió bien jodío.

—¡Coñó...! Los desesperaos se desencadenan... —se le ocurrió decir—. Bueno, dame un doble y una caja de cigarros —pidió el Conde.

—¿Tú sabes o no sabes leer...? Dale, quince cañas, paga primero —dijo el cantinero y, sin desacomodar la pesada nalga, esperó a que el distinguido cliente pusiera el dinero sobre el mostrador. Solo cuando lo hubo retirado, contado y distribuido los billetes en la vieja contadora, lanzó la cajetilla de cigarros y comenzó a servir la bebida en un vaso de cuya limpieza Conde tuvo más desconfianza que un marxista ortodoxo, en teoría presto a dudar de todo, más bien de todos.

Cuando se disponía a probar el ron que con tanta vehemencia le pedía su ánimo, sintió a su derecha una presencia mal oliente. Volteó la cara y se encontró un ojo que lo observaba y, muy cerca del ojo alerta, un párpado caído, derrotado ya sin remedio. El hombre no se afeitaba hacía muchos días y, de paso, también parecía andar en malas relaciones con la ducha. La pupila insomne, enrojecida, estudiaba al Conde, hasta que creyó encontrar lo que buscaba.

—¿Viste esto, Gandi? —el hombre le soltó al cantinero—. Un tipo bañao... Eso merece un trago. Quiero decir, dos. —Y alzó la voz hacia el cantinero—: Gandinga, uno pal bañao y otro pa mí.

Conde pensó que, aun cuando se duchaba todos los días, jamás se habría calificado de un tipo especialmente bañado. Y menos después de haberse pasado el día en la calle, padeciendo el bochorno de junio.

—¿Y quién paga? —Gandinga preguntó, solo por oficio.

—El bañao, claro...

—No, socio, gracias —dijo Conde. No quería hablar, solo tomar. Y no tomar para pensar, sino más bien para olvidar.

—¿No jodas? ¿No me vas a invitar a un cortico ahí? —Y no solo lo miró con el ojo bueno, sino que le tembló el párpado caído, como si realizara su mayor esfuerzo para resucitar. El cíclope tenía el aliento de un aura.

—Está bien, está bien, pero con una condición... No, con dos.

—Dale, dispara, aquí hay un hombre.

—Si te pago el trago, ¿después me dejas tranquilo?

—Hecho. Sigue...

—Ah, la segunda: un solo trago...

—Hecho, hecho... Dale, Gandi, escancia con generosidad... —reclamó Un Ojo.

Conde colocó el dinero en la barra y Gandinga, luego de retirarlo, le sirvió su trago al hombre. Un Ojo lo cazó al vuelo y bebió un sorbo pequeño, con alto sentido del ahorro, y solo entonces se volvió hacia el Conde. ¿De dónde habría salido aquel espantapájaros?

—Total, yo tampoco quería hablar contigo... Tú tienes cara de ser tremendo singao... Porque fuiste policía.

Al oír la primera razón de Un Ojo, Conde sintió deseos de patearle el culo, pero recibió como un corrientazo su conclusión final. Ya en estado de alerta, volvió a mirar al hombre y trató de ubicar lo que pudiera quedar de aquel rostro en su archivo de caras conocidas a lo largo de los ya muy distantes diez años en que había trabajado como policía y se había revuelto en la mierda. Con dificultad —no solo achacable a su memoria— descubrió que aquel despojo humano no era otro que el teniente Fabricio, expulsado por corrupto, y con quien había tenido todas las diferencias posibles, incluida una pelea a golpes en plena calle.

Lamentando su suerte, Conde arrojó hacia la acera la porción de ron que aún le quedaba en el vaso, dispuesto a alejarse de allí. Fabricio, o lo que sobrevivía de él, seguía siendo un polo repelente.

—Oye, Gandi —dijo Conde mientras devolvía el vaso al cantinero—, no tengas piedad con este tipo. Fue, es y será un tronco de hijoeputa. Y este sí que, haga lo que haga, no tiene salvación. —Y salió a la para él benefactora y consabida canícula de junio.

El encuentro con Fabricio no resultaba un prólogo favorable para el capítulo que el Conde necesitaba desarrollar en aquel momento: una conversación con Alcides Torres, el padre de Judy. Hablar con dos hijos de puta de tal calibre durante un mismo día, peor aún, en una misma tarde, le parecía un abuso con sus capacidades de resistencia gástrica. Y más desde que la profesora Ana María le hablara de cierto negocio millonario y, como remate, Candito le informara sobre la posible redención de aquel tipo de personajes. Pero la urgencia que lo envolvía por encontrar alguna pista capaz de conducirlo hacia Judy y, de paso, poder alejarse cuanto antes de cualquier relación con aquel episodio demasiado turbio y a la vez atractivo, resultó más fuerte y decidió arrostrar los riesgos de la sobredosis de diálogos con hijos de puta con diploma.

Habían quedado en verse a las siete, en el palacete de Alcides, pero cuando Conde llegó, el hombre aún no había aparecido. Alma Turró fue quien lo recibió, le brindó asiento, aire de ventilador, café y conversación.

—Dígame algo de mi nieta, por favor —pidió la mujer después de acomodar la bandeja con el café al alcance del recién llegado.

Mientras bebía la infusión, Conde pensó la respuesta, pues no era mucho lo que podía decirle a la mujer. Incluso, de lo que pudiera revelarle, existía una parte demasiado alarmante, y prefería no tocarla con ella.

—Alma... Todavía no tengo ni la menor idea de dónde puede estar ni qué puede haberle pasado. La policía está en las mismas. Ni siquiera tienen una pista, una sospecha, nada. Ni ellos ni yo sabemos qué hacer... Cuando alguien se pierde así, por lo general hay dos motivos: o le ocurrió algo muy grave o ella misma ha hecho todo lo posible para que no le sigan la pista...

Alma lo escuchaba en silencio. Tenía las manos apoyadas en el regazo y se las frotaba como si le escocieran.

—¿Va a dejar de buscarla?

—No... Ahora voy a hablar con su yerno, porque para seguir necesito saber ciertas cosas... Y mañana tengo una cita con una persona que ha estudiado mucho a los jóvenes como Judy, los emos, los frikis. Sobre todo a los que se tatúan, se hacen *piercings* o se lastiman... Y después no sé, la verdad, no sé. Judy parece un laberinto, y lo peor es que no tengo idea de cómo ni dónde voy a encontrar la salida porque ni siquiera puedo entrar en él.

La mujer apoyó la barbilla en la mano abierta y el codo en el brazo del sillón. Miraba hacia el jardín, apenas visible por la luz proveniente del portal.

—¿Ya habló con su profesora de literatura?

—Sí —dijo el Conde y se quedó a la expectativa.

—Ellas dos tenían... algo más.

—No lo sé.

—Se lo estoy diciendo. Eran... novias. O lo fueron...

Conde se mantuvo en silencio. Hasta que se rindió.

—Ella tampoco tiene idea de lo que puede haber pasado.

La mujer miró a Conde.

—¿Qué le dijo ella?

Conde pensó en lo que podía ser apropiado revelarle a la abuela.

—Algo que me sorprendió —dijo, aprovechándose del sendero más tentador—. Judy quería dejar de ser emo. ¿Usted lo sabía?

Alma asintió, pero dijo:

—No, no lo sabía. Aunque era de esperar. Judy es demasiado inteligente...

—Pero todo su fundamentalismo emo... Por cierto, hay un muchacho del grupo de Judy que se llama Yovany. ¿Usted sabe cómo puedo localizarlo?

—Ella tiene una libretica con teléfonos y direcciones. Déjeme ver... Es que la policía estuvo revisando las cosas de Judy y, por cierto, no nos han devuelto su computadora.

Alma se puso de pie y subió hacia las habitaciones de la planta alta y Conde al fin pudo encender el cigarro que le exigía el gusto del café. Desde que hablara con Yadine se le antojaba interesante un reencuentro con el emo albo. Su vista, sin embargo, se concentró en las magníficas reproducciones de pintores holandeses colgadas en la sala. Vermeer de Delft, De Witte y, acercándose al paisaje, leyó la firma copiada: Jacob van Ruysdael. El hecho de que unos meses antes Rembrandt se metiera en su vida y que ahora él se hubiera dejado meter en la vida de una muchacha en cuya casa existía una marcada afición por la pintura ho-

417

landesa le pareció una conjunción que debía responder a una de aquellas trabazones de carácter cósmico de que tantas veces le hablara el polaco Daniel Kaminsky a su hijo Elías. ¿Y esas cosas sucedían así por que sí o por alguna voluntad inescrutable?

Unos minutos después la mujer regresó con un papel en la mano.

—Alma —le preguntó Conde, todavía de pie ante el paisaje invernal de Ruysdael—. ¿Por qué tienen estas reproducciones de pintores holandeses?

La mujer observó también el paisaje antes de responder.

—Son reproducciones de primera calidad, hechas en Holanda por estudiantes de pintura como ejercicios académicos. Coralia, la madre de Alcides, las compró en Ámsterdam por casi nada, como en el año 1950. Eso fue antes de que tuviera el accidente que la dejó inválida. Y él las heredó cuando ella murió, hace cuatro años... Coralia vivió en su silla de ruedas hasta los noventa y seis, y nunca quiso deshacerse de sus pinturas falsas. ¿Pero son lindas, verdad? Sobre todo este paisaje... Yo diría que hoy en día esas reproducciones valen unos cuantos dólares...

Conde observó un poco más las copias, y no pudo evitar que a su mente viniera la historia del Matisse falso que parecía auténtico y que había provocado las ambiciones de varias personas.* Y el destino cubano, todavía incierto, del retrato del joven judío realizado por Rembrandt y cuya propiedad estaba litigando Elías Kaminsky. ¿Una de aquellas reproducciones podía valer *muchos* dólares? No, para los niveles por los que se movía Alcides Torres no debían de ser *muchos* dólares.

Alma Turró al fin le entregó el papel a Conde.

—Mire, debe de ser este Yovany..., ahí tiene la dirección y el teléfono.

Cuando fue a poner el papel en su bolsillo, Conde comprendió que algo no funcionaba como debía.

—¿Esta libreta de contactos estaba en el cuarto de Judy?

—No, yo la tengo en mi cuarto... Es que llamé a todos los que ella apuntó ahí. A ver si sabían algo de ella.

—¿Y qué averiguó?

—Nada que me ayude a encontrarla —suspiró la mujer mientras volvía a sentarse y a enfocar a Conde—. Mire, si usted deja de buscarla, va a ser como si se hubiera perdido para siempre. ¿No entiende eso? Usted me da una esperanza de...

—La policía va a seguir. Es un caso abierto.

—No intente engañarme...

* *Paisaje de otoño*, Tusquets Editores, 1998.

—Voy a seguir..., pero, ya le digo, se me acaba el camino. O alguien me lo está cerrando. A lo mejor la misma Judy —dijo Conde que, al verse a sí mismo en una carretera que llegaba a su fin, tuvo la premonición repentina de que en realidad alguien le estaba cortando el paso. En ese instante Alma alzó la barbilla y realizó un gesto canino, con resultados capaces de sorprender al Conde.

—Ahí llegaron Karla y Alcides —anunció, se puso de pie y recogió la bandeja para internarse en la cocina. Antes de salir, añadió—: Voy a darle la libreta de teléfonos de Judy. A lo mejor lo ayuda en algo.

—Claro, gracias...

Alcides Torres entró deshaciéndose en disculpas, una llamada por teléfono a última hora, el tráfico. Karla, su mujer, le extendió la mano y ocupó el sillón donde antes estuviera su madre. Karla tenía unos cuarenta y tantos años, muy bien llevados de la nariz hacia abajo y de la frente hacia arriba: porque la franja de los ojos era un pozo de dolor, tristeza e insomnios. Alcides, que quizás era unos años mayor que Conde, por fin se acomodó en una butaca rígida y bufó su cansancio. Justo a sus espaldas quedaba el cartel donde se le pedía al Máximo Líder que ordenara, lo que fuera y para lo que fuera.

—¿Conde, no? Alma nos ha hablado de usted, y le agradezco, le agradecemos su interés...

—No es mucho lo que puedo hacer...

—¿Entonces todavía no sabe nada? —le preguntó Alcides.

—Sé muchas cosas, pero no lo que ha pasado con Judy.

—¿Y qué le hace falta saber para seguir? —intervino Karla, ansiosa.

Conde meditó unos instantes y al fin habló:

—¿Puedo conversar a solas con Alcides?

La respuesta de la mujer fue una flecha que lo atravesó y lo clavó contra el sillón.

—No. Hable con los dos. —Y mantuvo la vista fija en el ex policía, sin mirar a su esposo—. De lo que sea. Es mi hija...

Conde no se esperaba aquella coyuntura precisa para decirle y preguntarle a Alcides Torres lo que necesitaba, pero si no le daban otra alternativa... Se lanzó.

—Bien... No tengo una sola prueba para sostenerlo, pero me parece que ahora mismo nada más hay tres posibilidades: la mejor es que Judy se fue porque quiso irse, y está en alguna parte donde no quiere que nadie la encuentre, sobre todo ustedes; la otra, que le haya pasado algo muy grave..., pero sería extraño que no hubiera algún rastro, cualquiera. La peor es que haya hecho algo contra sí misma.

—No, mi hija no es una suicida. Será todo lo rara que sea, pero no es una suicida. Pensemos en la mejor —propuso Karla, mientras tragaba lo que Conde estimó sería un buche amargo—. ¿Qué se puede hacer?

—Esperar, seguir buscándola... —enumeró Conde y decidió continuar por la ruta que le habían abierto—. O, si están tan seguros de que no se haría daño ella misma, dejarla tranquila. Porque haya pasado lo que haya pasado, hay algo seguro: Judy no quería vivir con ustedes, con las reglas de ustedes. Por eso se fabricó su propio mundo y se metió en él de cabeza. Un mundo de emos, de filósofos alemanes, de budas, de cualquier cosa que estuviera bien lejos de ustedes, de lo que ustedes defienden o pretenden defender. Quería sentirse libre de esa carga y a la vez mejor con ella misma... —dijo y miró de frente a Alcides Torres. Conde sintió el empujón que le daban su conciencia y las ideas de Judy, y ya no pudo detenerse—. Porque lo que usted hacía, Alcides, le daba asco. Lo que Judy vio en Venezuela y le costó el puesto fue la tapa al pomo... Su hija descubrió su peor cara y no podía ni quería vivir cerca de usted.

Alcides Torres miraba y escuchaba a Conde con una atención sumisa, como si no lo entendiera o como si el otro hablara de una persona ajena a él. Aquella imprevista andanada de inconformidades de Judy, salidas como un vómito del alma del ex policía, parecía haberlo sorprendido, al punto de congelarlo. Su mujer, desde su sitio, había bajado la vista y movía la punta del pie derecho, trazando pequeños círculos, sin atreverse a intervenir, tal vez lacerada por sus propios sentimientos de culpa o algún rastro de vergüenza. ¿Ella era parte de la trama de corruptelas de su marido? Conde, ya lanzado por la pendiente de sus animadversiones desveladas, siguió disparando:

—Lo peor es que, para no llegar a esa conclusión, Judy pasó por sus propios infiernos. Pero cuando fueron a Venezuela y vio lo que vio, ya no pudo más. ¿Y sabe qué? No dudo que ella misma lo haya denunciado... —La sangre que se había acumulado en el rostro de Alcides Torres pareció esfumarse, dejando una lividez enfermiza en su piel, y Conde se lanzó al remate—. Después, Judy maltrató su cuerpo y su mente, se enroló con los emos, se metió drogas, se hizo amiga de gentes bastante peligrosas que la ayudaban a evadirse, empezó una relación sentimental que la alejaba de ustedes y de toda esa mierda de la que se aprovechan para robarse lo que aparezca y para meterse en un negocio que le podría dejar muchos, muchos dólares...

Alcides Torres se puso de pie, impulsado por el último resorte de su desvencijada dignidad o por el primero de su más patente sorpresa, y levantó el brazo derecho, dispuesto a golpear. Conde, preparado para una reacción como aquella, empujó hacia atrás el sillón y salió del alcance del posible golpe, que Alcides dejó en suspenso, quizás por el alarido de Alma Turró.

—¡Alcides! ¡Qué coño te pasa...! ¿No te gusta la verdad...?

Con el brazo todavía en alto, Alcides Torres miraba a Conde, mientras este pronunciaba una frase que desde hacía muchos años no pasaba por sus labios, pero que, llegado el momento crítico, disfrutaba soltar.

—Si me tocas, te arranco el brazo...

Conde, que jamás le había arrancado una pata a una cucaracha, dio otro paso hacia atrás, ya liberado de su carga de rencor y frustración, más dispuesto a evitar que a provocar: al fin y al cabo había dicho lo que, por muchísimos años, había querido decirle a tipos como Alcides Torres. Justo cuando iba a continuar el retroceso, la voz de Alcides lo detuvo.

—Perdóneme —dijo mientras bajaba el brazo y se volvía hacia su suegra—. Alma, yo quiero a mi hija, quiero que vuelva, quiero pedirle perdón... Todo lo que he hecho...

Alcides cortó su disculpa y dejó la sala para subir por las escaleras hacia las habitaciones de la planta alta.

Karla, todavía metida en su sillón, no había dejado de observar a Mario Conde y este descubrió que su mirada había recuperado parte de la vitalidad perdida.

—Alguna vez alguien más se lo tenía que decir —habló al fin—. Judy fue la primera, hace como tres o cuatro meses... Alcides vino a decirle que la forma en que ella vivía y se comportaba lo perjudicaban, que no le iba a permitir sus exhibicionismos ni sus discursos sobre la libertad, que tener una hija viviendo en Miami ya era suficiente problema..., y Judy explotó. Le soltó todo lo que pensaba de él, cosas incluso peores de las que usted ha dicho, sobre todo porque se las decía su hija... Desde entonces dejó de hablarle.

Conde sintió cómo su ritmo cardiaco se normalizaba.

—Lo que vio en Venezuela afectó mucho a Judy —dijo Conde y se llevó un cigarro a los labios, aunque no le dio fuego—. Algo importante, Karla. ¿Con cuánto dinero pudo haberse ido Judy?

Resultó evidente que la mujer no se esperaba aquella pregunta.

—No lo sé —trató de escaparse.

—Es que tener o no tener dinero puede ser la diferencia entre haber desaparecido o estar escondida...

Karla suspiró y miró a su madre, antes de devolverle la atención al ex policía.

—Le robó a su abuela quinientos dólares que le mandó desde Miami mi hija Marijó, María José...

Conde pensó: quinientos dólares era poco para comprar un espacio en una lancha que saliera de Cuba, aunque *mucho* para alguien que solo necesita comprar unas lechugas para sobrevivir. Pero, a la vez, por quinientos dólares en Cuba podía haber gente dispuesta a hacer *muchas* cosas, cosas malas. En aquella historia en que solo escuchaba medias verdades toda nueva información, más que una certeza, abría otras interrogantes. Y aquel jodido adverbio de cantidad...

Karla volvió a mover el pie, cuando reclamó la atención del Conde.

—Voy a pedirle algo, un favor: si usted puede encontrar a Judy, o si tiene una idea de quién puede saber dónde está, quiero que ella sepa que su abuela y yo la queremos mucho, que a pesar de todo su padre también la quiere, y no nos perdonamos lo que le hemos hecho. No queremos que regrese, nada más queremos saber que está bien. Ya tenemos una hija que vive lejos de nosotros, decidió irse a vivir lejos de nosotros, así que podemos entender si Judy prefiere hacer lo mismo. Pero ella debería saber que haga lo que haga y esté donde esté, la vamos a seguir queriendo.

Conde avanzó por la acera destripada de la calle Mayía Rodríguez y sintió en el aire un hedor a chatarra, petróleo quemado y mierda de perro. La mierda la llevaba prendida a la suela de sus zapatos, la peste a chatarra y petróleo provenía de un Chrysler de 1952 que dos negros, con sus colores potenciados por la grasa y el hollín que los cubría, trataban de resucitar. Eran olores reales, de la vida de todos los días, a la cual tanto deseaba regresar.

La petición de Karla, hecha con el consentimiento visual de Alma Turró, lo volvía a empujar hacia la senda que hubiera preferido abandonar. Pero el sentimiento de liberación aportado por su conversación con Alcides Torres todavía lo sorprendía. Había venido buscando información y había terminando exorcizando viejos rencores, frustraciones, odios enquistados por personajes como aquel Alcides Torres que tanto le recordaba a Rafael Morín, el difunto marido de Tamara. ¿En realidad le había dicho a Alcides lo que hubiera querido gritarle a Rafael? Debía indagar cuando viera a algunos de sus amigos psicólogos.

Esa tarde, antes de salir de su casa, el ex policía se había atrevido a releer el prólogo a *Así habló Zaratustra*, tratando de poner en el espejo de Judy aquella monserga trascendentalista y mistificadora de Nietzsche —autor que, al mismo nivel lamentable que Harold Bloom, Noam Chomsky y André Breton, entre otros más, le resultaba de una petulancia de profeta iluminado que le caía como la clásica y muy reconocida patada en las partes más vulnerables de su anatomía—. Mientras leía fue haciendo el intento, solo el intento, de entender la relación de simpatía que, saltando sobre un siglo, podía establecer una emo cubana de dieciocho años con el alemán que había clamado por un hombre nuevo despojado del lastre de Dios y todas las sumisiones que ese Dios exigía. Y fue cuando empezó a pensar con más insistencia en las expresiones emofundamentalistas de Yovany, el muchacho capaz de alterar a Yoyi. Mientras a duras penas deglutía a Nietzsche, se convencía de que quizás el joven era la persona en mejores condiciones de explicarle las confusiones mentales de Judy, como, con benevolencia, las calificara Candito. Casi cuando había terminado con la lectura del prólogo recibió la llamada de Yoyi, siempre capaz de devolverlo a la realidad de su propia vida: al día siguiente, le explicó el Palomo, el Diplomático les liquidaría la deuda, y luego debían visitar al ex dirigente político para pagarle su parte y, por supuesto, repartir ganancias.

—¿Y todavía tienes el anillo? —le había preguntado, tratando de sonar casual.

Yoyi había reído de buena gana.

—¿Por fin lo quieres?

—Estaba pensando... No sé qué coño estaba pensando —dijo, pues era la verdad.

—Mira, yo que tú pensaría que es un buen regalo de cumpleaños y...

—Eso ya lo pensé, compadre —lo interrumpió el Conde.

—Pues es tuyo, *man*... Te lo voy a dar a un precio muy especial. Pero con una condición.

—No empieces a joder, Yoyi. Ya esto es bastante complicado para que me pongas condiciones y...

—Mira, *man*, la rebaja viene con esta condición, o no hay rebaja —había seguido el otro—. Es fácil: quiero que me dejes entregárselo yo a Tamara, claro, en tu nombre... Y que si se casan, me dejes ser el padrino de la boda.

—Nadie se va a casar, tú.

—Dije si, sin acento, *if* para los angloparlan...

—Si *if*, el Flaco no me perdonaría que le quitara el gusto de joderme otra vez. Es mi padrino de bodas y de divorcios *ad vitam*.

—Nadie dice que no pueda haber dos, tres padrinos de boda, los que a uno le salgan de la barriga.

—*If...* Mañana tengo una cosa a las once.

—Te recojo a las nueve y en una hora cerramos el negocio. Nos vemos, ahijado.

—No me machuques, Yoyi... —había dicho Conde antes de colgar el aparato.

Ahora, frente a la casa de Tamara, observando las esculturas de concreto inspiradas en la figuración de Picasso y Lam que cubrían el frente de la edificación y la singularizaban, Conde concluyó que su tiempo de gracia concluía y debía cumplir con lo prometido en la nota que esa mañana le dejara a Tamara. Antes de entrar, comprobó si sus zapatos estaban limpios. No se podía hablar de aquellos temas hediendo a mierda. ¿O lo mejor era no menearlo?

Como lo esperaba, Tamara, que no era demasiado adicta a la cocina, hacía el esfuerzo de preparar algo comestible: arroz, tortilla de cebollas y ensalada de tomates. Una vergüenza de menú. Si la vieja Josefina veía aquello, podía sufrir una apoplejía. ¿Y esta es la mujer con la que piensas casarte, así como si nada, solo porque te gusta, y ahora se te ocurrió que a lo mejor quieres casarte? Conde tostó unas rodajas de pan y las mejoró con aceite de oliva traído por Aymara de Italia, y las convirtió en una *delicatessen* con unas hojas de la albahaca italiana sembrada en el jardín y el aguacero de parmesano rayado que les dejó caer encima.

Media hora después, cuando ya habían agotado el tema de los preparativos de la fiesta del día siguiente y mientras bebían el café, colado por el Conde, el hombre se dijo que aquella técnica dilatoria no daba más de sí.

—Tamara, hace días que yo...

Ella lo miró y sonrió.

—Dale, te oigo. Dame una cachada —pidió ella, luego de sorber apenas unas gotas de café, para apropiarse del sabor. Fumó dos veces del cigarro del Conde y se lo devolvió, para de inmediato presionarlo—. Sí, ¿hace días que qué cosa...?

Conde se olió la trampa: su desempolvado instinto de policía le advertía del peligro.

—¿Tú sabes la cosa?

—¿¡Yo?! ¿La cosa? ¿Qué cosa?

El asombro exagerado la delató.

—El Flaco, Dulcita, Yoyi..., ¿quién se fue de lengua?

Tamara se rió a plenitud. Cuando reía era más hermosa.

—Como es tu cumpleaños y van a estar aquí todos esos hijos de puta, pues pensé...

La mujer no resistió más. Era demasiado blanda con Conde y hacerlo sufrir de aquella manera, aunque divertido, le parecía cruel.

—Anoche, cuando me hablaste de «la cosa», no estaba dormida. Me hice, después que te oí..., hasta ronqué un poquito.

—Así que...

—Y hoy Yoyi pasó por la clínica con el anillo para ver si tenía que hacerle algún ajuste para mi dedo. Me quedó perfecto. Y es precioso.

—¿Pero cómo se atrevió...? ¿Entonces...?

—Pues si me lo pides, me hago oficialmente novia tuya. Y si me lo pides después, pensaré si vale la pena casarnos o no. Pero primero, novios, como debe ser. Lo otro tengo que pensarlo... Mucho. No es cualquier «cosa».

Conde sonrió, se puso de pie y se colocó en las espaldas de Tamara, todavía sentada. Con delicadeza levantó la barbilla y la besó: su saliva sabía a aceite de oliva, parmesano y albahaca, con un punto de café y tabaco. Tamara sabía a las cosas reales y mejores de la vida. El hombre sintió cómo otra «cosa» se desperezaba, a pesar de los cansancios y las confusiones mentales acumuladas en un día demasiado prolongado y cálido.

De la mesa fueron directo a la habitación, donde los futuros novios se dieron a la práctica de sus respectivas sabidurías de las necesidades del otro para conseguir una sosegada y profunda tanda de sexo maduro y, como tal, más dulce y jugoso. Conde, por cuya mente perversa habían pasado en algunos momentos las imágenes fabricadas de Ana María, Yadine y Judy, revoltosas, frescas, entregadas a sus juegos femeninos, pensó al final del proceso que esa era la última vez que hacía el amor con una Tamara de cincuenta y un años, soltera y sin compromisos. La próxima ocasión sería con una mujer muy parecida, aunque a la vez diferente.

7

Conde imaginaba a *Basura II* corriendo por el patio con césped que se veía desde la ventana de la cocina de Tamara. En su ensoñación, se horrorizaba (en verdad, era un horror con risa en las comisuras) viendo al perro escarbar en la tierra, mancillando el césped; arrancar arbustos y flores a dentelladas; cagarse en los butacones plásticos colocados bajo la pérgola. Aquel sería su modo de expresar que vivir encerrado, incluso en una jaula de oro, no era su modo de entender el buen vivir. La libertad, para él, era la libertad, sin demasiadas elucubraciones filosóficas —y, como propietario perruno, él siempre lo había aceptado—, y la disfrutaba vagando por las calles de su barrio, persiguiendo perras en celo. Aquella forma de vida, escogida por su albedrío, era para el animal más importante que dos comidas al día y baños antigarrapaticidas.

El olor del café que comenzaba a colar lo sacó de la problemática disquisición zoológica. Esperó la colada, le agregó azúcar al café y, cuando se disponía a beber el primer sorbo, sonó el teléfono. «Que espere el que sea», pensó Conde, bebió la infusión resucitadora y, por fin, como al décimo timbrazo, levantó el auricular.

—¿Sí?

—¿Conde? —preguntó la voz, conocida, pero que no identificó de momento.

—Sí...

—Oye, soy yo, Elías Kaminsky —dijo la voz remota y entonces lo saludó con verdadero afecto mientras se acomodaba en el butacón de la sala—. Antes te llamé a tu casa, pero...

—¿Qué pasó? ¿Hay noticias?

—Sí, y buenas... Se va a abrir el caso legal por la reclamación del cuadro a favor de la familia Kaminsky. Logré que lo radicaran en la corte civil de Nueva York y ya contraté a unos abogados especialistas en recuperación de obras de arte. Estos abogados han conseguido incluso devolver a familias judías obras que les secuestraron los nazis. Así que tengo muchas esperanzas.

—Deben ser caros como carajo —comentó Conde, incapaz de imaginar cómo funcionaba aquel mundo de abogados y juzgados del primer mundo.

—Ese Rembrandt se lo merece —afirmó Elías—. Te llamé a ti porque quiero que me hagas el favor de hablar con Ricardito...

—¿Y por qué no hablas tú mismo con él?

—Es que me da pena decirle que si se recupera el cuadro, le voy a dar la mitad del dinero... Tengo miedo de que no quiera aceptarlo...

—Bueno, me lo puedes dar a mí y resuelto el caso... A ver, a ver, ¿qué quieres que le diga a tu pariente?

—Es que la noticia del juicio le puede llegar y no quiero que se sienta relegado, o piense que estoy haciendo cosas con el Rembrandt a espaldas suyas... Nada más dile que se va a abrir ese proceso, que seguro que va a durar años, y no hay una certeza de que ganemos, aunque espero que sí, que ganemos... Y si ganamos...

—Cuando dices años..., ¿cuántos años crees tú?

—Nadie sabe, todo eso es complicado y lento... A veces más de diez años. Díselo a Ricardito.

—¡Pal carajo, diez años...! Está bien, yo le digo... —Solo en ese instante Conde recordó sus tratos personales con Yadine y buscó una alternativa—. Elías, ¿puedo esperar unos días para hablar con Ricardo?

—Sí —dijo el otro—. Pero, ¿por qué?

—Nada, complicaciones mías —optó Conde por no mezclar las historias y buscó el modo de alejarse de la explicación requerida—. ¿Y cuándo piensas venir a Cuba otra vez?

—Ahora mismo no lo sé, pero en cualquier momento. Acuérdate de que me debes una comida en casa de Josefina, con tus amigos... Ah, coño, ¿y por fin te casas con Tamara?

La pregunta sorprendió a Conde, que tardó unos segundos en descubrir el origen del rumor: Andrés, vía Carlos.

—Pues no lo sé. No estoy seguro de que ella quiera casarse conmigo...

—Felicidades de todas formas.

—Felicidades para ti por lo del juicio... Y no te preocupes, yo veo a Ricardo.

—Gracias, Conde. Te debo un día de paga.

—Anótalo como trabajo voluntario para ganar la emulación socialista...

—Lo anoto. Gracias y abrazos. Bueno...

—Espérate un momento... —lo atajó Conde, empujado por la fuerza de una duda imprevista.

—Dime...

—Tu padre, Daniel, ¿de verdad nunca volvió a creer en Dios?

Elías Kaminsky se tomó unos segundos para responder.

—Creo que no...

—Ya... Me lo imaginaba. Bueno, yo me ocupo de hablar con Ricardito, tranquilo.

—¿Yo no te había dicho eso de mi padre? ¿Por qué me preguntas?

Esta vez fue Conde quien debió meditar la respuesta.

—No lo sé bien... Porque en estos días han pasado cosas que me hacen pensar que es más fácil creer en Dios que no creer... Mira, si Dios no existe, ningún Dios, y los hombres se han estado odiando y hasta matando unos a otros por sus dioses y por la promesa de un más allá mejor..., pero si de verdad no hay Dios ni más allá ni nada... Olvídate, Elías, es que ando muy jodido, y me da por pensar en esas mierdas...

—No son mierdas, pero acabo de darme cuenta de que sí, que estás jodido...

—Sí, pero no solo por mí...

Elías Kaminsky hizo un silencio del otro lado de la línea y Conde lamentó haberle transmitido aquella sensación, por lo que se dispuso a despedirse.

—Bueno, no te preocupes, yo hablo con Ricardito... Y cuando sepas algo nuevo, me llamas... para saber...

—Claro que te llamo... —empezó Elías y se detuvo—. Conde, quiero darte otra vez las gracias.

—¿Por qué? Con lo que me pagaste...

—Por lo que me hiciste pensar..., nada. Te llamo en cualquier momento —dijo, se despidió y cortó la comunicación.

Conde colocó el auricular en su sitio y cayó en cuentas de que, luego del café, no había encendido un cigarro. Le dio fuego, fumó. Y tuvo la certeza de que aquella conversación estaba alterando algo en su mente. Algo indefinible, agazapado en algún rincón oscuro, pero que estaba allí.

—Me cago en la mierda —protestó, mientras aplastaba la colilla—. Como si ya no tuviera bastante...

—Nietzsche, *Death Note,* Nirvana y Kurt Cobain, un poco de budismo —comenzó el recuento y tomó impulso para el ascenso—. *Blade*

Runner con sus replicantes, *piercings,* tatuajes, cortadas en los brazos y las piernas, un poco o mucho de droga, chateo con grupos de emos fundamentalistas y líder de tribu en Cuba, pero decidida a dejar de ser: emo y líder. Además lesbiana y virgen, asqueada de lo que hacía su padre, un corrupto y, por lo que me dices, hijo de puta redomado de los que tanto abundan. Creyente convencida de que Dios ha muerto y que morirse fue lo mejor que pudo hacerle a la gente para librarlos de su dictadura... ¡Pero esa niña es una bomba andante! —concluyó la doctora Cañizares, mientras revisaba sus notas, luego de que Conde le detallara la personalidad y las circunstancias vitales y existenciales de la joven desaparecida. Conde había tratado de ser lo más explícito posible, necesitado de una salvadora claridad, y por eso apenas había escondido el hecho de que la relación homosexual más prolongada de Judy se había concretado con una profesora de su preuniversitario, pues le parecía episódico y siempre peligroso de revelar.

La doctora Eugenia Cañizares era considerada la máxima autoridad criolla en el tema de la relación con el cuerpo de los jóvenes adictos a las filosofías punk, emo, rasta y freak. Años había dedicado a convivir con las ansias y angustias de aquellos muchachos y a intercambiar criterios con especialistas como el francés David Le Breton, según ella un tipo encantador y el más coherente de los estudiosos del tema. El libro de la Cañizares sobre la historia y el presente de la práctica del tatuaje en Cuba era uno de los resultados de aquella cercanía.

La mujer, navegando por sus sesenta años cortos, exhibía las huellas de la influencia ejercida sobre ella por sus objetos de estudio. En cada oreja llevaba cuatro aros, sobre la mano una pequeña mariposa tatuada, y una carga de pulsos y collares de todos los colores y materiales imaginables, más colores y materiales de los que podía resistir su edad sin asomarse a lo ridículo. De alguna manera, con aquella carga de gangarrias y sus ojos de un verde agresivo, más que una socióloga parecía una de las brujas de *Macbeth,* según los esquemáticos criterios del Conde.

—En el fondo de esos comportamientos siempre existe una gran insatisfacción, muchas veces con la familia. Pero de ese círculo se proyecta a la sociedad, también opresiva, con la que tratan de romper, de tomar distancia cuando menos, para buscar otras alternativas familiares y sociales: de ahí la pertenencia a la tribu. La tribu suele ser democrática, nadie te obliga a pertenecer ni a permanecer, pero como conjunto potencia el sentimiento de elección voluntaria, y con ella el de libertad, que es lo que está en el destino de esas búsquedas. Libertad a cualquier precio y cero presiones familiares o sociales o religiosas. Y ni oír hablar de política... Pero no solo es la liberación de la mente con respecto a las ideas impuestas por un sistema de relaciones caduco, sino incluso la liberación de la mente del cuerpo donde habita. Te imaginarás que pretender todo eso en un país socialista, planificado y vertical... ¡es candela!

»Fíjate, desde los tiempos de los gnósticos, y como lo retomara Nietzsche, y ahora los postevolucionistas, el cuerpo es considerado un mal recipiente para el alma. Por eso un fundamento importante de las elucubraciones de esas filosofías, asimiladas por estos jóvenes, es que el hombre no será del todo libre hasta tanto no haya desaparecido de él cualquier preocupación acerca del cuerpo. Y para empezar a distanciarse del cuerpo acentúan su fealdad, sus oscuridades, lo hieren, lo marcan, lo mancillan, aunque muchas veces también lo drogan para salirse de él sin salirse de él.

Conde la escuchaba y trataba de seguirla por aquel flujo de revelaciones capaz de enfrentarlo a un concepto de la búsqueda de la libertad que, al final, no hacía más que conducir a su negación, pues abría las rejas de otras cárceles, según lo entendía él, militante agnóstico y, con toda certeza, preevolucionista. Lo más corrosivo resultaba el hecho de que, en los últimos años, él había convivido en la misma ciudad con aquellos jóvenes y apenas se había detenido a observarlos, pues los consideraba una especie de payasos de la postmodernidad empecinados en apartarse de los códigos sociales por el recurso de hacerse *notablemente* distintos, y jamás les había concedido la profundidad de un pensamiento y unos objetivos libertarios (libertarios más que liberadores, se reafirmó en la idea, apoyado por la anarquía de sus búsquedas). A pesar de los grilletes que se colocaban. Pero eran sus grilletes, y esa propiedad marcaba la diferencia. La diferencia de que le hablara Candito. La diferencia que parecía buscar Judy. La diferencia en un país que pretendía haberlas borrado y que en su realidad de todos los días se iba llenando de capas, grupos, clanes, dinastías que destrozaban la presunta homogeneidad concebida por decreto político y por mandato filosófico.

—Los gnósticos, que mezclaban cristianismo y judaísmo para pretender llegar a un conocimiento de lo intangible, están en el origen de todas estas filosofías juveniles, aunque sus practicantes casi nunca tengan la menor idea de eso... Los que piensan un poco consideran que el alma es cautiva de un cuerpo sometido a la duración, a la muerte, a un universo material y, por tanto, oscuro. Por eso han llevado el odio al cuerpo al extremo de considerarlo una indignidad sin remedio. A ese proceso se le llama ensomatosis: porque el alma ha caído en el cuerpo insatisfactorio y perecedero en el cual se pierde. La carne del hombre constituye la parte maldita, condenada a la muerte, el envejecimiento, la enfermedad. Para llegar a lo intangible es preciso liberar el alma: siempre la liberación, siempre la libertad, como ves... Pero todo este pensamiento, mal asido y peor cosido, funciona de muy distintas maneras en las mentes de esos muchachos. Porque si desprecian el cuerpo, muchas veces también temen a la muerte. Y se empeñan en corregir el cuerpo, en superar lo que Kundera (¿por qué crees que Judy lo lee?) llamó la insoportable levedad del ser. ¿Te acuerdas de *Blade Runner* y sus criaturas de físicos perfectos pero también condenados a la muerte...? Estos jóvenes se congratulan de estar viviendo en lo que Marabe llama el tiempo postbiológico, y Stelare el postevolucionista: aunque la verdad es que la mayoría de ellos no tienen idea de estas síntesis, sino de sus consecuencias, a veces solo de sus fanfarrias... Pero, como sea, participan de la certeza de estar viviendo en el tiempo del fin del cuerpo, ese lamentable artefacto de la historia humana que ahora la genética, la robótica o la informática pueden y deben reformar o eliminar...

—¿Y vamos a terminar teniendo la cabeza grande y los brazos flaquitos, o los brazos fuertes y la cabeza hueca? Porque los replicantes de *Blade Runner* son grandes y atléticos... —Y se detuvo en su andanada de tonterías cuando iba a dar su evaluación machista de las mujeres replicantes que, según recordaba, estaban buenísimas.

—Lo que te quiero decir es que una borrachera de todos esos conceptos puede tener muy malos resultados. La búsqueda de la depresión abre las puertas a la verdadera depresión, el ansia de libertad puede llevar a la liberación, pero también al libertinaje, que es el mal uso de la libertad, y el rechazo al cuerpo muchas veces conduce a profundidades más tenebrosas que unos huecos en las orejas, el clítoris o el glande, o unas cortadas en los brazos. La inexistencia de Dios puede llevar a la pérdida del temor de Dios... Tienen que encontrar a esa muchacha, porque alguien así es capaz de hacer cualquier cosa. Incluso contra sí misma.

«¡Coñó!», pensó Conde, ya sintiéndose fatigado por las nuevas cargas recibidas.

—Lo peor —siguió la Cañizares, ya sin frenos por aquella pendiente de su pensamiento y sus obsesiones—, lo terrible, es que aunque parezcan un grupo reducido, esos jóvenes están expresando un sentimiento generacional bastante extendido. Son el resultado de una pérdida de valores y categorías, del agotamiento de paradigmas creíbles y de expectativas de futuro que recorre a toda la sociedad, o a casi toda..., o a toda la parte de ella que dice o hace más o menos lo que de verdad piensa. El margen entre el discurso político y la realidad se ha abierto demasiado, cada uno anda por su lado, sin mirarse, aunque debería ser el discurso quien observara la realidad y se redefiniera...

—¿Me lo dice de otra forma, doctora? —le suplicó el Conde—. Es que me voy poniendo viejo y bruto...

La mujer hizo sonar sus pulsos y sonrió:

—Chico, la cosa es que esos muchachos no creen en nada porque no encuentran nada en que creer. El cuento de trabajar por ese futuro mejor que nunca ha llegado, a ellos no les da ni frío ni calor, porque para ellos ya no es ni un cuento..., es mentira. Aquí los que no trabajan viven mejor que los que trabajan y estudian, los que se gradúan de la universidad después se las ven canutas para que los dejen salir del país si quisieran irse, los que se sacrificaron por años hoy se están muriendo de hambre con una jubilación que no les da ni para comprarse aguacates. Y entonces ellos ni siquiera sacan cuentas: unos se van para donde puedan, otros quieren hacerlo, otros viven del invento, otros se hacen cualquier cosa que dé dinero: putas, taxistas, chulos... Y otros más se hacen frikis, rockeros y emos. Si sumas todos esos otros, verás que la cuenta está cabrona, son muchísimos. Eso es lo que hay. No le des más vueltas. A eso llegamos después de tanta cantaleta con la fraternal disputa para ganar la bandera de colectivo vanguardia nacional en la emulación socialista y la condición de obrero ejemplar.

—¡Coño! —dijo el Conde, ahora abrumado. O como siempre prefería decir: ano-nadado: con el culo en el agua.

—¿Tú eres postbiológico o postevolucionista?

La palidez epidérmica de Yovany cobró casi de inmediato un matiz rosado, como si el muchacho volviera a la vida.

—¿Tú sabes de eso? —le preguntó, a modo de respuesta, incapaz de concebir que aquel insistente personaje prehistórico y ex policial estuviera al tanto de sus posibles militancias post cualquier cosa... Y entonces el Conde recibió la iluminación: ¡sí, coño, aquel muchacho casi transparente le recordaba a Abilio el Cao, su compañero de escuela primaria! Abilio era tan blanco, casi fantasmal que, por alguna razón olvidada por Conde, lo habían apodado como el pájaro negro que, además, se consideraba un ave de mal agüero. ¿Qué habría sido de la vida de aquel tipo hosco y misterioso que levantaba las cejas, así como

Yovany, cuando preguntaba algo en lo que no creía? Años sin ver al Cao, ni siquiera recordarlo y de pronto...

Luego del revolcón mental que le propinara la doctora Cañizares, capaz de colocar en un plano científico sus presunciones, el Conde se había desplazado hasta la casa de Yovany, sin demasiadas esperanzas de encontrarlo. Lo había empujado en aquella dirección, en el barrio de El Vedado, la convicción de la patente peligrosidad hacia sí misma cargada por Judy y el deseo de tocar la última puerta visible en su horizonte, quizás justo la que daba acceso al laberinto perdido de la emo extraviada. Y si no encontraba nada tras aquel umbral, pues lo mejor sería acabar de mandarlo todo a la mierda y seguir con su vida de siempre, con más ganas ahora que era poseedor de mil dólares.

Ya ante la opulenta mansión, mejor pintada y cuidada incluso que la casa de Alcides Torres, Conde había empezado a hacer sus cábalas sobre el origen y las posibilidades del joven Cara Pálida portador de Converses, MP4 y Blackberrys. Observando el caserón de puntal altísimo, jardín cuidado con esmero japonés, amplios portales, rejas trabajadas con delicadeza artística y maderas brillantes gracias a barnices recientes, el hombre había tenido dos certidumbres: que los dueños originales del inmueble debieron haber pertenecido a la billetuda burguesía cubana prerrevolucionaria y que los actuales moradores militaban en la camada de los nuevos ricos postrevolucionarios surgida en los últimos años como una reemergente enfermedad, considerada erradicada por décadas de aplanador socialismo igualitario y pobre, pero ya dispuesta a florecer. ¿El discurso por un lado y la realidad por el otro?

Luego de pulsar el intercomunicador empotrado en el muro exterior y preguntar a la voz eléctrica si Yovany estaba en casa y hasta explicarle que venía a ver al muchacho pues era amigo del padre (no dudó en mentir) de una amiga de Yovany, la reja del palacio se le había abierto con un chirrido teatral y, de inmediato, salido a su encuentro la típica señora que ayudaba en la limpieza de la casa, como el buen gusto socialista había bautizado a las antes llamadas criadas o sirvientas. La señora, blanca, robusta, con pinta de institutriz alemana (¿federal o democrática?, no pudo dejar de interrogarse el Conde, siempre tan histórico), lo había hecho pasar a un salón recibidor con dimensiones de cancha de tenis y le había ordenado sentarse, para de inmediato hablar con la misma voz eléctrica que el Conde había achacado al intercomunicador.

—Señor, ¿café, té indio negro o chino verde? ¿Refresco, jugo natural, una cerveza, agua mineral con gas o sin gas...?

—Agua con globitos y café, gracias —musitó Conde, casi convencido de que la mujer era una replicante de última generación, comprada tal vez en la misma tienda de donde había salido la Blackberry de Yovany.

Abandonado en la inmensidad de salón con suelo de impolutas lozas de mármol ajedrezadas, techos con arabescos de yeso y una batería de ventiladores colgantes empeñados en mantener aireado el ambiente, Conde había sentido la palpable evidencia de su pequeñez y se dedicó a realizar una nueva comprobación de la distancia existente entre la casa de riqueza apresurada y de copias y pósters políticos de Judy y aquella mansión avasallante, pretenciosa: en las paredes destellaban pinturas originales de los más cotizados pintores cubanos de los últimos cincuenta años. Un efebo desnudo y muy bien dotado de Servando Cabrera, una ciudad oscura de Milián, una mujer de ojos desorbitados de Portocarrero, una sirena yaciente de Fabelo, una muñeca descoyuntada de Pedro Pablo Oliva, un paisaje perfecto de Tomás Sánchez, un mango de Montoto, contó, y se detuvo cuando regresó *Frau* Bertha (tenía que llamarse así) con el servicio de café en taza de porcelana, que incluía cucharillas de plata, las opciones de azúcar blanca, negra y artificial (Splenda), unos chocolaticos, un vaso de agua burbujeante y servilleta de hilo. Mientras bebía el contundente café, quizás hecho en una máquina de expreso con un polvo comprado en Italia, volvió a pasar la vista por los cuadros y calculó en varias decenas de miles, o en centenas de miles, los dólares allí colgados. Tantos dólares que eran capaces de reírsele en la cara a la fortuna de mil dolaritos con la cual el Conde se había sentido un potentado. Aquellos empezaban a ser *muchos* dólares de verdad.

En medio de aquel lujo de cuadros, porcelanas, maderas talladas, lámparas de Tiffany, bronces esculpidos y muebles de estilo, la estampa del recién llegado Yovany parecía la de una garrapata en un terrier con pedigrí. El muchacho, con los pelos chorreados por ambos lados de su cara incolora, unos pantalones desarrapados y una camiseta agujereada, se había sentado frente a Conde sin saludar, mirándolo con una intensidad corrosiva que el ex policía, entrenado en aquellas artes, había desarmado con su pregunta sobre la filiación post del muchacho que, al fin, le había recordado a Abilio el Cao.

—Yo sé más de lo que tú te imaginas... Una vez fui hasta postmoderno, ahora soy postpolicía... Sin embargo, no sé quiénes son tus padres... —dijo y movió la mano, como si acariciara de lejos objetos y pinturas.

—*My father* se piró cuando yo era un chama. En una escala que hicieron en Canadá salió corriendo del avión que lo traía de Rusia y no paró hasta Chile... *My mother,* que sabe más que las cucarachas y es más dura de matar que Bruce Willis, se empató después con un temba galinfardo que parece que se escapó del hogar de ancianos, pero tiene negocios aquí de grúas y mierdas de esas y es dueño de un baro larguísimo..., como tú ves.

—¿Y el gallego te compra los Converse?

El muchacho sonrió. Había recuperado su palidez vampiresca.

—¿Por qué tú crees que el viejo es rico? Es más tacaño que la madre que lo parió. Las cosas que tengo me las manda el puro de Chile. Pa joder a *my mother...*

Conde también sonrió, pero no por lo que iba conociendo de los moradores del palacio, sino porque a su mente vino la letra de aquella versión de «A Whiter Shade of Pale», de Procol Harum, versionada al español por Cristina y los Stop y que hablaba de alguien amado que, muerto y enterrado, se le aparecía a la cantante con una «blanca palidez» que a Conde, desde siempre, le había parecido asquerosa y necrofílica. Una palidez como la de aquel muchacho al que Yoyi había llamado «pomo e'leche». Una blancura en la cual resaltaba como un alarido la cicatriz rojiza de unos diez centímetros que Conde había logrado ver en la cara interior del antebrazo izquierdo de Yovany.

—Ya, ya —dijo Conde, en procura de un tiempo para enfocarse en lo que, al fin y al cabo, a él le interesaba—. Esa cicatriz en el brazo...

La reacción de Yovany fue también eléctrica. Ocultó el brazo en la espalda, como un niño sorprendido con un dulce prohibido.

—Eso es problema mío... ¿Qué es lo que quería? No estoy para descargas...

Conde supuso que había tocado un punto neurálgico del muchacho y decidió reorientar sus interrogaciones.

—Sabes que Judy sigue sin aparecer. Y me he enterado de algo que me gustaría comprobar.

—¿Qué cosa? —Yovany seguía con el brazo protegido por su cuerpo.

—Me han dicho que ella quería dejar de ser emo...

—¡Eso es mentira! ¡Mentira!

La reacción esta vez, más que eléctrica, resultó explosiva, como si en lugar de tocar el punto doloroso, Conde lo hubiera lacerado hundiéndole un escalpelo.

—¡Ella era la más emo de todos nosotros! —siguió Yovany, todavía alterado—. ¿Quién coño puede decir eso? ¿El negro comemierda ese de Frederic?

—No. Fue la abuela de Judy.

—Pues esa vieja no sabe ná... Judy no nos iba a dejar. Judy era un cerebro, la que más sabía de las cosas de los emos, la que siempre hablaba de la libertad y de no dejarnos meter cuentos por nadie, por nadie.

—¿Desde cuándo tú la conoces?

—Desde que apareció por la calle G. Yo era medio emo, medio miki, medio rockero, pero un día hablé con ella y fuá..., emo completo —dijo y, al parecer de modo inconsciente, abrió los brazos para que su emopertenencia resultara mejor apreciada. Y Conde volvió a ver la cicatriz, reciente, vertical, típicamente suicida. Solo que los suicidas de verdad se suelen cortar los dos antebrazos. Y morirse, ¿no?

—¿Cómo te convenció?

—Hablando de la herejía que hay en la práctica de la libertad.

—¿Así lo decía ella?

—Sí. Y me prestó unos libros para que aprendiera. Libros que no se publican en Cuba, porque aquí la policía del pensamiento no quiere que uno sepa esas cosas. Libros donde te explican que Dios ha muerto, pero el Dios muerto no es nada más el del cielo: es el Dios que nos quiere gobernar. Libros sobre la reencarnación que todos vamos a tener. Y hablaba mucho sobre lo que uno puede hacer con lo único que le pertenece de verdad, la mente. Porque hasta el cuerpo, decía, podía pertenecerle a ellos: podían golpearlo, meterlo preso. Pero no podían con lo que uno pensaba, si uno estaba seguro de lo que quería pensar. Por eso teníamos que ser nosotros mismos, ser distintos, y no dejarnos gobernar por nadie, por ningún cabrón, ni aquí —indicó hacia el suelo—, ni allá —señaló el techo donde seguían girando los ventiladores—. Y nunca, nunca, oír a los hijos de puta que te hablan de la libertad, porque lo que quieren es quedarse con ella y joderte...

Conde comprendió que cada vez más sentía unos patentes deseos de poder hablar con Judy. Sus ideas sobre la libertad y la pertenencia tribal, incluso después de atravesar la estepa del cerebro de aquel disfuncional, resultaban retadoras, más intrincadas que unas reacciones de rebeldía postadolescente. Oír todo aquello de boca de Judy podría resultar una experiencia. El ex policía recordó al polaco Daniel Kaminsky y sus búsquedas de espacios de libertad para redefinirse a sí mismo. Otra extraña confluencia, pensó.

—¿Cuándo fue la última vez que tú la viste?

—No sé, hace como dos semanas, vino a buscarme y nos fuimos para el Malecón antes de ir para G.

—¿De qué hablaron?

Yovany pensó un instante, quizás demasiado largo, antes de responder.

—No sé bien. De música, de mangas..., ah, de *Blade Runner*. Ella era *crazy* a esa película y la había vuelto a ver.

—¿Y habló o no habló de irse?

—Creo que no. Hablaba de eso a cada rato, de irse pal carajo, en una balsa o en lo que fuera. Pero no, ese día me parece que no. No me acuerdo...

—La otra noche me dijiste que hacía poco ella había tocado ese tema.

—Ah, no sé qué dije el otro día —protestó e hizo un gesto circular con su dedo a la altura de la sien derecha. Había estado volando en un helicóptero. Quizás para comprobar, por allá arriba, que Dios había colgado el sable.

—Dime algo de los italianos... ¿Ella era muy amiga de Bocelli?

Yovany miró a Conde como si estuviera en el portamuestras de un microscopio. Para ser ex policía sabía mucho y jodía demasiado, trató de decir con su observación científica.

—Yo no sé nada de ese Bocelli que tú dices, y tampoco sé cómo una chiquita tan bacana como Judy se podía juntar con esos tipos asquerosos y cara'e guantes.

—¿Por qué asquerosos y cara'e guantes? Si tú no los conocías...

—Pero sé que lo único que querían era cogerle el culo. ¿Qué otra cosa iban a querer, eh? Mira, mira, busca a esos tipos, a lo mejor ellos, no sé, hasta la violaron y la mataron...

—¿Tú crees que podían hacer eso?

—Y más también.

Conde pensaba lo mismo. Entonces dudó sobre su próxima pregunta, pero se lanzó.

—¿Tú no crees que Judy no aparezca porque se suicidó?

La palabra suicidio le propinó otro corrientazo al muchacho, que retiró más aún su brazo izquierdo. Si de algo ya no tenía dudas, Conde pensó, era sobre el origen de la herida: Yovany no buscaba el sufrimiento emo, sino que había intentado suicidarse. Pero ¿le habían suturado la herida? El recipiente de las dudas volvió a llenársele. A Conde le parecía que la cicatriz no tenía los puntos típicos de la sutura. Entonces había sido tan superficial que con un vendaje se pudo haber detenido el sangramiento. ¿Qué clase de intento de suicidio había sido aquel? ¿Una prueba sobre el terreno?

—A lo mejor... —susurró por fin Yovany, más pálido que en su estado natural—. Ella también hablaba mucho de eso. Le gustaba cortarse, probar el dolor, hablar del suicidio. ¿Cómo tú crees que alguien así va a dejar de ser emo de un día para otro por culpa de un viejo italiano baboso o por cualquier cosa? No, Judy no podía dejarnos —insistió, con una vehemencia capaz de revelarle al Conde el grado de dependencia mental de Yovany con la filosofía atrevida y peligrosa de Judy.

—¿Y alguna vez te habló de los negocios de su padre? —Conde probó suerte con aquel punto oscuro que tantas veces había aflorado en torno a las inconformidades sociales y familiares de la muchacha.

—Algo me dijo..., pero no me acuerdo bien. Un negocio de mucho dinero...

—¿Así, sin especificar?

—Así, y más ná...

Conde suspiró, frustrado.

—Una última cosa, Yovany, y ya me voy... ¿Dónde está tu mamá?

—En España, en Inglaterra, en Francia, por ahí..., gozando la papeleta y gastándole la plata al gaito. *My mother* tiene treinta y ocho años, y el viejo, dos mil...

Conde asintió y se puso de pie. No sabía si extenderle la mano a Yovany para despedirse con cierta formalidad. Lo que sí supo era que debía dispararle, así, a bocajarro.

—La herida que estás escondiendo..., ¿trataste de suicidarte?

Yovany lo miró con odio. Odio puro y duro.

—¡Vete de aquí pa la pinga! ¡Me tienes enfermo! —gritó y dejó a Conde en la sala vacía, con la última pregunta en el directo: ¿por casualidad tu padre se llama Abilio González y le decían el Cao...? El abandono duró solo unos segundos. Como un espectro pasado de peso se hizo presente la imagen de *Frau* Bertha, que se movió hacia la puerta principal y la abrió. Solo le faltaba la espada flamígera para indicar el camino por donde debían salir los expulsados del paraíso terrenal.

Una de las caminatas que más complacía a Conde era la que lo extraviaba por las calles arboladas y en otros tiempos majestuosas del barrio de El Vedado. Entre la casa donde vivía Yovany y el sitio donde podía abordar un auto de alquiler con destino a su barrio agreste y polvoriento, se interponía justo aquel paisaje magnético en el cual, unos años antes, había descubierto la más fabulosa de las bibliotecas privadas que hubiera podido imaginar y, en ella, las trazas del más melodramático bolero en el cual se pueden convertir unas vidas reales.

Ahora no tenía ojos ni ánimos para disfrutar del panorama decadente y amable, casi ni para sentir el agobiante calor de junio, menguado por los álamos, falsos laureles, flamboyanes en flor y acacias distribuidas en los flancos de las calles. En su cerebro se alternaban, peleaban, sacaban la cabeza una por encima de otra, dos preocupaciones insobornables, capaces de cegarlo: y ambas tenían nombre de mujer. Judith y Tamara.

Esa mañana, luego de hablar con Elías Kaminsky, había escapado de la casa de su casi prometida antes de que ella se despertase. Tamara había hecho los arreglos necesarios para tomarse dos días libres que, con el domingo, hacían un fin de semana largo y descansado, que su cuerpo, ya de cincuenta y dos años, le estaba reclamando a gritos. La mujer, a diferencia de Conde, tenía la envidiable capacidad de poder dormir la mañana cuando no había nada que le exigiese madrugar. Por eso, satisfechas las apetencias sexuales de su cuerpo y complacidas las expectativas de su alma, había ordenado a su mente dormir tanto como le resultara posible, para que todos, alma, mente y cuerpo, estuviesen en las mejores condiciones para afrontar un día con seguridad cargado de emociones.

Conde pensaba en cómo podía ser su vida a partir de aquel día preciso. Cuando esa noche él y Tamara hicieran pública —para el único público que les interesaba— su intención de empezar a pensar en la posibilidad de casarse (más o menos esa era la formulación), algo comenzaría a ser diferente. ¿O no? A la edad que ambos tenían y luego de tanto tiempo de relación y convivencias, nada tenía que cambiar: solo asentarse. Porque así estaba bien y lo mejor, claro, era no menearlo. Pero, se decía Conde, con una motivación por la aventura y una intención de autoengañarse capaces de sorprenderlo a sí mismo, al fin y al cabo todo se reducía a una formalidad y a ellos dos, y a los años que les restaban por vivir. El hijo de Tamara y Rafael, que ya andaba por los veintiséis años y, como tantos jóvenes de su generación, había decidido sentar sus reales fuera de la isla —desde hacía años vivía en Italia, primero bajo la protección de su tía Aymara y su marido italiano; ahora, ya independiente, como especialista en mercadotecnia del Emporio Armani—, era una presencia lejana, que solo se materializaba en alguna llamada telefónica, unas fotos enviadas por correo electrónico y, muy de cuando en cuando, la remisión de una maleta de ropa para la madre (ni un calzoncillo de Armani para Conde) y doscientos o trescientos euros. El resto de los intereses humanos de Mario Conde lo conformaban el destino de *Basura II* (¿jaula de oro o vagancia callejera?) y la vida del grupo de amigos que esa noche festejaría con ellos.

De aquella tribu de fieles el miembro más vulnerable era el flaco Carlos, cuyo corazón, hígado o estómago podía (podían, todos a la vez) estallar en cualquier momento, aunque en los últimos tiempos su dueño parecía marchar con ritmos mejor pautados y amables. Incluso fumaba menos y comía con cierta discreción. Porque, tras la entrada en la viudez de Dulcita, lo que la mujer y Carlos trataban de mantener en secreto, con estrategias adolescentes, no resultaba un misterio para ninguno de los otros amigos. A pesar de la limitación física del Flaco, se hacía patente que, del modo que podían y cada vez que podían, debían de estar otra vez revolcándose como desesperados, según la costumbre adquirida cuando estudiaban en el siempre recurrente pre de La Víbora.

¿Qué lo preocupaba entonces? ¿Que el país se desintegraba a ojos vistas y se aceleraba su conversión en otro país, más parecido que nunca a la valla de gallos con la que solía comparar el mundo su abuelo Rufino? A ese respecto él no podía hacer nada; peor aún, no le permitían hacer nada. ¿Le preocupaba que él y todos sus amigos se estuvieran poniendo viejos y siguieran sin nada en las manos, como siempre habían estado, o con menos de lo que antes habían estado, pues se les habían perdido incluso las ilusiones, la fe, muchas de las esperanzas prometidas por años y, por descontado, la juventud? En verdad ya estaban acostumbrados a esa circunstancia, capaz de marcarlos como una generación más escondida que perdida, más silenciada que muda. ¿Que el negocio de los libros resultase cada vez más azaroso? Pues a veces daba dividendos inesperados y muy ventajosos. ¿Incluso que el equipo nacional de beisbol ya nunca fuera campeón en los torneos internacionales? En este terreno mucho podía hacer: para empezar, cagarse en la madre de los que descojonaban una marca nacional tan sagrada para los cubanos como el juego de pelota, que siempre había sido algo más visceral que un simple entretenimiento. ¿Y si decidían casarse y la rutina matrimonial lo colocaba ante la evidencia de que, al fin, tenía las condiciones para dejar de autoposponerse con mil argumentos y excusas, y se viera conminado a sentarse de una vez a escribir la novela escuálida y conmovedora que por años y años había soñado? Pues a lo mejor debía escribirla y ya.

Sin que lo deseara, la historia de Judy, insobornable, empujó aquellas disquisiciones y subió a la superficie. En realidad, cada paso que Conde daba hacia la muchacha obtenía por resultado un nuevo y mayor alejamiento, como si sobre su imagen cayesen velos empeñados en ocultarla, incluso en difuminarla. Las ideas de Candito y de la doctora Cañizares, sumadas a las transcripciones de su pensamiento elaboradas por Yovany, habían reforzado una preocupación más patente en el espíritu de antiguo policía de Mario Conde. Si al principio estaba convencido de que Judy se ocultaba por voluntad propia, dispuesta a vivir en un planeta donde encontraba la libertad que tanto ansiaba, ahora aquella seguridad había sido minada a conciencia. La complejidad que existía en la mente de la muchacha podía estar, de hecho estaba, cargada de componentes explosivos. ¿Se habría suicidado de verdad? ¿El odio hacia su padre era solo una reacción ética? ¿Se habría metido por voluntad propia en la boca de un lobo italiano, como sugería Yovany? Ojalá se equivocara, pero tenía un mal presentimiento para cada una de aquellas cuestiones.

Ahora a Conde le resultaba curioso que la asociación de las herejías de Judy y de Daniel Kaminsky, potenciada por la insistente presencia de unas copias de grandes pintores holandeses y alentada por la reaparición de Elías, le hubiera recordado que la hermana desaparecida del judío polaco se llamara igual que la joven emo esfumada. La imagen que Elías Kaminsky le había regalado de aquella otra Judit, una visión creada por la mente atribulada de su padre Daniel y relacionada a su vez con la Judit bíblica, había empezado a moverse en la mente de Conde con los claroscuros y el dramatismo que patentara Artemisia Gentileschi: Judit como ejecutora de Holofernes, justo en el instante en que le cortaba el cuello al general babilonio y preservaba la libertad del reino. La imagen, pensó Conde, le gustaba: pero la fusión de heroína bíblica con niña polaca desaparecida en el Holocausto vistas a través de una pintura célebre del siglo XVII poco podía ayudarlo a resolver el misterio de una Judith perdida en su presente cubano, tórrido y caótico, porque no se imaginaba a la emo como ejecutora de nadie..., salvo ella misma. ¿O habría algún otro cable capaz de conectar a la niña polaca y la joven cubana que compartían el apelativo bíblico? ¿Por qué pensaba eso? No, no lo sabía... Pero presentía que por algo debía ser.

El problema para el detective por cuenta propia y, según suponía, para los policías profesionales que cada vez con menos y muy previsible falta de intensidad andaban a la caza de la muchacha esfumada, era la falta de una mínima traza capaz de orientarlos. El camino marcado por los italianos parecía el más prometedor, aunque la ausencia de aquellos personajes había bloqueado ese sendero. Por ello le resultaba más frustrante la falta de indicios o la caída de ciertas suposiciones

441

que habían provocado las conversaciones con los otros emos y hasta con la profesora amante de Judy.

Lo que sí sabía Mario Conde, algo que antes intuía y ahora había podido comprobar fehacientemente, era que Judy y sus amigos resultaban la punta visible y más llamativa del *iceberg* de una generación de herejes con causa. Aquellos jóvenes habían nacido justo en los días más arduos de la crisis, cuando más se hablaba de la Opción Cero que, en el pico del desastre, podría enviar a los cubanos a vivir en los campos y montañas, como indígenas cazadores-recolectores del neolítico insular de la era digital y los viajes espaciales. Esos muchachos habían nacido y crecido sin nada, en un país que empezaba a alejarse de sí mismo para convertirse en otro en el cual las viejas consignas sonaban cada día más huecas y desasidas, mientras la vida cotidiana se vaciaba de promesas y se llenaba de nuevas exigencias: tener dólares (con independencia de la vía de obtención), buscarse la vida por medios propios, no pretender participar de la cosa pública, mirar como se observa un caramelo el mundo que estaba más allá de las bardas insulares y aspirar a saltar hacia él. Y daban el salto sin romanticismos ni cuentos chinos. Como a su manera le dijera la doctora Cañizares, la falta de fe y de confianza en los proyectos colectivos había generado la necesidad de crearse intenciones propias y el único camino entrevisto por aquellos jóvenes para llegar a esas intenciones había sido la liberación de todos los lastres. No creer en nada sino en sí mismos y en los reclamos de la propia vida, personal, única y volátil: al fin y al cabo Dios había muerto —pero no solo el dios del cielo—, las ideologías no se comen, los compromisos te atan. La profundidad y extensión de aquella filosofía había conseguido mostrarle a Conde el entramado más doloroso de aquel mundo al cual, así lo intuía, su mirada apenas había podido escudriñar. Cierto que muchas veces Yoyi el Palomo se había empeñado en mostrarle aquella realidad a golpe de cinismo pragmático y ausencia de fe. Y que alguien como la *mother* de Yovany, con el cuchillo en los dientes, había tocado el cielo del buen vivir sin sentir arcadas por el bocado envejecido que había sido necesario tragar. Pero los pocos años que separaban a la generación de Yoyi y la madre del emo pálido de los jóvenes como Judy parecían siglos, casi diríase que milenios. Los desastres de los cuales esos muchachos habían sido testigos y víctimas engendraron a unos individuos decididos a alejarse de todo compromiso y crear sus propias comunidades, espacios reducidos en donde se hallaban a sí mismos, lejos, muy lejos, de las retóricas de triunfos, sacrificios, nuevos comienzos programados (siempre apuntando hacia el triunfo, siempre exigiendo sacrificios), por supuesto que sin contar con ellos. Lo terrible era que aquellos senderos estrechos parecían flanqueados por precipicios sin fondo, letales en muchos casos. Incluso, un componente antinatural alumbraba las búsquedas de algunos de esos jóvenes: la autoagresión por la vía de las drogas, las marcas corporales, la pretendida depresión y el rechazo; la ruptura de los tradicionales límites éticos con la práctica de un sexo promiscuo, alterno, vacío y peligroso, muchas veces exento de emoción y sentimentalismos. Y hasta de condones, en tiempo inmunodeprimidos.

Si aquel era el camino de la libertad, sin duda resultaba una vía dolorosa, como muchas de las carreteras que han pretendido conducir a la redención, terrenal o trascendente. Pero, a pesar de sus muchos prejuicios y de su moral preevolucionista, ahora que conocía más de aquel empeño emancipador, Conde no podía dejar de sentir una cálida admiración por unos jóvenes que, como Judy la filósofa y lideresa, se sentían capaces de echar todo al fuego —«Es mejor quemarse que apagarse lentamente», Cobain *dixit*—, incluidos sus cuerpos. Porque sus almas ya eran incombustibles, más aún, inapresables. Al menos de momento.

Molesto con el mundo por tener que llegar a esos conocimientos tan poco agradables, colocó la moneda en el teléfono y marcó el número directo de la oficina de Manolo. Iba a decirle que le pasara a los investigadores especiales (¿o eran espaciales?) el dato del negocio con muchos dólares en que parecía había estado involucrado Alcides Torres, pero, sobre todo, que les reclamara a los investigadores criminales un nuevo esfuerzo por encontrar a Judy, si todavía era encontrable. Cualquier cosa posible por hallarla pronto y viva. Porque, a juzgar por las evidencias acumuladas y a pesar de sus amistades peligrosas, Judy podía ser el mayor peligro para la propia Judy.

En lugar de una secretaria, como en los viejos tiempos, fue una máquina quien le respondió con el eterno «¡Ordene!». El mayor Palacios no estaba disponible. Si marcaba uno, podía dejarle un mensaje. Dos, y le comunicaban con la operadora. Tres para... Cuando iba a colgar, marcó el uno. Deje su mensaje, lo conminaron.

—Manolo, ¿por fin tú eres bizco? —dijo, colgó y lo mandó todo a la mierda. Judy incluida. Con sus propios problemas ya tenía bastante.

8

—¿Qué te gustaría oír?
—¿Los Beatles?
—¿Chicago?
—¿Fórmula V?
—¿Los Pasos?
—¿Creedence?
—Anjá, Creedence —fue otra vez el acuerdo. Desde hacía mil años les gustaba oír la voz compacta de John Fogerty y las guitarras primitivas de Creedence Clearwater Revival.
—Sigue siendo la mejor versión de «Proud Mary».
—Eso ni se discute.
—Canta como si fuera un negro, o no: canta como si fuera Dios, qué coño... Por eso nunca se casó.
Conde miró a Carlos, pero el Flaco, como si no hubiese dicho nada, se empeñó en el acto de colocar el disco compacto en el espacio preciso, accionar la tecla que lo devoraba y luego la destinada a ponerlo a reproducir la música.
La idea había sido de Dulcita: celebrarían un cumpleaños clásico, con las mejores retóricas del llamado estilo «chichí», según ella muy cultivado en Miami. Excepto las homenajeadas y Conde, los demás, incluida la vieja Josefina, llegarían todos juntos, unos a bordo del turismo que ella había alquilado, otros en el Bel Air descapotable de Yoyi, sonando los cláxons. Entrarían a la casa con globos en las manos, gorros de pico en las cabezas, un ramo de flores y con el *cake*, coronado por las cincuenta y dos velas, ya encendidas. Y lo harían cantando el *Happy Birthday to You*. El pastel de cumpleaños había sido diseñado en dos mitades: una cubierta con merengue azul para Tamara y otra con la crema de un tono violeta para Aymara, y había sido cruzado con el cartel de letras blancas del infaltable «Felicidades», pero esta vez con un dos en el extremo, la cifra encargada de elevar al cuadrado la congratulación.

Candito, el Conejo y Yoyi, bajo la mirada estricta de Josefina —también ataviada con el gorro de pico y con un silbato colgado del cuello—, se habían encargado de bajar el resto de las provisiones preparadas por la anciana: una pierna de cerdo asada, una cazuela de moros y cristianos brillantes por el perfumado aceite de olivas toscanas, las depravadas yucas, abiertas como el deseo, humedecidas sus entrañas con el aliño de naranjas agrias, ajo y cebolla, la florida ensalada de colores rotundos. Para el final dejaron las botellas de tinto, las cervezas, el ron y hasta un pomo de refresco —solo uno, de limón, como le gustaba a Josefina—, pues no era día para tales mariconadas geriátricas, según lo advirtió el Flaco.

Puesta la mesa, Dulcita dio al Conejo y Luisa la orden de servir los platos, sin que nadie probara nada, pues se imponía hacer un brindis. De su cartera sacó entonces dos increíbles botellas de Dom Pérignon y buscó en la cristalería de Tamara, herencia familiar, las copas de Baccarat más apropiadas para el champán. Incluso Candito, ahora abstemio absoluto, aceptó la copa rebosante del líquido espumoso, pues sabía que sería testigo de un gran acontecimiento. Casi un milagro.

Cuando cada uno tuvo su copa en la mano, Carlos golpeó un vaso con un tenedor para exigir el silencio, acatado por los otros. Entonces pidió que llenaran otra copa y la colocaran sobre la mesa. Solo cuando tuvo la copa ante sí, desde la silla de ruedas donde lo habían hecho malgastar los últimos veinte años de su vida, comenzó el discurso:

—En septiembre de 1971, seis de los aquí presentes, más un ausente cuya copa está servida —y señaló el fino recipiente colocado sobre la mesa—, empezamos a recorrer un camino imprevisible, lleno de baches y hasta de precipicios, el más hermoso que puedan atravesar los seres humanos: el camino de la amistad y del amor. Treinta y siete años después, los despojos físicos pero las almas indestructibles de esos siete magníficos nos reunimos para celebrar la perseverancia del amor y la amistad. Hemos pasado por muchas cosas en estos años. Uno de nosotros nos mira y nos escucha desde la distancia, pero nos mira y nos escucha, yo lo sé. Los otros seis, unos más jodidos que otros, estamos aquí (aunque a veces andamos por allá), convertidos algunos en lo que soñaban ser, otros en lo que la vida y el tiempo nos ha obligado a ser. Como somos sectarios, pero de la tendencia demócrata, hemos incluso aceptado de mala gana, pero aceptado, adhesiones posteriores que nos enriquecen. Por eso comparten hoy con nosotros esta historia, nuestras nostalgias y nuestras alegrías, amigos como Luisa y Yoyi, ya imprescindibles aunque condenados al eterno grado de soldados sin posibilidad de ascenso..., lo siento... Y como reconocimiento a la mucha hambre que nos ha matado y todos los pujos que nos ha aguantado, también está aquí mi madre...

Silbatazos, aplausos y vivas espontáneos para Josefina. Nuevo reclamo de atención por parte de Carlos.

—Como decía: tenemos la gran fortuna de poder reunirnos hoy para celebrar, comer, beber y comprobar que no nos equivocamos cuando nos escogimos, decidimos querernos y someternos a las pruebas de la amistad. Pero hoy es un día especial, y por eso este brindis también es especial, con un Dom Pérignon que hasta Candito va a beber, que hasta el ausente Andrés debería beber... y beberá, con su alma. Porque hoy, cuando festejamos el cumpleaños de las jimaguas, hoy, mi hermano del corazón Mario Conde va a decir las palabras que treinta y siete años atrás soñó decir y que, por fortuna, todos nosotros vamos a oír, todavía de este lado de acá...

En ese instante sonó el teléfono y Carlos le pidió al Conejo que lo levantara. El Conejo preguntó quién era y, sonriendo, accionó el altavoz.

—¿Y qué coño es lo que va a decir el Conde? —La voz telefónica de Andrés puso a llorar a Tamara—. Que lo diga pronto, todavía no he felicitado a las jimaguas por su cumpleaños ni le he dicho nada a Jose de unas medicinas que le mando...

—Conde —lo conminó Carlos.

Mario Conde miró a cada uno de los miembros del auditorio, incluido el teléfono. Colocó su copa en la mesa y se acercó a Tamara. Con las dos manos tomó una de la mujer y del modo menos ridículo que pudo, pronunció la frase:

—Tamara, ¿tú te atreverías a casarte conmigo?

Tamara lo miró y se mantuvo en silencio.

—¡Ay, mi madre! —se le escapó la exclamación a Josefina, la más excitada con la escena de trazas telenovelescas.

—¿Qué pasa, qué pasa? —clamaba la voz telefónica de Andrés.

—Tamara está pensando —le gritó el Conejo—. Cualquiera lo pensaría mucho.

La mujer sonrió y al fin se dispuso a hablar.

—Mario, la verdad es que yo no quiero casarme con nadie... —Las palabras de Tamara sorprendieron a los otros, que permanecieron tensos, esperando alguna explicación o el desastre—. Pero, ya que hablas de eso, creo que si alguna vez volviera a casarme con alguien, sería contigo.

Algarabía de hurras, bravo, gritos de coño, qué bárbara es Tamara. Mientras los novios se besaban, aliviados por el modo en que habían salido del trance, los otros levantaban las copas y Carlos, anticipándose a lo que podía o quizás nunca llegara a ser, lanzaba puñados de arroz desde su silla de ruedas.

—Felicidades, Tamara. Felicidades, Aymara —lograron escuchar la voz telefónica de Andrés, que agregó—: Jose, en estos días te mando unas medicinas nuevas para la circulación que son buenísimas. En un papelito te explico cómo tomarlas...

—Gracias, mijo —gritó Josefina hacia el teléfono.

—Conde —siguió Andrés—, dice Elías Kaminsky que te llama en estos días.

—Ya me llamó —gritó Conde—. Y algún chismoso le habló de lo que está pasando ahora aquí...

—¿Sí? ¿Tú no pensarás que yo...? —Andrés rió—. Total, Conde... Bueno, ahora voy abajo, cariñosssssss —se despidió el distante y sonó el clic que cortaba la comunicación y el flujo de los dólares gastados con ella.

Yoyi se acercó entonces a Tamara.

—Un compromiso así —y metió la mano en el bolsillo, de donde extrajo un cofrecito— se merece un anillo así... Este es mi regalo de bodas.

Y le entregó el anillo empedrado a la novia, que lo observaba con todo su deslumbramiento, como si nunca lo hubiera visto, y luego se lo mostraba a las otras mujeres, con el más femenino de los orgullos prematrimoniales. Una escena típica de la más refinada y clásica estética «chichí».

—¿De verdad toda esta mierda tan loca y ridícula me está pasando a mí? —le preguntó Conde a Candito, observando la escena de las mujeres con gorros de pico, las copas con champán, el anillo, las felicitaciones.

—Pues me parece que sí... ¿Y sabes qué es lo peor?

—¿Hay más peor? Si Tamara ni siquiera dijo que se iba a casar conmigo...

—Sí lo dijo... A su manera. Lo peor, Condenado, es que esto tiene pinta de ser irreversible. Lo meneaste, y ahora, mi herma, no hay quien lo pare...

El despertar fue todo lo terrible que Conde se merecía: las sienes le palpitaban, la nuca le ardía, el cráneo le oprimía con perfidia la papilla encefálica. No se atrevió a palparse la zona del hígado por temor a descubrir que la víscera se le había escapado, harta de abusos. Cuando pudo abrir los ojos, desafiando el tormento, comprobó que había dormido con toda la ropa puesta, incluido un zapato. Tamara, al otro lado de la cama, con el anillo en el dedo, parecía muerta. Ni siquiera roncaba. La mezcla explosiva de champán, vino, ron y crema de whisky había hecho una reacción atómica con sus respectivos sentidos del ridículo y provocado devastadoras combustiones internas. Ahora los recién comprometidos pagaban el precio de los excesos cometidos durante la noche.

Como un herido de bala de una mala película de gángsters, Conde logró llegar al baño apoyándose en las paredes. Tomó del botiquín el frasco de las duralginas. Se lanzó dos a la boca y bebió agua del grifo del lavamanos. Como pudo se desnudó y se metió bajo el chorro frío de la ducha, sosteniéndose en la jabonera empotrada de la poceta. Durante diez minutos el agua intentó limpiar su cuerpo y las partes lavables de su espíritu.

Con cuidado se secó la cabeza y luego hurgó en el bolsillo del pantalón abandonado, de donde extrajo el pote de pomada china y se embadurnó las sienes, la frente, la base del cráneo. El calor del bálsamo empezó a penetrarlo mientras, con la toalla sobre los hombros y los cojones al aire, se iba a la cocina para preparar el café. Tuvo que sentarse a esperar la colada de la infusión, aunque supo que el ejército convocado para aliviar su cefalea ya venía en camino. Cuando bebió el café, la mejora se hizo patente, pero el cigarro le provocó una tos cavernaria, y procurando evitar sacudidas encefálicas, optó por apagarlo. Me estoy poniendo viejo, se lamentó en voz baja, y para comprobarlo tuvo ante sus ojos su escroto colgante salpicado de canas.

Solo entonces tuvo una noción del desastre doméstico ocurrido la noche anterior. Meter en cintura aquella cocina y el comedor sería una misión de titanes. ¿Allí habían comido y bebido nueve o noventa personas? Su primera y lógica reacción fue regresar al baño, vestirse, y escapar lo antes posible. Pero una extraña e inédita sensación de responsabilidad le impidió hacerlo. A pesar del mal estado de su cerebro logró alcanzar el entendimiento de aquella imprevisible actitud y se horrorizó. ¿Sería posible que se hubiese convertido en una persona diferente de un día para otro? ¿O era que todavía estaba atravesando la peor borrachera de su vida? ¿Acaso esos podían ser los síntomas más alarmantes de la entrada en la tercera edad? Cualquier respuesta le pareció peor. Como siempre, Candito tenía la razón.

Se asomó al cuarto y comprobó que Tamara seguía como difunta, aunque ya roncaba. Con otra taza de café en la mano, intentó de nuevo probar con el cigarro que le reclamaba el cuerpo. Esta vez logró fumar sin que la tos lo asediara y sintió cómo volvía a ser una persona. En realidad, otra persona. Porque se colocó el delantal de Tamara y, con el culo al descubierto, empezó a fregar la loza con la misma fruición con que algunos creyentes practican la penitencia: con la conciencia de que lo hacen para joderse, mancillarse, castigarse. Por mi culpa, por mi culpa, por mi grandísima y única culpa..., y siguió fregando.

Dos horas después, una Tamara resurrecta y maravillada por la actitud de su presunto marido, le regaló un beso y, después de provocarle un erizamiento con la caricia otorgada a las nalgas descubiertas, le dijo que ella se encargaba de poner en orden la loza, la cristalería y los cubiertos otra vez relucientes. Conde, extrañado de sí mismo, regresó al baño en busca de su ropa, pero antes se detuvo ante el espejo para observarse con el delantal y el culo al aire. Patético e irreversible, fue su conclusión.

Como si de las mismas fuentes de su patetismo recibiera el impulso de una necesidad perentoria, se fue directo a la sala de televisión y colocó en el reproductor de DVDs la copia de *Blade Runner* tomada de la habitación de Judy unos días antes. En medio de sus propias tribulaciones se había olvidado por completo de la joven emo desaparecida y de sus intenciones de llamar a Manolo, pero la inesperada exigencia de volver a tragarse aquella película oscura y lluviosa le había revelado que su preocupación apenas se hallaba sumergida y un reclamo profundo la estaba sacando a flote. La idea de que se le habían acabado las ideas, la certeza de no saber qué puerta tocar para aproximarse a la muchacha lo aguijonearon con malsana persistencia mientras avanzaba en la historia de la cacería de unos replicantes (muy bien hechos, por cierto, se dijo, deslumbrado por la belleza de Sean Young y Daryl Hannah) que alcanzan la conciencia de su condición de seres vivos y, con ella, el deseo de conservar esa extraordinaria cualidad que, sin embargo, su demiurgo les había negado. Hacia el final, cuando el último de los replicantes pronuncia sus palabras de despedida del mundo, Conde sintió cómo aquel parlamento de la película del cual se había adueñado su memoria le entregaba en ese instante una extraña resonancia, capaz de removerlo, como una de sus dolorosas premoniciones: «Yo vi cosas que los humanos no creerán. Vi naves de ataque incendiadas en Orán. Vi rayos cósmicos brillar cerca de la Puerta de Tannhäuser. Pero todo eso se perderá en el tiempo, como lágrimas en la lluvia. Es tiempo de morir».

Con la molesta sensación de que aquel lamento era portador de una tétrica resonancia capaz de llegar hasta él, Mario Conde salió al patio de la casa que probablemente pronto sería también su casa y, bajo el aguacate cargado de frutos verdes, de piel brillante, prometedores de la esencial delicia de su masa, se sentó a fumar y a esperar. Esta vez no pensó en *Basura II* destrozando el entorno... Porque si su premonición no lo engañaba, estaba seguro de que aquello iba a ocurrir. Por eso, cuando Tamara se asomó y le gritó que Manolo lo llamaba, el ex policía supo que había llegado la hora. *It's time to die.*

9

Asomado a la ventana encendió el cigarro y se dedicó a observar el panorama que se mostraba aséptico desde la perspectiva otorgada por la distancia y la altura. Vio la manta verde formada por el follaje del falso laurel y los gorriones que, en grupo o en solitario, entraban y salían de entre sus hojas. Miró a lontananza, más allá de las casas y edificios coronados de antenas, palomares y tendederas con sábanas casi transparentes de tan gastadas. Como años atrás, tuvo un vislumbre del mar, con toda seguridad reverberante y magnético bajo el sol de junio. Aunque el cuadro que se podía contemplar desde la ventana apenas había cambiado, Conde sabía que se trataba de una percepción engañosa. Todo se movía. A veces hacia un despeñadero: porque aquello también se perdería en el tiempo, como lágrimas en la lluvia.

Manolo regresó a la oficina con una carpeta en la mano y una sombra de cansancio visceral en el rostro.

—Apaga el cabrón cigarro, ya sabes que aquí no se puede fumar.

—Vete a cagar, Manolo. Voy a seguir fumando —dijo Conde—. Y si quieres, méteme preso.

Manolo negó con la cabeza y ocupó su silla detrás del escritorio. Abrió la carpeta y sacó una foto que le extendió a Conde.

Junto al tronco rugoso de un árbol, sobre la hierba, enrollados de cualquier modo, estaban el pantalón y la blusa negras y, junto a ellos, lo que Conde pensó que serían los tubos de tela de rayas que los emos solían usar como mangas, y en los que era posible distinguir unas manchas más oscuras. ¿Escarlatas?

—Dame las otras —exigió Conde.

Manolo le pasó las dos cartulinas sensibles. En la primera apenas se veía un pasto hirsuto de malas hierbas, que se hundía y oscurecía en lo que resultó ser la boca de un pozo. En la tercera foto, sobre el mismo pasto de hierbajos, depositado en una manta de nailon, el cuerpo putrefacto, inflamado, carcomido por las hormigas y otros insectos de la persona que había sido Judith Torres. Después de observar unos minutos aquella imagen de la muerte, siempre en silencio, Conde dejó caer las tres fotos sobre la mesa. Se sentía inútil y frustrado.

—De verdad no se había ido a ninguna parte... O sí. ¡Me cago en la...! Cuéntame —le exigió entonces al mayor Palacios.

—Hace unos días un hombre que tiene unos sembrados en la zona estaba viendo unas auras. Buscó varias veces qué podía ser, pero no demasiado, pensando que sería algún animal muerto, pero no encontró nada.

—¿Dónde es eso?

—A la salida del Cotorro, como a dos kilómetros por la Carretera Central. En esa zona apenas vive gente...

—¿Cómo coño llegó esta chiquilla hasta allí? ¿Te fijaste que estaba desnuda pero con los Converse puestos?

Manolo asintió y extendió la mano sobre la mesa para sacar un cigarro de la cajetilla del Conde. Lo miró, no se decidió a encenderlo, y lo devolvió al estuche.

—Ayer por la tarde, cuando regresó del trabajo, el hombre volvió a buscar, porque estaba intrigado. Entonces dice que se acordó de que en el terreno había un pozo. Cuando se acercó le dio el olor a carne podrida... y encontró la ropa. Salió corriendo y llamó a la policía. Fue del carajo para poder sacarla. El pozo tiene como diez metros. Parece que lo cegaron hace muchos años...

—¿Qué dice la autopsia? ¿Encontraron rastros de droga?

—Todavía están trabajando con ella, mira cómo está el cadáver. —Manolo se decidió y le dio fuego al cigarro con el mechero oculto en una gaveta del buró—. Pero ya saben que murió por pérdida masiva de sangre.

—¿Por la caída?

—Sí y no. Cuando el cuerpo cayó en el pozo, la muchacha todavía estaba viva. Pero parece que ya había perdido mucha sangre. Tenía dos heridas longitudinales, una en cada brazo. Las que se hacen los suicidas de verdad. Y una contusión muy fuerte en la nuca, a lo mejor provocada por la caída en el pozo. Aunque pudiera ser premortem.

—¿Qué tiempo llevaba muerta?

—Entre doce y quince días. No va a ser fácil precisar más. En estos días ha hecho mucho calor, ha llovido varias veces, la temperatura en el fondo del pozo sube y baja más lento que en la superficie, el nivel de humedad...

—Hay algo que no cuadra —musitó el Conde, lamentando el mal estado físico de su cerebro—. ¿Se cortó y después se tiró de cabeza en ese pozo?

—Pudiera ser. Pero ahora están analizando todo lo que encontraron. Porque en la ropa de Judy hay dos tipos de sangre.

—¡Pero, cojones, Manolo...! —protestó Conde al escuchar la información capaz de mover las piezas que había ido colocando en su construcción mental.

—¡Te estoy diciendo las cosas, viejo! Una a la vez...

—Una es la sangre de ella. ¿Y la otra?

—De alguien que a lo mejor estuvo allí con ella, digo yo. Pero sabe Dios cómo llegó esa sangre a la ropa. Porque todavía sigue pareciendo más un suicidio.

—Pero estaba desnuda. ¿Por qué?... ¿Con qué se cortó los brazos?

—Con un bisturí... Lo buscaron hasta en el fondo del pozo y al final lo encontraron cerca de la ropa. Tiene rastros de sangre, pero ninguna huella dactilar. Si las tuvo, la lluvia lo limpió.

El cerebro del Conde chirriaba mientras trataba de encajar en sitios razonables cada evidencia.

—¿Qué más encontraron?

—Este papel.

Manolo abrió la carpeta y extrajo el sobre transparente donde había una media cuartilla de papel blanco, ya no tan blanco. Se lo extendió al Conde, que leyó: «En otro tiempo el alma miraba al cuerpo con desprecio: y ese desprecio era entonces lo más alto. El alma quería el cuerpo flaco, feo, famélico. Así pensaba en escabullirse del cuerpo y de la tierra».

—Así le habló Zaratustra... Pero no sé si es una nota suicida... A cada rato escribía cosas así, las copiaba de los libros.

—Estaba en un bolsillo del pantalón, junto con el carné de identidad, en un sobre plástico. Pero no había ni dinero ni nada más...

—¿No había dinero?

—No, seguro. Como el hombre que encontró la ropa vio que estaba manchada de sangre, no la tocó.

—Ella le había robado un dinero a la abuela. Como quinientos dólares.

—Eso no lo saben los investigadores. Nadie les dijo nada...

—Pues es una pista.

—Sí, el dinero. —Manolo anotaba algo en su desarrapada libreta.

Conde, por su lado, trataba de asimilar aquella información y de casarla con la que ya había acumulado.

—¿Cuánto tiempo necesita ahora el laboratorio para hacer la prueba de ADN?

—Cinco días.

—¿Cómo coño cinco días, Manolo?

—Oye, que esto no es *CSI*, esto es Cuba y es la realidad... Además, cuando tú eras policía, ni siquiera había pruebas de ADN y también se resolvían los casos. Mientras llegan los resultados, van a seguir trabajando... Pero aquí no hay bancos de ADN, así que no va a servirnos de mucho la prueba de la otra sangre. A menos que la contrastemos con la de algún sospechoso y coincida.

Conde asintió de mala gana.

—¿No es posible encontrar huellas digitales ni de pisadas ni rastros de sangre?

—Ya te dije que son muchos días y los aguaceros se lo llevaron todo. Ni siquiera se puede saber el tiempo que lleva muerta.

Conde recuperó la cajetilla de cigarros, le dio fuego a otro canuto y volvió a mirar por la ventana.

—Ojalá se hubiera montado en una balsa... A lo mejor no estaría muerta... Pero en todo esto hay algo que huele mal.

—¿Tú crees que alguien le cortó los brazos, después la desvistió y la tiró en el pozo? ¿Que ese mismo alguien cogió el dinero, si es que lo llevaba ese día, pero dejó la ropa manchada, quizás hasta con su propia sangre, y con el carné de identidad de Judy?

—Es algo que estoy pensando, sí.

—¿Pero quién puede montar todo ese cuadro y a la vez hacer la chapucería de no llevarse la ropa, el carné, el bisturí?

—Alguien que casi se volvió loco cuando pasó lo que pasó. Alguien que a lo mejor no quería matarla pero la mató... No sé... Hace falta que los forenses verifiquen si de verdad Judy era virgen o si había tenido relaciones sexuales..., si las tuvo poco antes de morir.

Manolo suspiró. Con fuerza, utilizando las uñas, se frotó la cabeza.

—Conde..., no metas ruidos en el sistema. Los forenses saben qué hacer...

—Estoy pensando en el italiano Bocelli... No me imagino a un personaje como ese jugando a ser amiguito desinteresado de una muchacha de dieciocho años...

—Yo tampoco pero... —Manolo hablaba con su tono más firme—. Mira, yo te llamé para decirte que Judith Torres había aparecido muerta. —Hizo una pausa, miró hacia la ventana y tomó una decisión—. Dame un cigarro.

Conde le entregó la cajetilla. Manolo le dio fuego al cigarro y exhaló el humo.

—Te llamé para decirte que estamos investigando todas las evidencias... Pero también para advertirte algo. Por favor, óyeme bien —Manolo se llevó los dos dedos índices a las orejas, para enfatizar su exigencia—: a partir de ahora no te puedes meter en esta historia. Ya no es una muchacha desaparecida, escondida o lo que sea. Ahora es una persona muerta, y mientras no se pruebe si fue suicidio, hay una investigación criminal en marcha. Y cualquier interferencia puede joder el caso, y eso tú lo sabes requetebién. La amiga te pidió que le ayudaras a encontrarla y a la familia le parecía bien que lo hicieras... Pues has hecho todo lo que podías, y si no pudiste hacer más es porque hacía rato ya estaba muerta... A partir de este momento, mantente lejos de la investigación, por el bien de la misma investigación y de la verdad. Ahora tenemos que movernos con mucho cuidado... Tú sabes lo que te estoy pidiendo y también sabes que por tu cuenta ya no puedes hacer más.

Conde se había ido moviendo hasta colocarse otra vez frente a la ventana, de espaldas al mayor Palacios. Por su propia experiencia como investigador, sabía que no existían argumentos para rebatir la exigencia del otro. Pero eso le molestaba.

—Si aparece algo más —siguió Manolo—, si encontramos alguna pista, o si nos decantamos por el asesinato o por el suicidio, lo que sea, yo te llamo y te digo. Además, tú sabes que si te metes en esta investigación y se enteran, al primero que le van a pedir cuentas es a mí, y luego al que le van a patear el culo es a ti. ¿Está claro? Se acabó el juego de detective por cuenta propia...

Conde se volteó y miró a su antiguo subordinado.

—¿Quién va a avisarle a los padres?

—El jefe de la Central y el capitán que va a llevar la investigación. Ya salieron para allá.

Conde pensó en Yadine, Frederic, Yovany, la profe Ana María. Pero no, él no les avisaría de lo ocurrido. Nunca, en sus tiempos de policía, le había gustado aquel trance.

—¿Me van a interrogar?

—Seguro. El padre, la madre o la abuela les van a hablar de ti. Y lo que tú sabes puede ayudar al investigador.

—¿Y a Frederic? ¿Y a Yovany? ¿Y a la profesora?... ¿Y a Yadine? ¿A todos los van a interrogar?

—También. Tienen que hacerlo. Y van a apretarles las tuercas...

—¡Qué mierda todo!, ¿no?

Manolo fumó de su cigarro.

—La gran mierda —ratificó el policía.

Basura II estaba bien disgustado por el abandono al que Conde lo había sometido en los últimos días. Para aliviar aquel sentimiento, el hombre apenas le dijo algunas palabras de disculpa y le sirvió un plato rebosado de las sobras de lujo de la noche anterior. El perro, más que hambriento, le dio las espaldas al dueño y se concentró en lo importante.

El dolor de cabeza había vuelto a atormentar a Conde, aunque bien sabía que ya no se debía a los efectos de la resaca alcohólica. A pesar de haber traspasado la hora del almuerzo, no había sentido deseos de comer, pero decidió enviar otra duralgina al estómago devastado, se frotó las sienes y la frente con abundante pomada china y, luego de encender el ventilador, se dejó caer en la cama, que más parecía un nido abandonado. Ni siquiera miró la soporífera novela asmática que lo ayudaba a dormir.

Sentía un cansancio profundo en los brazos, los hombros, las piernas. También un vacío en el pecho, una incapacidad de moverse, o de pensar siquiera. Lo atenazaba el sentimiento de culpa por no haber conseguido encontrar la vía capaz de conducirlo hacia Judy y ni siquiera lo aliviaba la certeza de saber que cuando Yadine le había pedido ayuda, ya resultaba imposible auxiliar a la joven. Pero no dejaba de parecerle un juego macabro la idea de que mientras él pensaba en libros, dineros, anillos, bodas, cumpleaños y Rembrandts perdidos, el cuerpo de aquella muchacha que tanto había soñado con todas las libertades y que por tantos caminos las había buscado estuviera pudriéndose en un pozo seco, luego de que sus ojos hubieran visto cómo la tierra se tragaba su sangre y su vida de dieciocho años. ¿Por voluntad propia?

A Conde siempre le había resultado difícil concebir que un joven atentara contra su vida, aun cuando sabía que aquellas actitudes eran muy frecuentes. Pero si Judy se había matado, lo inconcebible, en su caso, alcanzaba proporciones trágicas: tanto pensar en la muerte, jugar con ella, despreciar la vida y lo único que la sostenía, el cuerpo, quizás había desbrozado aquel sendero absurdo. ¿De verdad creería la muchacha en su futura reencarnación? ¿En realidad pensaba que con aquellas salidas se encontraban soluciones? ¿Tal vez incluso que dejando de ser sería libre? ¿No había entendido que ni siquiera los replicantes quieren morir cuando han probado el milagro de estar vivos, el efímero pero enorme privilegio de pensar, odiar, amar? No. Judy, como decía de sí mismo Frederic, podría ser emo, pero no tan comemierda. ¿O sí? Si se había matado, tendría alguna razón, y sería de peso: mucho más peso que una militancia emo en disolución o los coqueteos con una filosofía autodestructiva. Pero si alguien la había llevado a aquel desenlace, nada de lo conocido resultaría importante: solo las razones ocultas del asesino. Pero ¿quién podría querer a Judy muerta para arriesgarse a cumplir aquel deseo? ¿Por qué hacer el intento de desaparecer el cuerpo y dejar abandonadas unas ropas manchadas de sangre que iban a ser encontradas y, más aún, resultar incriminatorias, o, por lo menos, un camino abierto a otras búsquedas? Si el tal Bocelli andaba tras esa muerte, ¿por qué disfrazarla de suicidio...? ¿Y el dinero, Judy lo llevaba consigo ese día? Mientras más pensaba con su pobre y adolorido cerebro, Conde iba comprendiendo que alguna pieza seguía sin encajar en el rompecabezas que con tanto esfuerzo había logrado armar con los diferentes rostros de Judy obtenidos en sus pesquisas... Por voluntad propia o por mano asesina, Judy estaba muerta y su salida del mundo debía de estar relacionada con la forma en que pretendió vivir en él: libre. Esa certeza era lo único que Conde tenía. Y para Judy quizás había sido lo único importante. Hallar un culpable no la regresaría a su vida, a su familia, a sus inquietantes lecturas y a sus militancias apasionadas. Ya nada la devolvería de su nirvana soñado. Por lo menos hasta su reencarnación. ¿O después de todo en realidad ahora sería más libre?

En algún momento de la tarde las fatigas físicas y mentales vencieron a Conde. Como tantas veces, sintió cómo se deslizaba por el sopor hasta encontrarse con el sueño que le devolvía la imagen de su abuelo Rufino. Esta vez el viejo se le presentó nítido y convincente, como si estuviera vivo y no se tratara de un sueño. Porque había venido para sacarlo de su malsano estado de ánimo con el persistente recurso de recordarle a su nieto preferido que el mundo, al fin y al cabo, siempre había sido y sería como una valla de gallos.

Mientras iba envejeciendo, con una inexorabilidad y velocidad espantosas, Mario Conde tendría incontables ocasiones de comprobar, gracias a sueños como el de esa tarde, y a otros muchísimos ejemplos debidos a la más patente realidad, el hecho de que, en verdad, de su abuelo él no había aprendido casi nada. Y no podría culpar de aquel desperdicio pedagógico a Rufino el Conde, quien había sido pródigo en consejos, demostraciones prácticas, e intentos de enseñanzas a veces hasta metafísicas, dedicadas a ejercitar al nieto en el complejísimo arte de vivir la vida. El anciano había comenzado a realizar aquel esmerado entrenamiento, casi socrático, desde que el muchacho tuvo uso de razón y el viejo empezó a llevarlo consigo por las gallerías donde criaba y entrenaba sus animales, y por las vallas oficiales, primero, y clandestinas, después de la revolucionaria y socialista prohibición de las peleas; aquellas empalizadas circulares, como remedos de circos romanos, en las cuales hacía combatir hasta la muerte a sus feroces discípulos y donde realizaba sus apuestas.

Viendo y escuchando al abuelo, intentando responder a sus constantes preguntas, él habría tenido la envidiable oportunidad de apropiarse de una afilada filosofía práctica que en cada circunstancia había cultivado el ya por entonces anciano Rufino el Conde. El abuelo adornaba sus lecciones con máximas tan gloriosas como aquella de que «la curiosidad mató al gato» (como acababa de sentirlo el nieto, en carne propia y ajena) o «solo sé que uno debe jugar cuando está seguro de que va a ganar, y si no, mejor no juega», una sentencia por lo general esgrimida minutos antes del inicio de una pelea de pronósticos reservados. Casi siempre, mientras el abuelo daba aquel consejo, se colocaba, en los lugares más inconcebibles del cuerpo o de su atuendo, las gotas de vaselina muy cargada de pimienta o de ají picante con las cuales, como un prestidigitador dueño de habilidades indescifrables, untaría solo lo prácticamente indetectable pero suficiente las plumas de su gallo justo antes de comenzar la pelea, para sofocar al contrario y debilitarlo. Jugar para ganar.

—Pero esa ayuda adicional hay que emplearla en ultimísima instancia, ¿sabes? —sentenciaba desde su taburete, reclinado contra un horcón, aquel hijo de un prófugo canario recalado en Cuba cuando corrían los remotos y aún llamados «tiempos de España»—. Lo importante es que tus posibilidades las hayas trabajado tú mismo, como se prepara un gallo: desde que escoges a los padres hasta que lo entrenas para convertirlo en una máquina perfecta. Eso quiere decir que lo enseñas a no dejarse joder por el otro gallo... ¿Me entiendes, mijo? Te pregunto si entiendes porque es importante que aprendas esto: en la vida uno tiene que verse como si fuera un gallo... ¿A que no sabes por qué? —insistía a esas alturas de su discurso para que su interlocutor, aun cuando entendiera a la perfección y supiera la respuesta por haberla escuchado cientos de veces, levantara los hombros y negara con la cabeza, dispuesto a la sorpresa y la revelación—. Porque el mundo es una cabrona valla de gallos en la que uno entra para acabar con el otro y nada más sale uno de los dos con todas las plumas puestas:

el que no se deje joder por el otro —concluía Rufino y remataba—. Lo demás son cuentos de camino.

Como gallo, Mario Conde habría resultado un fracaso. Tal vez porque, a pesar del abuelo y el bisabuelo que había tenido, resultó estar cargado de genes defectuosos. Para empezar, le faltaban espuelas y era demasiado blando, como una mujer le dijera, con razón, muchísimos años atrás. Para seguir, no sabía usar su pico ni sus alas, pues era un sentimental de mierda, como con idéntica razón solía decirse él mismo a sí mismo. No por casualidad ni mala fortuna, sino por sus patentes incapacidades, llevaba marcada el alma con tantos espolonazos, picotazos y patadas en el culo recibidas a lo largo y ancho de sus años. Tantas que, de haberlo visto su abuelo Rufino el Conde, le habría retirado el apellido y quizás hasta torcido el cuello como a esos pollos a los cuales prefería poner en la cazuela antes que soltarlos en el serrín de una valla, pues nada más de verlos sabía que resultarían un caso perdido en las contiendas de la vida.

En un país que día con día se iba convirtiendo en una valla con bardas altísimas, en donde se practicaba la extraña modalidad de que muchos gallos lucharan entre sí, tratando cada uno de sacarle algo a otro y que no le sacaran nada a él, Conde se sentía como un monigote que, a duras penas, esquivaba los golpes, buscando un resquicio para la supervivencia. Lo más terrible resultaba saber que sus defectos no tenían remedio: en la valla de la vida su destino manifiesto siempre sería el de recibir hasta los picotazos que no le correspondían.

Si en la realidad de su día o en el universo flexible de su sueño hubiera sabido orar, a Conde le hubiera gustado rezar por el alma inmortal de Judith Torres. Pero, ante su incapacidad oratoria, debió conformarse con desearle suerte en el tránsito hacia su próxima estación terrena. Quizás pudiera aterrizar en un sitio y en una era en donde la vida no estuviese confinada a los límites opresivos de una valla de gallos.

10
La Habana, julio de 2008

La invencible vocación por la nostalgia había sido quien decretara la elección: casi sin pensarlo había escogido el punto donde el Paseo del Prado se deshace, como una flor mustia, tras su encontronazo con la siempre agresiva intemperie del Malecón. Veinte años atrás, Mario Conde, todavía teniente investigador, se había citado en aquel cruce de caminos con el teatrista Alberto Marqués para emprender un recorrido alucinante por la noche homosexual habanera, una ronda nocturna que lo desbordaría de revelaciones sobre las estrategias de supervivencia y reafirmación de aquellos individuos preteridos, más aún, marginados y en ocasiones hasta condenados.* Aquella jornada había marcado una muesca endeble en su memoria que, por generación espontánea, le había compulsado a pactar allí el nuevo encuentro.

Mientras esperaba la llegada del mayor Manuel Palacios, Conde se impuso no entregarse a las elucubraciones. El hecho de que, tras cinco días de silencio, su ex compañero lo llamara y le propusiera tomarse unas cervezas, podía tener demasiados vericuetos como para adelantarse a transitarlos. Lo que en cualquier caso había quedado claro en la conversación telefónica sostenida unas horas antes era que, seis días después de haber encontrado el cadáver de Judith Torres, los policías seguían siendo incapaces de dar una respuesta definitiva a las circunstancias en que había muerto la muchacha.

Con el paso de aquellos mismos días, el ánimo del Conde había conseguido una relativa recuperación. La orden policial de mantenerse al margen del caso de Judith Torres, sumada a su decisión personal de tratar de olvidar aquella historia lamentable, se había combinado con la favorable coyuntura de que, en lugar de tomarse las vacaciones planificadas (que en su caso consistía en el más compacto posible *dolce far niente*), se hubiera visto obligado a trabajar y concentrarse en temas menos dolorosos. Porque el Diplomático amigo de Yoyi, puesto

* *Máscaras,* Tusquets Editores, 1997.

al tanto de que la biblioteca del ex dirigente aún guardaba jugosas maravillas, les había pedido un listado de obras que el viejo estuviera dispuesto a vender y de precios estimados. Como era de esperar, Yoyi le había encomendado aquella engorrosa pero salvadora misión, que le había exigido mantener alertas sus cinco sentidos. Además, Conde se había prohibido de modo terminante otros regodeos malsanos que pasaron por su mente: el de asistir al funeral de Judy o el de sostener un último diálogo con la seguramente desconsolada Yadine, por lo que decidió incluso posponer de forma indefinida el momento de pasarle a Ricardo Kaminsky el recado de su pariente Elías sobre el litigio por el cuadro.

Para intentar sostener el propósito de no anticiparse a lo que de cualquier modo iba a saber (o no) gracias a la conversación con Manolo, Conde se dedicó a observar el ambiente y a tratar de establecer, en este retorno, cuánto había cambiado el panorama desde aquella lejana noche del *gay* saber. Los restos del viejo frontón vasco habían desaparecido y en su sitio no había crecido el hotel que, por años, prometiera una valla publicitaria; la plazoleta de la vieja fortaleza de La Punta, abocada a la entrada de la bahía, había sido restaurada y ahora aparecía ocupada por una estatua de Francisco Miranda. En los bajos del edificio triangular de la esquina de Prado y la abominable Calzada de San Lázaro había nacido un bar sobre el cual el Conde, gracias a los dólares ganados en días recientes, había puesto su mira. El resto de los elementos seguían encallados en el tiempo, con sus dramáticas advertencias: allí estaba el mismo modelo de mariconcito predador en busca de presas —que ni miró a Conde—, sobrevivían los falsos laureles marcados por el salitre y el viento marino, los edificios en trámite de muerte o ya definitivamente difuntos, los restos de la vieja cárcel habanera y el enigma insoluble del busto dedicado al poeta Juan Clemente Zenea, en cuyo rostro de bronce su artífice había tratado de expresar la tragedia sin salida de un bardo capaz de hacerse depositario de todos los odios: acusado de traidor, tanto por los independentistas cubanos como por las autoridades coloniales españolas, aquel ser etéreo había confundido sus posibilidades, atreviéndose a jugar sus cartas en el territorio de la política, para terminar fusilado en los fosos de la fortaleza de la Cabaña, visible al otro lado de la bahía.

El sol comenzaba su descenso final cuando el mayor Palacios bajó del auto y se acercó a Conde. Ya mentalizado con la invitación a beber unas cervezas, Manolo se había despojado de la chaquetilla del uniforme y llevaba un pulóver desmangado, muy trajinado, que lo hacía parecer el adefesio físico que era.

—¿Qué hubo, compadre? —fue su saludo, con la mano extendida.

—Pobre tipo —dijo el otro señalando el busto de Zenea—. Se creyó que podía pensar con su propia cabeza y que los poetas pueden jugar a la política. Le costó bien caro. Dijeron horrores de él y después le dedicaron un busto. Qué país de mierda...

—Bueno, veo que hoy estás contento y hasta patriótico.

—Sí, por suerte... Cuando estoy cabrón, pienso que es un país de mierda y media. Dale, vamos a sentarnos ahí enfrente.

Ocuparon la mesa más apartada, en el ala del portal asomada al Prado, por donde corría con más libertad la escasa brisa salida del mar. Pidieron cervezas y, para picar, unas supuestas croquetas de pollo que, al menos, resultaron comestibles.

—Se ve que tienes plata... —dijo Manolo mientras rellenaba el vaso con la cerveza clara.

—No mucha... —dijo Conde, que se avergonzaba del hecho de tener dinero casi tanto como de la más frecuente situación de no tenerlo.

—De todas formas no me borres de tu testamento.

—No, eso nunca. —Conde sonrió y bebió de su vaso, para, de inmediato, empujar al otro—. ¿Entonces?

Manolo suspiró.

—El forense descubrió que Judy había tenido relaciones sexuales, a lo mejor poco antes de morir. En la vagina tenía rastros del lubricante de un tipo de preservativo que se vende en Cuba.

—¿Y qué más?

—Pues más nada. No hay signos de violencia, como si hubiera sido consensual... Al fin y al cabo están en las mismas...

—¿Y me llamaste para decirme eso?

Manolo miró hacia el busto de Zenea, como si no se decidiera a hablar.

—Bueno, no tanto como en las mismas... Bocelli volvió a Cuba hace tres días...

—¿Qué tú dices? —El asombro del Conde fue mayúsculo y de altos decibeles.

—Había ido a México por unos negocios y regresó... Lo retuvieron en el aeropuerto cuando llegó. —Manolo hizo una pausa y se bebió hasta el fondo la cerveza, con más sed que deseos de paladearla. Con un gesto pidió otra—. Te podrás imaginar la cagazón que se armó. Embajador, cónsul italiano, y la madre que lo parió metidos en el potaje... Pero el tipo accedió a que le hicieran la prueba del ADN...

—¿Entonces estaba limpio? —Conde preguntó anticipándose a la respuesta previsible.

—Ahorita llegó el resultado del laboratorio. La sangre que estaba en la ropa de Judy no era suya... Parece que el tipo está limpio.

—Pero eso no quiere decir que no haya sido él quien tuvo sexo con ella. —Conde trató de avanzar un poco en la oscuridad.

—Eso no tenemos cómo probarlo, acuérdate de que usaron condón. Nada, tuvimos que soltarlo. Mañana se va de Cuba..., dice que no vuelve más.

—Mejor —dijo Conde—. No creo que vayamos a extrañarlo mucho.

Conde miró hacia la calle, donde, de un golpe, la noche se había establecido. La cancelación de aquella posible pista no dejaba la investigación ni siquiera en las mismas, sino más atrás. Definitivamente todo lo relacionado con Judy resultaba complicado.

—Hay más... Los del laboratorio por fin establecieron que una sustancia que Judy tenía en el organismo era un alucinógeno.

—¿Qué droga era?

—Ese es el problema..., no lo saben a ciencia cierta. Es una sustancia extraña, no una droga común por aquí.

—¿De qué coño estás hablando?

—De lo que estás oyendo: había consumido una droga parecida al éxtasis, pero que no es común entre los que se meten esas cosas aquí en Cuba. Es como un éxtasis elevado al cuadrado, con más mierda química.

—Está cabrón...

Conde se rascó los brazos, como si él mismo sufriera un clásico síndrome de abstinencia.

—Y la última: ayer metieron preso al padre de la muchacha, tu amigo Alcides Torres —soltó Manolo como si hablase del calor del verano.

—¡Pero, Manolo, cojones! ¿Por qué no lo dices todo de una cabrona vez?

—Porque no puedo... Nada más tengo una boca. Y me la van a coser si se enteran de que te he contado todo esto...

—¿Qué pasó con el tipo?

—Está en investigaciones. Aunque seguro que tiene mierda hasta en el pelo...

Conde no se sintió mezquino: se alegraba real y profundamente con aquel acto de justicia histórica. Por una vez, un hijo de puta pagaba algunas de sus culpas. Y trató de imaginar cuál habría sido la reacción de Judy si hubiera podido conocer el final previsible de la carrera de su padre.

—Judy sabía que Alcides estaba en un negocio que podía dejarle muchos dólares.

—Con lo que mandaban de Venezuela no creo que pudieran hacerse millonarios —aseguró Manolo, con el entrecejo arrugado y la bizquera en su máxima expresión—. Pero sacaban una buena tajada...

—Pues entonces el tipo estaba en otra cosa y no en los negocios que ustedes se imaginan... En otra cosa que le daría muchos dólares.

—¿Qué coño podría ser? —Manolo había mordido el anzuelo de la intriga—. ¿Cuánto es muchos dólares?

—Ese es el problema... ¿Cuánto es *mucho?* Más de los que tengo yo, seguro... Coméntaselo a tus amigos, a ver si lo averiguan —dijo Conde, satisfecho de poner más leña en el fuego donde ya estaban calentando a Alcides Torres—. ¿Y qué viene ahora?

—Pues más nada. Ahora sí se acabaron las noticias.

—¿Y la investigación de la muerte de Judy?

Manolo alzó los hombros, como si quisiera alcanzar sus grados de mayor y no los encontrara.

—Va a seguir abierta, pero...

—¿No hay más pistas?

—No. El ADN dice que la sangre que estaba en la ropa de Judy es de un hombre, menor de cincuenta años, blanco... Con eso no se puede ir a ningún lado.

—A menos que sepan por dónde ir.

Manolo detuvo en el aire el gesto de lanzarse una croqueta a la boca y miró a Conde. Otra vez sus ojos soltaron amarras en busca del mejor acomodo junto al tabique nasal.

—¿De qué estás hablando, Conde?

—De nada. De buscar...

Manolo se tragó la croqueta casi sin masticar.

—Mira, lo que te dije el otro día sigue en pie. Tú no puedes meterte en esto. Si yo decidí contarte lo de Bocelli y decirte lo de la droga y las otras cosas y hasta lo de Alcides Torres, es porque creo que te lo debía, ¿sabes por qué?

Conde lo miró.

—¿Porque eres mi amigo? ¿Porque hace años fui tu jefe? ¿Porque soy más inteligente que tú?

—No..., porque te has portado bien. Es como un premio a la conducta.

464

Conde negó con la cabeza.

—Manolo, el caso de Judy está más muerto que ella. ¿Qué coño les importa a ustedes que investigue un poco por mi cuenta?

Ahora fue Manolo quien hizo un gesto de negación.

—Con Alcides Torres bajo investigación del equipo especial, la cosa cambia. Y mucho. Esas historias las están mirando desde allá arriba. —Y señaló hacia la planta alta del edificio, aunque ambos sabían que Manolo indicaba un punto mucho más elevado—. Así que mejor estate tranquilo. ¿Y si hay alguna relación entre lo del padre y la muerte de la chiquita?

Conde esta vez asintió. Luego de una pausa, se lanzó.

—Hace unos días me estaba acordando del mayor Rangel —comenzó, como distraído—. Creo que si resistí trabajar diez años como policía fue porque tuvimos un jefe como él. Con el Viejo Rangel, con el capitán Jorrín, hasta con el hijo de puta corrupto de Contreras aprendí algunas cosas... Una, que ser policía es un oficio de mierda. Y aunque tú eres tan policía, me imagino que estás de acuerdo en eso, ¿no? Otra, que esa mierda es tristemente necesaria. Sobre todo cuando pasan cosas como la muerte de Judy Torres... Porque si de algo estoy seguro es de que en la historia de esa muchacha hay algo que huele mal. Y seguro que tú también estás de acuerdo, ¿no? —Manolo no afirmó ni negó, y Conde continuó—. Un policía como el mayor Rangel, o como Jorrín, o como el Gordo Contreras nunca hubiera despreciado su olfato. ¿Qué aprendiste tú de esas gentes, Manolo?

Cuando se despidió de Manolo, en lugar de poner rumbo a alguna de sus guaridas habituales, Mario Conde se había sentido empujado a la vagancia sin rumbo que, él bien lo sabía, tenía un norte predeterminado. Echó a andar por el Malecón, en dirección a El Vedado, mientras dejaba que su cerebro se desbocara en las elucubraciones que antes había evitado. Ahora, conociendo que Bocelli, su más tenaz sospechoso de alguna relación turbia con Judy, no parecía estar conectado con el destino final de la muchacha, se había empeñado en reorganizar las pocas piezas sobrevivientes en su ajedrez mental, si quería, como pretendía otra vez y a pesar de las repetidas advertencias de Manolo, marcar un posible camino hacia el conocimiento de lo ocurrido en la finca de las afueras de la ciudad donde encontraron el cuerpo sexuado, drogado, mutilado y muerto de Judy.

El hecho ahora comprobado de que la joven había perdido su virginidad, al parecer unas horas antes de morir, la certeza de que en su ropa había sangre de un hombre blanco y joven, la evidencia de que había consumido drogas no habituales en la isla, la macabra evidencia de que había agonizado en el fondo del pozo, sumado a la imposibilidad de determinar si la contusión craneal descubierta se había producido con la caída o antes de ella, le daban forma a una premonición que se iba haciendo cada vez más punzante en el pecho del ex policía: alguien había ayudado a Judy a morir. Estaba seguro. Pero, y ahí radicaba la cuestión: ¿quién?, ¿por qué?

La distancia entre el cruce de Prado y Malecón y el nacimiento de la Avenida de los Presidentes se había esfumado bajo sus pies gracias a la meditación del Conde en aquellas realidades y posibilidades. Algo le parecía cada vez más incuestionable: Judy había ido por voluntad propia hasta el sitio apartado donde fue hallada. A menos que la droga consumida la hubiese dejado sin defensas. Esta última posibilidad implicaría la existencia de un automóvil y, tal vez, de dos personas para cargar con ella desde el camino hasta las cercanías del pozo. Pero aquella premeditación no encajaba con la chapucería criminal de dejar en el lugar unas ropas con la sangre —como era casi lógico colegir— de la persona o una de las personas que la habían conducido hasta aquel paraje. ¿O no estaría forzando, por puro empecinamiento, una información que indicaba solo hacia la comisión de un suicidio? ¿No había estado convencido de que Judy cargaba con todos los atributos mentales capaces de alimentar esa posibilidad? ¿Drogada hasta las cejas no se habría desnudado, dejado penetrar por la vagina, y luego cortado los brazos y lanzado al pozo? ¿La pérdida de la virginidad habría actuado como catalizador de sus actitudes? ¿La nota hallada en su ropa no podía leerse como una declaración de principios, o más bien de finales?

Cuando dejó Malecón y torció por G, Conde empezó a encontrar las avanzadas de exploradores juveniles retirados hacia aquellos confines oscuros, más propicios para los juegos sexuales a los que se daban con apetitos pantagruélicos. Cuando atravesó Línea y entró en los sitios de mayor concentración tribal, se preguntó qué era, en realidad, lo que buscaba allí. O lo que pretendía encontrar. Y no pudo darse respuesta, porque lo sorprendió otra pregunta artera: ¿por qué Manolo, luego de haberle prohibido y vuelto a prohibir cualquier intervención, le había lanzado aquellas carnadas de información? Algo sospechoso había en aquel cambio de política nunca anunciado como tal.

El calor y la oscuridad parecían haberse combinado esa noche para sacar a la superficie y hacer visibles a cientos de aquellos jóvenes que se exhibían como especímenes de catálogo. Conde se sintió compulsado a recordar los carnavales de su niñez, todavía auténticos, para los que las personas escogían de manera voluntaria y jubilosa disfraces ridículos, compraban máscaras grotescas, se maquillaban con exageración los rostros. Pero lo que en los carnavales se consumía con la terminación de la fiesta, en la mascarada juvenil callejera de los nuevos tiempos, implicaba una transfiguración más profunda, que desde la superficie bajaba hasta las profundidades mentales de aquellos muchachos empecinados en su perseguida singularidad. Aquel espectáculo era la realidad. Las actitudes de esos jóvenes encarnaban el presente, más aún, el futuro glorioso tantas veces prometido, que había terminado convirtiéndose en un carnaval sin fiesta, aunque con demasiadas máscaras. Un futuro triste, como un emo convencido de su militancia.

Con sus dudas y conclusiones a cuestas siguió el ascenso por uno de los laterales de la avenida y, desde la esquina de la calle 15, donde se solía asentar Emolandia, trató de encontrar algún rostro reconocible bajo los bistecs capilares, tras los atuendos negros, oculto por creyones y maquillajes oscuros. No distinguió a Yadine, que seguramente seguía de duelo por la muerte de la mujer que la volvía *loooca;* Frederic tampoco se veía por los alrededores, quizás porque se dedicaba en algún sitio menos visible a su desenfreno sexual; ni siquiera encontró a Yovany, el emo blanquísimo, tal vez porque recorría otros territorios indígenas en busca de hermanos extraviados. Pero allí seguían dos, tres decenas de adolescentes, emoataviados hasta los dientes, gozando de su pretendida depresión, soñando con nirvanas musicales y nirvanas religiosos, exhibiendo sus cuerpos agujereados sin piedad pero con gusto, sintiéndose parte de algo en lo que creían y les hacía sentirse libres... Y no entendió cómo era posible que Judy hubiera pensado en su desactivación de la militancia y menos aún entendió que él, Mario Conde, hubiese aceptado la exigencia de mantenerse al margen. Judy era un grito que clamaba por él desde el fondo de un pozo seco.

11

Mesa por medio, habían desayunado. Tamara un café con leche en el que fue mojando las galletas untadas con mantequilla; Conde, un pedazo de pan tostado, bautizado con el aceite de olivas sobre el cual previamente había espolvoreado sal y triturado un diente de ajo. (La leche era un lujo que Tamara podía permitirse gracias a los euros que le enviaba su hijo; el aceite de oliva, una excentricidad impensable en la isla, un privilegio al cual Conde accedía por medio de su casi cuñada Aymara, residente en Italia.) Luego, para terminar de moldear la sensación de confortable rutina, ambos bebieron otro café, recién colado (café sin mezclas —o con menos mezclas— con otros polvos innobles, comprado gracias a las últimas operaciones mercantiles del tratante de libros valiosos). Pero ambos sabían que rutinas como aquella eran opciones inalcanzables para muchísimos, demasiados habitantes de la isla.

—Sabes a vampiro —le dijo Tamara al encontrarse con el regusto a ajo cuando le dio el beso de despedida.

—Y tú hueles a hierba recién cortada...

—Yves Saint Laurent... Regalo de un paciente. ¿Te pones celoso? Me voy corriendo...

Conde la vio irse y sintió de manera intempestiva el peso de la ausencia de Tamara. Algo debía de andar muy mal en su espíritu para que un ermitaño empedernido sufriera por tan corriente razón el aletazo de la soledad y, al mismo tiempo, no se sobresaltara con el hecho de estar dándole forma a un rito, muy amable, pero rito al fin y al cabo, adornado incluso con motivos para los celos. El ex policía no tuvo que pensar demasiado para saber la causa de su desazón: el misterio de la vida, pero, sobre todo, el de la muerte de Judy Torres.

Media hora después, cuando se proponía salir a la calle, los timbrazos del teléfono lo arrancaron de sus meditaciones.

—Conde, soy yo, Elías Kaminsky...

Conde lo saludó, con el afecto que ya sentía por el mastodonte.

—Llamé a tu casa pero... —siguió el pintor—. ¿Ya vives en casa de Tamara?

—No, sigo allá, acá, ni sé, compadre... Bueno, ¿qué hay de nuevo?

—Algo interesante. O por lo menos que me parece interesante... Los abogados descubrieron que el cuadro no había salido desde Los Ángeles, sino desde Miami.

—Eso tiene más lógica.

—Pero ¿por qué hacer esa jugada y esconder el origen? —preguntó Elías Kaminsky, y Conde coincidió con él. ¿Por qué aquel ocultamiento?

—¿Y pudieron saber quién lo tenía? ¿Un pariente de Román Mejías?

—Pues no sabemos si es familia de ese hombre —siguió informando Elías—, pero es una mujer joven, cubana, y lo extraño es que llegó a Estados Unidos hace cuatro años en una balsa. A lo mejor lo trajo con ella, o sea, que siempre estuvo en Cuba hasta que..

Una descarga eléctrica había recorrido el cerebro de Conde cuando escuchó la palabra balsa. Dos cables activados, que se habían mantenido distantes hasta ese momento, apenas se habían rozado, permitiendo el paso del fluido que lo removiera. Pero él pensó que no, no era posible lo que su mente estaba elucubrando.

—¡Coño, Elías!, coño, coño... —Conde interrumpió la reflexión del otro, pero se quedó atascado, porque sus pensamientos giraban sobre una superficie en la cual no podían encontrar un punto de apoyo.

—Pero ¿qué te pasa? —Elías parecía alarmado.

Conde se golpeó tres, cuatro veces la frente, se tomó unos segundos para recolocar sus ideas y poder hablar.

—¿Tú sabes cómo se llama esa cubana? —Y entonces cerró los ojos, como si no quisiera ver el alud que se le acercaba dispuesto a aplastarlo.

—El apellido es Rodríguez —dijo Elías—. Apellido de casada...

Sin levantar los párpados, Conde respiró todo el aire que encontró a su alrededor y preguntó:

—¿Y se llama María José?

El silencio que se abrió al otro lado de la línea, a tres mil kilómetros de distancia, le advirtió a Conde de que su lanzamiento había golpeado en el rostro al pintor Elías Kaminsky. Él mismo, con el auricular pegado al oído, sentía en ese instante cómo las manos le sudaban y el corazón le palpitaba.

—¿Cómo es que tú sabes ese nombre? —Las palabras de Elías llegaron al fin, cargadas de su incapacidad de comprender lo que estaba ocurriendo.

—Lo sé porque... —comenzó, pero se detuvo—. Primero dime algo. Me dijiste que tu padre te contó que, además del Rembrandt, Mejías tenía otras reproducciones de pintores holandeses, ¿verdad?

—Sí, otras... —Elías debía de estar registrando su memoria para poder responder a una pregunta que aún no sabía adónde lo llevaría—. Una iglesia de De Witte...

—Un paisaje de Ruysdael y la *Vista de Delft* de Vermeer —lo interrumpió Conde y siguió—: ¿Y que tenía una hermana que había quedado inválida en un accidente?

—¿Pero qué coño...?

—Es que yo conozco al hombre que se quedó con ese cuadro, Elías... Es el padre de una muchacha que..., bueno, es el padre de María José y estoy seguro de que es sobrino de Román Mejías. Estuve en su casa. Ahora estoy casi convencido de que el Rembrandt auténtico nunca salió de Cuba hasta que él lo pudo sacar, creo que para Venezuela, y desde allí pudo mandárselo a su hija que estaba en Miami para que lo vendiera... Y ese hombre esperaba ganar *muchos* dólares, muchos de verdad. Coño, ahora sé cuántos son muchos dólares: más de un millón...

A uno y otro lado del hilo se mantuvo el silencio durante un tiempo que pareció infinito, hasta que Elías reaccionó.

—¿Pero cómo es posible que tú...?

—Es posible porque Yadine, la nieta de Ricardito, me puso en ese camino, sin que ella se imaginara dónde iba a dar... Ni ella ni yo...

Del mejor modo que pudo Conde le narró la historia a la que lo había abocado Yadine Kaminsky y que, pasando por la desaparición de Judy y su muerte, enlazaba en un pasado remoto y de la peor manera a las familias de las dos jóvenes emos a través de una tragedia que llegaba hasta el camarote de un transatlántico fondeado en el puerto de La Habana en 1939.

—Elías, esto sí tiene que ser una de esas conjunciones cósmicas de que hablaba tu padre... —concluyó Conde y agregó—: ¿Ves que es más fácil creer que Dios existe?

—Conde —dijo al fin Elías Kaminsky, evidentemente removido por el relato—, ¿hay alguna forma de probar que ese Alcides sacó el cuadro de Cuba?

—Creo que solo si él lo confiesa... y no creo que vaya a hacerlo, porque no debe haber pruebas de que lo haya sacado. A lo mejor ni hay pruebas de que lo haya tenido... Y porque hay mucho dinero en juego. Si Alcides esperó hasta que se murió su madre para sacarlo e intentar venderlo... No, sin otras pruebas no creo que confiese nada.

—No importa —aceptó Elías—. De todas formas se lo voy a comentar a los abogados.

—Sí. —Conde seguía pensando en lo que podía provocar aquella revelación inesperada—. Pero yo no voy a decírselo a Ricardito. Su nieta está en el medio...

—Está bien. ¿Ya le dijiste lo del litigio y lo del dinero? ¿Y que las cosas van a llevar un buen tiempo? No hace falta decirle más.

—No, discúlpame, todavía no le he dicho nada... Pero hoy mismo voy a verlo para contarle lo del litigio... Y, claro, no hace falta...

Después de otro silencio, largo y denso, Elías preguntó:

—¿Qué vas a hacer?

—Pues no sé..., no sé, la verdad.

—No te preocupes. Cómo el cuadro salió de Cuba no cambia demasiado las cosas... Aunque saberlo con certeza podría ayudar...

—Sí, siempre es mejor saber...

—Sí, saber...

El silencio regresó y Conde se sintió agotado. En realidad, decepcionado. Porque incluso llegar a saber la verdad, sin poder demostrarla, no podía garantizar que se hiciese justicia.

—Nada, Elías, llámame cuando quieras... Y saluda a Andrés de mi parte.

—Gracias, Conde. No sé cómo agradecerte lo que me has dicho...

Conde pensó unos instantes antes de decir:

—Hoy hubiera preferido que no tuvieras que agradecerme nada. Eso habría significado que a lo mejor Judy todavía estaría viva...

Otra vez el silencio se hizo dueño de la comunicación. Conde cayó en cuentas de que había hablado de Judy y que quizás Elías había asumido que se trataba de Judit Kaminsky, la niña que nunca llegó a ser su tía, desaparecida en el Holocausto.

—Adiós —dijo Elías, y Conde se apresuró a colgar para terminar aquella conversación que potenciaba su malestar con el mundo y con algunos de los habitantes de ese mundo. Más de lo que era saludable.

Regresó a la cocina y se bebió el resto del café frío. No se sentía mejor con aquel descubrimiento de los caminos que podía haber seguido la pintura de Rembrandt que el viejo Joseph Kaminsky creyó haber destruido y que los herederos del infame Román Mejías habían conservado oculta por casi medio siglo, quizás conociendo el modo en que Mejías se había adueñado de ella. O no sabiéndolo. Pero soñando con obtener de ella *muchos* dólares.

Mientras se alejaba de la casa de Tamara, sintiendo la colisión de ideas que seguía produciéndose dentro de su pobre cabeza, Conde valoró con mucha seriedad si lo mejor no sería mandar toda aquella historia de un cuadro de Rembrandt y unos judíos blancos, negros y mulatos al mismísimo carajo y emborracharse hasta perder la conciencia.

Más fácil resultó para Mario Conde obviar las revelaciones recién destapadas y explicarle a Ricardo Kaminsky solo lo que debía decirle sobre la posible aunque muy dilatada recuperación del cuadro de Rembrandt y las intenciones futuras de su primo Elías, que sostener el diálogo hurtado durante días a su nieta Yadine.

Justo cuando su abuelo Ricardo volvía a decirle a Conde que él no tenía ningún derecho de propiedad sobre el cuadro y, por tanto, tampoco se sentía con derecho a aceptar ningún dinero enviado por Elías Kaminsky, la muchacha había salido al portal y, luego de saludarlo con frialdad, lanzado al aire el mensaje cifrado, en el mejor estilo Kaminsky.

—Abuelo, voy un rato hasta el Parque de Reyes.

Y salió hacia el punto donde por última vez se había encontrado con el detective que no era tal. Conde se reafirmó en la dificultad de la conversación cuando vio alejarse a la joven, ahora desprovista de sus atuendos emos y peinada con una cola de caballo que le caía sobre la parte posterior del cuello.

—Nos tiene preocupados esta niña —dijo Ricardo Kaminsky cuando ella no podía escucharlo.

—Los muchachos de ahora... —comentó Conde para no comprometerse con nada.

—Hace días que casi ni come, ni se disfraza de emo... Creo que está deprimida de verdad.

—Qué pena...

Cuando llegó al parque, Conde la distinguió sentada en el mismo banco medio destartalado donde hablaran unos días antes. Al natural, Yadine era una muchacha de una belleza rotunda, en quien los aportes de las sangres diversas que corrían por sus venas habían conseguido el mejor equilibrio. Pero la tristeza desbordada marchitaba aquella palpitante hermosura.

—¿Ya no eres emo? —fue el saludo de Conde, a la espera de que se le iluminara el mejor camino por el cual moverse.

—Si Judy quería dejar de ser emo, ¿para qué yo voy a serlo?

—¿Estás segura que iba a salirse?

—Sí. Se lo dijo a *todo* el mundo...

—¿Y qué iba a ser entonces?

—Eso no se lo dijo *a nadie*. Judy podía ser tremendamente *misteriosa*... Cuando quería serlo.

Entonces Yadine se vino abajo. Empezó a llorar, con unos sollozos entrecortados y profundos, mientras sus lagrimales vertían dos chorros caudalosos.

—Ya lo creo. Más misteriosa de la cuenta —todavía se atrevió a decir el ex policía, capaz de soltar cualquier tontería cuando se sentía desarmado. ¿Sabía Judy algo de la fuente de la que brotarían los muchos dólares que esperaba su padre? Se interrogó otra vez, movido por sus intenciones de preguntárselo a Yadine, pero decidió no hacerlo: en cualquier caso lo que supiera Judy no decidía nada, y él no iba a comentarle a Yadine los detalles de aquella otra historia sórdida. Además, el llanto de la muchacha lo estaba afectando tanto que sintió la posibilidad de que él mismo se le uniera para formar un extraño coro de plañideros.

Conde encendió un cigarro para buscar calma y dar tiempo a que la joven se recuperara.

—No la buscaste bien... —lo acusó ella, aún entre sollozos, mientras con las manos se limpiaba el rostro.

—Hice lo que pude —se defendió, aunque sin esgrimir su mejor razón: Judy estaba muerta cuando él comenzó a indagar por ella.

—Pero la mataron, chico, la mataron...

Y volvió a sollozar.

—La policía no sabe...

—La policía no sabe nada... Ella no se suicidó, seguro que no.

Conde dudaba si decantarse por tratar de consolar a la muchacha o explicarle lo que él mismo pensaba, decirle lo que conocía y creía sobre la muerte de su amiga, porque si de algo estaba convencido era de que Yadine debía de ser la persona en el mundo que más sentía la muerte de Judy. Porque no solo la amaba y había tenido la ocasión de expresar físicamente aquel amor: Yadine idolatraba a Judy. Y en aquel llanto, bien lo sabía Conde, no había una sola traza de sentimiento de culpa. Era solo dolor, puro y duro.

—¿Estás yendo a la escuela? —se procuró un resquicio por donde escapar.

La muchacha se iba recomponiendo y asintió.

—Sí, la semana que viene empiezan los exámenes...

—Dice tu abuelo que no estás comiendo casi nada.

Ella levantó los hombros e hizo un sollozo mudo. El hombre sintió que la muchacha le transfería su tristeza.

—Lo lamento, Yadine —dijo, después de lanzar lejos la colilla de su cigarro—. Me tengo que ir, porque...

Yadine lo miró con sus ojos enrojecidos y todavía más tristes.

—Todos se van..., a nadie le importa..., la mataron y a nadie le importa —dijo y otra vez comenzó a sollozar, a soltar más lágrimas, mientras se ponía de pie y miraba a Conde con una intención nítidamente acusadora—. A nadie le importa —volvió a decir y echó a correr en dirección a su casa, en la calle Zapotes, la misma a la que cincuenta años atrás llegaron sus bisabuelos Caridad Sotolongo y Joseph Kaminsky, acompañados del adolescente Ricardito, ya propietario de un apellido de judío polaco.

Mientras la veía alejarse, Conde sintió que le faltaba la respiración, que un nudo le subía a la garganta y las lágrimas le nublaban la mirada. Aunque no era su culpa, sentía el peso de la culpa, lo que también a él le tocaba de ella, en tanto parte del medio ambiente. «Lo último que me faltaba», pensó, mientras comenzaba a sufrir el acalambramiento de las nalgas por la falta de apoyo en que las dejaba la tablilla rota del único banco vivo del Parque de Reyes. Entonces pensó que el amor de Yadine y Judy había nacido marcado por la tragedia más clásica y patente: la de ser descendientes de unas familias de Montescos y Capuletos.

Definitivamente, Conde conocía un método mejor que la reflexión cuando necesitaba aclararse sus pensamientos y librarse de cargas espirituales pesadas. La fórmula resultaba sencilla y muchas veces le había demostrado su eficacia: dos botellas de ron, bocas y oídos propicios, y bastante conversación. Unos años antes de morir, su viejo amigo, el chino Juan Chión, le había enseñado que, en la juiciosa filosofía tao, aquellas sacudidas espirituales se solían llamar la limpieza del *tsin.**

Antes de entregarse a la necesaria ablución asiática, Conde se decidió a cumplir un último deber: llamó al mayor Manuel Palacios y le contó lo que sabía de la posible ruta de salida de un cuadro de Rembrandt de Cuba, quizás exportado por Alcides Torres. Si los superpolicías que se encargaban del caso del ex dirigente lograban sacarle algo a Alcides, pues mejor. Y si no lo conseguían, que se jodieran. Y salió a la calle.

* *La cola de la serpiente,* Tusquets Editores, 2011.

Por supuesto, el portal de la casa del flaco Carlos, como casi siempre, resultó el sitio inmejorable para el lavado del *tsin* previsto. Aunque Conde llegó con cierto retraso, pues, de manera imprevista, el Bar de los Desesperaos había sido cerrado esa tarde ¡POR FUMIGACIÓN!, según el cartel rotulado por el arte de Gandinga, siempre amante de los signos de admiración. Conde imaginó que si el producto químico rociado en el local resultaba de veras eficaz, a la mañana siguiente sería posible encontrar allí cadáveres hasta de especies consideradas extinguidas hacía muchísimo tiempo. ¡Megaterios, por ejemplo! ¡Tiranosaurios, seguro! Y en los alrededores, como daño colateral, varios de los borrachitos del barrio a punto de perecer por deshidratación.

Esa noche Carlos y el Conejo parecían sedientos, pues reclamaron a Conde que sirviera con prisa del primer litro del etiquetado añejo blanco adquirido en pesos convertibles. Candito aceptó la lata de Tropicola que su amigo le había traído en virtud de su jubilación etílica.

Mientras calentaban los motores con el combustible propicio hablaron de la llamada de Elías Kaminsky, aunque Conde prefirió no revelar aún la extraordinaria conexión que había descubierto. Después de los primeros tragos, Conde al fin se enrumbó en su verdadero propósito y narró, con las interrupciones provocadas por las preguntas de Carlos, los últimos detalles conocidos sobre la desaparición y reaparición fatal de Judy Torres, que era la cuestión que más aguijoneaba a su conciencia.

Como no podía dejar de suceder, la noticia de que el padre de la muchacha estaba sometido a investigación policial se robó parte del interés de la audiencia, que en pleno odiaba con pasión a aquella raza de personajes tenebrosos, representantes de una resistente y endémica plaga nacional. ¡Y sin que supieran la mejor parte de la historia!

Candito el Rojo, más centrado que los demás, seguía pensando que la muchacha se había suicidado: lo pensaba desde que tuvo conocimiento de las confusiones mentales de las cuales era explosiva propietaria, y se lo confirmaba todo el ritual existente alrededor de su muerte. Carlos, por su parte, se debatía entre la salida suicida y la opción criminal, y suponía que el desvirgamiento de Judy mucho tenía que ver con cualquiera de las dos soluciones. El Conejo, en cambio, le dio más apoyo a la sospecha asesina del Conde y Yadine, aunque también pensaba que Judy había ido por voluntad propia hasta el sitio remoto donde la habían encontrado: allí se había drogado con su acompañante y, voluntaria o involuntariamente (voluntariamente, le recordó el Conde), había tenido relaciones sexuales con él, y luego..., ¿se había cortado los brazos o se los habían cortado? ¿Y por qué había otra sangre en su ropa? ¿Y de dónde había salido aquella droga extraña? ¿Y el dichoso dinero desaparecido?

Casi a la medianoche Conde tomó el camino hacia la casa de Tamara. A pesar de que apenas había bebido, se sentía borracho y frustrado, pues más que de certezas capaces de generar soluciones se había cargado de nuevas dudas. La conversación con Manolo y las de ese día con Elías y Yadine habían conseguido que la enrevesada historia de la muerte de Judy regresara con una presión avasalladora, definitivamente insoportable, y Conde tuvo la convicción de que aquella insistencia obsesiva solo se aliviaría con una respuesta categórica. Pero dónde coño y cómo carajo voy a encontrarla, se dijo y, gracias a que llevaba el tino alterado por el alcohol, falló el puntapié que le lanzó al mojón de granito que identificaba las calles y cayó de culo en la acera, desde donde descubrió, jubiloso, el enorme tamaño que exhibía la luna.

Como un ladrón entró en casa de la mujer con la que alguna vez pretendía casarse y, para no interrumpirle el sueño, decidió acostarse en el sofá del salón. Se desvistió y, nada más poner el cuerpo en posición horizontal, un súbito y sorpresivo mareo lo obligó a levantarse. Alarmado por aquella reacción, trató de pensar: ¿cómo es posible que esté tan borracho con tan poco ron? ¿Tan viejo me estoy poniendo? ¿Será verdad que soy alcohólico? No, no... Cuando el cerebro detuvo su marcha circular, fue al baño y metió la cabeza en el chorro de la ducha y, con la toalla convertida en un turbante de hindú aspirante a la beatitud del nirvana, caminó hacia la cocina donde puso la cafetera sobre la hornilla.

Con un vaso mediado de café regresó al salón. Mientras bebía la infusión sintió cómo el sueño lo abandonaba y la bruma de su mente se comenzaba a despejar, como un cielo después de la lluvia. ¿Estaba borracho y ya no lo estoy? Encendió un cigarro y, cuando fue en busca de un cenicero, lo vio. Allí, entre otros discos, estaba el DVD con la copia de *Blade Runner* que perteneciera a Judy. Como no tenía nada mejor que hacer, activó el reproductor y colocó el disco, para luego encender el televisor.

Sentado en su butacón preferido, comenzó a mirar la película sin verla. A medida que avanzaba la trama y su cerebro se asentaba más y mejor, volvió a concentrarse en el relato. Aquella fábula futurista le comunicaba algo recóndito, más aún, íntimo. Su simpatía por los replicantes y por su exigencia desesperada de tener el derecho de vivir resultó esta vez más dramática y visceral, quizás por los efectos remanentes del alcohol, o tal vez solo porque aquel drama lo estaba preparando para comunicarle algo todavía imprecisable. Hacia el final de la cinta, cuando el cazador de replicantes y el último ejemplar de aquellas criaturas condenadas tienen su duelo agónico y sangriento, Conde se sintió al borde del llanto. ¿Ahora todo le daba ganas de llorar? La figura épica y de piel muy blanca del engendro humanoide, tan perfecto y potente, se le convirtió en una imagen familiar, casi conocida, mientras el replicante agotaba la cuenta regresiva marcada en sus mecanismos vitales, programados con alevosía por su creador.

Cinco horas después, cuando apenas comenzaba a clarear, Conde abrió los ojos y, desde el sofá donde se había rendido, los clavó en el techo del salón. La fuerza explosiva de una convicción, nacida en algún recodo en vigilia de su cerebro, lo había sacado del sueño con un empujón y hasta varias patadas. Ahora Mario Conde sabía dónde buscar el misterio de la muerte de Judith Torres. Y sabía, además, que sus premoniciones habían cambiado intempestivamente su modo de reflejarse: en lugar del dolor en el pecho, justo debajo de la tetilla izquierda, ahora se manifestaban como un mareo similar al que pudiera ser provocado por una vulgar borrachera. Nada cambia para mejor, pensó.

Oprimió el botón del intercomunicador y se volvió para observar la expresión de su ex colega Manuel Palacios. El policía miraba arrobado la mansión, a la cual unos miles de dólares bien colocados habían devuelto el que debió de haber sido su esplendor original. Por cada poro del agente, en lugar del sudor extraído por el calor de julio, brotaba envidia líquida ante la magnificencia y la sensación de paz y bienestar que exhalaba la morada, en medio de una ciudad cada vez más sucia y bulliciosa.

Para Conde había resultado difícil hacer que Manolo lo escuchara y, luego, muy fácil conseguir que lo acompañara hasta allí. A primera hora de la mañana, cuando se presentó en la Central de Investigaciones y requirió al mayor Palacios, Manolo le dijo por el teléfono interno que estaba en una reunión y no podía atenderlo. Conde, en voz baja, para no hacer partícipe del diálogo a la sargento que hacía las veces de recepcionista, le dijo que se dejara de comer mierda y bajara dos minutos: si no le interesaba lo que le iba a decir, entonces él, Mario Conde, se olvidaba de todo y se iba al carajo y para siempre. Manolo, luego de un silencio, le pidió que lo esperara bajo el laurel de la calle. En diez minutos bajaría.

El policía vestía su uniforme con grados y usaba la cara de agobio que en los últimos años casi siempre lo acompañaba.

—¿Qué? —lo atacó Conde—. ¿No quieres que allá dentro te vean hablando conmigo?

—Vete a cagar, Conde. No tengo tiempo para estar...

—Pues saca tiempo —lo interrumpió el otro—. Porque estoy más que seguro de saber quién estuvo con Judy el día que se murió... o la mataron.

Manolo había mirado a su ex colega con la intensidad y bizquera habitual. Conocía demasiado al Conde para saber que no jugaba con las cosas que en realidad le importaban.

—¿De qué estás hablando? —Manolo comenzó a ablandarse—. ¿Tiene algo que ver con lo del cuadro de Rembrandt que me dijiste ayer?

—No, no creo que una cosa tenga que ver con la otra... Pero antes de seguir, quiero decirte algo... Manolo, eres un bizco hijo de puta. Me llamaste hace dos días y me contaste lo que pasaba y no pasaba en el caso de Judy para...

—Para que te metieras en él sin decirte que te metieras. Y te metiste... Bueno, sí, soy un poco hijo de puta. Y como me lo preguntaste el otro día, quiero decirte que esa fue una de las cosas que aprendí a hacer contigo... ¿Sirvió para algo?

—Creo que sí —admitió el otro y le contó su premonición.

A partir de ese instante empezó la parte fácil del trámite. Y por eso, una hora más tarde, un Manuel Palacios sudoroso estaba junto a Conde cuando la voz metálica del intercomunicador preguntó por la identidad del visitante. Y fue Manolo quien respondió.

—Es la policía. Abran ya...

Las palabras funcionaron como ensalmo de encantador y el sonido eléctrico de la cerradura abierta por control remoto casi se montó sobre la exigencia final de Manolo. Mientras, en el portal, se hacía visible la figura de *Frau* Bertha junto a la puerta de sólidas maderas de la mansión deslumbrante.

Manolo, decidido a tomar el mando, se acercó a la mujer y le mostró su credencial.

—Buenos días. Venimos a hablar con Yovany González.

El rostro germánico de la mujer tenía un tono casi escarlata.

—¿Qué hizo ahora?

—Estamos averiguándolo —se limitó a decir Manolo.

—¿Y este señor es policía o no es policía? —preguntó la criada de lujo señalando a Conde.

—No, *Frau* Bertha..., fui, ya se lo dije —le recordó el Conde.

—¿*Frau* Bertha? —La mujer no entendía nada, pero prefirió no intentar la comprensión—. Ese muchacho siempre metido en líos... Voy a buscarlo. Siéntense.

Si el exterior de la morada había hecho sudar al mayor Palacios, el interior, a pesar del empeño ciclónico de los ventiladores de techo, estuvo a punto de derretirlo.

—¿Cuánto dinero hay en esas paredes, Conde? —preguntó observando las obras de arte que lo rodeaban.

—Unos cientos de miles, diría yo... Menos que *mucho*... —agregó.

—¿Y de verdad tú crees que este muchacho...? ¿Viviendo en esta casa? ¿Qué es lo que le hacía falta...?

—Los misterios del alma humana, Manolo. Por cierto, déjame tratar de ser yo quien los devele...

Manolo, que adoraba interrogar sospechosos, aceptó de mal grado, quizás convencido de que no tenía el suficiente dominio del territorio por el cual debía moverse la conversación.

Yovany, con su bistec de pelo claro caído sobre el ojo derecho, los observó desde el umbral del comedor. Estaba descalzo y vestía un *short* florido y una camiseta malva. En el cuello, como un artilugio de torturas postmodernas, llevaba prendido unos auriculares con orejeras mullidas. La presencia de un oficial de policía uniformado y graduado contribuyó a acentuar su palidez, si es que aquella degradación cromática resultaba posible. «Parece un cabrón replicante», pensó Conde y esperó a que se acercara.

—Tenemos que hablar contigo, Yovany..., y si tu madre no está, preferimos que la señora esté presente —dijo y le señaló un asiento a *Frau* Bertha, quien los observaba desde una respetuosa pero interesada distancia.

—¿Qué pasó ahora? —preguntó el muchacho.

Conde esperó a que la criada, sin duda violando órdenes de los propietarios, ocupara un asiento en la sala.

—Vamos a dejar claro que esto es solo una conversación, ¿eh...? Bueno, hay algo que quiero preguntarte desde hace días —comenzó Conde—. ¿Tu padre se llama Abilio González?

Al oír la pregunta los rostros y los colores de Yovany y la presunta institutriz alemana recuperaron sus equilibrios alterados.

—¿Para eso vino a verme? ¿Qué pasó con el puro? —preguntó Yovany, ya con una pequeña sonrisa en sus labios.

—No me respondiste... ¿Se llama Abilio González Mastreta?

—Sí..., así se llama. ¿Se murió?

—¡Lo sabía, coño! ¡No, qué se va a morir! —exclamó Conde, con júbilo de victoria. Yovany sonrió, distendido, *Frau* Bertha se acomodó en el butacón prohibido y Manolo miró a Conde como se contempla a un loco o a un niño, e incluso bizqueó cuando el otro se dirigió a él, exaltado—. ¡Pero todos los días lo compruebo, coño: el mundo es un pañuelo! ¡Yovany es el hijo de Abilio el Cao! —Y dirigiéndose al muchacho—: Tu padre fue compañero mío en la primaria... Le decíamos el Cao, por lo blanco y lo pesao que era... Deja que el Conejo se entere, no se lo va a creer.

Todos sonrieron, incluso el mayor Palacios, acostumbrado a ser testigo de los métodos del hombre que tanto lo había ayudado a entender lo que poco antes calificara como «misterios del alma humana».

—Bueno, Yovany. —Conde retomó la palabra, sin dejar de sonreír—. Se terminó la parte buena de la fiesta. Ahora vamos a recoger la mierda... —Su tono cambió de modo imperceptible cuando preguntó—: ¿Por qué no nos cuentas ahora lo que pasó en esa finca del Cotorro la noche en que murió Judy Torres?

Frau Bertha enarcó las cejas y Yovany recuperó su máxima palidez. Casi la blanca palidez funeraria que cantaban Cristina y los Stops.

Conde, sin pedir permiso, extrajo un cigarro y le dio fuego. Parecía distendido.

—A ver, para ayudarte a pensar y decidirte... Tenemos el ADN de una sangre que estaba en la ropa de Judy. Con hacerte la prueba a ti, en cuatro horas... —miró a Manolo, que intervino.

—En una hora... —lo rectificó el uniformado, mintiendo con descaro.

—En una hora podemos saber si esa sangre es tuya... Así que..., ¿podemos ir adelantando el trámite y nos cuentas?

Con gesto mecánico Yovany se quitó los auriculares del cuello y los colocó a su lado, en el sofá. Las manos le temblaban cuando trató de acomodar tras la oreja la cortina de pelo caída sobre la cara.

—¿No tiene que estar la mamá de Yovany...? —comenzó a preguntar *Frau* Bertha y Conde no la dejó terminar.

—Sería bueno..., pero como hace dos meses Yovany cumplió los dieciocho años... Ya es un hombre, responsable para la justicia. ¿Qué nos dices, Yovany?

El muchacho miró a Conde con una imprevista actitud de desafío.

—Yo no sé de qué me estás hablando...

Conde lo escuchó y sintió una ráfaga de temor. ¿Se habría equivocado en sus conjeturas? ¿Lo de la prueba de ADN no era suficiente? Solo había un modo de saberlo. Apretando tuercas.

—Tú lo sabes requetebién, muchacho... Esa cicatriz que tienes en el brazo izquierdo y trataste de esconderme el otro día... Estoy seguro de que de ahí salió la sangre que estaba en la ropa de Judy... —dijo Conde y pudo leer en la expresión del joven que había tocado una herida abierta. Decidió lanzarse al vacío, confiado en caer de pie—. Y estoy seguro de que con el dinero que le robas a tu madre y el que de vez en cuando te manda tu padre compraste la droga que Judy y tú se metieron esa noche, la droga que los volvió locos, la que te impulsó primero a violar a Judy y, cuando te diste cuenta del rollo en que te habías metido, o ella te hizo darte cuenta, le propusiste que se cortaran los brazos para sellar un pacto de emos o qué coño sé yo, da lo mismo, y te cortaste tú primero, pero sabiendo bien lo que hacías, porque ya lo habías hecho otras veces. Y entonces la cortaste a ella. Pero la cortaste de verdad, abriéndole las venas... Y cuando creías que estaba por morirse, la tiraste en el pozo que por coincidencia estaba allí. O no por coincidencia, como nos vas a decir cuando nos cuentes tú mismo la historia y nos digas por qué fueron hasta ese lugar, aunque ya me lo imagino... Fueron hasta allí porque estabas muy, muy cabrón con Judy, porque Judy, nada más y nada menos que Judy, la que te hizo emo y te metió en la cabeza todas esas ideas de los nirvanas, el dolor, el odio al cuerpo, la libertad a toda costa, esa misma Judy..., quería dejar de ser emo.

Frau Bertha se había comenzado a deslizar por el butacón de piel auténtica, con el riesgo de que, en cualquier momento, pudiera caer de culo en el piso de impolutas losas de mármol. Yovany, por su lado, parecía haberse consumido en unos pocos minutos, luego de ser desnudado de su prepotencia y seguridad. Conde lo observaba y, sin poder evitarlo, sintió cómo lo invadía la desazón habitual que solía embargarlo en aquellos casos. Aquel muchacho, que había tenido todas las posibilidades y más, que había gozado en su juventud de privilegios y lujos que la mayoría de sus congéneres ni siquiera sabían de su existencia —y que Conde y su propio padre, Abilio el Cao, jamás habrían ni soñado en sus tiempos de escolares condenados a arrastrar un solo par de zapatos durante todo un año—, ese muchacho enrolado en una cruzada tribal libertaria, había jodido su vida. Para siempre. «Los caminos de la redención y la libertad suelen ser así de arduos», pensó Conde.

—Yo la tiré en el pozo..., pero ella se cortó sola. Y no la violé, nos acostamos porque sí, porque pasó... —Manolo, que se había colocado en el borde de su asiento, decidió que había llegado su turno.

—Pero le diste la droga...

—Tampoco... Se la había vendido el italiano amigo de ella... Bocelli... Fue idea de Judy que nos fuéramos para esa finca. Ella había estado una vez allí, en una excursión de esas de niños exploradores y habían encontrado el pozo... Le gustaba ese lugar, no sé por qué, si era un herbazal como otro cualquiera. Cosas de Judy... Cuando estábamos allí nos tomamos las pastillas esas y... ahí se jodió todo. Perdimos el control, nos fuimos de órbita... Nos acostamos, hablamos de cortarnos, de otras vidas y toda esa mierda. Entonces me dijo que iba a dejar los emos, porque había descubierto otra espiritualidad. Había descubierto que Dios no estaba muerto, o que había resucitado, no sé bien, pero que existía. ¡Que Dios existía...! Y como prueba, me retó a cortarme el brazo. Ella tenía el bisturí, andaba con él... Yo estaba tan volao con las pastillas que me corté comoquiera... Pero ella se cortó de verdad, se abrió las venas de arriba abajo. Judy estaba loca, quería matarse, quería ver a Dios... Esa era su manera de dejar de ser emo...

—Pero cuando la tiraste en el pozo estaba viva...

—Yo creí que estaba muerta, se lo juro... Soltaba sangre como una loca, no se movía... ¿Y qué iba a hacer? ¿Dejarla ahí para que se la comieran los perros y las tiñosas?

—Para qué carajo quieres tu celular. Podías haber llamado a la policía. Hubiera sido más fácil creerte en ese momento que ahora.

—¡Pero me tienen que creer, coño! ¡En ese campo de mierda los celulares no tienen cobertura! ¡Judy estaba loca, a mil con la droga, se cortó ella misma! No sé si se le fue la mano o si quería joderse bien jodía...

Yovany vociferaba y lloraba.

—Quisiera creerte, pero, chico, no puedo —dijo Manolo, en voz baja, como si estuviera hablando de cuestiones intrascendentes—. Yo creo que además te robaste los quinientos dólares de Judy. ¿No la mataste por eso?

—Que no, que no... Le quedaban trescientos cuarenta, lo otro se lo había gastado en las drogas. Tengo ese dinero guardado allá arriba, ni lo he tocado. Lo metí dentro del libro que ella llevaba.

Conde recordó aquel dato extraviado: Alma le había dicho que al despedirse de ella, el último día que la vio, Judy llevaba un libro.

—¿Qué libro era? —quiso saber, tal vez para cerrar el círculo de la comprensión de Judy Torres.

—*El Purgatorio*, de Dante.

Conde meditó un segundo: ni el tal Cioran postevolucionista, ni las lecciones de Buda y menos todavía Nietzsche. Tampoco *El Infierno* o *El Paraíso*, sino *El Purgatorio*, quizás porque aquel era el paraje adonde pensaba dirigirse. No, no era posible cerrar el círculo alrededor de Judy: siempre se le escapaba por algún resquicio. Pero Yovany no se le escurriría a Manolo.

—No estabas tan loco si recogiste el dinero y si para tener sexo con ella te pusiste el preservativo antes de...

—¡Siempre me lo pongo! ¡Siempre! ¡Aunque esté borracho o volao me lo pongo! ¡Tienen que creerme! ¡Allá arriba está todo el dinero!

Manolo negaba con la cabeza. Conde estaba por creerle. Pero ya aquella historia, que él había atrapado cuando parecía desvanecerse, había volado de sus manos. Tanto pensar, buscar, soñar con la libertad para terminar uno en la cárcel y otra desangrada en el fondo de un pozo y vagando por el Purgatorio en busca de Dios. Qué desastre.

—Yovany —Conde regresó al diálogo—, ¿Judy te habló de un negocio grande que quería hacer su padre?

—Sí..., en Venezuela.

—¿Y ella sabía con qué iba a negociar?

—¿Con televisores y computadoras y eso, no?

—¿No te habló nunca de un cuadro muy valioso?

Yovany hizo un puchero, ya incapaz de resistir más la afluencia del llanto.

—No, no, no me habló de ningún cuadro y yo no la corté, yo no la corté...

Yovany había empezado a llorar, como el niño que en realidad todavía era. Más que el llanto de una mujer, al ex policía lo afectaban las lágrimas y los sollozos de un hombre. Se imaginó a Yovany en una cárcel. Los cerdos se darían banquete con aquella pálida margarita. Entonces notó que se sentía enfermo, atrapado por un vértigo revulsivo, como si la borrachera de premonición de la noche anterior regresara a su cabeza y su estómago para cobrarle sus infinitos excesos. El vómito de café, alcohol y tristeza formó una estrella oscura e irregular sobre el piso de brillantes losas de mármol.

12

La Habana, agosto de 2008

El verano cubano, a la altura del mes de agosto, puede llegar a tornarse exasperante. El calor sin tregua, la humedad pegajosa que potencia la transpiración y los malos olores, las lluvias que al evaporarse convierten el oxígeno en un gas a punto de combustionar, agreden y lo enturbian todo: las alergias, las pieles, las miradas, sobre todo los ánimos.

Conde sabía que aquel depredador ambiente meteorológico no resultaba el mejor para tomar determinadas decisiones. Pero por demasiados días arrastraba aquella exigencia y, mientras hacía el trillado recorrido entre la casa del flaco Carlos y la de Tamara, tomó la decisión: hablaría.

Había gastado la primera parte de la noche conversando con Carlos y el Conejo, a la sombra de una botella de ron. Terminó siendo un diálogo desangelado, más cargado de nostalgias de lo que resultaría saludable, como si ninguno de los amigos quisiera salir de las amables cuevas de los recuerdos y asomarse a la luz cegadora de un presente envejecido y sin demasiadas expectativas, para colmo dominado ahora por aquella canícula infernal. En algún momento de la conversación, mientras el sudor le corría hacia los ojos, Conde había sentido, por un impulso de origen impreciso, que su espíritu no podía seguir cargando con el fardo que él le había depositado encima. Entonces había caído en un prolongado mutismo.

Carlos, que lo conocía como nadie y, además, no podía controlar su necesidad de intentar resolver los conflictos personales de sus amigos, se impuso penetrarlo, del modo más sutil que conocía.

—¿Y a ti qué cojones te pasa, salvaje? ¿Por qué te has quedado tan callado, eh?

A pesar de que se bañaba tres o cuatro veces al día rociándose agua con la manguera del patio, el Flaco exhalaba un penetrante olor a ácido provocado por ignición de sus grasas corporales. Conde lo miró y se sintió devastado. Pero no albergaba el menor deseo de mover compuertas, aun cuando sabía que el otro no se daría por vencido con facilidad. O le decía algo o lo mataba. Buscó la solución intermedia, con esperanzas de escaparse.

—Estoy cabrón..., debe ser por este calor de mierda...

—Sí, el calor está insoportable este año —lo apoyó el Conejo, el más ebrio de los tres—. El cambio climático..., el mundo se jode, se jode...

—Pero a ti te pasan más cosas... —opinó Carlos, cortándole la posibilidad de una retirada por la brecha apocalíptica que abriera el Conejo.

Conde tomó un sorbo de su bebida. De verdad debía de ser haitiano aquel ron infame.

—Lo de casarme con Tamara...

Carlos miró al Conejo con cara de «¿y a qué viene eso?».

—¿Ella te dijo algo? —preguntó.

—No, no me ha dicho nada...

—¿Entonces qué? —Carlos expresó su incapacidad de entendimiento.

Desde que Conde hablara con Tamara del tema matrimonial, y lo que siempre había sido un sueño, una posibilidad, un final más o menos previsible, se convirtiera en un plan expreso gracias a aquel impulso, había empezado a rondarlo una sensación de asfixia y, últimamente, unos saltos en el estómago capaces de cortarle el aliento. El problema mayor radicaba en que ni él mismo entendía con claridad la razón por la cual reaccionaba así. Porque tampoco sabía a ciencia cierta por qué había tenido que tocar aquella puerta. Y, ahora, menos sabía si debía entrar o dar media vuelta. Su deseo invariable de continuar compartiendo su vida con aquella mujer seguía siendo lo inalterable y decisivo. Conocía a la perfección, además, que el hecho de casarse sería apenas una formalidad legal o social, daba lo mismo, tan fácil de admitir como de disolver, al menos en su lugar y momento. ¿Por qué entonces aquel miedo profundo, mezquino, insidioso? Conde tenía para sí mismo y para el mundo una sola respuesta: porque, quisiera casarse o no, aceptara más o menos los desafíos de la convivencia y hasta confiara en que Tamara lo admitiera con todos sus lastres (incluido el lastre canino, encarnado por *Basura II*), una vez que la mujer se convirtiera en su esposa la relación sufriría la merma de una de las pocas cosas que todavía le pertenecían: su libertad. La de emborracharse o no, compartir la cama con un perro callejero, comprar o no comprar libros, morirse de hambre o comer, no decidirse a escribir, vivir como un paria, ponerse melancólico sin necesidad de darle explicaciones a nadie..., hasta invertir el tiempo buscando a una emo que a su vez andaba en busca de un Dios resucitado y, al parecer, tenía esperanzas de encontrarlo. El problema se complicaba cuando a aquellas pérdidas posibles Conde enfrentaba las que podían ser las aspiraciones de la mujer a disfrutar de una vida sosegada a la cual ella siempre había aspirado y a la que, bien lo sabía, no querría renunciar. ¿Y el amor? ¿Sería verdad el cuento de que el amor todo lo puede? ¿Es capaz incluso de imponerse a las rutinas? Conde no lo creía. ¿Por qué carajo había meneado lo que era mejor no mover?

—Entonces nada, Flaco... No quiero casarme pero no quiero perder a Tamara. Y si le digo que en el fondo no quiero casarme, que me da miedo intentarlo otra vez, a lo mejor...

Carlos terminó su trago. Miró hacia el Conejo y luego hacia Conde.

—¿Quieres que te diga algo?

—No —soltó el otro de inmediato.

—Pues sí te lo voy a decir: tú te metiste en ese lío..., ahora jódete. Pero trata de no joderte demasiado, mi hermano. Ya bastante jodidos estamos para ponerlo peor...

Una hora después, ya frente a la casa de Tamara, mientras observaba las figuras de concreto robadas a la imaginación de Picasso y Lam, capaces de ejercer sobre su espíritu una atracción permanente, Conde le dio forma a su estrategia. A ver si no se autojodía demasiado.

Tamara estaba en el estudio que había pertenecido a su padre y luego a su primer marido, el extinto Rafael Morín. El sitio donde, se suponía, Conde podría tener las comodidades y la privacidad necesarias para emprender sus siempre postergados proyectos literarios: escribir historias escuálidas y conmovedoras, como aquel cabrón de Salinger que... El aire acondicionado le robaba diez grados a la temperatura ambiente y mejoraba los ánimos.

La mujer rellenaba unas planillas que debía presentar al día siguiente en la clínica dental.

—A ver si arreglan los sillones de trabajo, si ponen las luces que necesitamos, si nos dan jabón para lavarnos las manos y toallas para secarnos, si siempre hay agua, si completan el instrumental, si llegan los guantes...

—¿Y cómo coño ustedes sacan muelas? ¿Con cordelitos, como si fueran dientes de leche? —Conde no entendía.

—Casi —admitió Tamara.

Conde suspiró y se lanzó, sin darse más oportunidades.

—Mira, quería preguntarte una cosa... Tengo miedo, pero no me queda más remedio, porque..., Tamara, ¿de verdad tú tienes *muchas* ganas de casarte?

Conde puso el énfasis en el adverbio de cantidad que últimamente lo perseguía con saña. ¿Cuántas son *muchas* ganas de casarse? La mujer soltó el bolígrafo y se quitó las gafas de lectura para concentrarse mejor. Él, por supuesto, sintió cómo un temblor lo recorría. De miedo.

—¿Por qué me lo preguntas?

—No empieces, Tamara. Respóndeme tú...

Ahora fue ella la que suspiró.

—La verdad es que me da igual... Para mí que ya estábamos como casados. Casi casi... Pero tú eres el que quiere firmar papeles... Y por eso, antes de que se vaya a joder lo que tenemos, pues me caso contigo si me lo pides, si para ti es importante...

La sensación de alivio bajó como sangre nueva por todo el cuerpo del Conde. Se sintió al borde de la felicidad.

—A ver, Tamara, te propongo lo siguiente: si así estamos bien, ¿no es mejor no menearlo?

—¿Y el anillo? —saltó ella, alarmada.

—Es tuyo. Sigue usándolo.

—¿Y el café de por la mañana?

—Esa parte sigue siendo asunto mío.

Tamara soltó el bolígrafo y sonrió.

—¿Y lo demás?

—Lo demás es todo tuyo... Pero siempre que quieras, podemos usarlo.

Tamara se puso de pie.

—¿Por qué eres tan blando y tan complicado, Mario Conde?

—Comemierda que soy —dijo, y la besó. Fue un beso largo, mojado, excitante más por el alivio mental que por la convocatoria hormonal. Y en ese momento Conde sintió hasta *muchos* deseos de casarse con aquella mujer que el más amable de los planes cósmicos había puesto en su camino. Pero, de inmediato, apartó de una patada aquel deseo y se concentró en los restantes.

Afuera el calor quemaba la ciudad, sus calles, sus casas. Incluso quemaba sus gentes y los pocos sueños que aun pudieran conservar.

Asfalto por medio, desde aquella esquina de la calle Mayía Rodríguez podía contemplar, con un solo golpe de vista, la edificación de dos plantas en la cual, hasta unas pocas semanas antes, había vivido

Judy Torres y, en la distancia, el proyecto de ruinas en que se había convertido la casa donde Daniel Kaminsky vivió los años más felices de su vida y donde, también, había recuperado la sensación del miedo. Después de varios años sin sentirse compulsado a hurgar en la vida de nadie, con pocos meses de diferencia dos historias de muerte habían salido a su encuentro, movidas por el mismo resorte: el que había soltado un judío polaco que había dejado de creer en Dios, que se impuso ser cubano y que, en la más ardua encrucijada de su vida, se creyó con fuerzas suficientes para matar a un hombre que había tenido en sus manos la vida de sus padres y su hermana. Y aquellas historias, al parecer remotas, habían tenido uno de sus puntos de coincidencia visible en esa precisa esquina habanera, un espacio físico que ahora Conde se dedicaba a observar, mientras se limpiaba la cara humedecida por el sudor que le sacaba de las entrañas el impúdico calor de agosto y se preguntaba por los modos en que se crean, avanzan, tuercen y hasta confluyen los caminos de la vida de personas distintas y distantes. Lo más inquietante, sin embargo, no era la vecindad casual de las dos edificaciones ni la conexión que sin proponérselo había propiciado la joven Yadine, ni siquiera la presencia recurrente de un cuadro pintado por Rembrandt tres siglos antes. Lo que más lo alarmaba era la concurrencia de motivaciones reveladas por el conocimiento que ahora poseía de las existencias y anhelos de Daniel Kaminsky y Judith Torres, aquellos dos seres empeñados, cada uno a su modo y con sus posibilidades, en encontrar un territorio propio, escogido con soberanía, un refugio en el cual sentirse dueños de sí mismos, sin presiones externas. Y las consecuencias a veces tan dolorosas que tales ansias de libertad podían provocar.

El sentimiento de inconformidad consigo mismo y con el mundo en pleno que le había provocado el descubrimiento de las últimas verdades sobre Judy no lo había abandonado en varias semanas, aunque con los días había comenzado a remitir, como no podía dejar de suceder. Para acelerar el proceso y terminar de arrancarse del alma aquel lastre mugriento, Conde había decidido distanciarse de las únicas evidencias materiales que lo conectaban a la joven y se dispuso a devolverle a Alma Turró, la abuela de la muchacha muerta, la libreta de teléfonos de Judy y la copia de *Blade Runner* que, por una asociación casi poética, le había abierto el camino hacia la verdad. Por eso, desde aquella esquina, miraba las dos casas, con la libreta y la cajuela plástica del DVD en las manos, dedicado a pensar y sin atreverse a actuar.

Si entraba en la casa y hablaba con Alma Turró, ¿qué podría decirle? Judy estaba muerta, en parte por su propia voluntad, en parte por los fundamentalismos libertarios que fue capaz de despertar en los demás, pero muerta, enterrada, y su abuela ya conocía los detalles del desenlace. Y los consuelos, hasta donde Conde sabía, nunca habían resucitado a nadie. Los moradores de la casa, que pudieron haber sido una familia común y corriente, se habían convertido en víctimas de la dispersión. Una muerta, otra en Miami, otro preso acusado de una larga lista de delitos de corrupción, Alma y su hija laceradas, seguramente deprimidas con causa. ¿Una venganza celestial por pecados cometidos en el pasado y continuados en el presente? ¿El precio satánico que deben o deberían pagar el engaño y la ambición? ¿Un escarmiento divino por la insistencia de Judy en creer que Dios estaba muerto y enterrado y finalmente reciclado...? El ateo que, a pesar de todo, Conde llevaba dentro, no estaba dispuesto a admitir trascendentes organizaciones olímpicas, sino apenas hilos de causas y consecuencias mucho más pedestres. No se puede jugar con lo que no te pertenece: ni con el dinero y mucho menos con las ilusiones y el alma de otros. Si lo haces, siempre, en algún momento (a veces muy retardado, es verdad), se dispara la flecha del castigo, concluyó, filosófico.

Entonces optó por una de sus salidas de cazador furtivo. Entró al portal, caminó hasta la puerta principal de la casa procurando no hacer ruido, y depositó la cajuela plástica y la pequeña libreta contra la madera pintada de blanco. Y huyó como un tránsfuga. Necesitaba correr, alejarse todo lo posible de aquella historia lamentable.

Encendió un cigarro y tomó a paso doble la pendiente de Mayía Rodríguez hacia la casa de Tamara, otra vez solo su novia, sintiendo cómo se liberaba de lastres. Al llegar, sofocado y húmedo, saludó a las esculturas de concreto y abrió la puerta. Nada más poner un pie tras el umbral, debió reconocer que, al menos para él, aquel pequeño territorio era el mejor de los mundos posibles. ¿De qué te quejas...? De la vida: de algo tengo que quejarme, se dijo y cerró la puerta tras de sí.

Génesis

La Habana, abril de 2009

Al filo de sus cincuenta y cinco años Mario Conde nunca había estado en Ámsterdam (ni en ningún otro sitio fuera de las cuatro paredes de su isla). Lo más curioso resultaba que, a lo largo de lo que ya iba siendo su dilatada existencia, ni siquiera se lo había propuesto alguna vez, de forma más o menos seria o posible. De niño, es cierto, había tenido el sueño de viajar a Alaska. Sí, a Alaska, con una partida de buscadores de vetas de oro. Ya de adulto, lector y aspirante a escritor, pensó que alguna vez le gustaría visitar París, pero, sobre todo, viajar por Italia, como también lo había soñado su difunto amigo Iván. Pero siempre fueron puros sueños, irrealizables para sus posibilidades económicas y de ciudadano de un país con las fronteras prácticamente clausuradas por murallas de decretos y prohibiciones, como le recordara Judy. Y, él lo sabía, los sueños, sueños son. Por ello, como otros viajeros inmóviles, se dedicó a recorrer el mundo a través de los libros, y se sintió satisfecho.

Pero la carta que acababa de leer le había revuelto unos inopinados deseos de conocer Ámsterdam, una ciudad plagada de mitos del presente y del pasado donde, decían, alguna vez se había establecido una inusitada atmósfera de libertad y que todavía se ufanaba de su amable tolerancia con los vicios y las virtudes, las creencias y los descreimientos. La ciudad por donde el rebelde Rembrandt había paseado su orgullo, su fama, su mal carácter, y también su marginación y su pobreza final, quizás consciente, sin embargo, de que algún día retornaría triunfador y en condiciones, incluso, de volver a la casa de donde sus acreedores lo habían expulsado. Porque aquella edificación de la que tuvo que salir cabizbajo y derrotado no podía ser otra cosa que la casa de Rembrandt. Las cabronadas y reparaciones del destino, siempre llegadas con retardo.

Mario Conde, aunque nunca había pasado de teniente, era también de esas personas que no tenían quien le escribiera. Por eso hacía cientos de años que no recibía una carta *de verdad*. No una factura de teléfono o una nota como la enviada por Andrés casi dos años antes. No. Una carta *de verdad:* con sobre, sellos y matasellos, dirección y remitente, por supuesto que con unas hojas escritas dentro del sobre y... entregada por un cartero.

El remitente del sobre amarillo, de tamaño mediano, no era otro que Elías Kaminsky, bajo cuyo nombre aparecía la dirección del hotel Seven Bridges, en Ámsterdam, Reino de los Países Bajos. Sin abrir el envoltorio que el cartero puso en sus agradecidas manos, Conde había ido a la cocina de su casa, preparado la cafetera y buscado la cajetilla de cigarros. Lo intrigaba tanto el asunto de la carta que escondía aquel sobre Manila que, con toda intención, prolongó la ansiedad por conocerlo, para disfrutar mejor de una sensación tan inusitada. Desde su partida de Cuba, el pintor lo había llamado varias veces. Primero para agradecerle su ayuda durante la estancia habanera que lo había librado de tantos lastres; luego, para contarle que había comenzado una reclamación legal del cuadro de Rembrandt; después para comentarle algunas de las peripecias del litigio, que había cobrado nuevas fuerzas con la información de la posible ruta por la cual el dichoso cuadro había hecho el tránsito desde La Habana hasta una casa de subastas británica.

Con el café servido, Conde rasgó con cuidado el envoltorio y extrajo una postal turística y un fajo de cuartillas, algunas de ellas escritas a mano por ambas caras. Dedicó varios minutos a observar la cartulina impresa con la foto de la casa donde más años viviera Rembrandt, en la entonces conocida como Calle Ancha de los Judíos, convertida hacía tiempo en museo. Y sintió el primer acecho del apetito que podía provocarle el deseo de un conocimiento más íntimo del santuario donde había creado tantas obras aquel pintor inquietante, incluida la cabeza de un joven judío demasiado parecido a la imagen cristiana de Jesús el Nazareno que, sin Conde pedirlo, se le había metido en su propia cabeza. Su ánimo, tal vez ablandado por aquella sensación de cercanía, provocó que unos minutos más tarde, mientras leía los pliegos de la carta y casi sin que lo advirtiera, su espíritu echara a andar tras las palabras, hasta sentir cómo lo envolvían y lo arrastraban por unos mundos remotos que Conde solo conocía de oídas y lecturas. «Por cierto», pensaría un poco más tarde, «ahora tengo que releerme *Caballería roja*. ¿Isaac Bábel no era también judío?»

La primavera en Ámsterdam se entrega como un regalo del Creador. La ciudad revive, sacudiéndose de encima la modorra del hielo y los fríos vientos invernales que, por meses, asolan la villa y oprimen a sus habitantes, a sus animales, a sus flores. Aunque las temperaturas todavía resulten groseramente bajas, el brillo del sol de abril ocupa muchas horas del día y la sensación de renacimiento se hace patente, extendida. Elías Kaminsky, porque ya conocía y había disfrutado de aquella epifanía que solía regalar la naturaleza, había decidido esperar hasta la llegada de la estación para viajar a la ciudad donde todo había comenzado, antes de que el siglo XVII alcanzara su mitad y cuando Ámsterdam forjaba los gloriosos momentos de la época de oro de la pintura holandesa.

Tal vez uno de esos planes cósmicos de los que tanto habían aparecido a lo largo de la historia judía y de la trama en la que él mismo se había visto envuelto y hasta había enredado a Conde —pensaba y escribía Elías Kaminsky—, debía de haber organizado su visita a la ciudad exactamente cuando se revelaba un insólito suceso: justo al costado de la casa donde viviera Rembrandt, en el mercadillo de pulgas de Zwanenburgwal donde se vendían viejos jarrones de latón, candelabros mancos de un brazo, pies de lámparas de bronce y juegos de copas y vajillas tan vetustas como incompletas, un coleccionista de documentos antiguos había comprado un par de meses antes, y por una cifra ridícula, un *tafelet* o libro de apuntes gráficos de un presunto estudiante de pintura del siglo XVII, a juzgar por la calidad del dibujo y el estilo dominante. En la portadilla de cuero del cuaderno, muy maltratado por el tiempo, aparecían grabadas las letras E. A.

Aquel *tafelet* contenía varios estudios de cabeza de un anciano barbado, a todas luces judío, pues en varios de los dibujos hechos con plumilla o lápiz se le veía coronado con su kipá o iluminado por un *menorah*. En orden de cantidad, con diversos estados de realización, aparecía una joven, en sus veinte años, retratada desde diversos ángulos, pero siempre destacándose la armonía de sus rasgos, la insistencia en perfilar los ojos y la mirada. También en el cuaderno había varios paisajes, más bien bocetos, de una campiña cenagosa, quizás cercana a Ámsterdam, que mucho recordaban el estilo de algunos dibujos y grabados de Rembrandt sobre aquel asunto. Pero lo que provocaría el mayor interés del comprador y luego de los especialistas en pintura clásica holandesa a los cuales el anticuario de inmediato había entregado el cuaderno para su estudio y análisis, eran los nueve retratos de un joven, de rasgos marcadamente hebreos, que ofrecía una inquietante similitud en sus facciones con el modelo anónimo utilizado por Rembrandt para su serie de *tronies* de Cristo o retratos de un joven judío, como indistintamente habían sido llamados. ¿Sería posible que se tratase del mismo modelo, utilizado por Rembrandt y por el aprendiz? La duda prendió y, de inmediato, creció por un rumbo inesperado. Y la existencia del extraño cuaderno, portador de otros secretos y misterios, había llegado a los oídos de Elías Kaminsky casi al instante de llegar a la ciudad.

Porque al ser desmontado el *tafelet* para someterlo a diversas pruebas de laboratorio por los especialistas del Rijksmuseum, se había abierto una puerta secreta: bajo una de las maltrechas tapas de cuero fueron hallados varios pliegos de papel escritos a mano. A todas luces era una carta, de la cual faltaba la parte inicial, aunque se conservaba todo el tramo que llegaba hasta su final. El texto, escrito con una caligrafía exquisita, en neerlandés del siglo XVII, estaba firmado por el mismo E. A. a quien, a juzgar por la cubierta, debía de haber pertenecido el *tafelet*, y narraba un episodio de la matanza de judíos ocurrida en Polonia entre los años 1648 y 1653, de los cuales E. A. había sido testigo y, por alguna razón, pretendía hacer partícipe a su «Maestro», como llamaba al destinatario de aquella misiva. Elías Kaminsky, antes de darle sus especulaciones y conclusiones a Conde, le transcribía en ese punto de su relación el fragmento de carta hallado en el *tafelet,* según la traducción hecha por una especialista en la cultura sefardí holandesa del XVII..., y le pedía perdón por lo que le haría leer. Más intrigado por aquella petición de clemencia, Conde entró en la lectura del fragmento de carta encontrada, pero sin poder columbrar las oscuridades de la condición humana a las que se vería obligado a asomarse desde las primeras hasta las últimas líneas del escrito.

«... no dejan de llegar hasta mis oídos los gritos de pánico de unos hombres enloquecidos por el miedo, empujados a emprender una huida desesperada. Seres espantados por la visión de los más atroces tormentos a los que un humano pueda someter a un semejante, advertidos de su destino por el hedor a carne humana chamuscada, a sangre y a carroña que se ha adueñado de este desafortunado país. Pronto entenderá las razones por las cuales huyen, pero sepa que ni mis mayores esfuerzos serán capaces de expresar lo que estos hombres han vivido, ni de dibujar las imágenes que sus relatos me han colgado en el alma. Ni el gran Durero, quien tanto nos alarmó con sus visitaciones infernales, estimadas por muchos secreciones de una mente enferma, habría tenido la suficiente maestría para retratar lo que ha ocurrido y ocurre en estas tierras. Ninguna imaginación habría conseguido viajar tan lejos en el horror como ha llegado aquí la realidad.

»Como ellos, yo partiré también, cuanto antes, pero en rumbo opuesto, en busca de una brecha improbable que tal vez me conduzca a la expiación de todos mis errores y quizás hasta a presenciar el más grande de los milagros. O a que me lleve la muerte.

»Pero antes permítame ponerlo en antecedentes. Gracias a conversaciones que fui sosteniendo durante las primeras semanas de mi estancia en este país, conseguí conocer algo de las costumbres de los israelitas que en grandísima cantidad viven en este reino. Mucho me asombró cuando supe de la muy ventajosa situación que por años habían gozado en estas tierras, motivo por el cual habían venido a asentarse en sus ciudades numerosos asquenazíes provenientes de los territorios del este, incluida la Rusia de los zares, muchos de los cuales parecen haber amasado notables fortunas. Entre ellos circulaba una curiosa síntesis que, según afirman, muy bien reflejaba su posición: Polonia, solían decir, era el paraíso de los judíos, el infierno de los campesinos y el purgatorio de los plebeyos..., todo controlado desde las alturas por los nobles, los llamados príncipes, señores de tierras y almas. Según llegué a saber, la creencia de que existía este paraíso judío se fundó en la confirmación de un estatuto político mucho más benévolo que el que puede existir en otro país de Europa. En este reino disfrutaron los hijos de Israel de una libertad de práctica religiosa muy notable, dirigida por infinidad de rabinos, hombres sabios conocedores de la Torá y comentaristas de la Cábala, considerados líderes comunitarios. Sin embargo, a diferencia de lo que ocurre en Ámsterdam, aquí existía hacia estos judíos, tanto por parte de los cristianos bizantinos, los llamados ortodoxos (suelen ser los polacos más pobres), como de los cristianos romanos, una hostilidad que ha tenido su origen en el hecho de que la más conocida labor de estos asquenazíes ha sido la de servir de prestamistas a la casta de los príncipes y, a la vez, de cobradores de pagos e impuestos a los campesinos. El método aplicado resulta muy sencillo y mezquino: los nobles toman dinero de los hebreos y luego les pagan con las deudas de las gentes que laboran en sus tierras, dejando la gestión de cobro en manos de los hebreos. Como ya se imaginará, al ser los judíos los cobradores de unas onerosas gabelas, para las mentes de los campesinos sus opresores son ellos, y no los príncipes, que son polacos, nobles y creen en Cristo, aunque paguen sus lujos y excentricidades con dinero tomado en préstamo a los hijos de Israel.

»La reciente muerte del monarca del país, el rey Ladislao II, de la casa real de los Vasa, ya había despertado la inquietud de estos asquenazíes. El rey, quien llevó la corona por más de cincuenta años, sostuvo una política de tolerancia hacia los judíos. Al morir, era el monarca de la llamada Mancomunidad polaco-lituana, figuraba como rey de Suecia y en un momento del pasado llegó incluso a ser el zar de Rusia. Dicen los polacos que su muerte los dejó como un rebaño sin pastor, pues hasta tanto se resuelvan álgidos problemas de sucesión, el país ha quedado sin cabeza y de manera interna lleva el cetro el cardenal católico Casimiro, a quien mis hermanos de fe siempre consideraron un hombre sabio y piadoso.

»Cuando comenzó a ceder el invierno, emprendí al fin mi dilatado viaje hacia el sur. Cabalgando todavía sobre la nieve, tuve por guías a unos asquenazíes que viajaban hacia la capital del reino. Luego de un par de días de descanso en la ciudad de Varsovia, regresé a los caminos, siempre en el rumbo que mejor me condujese a la región de Crimea, bañada por el aquí llamado mar Negro, desde donde intentaría cumplir mi sueño de llegar a Italia.

»Dos semanas me tomó el recorrido hasta la ciudad donde hoy me encuentro, llamada Zamosc, y a la cual arribé en vísperas de la fiesta de Purim, cuya celebración era preparada con gran júbilo por la muy nutrida comunidad hebrea asentada en esta villa. Pero apenas llegado, tras de mí hizo su entrada una alarmante noticia: los llamados cosacos del sur se habían levantado en armas contra los príncipes polacos y, con la ayuda de las hordas de los tártaros de Crimea, habían puesto en fuga a los destacamentos fronterizos del ejército real. Para mí, en ese instante, fue una sorpresa la enorme inquietud provocada por la noticia, tanto entre polacos como entre hebreos. Hoy ya sé que, por tratarse de esos llamados cosacos, las consecuencias de la revuelta podían ser mucho más complicadas.

»Señor, estos llamados cosacos son como centauros de la guerra. Dicen que su origen como fuerza militar se debe al rey Simón, quien hace unos cien años gobernó sobre Polonia. Conocedor de que la frontera lindante con el país de los tártaros siempre había sido un problema para el reino, el monarca mandó a escoger a unos treinta mil siervos de esa región y formó un ejército: el de los cosacos. Por sus servicios, estos hombres recibieron los privilegios de no pagar tributos al rey ni a los príncipes. Pero fue justo la concesión de esos privilegios la causa de que muy pronto los cosacos comenzaran a protagonizar revueltas en las que reclamaban iguales derechos para otros hombres incorporados a sus partidas.

»La actual rebelión inició su gestación hace unos años por las disputas entre el príncipe Choraczy, general del ejército polaco, y un jefe militar, atamán lo llaman los cosacos, un tal Bohdan Chmielnicki. Este hombre, también conocido como Chemiel, comulga, como casi todos los campesinos, con la iglesia de Bizancio, a pesar de que estudió con los jesuitas y, dicen, se expresa en polaco, ruso, ucranio y latín, y llegó a convertirse en atamán gracias a sus incursiones y fiereza así como por la inmensidad de sus posesiones. Su prosperidad llegó a ser tal, que terminó por provocar la envidia del príncipe, que se propuso eliminarlo. Por ello, Choraczy le confiscó a Chemiel la mitad de su ganado y el cosaco no protestó, pero juró vengarse. Cuentan los judíos de Zamosc que la táctica del atamán fue irse al sur y poner sobre alerta a los tártaros de Crimea sobre las intenciones secretas del general polaco, quien, les dijo, muy pronto pretendía hacerles la guerra. Puestos los tártaros en pie de combate, Choraczy tuvo que huir, pues sus fuerzas eran muy inferiores a las de sus vecinos.

»Enterado de la jugada, el príncipe metió a Chemiel en la cárcel y ordenó su decapitación por actos de traición. Pero los cosacos decidieron rescatar al atamán. Entonces Chemiel se declaró en rebeldía y con sus compinches organizó una gran banda de campesinos desposeídos, de más de veinte mil hombres, bajo la bandera de la lucha contra el despotismo de los príncipes y los abusos de sus aliados judíos, enriquecidos con el trabajo de los campesinos de fe ortodoxa.

»Antes de lanzarse al combate contra las huestes de los príncipes, Chemiel hizo una alianza con el rey de los tártaros —el kan, le llaman ellos—, gracias a la cual entre ambos bandos levantaron una legión de sesenta mil hombres con la que empezaron su rebelión atacando al ejército convocado por Choraczy, al que pusieron en desbandada. Como cabía esperar, los vencedores, borrachos de éxito, soltaron entonces su impiedad contra sus oponentes y practicaron una gran cantidad de decapitaciones, raptos, violaciones y requisas de bienes, tanto de católicos como de judíos. Para detener la matanza, varios príncipes de la pequeña Rusia decidieron pactar con Chemiel, y llegaron a jurarle fidelidad al atamán al igual que antes se la habían jurado al rey.

»Podrá usted imaginarse, Maestro, la tensión en que se encontraba la gente de esta ciudad cuando llegaron tales noticias, y más, cuando unos días después de Purim, Chemiel y sus cosacos comenzaron lo que algunos de ellos llaman una guerra santa que, como anuncia Chemiel, no terminará hasta acabar con la explotación de los príncipes parásitos y sus testaferros judíos...

»Toda la información que desde entonces he acumulado la he oído de viva voz de algunos judíos que lograron escapar de las ciudades de Nemirov, Tulczyn o Polanov y encontraron refugio en Zamosc, donde me he visto atrapado por los acontecimientos. Al principio, mientras los escuchaba, me negué a aceptar que las barbaries que narraban fueran la realidad y no una pesadilla fraguada por las confusiones de un mal entendedor... Porque el horror se desató al fin el pasado 20 de Adar, Shabat, cuando cosacos y tártaros, en número superior a los cien mil, se acercaron a la ciudad de Nemirov, donde me han dicho que, en un clima de prosperidad, habitaba (y no uso por casualidad el tiempo pasado) una comunidad judía muy rica y grande, adornada con la presencia de importantes sabios y escribas. Cuando esos judíos supieron que un ejército, tan nutrido como jamás habían visto, se acercaba a la villa, aun cuando ignoraban si se trataba de huestes polacas o de las hordas de los cosacos y los tártaros, optaron por refugiarse con sus familias y riquezas en la ciudadela fortificada. Otros hebreos, menos confiados, prefirieron dejar atrás sus hogares y muchos de sus bienes para esperar lejos el desarrollo de los acontecimientos.

»Solo cuando ya no tenían salvación, los judíos de Nemirov llegarían a saber que, mientras ellos y los príncipes se encerraban en la ciudadela, el atamán Chemiel había enviado a un grupo de hombres hacia la villa para pedir a los ciudadanos su ayuda contra los judíos responsables de todos sus infortunios. Pactada esa alianza, los cosacos, alzando banderas polacas, se acercaron a las murallas enmascarándose como gentes del ejército del rey, mientras los habitantes de la ciudad anunciaban que quienes llegaban eran soldados polacos y abrieron las puertas de la ciudadela.

»Fue entonces cuando, todos a una, los cosacos, los tártaros y los habitantes de Nemirov liberaron su odio y sed de botín y entraron en pos de los judíos con todas las armas posibles. De inmediato masacraron a gran cantidad de los hombres hebreos y violaron a las mujeres, sin importar la edad. Dicen que muchas jóvenes, para evitar la deshonra, saltaron a la cisterna que provee de agua a la ciudadela y allí murieron ahogadas. Pero cuando los atacantes se hicieron con la plaza, muertos ya muchos hombres y violadas las mujeres, fue cuando comenzó el verdadero horror: el horror frío y perverso del crimen sin humanidad... Ebrios de odio, alcohol y deseos de venganza, los cosacos se entregaron entonces a practicar las más increíbles maneras de provocar sufrimientos y dar muerte. A unos hombres podían arrancarle la piel y lanzar la carne a los perros; a otros les cortaban las manos y los pies y los tiraban en el camino de la ciudadela para que los caballos los pisotearan hasta que les llegara la muerte; otros más, obligados a cavar fosas, eran lanzados vivos en ellas y luego los apaleaban hasta sacarles el último gemido de dolor; algunos más fueron descuartizados vivos, o abiertos en canal como pescados y colgados al sol... Pero la escala de ascenso de la crueldad no estaba aún recorrida: a las mujeres, si estaban embarazadas, les abrían el vientre y les extirpaban los fetos; a otras les rajaron los vientres y dentro les metieron gatos, aunque antes habían tenido la precaución de cortarles las manos para que así no pudieran sacar a los animales que se revolvían en sus entrañas. Algunos niños fueron matados a palos o golpeados contra las paredes y luego asados en el fuego y traídos a sus madres para obligarlas a que los comieran, mientras sus verdugos anunciaban "es carne *kosher*, es carne *kosher*, lo desangramos primero"... Según dijo el rabino que trajo la noticia a Zamosc, no hubo forma de dar la muerte que no usaran contra ellos. Más de seis mil hijos de Israel fueron asesinados en Nemirov durante aquella orgía de bestialidad y sadismo practicado en nombre de una fe y una justicia. Lo más terrible es que fueron masacrados sin que ninguno de ellos opusiera resistencia, pues consideraban su caída en desgracia una decisión celestial.

»Muchas mujeres fueron tomadas en cautiverio por los tártaros, que se las llevan a sus tierras como sirvientas, o como esposas y concubinas, anunciando que podrían ser liberadas si alguien pagaba un rescate... Pero mientras unos cosacos y tártaros se daban a las ejecuciones o las violaciones, otros se ocuparon de requisar los rollos de la Torá, que fueron despedazados, para hacer con ellos bolsos y calcetines. Los hilos de las filacterias los enrollaban en sus pies, como trofeos. Con los libros santos hicieron pasarelas en las carreteras.

»Mientras escuchábamos el relato de Samuel, tal es el nombre del rabino sobreviviente llegado a Zamosc, lo peor era que todos sabíamos que aquella masacre ocurrida en la comunidad santa de Nemirov representaba solo el inicio de una carnicería sin fin previsible, pues la fuerza de cosacos y tártaros difícilmente podrá ser detenida por las más inexpugnables murallas y, en mucho tiempo, por la presencia de un ejército polaco cuya llegada a estas tierras aún no se avizora. Y porque debo decirle ahora que el destino trágico de Nemirov, como lo presagiábamos, apenas resultó ser el prólogo de una historia de horror que tuvo su siguiente capítulo en la ciudad de Tulczyn.

»Al tiempo que Chemiel, a quien han comenzado a llamar "el Perseguidor", se dedicaba a asolar pequeñas comunidades de las márgenes del río Dniéper, uno de sus lugartenientes, conocido como Divonov, fue hacia Tulczyn con la misión de tomarla. Al enterarse de los propósitos de Divonov, los dos mil judíos refugiados en Tulczyn y los príncipes polacos se aliaron para combatirlos, luego de jurar no traicionarse unos a otros. Fortificaron la ciudadela y con sus armas se apostaron en la muralla, al tiempo que los ortodoxos se pasaban a las filas de los invasores. Los cosacos, mientras tanto, se cargaron de arietes: se dice que era como un mar de hombres, miles de miles, que avanzaban profiriendo alaridos extraordinarios, capaces por sí solos de amedrentar a los más valientes. Pero los que defendían las murallas de Tulczyn, como luchaban por sus vidas, consiguieron repelerlos.

»Ante aquella inesperada resistencia, Divonov decidió cambiar la táctica. Los taimados cosacos les propusieron la paz a los príncipes, prometiéndoles no solo sus vidas, sino que podrían quedarse con el botín de los judíos. Viendo que su situación no era sostenible por mucho tiempo, los príncipes aceptaron el trato, con la condición de que también la vida de los judíos sería administrada por ellos. Los judíos, que pronto se dieron cuenta de la traición de que eran objeto, decidieron oponerse por la fuerza, pero el líder de la comunidad los reunió y les dijo que si la toma de la ciudad era una decisión del Santísimo, ellos tenían que aceptarla con resignación: ellos no valían más que sus hermanos de Nemirov, muertos en martirio... Así, compelidos por el rabino a aceptar su destino, o aplastados por la evidencia de que su suerte estaba decretada por una muy difícil posibilidad de huida, los judíos entregaron todos sus bienes. Los príncipes, satisfechos con su ganancia, al fin les abrieron las puertas de la fortaleza a los cosacos. El duque que fungía como jefe de los nobles, un hombre tan gordo que casi no podía moverse, les dijo a los vencedores: aquí tienen la ciudad; acá está nuestro pago. De inmediato, los príncipes tomaron lo que les correspondía del arreglo y pusieron a los judíos en la cárcel, dizque para así protegerlos mejor.

»Tres días después los cosacos les exigieron a los príncipes que les entregaran a los prisioneros y estos, sin pensarlo demasiado, accedieron, pues no querían enemistarse con los invasores. Los cosacos llevaron a los judíos a un jardín amurallado y ahí los dejaron por un tiempo. Había entre los prisioneros varios maestros eminentes, quienes exhortaban al pueblo a santificar el nombre y no cambiar de religión bajo ninguna circunstancia, recordándoles que el fin de los tiempos estaba próximo y la salvación de sus almas en sus manos. ¿Por qué no los incitaron a luchar por su vida, con palos, con piedras, con las manos? ¿Por qué la resignación, la sumisión antes que la insurrección...? Los cosacos, conocedores de estas prédicas, decidieron probar la fortaleza moral de los israelitas y les dijeron que quienes cambiaran de religión se salvarían, y el resto moriría en indecible suplicio. Hasta tres veces lo anunciaron, pero ninguno de aquellos judíos, que no se habían rebelado, aceptó renegar de su dios. Los cosacos, irritados, entraron en el jardín y, sin más dilaciones, comenzaron la matanza de los inermes... En pocas horas liquidaron a unas mil quinientas personas, masacrándolas de las formas más increíbles, que ya obvio mencionar pues son conocidas y harto doloroso el solo acto de escribirlas. Gracias a la intervención de los tártaros, los cosacos dejaron vivos a diez rabinos y se retiraron de la ciudad con las mujeres jóvenes, los rabinos y una parte del botín, principalmente el oro y las perlas que atesoraban los israelitas. Unos días después se supo que aquellos rabinos habían sido salvados gracias a un altísimo rescate llegado desde la rica comunidad de Polanov.

»Pero los cosacos estaban molestos, pues, fuera de la sangre que tanto les divierte ver correr, apenas recibían algún beneficio de la toma de la ciudad. Por ello rompieron el pacto con los príncipes, dispuestos a recuperar el botín. Para comenzar sus macabras diversiones, dieron fuego a la fortaleza, luego tomaron el botín de los judíos acaparado por los católicos y dejaron para el final el suplicio de los príncipes. Como tanto les gustaba hacer, Divonov y sus hombres se ensañaron con algunos de ellos, sobre todo con el duque de la ciudad, el mismo que les había abierto las puertas. Delante del noble violaron a su esposa y dos hijas, y después se entretuvieron mancillándolo, hasta que un molinero de fe ortodoxa lo tomó por su cuenta, y, luego de recordarle el estado de esclavitud al cual tenía sometidos a los pobres de la región, lo exhibió desnudo por la villa, como a un cerdo cebado, y luego de azotarlo hasta aburrirse y sodomizarlo con un bastón, lo decapitó con una espada en plena calle.

»Apenas recibidas las noticias de esta masacre, llegaron a Zamosc varios judíos escapados de las incursiones de los cosacos del otro lado del río Dniéper, donde se habían reiterado los hechos de Nemirov y Tulczyn. Según aquellos sobrevivientes, Chemiel el Perseguidor ya reunía un ejército de quinientas mil almas y, de hecho, dominaba toda la Pequeña Rusia, y a su paso, como la décima plaga, no solo mataba judíos, sino que destruía iglesias y sometía a suplicio a los sacerdotes. Esta última noticia ha sonado como trino de pájaros en los oídos de los judíos, pues, al conocerla, los príncipes decidieron no volver a creer en los ruegos de paz de Chemiel, y no repetir el error de Tulczyn que los llevó a entregar a los judíos a los enemigos de ambos.

»Luego de escuchar las noticias provenientes del bando polaco, pude entender en toda su dimensión por qué los habitantes del país lloraron la muerte el rey Ladislao II y sintieron que el reino quedaba como un rebaño sin pastor. Quizás tenían que ocurrir las desgracias sucedidas en estas semanas para que el cardenal Casimiro decidiera la intervención del ejército del reino y diera la orden de que todos los príncipes alistaran a sus hombres y se dispusieran para la guerra, bajo amenaza de pérdida de su condición y bienes para quienes se negasen. El destino de los nobles de Nemirov y Tulczyn y el de los padres de la Iglesia asesinados influyó muy mucho en que se tomaran estas disposiciones, pero calculo que también ha pesado una realidad que, como ha ocurrido en otros países conocidos, tanto mal les ha hecho a los hijos de Israel: ser los prestamistas del reino. Y es que si los cosacos y tártaros se hacen con el dinero de los judíos, este país irá a la ruina. Está claro que las muertes y huidas de los hebreos, sumadas a los saqueos de sus bienes, mucho afectarán la vida del reino y en especial de sus nobles y gobernantes. Ojalá hoy el dinero sea la fuente de nuestra salvación, y no el fundamento de nuestra perdición, como nos ocurriera en España.

»Hace unos días, luego de que conociéramos el destino de Tulczyn y otras ciudades de la orilla oriental del Dniéper, el rabino sobreviviente de Nemirov y que responde al nombre de rabí Samuel me permitió tener una charla con él. Nos sentamos cerca de unas atalayas, en la parte alta de la ciudad. El paisaje que se extendía a nuestros pies me pareció de una belleza insultante, de tan apacible que resultaba en medio del panorama de dolor que vive este país. El verano ha llegado con todo su esplendor a esta región de la Pequeña Rusia, territorio de inmensas llanuras y ríos caudalosos, en donde la riqueza brota de la tierra con prodigalidad, pero donde la injusticia, la miseria y el hambre han sido capaces de engendrar el odio, el fanatismo y los deseos de venganza más crueles entre los hombres.

»Por horas conversé con el rabí Samuel. Desde que lo escuché hablar en la sinagoga me pareció un hombre piadoso. Es un hombre que se considera culpable de haber conseguido escapar con vida mientras su familia era devorada por la furia que arrasó Nemirov. Por esas razones, mientras le hablaba, me reafirmé en la idea de que podía ser la persona apropiada para cumplir una necesidad que se me estaba haciendo apremiante: confesarle a alguien las verdaderas razones por las cuales he venido a dar a estas tierras de donde, cada vez más lo siento, ya no podré salir jamás. A menos que el Santísimo disponga otra cosa y me permita realizar el que, conocido lo que he conocido, ahora es mi propósito único: unirme a las huestes de Sabbatai Zeví. Maestro: la barbarie y el horror acá desatados me han persuadido de que, como anuncian ciertos cabalistas, el fin de los tiempos puede estar cerca y que Sabbatai bien puede ser el Ungido, llegado a la tierra cuando esta gime de dolor, como una madre que ve morir a su criatura... Solo así consigo explicarme que el Dios de Israel, todopoderoso, pueda permitir que sus hijos sean objeto de la más inconcebible crueldad. Solo si el castigo es parte del plan cósmico que conduce a la redención... ¿No es así, Señor?

»Cuando me enrumbé en mi historia, el rabí me escuchó en silencio y al final me dijo que lamentaba cuanto me había ocurrido y que con tanta facilidad —según él— yo habría podido evitar, con la aceptación de mis errores y la petición pública de perdón por mis confusas interpretaciones de la Ley. Cuando pensaba en rebatirle, salió a flote la bondad que había creído ver en él, pues me dijo que, a su juicio, la comentada posibilidad de unirme a los seguidores de Zeví, en Palestina, le parecía la más atinada: mis problemas personales con Dios podrían superarse con esa prueba de fe. Y, para dejarme sin opciones de controversia, agregó: después de lo visto en Nemirov, de lo ocurrido en las comunidades del Dniéper y en Tulczyn, mis herejías le parecían una falta tan menor que nadie debería siquiera fijarse en ellas y, en cambio, meditar más en las razones por las cuales los humanos son tan dados a devorarse entre sí.

»Cuando el rabí me confió que había optado por seguir viaje al norte, le pregunté si podía hacerme el favor de sacar de Zamosc y poner en correo seguro una carta que quería hacerle llegar a mi Maestro. Entonces el rabino me preguntó algo que parecía no convencerlo: "¿Por qué le escribes todo eso a tu Maestro y no al profesor Ben Israel o a alguno de los rabinos de tu ciudad? Ellos entenderían mejor lo que acá está ocurriendo y lo podrían convertir en enseñanzas para la comunidad". En el primer momento pensé que llevaba la razón, incluso, concluí que en verdad yo no tenía una idea demasiado clara de por qué quería escribir esta carta y, además, lo había escogido a usted y no, por ejemplo, a mi propio padre o a mi querida Mariam, por no decir a mi *jajám*. Fue en esa coyuntura cuando me atreví a dar un paso más y extraje de las alforjas con que cargo el arca donde guardo su pintura, el paisaje que me regalara el danés Keil y un par de mis trabajos que decidí conservar conmigo por serme especialmente queridos. Mostrándole el retrato que usted me hizo, le respondí: "Porque el Maestro es un hombre capaz de pintar algo así". El rabí tomó la tela y se dio a contemplarla. Su silencio fue tan prolongado que tuve tiempo para concebir demasiados desvaríos, el primero, que aquel hombre me iba a acusar de idólatra por haberme prestado a servir como modelo para aquella pintura y, sobre todo, por preservarla conmigo. Pero la respuesta que me entregó fue un enigmático alivio: "Ya te entiendo", y me devolvió la tela, para pedirme que le mostrara mis propias obras. Muy avergonzado, aunque a la vez con orgullo, desplegué la cartulina donde dibujé a mi abuelo y el lienzo con el rostro de Mariam, consciente de que me sometía a una inevitable comparación que yo nunca osaría realizar. Con el dibujo donde grabé la figura de mi abuelo en sus manos, me preguntó por él y algo le conté de su vida. Por último, contempló el retrato de Mariam Roca, y al observar mi estado de ánimo me dijo que ya sabía quién era esa joven, y comenzó a recoger telas y papeles, mientras me recomendaba que no estuviera exhibiéndolos, menos en aquellos tiempos.

»Dos días después, luego de las plegarias matutinas del Shabat, el rabí Samuel me pidió que habláramos un rato y nos fuimos hasta una pequeña plaza de la ciudad en cuyo centro hay una gran cruz de piedra. Nos sentamos en unos escalones y su primera frase me provocó una lógica sorpresa: "¿Me dejas ver otra vez la pintura de tu Maestro?". Sin imaginar el sentido de aquel reclamo, saqué el arca y desenrollé la tela para entregársela. "He estado pensando mucho en lo que me contaste sobre tu sueño de ser pintor", me dijo, luego de mirar un instante la tela. "¿Y qué ha pensado?", quise saber. "He estado pensando en cuántas cosas debemos cambiar los hijos de Israel para alcanzar una vida más feliz en nuestro tránsito por la tierra... Si mis colegas rabinos de Nemirov me hubieran oído decir esto, pensarían que estoy loco o que me he vuelto hereje. Pero al menos yo pienso así: los hombres no podemos vivir condenándonos unos a otros solo porque unos piensen de una manera y otros de una forma diferente. Hay mandamientos inviolables, relacionados con el bien y el mal, pero también hay mucho espacio en la vida que debería ser solo cuestión del individuo. Y valdría la pena que el hombre lo manejara con libertad, según su albedrío, como lo que es: una cuestión entre él y Dios...", dijo y se dedicó largos minutos a contemplar la pintura hasta que volvió a hablar: "No conozco mucho de este arte. Nunca había oído hablar de tu Maestro. Por lo que veo, entiendo que sea un hombre famoso, que los reyes y los ricos le paguen por su trabajo... Y ahora entiendo también por qué quieres hacerlo depositario de tus pensamientos y experiencias de estos días terribles... Desde que me mostraste esta pintura, tú insistes en que no es otra cosa que la imagen de tu testa de judío. Pero, mientras la he vuelto a contemplar, he descubierto que es mucho más, porque frente a ella uno se llena de sensaciones extrañas. Sí, esta puede ser la imagen que tu Maestro tiene en mente de quién fue para él el Mesías. Yo, como pienso distinto a él, veo otra cosa y eso es lo que me atrae de esta imagen... Hay algo íntimo y misterioso, un sustrato inquietante que sale de este rostro y de esa mirada. Es una combinación de humanidad y trascendencia. Es evidente, tu Maestro tiene un poder. Consigue tanto con tan poco que no me cabe duda de que detrás de su mano debe haber estado la voluntad del Creador. No me extraña que hayas querido imitarlo. Debe ser insoportable la atracción que siente el ser humano ante la belleza infinita de lo sagrado. Porque esto es lo sagrado", concluyó el rabino y acarició la tela.

»Querido Maestro: este hombre sabio me ratificó en ese momento la respuesta que por años había buscado. Para él, viendo su obra, hubo algo que le resultó evidente: el arte es poder. Solo eso, o sobre todo eso: poder. No para dominar países y cambiar sociedades, para provocar revoluciones u oprimir a otros. Es poder para tocar el alma de los hombres y, de paso, colocar allí las semillas de su mejoramiento y felicidad... Por eso, desde que escuché al rabí Samuel hablar de su obra me convencí de que no puede haber en el mundo mejor hombre que él para que saque de Zamosc esta carta. Le he pedido que, con ella, le remita a usted la pintura que le pertenece. Con mis pobres trabajos, que también le entregaré, le he dicho puede hacer lo que mejor le parezca, a lo que él respondió: "Conservarlos hasta que nos volvamos a ver. Es este mundo o en el otro, si es que somos llamados...".

»Ayer el rabí Samuel se despidió de los hijos de Israel que aún permanecemos en Zamosc con una plegaria en la sinagoga de la ciudad alta. Instó a todos a escapar de la ciudad y parece que muchos seguirán su consejo. Los sucesos de que hemos tenido noticias en los últimos días advierten con demasiada claridad que permanecer en estas tierras constituye un acto de suicidio, porque hace unos pocos días, como recién hemos sabido, le tocó su turno de pasar por el suplicio a la comunidad santa de Polanov, donde unos doce mil judíos, junto a dos mil hombres de los príncipes polacos, decidieron resistir el ataque de las fuerzas de los cosacos y los tártaros. Confiaron en la doble hilera de murallas y los fosos con agua que, decían, convertían en inexpugnable la ciudad. Pero los siervos de los príncipes, de religión ortodoxa, les facilitaron la entrada a los sitiadores. Se habla de diez mil judíos muertos en un solo día...

»Al saber del destino de Polanov y de la derrota que de inmediato sufrió el ejército polaco, los judíos radicados en la cercana villa de Zaslav decidieron huir. La mayoría fueron hacia Ostrog, la plaza fuerte y metrópoli de la Pequeña Rusia, y otros han venido a dar a Zamosc, portando estas noticias desalentadoras y una nueva, que reafirma las advertencias de mesiánicos y apocalípticos: el brote de la epidemia de peste, cebada en la carne humana insepulta y prendida ahora de la carne viva.

»Dicen los recién llegados que los judíos de Zaslav huyeron a la desbandada. Los que podían salían a caballo y en carreta, los más pobres a pie, con sus mujeres e hijos. Como ya está ocurriendo en Zamosc, abandonaron en la ciudad muchas pertenencias, todo lo que habían atesorado en sus vidas de trabajo y observancia de la Ley. Y mientras huían, cundió el pánico más irracional cuando alguien dio la voz de que detrás de ellos venían los verdugos. Desesperados, para avanzar con más rapidez, lanzaron a los campos vasos de oro, adornos de plata, ropas, sin que ninguno de los judíos que venía detrás se detuviera a recoger nada... Pero, por más que corrían, llegó el momento en que se sintieron a punto de ser alcanzados por los cosacos y para salvarse se desbandaron por los bosques, dejando atrás incluso a mujeres e hijos, pues solo pensaban en no caer en manos del Perseguidor. Solo que aquel aliento fétido de la más horrible de las muertes sentido en la nuca terminó siendo apenas una parte de lo que hoy estos judíos consideran un castigo celeste: porque todo había sido obra de una ola de pánico, y los tan temidos enemigos en realidad no venían tras ellos. Todavía.

»Maestro, en cuanto termine esta relación a la que me he dedicado los últimos dos días voy a entregársela al rabí Samuel, junto con su pintura y algunas de las otras que traje conmigo. He construido un estuche de cuero para mejor preservarlas. Confío en que este hombre santo y sabio salve su vida y, con ella, los tesoros que le he entregado. Por mi parte, a partir de hoy no sé cuál será mi fortuna. Espero que el Santísimo, bendito sea Él, me permita atravesar las huestes de la barbarie y llegar a mi destino. Sabiendo que mi economía agonizaba en medio de una estancia en este país que se ha dilatado más de lo previsto, el rabí Samuel me ha dado una cantidad importante de dinero para que me mantenga y hasta pueda comprar un pasaje en alguno de los navíos que viajan hacia el país de los turcos otomanos, desde donde espero ponerme en camino para encontrarme con los seguidores de Sabbatai Zeví, allá en Palestina. Quiera Dios que pueda atravesar el infierno y poner mis pies en la tierra prometida por el Creador a los hijos de Israel, para allí sumarme a las huestes del Mesías y anunciar con él la renovación del mundo. En esta aventura sé que me acompañan mi fe, nunca disminuida, y la voluntad y la ambición por alcanzar los fines que me enseñó a tener mi inolvidable abuelo Benjamín, de quien también aprendí que Dios ayuda con más regocijo al luchador que al inerte... Lo que mi lamentable mezquindad personal aún no me permite es dejar de pensar en lo que pudo haber sido mi vida, quizás incluso en lo que debió haber sido, si luego de haber tenido la fortuna de ver la luz en el que mis hermanos de fe consideran Makom, el buen lugar, yo también hubiese encontrado allí mi espacio de libertad. Si allí yo le hubiese podido dar a mi existencia el rumbo que le exigía lo mejor de mi alma. ¿Tan terrible era lo que pedía? Solo confío, en los desvaríos a los que se da mi mente mientras escucho los lamentos de los que huyen, en que mi sino personal hubiese estado escrito hace mucho tiempo. También en que el anuncio del advenimiento del fin del mundo que provocará el Ungido, cuando menos sirva para hacer a los hombres más tolerantes con los deseos de otros hombres y con su libertad de elección, siempre que no entrañe mal al prójimo, lo cual debería ser el primer principio de la raza humana. Y si no se cumplen ninguno de estos deseos, al menos siento el consuelo, mientras le escribo, de que tal vez estas letras lleguen a sus manos, y los seres de hoy y los de mañana puedan tener un testimonio vivo de lo que ha sido el sufrimiento de unos hombres y de los extremos a los cuales ha podido llegar la crueldad de otros. Si por algún camino se logra tener ese conocimiento, me sentiré retribuido y sabré que mi vida ha tenido un sentido, muy diferente del que pensé que tendría cuando soñaba con pinceles y óleos. Un sentido necesario y útil, tal vez, para el desvelamiento de los fosos de la condición humana a los cuales he debido asomarme...

»Maestro, hoy mismo parto hacia el sur en busca del Mesías. Ruego por que el Bendito los acompañe a usted, al joven Titus y a la amable señorita Hendrickje, por que gocen siempre de la felicidad y buena salud que se merecen, como tantas veces he pedido en mis plegarias, pues son ustedes parte de los más entrañables recuerdos que atesoro de una vida que fue la mía y de la cual hoy siento que me separa no solo el mar...

»Su eternamente en deuda,

»E. A.»

Con el corazón encogido y una sensación de desasosiego recorriéndole el cuerpo, Conde mantuvo la vista fija en aquellas dos letras que cerraban la carta: E. A. Las iniciales de un nombre. Un nombre que identificó a un hombre, pensó. Un hombre que había descendido a los infiernos y, desde allí, enviado su mensaje de alarma.

El ex policía debió darse unos minutos para continuar la lectura de la carta que incluía aquella relación extraordinaria.

Porque Elías Kaminsky comenzaba entonces sus anunciadas disquisiciones y conclusiones: según se podía leer, escribía, el tal E. A. había sido un sefardí que, huyendo de Ámsterdam, había ido a dar a territorio polaco en 1648, justo mientras este era asolado por cosacos y tártaros y, como afirmaba, estaba decidido a seguir su viaje hacia el sur para

sumarse a las hordas de seguidores de aquel Sabbatai Zeví que, poco
después, revelaría su impostura de desequilibrado farsante cuando, para
salvar el pellejo, terminara convertido al islamismo luego de haber pretendido derrocar al sultán de Turquía. El sultán, contaba la historia,
después de apresarlo, había sabido resolver con la mayor facilidad el
enigma de si Sabbatai era o no un mesías cuando le ofreció dos opciones: «¿Musulmán o la horca?», a lo que Zeví respondió de inmediato:
«Musulmán».

Pero las preguntas que aquel cuaderno había provocado entre los
estudiosos de la historia y de la pintura holandesas de la época eran infinitas, como cabía presumir. La primera de todas se refería a la identidad de aquel E. A., en quien confluían las difíciles condiciones de
ser judío sefardí y pintor, cuando para los judíos estaba anatemizado
aquel arte. La segunda de la serie, por supuesto, tenía que ver con el
origen y destino posterior de aquel *tafelet* convertido en antigualla vendida en un mercado de pulgas. La seguía la cuestión de por qué solo
había un fragmento de la carta, dirigida sin duda alguna a Rembrandt,
como lo confirmaba la mención a su hijo Titus y a su mujer de entonces, Hendrickje, Hendrickje Stoffels. Y, entre otras muchas interrogantes, palpitaba como la más punzante el grupo de rostros dibujados
en el cuaderno, tan parecidos a la testa del judío que había servido de
modelo a Rembrandt para sus estudios de cabezas de Cristo. Estudios
y piezas que, justo por aquellos días (¿casualidad o plan cósmico?), por
primera vez en la historia se exhibían juntas, gracias a una muestra or-
ganizada por El Louvre... en la cual faltaba la pieza retenida en Londres
y sometida a litigio.

Desde que Conde comenzó a leer la misiva de Elías Kaminsky, y
con más intensidad luego de atravesar la carta de E. A., la sensación
de revelación de un arcano lo había empezado a dominar, para ir cre-
ciendo con la lectura de la parte final del texto y de inmediato instalarse en su ánimo de manera inquisitiva, obligándolo a leer una y otra
vez las palabras de Elías Kaminsky destinadas a mostrar un panorama
enigmático para el cual, ya lo presentía, resultaría imposible establecer
un mapa definitivo. La imagen que Conde se había hecho de aquel
mercado callejero de antiguallas devaluadas, abierto junto a un canal
de Ámsterdam mientras la ciudad disfrutaba el privilegio de su primavera, impulsó en el hombre el imprevisible deseo de recorrer aquel sitio
mágico donde podían hallarse así, en plena calle, trazas de remotos misterios, no importaba ya si solubles o insolubles.

En la parte final de su carta Elías Kaminsky (tal vez dándole algunos tirones a su coleta, pensaba Conde) entraba de lleno a especular a

partir de lo conocido y lo posible. Lo más impactante, para él, resultaba la comprobación de la existencia real del sefardí holandés E. A., vagante por Polonia en los tiempos de la masacre de judíos, y relacionado con la pintura. ¿Cuántos sefardíes holandeses aficionados a la pintura podrían haber estado en Polonia por aquellos tiempos? Casi sin duda, afirmaba Elías, E. A. había sido, *tenía que haber sido*, el enigmático personaje que le entregara tres pinturas y unas cartas al rabino contagiado con la peste y muerto en Cracovia, en brazos de su antepasado Moshe Kaminsky. Si E. A. era ese hombre y su «Maestro» había sido Rembrandt, entonces se explicaba el hecho de que E. A. estuviera en posesión de la cabeza de Cristo o de un retrato de un joven judío (al parecer el mismo E. A.), pintada y firmada por Rembrandt, uno de los óleos que el médico Kaminsky recibiera de manos del moribundo rabino.

Conocer esta historia no probaba nada que pudiera ayudar en la posible recuperación del cuadro, aseguraba Elías Kaminsky. Pero a la vez lo probaba todo y los abogados neoyorquinos le sacarían su jugo. Y si al fin y al cabo no servía para ayudarlo a recuperar la pintura de Rembrandt, le daba al mastodonte de la coleta la certeza de su origen y autenticidad, y ratificaba que tenía que ser cierto el relato familiar sobre el modo rocambolesco por el cual aquella pintura había llegado a ser una propiedad de los Kaminsky de Cracovia, tres siglos y medio atrás.

La otra pregunta pendiente era la existencia y las tribulaciones, casi imposibles de rastrear, del *tafelet* capaz de provocar todas aquellas revelaciones inesperadas. ¿De dónde había salido, dónde había estado aquel cuaderno que el vendedor del mercado de pulgas había adquirido con un lote de objetos viejos saldados por los herederos de una anciana sin el menor interés en conservar unas ruinas empolvadas? Elías Kaminsky tenía una respuesta tentadora: podía haber salido de los cajones de objetos de Rembrandt subastados a finales de 1657, cuando el artista se declaró en bancarrota y había perdido su casa y casi todas sus propiedades materiales. El resto de las muchas preguntas posibles (¿quién era E. A.?; ¿cuál había sido su suerte final?, ¿por qué su cuaderno de apuntes había ido a dar, como parecía, a los archivos incautados de Rembrandt?) quizás nunca tendrían respuesta.

No obstante, a algunas de aquellas interrogantes ya Elías Kaminsky les había dado *su* respuesta: el joven judío demasiado parecido a la imagen del Jesús de los cristianos *tenía que ser* E. A., insistía, y de ese modo, su rostro, siempre sin nombre, había sido el que acompañara por trescientos años a los miembros de su estirpe. Por ello, prometía, o se prometía Elías Kaminsky, haría todos sus esfuerzos por recuperar aquella imagen, pues era un derecho moral y de sangre de su familia... Pero, cuando la probable recuperación se produjese (una decisión en la que podría influir el descubrimiento de Conde respecto a la identidad de la María José Rodríguez que había puesto la pintura en venta y su relación de sobrina nieta de Román Mejías), Elías entregaría la pieza al museo dedicado al Holocausto. Sencillamente, decía, no podía ni quería hacer otra cosa: porque si Ricardo Kaminsky no deseaba tener relación con los dineros que emanarían de una posible venta, él tampoco quería hacerlo. Aquel cuadro, en realidad, nunca había servido para nada a su familia y, justo cuando pudo tener una utilidad concreta, se convirtió en el motivo de una tragedia que marcó la vida de su tío Joseph y su padre Daniel. «¿Piensas que soy muy comemierda por haber tomado esta decisión?», le preguntaba Elías en las líneas finales de su carta, para darle una rápida respuesta: «Quizás sí. Pero estoy seguro de que, en mi caso, tú harías lo mismo, Conde. Ese cuadro y su verdadero dueño, E. A., quizás muerto en tierras de Polonia por una de las muchas furias antisemitas de la historia, se lo merecían...». Y se despedía prometiendo nuevas cartas, noticias frescas y, por supuesto, un seguro regreso a La Habana, en un futuro cercano.

Solo cuando terminó la segunda lectura de la carta, Conde devolvió los papeles al sobre amarillo. Se sirvió una nueva dosis de café, encendió otro cigarro y observó el sueño apacible de *Basura II,* que había entrado en la casa mientras él leía. Cuando terminó el cigarro se puso de pie y fue hasta el librero de la sala y tomó el volumen de Rembrandt publicado varios años atrás por Ediciones Nauta. Pasó las hojas del libro hasta llegar al apartado de las ilustraciones y se detuvo en la buscada. Allí estaba, con una camisa roja, el pelo castaño abierto sobre el cráneo, la barba rizada y la mirada concentrada en el infinito un hombre real retratado por Rembrandt. Observó largos minutos la reproducción de la obra, pariente cercana de la vista en la foto de Daniel Kaminsky y su madre Esther, tomada en la casa de Cracovia antes de que comenzaran las desventuras de aquella familia exterminada por un odio más cruel que el de cosacos y tártaros. Mientras contemplaba el rostro del joven judío al cual ahora, al menos, podían identificarlo con unas iniciales y con jirones de una historia de vida, Conde se sintió envuelto en la grandeza y el influjo invencible de un creador y en la atmósfera de una mística que los hombres, desde siempre, habían necesitado para vivir. Y tuvo la percepción de que el milagro de aquella fascinación capaz de volar por encima de los siglos estaba en los ojos de aquel personaje, fijado para la eternidad por el poder invencible del arte. «Sí, todo está en los ojos», pensó. ¿O tal vez en lo insondable que está detrás de unos ojos?

El hombre arrastró aquella pregunta hasta la azotea de su casa. Como cada noche, los cálidos y agresivos vientos de Cuaresma que marcan la primavera cubana habían amainado, como si se replegaran, dispuestos a recuperar fuerzas para retomar su faena enervante con la llegada del próximo amanecer. La ciudad, más tétrica que tentadora, se extendía hacia un mar invisible por la distancia y por la noche. Detrás de los ojos de Mario Conde, en su mente, estaban abiertos los ojos del joven judío E. A., aprendiz de pintor, muerto hacía tres siglos y medio, posiblemente siguiendo, como tantos hombres en tantos sitios y a lo largo de los siglos, la estela de otro autoproclamado mesías y salvador, capaz de prometerlo todo para terminar revelándose como un farsante enfermo con la sed del poder, con la avasallante pasión del dominio de otros hombres y sus mentes. Aquella historia a Conde le sonaba demasiado familiar y cercana. Y pensó que tal vez, en sus búsquedas libertarias, en algún momento Judy Torres había estado más próxima que mucha gente a una desoladora verdad: ya no hay nada en que creer, ni mesías que seguir. Solo vale la pena militar en la tribu que tú mismo has elegido libremente. Porque si cabe la posibilidad de que, de haber existido, incluso Dios haya muerto, y la certeza de que tantos mesías hayan terminado convirtiéndose en manipuladores, lo único que te queda, lo único que en realidad te pertenece, es tu libertad de elección. Para vender un cuadro o donarlo a un museo. Para pertenecer o dejar de pertenecer. Para creer o no creer. Incluso, para vivir o para morirte.

Mantilla, noviembre de 2009-marzo de 2013

AGRADECIMIENTOS

Como todas mis novelas, esta es una obra en la que otros ojos, otras inteligencias, muchas otras disposiciones y ayudas han contribuido decisivamente a su escritura.

Al igual que en los últimos años, tres lectoras fieles y sacrificadas han participado conmigo en la revisión de las diferentes versiones por las que ha pasado la novela. Vivian Lechuga, acá en La Habana; Elena Zayas, en Toulouse; y Lourdes Gómez, en Madrid, han puesto a mi disposición su tiempo y espíritu crítico y mucho me he aprovechado de ellos. Del mismo modo, mi hermano Alex Fleites se vio obligado a pasarse entre pecho y espalda muchas páginas del libro.

En las diversas pesquisas realizadas sobre el terreno, y en la búsqueda de datos precisos, ha sido indispensable la colaboración, en Ámsterdam, de los amigos Sergio Acosta, Ricardo Cuadros y Heleen Sittig, sin los cuales no hubiera tenido la comprensión de esa maravillosa ciudad; en Miami, mientras tanto, el colega Wilfredo Cancio y el viejo compañero de sueños peloteros Miguel Vasallo fueron mis guías por Miami Beach, en busca de las huellas de Daniel Kaminsky, por los cementerios de Miami, para localizar la tumba de José Manuel Bermúdez.

Un aporte imprescindible e inestimable para entender las entretelas de las costumbres e historia judías me lo entregaron la profesora Maritza Corrales, la mejor conocedora de la antigua judería cubana; Marcos Kerbel, judío cubano radicado en Estados Unidos, que me hizo el mejor mapa del Miami Beach judeo-cubano; el colega Frank Sevilla, cuya experiencia práctica y conocimiento intelectual del judaísmo me resultaron decisivos; mi querido Joseph Schribman, alias «Pepe», profesor universitario en Saint Louis, Missouri, que me evocó muchas veces sus peripecias infantiles y adolescentes en la judería habanera; y mi viejo y buen amigo el novelista Jaime Sarusky, que fue uno de los motores que puso en movimiento esta maquinaria. Por su parte, mi entrañable

515

socio Stanilav Vierbov, fue el encargado de poner en mis manos la más completa y selecta bibliografía que me permitiría entender lo que es prácticamente inteligible.

Como en cada ocasión, las lecturas y discusiones de trabajo con mis editores españoles, Beatriz de Moura y Juan Cerezo, resultaron salvadoras y providenciales. Tanto como su apoyo moral, tan necesario para mis indecisiones. Igualmente, la lectura y opiniones de Madame Anne Marie Métailié, fueron un aliento decisivo.

Por último, y como es habitual, quiero agradecerle públicamente a Lucía López Coll, mi esposa, su espíritu crítico y su capacidad de resistencia. Sin sus lecturas, opiniones y almuerzos y comidas este libro no existiría. Y creo que yo tampoco.

L. P.

PADUR   PAR
Padura, Leonardo,
Herejes /

PARK PLACE
09/14